文 / 白 / 对 / 照

太平廣記

八

〔北宋〕李昉 等 编纂
谦德书院 译

團结出版社

图书在版编目（CIP）数据

文白对照太平广记 / (北宋) 李昉等编纂 ; 谦德书院译. -- 北京 : 团结出版社, 2022.10

ISBN 978-7-5126-9290-9

Ⅰ. ①文… Ⅱ. ①李… ②谦… Ⅲ. ①笔记小说—小说集—中国—北宋②《太平广记》—译文 Ⅳ. ①I242.1

中国版本图书馆CIP数据核字(2022)第001044号

出版：团结出版社

（北京市东城区东皇城根南街84号 邮编：100006）

电话：（010）65228880 65244790（传真）

网址：www.tjpress.com

Email：65244790@163.com

经销：全国新华书店

印刷：北京天宇万达印刷有限公司

开本：145×210 1/32

印张：286.75

字数：8200千字

版次：2022年10月 第1版

印次：2022年10月 第1次印刷

书号：978-7-5126-9290-9

定价：880.00元（全十四册）

目录

卷第二百六十四　无赖二

卷第二百六十五　轻薄一

卷第二百六十六 轻薄二

卷第二百六十七 酷暴一

卷第二百六十八 酷暴二

卷第二百六十九　酷暴三

卷第二百七十　妇人一

卷第二百七十一　妇人二

卷第二百七十二　妇人三

卷第二百七十三

妇人四附妓女

卷第二百七十四　情感

卷第二百七十五

童仆奴婢附

卷第二百七十六　梦一

卷第二百七十七　梦二

卷第二百七十八　梦三

卷第二百七十九　梦四

卷第二百八十　梦五

卷第二百八十一　梦六

卷第二百八十二　梦七

卷第二百八十三　巫附厌咒

卷第二百八十四　幻术一

卷第二百八十五　幻术二

卷第二百八十六　幻术三

卷第二百八十七 幻术四

卷第二百八十八 妖妄一

卷第二百八十九 妖妄二

卷第二百九十 妖妄三

卷第二百九十一　神一

卷第二百九十二　神二

卷第二百九十三　神三

卷第二百九十四　神四

卷第二百九十五　神五

卷第二百六十四—卷第二百九十五

卷第二百六十四　无赖二

南荒人娶妇

南荒之人娶妇，或有喜他室之女者，率少年，持刀挺，往趋虚路以侦之，候其过，即擒缚，拥归为妻。间一二月，复与妻偕，首罪于妻之父兄。常俗谓缚妇女婿，非有父母丧，不复归其家。（出《投荒杂录》）

赵　高

李夷简，元和末在蜀。蜀市人赵高好斗，尝入狱。满背镂毗沙门天王，吏欲杖背，见之辄止。转为坊市害。左右言于李，李大怒，擒就厅前，索新造筋棒，题径三寸，叱杖家打天王，尽则已，数三十余不死。经旬日，但袒而历门，乞修理破功德钱。（出《酉阳杂俎》）

韦少卿

蜀小将韦少卿，韦表微堂兄也。少不喜书，嗜好劄青。其叔父尝令解衣视之，胸上劄一树，树杪鸟集数十，其下悬镜，其鼻系，

南荒人娶妇

南方荒蛮之地的人娶媳妇，有的人是在喜欢上一个别人家的女子后，便带领一群年轻人，手持刀枪棍棒，悄悄前往没人的路上躲起来并进行侦察，等到喜欢的女子从这里经过时，便将她抓住绑起来，抱回家之后就成了他的妻子。过一两个月之后，再偕同妻子一起，前往女子家中向妻子的父兄赔罪。人们常称这种习俗为“缚妇女婿”。之后如果不是遇上父母丧事，妻子是不能再回娘家的。（出《投荒杂录》）

赵 高

唐朝元和末年时，李夷简在蜀地任职。蜀地城中有个叫赵高的人非常好斗，曾经进过监狱。他的整个后背上刺着一幅毗沙门天王的图像，衙吏在准备对他实施杖刑时，发现了这幅图像后便停了下来。他也因此逃过了杖罚，出去之后又成为了街上的一害。手下的人将这件事告诉了李夷简。李夷简听后大怒，让人将赵高抓住带到了堂上，并取来新做的筋竹棒，直径有三寸，喝令拿杖的人直接打在赵高背上的天王图像上。杖刑已经罚够数了，赵高被打了三十多杖却没被打死。过了十来天，赵高光着背来到官府门前，讨要修理被毁坏毗沙门天王图像的功德钱。（出《酉阳杂俎》）

韦少卿

蜀地一个叫韦少卿的小将，是韦表微的堂兄。他年轻时不喜欢读书，却嗜好纹身。他的叔父曾让他将上衣脱下来看看，只见他的胸

有人止于侧牵之。叔不解，问焉，少卿笑曰："叔曾读张燕公诗否？'挽镜寒鸦集'也。"（出《酉阳杂俎》）

葛清

荆州街子葛清，勇，自颈已下，遍劄白居易诗。段成式尝与荆客陈至，呼观之，令其自解，背上亦能暗记。反手指其劄处，至"不是花中偏爱菊"，则有一人持杯临菊丛。"黄夹缬窠寒有叶"，则指一树，树上挂缬，缬窠胜绝细。凡劄三十余首，体无完肤，陈至呼为白舍人行诗图也。（出《酉阳杂俎》）

三王子

杨虞卿为京兆尹时，市里有三王子，力能揭巨石。遍身图劄，体无完肤。前后合抵死数四，皆匿军以免。会有过，杨令所由数人捕获，闭关杖杀之。判云："刺劄四肢，口称王子，何须讯问？便合当辜。"（出《酉阳杂俎》）

乐从训

王铎落都统，除滑州节度，寻罢镇。以河北安静，于杨全玫有旧，避地浮阳，与其幕客从行，皆朝中士子。及过魏，乐彦祯礼之上纹了一棵大树，树稍上落着几十只鸟；树下悬挂着一面镜子，镜鼻儿上系了一条绳，有一个人站在一侧牵着绳子的另一头。他的叔父不明白这纹身是什么意思，便问韦少卿，韦少卿笑着回答说："叔父您曾读过张燕公（张说）的诗集吗？这就是'挽镜寒鸦集'啊。"（出《酉阳杂俎》）

葛清

唐代时的荆州，有个叫葛清的街卒，异常勇猛。从脖子往下，他身上都纹满了白居易的诗意图。段成式曾经与一名叫陈至的荆州本地人，将葛清叫了过来想看一看。他们让葛清自己解释那些图案的意思，葛清连后背上纹的刺青也都能牢记不误，反过手去一一指给他们看。当问到"不是花中偏爱菊"的诗意图在哪时，他便指着一幅一个人端着酒杯站在菊花丛旁边的图，问道"黄夹缬窠寒有叶"在哪里时，他便指着一棵树给他们看，那棵树上挂着印有花纹的织锦，织锦上的花纹十分细密。他身上一共文了三十多首诗歌的意境图，可以说是体无完肤了。陈至将他称为行走的白居易诗意图。（出《酉阳杂俎》）

三王子

杨虞卿在担任京兆尹时，城里有个叫三王子的人，力气特别大，能够举起巨石。他全身纹满了图案，可算得上体无完肤了。按当时律法，前后合起来应该判他三四次死刑了，可是每次他都躲到了军队里而得以免除。正好他又犯了错，杨虞卿命令所属的几人将他抓了起来，然后关上门将他杖杀了。在他的判状上写着："刺扎四肢，口称王子，哪里还须审讯？便应当直接判罪。"（出《酉阳杂俎》）

乐从训

王铎失去了都统之职后，被任命为滑州节度使，不久又被免职。因为当时河北比较安静，又与杨全玫有旧交，因此为躲避灾难他移甚至，铎之行李甚侈，从客侍姬，有辇下升平之故态。彦祯有子曰从训，素无赖，爱其车马姬妾，以问其父之幕客李山甫。以咸通中数举不第，尤私愤于中朝贵达，因劝从训图之。伺铎至甘陵，以轻骑数百，尽掠其橐装姬仆而还，宾客皆遇害。及奏朝廷云："得贝州报，某日杀却一人，姓王名令公。"其凶诞也如此。彦祯父子，寻为乱军所杀。（出《北梦琐言》）

张从晦

梁祖图霸之初，寿州刺史江彦温以郡归我，乃遣亲吏张从晦劳其勤。而从晦无赖酣酒，有饮徒何藏耀者与之偕，甚昵狎，从晦致命于郡。彦温大张乐，邀不至，乃与藏耀食于主将家，彦温果疑恐曰："汴王谋我矣。不然，何使者之如是也？"乃杀其主将，连诛数十人，而以状白其事。既而又疑惧曰："诉其腹心，亡我族。"乃自缢而死。梁祖大怒，按其事，腰斩从晦，留何藏耀，裂其禁械，斩于寿春市。（出《北梦琐言》）

居到了浮阳。幕府中的僚属们随他一起前往，他们都是一些朝中的士大夫。当路过魏州时，乐彦祯给予了他隆重的礼遇。王铎携带的行礼物品非常奢华，并有很多的从客侍妾，大有在京城时歌舞升平的旧貌。乐彦祯有个儿子叫乐从训，素来就是个无赖，这时他喜欢上了王铎的这些车马侍姬，因此向他父亲的幕客李山甫进行征询。在咸通年间，李山甫曾多次应试却都落榜了，所以他心中对那些朝中的达官贵戚尤其憎恨。于是他怂恿乐从训想办法去谋取。等到王铎到达甘陵时，乐从训率领着数百轻骑兵，将王铎所有的财物、行囊以及姬妾仆从都抢夺了回去，而随行的宾客则都被杀掉了。等到这事被上奏到朝廷时，奏文中居然写道："得到贝州府的报告，某日有一人被杀，这个人姓王，名令公。"其凶残荒诞竟然到了这种地步。乐彦祯父子，不久后被乱军所杀。（出《北梦琐言》）

张从晦

五代时的后梁太祖，在谋取霸权的初期，寿州刺史江彦温带着所辖之地归顺了梁太祖。梁太祖便派遣了自己的亲信官员张从晦前去慰劳并感谢江彦温。而张从晦是个喜欢酗酒的无赖，另外有个叫何藏耀的酒徒陪同他一起前往，两人的关系超出了正常的亲近关系。张从晦带着梁太祖的使命来到寿州，江彦温因此大张鼓乐地迎接了他。江彦温设宴邀请了张从晦，但张从晦却没有来，而是与何藏耀一起到江彦温的主将家中吃饭去了。江彦温心中生疑并感到了恐惧，他说："看来汴王（指梁太祖）是要谋害我啊！否则的话，他的使者为什么会这样呢？"于是杀了那个主将，并因此牵连诛杀了几十人，而且以文字说明的形式公布了这件事。既而又疑惧道："我道破了他心中所想之事，他一定会灭我全家。"就上吊自杀了。梁太祖听说这件事后大怒，亲自审查了这件事，腰斩了张从晦，暂时留下了何藏耀，劈裂了禁锢他的枷锁，在寿春城大街上将他斩首示众。（出《北梦琐言》）

李仁矩

后唐明宗皇帝时，董璋授东川，将有跋扈之心。于时遣客省使李仁矩出使潼梓，仁矩北节使下小校，骤居内职，性好狎邪。元戎张筵，以疾辞不至，乃与营妓曲宴。璋闻甚怒，索马诣馆，遽欲害之。仁矩鞹足端简迎门，璋怒稍解。他日作叛，两川举兵，并由仁矩献谋于安重诲之所致也。（出《北梦琐言》）

李罕之

李罕之，河阳人也。少为桑门无赖，所至不容，曾乞食于滑州酸枣县，自旦及晡，无与之者，掷钵于地，毁僧衣，投河阳诸葛爽为卒，罕之即僧号，便以为名。素多力，或与人相殴，殴其左颊，右颊血流。爽寻署为小校，每遣讨贼，无不擒之。蒲绛之北，有摩云山，设堡于上，号摩云寨，前后不能攻取，时罕之下焉，由此号“李摩云”。累历郡侯、河南尹、节将，官至侍中。卒于汴州，亦荆南成油之流也。自唐仕梁。（出《北梦琐言》）

韩 伸

有韩伸者，渠州人也。善饮博，长于灼龟。游谒王侯之门，常怀一龟壳，隔宿先灼一龟。来日之兆吉，即博；不吉即已。又或云

李仁矩

后唐明宗皇帝时，董璋被任为东川节度使，他却心存叛国篡位之心。当时朝廷派遣客省使李仁矩出使潼梓。李仁矩原来是北方节度使下属的一个低级军官，刚刚到宫内任职，生性轻佻且为人不正派。董璋在营帐中摆了宴席宴请他，他却以身体不舒服为由拒绝了没有出席，实际上却与一个军妓在寻欢作乐。董璋听说后大怒，让人牵来马匹立即赶到驿馆，当场就准备将他杀了。这时李仁矩吓得急忙裹着足捧着手板来到门前迎候，董璋见了怒气才稍稍有些清解。后来董璋发动叛乱，朝廷率东西两川的兵力对他进行讨伐，这些防备董璋反叛的计策都是由李仁矩向安重晦建议的。（出《北梦琐言》）

李罕之

李罕之，为河阳人氏。他在年少时就出家当了和尚，是个无赖之人，不管到哪儿都没有人愿意接纳他。他曾在滑州的酸枣县要过饭，可是从早上到晚上，都没有人施舍给他吃的，于是他将钵盂扔在了地上，毁掉了僧衣，投奔到了河阳的诸葛爽手下当了兵。“罕之”本来是他的僧号，他便将这个僧号做了自己的名字。他素来力气比较大，有时会跟别人打架，打到别人的左脸颊，右脸颊都会有血流出来。诸葛爽很快任命他当了一个小军官，每次让他出去讨伐贼寇，没有抓不回来的。在蒲降的北边，有一座摩云山，贼寇在山上建造了堡垒，号称摩云寨，不论是从寨前还是寨后都没办法攻取，但当时李罕之却攻下了这个寨子。从这之后，他也被人称作“李摩云”。后来他历任郡侯、河南府尹、节度使将领，最终官至侍中（宰相之一），死于汴州，也是属于荆南成汭之流一类的人物。他先在唐朝任职，唐被灭之后又去了梁朝为官。（出《北梦琐言》）

韩伸

有个叫韩伸的人，是渠州人氏。他很会饮酒、赌博，特别擅长烧龟占卜，经常游历于王侯权贵之家。他怀中常常揣有一个龟壳，每某方位去吉，即往之；诸方纵人牵之不去。即取人钱货，如征赤债。或经年忘其家而不归，多于花柳之间落魄。其妻怒甚，时复自来耻顿，驱趁而同归。如是往往有之。又尝游谒于东川，经年不归。忽一日，聚其博徒，挈饮妓而致幽会。夜坐洽乐之际，其妻又自家领女仆一两人潜至，匿于邻舍，俟其夜会筵合，遂持棒伺于暗处。伸不知觉，遂塌声唱《池水清》，声不绝，脑后一棒，打落幞头，扑灭灯烛，伸即窜于饭床之下。有同坐客，暗中遭鞭挞一顿，不胜其苦，□后遣二青衣，把髻子牵行，一步一棒决之，骂曰："这老汉，□落魄不归也！"无何，牵至烛下照之，乃是同坐客。其良人尚□头潜于饭床之下。蜀人大以为欢笑矣，时辈呼韩为"池水清"。（出《王氏见闻》）

李令

渚宫有李令者，自宰延安。本狡猾之徒也，强为篇章而干谒。时有归评事，任江陵鹾院，常怀恤士之心。李令既识归君，累求救贷，而悉皆允诺。又曰："某寻亲湖外，辄假舍而安家族。"归君亦慜诺之。李且乘舟而去，不二旬，其妻遣仆使告丐糇粮，归亦拯其乏绝。李忽寄书于鹾院，情况款密，是异寻常。书中有赠家室等诗一首，意欲组织归君。归君悔恨而不能自明，与武陵渠江之务，以糊其口焉。举士沈擢每述于同院众宾，用兹戒慎也。李令寄其妻诗曰："有人教我向衡阳，一度思归一断肠。为报艳妻兼少女，与相隔一夜便会先烧一次龟壳来占卜，如果显示第二天是吉兆，他便会去赌；如果不吉利则不会去赌。别外如果显示前往哪个方向去赌博吉利，他就会前去，不去其他方向赌博，纵使别人拉他也不会去。所以他赢取别人的钱财，就像是征讨债物一样一扫而光。他有时候甚至连续过了几年都忘了自己有家而不回，大多数时间都在花街柳巷鬼混。他的妻子为此很生气，时常找了过来侮辱、驱赶他一起回家。这样的事情经常发生。还有一次，韩伸曾到东川游历，过了一年多没有回去。忽然有一天，他正招集了赌徒，带着陪酒的女妓到一个地方幽会。晚上正当他们坐在一起玩乐之时，他的妻子带着一两个女仆悄悄找了过来，藏在周边邻居的家里。等到晚上他们聚在一起饮酒作乐时，她便手持木棒躲在暗处。韩伸一点儿也没有觉察，正踏着节拍在唱《池水清》，歌声不断，突然脑后挨了一棒，头巾被打落了，灯火也被扑灭了。韩伸急忙窜到了饭桌底下躲了起来，与他坐在一起的那个人，在黑暗中遭到了一顿胖揍，苦不堪言。随后她又让两个女仆将那个人的发髻放了下来，牵着行走，走一步便打一棒子，并骂道："你这个老头子，让你到处鬼混不回家！"没过多久，将他拉到烛光下一照，这才发现是与韩伸坐在一起的那个人！她的丈夫仍旧躲在饭桌底下呢！蜀地人听说此事后大为欢笑，当时人们都笑称韩伸为"池水清"。（出《王氏见闻》）

李令

渚宫有个叫李令的人，其发迹是从出任延安的小官吏开始的。他本是个狡猾的人，当时勉强写了几篇文章便到处寻访拜见一些达官贵人。当时有位姓归的评事，在江陵鹾院任职，心中常怀有一种爱惜救济读书人的想法。李令认识了这个姓归的评事后，便多次向他请求救济或是借钱，而归评事也都答应了他。有一次李令又对归评事说："我要到湖外去寻访亲戚，如果找到了，想借您的房子来安置家眷。"归评事也爽快地答应了他。李令坐船离开了，不到二十天，李令的妻子便让仆人来向归评事求取干粮，归评事也还是对她的困境给予了帮助。有一天李令忽然寄了一封信到鹾院，信中言词诚恳情感

吾觅取朗州场。”（出《云溪友议》）

孟弘微

唐孟弘微郎中诞妄不拘。宣宗朝，因次对曰：“陛下何以不知有臣，不以文字召用？”上怒曰：“卿何人斯，朕耳冷，不知有卿？”翌日，上谓宰臣曰：“此人噪妄，欲求翰林学士，大容易哉！”于是宰臣归中书，贬其官，示小惩也。又尝忿狷，挤其弟落井，外议喧然。乃致书告亲友曰：“悬身井半，风言沸腾。尺水丈波，古今常事。”与郑讽邻居，讽为南海从事，因墙颓，侵入墙界五六丈。知宅者有状，请退其所侵。判其状曰：“海隅从事，少有生还。地势尖斜，打墙夹入。”平生操履，率皆如此，不遭摈弃，幸矣哉。（出《北梦琐言》）

僧 鸾

僧鸾有逸才而无拘检，早岁称乡衔，谒薛能于嘉州。能以其颠率，难为举子，乃佴出家，自于百尺丈像前披剃，不肯师于常僧也。后入京，为文章供奉，赐紫。柳玭甚爱其才，租庸张濬，亦曾深切，很是异乎寻常。书信中还夹有一首赠给家室的诗，暗示想要罗织罪名陷害归评事。归评事对此非常悔恨却又没办法解释清楚，因此只得前往武陵渠江去做事来养家糊口。举人沈擢经常向醝院的人讲起这件事，以此来告诫大家交友一定要谨慎。李令寄给他妻子的诗是这样写的："有人教我向衡阳，一度思归一断肠。为报艳妻兼少女，与吾觅取朗州场。"（出《云溪友议》）

孟弘微

唐朝时的郎中孟弘微，是个荒诞不经、无拘无束的人。唐宣宗在位时，有一回他在回答宣宗的问话时说："陛下为什么会不知道我呢？为什么没有因我的文才而重用我呢？"宣宗听了大怒道："你是什么人？我的耳朵沉，没有听说过你这么个人！"第二天，唐宣宗便对宰相说："这是个鼓噪虚妄之人，想当翰林学士，想得太容易了！"于是宰相将这件事交给了中书省去处理，最后贬了他的官，以示小小的惩罚。还有一次，由于愤怒，孟弘微将自己的弟弟推到了井里，这事引起了外面很大的议论声，他就写信向亲友们解释说："他只不过是身子悬在了井的半空，外面的传言就沸沸扬扬了。本来只有一尺深的水，硬生生地掀起了一丈多高的浪，这是古今经常发生的事。"孟弘微与郑讽是邻居，郑讽是南海的从事官。因为两家间的围墙倒塌了，孟弘微便乘机侵占了郑讽五六丈的院地。房屋管理人员因此给他发了一份文书，请他退回侵占的地方。而他在文书上写了答辩词说："在天涯海角当从事官的，很少有能活着回来的。现在因为地势斜歪，所以我们家在砌墙的时候不得不从他的院地中砌。"孟弘微一生的操行，大多就是这样。他没有遭到抛弃，已经算是万幸了。（出《北梦琐言》）

僧 鸾

僧鸾是个才智超人但行事却无拘无束的人。他早年名叫乡衔，曾前往嘉州去拜见薛能。薛能认为他太过颠狂草率，难以当得举子去应试，于是他便出家当了和尚。他是自己在一尊百尺高的佛像前剃的头发，不肯拜普通的和尚为师。后来他去了京城，当了文章供奉，加敬，盛言其可大用。由是反初，号鲜于凤，修刺谒柳，柳鄙之不接。又谒张，张也拒之。于是失望，而为李铤江西判官，后为西班小将军，竟于黄州遇害。（出《北梦琐言》）

路德延

河中判官路德延，相国岩之侄，岳之子，时谓才俊。擢进士第，西平王朱友谦幕寮，放恣凌傲，主公容之。友谦背梁，乞于晋阳。并使初至，礼遇方谨，路公筵上，言语及之。友谦忧愤，因投德延于黄河，以纾祸也。先是纪纲之仆近判官入谒幕次，遂有请易舍之说。盖义兄弟同处，不欲闻郎官秽谈也。路子得非其人也！（出《北梦琐言》）

萧希甫

萧希甫进士及第，有文才口辩，多机数。梁时不得意，弃母妻渡河，易姓名为皇甫校书。庄宗即位于魏州，征希甫知制诰。庄宗平汴、洛，希甫奉诏宣慰青、齐，方知其母死妻嫁，乃持服于魏州。时议者戏引李陵书云："老母终堂，生妻去室。"后为谏议大夫。性褊忿，躁于进取，疏宰臣豆卢革、韦说，至于贬斥。又以毁訾宰相，责授岚州司马焉。（出《北梦琐言》）

皇上赐给了他紫色官袍（三品以上朝官的官服）。柳玼很是爱惜他的才华，而租庸官张睿也曾对他备加敬重，曾盛赞他可以担当重任。因此僧鸾还了俗，取名号叫作鲜于凤。当他再次写了名帖前去拜见柳玼时，柳玼却因鄙视他的行为而没有接待他。他又前去拜见张睿，张睿也拒绝了他。他因此很是失望，因而投奔李铤当了江西判官。后来担任了朝中的小将军，最终在黄州遇害。（出《北梦琐言》）

路德延

河中节度使府中的判官路德延，是宰相路岩的侄子，路岳的儿子，被称为当时的才俊。后来他考中了进士，成为了西平王朱友谦的幕僚。这人生性狂放傲纵，但西平王都宽容了他。后来朱友谦背叛了梁朝，寻求归附于晋阳。当并州的使者刚刚到来时，路德延在礼节上谨慎地接待了他。后来在宴席上，路德延的话触怒了并州的使者。朱友谦听后很是忧闷愤慨，因此将路德延沉进了黄河，以便解除祸患。他先是让掌管法纪的下属到路德延的府上去拜访问候，接着就劝说路德延换一处居舍，前往他的结义兄弟处同住一起。这样做的原因，是他不想因此而听到那些郎官们噪杂的秽语脏话。路德延不会做人！（出《北梦琐言》）

萧希甫

萧希甫是进士及第，很有文才，能言善辩，心机很重。在梁朝时，他很不得志，因此丢下了母亲和妻子渡过黄河而去，并改名换姓为皇甫校书。后来唐庄宗在魏州即位，征选萧希甫担任中书舍人。当唐庄宗平定了汴京、洛阳后，希甫奉命前往青、齐之地安抚百姓，这时他才知道自己的母亲已经去世，而妻子也已改嫁，于是他便在魏州穿起丧服祭奠母亲。当时议论的人引用李陵的话讽刺他说："老母终堂，生妻去室。"后来萧希甫担任了谏议大夫。他性情狭小急躁，又急于进取，他上书陈述宰相豆卢革、韦说的过失，结果遭到了贬斥。又因为他诋毁宰相的声誉之罪，被处罚贬为了岚州司马。（出《北梦琐言》）

卷第二百六十五　轻薄一

余闻藏书家有宋刻盖缺七卷云，其三卷余考之得十之七，已付之梓。其四卷仅十之二三。博洽君子其明以语我，庶几为全书云。隆庆改元秋七月朔日十山谈恺志。本卷原缺，谈氏初印本有此卷，不知据何本补入。后印本将此卷抽去，另采他书补入十二条，故文末不注出处。并于卷首附增识语，以示区别。今将初印本附录于后，以资参考。

刘祥

刘祥，东莞莒人也。宋世，解褐为征西行参军。少好文学，性韵刚疏，轻言肆行，不避高下。司徒褚渊入朝，以腰扇障日。祥从侧过曰："作如此举止，羞面见人，扇障何益？"渊曰："寒士不逊。"祥曰："不能杀袁刘，安得免寒士。"永明初，迁长沙谘议参军。撰《宋书》，讥斥禅代。王俭密以启闻，上衔而不问。兄整，官广州卒，祥就整妻求还资。撰连珠，多肆讥讪。事闻，上别遣敕祥曰："卿素无行检，朝野所悉，轻弃骨肉，侮蔑兄嫂，此是卿家行不足，乃无关他人。卿才识所知，盖何足论？位涉清途，于分非屈。何意轻肆口哕，诋目朝士，造席立言，必以贬裁为口实。冀卿年齿已大，能自感励，日望悛革。如此所闻，转更增甚，喧议朝廷，不避尊师，肆口极辞，彰暴物听。近见卿连珠，寄意悖慢，弥不可长。原卿性命，令卿万里思諐，若能改革，当令卿还。"后至广州，终日纵酒，病卒。（未注出处，谈氏引自《南齐书·刘祥传》。）

刘祥

刘祥，是东莞莒地人氏。南北朝宋代时，最初出仕为官时做了征西行参军。他从小喜欢文学，性情风度显得傲慢疏诞，说话轻佻而又任意妄为，不懂得避讳身份的高低尊卑。有一次司徒褚渊上朝时，将腰扇举在头顶上遮着太阳走路，刘祥从他旁边经过，见状说道："你这样的行为，好像是羞于见人一样，用扇子遮挡着又有什么用呢？"司徒褚渊道："你一个没有家世的读书人这样说话太无礼放肆了。"刘祥说道："不能杀死袁刘，读书人又怎么能够显贵？"齐朝永明初年，刘祥转任长沙谘议参军。其间他曾撰写了《宋书》，书中对帝位禅让的事进行了讽刺与贬斥。王俭秘密将此事告诉了皇帝，皇帝因此对他心生怨恨却并没有追责。刘祥的哥哥刘整在广州任职，后来死在任上，刘祥便去找刘整的妻子要求还债。他写了一篇连珠体文章，对嫂子大加嘲弄与诽谤。皇上听说此事后，便另外下诏给刘祥说："你向来行为不检点，这是朝野共知的事。你随便就遗弃了自己的骨肉，又侮蔑自己的嫂子，这些都是你自身的不足之处，与别人没有什么关系。你的才华识见，原本不值一提。现在你位列清贵的仕东莞刘祥，恃才傲物，尝谓一驴曰："汝努力如汝辈，已为令仆矣。"复作连珠讥讽朝廷，寻被诛。（出《谈薮》，据谈氏初印本附录。）

刘孝绰

刘孝绰，彭城人。幼聪敏，七岁能属文。舅中书郎王融深赏异之，每言天下文章，若无我，当归阿士。阿士，孝绰小字也。与到洽友善，同侍东宫。孝绰自以才优于洽，每于宴坐，嗤鄙其文。洽衔之。孝绰为廷尉正，携妾入官府，其母犹停私宅。洽为御史中丞，劾奏之，坐免官。高祖为藉用诗，奉诏作者数十人，孝绰尤工。即日敕起为谘议，后迁黄门侍郎。坐受赇为饷者所讼，左迁。孝绰少有盛名，而仗气负才，多所凌忽。有不合意，极言诋訾。领军臧盾、太府卿沈僧果等，并被时遇，孝绰尤轻之。每于朝集会，同处公卿间，无所与语，反呼驺卒，访道涂间事，由此多忤。

途，并没有委屈你的身份。为什么你要轻率放肆，口吐恶言，诋毁朝臣？还著书立说，一定是将进行删减篡改后的史实作为了材料！你的年纪已经不小了。希望你能自我感奋激励，每天能够有所悔悟而洗心革面。像这样的关于你的事，我听到的越来越多，朝廷上下议论纷纷，你竟然还不避讳尊师重长，整天信口胡言，当众公开损毁别人的声誉。近来又看到了你写的连珠体文章，其中的意思违逆不敬，背理傲慢，这种风气更是不能助长。现在就原谅你这一回，留你一条性命，请你到万里之外的地方去思过吧。如果你能改悔，自然会让你回来。”后来刘祥到了广州，整天纵酒，最终病死了。（未注出处，谈氏引自《南齐书·刘祥传》）

东莞人刘祥，是个恃才傲物之人。他曾经对一头驴说：“如果你能够像你们其他的驴子那样努力，你早就可以成为尚书令或是仆射了。”后来他又写了一篇连珠体文章来讥讽朝廷，不久后便被处死了。（出《谈薮》，据谈氏初印本附录。）

刘孝绰

刘孝绰，是彭城人氏，从小就非常聪明，七岁就会写文章了。他的舅舅中书侍郎王融对他特别赏识，每次说起当今天下的文章时就会说，如果没有我，就要数阿士的写得最好了，阿士就是刘孝绰的小名。刘孝绰与到洽的关系很好，他们一起在东宫任职。刘孝绰自以为才学要比到洽好，因而每次在一起参加宴会时，他都会拿到洽的文章来说笑。为此，到洽对刘孝绰产生了怨恨。在刘孝绰担任廷尉正时，他将自己的小妾带进了官府，而他的母亲却还留在家里。这时到洽为御史中丞，他上奏向皇上揭发了刘孝绰的罪行，刘孝绰因此获罪而被免了职。梁高祖曾出题征诗，奉命参加的创作者有几十人，梁高祖认为刘孝绰写的得最工整。于是当即便下令起用他为西中郎湘东王谘议，后来又转任黄门侍郎。后来又因收受贿赂而被授贿人告发，受到了降职处分。刘孝绰年轻时便享有了盛名，因此依仗才学而任性使气，对人多加欺凌轻慢。凡是有不合心意的人或事，便夸大言辞加以诋毁。领军臧盾、太府卿沈僧杲等人，都只是因赶上了时机梁刘孝绰轻薄到洽，洽本灌园者。洽谓孝绰曰：“某宅东家有好地，拟买，被本主不肯，何计得之？”孝绰曰：“卿何不多辇其粪置其墉下以苦之？”洽怨恨。孝绰竟被伤害。（出《嘉话录》，据谈氏初印本附录。）

许敬宗

许敬宗，新城人。武德初，太宗闻其名，召补学士。文德皇后丧，百官衰绖。率更令欧阳询，状貌丑异，众共指之，敬宗见而大笑，为御史所劾，左授洪州司马。累迁给事中，兼修国史礼部尚书。嫁女于蛮酋冯盎之子，多纳金宝，为有司所劾，左授郑州刺史。永徽间，复拜礼部尚书。帝将立昭仪，大臣切谏。敬宗阴揣帝私，即妄言曰：“田舍子賸获十斛麦，尚欲更故妇。天子富有四海，立一后，谓之何哉？”帝意遂定。第舍华僭，至造连楼，使诸妓走其上，纵酒奏乐自娱。及卒，博士袁思古议曰：“敬宗位以才升，历居清级。然弃长子于荒徼，嫁少女于夷落。闻诗学礼，事绝于趋庭。纳采问名，惟闻于黩货。请谥为‘缪’。”

而获得了官职，刘孝绰因此特别轻视他们。每次在朝中集会同处时，公卿间没有可以跟他说话的人，反而是他叫来仆隶，向他们打听道途间的一些传言，由此得罪了许多人。（出《梁书·列传第二十七》，有删改。）

梁朝刘孝绰很瞧不起到洽。到洽原本是个在宫中浇园子的，有一次他问刘孝绰说："我家的房东有块好地方，我打算买下来，但是房东不愿意卖给我，你有什么妙计能帮我得到这块地吗？"刘孝绰说道："你为什么不多送一些粪便堆到他的墙根下，让他多吃一些苦头呢？"到洽因此怨恨他，最后刘孝绰遭受到了到洽的报复。（出《嘉话录》，据谈氏初印本附录。）

许敬宗

许敬宗，是唐朝时的新城人氏。武德初年时，唐太宗便听说了他的名声，因此招他入朝补录为学士。文德皇后去世时，文武百官都穿上丧服系上丧带准备念衰经。当时率更令欧阳询穿戴后的样子显得格外丑陋与怪异，大家纷纷指责他，而许敬宗看见后却捧腹大笑，因此被御史检举弹劾了，降职为洪州司马。先后迁至给事中兼修编国史、礼部尚书之职。许敬宗将女儿嫁给了蛮人酋长冯盎的儿子，收取了很多的金银财宝，因此被有关部门告发，又降职为郑州刺吏。永徽年间，许敬宗再次担任礼部尚书。这时皇上准备册立一个妃子为昭仪，大臣们都言辞恳切地进行劝谏。而许敬宗暗中揣摩到了皇上的心意，只好胡乱说道："一个庄稼汉多收获了十斛麦子，便想着是不是要换掉原来的老婆，何况天子拥有天下，想立一个后妃，大家有什么必要妄加议论呢？"皇上于是拿定了主意。许敬宗的住宅非常奢华，而且建造的是相互连通的楼房，经常将一些妓女安排到楼上，一起纵酒奏曲，自我享乐。当他去世后，博士袁思古议论道："敬宗是依靠自己的才华得到官位的，而且长期位居清贵枢要之职。然而他却将自己的长子丢弃在荒凉的边疆，把自己的女儿嫁到了蛮人的部落。他们本该学习一些诗文和礼节，但是他却没有尽到父亲教育的责任；对于女儿的婚姻大事，只是看人家的彩礼多少。请将他谥唐许敬宗性轻，见人多忘之，或谓其不聪。曰：“卿自难识，若是曹、刘、沈、谢，暗中摸索著亦可识。”（出《国史纂异》，据谈氏初印本附录。）

盈川令

杨炯，华阴人。幼聪敏博学，以神童举，与王勃、卢照邻、骆宾王齐名。尝谓人曰：“吾愧在卢前，耻居王后。”当时以为然。拜校书郎，为崇文馆学士。则天初，坐事左转梓州司法参军，秩满，授盈川令。炯为政残酷，人吏动不如意，辄搒杀之。又所居府舍，多进士亭台，皆书榜额，为之美名，大为远近所笑。

唐衢州盈川县令杨炯，词学优长，恃才简倨，不容于时。每见朝官，目为麒麟楦许怨，人问其故，杨曰：“今餔乐假弄麒麟者，刻画头角，修饰皮毛，覆之驴上，巡场而走。及脱皮褐，还是驴马。无德而衣朱紫者，与驴覆麟皮何别矣？”（出《朝野佥载》，据谈氏初印本附录。）

崔 湜

崔湜，仁师之子。弟澄、液，兄莅，并有文翰，列居清要。每私宴，自比王谢之家。谓人曰：“吾门户及出身历官，未尝不为第一。

号加个‘缪’字吧。”

唐朝许敬宗，是个性情十分轻薄狂傲的人。对于自己见到的人，他总是说忘记是谁了，或者说自己耳朵不好使没听清。他常说：“你很难让人记住啊。如果你是曹植、刘桢、沈约、谢眺，那么即便在暗中摸索也可以被认出来。”（出《国史纂异》，据谈氏初印本附录。）

盈川令

杨炯，是华阴人。幼年时期他就非常聪明且博学，被以“神童”的称号举荐中第，与当时的王勃、卢照邻、骆宾王齐名。他曾对人说：“将我排在卢照邻的前面让我觉得很羞愧，但将我排在王勃之后又让我觉得是一种耻辱。”当时大家也都是这样认为的。他曾担任过校书郎，后来又出任崇文馆学士。武则天执政初期，因事获罪而被降职为梓州司法参军。任职期满后，被任命为盈川县令。杨炯为政时为人凶狠冷酷，吏役们一旦处事不能让他满意，动不动就下令将其用棍棒打死。另外在他居住的宅第中，修建了许多进士亭台，并都在上面题写了匾额，作为亭阁的美名，以致遭到周边远近人们的讥笑。

唐朝时衢州盈川县的县令杨炯，颇有词学特长，他也倚仗自己的才学而变得傲慢自大，当时与大家的关系很不融洽。每次见到朝廷官员，都将他们当作是穿上麒麟皮的驴而有怨。有人问他是什么缘故，杨炯回答道：“如今会聚饮宴取乐假扮麒麟时，都只是刻画一个麒麟的头与角，装饰一张麒麟的毛皮，然后披在驴身上，沿着场地行走而已。当褪下那层假皮后，仍然还是驴马。那些没有德行却穿着红色、紫色官服的人，与那披裹上麒麟皮的驴有什么区别呢？”（出《朝野佥载》，据谈氏初印本附录。）

崔 湜

崔湜，是崔仁师的儿子。他的弟弟崔澄、崔液，哥哥崔莅，都非常有文采，先后都位居清贵枢要之职。于是每次私下宴会时，他都大丈夫当先据要路以制人，岂能默默受制于人。”湜执政时，年三十六，尝暮出端门，下天津，马上赋诗曰：“春还上林苑，花满洛阳城。”张说见之叹曰：“文与位固可致，其年不可及也。”后附韦后，比相，又附太平公主。门下客献《海鸥赋》以讽，湜称善而不悛。萧至忠诛，流岭外赐死。

崔湜之为中书令，张嘉真为舍人，湜轻之，常呼为张底。后曾量数事，意皆出人右。湜惊美久之，谓同列曰：“知否张底乃我辈一般人，此终是其坐处。”湜死后十余年，河东竟为中书令。（出《国史纂异》，据谈氏初印本附录。）

杜审言

杜审言，襄阳人。擢进士，为隰城尉。恃才高，以傲世见疾。苏味道为天官侍郎，审言集判出，为人曰：“味道必死。”人惊问故，答曰：“彼见吾判，必羞死。”又尝语人曰：“吾文章当得屈宋作衙官，吾笔当得王羲之北面。”其矜诞类此。后病甚，宋之问等候之，答曰：“甚为造化小儿相苦，尚何言？然吾在，久压公等。今且死，固大慰，但恨不见替人云。”

杜审言初举进士，恃才謇傲，甚为时辈所妒。苏味道为天官将自家比作六朝时的王、谢等名门望族。他对人说:“我的家族、出身以及所任官职的清贵,未尝不能算是第一。大丈夫就应当先占据要害之地进而来掌控其他人,又怎么能默默地遭受别人的控制。”崔湜出任宰相时,刚刚三十六岁。他曾在一天傍晚时走出了端午门,一直往天津桥走,并边走边在马背上咏诗道:“春还上林苑,花满洛阳城。”张说见此感叹说:“文采和官位固然可以赶上他,但年龄却不如他了!”后来崔湜依附于韦后,相互勾结,其后又转而依附于太平公主。有个门客献上了一篇《海鸥赋》来讽刺他,崔湜口中称好却没有悔改。萧至忠被杀后,崔湜也被流放到了岭南,继而被赐死。

崔湜担任中书令时,张嘉真为中书舍人。崔湜很轻视张嘉真,常常称他为“张底”。后来崔湜又曾用了几件事来测试张嘉真,张嘉真的想法都在别人之上,崔湜也是为此惊异而赞美了很长时间。他对同僚们说:“你们知不知道,张底也是跟我们一样有才华的人,我这个位置终将会是他坐的地方。”崔湜去世十多年之后,张嘉真真的当上了中书令。(出《国史纂异》,据谈氏初本附录。)

杜审言

杜审言,是襄阳人氏。在中了进士后,他便当上了隰城县尉。他自恃才高而傲慢自大,瞧不起别人,因而导致抑郁成疾。苏味道担任吏部侍郎时,杜审言刚参加铨选考试答完卷子出来,便对人说:“苏味道死定了!”大家听了吃惊地问他原因,他回答说:“他看到我的答卷后,必定会羞愧而死。”他还曾对人说:“我的文章可以与屈原、宋玉相比,却只做了个衙官,我的书法应当比王羲之的还要强一些。”他竟然狂傲自大到了如此程度。后来他病得很重,宋之问等人前去看望他,他竟然说:“我很是遭那些幸运的小孩们忌恨,还有什么可说的呢?然而因为我的存在,将你们压制在下边太久了。如果现在我死了,大家定然会感到非常快慰。但遗憾的是还没有见到能替代我的人出现。”

杜审言当初刚刚考中进士时,便倚仗自己的才学而骄傲自大,因而很是被当时的人们所忌恨。苏味道担任吏部侍郎时,杜审言参加侍郎，审言参选试，判后谓人曰：“苏味道必死。”人问其故，审言曰：“见吾判即当羞死矣。”又问人曰：“吾之文章合得屈宋作衙官，书迹合得王羲之北面。”其矜诞如此。贬吉州司户。司马周季重、员外司户郭若讷共构审言罪状，系狱，将因事杀之。既而季重等酣宴，审言子并年十三，怀刃以击季重，重中创而死，并亦为左右所杀。（出《宾谭录》，据谈氏初印本附录。）

杜甫

杜甫，审言之孙。少贫不自振，客吴越齐赵间。举进士不第。天宝间，奏赋三篇，帝奇之，使待制集贤院。数上赋颂，因寓自称道：“且言先臣恕、预以来，承儒守官十一世。迨审言以文章显，臣赖绪业，自七岁属辞，且四十年。然衣不盖体，常寄食于人，窃恐转死沟壑。伏惟天子哀怜之，若令执先世故事，则臣之述作，虽不足鼓吹六经，至沉郁顿挫，随时敏给，杨雄、枚皋，可企及也。有臣如此，陛下其忍弃之？”禄山乱，天子入蜀，甫避走三川。会严武节度剑南，往依焉。武以世旧，待甫甚善，亲至其家。甫见之，或时不巾。而性褊躁傲诞，尝醉登武床，瞪视曰：“严挺之乃有此儿。”武亦暴猛，外若不为忤，中衔之。好论天下大事，高而不切，然数尝寇乱，挺节无所污。为诗歌，情不忘君，人怜其忠云。

了铨选考试，他在答完考卷后便对人说："苏味道死定了。"人们问他原因，杜审言回答道："他看见我的答卷后便应当会羞愧而死。"他还曾对人说："我的文章可以跟屈原、宋玉相比，却只做了一个衙官；我的书法跟王羲之相比，甚至还要比他强。"他竟然狂傲到了如此地步。他被贬为吉州司户之后，司马周季重、员外司户郭若纳共同勾结捏造了杜审言的罪状，杜审言因此被捕入狱，准备借事杀了他。然而没过多久，在一次宴席上周季重等人却喝得酩酊大醉，当时杜审言的儿子杜并正好十三岁，他将刀子揣在怀中前往席间刺杀了周季重，周季重身受重伤而死，杜并也被周季重身边的人所杀。（出《宾谭录》，据谈氏初印本附录。）

杜甫

杜甫，是杜审言的孙子。少年时因家中贫困而无法维持生计，因此在吴越、齐赵等地一带游荡。他曾被推荐参加进士考试，却没有中举。唐朝天宝年间，他向唐玄宗献上了三篇赋，唐玄宗对他的才华很惊奇，因此让他到集贤院等待诏命。他曾多次向唐玄宗呈献了自己的赋、颂，并寄言自述说："且说自我先辈杜恕、杜预以来，遵奉儒教谨守职分已经十一代人了，到杜审言时因为文章而得以显扬。我依靠着祖辈的遗业，从七岁便开始写诗文，到现在已经四十年了，然而依旧是衣不蔽体，常常寄食于别人家中，私下里常担心会在哪天流浪时死于沟壑之中。承蒙天子对我的同情与怜爱，如果能让我继续从事先辈的事业，那么我的著作，虽然不足以充分宣扬六经，做到表情达意抑扬跌宕、及时敏锐地反映时事的程度，但是要达到杨雄、枚皋那样的水平，还是有希望做到的。有这样的臣子，皇上忍心将他抛弃吗？"安禄山发动叛乱后，唐玄宗进入了蜀地，杜甫也因避乱而去了三川地区。当时正好碰上严武出任剑南节度使，杜甫便前往投奔他。严武因为与杜甫家是世交，所以对待杜甫非常友善，亲自到他家去看望他。杜甫去见严武时，有时连头巾都不戴，而他性子又褊急且狂傲放荡。他有一次曾喝醉了酒，登到了严武的案几上，瞪着双眼大喊道："严挺之竟然有这样的儿子！"而严武也是个性情暴烈的人，外杜工部甫在蜀，醉后登严武之案，厉声问武曰："公是严挺之儿否？"武色变，甫复曰："仆乃杜审言儿。"武少解矣。（出《摭言》，据谈氏初印本附录。）

陈通方

陈通方登正元进士第，与王播同年。播年五十六，通方甚少，因期集，抚播背曰："王老奉赠一第。"言其日暮途穷，及第同赠官也。播恨之。后通方丁家难，辛苦万状。播捷三科，为正郎，判盐铁。方穷悴求助，不甚给之。时李虚中为副使，通方以诗为汲引云："应念路傍憔悴翼，昔年乔木幸同迁。"播不得已，荐为江南院官。

陈通方，闽县人。真元十年顾少连下进士及第，时属公道大开，采掇孤俊。通方年二十五，第四人及第，以其年少名高，轻薄自负。与王播同年，王时年五十六，通方薄其成事后时，因期集戏附其背曰："王老王老，奉赠一第。"言其日暮途远，及第同赠官也。王曰："拟应三篇。"通方又曰："王老一之谓甚，其可再乎？"王心每贮之。通方寻值家艰还归，王果累捷高科，官渐达矣。通方后履人事入关，王已丞郎判监铁。通方穷悴寡坐，不知王素衔其言，投之求救。同年李虚中时为副使，通方亦有诗扣之，求为表看起来对此好像没有什么抵触，但是心中却因此对杜甫产生了怨恨。杜甫喜欢谈论天下大事，但都是一些高谈阔论，不切实际。但是他多次历经叛军战乱，却一直坚守着节操，没有留下任何污点。在他所创作的诗歌中，从来没有忘却君主的恩情。人们都很怜惜他的这份忠贞。

工部员外郎杜甫在蜀地时，曾在醉酒后登到了严武的案几上，厉声斥问严武道："你是不是严挺之的儿子？"严武听后变了脸色。杜甫又说："我乃是杜审言的儿子！"严武心中的愤怒才稍稍有些消减。（出《摭言》，据谈氏初印本附录。）

陈通方

唐朝人陈通方是在贞元年间考中了进士的，他与王播为同榜进士。王播当时已经五十六岁了，而陈通方还很年轻。在聚会时，陈通方拍了拍王播的后背说："王老奉赠一第。"意思是说王播的年龄和学问已经到了日暮途穷的地步了，才考中并授官。王播因此对他怀恨在心。后来，陈通方因为家中母亲过世而回家丁忧，生活非常艰苦。而这期间王播却连登三科，官职也升到了郎中，掌管朝廷盐政。陈通方因穷困憔悴而前来求助，王播不是很情愿帮他的忙。当时与他们同时考中进士的李虚中为节度副使，陈通方便写诗给他，表达请求他提携之意，诗中写道："应念路傍憔悴翼，昔年乔木幸同迁。"王播听说后不得已，便举荐他当了江西南陵院官。

陈通方是闽县人，唐贞元十年考中进士，排在礼部侍郎顾少连之后。当时公平选拔人才的道路大开，广泛招揽有独特才能的俊杰。陈通方刚好二十五岁，在中举的进士中排名第四位。因为年少便有了很高的名声，所以他变得轻薄自负。他与王播是同榜进士，王播当时已经五十六岁了，陈通方因此看不起王播，觉得他不会有什么成就。后来，在一次聚会时，他拍着王播的后背戏弄他说："王老王老，再白送你一榜吧。"意思是说王播已经到了日暮途穷的地步了，才学也快要尽了，可道路却还很远，刚及第可能就要因为去世赠官。王播说："我可以与你写三篇文章比一比。"陈通方道："王老能写一汲引云："应念路傍憔悴翼，昔年乔木幸同迁。"王不得已，署之江西院官。赴职未及其所，又改为浙东院。仅至半程，又改与南陵院。如是往复数四，困踬日甚。退省其咎，谓甥侄曰："吾偶戏谑，不知王生遽为深憾。人之于言，岂合容易哉。"寻植王真拜，礼分悬绝，追谢无地，怅望病终。（出《闽川名士传》，据谈氏初印本附录。）

李贺

李贺，唐诸王孙也。年七岁，元和中，以歌诗著名。韩退之、皇甫湜览贺所作奇之，相谓曰："若是古人，吾曹有不知者；若是今人，岂有不知之理。"因连骑造门请见。贺总角荷衣而出。二公面试一篇，贺承命欣然，操觚染翰，傍若无人，题曰《高轩过》。二公大惊，以所乘马联镳而还。元稹以明经中第，愿与贺交。贺见刺曰："明经及第，何事来见李贺？"稹惭而退。未几制策登科，为礼部郎官，乃议贺父名晋，不合举进士，时辈从而排之，贺竟不第。

篇就很不错了，怎么能够让你再写呢？”王播就将这事记在心里。不久，陈通方便遇上了家中老人过世而回家守丧，而王播在此期间却多次铨选高中，官位渐渐显达。陈通方后来为了求取官位来到了关中，这时王播已经升任郎中，掌管朝廷盐政。陈通方此时穷苦孤独，他不知王播因自己当时的话一直怀恨在心，于是前去投奔王播，想请他给予援助。与他们同年考中进士的李虚中此时已当上了节度副使，陈通方也有诗与他唱和，诗中表达了请求他提拔自己的意思：“应念路傍憔悴翼，昔年乔木幸同迁。”王播听说后不得已，便安排陈通方去担任江西院官一职。陈通方前去赴任还未到达衙署，王播又让他改任浙东院官。可是仅仅走了一半路程，又将他改任南陵院官。如此反复四次，陈通方一天比一天困厄，难以为继。于是，他返回家中反省自己的过失。后来，他对外甥和侄子们说：“我不过是偶尔戏谑了一下王播，不料他竟然记恨在心。为人讲话，又岂是那么容易完全合意呢？”不久后王播的试官期满被授予实官，两人的地位礼分相差就更悬殊了。陈通方想要去找他道歉却连地方都找不到，最后只能在怅然失望中郁郁而终。（出《闽川名士传》，据谈氏初印本附录。）

李贺

李贺，是唐朝皇室宗族的后裔。在他七岁，元和中期时，便因为诗歌而出名了。韩愈、皇甫湜看到他写的诗歌后都感到非常惊奇。他们说：“假如是古代人，我们可能会有不知道的；但如果是现代人，怎么可能不认识呢？”于是两人一起骑马找到李贺家，请求相见。这时束着两个发角的李贺，穿着用荷叶编做的衣裳迎了出来。韩愈、皇甫湜二人想让他当场作一首诗，李贺欣然接受了。他拿起木简，挥笔蘸墨，旁若无人，写下了诗题《高轩过》。韩愈、皇甫湜两人大为惊讶，他们挽紧马嚼子，与李贺一起三人并骑而回。元稹通过明经考试中了进士，他希望能够与李贺结交。当李贺见到元稹递来的名帖时，说道：“一个通过明经科考中举的人，有什么事来见我李贺啊？”元稹听后惭愧地离开了。不久元稹在由皇上亲自主持的应试中登第，被授予礼部郎中之职。元稹奏议说李贺父亲的名字“晋”与进按唐李公藩尝缀贺歌诗，为之叙未成，知贺有外兄，与贺有笔研旧，召见，托以搜采放失。其人诺且请曰："某尽记贺篇咏，然黯改处多，愿得公所辑视之，当为是正。"公喜，并付之，弥年绝迹。复召诘之，乃云："某与贺中表，自幼同处，恨其倨忽，常思报之。今幸得公所藏，并旧有者，悉投堰中矣。"公大恚，叱出之。

元和中，进士李贺善为歌篇，韩愈深所知重，于缙绅间每为延誉，由此声华藉甚。时元稹年少，以明经擢第一，攻篇什，常交结于贺。一日执贽造门，贺览刺不容遽入，仆者谓曰："明经及第，何事来看李贺？"稹无复致情，惭愤而退。其后日左拾遗制策登科，日当要路，及为礼部郎中，因议贺祖讳晋，不合应举；贺亦以轻薄为时辈所排，遂致擿轲。韩愈惜其才，为著《讳辩》录明之，然竟不成名。（出《剧谈录》，据谈氏初印本附录。）

李群玉

李群玉，澧州人。好吹笙，常使家僮吹之。性喜食鹅。及授士的“进”读音相同，为了避讳，所以他的儿子李贺不应当成为进士。当时的其他人也都认同这话，因而一起排挤李贺，李贺最终没能被录取。

按：唐代的李公藩曾汇集了李贺的诗歌，想将他的诗歌整理成卷却没能办成。他知道李贺有一个表弟，以前曾抄录过李贺的作品，于是召见了他，托付他帮助搜集李贺散失的作品。李贺的表弟答应了，并且说道：“我抄录了李贺所有的诗歌，但是涂改的地方太多了，希望能够得到你所收集到的拿来看看，以便以此加以订正。”李公藩听后大喜，将自己整理的诗稿全部拿给了他。可是整整过了一年，也没有听到李贺表弟的任何消息。李公藩又将李贺的表弟叫来询问，李贺的表弟说道：“我与李贺是表兄弟，从小便生活在一起。但我恨他太过于傲慢，所以常常想着要报复他。如今侥幸得到了你所收藏的他的作品，连同我原来有的，全部都丢到河堤里去了。”李公藩听了大怒，将他喝斥了出去。

唐朝元和年间，有位叫李贺的进士很擅长写诗歌，韩愈对他非常赏识与器重，经常在士大夫中间传扬他的名誉，由此使得李贺的声誉越来越响亮。当时元稹还非常年轻，参加明经科的应试考中了第一名。元稹也曾钻研过诗歌的创作，常想着能交结于李贺。有一天元稹带着礼物前去拜访李贺，李贺看过元稹递上的名帖后竟然没有准许他进门，他让仆人对元稹说：“你一个明经科中举的人，有什么资格来见李贺啊？”元稹没有再向李贺表达情意，满怀羞愧和愤恨离开了。后来，元稹从左拾遗的职位上再应试由皇上主持的考试而登第，渐渐身居要位。当他担任礼部郎中之后，便奏议说李贺的父亲李晋名字中的“晋”字与进士的“进”同音，为了避讳，李贺不应当参加科举应试。李贺也因曾经的轻浮、刻薄而被其他人所排斥，因而导致了一生郁郁不得志。韩愈爱惜他的才学，曾写了《讳辩》一文为他明辩，但是终究没能登第。（出《剧谈录》，据谈氏初印本附录。）

李群玉

李群玉，是澧州人氏。他喜欢吹笙，经常让家僮吹给他听。他校书郎，即归故里。卢肇送诗云："妙吹应诺凤，工书定得鹅。"题《黄陵庙》诗有曰："黄陵庙前春已空，子规啼血泪春风。不知精爽落何处，疑是行云秋色中。"群玉自以为春空便到秋色，踟蹰欲改，恍若有物，告以二年之兆。至浔阳，具述其事于段成式。群玉亡后，成式哭之诗曰："酒里诗中三十年，纵横唐突世喧喧。明时不作祢衡死，傲尽公卿归九泉。"

李群玉字文山，性轻率，多侮戏人。常假江陵幕客书求丐于澧州刺史艾乙。李谓艾曰："小生病且甚矣，幸使君痛救之。"李以戏其性之僻也。群玉以其轻脱而济之不厚矣。（出《北梦琐言》，据谈氏初印本附录。）

冯涓

大中四年，进士冯涓登第，榜中文誉最高。是岁新罗国起楼，厚赍金帛，奏请撰记，时人荣之。初官京兆府参军，恩地即杜相审权也。杜有江西之拜，制书未行，先召长乐公密话，垂延辟之命，欲以南昌笺奏任之，戒令勿泄。长乐公拜谢，辞出宅，速鞭而归。于通衢遇友人郑賨，见其喜形于色，驻马恳诘，长乐遽以恩地之辟告之。荥阳寻捧刺诣京兆门谒贺，具言得于冯先辈也。京兆嗟愤，而鄙其浅露。洎制下开幕，冯不预焉，心绪忧疑，莫知所以。廉车发日，自灞桥乘肩舆，门生咸在长乐拜别，京兆公长揖冯曰："勉旃！"由是嚣浮之誉，遍于搢绅，竟不通显。中间又涉交通中贵，愈招清议，官止祠部郎中、眉州刺史。仕蜀，至御史大夫。（原缺出处，谈氏初印本文同，注出《北梦琐言》）

还生性就喜欢吃鹅肉。当被授予校书郎后，便回归故里了。卢肇写了一首诗赠送给他，说："妙吹应诺凤，工书定得鹅。"他曾写过一首叫《黄陵庙》的诗："黄陵庙前春已空，子规啼血泪春风。不知精爽何处落，疑是行云秋色中。"李群玉觉得春空后便写到秋色有些不妥，迟疑间想着要修改，他恍惚间好像看到了一个东西，似乎在告诉他其后两年间将会发生之事的一些预兆。到达浔阳后，他将这事从头至尾地告诉了段成式。李群玉死后，段成式为他写了一首悼诗："酒里诗里三十年，纵横唐突世喧喧。明时不作祢衡死，傲尽公卿归九泉。"

李群玉，字文山。他性情轻率，经常侮辱戏谑他人。他曾假借江陵幕客的身份写信给澧州刺史艾乙，向他索要财物。他对艾乙说："小生病得非常重，希望使君你能怜悯施手救济。"他还戏弄说艾乙的性格孤僻。最终李群玉因为自己的轻佻而没有得到优厚的救济。（出《北梦琐言》，据谈氏初印本附录。）

冯涓

唐朝大中四年，冯涓考中了进士。在所有中榜的人中，他的文章获得的声誉最高。这一年新罗国要修建大楼，朝廷赠送了许多金银绸缎给新罗国，冯涓为此向皇上奏请撰写了传记，当时的人都为此感到荣耀。冯涓最初官任京兆府参军，这是当时宰相杜审权给予他的恩惠。杜审权即将被派往江西任职，但朝廷的任命还没有下达，杜审权先找来长乐公冯涓密谈。冯涓很羡慕新设置的幕府之职，因此希望杜审权能向皇上奏请让他前往南昌任职，杜审权答应了他并告诫他千万不要将此事泄漏出去。冯涓拜谢后，便辞别出门，快马急驰而归。在回家的大道上，冯涓遇见了自己的友人郑賨。郑賨见他喜形于色，便停下马来恳切地追问他是不是有什么好事，冯涓便将准备随杜审权去新辟的幕府任职一事告诉了他。不久，就有荥阳县的官员拿着名帖来到京兆府拜访冯涓表示祝贺，并都称这事是从冯涓那里听说的。杜审权听说后十分气愤，因而对冯涓的浅露行为非常鄙视。等到开建幕府的诏书下来后，杜审权没有让冯涓参加。为此杜

温庭筠

温庭筠，太原人。大中初，应进士，苦心研席，长于诗赋。然士行尘杂，不修边幅，能逐弦吹之音，为测艳之词。公卿家无赖子弟裴诚、令狐缟之徒，相与蒲饮，酣醉终日，由是累年不第。徐商镇襄阳，往依之，署为巡官。咸通中，失意归江东，路由广陵，心怨令狐绹在位时，不为成名。既至，与新进少年狂游侠，愈久不刺谒，又乞索于扬子院。醉而犯夜，为虞候所系，败面折齿，方迁扬州。诉之令狐绹，捕虞候治之，极言庭筠狭邪丑迹。自是污行闻于京师。

开明中，温庭筠才名藉甚，然而罕拘细行，以文为货，识者鄙之。无何执政间复有恶奏庭筠搅扰场屋，出随州方城县尉。时中书舍人裴坦当制，忸怩含毫久之。时有老吏在厕，因讯之升黜。对曰："舍人合为责词？何者？入策进士与望州长马齐资。"坦释然，故有泽畔长沙之比。庭筠之任，文士争为词送，唯记唐夫得其尤曰："何事明时泣玉频，长安不见杏园春。凤凰诏下虽沾命，鹦鹉审权心中很是忧虑，不知道为什么会这样。在杜审权启程赴任的那天，他从灞桥坐上桥舆出发了，门生都在长乐公邸拜别。京兆公杜审权拱手对冯涓道："还是多努力吧。"从这之后冯涓轻浮的名声，便在士大夫之间传开了，最终也没能通达显贵。后又因结交宫中权宦一事而招致了人们更多的指责议论，最终官止于祠部郎中、眉州刺史。后来出任前蜀官员，官至御史大夫。（原缺出处，谈氏初的本文同，注出《北梦琐言》）

温庭筠

温庭筠，为唐代山西太原人氏。大中初年时，他参加了科举考试但没考中。他苦心研读，非常擅长诗赋创作。然而他却又常常混迹于尘俗琐事之中，平时不修边幅。既能使用各种器乐演奏乐曲，也能创作清美艳丽的诗词。经常与公卿贵族家的无赖子弟裴诚、令狐缟等人，一起饮酒赌博，终日喝得醉醺醺的，因此他历经多年也没能考中进士。当徐商镇守襄阳时，温庭筠前去投奔他，被任命为巡逻官。咸通年中，郁郁不得志的温庭筠准备回归江东。路经广陵时，他心里对令狐绹产生了怨恨，因在他执政期间没能让自己登科成名。回到江东后，温庭筠便与那些新登科的年轻人四处狂游，很长时间都没有去拜访令狐绹，并向扬子院索要财物救济。后来因醉酒违犯了宵禁，而被虞候拘禁关了起来，结果被打破了脸，牙也断了，这才被迫回到了扬州。他将这事告诉了令狐绹，令狐绹立即下令将虞侯抓了起来要治他的罪，虞候为此极力讲述了温庭筠当时的那些狎邪丑恶行为。从这之后，温庭筠的卑污行径传遍了整个京城。

唐开明年间，温庭筠的才气名声很大，但是他为人处世不拘小节，经常拿自己的诗文去换钱，所以认识他的人都瞧不起他。没过多久又有朝官恶意上奏说温庭筠扰乱了考场的秩序，将他派到了随州方城担任县尉。当时起草诏书的正好是中书舍人裴坦，他含着笔犹豫不决许久也没有下笔。当时有个老官吏在旁边，便问他对温庭筠的处理是提升还是罢免，裴坦说："舍人们全都是谴责他的言论。"老官吏道："请问这话是谁说的？入策的进士与望州长马的名望地位才高却累身。且饮酥醽消积恨，莫辞黄绶拂行尘。方城若比长沙远，游隔千山与万津。”（出《摭言》，据谈氏初印本附录。）

陈磻叟

陈磻叟者，父名岵，当有词学，尤溺于内典。长庆中，尝注《维摩经》进上，有中旨，令与好官。执政谓岵因内道场僧进经，颇抑挫之，止授少列而已。磻叟形质短小，长喙疏齿，尤富文学，自负王佐之才。大言骋辩，虽接对相公，旁若无人。复自料非名教之器，弱冠度为道士，隶名于昊天观。咸通中，降圣之辰，二教论议，而黄衣屡奔，上小不怿。宣下，令后辈新入内道场，有能折冲浮图者，论以自荐，磻叟摄衣奉诏。时释门为主论，自误引《涅槃经》疏，磻叟应声叱之曰：“皇帝山呼大庆，阿师口称献寿，而经引《涅槃》，犯大不敬。”以其僧谓磻叟不通佛书，既而错愕，殆至颠坠。自是连挫数辈，圣颜大悦，左右呼万岁，其日帘前赐紫衣一袭。磻叟由是恣其轻侮，高流宿德多患之，潜闻上听，云：“磻叟衣冠子弟，不愿在官帔，颇思理一邑以自效耳。”于是中旨授至德县令。磻叟莅事，未经考秩，抛官，诣阙上封事。通义刘公引为羽翼，非时召对数刻，磻叟所陈数十节，侵究时病。复曰：“臣请破边珹家，可以赡军一二年。”上问：“边珹何人？”对曰：“宰相路岩亲吏。”既而大为岩恚怒。翌日，敕以磻叟诬罔上听，讦斥大臣，除名为民，流爱州。磻叟虽至颠蹶，不敢以其道自屈。素有重坠之疾，历聘藩后，率以肩舆造犀庑，所至无不仰止。及岩贬，磻叟得量移为邓州司马。时属广明庚子之后，刘巨容起徐将，得襄阳，不是一样的。”裴坦听后这才放下了心中疑虑，所以才有了将温庭筠的被贬与屈原被贬相比的说法。温庭筠赴任时，文人们争相写诗赋词为他送行，但只有其中写得最好的唐夫的诗被记录了下来，其诗写道：“何事明时泣玉频，长安不见杏园春。凤凰诏下虽沾命，鹦鹉才高却累身。且饮醁醽消积恨，莫辞黄绶拂行尘。方城若比长沙远，游隔千山与万津。”（出《摭言》，据谈氏初印本附录。）

陈磻叟

唐代时有个叫陈磻叟的人，他的父亲名叫陈岵，对诗词创作有一定的水平，特别是对佛经有更深的研究。唐朝长庆年间，陈岵曾将自己注解的《维摩经》进献给皇上，皇上因此下旨，让人授予他一个好的官职。当时的执政宰臣认为陈岵只是因进献寺院中和尚的经书而得到皇上赏识，便极力压制他，只是授予了他一个簿尉之类的小官。陈磻叟身材矮小，长嘴巴而牙齿稀少，但文学知识却比较丰富，自认为有辅佐帝王的才能；与人论辩时他常滔滔不绝，即使是与相国宰臣等对话，也旁若无人。另外他自认为不是那种有名望有教化的人，所以在他二十岁时便出家做了道士，挂名于昊天观。咸通年间，皇上寿辰之日，佛、道两教前来讲经论道，当时道教一方屡屡受挫，结果皇上有些不高兴了。于是皇上下旨，让那些后辈新入的道士加入讲经论道的场所，如果谁能辩倒佛教一方的人，便可以自荐。陈磻叟整束衣冠，响应诏命加入了辩论。当时佛门为主辩方，他们自己错误地引用了《涅槃经》，陈磻叟随即驳斥他们说：“今天是皇上的大庆之日，阿师们口口声声说是前来祝寿的，但是用的引典却是《涅槃》，这犯了大不敬之罪！”那个和尚原以为陈磻叟不懂得佛经，听了陈磻叟的话后极为惊恐，差一点摔倒在地。这之后，陈磻叟连续挫败了几个僧人，皇上因此非常高兴，身边的人高呼万岁。当天，皇上便在帘前赐给了陈磻叟一件紫衣。陈磻叟因此而变得日益放纵与轻浮傲慢，那些德高望重的人大多都不喜欢他。有人便将这事密奏给皇上，说：“陈磻叟本是士大夫子弟，他不满足于仅仅是穿一件官服，很想自己能够治理一个县。”于是皇上下旨授予他至德县令之职。陈磻叟能知磻叟，待以巡属一州佐耳。磻叟沿汉南下，中途与巨容幕吏书云：“已出无礼之乡，渐入逍遥之境。”巨容得之大怒，遣步健十余辈，移牒潭鄂，追捕磻叟。时天下丧乱，无人为堤防，既而为卒伍所凌。全家溯汉，至贾堑后，门三十余口，无噍类矣。（原缺出处，谈氏初印本文同，注出《摭言》）

薛能

薛能，会昌间进士，自负过高，从事西川日，每短诸葛功业，为诗曰：“阵图谁许可，庙貌我揶揄。”又云：“焚却蜀书宜不读，武侯无可律吾身。”讥李白曰：“我生若在开元日，争遣名为李翰林。”又曰：“李白终无取，陶潜固不刊。”自题其集云：“诗源何代失澄清，处处狂波污后生。常感道孤吟有泪，却缘风坏语无情。难甘恶少欺韩信，枉被诸侯杀祢衡。纵到缑山也无益，四方联络尽蛙声。”放诞如此。后军乱被害。

到任后处理政事，但任期还未满时他便抛下官职，来到朝堂上向皇上递上了密封的奏章。通义刘瞻将他招来做了自己的辅佐之官。后来皇上突然召见他，与他对话了数刻时间，陈磻叟所陈述的数十条答辞，都切中了时弊。他又说："臣请求抄掉边瑊的家，这样可以供养军队一两年了。"皇帝便问："边瑊是谁？"陈磻叟答道："是宰相路岩的亲信官吏。"因此路岩心中对他非常愤恨。第二天，朝廷颁布了诏令，说陈磻叟欺瞒皇上，攻击大臣，因此将他削职为民，流放到了爱州。陈磻叟虽然跌倒了，但他不敢因此而屈服放弃，因为他平素就吃过这种坠落之苦。后来他多次被各藩镇聘请为幕府，他们都是用轿舆将他抬到廊檐之下，所到之处，大家对他无不敬仰瞻望。后来当路岩被贬后，陈磻叟被赦免并酌情授职为邓州司马。当时正是广明庚子年之后，刘巨容在徐州起事不久，便攻占了襄阳，却没有人知道陈磻叟去了哪里，于是便下令让人寻找他这个州佐。这时陈磻叟已经沿着汉水南下，途中他给刘巨容的幕吏写了一封信，说："已出无礼之乡，渐入逍遥之境。"刘巨容得到这封信后大怒，就派遣了十几名善行的兵卒，带着文书赶到潭、鄂之地追捕陈磻叟。当时天下大乱，到处都没有人设堤防卫，因而很快就被追兵们追近了。此时他全家的人都逆汉水而上前来迎接他，当逃到贾堑后，全家共三十多口人，最终没有一人活了下来。（原缺出处，谈氏初印本文同，注出《摭言》）

薛能

薛能，为会昌年间的进士。他非常自负，以为自己了不起，所以在出任西川从事时，便经常向人诋毁诸葛亮的功业。他曾写诗道："阵图谁许可，庙貌我揶揄。"又写道："焚却蜀书宜不读，武侯无可律吾身。"他又讥讽李白说："我生若在开元日，争遣名为李翰林。"又说道："李白终无取，陶潜固不同。"他还在自己的诗文集上题诗道："诗源何代史澄清，处处狂波污后生。常感道孤吟有泪，却缘风坏语无情。难甘恶少欺韩信，枉被诸侯杀祢衡。纵到缑山也无益，四方联络尽蛙声。"言行竟然放肆到了如此地步。后来因为军中叛乱而被杀害。

薛能以文章自负，而累出戎镇，常郁郁叹息，因有《谢诗淮南寄天柱茶》。其落句云："粗官乞与直抛却，赖有诗情合得尝。"意以节将为"粗官"也。镇许昌日，幕吏咸集，因令其子橐鞬参诸幕客，幕客惊怪，能曰："俾渠消灾。"时人以为轻薄。（出《北梦琐言》，据谈氏初印本附录。）

高逢休

顾云，大顺中，制同羊昭业等十人修史。云在江淮，遇高逢休谏议。时刘子长仆射清名雅誉，充塞搢绅，其弟崇望复在中书。云以逢休与子长旧交，将造门，希致先容，逢休许之久矣。云临期请书，逢休授之一函，甚草创。云微有惑，因潜起阅之。凡一幅，并不言云，但曰："羊昭业拟将一尺三寸汗脚，踏他烧残龙尾道。懿宗皇帝虽薄德，不任被前件人罗织。执大政者亦大悠悠。"云吁叹而已。（原缺出处，谈氏初印本文同，注出《摭言》）

汲师

汲师，滑州人也，自溧水尉拜监察御史。时大夫李乾祐为万年令，师按县狱，乾祐差池而出晚，师怒，不顾而出。衔之。乾祐寻巡察。韦务静与师乡里，充乾祐判官。会制书拜乾祐中丞，乾祐顾谓务静曰："邑子可出矣，足下可入矣。"遂左授新乐令。性躁薛能因为自己的文章写得好而非常自负，却经常被派到各地军府任职，为此经常郁郁寡欢而叹息不已，并因此写了一首题为《谢诗淮南寄天柱茶》的诗，在诗的最后两句写道："粗官乞与直抛却，赖有诗情合得尝。"意思是认为节度使也不过只是个粗官而已。在他镇守许昌的时候，他将幕府的官吏们都召集到一起，因此让自己的儿子穿戴着武将的装束前来参拜各位幕客，幕客都觉得非常惊讶和奇怪。薛能说："我这是让他来消灾。"当时的人们认为他很轻薄。（出《北梦琐言》，据谈氏初印本附录。）

高逢休

唐代顾云，在大顺年间时，皇上下诏让他与羊昭业等十个人一起撰修史书。顾云在江淮的时候，遇见了谏议大夫高逢休。当时仆射刘子长享有高洁的声誉，整个朝廷的士大夫阶层都知晓，他的弟弟刘崇望又在中书省任职。顾云因为知道高逢休与刘子长是老朋友，所以准备登门前去拜访刘子长，希望高逢休能够先写封信给刘子长帮忙引介一下。高逢休答应他后已过了很长一段时间，顾云临行前向他索要引荐信，高逢休便给了他一封函件，但是信件显得非常粗糙简略。顾云为此有些疑惑，于是躲起来偷偷看了信件。只见整篇信件中，并未谈到顾云，只是写道："羊昭业打算用他那一尺三寸的汗脚，去走那条已被他烧毁了的通向皇宫的龙尾道。懿宗皇帝虽然德行稀薄，但也不能让上述那个人任意地虚构罪名，执掌大权的人也应该从大处去看。"顾云看后只能感叹而已。（原缺出处，谈氏初印本文同，注出《摭言》）

汲 师

汲师，是滑州人氏，从漂水县尉被提拔担任了监察御史。这时大夫李乾佑为万年县的县令。汲师前往巡视万年县的监狱，李乾佑因出现了差错而出来迎接晚了，汲师为此很生气，没有去看望他便离开了。李乾佑为此记恨在心。李乾佑不久后也到各地巡察。韦务静率，时直长李冲寂，即高宗从弟也，微有犯。师将弹而谓之，呼冲寂为弟。冲寂谓之曰："冲寂主上从弟，公姓汲，于皇家何亲，而见呼为弟？"师惭而止。尝监享太庙，责署官，将弹之。署官彻晓伺其失，汲履赤舄如厕，共讦之，乃止。（出《御史台记》，原缺，据谈氏初印本附录。）

崔骈

李德裕退朝归第，多与亲表裴璟无间破体笑，与李多询以内外新事。李问更有何说，裴曰："别无新事，但昨日坡下郎官集送某郎官出牧江湖，饮饯邮亭，人客甚众。有仓部白员外末至，崔骈郎中作录事，下四筹。白自以卑秩，人乘凌兢，更不敢固辞。上次酌四大器，白连引三器讫，余一持之，而请第四器名。崔郎中云，亦别无事，但何必要到处出脱。时白踉跄仆于下座，竟不饮而去。坐上有笑者，有缩颈者，但不知此官人今日起得否？"李闻之大怒，曰："何由可耐，不斯言必有之乎？"曰："固然。"又问弟知白员外所止否，璟曰："是人在某坊某曲。"李曰："为某传语白员外，请至宅。"白捧命又忧恐，比至，李曰："久欲从容，中外事并，然旬朔不要出人事。"既而白授翰林学士。崔骈汾州刺史，续改洺州刺史，流落外任，不复更游郎署，终鸿胪卿。（出《芝田录》，原缺，据谈氏初印本附录。）

与汲师是同乡，在乾佑的手下担任判官一职。这时正好皇上下诏任命李乾佑担任御史中丞一职，于是他看着韦务静说道："你的同乡该下去了，你应该上来了。"于是汲师被降职为新乐县县令。汲师性格浮躁而且轻率，在他担任监察御史时，直长李冲寂，也就是唐高宗的从弟，稍微犯了些小过错，汲师便告诉他要弹劾他，并称呼李冲寂为弟。李冲寂对他说："我是皇上的从弟，你姓汲，与皇家有什么亲戚关系，因而见面就称我为弟呢？"汲师因为觉得很惭愧便没有弹劾李冲寂了。他还曾经监察过太庙的祭祀活动，并斥责了那里负责祭祀的官员，准备弹劾他们。负责祭祀的官员便通宵彻夜地查找他的过失，当得知汲师穿着红色鞋子上过厕所，他们便一起揭发了此事攻击他，汲师不得已才放弃了对太庙祭祀官员的弹劾。（出《御史台记》，原缺，据谈氏初印本附录。）

崔骈

李德裕退朝回到家里后，经常与表弟裴璟放肆地开怀谈笑，李德裕大多是向表弟询问一些朝野内外的新鲜事。这一天李德裕又问表弟还有什么事情值得说一说，裴璟说道："别的倒也没什么新鲜事了，但是昨天坡下的郎官们一起欢送某位郎官出任江湖刺史时，他们在驿馆为他饯行。参加的人很多，但有个仓部的白员外最后一个到，当时郎中崔骈为监督大家饮酒的录事，因此罚白员外连干四杯。白员外因认为自己的官职很低，所以受到他人欺压时自然是战战兢兢的，更不敢强烈推辞。依次给他倒满了四大杯，白员外连续饮完三杯后，端起了剩余的一杯，请求说明罚这第四杯的意义。崔骈郎中说道：'倒也没有什么别的事，但你何必要到处去出卖自己呢？'当时白员外听后踉踉跄跄倒在了座位上，最后没有再喝这杯酒便走了。在座的人有的见了大笑，有的变得畏缩起来。只是不知这个官人今天还能不能挺得过来。"李德裕听了大怒道："还有什么能比这更让人难以忍受的呢！不知道你所说的事是不是真的？"裴璟答道："确实有这事。"李德裕又问表弟："你知道白员外的住处在哪里吗？"裴璟回答道："这个人就住在某坊的某个偏僻处。"李德裕道："你去帮

西川人

蜀东西川之人，常互相轻薄。西川人言：“梓州者，乃我东门之草市也，岂得与我为耦哉？”节度柳仲郢闻之，为幕客曰：“吾立朝三十年，清华备历，今日始得与西川作市令。”闻者皆笑之。故世言东西两川人多轻薄。（出《北梦琐言》，原缺，据谈氏初印本附录。）

河中幕客

相国刘瞻父景，连州人，少为汉南郑司徒掌笺奏，因题商山驿厕泉石，郑大奇之。勉以进修，俾前驿换麻衣执贽见之，后致解荐，擢进士第，历台省。瞻孤平有艺，虽登第，不预急流。任大理评事，日饘粥不给。尝于安国寺相识僧处求餐，留所业文数轴置在僧几。致仕军容刘玄翼游寺，见瞻文卷，甚奇之，怜其贫窭，厚有济恤。又知其连山人，朝无强授，谓僧曰：“其虽闲弃，必能为此人致宰相。”尔后授河中少尹，幕寮有贵族浮薄者，蔑视之。一旦有命征人，府尹祖之，前之轻薄幕客呼瞻为“尹公”。曰：“归朝作何官职？”瞻对曰：“得路即作宰相。”同舍郎大笑之，在席亦有异其言者。瞻自是以水部员外知制诰，旋入翰林，以致大拜也。

我把话传给白员外，请他到我们家来一趟。”白员外接到通知后再次忧惧起来。当他到了李德裕家后，李德裕对他说道：“我很久就想对现在的官员作一些调整调动了，虽朝廷内外的事要一并考虑，但如果不出意外的话，未来十天或一个月之内便会有人事变动。”不久后白员外便被授任为翰林学士，崔骈被任命为汾州刺史，任满后又改任为洺州刺史，一直流落在外地任职，再也没有回到郎署为官。最终死于鸿胪卿的任上。（出《芝田录》，原缺，据谈氏初印本附录。）

西川人

蜀地东部地区与西部地区的人，经常相互蔑视与轻薄。有西川的人说：“梓州，不过就像是我西川东门的集市而已，怎么能与我西川相提并论呢？”节度使柳仲郢听说这话之后，对幕客们说：“我在朝中从政三十年，各种清高显贵的官职都担任过，没想到只到今天才有幸得以在西川做了个集市令。”听到这话的人都大笑了起来。所以世人都说东、西两川的人大多很轻薄。（出《北梦琐言》，原缺，据谈氏初印本附录。）

河中幕客

宰相刘瞻的父亲是刘景，连州人氏，年轻时曾经在汉南为郑司徒幕府执掌表奏之事。因刘瞻曾在商山驿站旁的泉石上题词，让郑司徒对此感到十分惊奇，勉励他不断进取，并让他换上朝服拿着礼品去驿站会见他。后来刘瞻被推荐为举人，考中了进士，先后在中书、门下、尚书等各台省任过职。刘瞻出身寒微但是很有才华，虽然考中了进士，但是他并没有因此而急流猛进。在担任大理评事时，每天连一顿稠一点的粥都喝不上。他曾到安国寺一个认识的和尚那里求食，将几卷自己所作的诗词放在和尚的案桌上作为报酬。已经隐退的原观军容使刘玄翼到寺里游玩，看见了刘瞻留下的作品，很是惊奇。他怜悯刘瞻家境贫寒，就给了很多物资救济他；又听说他是连山人，没有被朝廷重用，于是他对那和尚说：“我虽然已经退休闲

（出《北梦琐言》，原缺，据谈氏初印本附录。）

崔昭符

皮日休，南海郑愚门生。春关内尝宴于曲江，醉寝于别榻。衣囊书笥，罗列傍侧，率皆新饰。同年崔昭符，镣之子，固蔑视之矣，亦醉。更衣见日休，谓其素所熟狎者，即伺间，且欲戏之。日休僮仆遽前欲呼之，昭符之其日休也，曰："勿呼之，渠方宗会矣，以其囊笥皆皮也。"时人传之以为口实。日休尝游江汉间，时刘允章镇江夏。幕中有穆判官者，允章亲也，或谮日休薄焉。允章素使酒，一日方宴，忽怒曰："君何以薄穆判官乎？君知身之所来否？鹦鹉洲在此，即黄祖沉祢衡之所也。"一席为之惧，日休南涕而已。（出《玉泉子》，原缺，据谈氏初印本附录。）

又

一说东都留守刘允章，文学之宗，气颇高介。后进循常之士，居了，但一定能让此人当上宰相。”此后刘瞻便被任命为河中少尹。幕客中有些贵族出身的轻薄者，对他很是蔑视。有一天，皇上突然下令召刘瞻入朝为官，府尹设宴为他饯行，宴席上那些以前轻视他的幕客都改称他为尹公，问他说：“你入朝后将担任什么官职？”刘瞻答道：“得到官职后就会出任宰相。”与他同住一起的人听后都大笑起来，席中在座的人也有的不相信他的话。刘瞻从这之后很快便从水部员外升任为知制诰，不久后又被调入翰林院，直到被授以宰相大位。（出《北梦琐言》，原缺，据谈氏初的本附录。）

崔昭符

皮日休，是南海郑愚的门生。在被推举去参加进士考试发榜前，他曾住在曲江，一次参加宴会时喝得酩酊大醉而睡在了别处。他将装衣裳的袋子以及装书的箱子，都堆放在了床边，这些东西都是他新置的物品。同科进士崔昭符，是崔镣的儿子，他本来就很蔑视皮日休，这次他也喝醉了。他前去更换衣裳的时候发现了皮日休。他觉得皮日休是自己平素熟悉且亲密的人，就守在那里准备戏弄皮日休，皮日休的僮仆见了便急忙上前准备叫醒皮日休。崔昭符走到皮日休跟前，说：“不要叫他，他正在与家人相会呢。因为他的衣囊、书笥与他一样，都只剩一层皮囊了。”当时的人将此事当作了谈资流传了开来。皮日休曾在长江汉水之间一带游历。当时刘允章镇守在江夏，他的幕府中有个穆判官，是刘允章的亲戚，一次他对刘允章说了皮日休的坏话，说皮日休鄙薄自己。刘允章平时经常饮酒，有一天刚刚开宴，他忽然大怒着对皮日休说：“你为什么看不起穆判官？你知道你现在所在的是什么地方吗？鹦鹉洲就在这里，就是当年黄祖把祢衡沉下水淹死的地方。”所有在席的人听后都脸露惧色，皮日休只是朝南边哭泣。（出《玉泉子》，原缺，据谈氏初印本附录。）

又

另外还有一种说法，说东都留守刘允章，是当时的文学泰斗，气罕有敢及门者。咸通中，自礼部侍郎授鄂州观察使。明年皮日休登第，将归覲于苏台。路由江夏，困投刺焉。刘待之甚厚，至于饔饩有加等。留连累日。仍致宴于黄鹤楼以命之，监军使与参佐悉集后，日休方赴召，已酒酣矣。既登楼，刘以其末至，复乘酒应命，心薄之。及酒数行，而日休吐论纷扰，顿亡礼敬。刘作色谓曰："吴儿勿恃蕞尔之才，且可主席。"日休答曰："大夫岂南岳诸刘乎？何倨贵如是。"刘大怒，戟手遥指而诟曰："皮日休，知鹦鹉洲是祢衡死处无？"日休不敢答，但嵬峨如醉，掌客者扶出。翌日微服而遁于浙左。（出《三水小牍》，原缺，据谈氏初印本附录。）

温 定

乾符四年，新进士曲江春宴，甲于常年。有温定者，久困场籍，坦率自恣，尤愤时之浮薄，因设奇以侮之。至其日，蒙衣肩舆，金翠之饰，夐出于众，侍婢皆称是，徘徊于柳阴之下。俄顷诸公自露棚移乐登鹢首，既而谓是豪贵，其中姝丽必矣，因遣促舟而进，莫不注视于此，或肆调谑不已。群兴方酣，定乃于帘间垂足定膝，胫极伟而长毳，众忽睹之，皆掩袂亟命回舟避之。或曰："此必温定也。"（出《摭言》，原缺，据谈氏初印本附录。）

度十分高傲，晚辈中一般的读书人，很少有敢来登门拜访的。咸通年间，他从礼部侍郎之职调任鄂州观察使。第二年皮日休考中了进士，准备在回家的时候前去看看苏台。路过江夏时，皮日休便递上名帖前去拜见刘允章，刘允章待他很宽厚，甚至以宰杀牲畜这样的大礼接待了他。皮日休在刘允章这里逗留了几天，有一天刘允章还在黄鹤楼设宴并邀请了他参加。监军使和参佐等人都到了后，皮日休才来赴宴，而且已经喝醉了。当他登上楼后，刘允章因为他是最后一个到，又是带着酒气来赴宴的，所以心中对他很鄙视。等到酒过数巡后，皮日休便已经开始语无伦次了，连起码的礼节都一下就忘掉了。对此刘允章面露不悦，对他说道："吴地的小儿，不要仗着自己是那个小地方的才子，便想成为这里的主人！"皮日休回答说："大夫难道是南岳那个姓刘的人吗？为什么这般傲慢显贵！"刘允章听了大怒，伸出两根手指指着皮日休骂道："皮日休，你知不知道鹦鹉洲是祢衡被沉水而死的地方？"皮日休不敢回应，只见他像喝醉了一样摇摇晃晃，负责接待的人急忙将他搀扶了出去。第二天皮日休便换了便装逃到浙江之左去了。（出《三水小牍》，原缺，据谈氏初印本附录。）

温定

唐朝乾符四年，新榜进士在曲江举行了春宴。这次宴会要比往年的好。其中有个叫温定的，已经被困于科举考试登记入选很多次了。他是个为人坦直而无拘无束的人，尤其是对当时的轻浮风气非常生气，因此想出了一个奇妙的办法准备来羞辱一下那些轻浮者。到了春宴那天，温定戴上头巾坐着轿舆，用金银首饰装扮了一番，便出现在众人前方的远处，服侍的婢仆都对着轿舆中的他点头称是，徘徊在柳荫之下。不一会儿那些公子哥们都从露棚中走了出来登上了船头，接着他们便猜测说轿舆中的人必定是来自豪门贵族之家，里边坐着的必定是一个美人。于是他们催促着船只向着温定的轿舆处快速驶来，所有人的目光都注视着温定的轿舆，有的人甚至还不停地调笑戏谑着。就在他们兴致正酣的时候，温定便将腿脚从帘子

里伸了出来，小腿显得极为粗壮并且长满了长毛。大家突然看到这条毛腿后，都用衣袖掩起面孔并命令船家赶快掉头躲避开来。有的人说道："这个人一定是温定。"（出《摭言》，原缺，据谈氏初印本附录。）

卷第二百六十六　轻薄二

姚岩杰

姚岩杰，梁公元崇之裔孙也。童丱聪悟绝伦，弱冠博通坟典，慕班固、司马迁之为人，时称大儒。常以诗酒放游江左，尤肆凌忽先达，旁若无人。唐乾符中，颜摽典鄱阳郡，鞠场公宇初构，请岩杰纪其事。文成，粲然千余言，摽欲删去二字，岩杰不从。摽怒，时已刊石，命碎其碑。岩杰以篇纪之曰："为报颜公识我么，我心唯只与天那。眼前俗物关情大，醉后青山人意多。冯子每嫌弹铗恨，甯生休唱饭牛歌。圣朝若为苍生计，合有公车到薜萝。"卢肇牧歙州，岩杰在婺源，先以著述寄肇。肇知其使酒，以手书褒美，赠以布帛。辞云："兵火之后，郡中凋敝，无以奉迎大贤。"岩杰复以长笺激之。肇不得已，迓至郡斋，礼若公卿，而姚傲睨自如。肇以篇咏夸于岩杰曰："明月照巴天。"岩杰笑曰："明月照一天，奈何独言'巴天'耶？"肇惭甚。无何，会于江亭，时蒯希逸在席。卢请目前取事为酒令，尾有乐器之名。肇令曰："远望渔舟，不阔尺八。"岩杰遂饮酒一噐，凭栏呕哕。须臾，即席，还令曰："凭栏一吐，已觉空喉。"其侮慢倨傲如此。（出《摭言》）

姚岩杰

姚岩杰，是梁公姚元崇的远代子孙。童年时他便聪明绝伦，二十岁时就已精通三坟五典等众多古代经典著作，很是仰慕班固、司马迁等人的文章，被当时的人们尊称为“大儒”。他因经常在江东一带饮酒赋诗，放荡不羁而闻名，尤其是对一些显贵人物，他也肆意凌辱，简直是旁若无人。唐乾符年间，颜摽主政鄱阳郡，在蹴鞠场地的大厅刚刚落成时，他邀请姚岩杰撰文来记载此事。文章写成后，一千多字写得畅达显著，颜摽想要删去其中两字，但姚岩杰不同意，为此颜摽很是生气。当时这篇文章已经被镌刻在了石碑上，颜摽下令让人砸碎了那块石碑。姚岩杰便用诗歌记录了这事，他写道：“为报颜公识我么，我心唯只与天那。眼前俗物关情大，醉后青山入意多。冯子每嫌弹铗恨，宁生休唱饭中歌。圣朝若为苍生计，合有公车到薜萝。”卢肇出任歙州牧时，姚岩杰在婺源。他先将自己的作品寄给了卢肇，卢肇知道他有酗酒任性的恶习，便写信对他的作品给予了赞美，并赠送了一些布帛。他信中说道：“战乱之后，郡中民生衰败，没有什么可以用来接待大贤的了。”为此姚岩杰又写了一封长信来刺激他，卢肇迫不得已，只好将姚岩杰接到了郡府的书斋，给了他公卿一样的礼遇。但姚岩杰仍旧像之前一样傲慢，目空一切。卢肇写了诗歌在姚岩杰面前自夸道：“明月照巴天。”姚岩杰听了笑道：“应该是明月照一天才对，为什么只说照‘巴天’呢？”卢肇听了觉得很是羞愧。没过多久，他们聚会于江亭，当时蒯希逸也在座。卢肇请大家以眼前的事物为题材各行酒令，且要求在酒令句尾必须是一件乐器的名称。卢肇起令说：“远望渔舟，不阔八尺。”姚岩杰饮了一满杯酒，之后便扶着栏杆吐了出去。一会儿，他又回到席间，还令说道：“凭

朝士使朔方

□□□跳索百戏俱呈。使臣观之如不见。□意其不足为欢笑□□别非□胡腾使臣仰视拓拔。又斜眄胡腾。遂敛袵恭□□□位视有若惭□□之貌。逡巡舞罢，趋而前谢曰，已蒙相公排置宴筵，百戏娱乐，更不令烦贤郎□□歌舞颇□□□再三辞谢。盖见拓拔中有与胡腾鼻相类，乃呼作贤郎。以此轻薄之。（出《玉堂闲话》）

薛保逊

薛保逊，名家子。恃才与地，凡所评品，士子以之升降，时号为浮薄。相国夏侯孜尤恶之。其堂弟因名保厚以异之，由是不睦。内子卢氏，与其良人保逊，操尚略同。季父薛监来省，卢氏出参，俟其去后，命水涤门阈。薛监知而甚怒，经宰相疏之，保逊因论授澧州司马，凡七年不代。夏侯公出镇，魏谟相登庸，方有征拜，而殒于郡。愚曾睹薛文数幅，其一云："饯交亲于灞上，止逆旅氏，见数物象人。语之口辄动，皆云江、淮、岭表州县官也。呜呼，天子生民，为此辈笞挞？"又《观优》云："绯胡推宰，莽转而出，众人皆笑，唯保逊不会。"其轻物率皆此类也。卢虔灌罢夔州，以其近亲，径至澧州慰省。还至邮亭，回望而哭曰："岂意薛保逊，一旦接军事李判官，打《杨柳枝》乎！"（出《北梦琐言》）

栏一吐，已觉空喉。”他就是这样的轻浮与傲慢。(出《摭言》)

朝士使朔方

内容缺失。

薛保逊

薛保逊，是名门世家子弟。他依仗着自己的才学和地位，对凡是被他评论过的读书人，其求职升官都必须要按照他的意见来进行，当时的人们称他为“浮薄”之人。宰相夏侯孜对他尤其厌恶。薛保逊的堂弟取名为保厚但是薛保逊不同意，因此两家变得不和睦。薛保逊的妻子卢氏，与自己的丈夫薛保逊在品行上大致相同。一次他们的叔父薛监来看望他们，卢氏出来参见，可是等叔父一走，她便让婢仆用水冲洗门坎儿。薛监知道这事后非常气怒，就经由宰相夏侯孜上疏弹劾，薛保逊因此被贬为了澧州司马，一直过了七年也没能改任。直到后来夏侯孜出任地方长官，魏谟当了宰相，薛保逊方才得以重新起用，最终在郡守的任上去世。我曾见到过几篇薛保逊的文章，其中一篇写道：“到灞上为朋友饯行，来到一处旅馆时，忽然发现有几个像人一样的怪物。这些怪物说话时嘴还能动，都说是江、淮、岭南一带的州县官。呜呼！天子教化的人，是要遭到这些人的拷打吗？”还有一篇名叫《观优》的文章中写道：“胡人推着宰莽转着圈出来，众人见了都笑了起来，唯有薛保逊没有附和他们。”薛保逊的轻慢傲视行为都是这样的。卢虔在修建好夔州的灌溉长堤工程后，因与薛保逊是近亲关系，便直奔澧州去慰问薛保逊。当回来走到

薛昭纬罗九皋附

唐薛昭纬，即保逊之子也，恃才傲物，有父风。每入朝省，弄笏而行，旁若无人。又好唱《浣沙溪》词。知举后，有一门生辞归乡里，临歧献规曰："侍郎重德，某既受恩。尔后不弄笏唱《浣沙溪》词，某幸甚也。"时人谓之至言。有一吏，尝学其行步揖逊，薛知之，乃召谓曰："试于庭前学，得似，即恕汝罪。"于是下帘，拥姬妾而观，小吏安详傲然，举动酷似，笑而舍之。路侍中在蜀，尝夏日纳凉于毬场厅中。使院小吏罗九皋，裹巾步履，有似裴条。侍中遥见促召，逼视方知其非，因笞之。（出《北梦琐言》）

又

薛昭纬使于梁国，谕以传禅。梁祖令客将约回，乃谓谒者曰："大君有命，无容却回。"速辔前迈，既至夷门，梁祖不获已而出迎接，见其标韵词辨，方始改观。自是宴接，莫不款曲。一日，梁祖话及鹰鹞，薛盛言鸷鸟之俊。梁祖欣然，谓其亦曾放弄，归馆后，以鹞子为赠。薛致书感谢，仍对来人戒僮仆曰："令公所赐，直须爱惜，可以纸裹，安鞲袋中。"闻者笑之。（出《北梦琐言》）

邮亭时，他回过头来望了望，哭道："怎么能够想到，薛保逊一旦接替了军事李判官，就会去打《杨柳枝》呢？"（出《北梦琐言》）

薛昭纬罗九皋附

唐朝末年时的薛昭纬，便是薛保逊的儿子。他倚仗自己的才学而非常傲慢，颇有他父亲薛保逊的风范。每次上朝或到台省去时，他总是手中玩弄着笏板而行，旁若无人；他还喜欢唱《浣沙溪》。有一次，在主持科举考试之后，有一个门生向他告辞回归家乡，在差路口分手时门生向他进言规劝道："侍郎您德行深厚，感谢您让我得到了恩惠。如果以后您能够不再玩弄笏板、不再唱《浣沙溪》，那便是我最大的荣幸了。"当时的人们都认为这是最真实的话。有一个小官吏，曾学习他走路以及拱手揖让的样子，薛昭纬知道这事之后，便将那人叫来并对他说："你在庭院前再学一学，如果学得像，那我就饶恕了你的罪过。"于是放下门帘，拥着姬妾在屋内观看。那个小官吏表现得从容稳重而又藐视一切的样子，一举一动与他都十分相似，薛昭纬见了笑着将他放走了。路侍中在蜀地时，曾在夏天的时候在一个球场的大厅里乘凉。有个叫罗九皋的使院小吏，他裹着的头巾与走路的姿势，看起来很像是裴条。路侍中远远望见便赶紧将他叫了过来，等来到跟前细看才发现他并不是裴条，因此鞭打了罗九皋。（出《北梦琐言》）

又

还有一次，薛昭纬出使到后梁国去，准备传诏给后梁太祖朱晃，让他做好禅让大位的准备。后梁太祖派人将他阻拦了下来，准备让他返回，就对来人说道："天子有命，无法退回。"于是快马加鞭往前赶路。薛昭纬已经到了东门外，后梁太祖不得已只好出来迎接。后梁太祖见薛昭纬很有文采，而且能言善辩，这才改变了对他的看法。因而设宴款待，没有不尽情不周到的地方。有一天，梁太祖谈到了鹞鹰，而薛昭纬对鹞鹰的出众也是大加赞美，后梁太祖听后十分

剧燕

剧燕，蒲坂人也，工为雅正诗。时王重荣镇河中，燕投赠王曰：“祇向国门安四海，不离乡井拜三公。”重荣甚礼重之。为人多纵，陵轹诸从事，竟为正平之祸。（原缺出处，今见唐《摭言》十。）

韦薛轻高氏

江陵高季昌唐末为荆南留后时，宰相韦说、郑珏，舅甥姻娅也，朱梁太祖时皆得制方面。高氏以贵公子任行军司马，常以歌筵酒馔款待数公。日常宴聚，求取无恒，皆优待之。后庄宗过河，奄有中原，天下震惧。高王单骑入觐，韦、郑二公，继登台席，中朝士族子弟，多不达时变，复存旧态。薛泽除补阙，韦荆除春秋博士，皆赐绯，咸有德色，匆匆办装，即俟归朝，视行军蔑如也。李载仁、韦说之甥，除秘书郎。刘诜、郑珏之妹夫也，除毛诗博士，赐绯。尔后韦屡督李入京，高氏欲津置之。载仁迁延，自以先德遗戒，不欲依舅氏，但不能显言，竟不离高氏门馆。刘诜无他才望，性嗜酒，口受新命，殊无行意，日于高氏，情敬不衰，然则美酝肥羜之所引也，无何以疾终。高氏赡给孤遗，颇亦周至。未间，洛下有变，明宗入统，南方强侯，人要姑息，韦、郑二相皆罢去，韦、薛尚跧荆楚。明年，保最嗣袭，辟李为掌记。他日，录其长息为子婿，第三子皆奏官，一门朱紫韡如也。刘诜三子，迭加任遇，三孙高兴。薛昭纬还说自己也曾放过鹞鹰，所以在回到客馆后，后梁太祖便赠送来了鹞鹰。薛昭纬写信向后梁太祖表示感谢，并当着送鹞鹰来的人告诫僮仆说："这是令公所赐之物，你们一定要好好爱惜！可用纸裹将它起来，安放到袋子里。"听了这话的人都笑了起来。（出《北梦琐言》）

剧燕

剧燕，是蒲坂人氏，非常擅长写雅正的诗歌。当时王重荣镇守河中，剧燕前往投奔并赠给了王重荣一首诗，写道："只向国门安四海，不离乡井拜三公。"王重荣对他非常尊重、礼让。但他为人却非常任性放纵，经常欺压幕府中的各位从事官员，最终导致了自己落得像祢衡一样被沉江的下场。（原缺出处，今见唐《摭言》十。）

韦薛轻高氏

家住江陵的高季昌，在唐末出任荆南节度使留后时，韦说与郑珏二位都做过宰相，是舅甥的亲戚关系。到了后梁太祖朱晃朝时，韦说与郑珏两人也都得到了为皇上行令的职位，而高家的贵公子高季昌只是担任了行军司马一职。他经常以歌筵酒馔来款待众位亲朋好友。平时每次来参加宴会的，所求的东西并不是固定的，但不论是谁他都给予了优待。后来后唐庄宗渡过黄河，占据了中原地区，天下人都为此感到震惊与恐惧。南平王高季昌单骑前往觐见，而韦说与郑珏二人继续当了宰相。当时朝中的贵族子弟，大多数都没能适应时代的变化，依旧还保持着原来的心态。这时薛泽则被任命为补阙，韦荆被任命为春秋博士，都被赐予了五品以上的绯色官服，脸上都有得到皇恩的得意之色。他们匆忙置办了服装，等待上朝赴任，而对行军司马高季昌依旧像以前一样轻视。李载仁，是韦说的外甥，被任命为秘书郎；刘诜，是郑珏的妹夫，被任命为毛诗博士，并被赐予了绯色五品官服。之后韦说多次督促李载仁进京赴任，高季昌准备到码头为他送行。但李载仁却一再拖延，他牢记着自己先辈的遗诫，不想

女适高氏子弟，向三十年，享其禄食，亦足称也。韦荆寂寞而卒，薛泽摄宰而终，岂自掇乎，亦命也夫。（出《北梦琐言》）

胡翙

有胡翙者，佐幕大藩，有文学称，善草军书，动皆中意。时大驾西幸，中原宿兵，岐秦二藩，最为巨屏。其飞书走檄，交骋诸夏，莫不伏其笔舌也。时大帅年幼，生杀之柄，断在贰军张筠。其宣辞假荆州任。在张同，张同为察巡。翙常少其帅，蔑视同辈不为礼。帅因藉其才，不甚加责，但令谕之而已。其轻薄自如也。常因公宴，翙被酒呼张筠曰："张十六。"张十六者，筠第行也。数以语言诋筠，因帅故但衔之。他日往荆州诣张同，同仆不识，问从者，曰："胡大夫翙。"至厅，已脱衫矣。同闻翙来，欲厚之，因命家人精意具馔。同遽出迎见，忽报曰："大夫已去矣。"同复步至厅，但见双椅间遗不洁而去，卒不留一辞。同亦笑而衔之。张无能加害。时帅请翙聘于大梁，翙门下客陈评事者从行。筠密赂陈，令伺其不法。入梁果恣虚诞，或以所见密闻梁王，皆为陈疏记之。

依靠自己的舅父，但又不能明说，最终还是没有离开高家的客馆。刘诜没有什么别的才气和名望，生性喜欢喝酒，嘴上虽然答应了新的任命，但没有一点要启程的意思，每天仍旧留在高家，情谊不减，但那也是因为有美酒肥肉吸引的缘故。不久后，便因为疾病而死。高季昌为他赡养了未成年的子女，而且照顾得也非常周到。没过多久，洛阳发生事变，后唐明宗入主中原。南方的强侯，重要人事都苟安不就，韦说、郑珏两位宰相都请辞罢官而去，韦荆、薛泽等则还蜷缩在荆楚之地。之后第二年，李保最继位，任命李载仁为掌记。后来，他的长子被招为驸马，第三子也一同授官，满门都朱衣紫绶，荣耀兴旺。刘诜的三个儿子，也不断受到皇上恩典而屡屡升官，有三个孙女嫁给了高家子弟，一直延续了近三十年，享受高官厚禄，也足以值得称赞了。韦荆最终在寂寞中死去了，而薛泽则在某个小官吏的代理位置上死去了。这难道不是自找的吗？也可以说是命中注定的吧。（出《北梦琐言》）

胡翙

有个叫胡翙的人，在一个势力强大的藩镇幕府中负责处理文书之类的事，向来以文学著称，善于撰写军事文书，每次撰写的文书都让人非常满意。当时皇上已经移驾去了西部，驻守在中原的军队，岐、秦二个藩镇成为了最大也最重要的屏障。各种诏令紧急文告，通过中原不断发往各地，没有人不敬服他所起草的文书能完美达意的。这时的大帅年纪还很小，生杀大权，完全掌握在节度副使张筠的手中。他宣称自己已经代管荆州，但实际上荆州是由张同在代管。张同当时是幕府中的察巡官。胡翙常常认为大帅还小而有所轻视，但更蔑视同僚而对他们不尊重。大帅因为要倚仗他的才能，所以没怎么责备他，只是以告示提醒他而已，但他轻薄依旧，并没有受到什么约束。在宴会上，胡翙常乘着酒兴称呼张筠为：“张十六！”十六是张筠在家族兄弟中的排行。胡翙还曾多次以语言诋毁过张筠，但因为大帅的缘故，张筠只是将怨恨埋藏在心里。后来有一天胡翙前往荆州去拜访张同，张同的仆人不认识他，便向随从的人打听，回答洎归，帅知其狂率，亦优容之。陈于是受教，构成其恶，具以乖僻草藁，袖而白帅。帅方被酒，闻之大怒，遂尽室拥出，坑于平戎谷口，更无噍类。帅醒知之，大惊，痛惜者久之。沉思移时曰："杀汝者副使，非我为之。"后草军书不称旨，则泣而思之。此过亦非在筠，盖翙自掇尔。王仁裕尝过平戎谷，有诗吊之曰："立马荒郊满目愁，伊人何罪死林丘。风号古木悲长在，雨湿寒莎泪暗流。莫道文章为众嫉，只应轻薄是身仇。不缘魂寄孤山下，此地堪名鹦鹉洲。"（出《王氏见闻》）

轻薄士流

唐朝有轻薄士流出刺一郡，郡人集其歌乐百戏以迓之。至有吞刀吐刀、吹竹按丝、走圆跳索、歌喉舞腰，殊似不见。州人曰："我使君清峻，无以悦之。"相顾忧戚。忽一日，盛夏登楼，遽令命乐。郡人喜曰："使君非不好乐也。"及至楼下，遂令色色引上，其弦匏戛击之类迭进，皆叱去不用。有吹笙者，末后至，喜曰："我比只要此一色。"问："此一物何名？"曰："名笙，可吹之。"

说："这是胡翙大夫。"这时胡翙已经到了大厅，脱去外衣了。张同听说胡翙来了，准备好好地接待他，因此告诉家人各种佳肴饭食都要精心准备。于是张同便准备出来迎接，这时忽然有人进来禀报说："胡大夫已经离开了。"张同又来到大厅，只发现胡翙在两张椅子中间留下了一片便溺物便离开了，没有留下一句话。张同也只是笑了笑，但心中却很怒恨。张筠一直没有办法下手陷害胡翙。这时正好大帅请胡翙出使后梁，胡翙的门下客陈评事随行。张筠私下贿赂了陈评事，让他监视胡翙的不法行为。到了后梁时胡翙果然变得放纵荒诞，有时还将自己的所闻所见偷偷告诉了梁王，这些都被陈评事一一记录了下来。从后梁回来后，大帅知道了胡翙在后梁的狂妄轻率，但还是宽容了他。陈评事因此又受到了张筠的教唆，就虚构了胡翙的罪状，将他的一些怪异行为记在一张草稿纸上，藏在袖筒里，然后偷偷将此一一陈述给大帅。大帅当时正好喝酒醉了，听后大怒，就下令将胡翙全家人都推了出去，活埋在平戎谷口，没有一个活下来的。当大帅酒醒了知道这事后，心中大惊，为此痛惜了很长一段时间。他沉思了很久之后说道："杀你的人是副使啊，并不是我！"后来每次起草的军事文书都没有符合旨意的，大帅就哭着想胡翙。其实这过错也不在于张筠，而都是胡翙自取的。王仁裕曾路过平戎谷，写了一首诗来悼念胡翙："立马荒郊满目愁，伊人何罪死林丘。风号古木悲长在，雨湿寒莎泪暗流。莫道文章为众嫉，只应轻薄是身仇，不缘魂寄孤山下，此地堪名鹦鹉洲。"（出《王氏见闻》）

轻薄士流

唐朝时，有一个轻薄的文人出任了某个州的刺史一职。州府的人为了迎接他而召集来了歌乐百戏，其中有吞刀吐刀的，有吹竹按弦的，有跑圈跳绳的，有歌唱舞蹈的，但是他对此好像都视而不见。州府中的人为此议论说："看来我们的刺史是个清高之人，恐怕没有什么能让他高兴的了。"大家你看看我，我看看你，面带忧色。忽然有一天，正是盛夏时节，那个刺史要去登楼，就让人鸣鼓奏乐，州府的人听后大喜，道："看来我们的刺史不是不喜欢音乐啊。"当来到楼下乐工甚有德色，方欲调弄，数声，遽止之曰："不要动指，只一直吹之。"乐工亦禀之。遂令临槛长吹，自午及申，乃呼左右，可赐与酒令退曰："吾谁要曲调，只藉尔唤风耳。"复一日入山召乐人，比至，怒目叱之曰："只要长脚女人。"乐部忙然退出，不知其所以。遂遣六七妇人约束长脚，鼓笛而入。乃顾诸妇升大树，各持笼子令摘树果。其辈薄徒事，如此者甚多。

张翱

唐乾宁中，宿州刺史陈璠以军旅出身，擅行威断。进士张翱恃才傲物，席上调璠宠妓张小泰，怒，揖起付吏，责其无礼。状云："有张翱兮，寓止淮阴，来绮席兮，放恣胸襟。"璠益怒云："据此分析，合吃几下？"又云："只此两句，合吃三下五下，切求一笑，宜费乎千金万金。"竟鞭背而卒。出刘山甫《闲谈》，词多不载。（出《北梦琐言》）

时，那个刺史便让人将乐手一个一个地领上来，其中弦、管、弹、击之类依次而进，但都被呵斥退了不用。有个吹笙的人，是最后一个上去的，刺史见了高兴地说："我只要听这一种乐器。"又问乐手道："这乐器叫什么名？"乐手告诉他说："这乐器名称叫笙，可以吹。"乐手面露得意之色，刚刚准备调试乐器，试吹了几声，刺史便立即制止了他，说道："你不要动手指头，只需要一直吹下去。"乐手也接受了，刺史便让他到栏杆边上去长吹，从午时一直吹到了申时。于是刺史叫来随从，让他们赐给乐工美酒后让他回去，并说道："谁要听这个曲子呢？我只是想要借助你来吹吹凉风而已。"又有一天刺史要到山林中去，因此招乐手前来。等乐手们都到了后，刺史怒瞪着他们呵斥道："我只要长脚女人！"负责演奏的人急忙退了出来，不知道刺史到底要做什么，便安排了六七个女人将自己的脚束长，吹奏着笛子进入山林。原来刺史只是想让这些女人爬到大树上去，每人提一个筐子给他摘取果子。这个人所做的轻薄徒劳之事，类似这样的还有很多很多。

张翱

唐朝乾宁年间，宿州的刺史陈璠为军旅出身，行事独断专行。当时有个叫张翱的进士，倚仗自己的才能而轻视别人。有一次在宴席上，张翱调戏了陈璠宠爱的艺妓张小泰，陈璠为此大怒，下令将张翱抓起来交给了官府，要求责罚他的无礼行为。官吏在审理张翱的状文中写道："有个叫张翱的人，暂居在淮阴，来参加盛大的宴会，竟然放浪恣肆。"陈璠见到状文后更加生气，说道："如果按照这种情况对他量刑，应该杖责多少下？"又说道："根据这两句话，应当只能打他个三下五下的。如果只是为了求得让人一笑，那还不如花费千金万金更好！"最终张翱因被鞭打背部而死。这个故事出自于刘山甫的《闲谈》一书，因文章很长便不多转载了。（出《北梦琐言》）

卢 程

卢程擢进士第，为庄皇帝河东判官，建国后命相。无他才业，唯以氏族傲物。任圜常以公事入谒，程乌纱隐几，谓圜曰："公是虫豸，辄来唐突。"圜惭愕，骤告庄宗，大怒，俾杀之，为卢质救解获免。自是出中书，时人切齿焉。江陵在唐世，号衣冠薮泽，人言琵琶多于饭甑，措大多于鲫鱼。有邑宰卢生，每于枝江县差船入府，舟子常苦之。一旦王仙芝兵火，卢生为船人挑其筋，系于船舷，放流而死。大凡无艺子弟，率以门阀轻薄，广明之乱，遭罹甚多，咸自致也。（出《北梦琐言》）

崔 秘

天成二年，潘环以军功授棣牧，素无宾客，或有人荐崔秘者，博陵之士子也，举止闲雅，词翰亦工。潘一见甚喜，上馆以待之，经宿不复往，潘访之不获，既而辟一书生乃往。后荐主见而诘之，崔曰："潘公虽勤厚，鼻柱之左有疮，脓血常流，每被熏灼，腥秽难可堪。目之为白死汉也。"荐主大哈。崔之不顾名实而为轻薄也。盖潘常中流矢于面，骨衔其镞，故负重伤。医疗至经年，其镞自出，其疮成漏，终身不痊。（出《玉堂闲话》）

卢程

卢程考中进士之后，便在唐庄宗当年担任河东节度使时的幕府中做了判官，唐庄宗建立后唐后就被任命担任了宰相。他没有什么才能，唯独自己的家族在当时显赫一时。任圜曾因公事前去拜见他，卢程将自己的乌纱帽藏到了案几底下，对任圜说道："你就像是未开化的野兽一样，来得这么唐突！"任圜听了感到十分羞愧与惊愕。卢程马上就将这事禀告给了庄宗。庄宗听后大怒，下令要斩首任圜，因为卢质的求情相救才得以免除死罪。从这之后任圜被赶出了中书省，当时人们对他也非常痛恨。在唐朝时，江陵号称是士大夫聚集的地方，大家都说这里的琵琶比蒸饭的甑子还多，读书的人比鲫鱼还多。有个叫卢生的县令，每次到枝江县衙去时都因要坐船而抓人家的公差，船夫为此经常苦恼。有一天，王仙芝忽然起兵烧起了战火，而卢生被船夫挑断了筋，将他拴在船舷上，然后投进江里被淹死了。大凡是没有才能的世家子弟，大多会因门第的显贵而轻薄他人，他们在广明年间发生的战乱中，遇难的有很多很多，这都是他们自己招惹的祸造成的。（出《北梦琐言》）

崔秘

后唐天成二年的时候，潘环因为立有战功而被授予了棣州牧之职。他平素没有什么宾客，有人向他推荐了一个叫崔秘的人。崔秘是博陵的一个学子，举止悠闲高雅，诗文也作得很工整。潘环第一次见面时便对他很是喜欢。潘环曾到崔秘的客馆等候崔秘，可是等了一整夜他也不肯再来。潘环去拜访崔秘没有收获，但接着另有一个书生去请他，崔秘却去了。后来那个推荐人见到崔秘时因此责问他，崔秘回答说："潘公虽然为人殷勤厚道，但是在他鼻梁的左边长了疮，经常流脓血，每次见到他时都觉得很薰人，那种腥臭与肮脏实在让人难以忍受。看起来就像一个白死汉。"推荐人听后对他大为讥讽。由此可见，崔秘是个不顾自己名声与实际情况而任意妄为的轻薄之人。潘环的脸上曾经被流箭射中过，箭头射进了骨头里，因而负

王先主遭轻薄

韦昭度招讨陈敬瑄时，蜀帅顾彦晖为副，王先主为都指挥使。三府各署幕寮，皆是朝达子弟，视王先主蔑如也。先主侍从，髡发行眵，黥面札腕，如一部鬼神。其辈以先主兢肃，顾公详缓，一时失笑而散。先主归营，左右以此为言，亦自大笑。他日克郪城，轻薄幕寮，皆害之。（出《北梦琐言》）

蒋贻恭

蒋贻恭者好嘲咏，频以此痛遭檟楚，竟不能改。蜀中士子好着袜头裤，蒋谓之曰："仁贤既裹将仕郎头，何为作散子将脚也。"皆类此。蒋生虽嗜嘲咏，然谈笑儒雅，凡被讥刺，皆轻薄之徒，以此搢绅中恶之。官至令佐而卒。（出《北梦琐言》）

了重伤。经过一年多的医疗，箭头出来了，可是那箭伤却变成了脓漏，终身都没能痊愈。（出《玉堂闲话》）

王先主遭轻薄

韦昭度在讨伐陈敬瑄的时候，由蜀帅顾彦晖担任副都指挥使，先主王建担任都指挥使。当时三府各自安置的幕僚，都是一些朝中显贵的世家子弟，他们都瞧不起先主王建，认为他没有什么了不起的。王先主的侍从，剃了头发画了眉眼，并在脸上与手腕纹了刺青，看起来就像鬼神一样。那些世家子弟提出与先主比赛速度，顾彦晖出面和缓了双方气氛，一会儿大家不自禁大笑着散去了。王建回到营帐后，身边的人说起了这件事，先主自己也大笑起来。后来在攻克了郪城后，那些轻薄的幕僚，全都被杀掉了。（出《北梦琐言》）

蒋贻恭

蒋贻恭这个人经常喜欢写一些讽刺他人的诗歌，为此常常遭人痛打，但他却始终都没能改掉。蜀地的书生喜欢穿袜头裤，蒋贻恭对他们说：“你们既然将自己缠裹成一个做官人的头型，为什么又要把作为江湖散人的袜子穿在脚上呢？”他讽刺别人的诗词都类似于这样。蒋贻恭虽然喜好作嘲讽诗，但他的谈吐却非常儒雅。凡是被他讽刺的人，都是一些轻薄之徒，所以很多士大夫们都不喜欢他。他最终在县令副职的官任上去世。（出《北梦琐言》）

卷第二百六十七　酷暴一

麻 秋

后赵石勒将麻秋者，太原胡人也，植性虓险鸩毒。有儿啼，母辄恐之麻胡来，啼声绝。至今以为故事。（出《朝野佥载》）

宋幼帝

明帝崩，昱嗣位，是为幼帝。幼帝狂暴，恣行诛戮，出入无度。从者并执铤、矛、锥、锯自随，有忤意，击脑椎阴，刺心剖腹之诛，日有数十。孝武帝二十八子，明帝杀其十六，余皆帝杀之，子孙无在朝者。（出《谈薮》）

高 洋

北齐高洋，以光武中兴为诛刘氏不尽，于是大诛诸元，死者千余，弃之漳水。有捕鱼者得爪甲，为之元郎鱼，人不忍食之。唯元峦、元长春、元景安，三家免诛。峦以其女为常山王妃，春、安等以其多力善射故也。景安兄景皓曰："宁为玉碎，不作瓦全。"景安奏其言，帝复杀之。自是元氏子孙，老幼贵贱无遗矣。（出《谈薮》）

麻 秋

后赵时期石勒的手下有个叫麻秋的将领，是驻守在太原的胡人，其性情残暴、阴险且毒辣。当时如果有小孩子哭闹，母亲便会吓唬小孩子说“麻胡来了”，小孩子的哭声便会立刻止住。到现在这事作为故事还在流传着。（出《朝野佥载》）

宋幼帝

南北朝时宋明帝死后，由刘昱继位，这就是幼帝。幼帝是个性情狂暴之人，常恣意杀人，出入无常。出行时随从都拿着铁锭、矛、锥子、刀锯等一起跟在后边，如果有人稍不顺他的心意，便打他的脑袋敲他的阴部，或者是刺心剖腹将其诛杀，被他毒打或杀害的人每天都有几十个。孝武帝有二十八个儿子，明帝杀掉了其中的十六个，剩下的十二个都被幼帝杀掉了，所以孝武帝的子孙后代没有一个留在朝廷的。（出《谈薮》）

高 洋

北齐文宣帝高洋，因为在光武中兴年间时没能将刘氏家族诛杀尽，于是便对元氏各家族大开杀戒，共杀掉了一千多人，并将尸体都扔进了漳河中。有捕鱼的人捕捞到了爪甲鱼，便称它为元郎鱼，大家都不忍心吃这种鱼。元氏宗族中只有元峦、元长春、元景安三家免遭诛杀。其中元峦因为自己的女儿是常山王妃，而元长春、元景安是因为他们力气大、善于射箭的缘故。元景安的哥哥元景皓说：“宁为玉碎，不作瓦全。”元景安将这话奏报给了皇上，于是文宣帝高洋再次

南阳王

北齐南阳王入朝，上问何以为乐。王曰：“致蝎最乐。”遂收蝎，一宿得五斗。置大浴斛中，令一人脱衣而入，被蝎所螫，宛转号叫，苦痛不可言。食顷而死，帝与王看之极喜。（出《朝野佥载》）

朱粲

隋末荒乱，狂贼朱粲起于襄、邓间。岁饥，米斛万钱，亦无得处，人民相食。粲乃驱男女小大，仰一大铜钟，可二百石，煮人肉以喂贼。生灵歼于此矣。（原缺出处，明抄本作（出《朝野佥载》）

陈承亲

周恩州刺史陈承亲，岭南大首领也，专使子弟兵劫江。有一县令从安南来，承亲凭买二婢，令有难色。承亲每日重设邀屈，甚殷勤。送别江亭，即遣子弟兵从后劫杀，尽取财物，将其妻及女至州。妻叩头求作婢，不许，亦缢杀之，取其女。前后官人家过，承亲礼遇厚者，必随后劫杀，无有免者。（出《朝野佥载》）

对元氏家族进行了屠杀。自这之后，元氏家族的子孙，不论老少、贵贱再没有留下一个人。（出《谈薮》）

南阳王

北齐时南阳王到朝廷去，皇上便问他有什么可以来取乐。南阳王说道："将人扔到蝎子堆里最有乐趣。"于是皇上让人收集蝎子，一夜之间便收到了五斗之多。他们将这些收来的蝎子倒进了一个像浴盆一样的大容器里，然后命令一人脱去衣服跳了进去。那个人被蝎子所蜇，不停地翻滚号叫，其痛苦难以用语言来形容。一顿饭的工夫后那个人便死了，而皇上与南阳王却看得非常开心。（出《朝野佥载》）

朱粲

隋朝末年时国家一片荒乱，狂盗朱粲趁机在襄州、邓州一带拉起了队伍。当年天下饥荒，一斛米就算是出一万钱，也没有地方能买到，老百姓不得已开始相互交换着吃人肉。朱粲便驱赶来一群男女老少，然后将一口大铜钟倒翻了过来，钟内足可容下二百石粮食。他们将这群男女老少用钟煮了来喂养他的贼徒，这些百姓便这样被他消灭了。（原缺出处，明抄本作出《朝野佥载》）

陈承亲

武周时期恩州的刺史陈承亲，其实是岭南的一个强盗大首领，他专门派遣子弟兵在江面上拦截抢劫。有一次，一个从安南来的县令经过这里，陈承亲要买他的两个婢女，县令的脸上露出难色，很不情愿。陈承亲每天都摆下盛宴邀请县令来参加，招待得很是殷勤。但就在陈承亲在江亭送别县令后，他随即便派遣子弟兵从后面追上去，劫杀了县令，抢走了他所有的财物，并将他的妻子与女儿都抢来送进了恩州官署。县令的妻子向他磕头乞求收她做他的婢女，陈承亲没有答应，并将她也用绳子勒死了，只留下了县令的女

薛 震

周杭州临安尉薛震好食人肉。有债主及奴诣临安，于客舍，遂饮之醉。杀而脔之，以水银和煎，并骨消尽。后又欲食其妇，妇觉而遁。县令诘得其情，申州，录事奏，奉敕杖杀之。（出《朝野佥载》）

陈元光

周岭南首陈元光设客，令一袍裤行酒。光怒，令曳出，遂杀之。须臾烂煮，以食诸客。后呈其二手，客惧，攫喉而吐。（出《摭言》）

独孤庄

周瀛州刺史独孤庄酷虐，有贼问不承，庄引前曰："若健儿，一一具吐，放汝。"遂还巾带，贼并吐之，诸官以为必放。顷庄曰："将我作具来。"乃一铁钩，长尺余，甚铦利，以绳挂于树间。谓贼曰："汝不闻健儿钩下死？"令以胲钩之，遣壮士掣其绳，则钩出于脑矣。谓司法曰："此法何如？"答曰："吊民伐罪，深得其宜。"庄大笑。后庄左降施州刺史，染病，唯忆人肉。部下有奴婢死者，遣人割肋下肉食之。岁余卒。（出《朝野佥载》）

儿。从岭前或岭后路过这里的当官的人家，凡是被陈承亲厚礼相待的，必定随后就会被陈承亲派人劫杀，没有一个幸免的。（出《朝野佥载》）

薛震

武周时期杭州临安的县尉薛震，喜好吃人肉。曾有一个债主带着仆人前往临安，在客栈里喝酒喝醉了，薛震便将这人杀死并切成了肉块，然后洒上水银一起进行煎炖，连骨头都一齐消失了。后来他又准备吃那个债主的老婆，债主的老婆觉察后逃走了。县令在追查清楚具体情况之后，便将这事上报到了州里，州里的录事又将这事上报给了朝廷，后来奉皇上诏令用杖刑将薛震打死了。（出《朝野佥载》）

陈元光

武周时期岭南一带的首领陈元光，一次设宴招待客人时，他让一个纨绔子弟为大家依次斟酒。因为陈元光对纨绔子弟的行为不满而大怒，并立刻下令让人将他拉了出去，接着便将他杀掉了。不一会儿他让人将尸体煮熟了，拿来给各位客人吃。后来那个人的两只手被客人发现了，客人们大惊，纷纷用手去抠嗓子，把肉给吐了出来。（出《摭言》）

独狐庄

武周时期瀛州刺史独孤庄，是个极为残暴的人。曾有个盗贼在被抓后审问时不肯认罪，独孤庄让人将盗贼带到他跟前，对他说道："你要是个壮士，就一一如实招供，我也就放了你。"于是让人将头巾与衣带都归还给了盗贼，盗贼因此也全都坦白了。官员们见了都以为独孤庄肯定会将他放了，没想到一会儿后独孤庄便又说道："把我的用具拿来。"原来是一个铁钩，长达一尺多，很是锋利。他用一条绳子将铁钩挂于树枝间，对盗贼说："你没有听说过有壮士死在钩下的吧？"便令人用铁钩钩住盗贼的下巴颏，又让另一壮汉去拉绳子的

索元礼

周推事使索元礼，时人号为索使。讯囚作铁笼头，䩮呼角反。其头，仍加楔焉，多至脑裂髓出。又为凤晒翅、猕猴钻火等，以椽关手足而转之，并研骨至碎。又悬囚于梁下，以石縋头。其酷法如此。元礼故胡人，薛师之假父，后坐赃贿，流死岭南。（出《朝野佥载》）

罗织人

周来俊臣罗织人罪，皆先进状，敕依奏，即籍没。徐有功出死囚，亦先进状，某人罪合免，敕依，然后断雪。有功好出罪，皆先奉进止，非是自专。张汤探人主之情，盖为此也。（出《谈薮》）

元 楷

唐羽林将军元楷，三代告密得官。男彦玮，告刘诚之破家，彦另一头，铁钩一下便从盗贼的脑袋上穿了出来。独孤庄因此问瀛州司法道："这刑法怎么样？"瀛州司法笑道："将罪犯吊起来惩治，没有比这更合适的了。"独孤庄听了哈哈大笑。后来独孤庄被降职为施州刺史，染上了疾病，这时他唯一思念的竟然是人肉。他的部下有个奴婢死了，他便让人去将死者肋下的肉割了来吃。一年多后便去世了。（出《朝野佥载》）

索元礼

武周时期，有个叫索元礼的推事，当时大家都称他为索使。为了审讯囚犯，他做了一个铁笼头，并将铁笼头戴在囚犯的头上，然后再往铁笼头里加钉楔子，大多数人都被夹得脑袋破裂而脑浆迸出。他还使用凤晒翅、弥猴钻火等刑法，就是将一根椽木绑在囚犯的手脚上，然后推着椽木转圈，直到把受刑之人的骨头磨碎。他还将囚犯们吊在房梁上，再用绳子绑着的大石头缒击囚犯们的头部。他使用的酷刑大多都是这样的。索元礼原本是个胡人，是薛师的义父。后来因为犯了贪污受贿罪，被流放到了岭南，并死在了这里。（出《朝野佥载》）

罗织人

武周时期，来俊臣经常做一些虚构罪名来陷害他人的事。他都是先将写好的文状上奏给皇上，当皇上准奏下诏之后，便将获罪人家的财产没收。徐有功为他人解除死罪，同样也是先向皇上奏明，说某人的死罪应当免除，得到皇上的批奏后，再行裁断为犯人昭雪洗冤。徐有功喜欢替人申冤除罪，都是先向皇上奏明再由皇上裁决免除犯人罪行的办法，并不是自己独断专行。张汤去探望感谢天子的恩情，就是这个原因。（出《谈薮》）

元　楷

唐朝时羽林军的将军元楷，三代人都是因为靠告密而取得官职

玮处侍御。先天二年，七月三日，楷以反逆诛，家口配岭南。所谓积恶之家，必有余殃也。（出《朝野佥载》）

武承嗣

周补阙乔知之有婢碧玉姝艳，能歌舞，有文章。知之特幸，为之不婚。伪魏王武承嗣暂借教姬人妆梳，纳之，更不放还。知之乃作《绿珠怨》以寄之焉。其词曰："石家金谷重新声，明珠十斛买娉婷。此日可怜偏自许，此时歌舞得人情。君家闺阁不曾观，好将歌舞借人看。意气雄豪非分理，骄矜势力横相干。辞君去君终不忍，徒劳掩袂伤铅粉。百年离恨在高楼，一代容颜为君尽。"碧玉得诗，饮泣不食三日，投井而死。承嗣出其尸，于裙带上得诗，大怒，乃讽罗织人告之。遂斩知之于南市，破家籍没。（出《朝野佥载》）

张易之兄弟

周张易之为控鹤监，弟昌宗为秘书监，昌仪为洛阳令。竞为豪侈。易之为大铁笼，置鹅鸭于其内，当中爇炭火，铜盆贮五味汁。鹅鸭绕火走，渴即饮汁，火炙痛旋转，表里皆熟，毛落尽，肉赤烘烘乃死。昌宗活系驴于小室内，爇炭火，置五味汁，如前法。昌仪取铁橛钉入地，缚狗四足于橛上，放鹰鹞，活按其肉食，肉尽而狗未死，号叫酸楚，不复忍听。易之曾过昌仪，忆马肠，仪取从骑，破肋取肠，良久方死。后诛易之、昌宗等，百姓脔割其肉，肥白如猪肪，煎炙而食。昌仪打双脚折，抉取心肝而后死，斩其首送的。元楷的儿子元彦玮，告发了刘城之并使得他家破人亡，彦玮也因此而被授予了侍御史之职。先天二年七月三日，元楷因为反叛罪而被诛杀，全家人被发配到了岭南。这大概就是人们所说的“积恶之家，必有余殃”的结果吧。（出《朝野佥载》）

武承嗣

武周时期一个叫乔知之的补阙，他有个叫碧玉的婢女长得娇艳美丽，且能歌善舞，还会写文章。乔知之对她特别宠爱，并且为了她一直没有婚娶。魏王武承嗣将她暂借去教他的姬妾们如何梳妆，后来又将她纳为了妾，再也没有放她回去了。乔知之于是写了一首题为《绿珠怨》的诗寄给碧玉，诗中写道：“石家金谷重新声，明珠十斛买娉婷。此日可怜偏自许，此时歌舞得人情。君家闺阁不曾观，好将歌舞借人看。意气雄豪非分理，骄矜势力横相干。辞君去君终不忍，徒劳掩袂伤铅粉。百年离恨在高楼，一代容颜为君尽。”碧玉收到诗之后，哭了三天没有吃饭，最后投井而死。武承嗣将碧玉的尸体捞了出来，并在她的裙带上看到了这首诗，为此大怒。于是他暗中让人虚构罪状控告乔知之，最后将乔知之斩杀于南市，并没收了他的全部财产。（出《朝野佥载》）

张易之兄弟

武周时期张易之曾任控鹤监一职，他的弟弟张昌宗担任着秘书监一职、张昌仪为洛阳县令。他们相互之间争相攀比谁更奢侈。张易之做了一个大铁笼，将鹅、鸭等放进笼子，又在笼子里烧了炭火，并用一个铜盆装了五味汁放在里面。鹅与鸭绕着炭火行走，烤得渴了后便去喝铜盆中的五味汁。它们被火烤痛了便在铁笼子里面转着圈跑，这样没过多久它们里外就都被烤熟了，毛也脱尽了，最后全身的肉被烤得赤烘烘的才死去。张昌宗则把一头活驴拴在一间小房子里，并在房间里烧起了炭火，然后放了一盆五味汁，就像前边张易之烤鹅与鸭的方法一样。而张昌仪则是将四个铁橛子钉在了地上，然后把

都。时云狗马报。（出《朝野佥载》）

郝象贤

郝象贤，处俊孙也。武后宿怒其祖，戮及其孙。象贤临刑，极骂而死。自此法司恐是，将杀人，必先以木丸塞口，然后加刑。（出《谈宾录》）

周 兴

周秋官侍郎周兴推劾残忍，法外苦楚，无所不为，时人号“牛头阿婆”，百姓怨谤。兴乃榜门判曰：“被告之人，问皆称枉。斩决之后，咸悉无言。”（出《朝野佥载》）

侯思止

周侍御史侯思止，醴泉卖饼食人也。罗告，准例酬五品，于上前索御史，上曰：“卿不识字。”对曰：“獬豸岂识字，但为国触罪人而已。”遂授之。凡推勘，杀戮甚众，更无余语。唯谓囚徒曰：

狗的四只爪子绑在橛子上，再放出鹰鹞，将狗按在地下一起活吃，当狗肉被吃完了后狗还没死，狗发出了极为酸楚的号叫声，让人不忍心再听下去。有一次张易之去探望张昌仪，他很想吃马肠，于是张昌仪让人牵来手下人的坐骑，破开马的肋骨将马肠取了出来，过了很久马才死去。后来张易之、张昌宗等人被诛杀，老百姓将他们的肉切成了小块，那肉又肥又白，就像猪的脂肪似的，被人们煎烤来吃掉了。张昌仪则是先被打断了双脚双腕，再将他的心肝摘了出来之后才死的，他的头也被砍下送往了京都。当时人们都说这是他们残害那些狗与马得到的报应。（出《朝野佥载》）

郝象贤

郝象贤，是郝处俊的孙子。武则天素来就怨恨他的祖父，因此在处死郝处俊的时候也连累到他的孙子郝象贤。当临刑时，郝象贤是在破口大骂中被处死的。自这之后，法司官因担心会再次发生这样的事，所以每次在杀人前，一定会先将一个木球塞到犯人的嘴里以防其骂人，然后再行刑。（出《谈宾录》）

周　兴

武周时期，秋官（刑部）侍郎周兴在审讯犯人时特别残忍，除了刑法外他还对犯人施用其他令人痛苦的种种手段，真的是无所不为，被当时的人们称为“牛头阿婆”。百姓们对他有非常多的怨恨与非议，于是周兴便在自己家门口贴出告示说：“所有被审讯的人，只要有人询问，他们都会说自己是冤枉的；被杀之后，他们就全都无话可说了。”（出《朝野佥载》）

侯思止

武周时期有个侯思止的侍御史，原来是一个在醴泉县卖饼的。但因为罗织罪名诬告别人，依照先例，最后他竟然被授予了五品官衔。他曾在皇上面前公开请求封给他御史之职，皇上便说道：“你不

“不用你书言笔语，止还我白司马。若不肯来俊，即与你孟青。”横遭苦楚，非命者不可胜数。白司马者，北邙山白司马坂也。来俊者，中丞来俊臣也。孟青者，将军孟青棒也。后坐私畜锦，朝堂决杀之。（出《朝野佥载》）

来俊臣

来俊臣，雍人也。父操，松州长史。俊臣少诡谲无赖，反覆险波，残忍荒慝，举世无比。则天朝，罗告诸王贵臣，授朝散大夫，拜侍御史，按制狱。少不会意者，必牵引之，前后坐族，灭千余家。朝廷累息，无敢言者，道路以目。与侍御史王弘义、侯思止腹心，罗告衣冠，无间春夏，诛斩人不绝。时于丽景门内置制狱，亦号为新开门，但入新开门，百不全一。弘义戏谓丽景门为“例竟门”，言入此门例竟也。

俊臣与其党朱南山等十余辈，造《告密罗织经》数千言，皆有条贯支节张本。布置事状由绪，令其党告之，或投匦以闻，则天多委俊臣按问。俊臣别造枷，号为“突地吼”。遭其枷者，轮转于地，斯须闷绝矣。又作枷有十，号棒名“见即承”。复有铁圈笼头，当讯认识字啊。”侯思止回答道：“神兽獬豸难道认识字吗？但是为了国家它敢于用角去顶那些罪人。”于是皇上便授予了他御史之职。当了御史后，凡是审案，每次都会有很多人被他杀害。他从来不说多余的话，只是对囚徒们说：“不用你书言笔语，只要你告诉我你是不是白司马。如果你不肯招认，那我就用孟青棒打你！”囚徒们因此惨遭毒打痛苦不堪，被他折磨而死的人不计其数。所谓白司马，其实原本指的是洛阳北邙山白司马版（墓地）；来俊，指的是御史中丞来俊臣（是个极残忍的人）；孟青，是指将军孟青使用的杖杀过人的木棒。后来侯思止因犯私自积蓄锦缎之罪，被朝廷判处死刑而死。（出《朝野佥载》）

来俊臣

来俊臣，为雍州人氏。他父亲叫来操，曾任松州长史。来俊臣年轻时便是一个诡谲奸诈的无赖，他为人反复无常、凶狠邪恶且残忍荒唐，简直是举世无双。武则天在位期间，他因罗织罪名诬告、陷害各皇亲贵族而被授予了朝散大夫之职，并担任侍御史，负责审理皇上交办的案子。对于那些稍有不合他心意的人，他必定会采取诛连之法，整个族人不论长幼尊卑都因此受到牵连，被灭杀的达到了一千多家。朝廷上下满朝文武大臣为此不敢稍有喘息，没有一个人敢站出来说话的，百姓们对此也是敢怒不敢言，只能道路以目。来俊臣与侍御史王弘义、侯恩止等自己的亲信一起，专门罗织罪名诬告那些士大夫们，无论春夏，被他们杀害的人没有断绝过。当时他们在丽景门内设置了监狱，因此丽景门也被叫作“新开门”。但凡进入了新开门的，一百个人里也难有一个人活下来的。王弘义因此把丽景门戏称为“例竟门”，意思是说只要进入了这个门就会生命终结。

来俊臣还与他的党羽朱南山等十多个人，编辑了一篇几十句话的《告密罗织经》，罗织他人罪名前的各种流程、细节、依据都预先做了系统的安排，布置好了这种种事实和缘由后，便让他们的党羽按照计划去告发。他们有时会把密告信投到匦院以便让皇上知道，而武则天知道后大多委派由来俊臣去审理。来俊臣还另外制造了一种枷囚，圈中下楔。其余名号数十，大略如此也。囚人无贵贱，必先列枷棒于地，召囚前曰："此是作具。"见之魂胆飞越，无不自诬者。则天重其爵赏以酬之，故更竞劝为酷矣！由是告密之徒，纷然道路，名流僶俛，阅日而已。朝士因朝，默遭掩袭，至于族灭，与其家诀曰："不知重相见否。"

天授中，春官尚书狄仁杰、天官侍郎任令晖、文昌右丞卢献等五人，并为其罗告。俊臣既以族人家为功，欲引人承反，乃奏请降敕。一问即承同首例，得减死，以胁仁杰等，令承反。杰款曰："大周革命，万物惟新，唐室旧臣，甘从诛戮，反是实。"俊臣乃少宽之。其判官王德寿谓杰曰："尚书事已尔，且得减死。寿今业已受驱策，意欲求少阶级，凭尚书牵杨执柔可乎？"杰曰："若之何？"寿曰："尚书昔在春官，执柔任某司员外，引之可也。"杰曰："皇天后土，遣狄仁杰行此事耶！"以头触柱，血流被面。德寿惧而谢焉。

仁杰既承反，所司待日行刑，不复严防，得凭首者求笔砚。折被头帛书之，叙冤苦，置于绵衣中。遣谓德寿曰："时方热，请赴锁刑具，被称为“突地吼”。凡是被上了这种突地吼枷的人，都会被强行在地上不停地转圈，且很快便会晕倒。他又制造了一种有十几个枷的刑具，称之为“见即承”。还有一种叫铁圈笼头的刑具，当审讯囚犯时，便在圈子中加上楔子。其余还有各种名号的刑具数十种，大致都是这样的。囚犯不管他原来的身份贵贱，一律都先将枷棒放在地上，再将他叫到跟前对他说：“这就是刑具。”见到刑具的人顿时魂飞魄散，没有不自己诬陷自己的。武则天对此却给予了高官厚禄的重赏，于是他们更是争相比较看谁更为残酷。因此告密的人，在大街上到处都是，而那些名流们也因此只能短暂在世，出了名也仅仅几天而已。朝官们因为要去上朝，但却不知道什么时候便会遭到袭击，甚至有可能会落得全族被杀的结局。所以在与家人告别时都会说：“不知道还能不能再相见。”

天授年间，春官（礼部）尚书狄仁杰、天官（吏部）侍郎任令晖、文昌（尚书省）右丞卢献等五人，被他们一起诬告了。来俊臣既然是因为灭人家族而成就功业的，自然就会想着引导对方接受自己反叛的罪名。于是他首先奏请皇上降下诏令，如果刚一开始审问他们就承认自己的罪行，那么他们其他的族人就可以得到减免死罪的机会。来俊臣用这种办法来威胁狄仁杰等，让他们承认自己犯了反叛罪。狄仁杰诚恳地说道：“大周朝刚刚改革，万事等待维新。我是唐室的旧臣，甘愿听从诛杀。反叛是事实。”来俊臣听了才稍微放宽了对他们的处置。负责审理他们的判官王德寿对狄杰仁说：“尚书的事已经过去了，并且能得到减免死罪的判决。我今天也是受人驱使，只是为了能够求得少爬些台阶。我想借尚书这件事来牵连杨执柔可以吗？”狄仁杰问道：“那要我怎么做？”王德寿说道：“尚书从前在礼部时，杨执柔为礼部的某司员外郎，你的事将他牵连进来是完全可以的。”狄仁杰道：“皇天后土啊，你竟然让我狄仁杰去干这种事！”说完便一头撞在柱子上，以致血流满面。王德寿因为害怕而急忙告辞了。

狄仁杰既然已经承认自己犯了反叛罪，相关主管部门便只要等待行刑的日期了，所以对他也不再严加防守，他也得以从看守那里得家人去其绵。”德寿不复疑也。家人得衣中书，杰子光远持之称变，得召见。则天览之惆然，召问俊臣曰：“卿言仁杰等承反，今其子弟讼冤何也？”俊臣曰：“此等何能自伏其罪？臣寝处之甚安，亦不去其巾带。”则天令通事舍人周綝往视之。俊臣遂命狱人，令假杰等巾带，行立于西，命綝视之。惧俊臣，莫敢西顾，但视东唯诺而已。俊臣令綝少留，附进状。乃令判官妄为杰等作谢死表，代署而进之。凤阁侍郎乐思诲男，年八九岁，其家已族，且隶于司农，上变得召见，言俊臣等苛毒，愿陛下假条反状以付之，无大小皆如状矣。则天意少解，乃召见杰等曰：“卿承反何也？”杰等曰：“向不承，已死于枷棒矣！”则天曰：“何为作谢死表？”杰等曰：“无。”因以表示之，乃知其代署，因释此五家。

俊臣复奏大将军张乾勗，大将军给使范云仙，于洛阳牧院。虔勗等不堪苦，自讼于国有功，言辞颇厉，俊臣命卫士乱刀斫杀之。云仙亦言历事先朝，称使司冤苦，俊臣命截去其舌。士庶破胆，无敢言者。

到了笔砚。他扯下一块头巾并在上面书写起来，讲述了自己的冤情以及所遭受的痛苦，然后将其藏在绵衣内。他让人告诉王德寿说："现在天气很热了，请前去通知我家人前来将我的绵衣取走。"这时王德寿对他已不再有疑，所以家人得到了绵衣中的书信。狄仁杰的儿子狄光远拿到书信时称事情有变，他也得到了皇上的召见。武则天看过狄仁杰写的书信后有些不知所以，就召来来俊臣问道："你说仁杰等人已承认自己犯有反判罪，那为什么他的儿子今天又来诉冤呢？"来俊臣说道："这样的人怎么会主动服罪呢？臣让他坐卧休息得十分安稳，连他们的头巾衣带也没有去掉。"武则天听后便让通事舍人周綝前去视察，来俊臣便让狱卒将头巾、衣带等借给狄仁杰，让他在西侧随便行走站立，并让周綝观看。周綝因为惧怕来俊臣，不敢向西看，只是看着东面唯唯诺诺地应答着。来俊臣让周綝暂且留步，让他捎一份文状给皇上。于是他命令判官假冒狄仁杰等人的名义写了一份谢死表，并代替他们进呈给了皇上。凤阁（中书省）侍郎乐思诲的儿子，当时正好八九岁，但他的家族却遭到了灭族之祸，他自己则在司农寺暂做差役，因为皇上对他家过去的事改变了看法而得到了召见，他向武则天讲述了来俊臣等人的苛刻狠毒，希望陛下能将那些被称反叛的假状子一一加以对照，结果发现所有不论是有关大人还是小孩的状子内容都是一样的。武则天不解为什么会这样，就召见了狄仁杰等人，问道："你们为什么要承认反叛呢？"狄仁杰等人回答道："假如我们不承认，恐怕早死在枷棒下了啊。"武则天又问道："为什么要写谢死表呢？"狄仁杰等人回答道："我们没有写过啊。"武则天拿出谢死表给他们看，他们才知道那是别人背着他们代写的。于是狄仁杰等五家人被释放了。

来俊臣还诬告过大将军张虔勖、大将军给使范云仙等人。在洛阳州府里，张虔勖等不堪忍受痛苦，就辩解说自己对国家有功，言辞非常激烈，为此来俊臣竟然命令卫士乱刀将他砍死了。范云仙也诉说自己历来侍奉先朝，声称这是司法官对他冤枉与惩治，来俊臣下令让人割去了他的舌头。士子与百姓都因此被吓破了胆，没有人敢出来说话的。

俊臣累坐赃，出同州参军，逼夺同列参军妻，仍辱其母，莫敢言者。寻授河南尉，累迁太仆卿。则天赐其奴婢十人，当受于司农。时西番酋长大将军斛瑟罗，家有细婢善歌舞。俊臣且止司农赐，令其党罗告斛瑟罗反，将图其婢。诸酋长诣阙，割耳剺面，讼冤者数十人，乃得不族。时綦连耀与刘思礼等有议，长安尉吉顼知之，以语俊臣。俊臣发之，连坐族者数十。俊臣恃擅其功，复罗遘顼。顼得召见庭诉，仅而免。

俊臣先逼取太原王庆诜女。俊臣素与河东卫遂忠有旧，忠名行虽不著，然好学，有词辨，酒酣诣俊臣。俊臣方与妻族宴集，应门者妄云已出矣。遂忠知妄，入其家，慢骂辱之。俊臣耻其亲族，命殴击反接。既而免之，自此构隙。俊臣将罗告武氏诸伪王及太平公主、张易之等，遂忠发之。则天屡保持，而诸武及公主可惧，共毁之，乃弃市。国人无少长皆怨恨，竞剐其肉，斯须而尽。则天觉悟，降敕曰："来俊臣，闾巷小人，轻险有素，以其颇申纠谪，当谓微效款诚。诸王等磐石宗枝，必期毁败。南北衙文武将相，咸拟倾危，宜加赤族之诛，以雪苍生之愤。"既族之，无问士庶男女，相庆于道路。咸曰："自此后卧，乃背得著床，不尔，朝不谋夕矣！"（出《御史台记》）

来俊臣因多次犯贪赃罪，被贬到了同州担任参军。在这他强夺了一个参军同僚的妻子，并污辱了他的母亲，对此也没有人敢为他说话。不久来俊臣又被授任为河南县尉，一直升任为太仆卿。武则天曾赐给了他十个婢女，这还是在他刚刚被授予司农卿之职的时候。当时西番酋长大将军斛瑟罗的家中有小婢能歌善舞，而来俊臣只在出任司农卿时才赐予了一般的婢奴，他便让自己的党羽诬告斛瑟罗要谋反，准备借此谋取斛瑟罗的那个婢女。后来各酋长来到朝堂上，个个割耳破面，鸣冤诉苦的有数十人，斛瑟罗因此才得以免除灭族之祸。当时綦连耀与刘思礼等人对朝廷的做法有些议论，长安县尉吉顼知道了这件事，便将这事告诉了来俊臣。来俊臣告发了这事，以至于有数十户人家因受牵连而被灭族。来俊臣仗势想要独揽此功劳，便又罗织了吉顼的罪名。吉顼因得到皇上召见在朝堂做了辩解，所以他一人得以免罪。

之前来俊臣威逼强娶了太原王庆诜的女儿。来俊臣平时与河东卫遂忠交好，卫遂忠的名望虽然不显赫，但是他非常好学，擅长辩驳。一次酒酣之后卫遂忠前去拜访来俊臣，而来俊臣当时正与妻子的家人在设宴聚会，守门人欺骗卫遂忠说来俊臣出去了。卫遂忠知道他在说谎，便闯了进去，并将来俊臣谩骂羞辱了一顿。来俊臣因为在亲戚面前遭受到了他人的谩骂而感到羞耻，于是他指使人殴打并将卫遂忠反绑了起来。没过多久又将卫遂忠放了，但是两人间从此结下了仇隙。来俊臣准备罗织罪名诬告武姓众位王爷以及太平公主、张易之等人，但卫遂忠却揭穿了他的阴谋。虽然武则天一再保护他，但武姓各王爷以及太平公主也是令人恐惧的人，他们一起灭了来俊臣，将他斩杀于闹市并陈尸示众。国人不论是老幼长少都憎恨来俊臣，所以争相去剐他的肉，很快就将他的尸体剐干净了。武则天也醒悟了，于是颁布诏书道："来俊臣，本来是个里巷中的小人，向来轻薄险恶，但是因为他能极力检举告发那些有罪之人，所以应当说他还是贡献了一点点忠诚的。但是各位王侯等磐石宗枝们，一定想要看到他的毁灭，而南北衙门的文武将相，也都准备推倒他，所以应当给予他诛杀全族的罪行，以解除天下百姓的愤恨。"当他被灭族后，

士子百姓都涌上大街相互庆贺。大家都说："从此以后，睡觉之时脊背就能够躺到床板上了。不然的话，真是朝不保夕啊！"（出《御史台记》）

卷第二百六十八 酷暴二

吉 顼

周明堂尉吉顼，夜与监察御史王助同宿。王助以亲故，为说綦连耀男大觉、小觉，云应两角麒麟也。耀字光翟，言光宅天下也。顼明日录状付来俊臣，敕差河内王懿宗推，诛王助等四十一人，皆破家。后俊臣犯事，司刑断死，进状三日不出，朝野怪之。上入苑，吉顼拢马。上问在外有何事意，顼奏曰："臣幸预控鹤，为陛下耳目。在外唯怪来俊臣状不出。"上曰："俊臣于国有功，朕思之耳。"顼奏曰："于安远告虺贞反，其事并验。今贞为成州司马，俊臣聚结不逞，诬遘贤良，赃贿如山，冤魂满路。国之贼也，何足惜哉？"上令状出，诛俊臣于西市，敕追于安远还，除尚食奉御。顼有力焉，除顼中丞，赐绯。顼理綦连耀事，以为己功，授天官侍郎平章事，与河内王竞，出为温州司马卒。（出《朝野佥载》）

吉顼

武周时期，明堂县的县尉吉顼，晚上时与监察御史王助同住在一起。王助因为自己与吉顼是亲戚的缘故，便向吉顼说起了綦连耀的两个儿子大觉和小觉，说他们对应了两角的麒麟。说耀字由“光”与“翟”组成，这是要光宅（占据）整个天下的征兆。第二天吉顼便将王助说的话记录下来交给了来俊臣。皇上因此下诏将此案交由河内王武懿宗负责审理，结果王助等四十一人被诛杀，且所有人的家族也被灭了。后来来俊臣因犯了事，被刑部判处了死刑，可是案状进呈给皇上三天了也没有得到批复，朝野上下对此都觉得很奇怪。有一天武则天前往一处林苑去，吉顼为她牵马。武则天便问他外面现在是什么情况，吉顼奏道：“我有幸能够成为皇上的近侍，做了陛下的耳目。现在外边大家唯独奇怪来俊臣的案卷为什么没有批复。”武则天说道：“来俊臣曾对国家有功，我正在考虑这件事。”吉顼又奏道：“于安远曾告发虺贞反叛，并且这事已经得到验证，但是现在虺贞仍然担任着成州司马一职。来俊臣聚结党羽的事还没显露出来，但他诬陷贤良，贪赃受贿的赃物堆积如山，屈死的冤魂满大街都是。这样的国贼，有什么值得惋惜的呢？”于是武则天发出诏令，将来俊臣斩杀于西市，并下令追于安远回京，拜受为殿中尚食奉御。吉顼因在这事上有功，所以被拜受为御史中丞，并赏赐了绯色官服。对于綦连耀一案的处理，吉顼自认为有功，因此在朝中任命天官侍郎平章事一职时，与河内王武懿宗相争，结果被贬为了温州司马，最终死在任上。（出《朝野佥载》）

成王千里

唐成王千里使岭南，取大蛇，长八九尺，以绳缚口，横于门限之下。州县参谒者，呼令人门，但知直视，无复瞻仰，踏蛇而惊，惶惧僵仆，被蛇绕数匝，良久解之，以为戏笑。又取龟及鳖，令人脱衣，纵龟等啮其体，终不肯放，死而后已。其人酸痛号呼，不可复言。王与姬妾共看，以为玩乐。然后以竹刺龟鳖口，遂啮竹而放人。艾灸鳖背，灸痛乃放口。人被惊者，皆失魂，至死不平复矣。（原缺出处，明抄本作出《朝野佥载》）

张 亶

唐朔方总管张亶好杀。时有突厥投化，宣乃作檄文，骂默啜，言词甚不逊。书其腹背，凿其肌肤，涅之以墨，灸之以火，不胜楚痛，日夜作虫鸟鸣，然后送与默啜。字者宣讫，脔而杀之。匈奴怨望，不敢降。（出《朝野佥载》）

王 旭

唐殿中侍御史王旭，括宅中及别宅女妇风声目色，有不承者，以绳勒其阴，令壮士弹竹击之，酸痛不可忍。倒悬一女妇，以石缒其发，遣证与长安尉房恒奸，经三日不承。女妇曰："侍御如

成王千里

唐朝时，成王千里出使岭南，取回了一条大蛇，长达八九尺。他用绳子将蛇嘴绑住，横放在门坎下边。当时有州县官员前来参拜他，他便让他们进门来，那些人只顾抬头直视着前方，不敢上下乱瞅，没想到踩在了蛇身上而受到了惊吓，身体僵硬地倒在了地上，结果被大蛇紧紧地缠绕了几圈，很久之后才松开。唐成王便是以这样的方式来取笑别人，他还拿来龟和鳖，让人脱掉衣服，放纵龟、鳖去咬他们的身体。龟鳖只要一咬住他们的身体便始终不肯松口，直到死去。那些被咬的人疼痛得大声呼叫，那种情景不可言状。唐成王与姬妾们却在一旁观看，以此作为玩乐。之后让人用竹杆刺入龟、鳖的嘴中，龟鳖便去咬竹杆而放开了人；或者是用点燃的艾蒿烧烫鳖的脊背，烫得它痛了于是便松开了口。那些被惊吓的人，大多被吓得失魂落魄，到死都没有能恢复正常。（原缺出处，明抄本作出《朝野佥载》）

张亶

唐朝时朔方的总官张亶，喜欢杀人。当时有突厥人前来投诚归化，但张亶却还写了声讨突厥人的檄文，辱骂他们突厥人，言词非常不敬。之后他还将檄文写在突厥人的胸腹和背上，并用凿子顺着笔迹将字刻在肌肤上，用墨汁将其染黑，再用火烤，使得突厥人疼痛不堪，日夜不停地哼叫着，有如虫鸟鸣叫一般。这之后他又将突厥人送回到他们的部落，在檄文展示完毕后，用刀子将他的肉一片一片地割了下来杀掉了。凶奴人从此对他非常怨恨，都不敢再来投降。（出《朝野佥载》）

王旭

唐朝时有个叫王旭的殿中侍御史，将自己家和别人家的女子搜刮在一起纵情声色，凡是有不愿意的，便用绳子勒她的阴部，并命令强壮的勇士用竹棍击打，使得那些不顺从的女子痛得无法忍受。他

此苦毒，儿死，必诉于冥司。若配入宫，必申于主上，终不相放。”旭惭惧，乃舍之。（出《朝野佥载》）

京师三豹

唐监察御史李嵩、李全交、殿中王旭，京师号为三豹。嵩为赤黧豹，交为白额豹，旭为黑豹，皆狠虐不轨，鸩毒无仪，体性狂疏，精神惨刻。每讯囚，必铺棘卧，削竹签指，方梁压髁，碎瓦搘膝，遣作仙人献果、玉女登梯、犊子悬拘、驴儿拔橛、凤皇晒翅、猕猴钻火、上麦索、下阑单。人不聊生，囚皆乞死。肆情锻炼，证是为非。任意指麾，传空为实。周公、孔子，请伏杀人；伯夷、叔齐，求其劫罪。讯劾干堑，水必有期；推鞫湿泥，尘非不久。来俊臣乞为弟子，索元礼求作门生。被追者皆相谓曰：“牵羊付虎，未有出期。缚鼠与猫，终无脱日。妻子永别，朋友长辞。”京人相要，作咒曰：“若违心负教，横遭三豹。”其毒害也如此。（出《朝野佥载》）

曾将一个女子倒悬起来，将一块石头绑在她的头发上，然后让人将长安县尉房恒叫来奸淫她，可是她被折磨了三天也不肯顺从。那女子说：“侍御史竟然这般恶毒，如果一会儿我死了，我一定要告到阴曹地府。如果将我选送入宫，我一定会向皇上申诉，永远也不会放过你！”王旭听了又惭愧又惧怕，便放了她。（出《朝野佥载》）

京师三豹

唐朝时，监察御史李嵩、李全交以及殿中侍御史王旭，被京城中人称为“三豹”。其中李嵩为赤鬣豹，李全交为白额豹，王旭叫黑豹。他们都是极其暴虐且不遵守法度、狠毒且无法无天的人；他们生性放荡不羁，心性歹毒刻薄。每次审讯囚犯的时候，他们必定会在地上铺上荆棘让囚犯躺在上面，或是削了竹签刺入囚犯的指甲缝，或是用方形梁木压在囚犯的胯骨上，或是让囚犯跪在碎瓦片中；或者命令囚犯实施仙人献果、玉女登梯、犊子悬拘、驴儿拔橛、凤凰晒翅、猕猴钻火、上麦索、下阑单等刑罚，为此囚犯真是求生不能求死不得，都只想求得痛快一死。他们肆意罗织罪名，陷人于罪；他们颠倒是非，随意发号施令，将虚有的事情捏造成事实。这样，即便是周公、孔子在世也会自认犯了杀人罪，伯夷、叔齐再生也会请求判处自己抢劫罪；即使审讯的是干涸的壕沟，也必定会等到判处说壕沟内是有水的那一天；即便审讯时是湿泥，尘土也一定会飞进来的。即便是最歹毒的酷吏来俊臣，在他们三人面前也只能乞求成为他们的弟子；即便是最残忍无度的索元礼，在他们三人面前也只能请求做他的门徒。那些凡是被他们审讯的人都相互说道：“这就是牵着羊送给老虎，再也不会有出去的日子；就像是将绑了的老鼠送给猫，永远也不会有逃脱的那一天了。从此妻儿永别，朋友长辞。”为此，京城中人在相互立约时，都会起咒发誓说：“如果我违背了自己的良心辜负了你的教诲，那么我就会意外遭遇到三豹！”他们三人恶毒的程度竟是到了这样的地步。（出《朝野佥载》）

张孝嵩

京兆人高丽家贫，于御史台替勋官递送文牒。其时令史作伪帖，付高丽追人，拟吓钱。事败，令史逃亡，追讨不获。御史张孝嵩捉高丽拷，膝骨落地，两脚俱挛，抑遣代令史承伪。准法断死讫。大理卿状上。故事，准名例律，笃疾不合加刑。孝嵩勃然作色曰：“脚挛何废造伪？”命两人舁上市斩之。（出《朝野佥载》）

王弘义

王弘义，衡水人也，告变授游击将军。天授中，拜御史，与俊臣罗告衣冠。俊臣败，义亦流于岭南。妄称敕追，时胡元礼以御史使岭南，次于襄邓，会而按之，弘义词穷，乃谓曰：“与公气类。”元礼曰：“足下昔任御史，礼任洛阳尉；礼今任御史，公乃流囚。复何气类。”乃榜杀之。弘义每暑月系囚，必于小房中，积蒿而施毡褥，遭之者，斯须气将绝矣，苟自诬或他引，则易于别房。俊臣常行移牒，州县慑惧，自矜曰：“我之文牒，有如狼毒冶葛也。”弘义尝于乡里求旁舍瓜，瓜主吝之。义乃状言，瓜园中有白兔。县吏会人捕逐，斯须苗尽矣。内史李昭德曰：“昔闻苍鹰狱吏，今见白兔御史。”（出《御史台记》）

张孝嵩

京兆人高丽的家里贫穷，他在御史台为获有勋阶的品官们传送文书。当时有个令史写了一个假帖子，交给高丽让他拿去交给他人，准备以此来恐吓诈骗钱财。后来事情败露，令史逃走了，派人前去追捕却没能抓到。御史张孝嵩便将高丽抓了起来拷打，他被打得膝骨都掉在了地上，两只脚痉挛着抽缩在一起，还准备让他代令史承担伪造文书的罪责，并最终获准判处他死刑。这时大理卿呈上了一份状文，说如果按照过去的典章制度、准则律条，重病的人是不适合用刑的。张孝嵩听说后勃然大怒道："脚痉挛难道能阻止他造假骗人吗？"便命令两个人将高丽抬到街市上斩首了。（出《朝野佥载》）

王弘义

王弘义，为衡水人氏，因为检举揭发他人反叛而被授予了游击将军之职。武周天授年间，王弘义被任命为御史，与来俊臣等一起经常罗织罪名来诬告其他官员。在来俊臣因事情败露被处死后，王弘义也被流放到了岭南。后来他假称皇上有令要追他回京。当时胡元礼以御史的身份到岭南出差，暂住在襄邓，他找到王弘义调查这事，王弘义无话可讲，便对胡元礼说："我与你是同一类型的人啊。"胡元礼说道："你当年出任御史时，我还是洛阳县尉；而今天我担任御史了，你却成了一个被流放的囚犯，我们又怎么可能是同一类型的人呢？"于是下令将王弘义鞭笞而死。之前王弘义每年酷暑季节拘押囚犯时，必定会将犯人关在一个小房子里，在房子里堆上蒿草并铺上毡褥。凡是被关进去的人，很快就会因闷热而喘不过气来，他们被逼只能自我招认或是随意诬告他人，然后他们会被换到其他的房间关押。来俊臣经常给人发放文书，各州县的官员都非常怕他。而他也经常自我夸耀说："我的文书，就像狼毒、野葛（均为巨毒药草）一样让人害怕。"王弘义曾在乡村向临舍的人索要瓜果，瓜主对他很吝啬。于是王弘义便绘声绘色地说，瓜园里有白兔，县里的衙役于是立即召集人手前去追捕，瞬间连瓜秧都被扫荡一空。内史李昭德说：

谢祐

周黔府都督谢祐凶险忍毒。则天朝，徙曹王于黔中，祐吓云：“则天赐自尽，祐亲奉进止，更无别敕。”王怖而缢死。后祐于平阁上卧，婢妾十余人同宿，夜不觉刺客截祐首去. 后曹王破家，簿录事，得祐首漆之，题谢祐字，以为秽器，方知王子令刺客杀之。（出《朝野佥载》）

河内王懿宗

周默啜贼之陷恒定州。和亲使杨齐庄，敕授三品，人匈奴，遂没贼。将至赵州，襄公段瓒同没，唤庄共出走。庄惧不敢发，瓒遂先归。则天赏之，复旧任。齐庄寻至，敕付河内王懿宗鞫问。庄曰：“昔有人相庄，位至三品，有刀箭厄。庄走出被赶，斫射不死，走得脱来。愿王哀之。”懿宗性酷毒，奏庄初怀犹豫，请杀之。敕依。引至天津桥南，于卫士铺鼓格上，缚磔手足，令段瓒先射。三发皆中，又段瑾射之中，又令诸司百官射，箭如猬毛，仍气殜殜然微动。即以刀当心直下，破至阴，剖取心掷地，仍趌趌越跳数十回。懿宗之忍毒也如此。（出《朝野佥载》）

“过去曾听说过有苍鹰狱卒，今日却看到了白兔御史！”（出《御史台记》）

谢祐

武周时期，有个叫谢祐的黔府都督，是个十分凶险狠毒的人。武则天称帝之后，将曹王李明流放到了黔中。有一天谢祐恐吓曹王道：“则天帝已赐你自尽，我奉命前来亲自监督你的行动，不会再下其他敕书了。”曹王因为害怕而上吊自尽了。后来谢祐在平阁上休息睡觉，有十几个婢妾与他一起住在这里，可是谢祐却在夜里被刺客不知不觉地将头割掉拿走了。后来曹王被抄家，在登记抄录财产的时候，发现了谢祐的头骨且被涂上了漆，上面写着“谢祐”两个字，用来当作了盛大小便的器物。这时大家才明白是曹王的儿子派刺客杀了谢祐。（出《朝野佥载》）

河内王武懿宗

武周时期，匈奴人攻陷了恒州、定州。当时和亲使者杨齐庄被皇上授予了三品官阶，出使前往匈奴迎亲，结果被匈奴人抓了起来。在快要到达赵州时，遇到了同样被敌人抓获的襄公段瓒，段瓒找到杨齐庄商量一起逃走，但杨齐庄因惧怕而不敢行动。于是段瓒先回来了，武则天赏赐了他，恢复了他原来的职务。不久杨齐庄也回来了，武则天下令将他交由河内王武懿宗审讯。杨齐庄说：“以前因为有人相助，我的官阶达到了三品。这一次我陷入了刀箭相逼的困境，逃跑的时候曾被追赶，敌人刀砍箭射而未死，侥幸得以逃脱出来。希望河内王能够有所怜悯。”河内王武懿宗生性残酷而且阴毒，他向皇上奏报说杨齐庄刚刚被敌人抓获时曾有过犹豫动摇，请求下令诛杀他。武则天批准了他的奏章。河内王将杨齐庄拉到天津桥南的卫士铺鼓格上，并将他的手脚分开绑在上面，命令段瓒第一个举弓射他。段瓒三箭全中，河内王又命段瑾射击杨齐庄，也全都射中，最后又下命各司百官一齐射击，杨齐庄身上的箭就如刺猬身上的刺毛，但

酷吏

来俊臣、侯思止、王弘义、郭霸等数十人，为推官。俊臣父操，与乡人蔡本善。本与操樗蒲，赢本钱数十万。本无以酬，遂将其妻冯折。及至操家，已有娠，而产俊臣于禾州。犯盗，遂因密告。则天以为忠，累拜侍御史。按制狱，无不会意，拜左台中丞。道路以目，与侯思止等，以告事为罗织。则天于丽景门侧，别置推院，令俊臣等按之。但入新开门，百不全一，弘义戏为例竟门。俊臣与其党朱南山等，造《罗织经》一卷。每鞫囚，无轻重，先以醋灌鼻，禁地牢中，以火围绕，绝其粮，多抽衣絮以啖之。将有赦，必先尽杀其囚。又作大枷凡十，一曰定百脉，二曰喘不得，三曰突地吼，四曰著即承，五曰失魂胆，六曰实同反，七曰反是实，八曰死猪愁，九曰求得死，十曰求破家。遭其枷者，闷转于地，莫不自诬。则天尤赏之。朝士每入朝，多与妻子诀别。

及禁狄仁杰，仁杰置书于绵衣中，请狱吏付家人。家人得之，他仍然喘息着微微扭动着身体。河内王武懿宗便又用刀插进他的胸口，一直往下豁到阴部，将他的心剖出来扔在地上，他的心脏在地上仍旧噗噗地跳动了几十下。河内王武懿宗的残忍、狠毒竟然到了如此地步！（出《朝野佥载》）

酷吏

来俊臣、侯思止、王弘义、郭霸等几十人，都曾是掌管刑狱的推官。来俊臣的父亲叫来操，与同乡人蔡本的关系非常友好。一次蔡本与来操玩赌博游戏，来操赢了蔡本几十万钱，但蔡本没那么多钱支付，便将自己的妻子冯氏抵了债。当来到来操家时，冯氏已经有了身孕，在禾州生下了来俊臣。后来来俊臣因犯了偷盗罪而被抓，但因为他上书密告了他人，所以武则天认为他对自己很忠诚，多次提拔他做了侍御史，专门负责审理她交办的案子，没有不让她满意的，又提拔他为御史左台中丞。老百姓因害怕他们的残暴，都只能道路以目。他与侯思止等人，一起专门罗织罪名对他人进行诬告。武则天还允许在丽景门的一侧，另外建造了监狱，下令让来俊臣等人在这里审讯犯人。但凡只要进入了新开门（丽景门之别称）的人，一百个里面也没有一个能保全性命的。为此，王弘义戏称这里为“例景门”。另外来俊臣还与他的党羽朱南山等，编造了一卷《罗织经》。每次宰讯囚犯时，不管罪行的轻重，都是先用醋往犯人的鼻子里灌；在禁地牢房中，他们用火将犯人围起来，然后断绝他们的粮食，犯人大多只得抽取衣服里的棉絮来吞食充饥；如果碰上有大赦的时候，他们必定会提前将囚犯们杀光；另外他们还制作了十种大枷刑具，一叫定百脉，二叫喘不得，三叫突地吼，四叫著即承，五叫失魂胆，六叫实同反，七叫反是实，八叫死猪愁，九叫求得死，十叫求破家。凡遭受到这几种枷刑的，都会马上就晕倒在地，没有不自己诬陷自己承认罪名的。武则天对他们这种行为特别赞赏，而朝官们则每次上朝时，都要与妻儿子女作生死告别。

当狄仁杰被他们囚禁的时候，狄仁杰将一封自诉信藏在了棉衣里面，请求狱卒将棉衣送给了家人。家人看到信之后，将慰问上诉到讼于则天。则天令验之，果冤。问仁杰何以自诬，对曰：“若不承反，即已死于枷棒矣。”俊臣后坐赃，御史劾之，除殿中丞，又拜中丞。复坐赃，出为同州参军，夺同列参军妻。旋为合官尉，又拜洛阳令。复图西番酋长阿史那斛瑟罗婢，称其谋反。其党剺面诣阙讼之，得免。将告诸武、太平公主，乃反为其所发，弃市，人竞脔其肉。中宗诏酷吏并配流远恶处，子孙不得仕进。

周兴累为司刑少卿，上疏请除李家属籍，后徙岭表，为仇人所杀。傅游艺除左补阙，上书言武氏合革命，拜给事中，又为鸾台平章事。天授元年，改姓武氏。梦登湛露殿，陈于所亲，及事发伏诛。游艺一年内，青绿绯紫皆遍转，号为“四时仕宦”。请则天置六道使，死后竟从其言。于是万国俊、丘神勣皆酷虐。思止告舒王元名反，授游击将军。初元礼教思止，上必问侯大不识字，但云：“獬豸岂识字，只能触邪。”果问而对，则天大悦，授左台侍御史。又教，上若问要宅，得赐没官者，但云：“臣恶其名，不愿居止。”上又悦。尝按魏元忠曰：“急承白司马，不然吃孟青。”孟青者，姓孟名青，即杀琅邪王冲者也，白司马，坂名。思止庸奴，常以此语吓元忠。元忠不挠，思止以其拒制命，倒曳之。元忠曰：“我如乘恶驴而坠，为镫所挂。”思止又怒，欲奏斩之。元忠曰：“汝为御史，须识礼数。若要元忠头，便将去，何必以锯截将。”思止惊悚，与之坐。思止言音不正，霍献可笑之，思止怒，奏之。则天知，亦大笑。

了武则天那里，武则天让人前去验证，果然是冤案。于是武则天便问狄仁杰为什么要自己诬陷自己，狄仁杰回答说："如果我不承认自己谋反了，早就已经死在枷棒下了。"后来来俊臣因为犯了贪赃罪，被御史弹劾，降职做了殿中丞，接着又被任命为御史中丞。后来再次犯了贪赃罪，被贬为同州参军。在担任同州参军时，他强占了同僚参军的妻子，接着再次被降职为合官县尉，后又出任为洛阳县令。又因为谋取得到西番酋长阿史那斛瑟罗的一个婢女，他诬告阿史那斛瑟罗要谋反，因阿史那斛瑟罗的下属们用刀划破自己的面孔前往朝廷为他申冤，他才得以免遭危难。来俊臣又准备诬告各武氏王爷及太平公主，结果反被他们抢先将他告发，被押到街上斩首示众，最终被百姓们将他身上的肉一块一块地割了下来。后来中宗下诏将酷吏们一起发配流放到最边远、最恶劣的地方，并且要求他们的子孙后代不得为官。

周兴多次升官后做了司刑少卿，他曾上疏请求废除李氏皇族的族籍，后来被流放到岭南，被仇人所杀。傅游艺在担任左补阙时，上书劝谏武则天说应当进行大改革，接着便被任命为给事中，又再次被提升为鸾台（门下省）平章事；天授元年时，赐予了武姓。一次他梦见自己登上了湛露殿，并将这事说给了亲近的人听，结果事情被人告发而遭处死。傅游艺在一年之内，接连穿了一遍青（八、九品官服）、绿（六、七品官服）、绯（四、五品官服）、紫（三品以上官服）四种官服，被人称为"四时仕官"。他曾上言奏请武则天设置六道使（地狱道、饿鬼道、畜生道、修罗道、人道、天道），在他死后武则天最终采纳了他的这个建议。正因为这样，万国俊、丘神勣等人相互比较谁更残酷暴虐。侯思止因告发舒王李元名想谋反，因此被授予游击将军。当初郑王李元礼教给侯思止说："皇上一定会说侯大人你不认识字，你便回答说：'獬豸怎么会识字呢？它只会用角去顶撞坏人。'"后来武则天果然这样问他，而他便照此作了回答，武则天大为高兴，便授予他为左台侍御史。又教给他说："皇上知道你没住宅，假若皇上说将没收的官宅暂时借给你住用，你只要说：'臣厌恶那些反叛您的逆贼宅第的名声，不愿去居住。'"结果武则天听后又时俊臣逼娶太原王庆诜女，思止亦奏娶赵郡李自挹女，昭德抚掌谓诸宰相曰："往年来俊臣贼劫王庆诜女，已大辱国。今此奴又请索李自挹女，无乃又辱乎？"竟为昭德榜杀。万国俊按岭南，流人三百余人，拥于水次，一时杀之。来子珣除右台监察，时朝士有不著靴带而朝者，必弹之曰："臣闻束带立于朝。"举朝大噱。后赐武氏家臣，多按制狱，常衣锦半臂。郭霸应革命举，为监察，又为侍御史。见则天日："往年征除敬业，臣愿抽其筋、食其肉、饮其血、绝其髓。"上大悦。人呼为"郭四其"。御史大夫魏元忠患病，霸请尝其粪，元忠不许，竟尝之曰："其味苦，病即愈。"元忠以其佞，大恶之。尝推芳州刺史索思微，微不胜其捶拷而死。后屡见思微，遂设斋转经。俄见思微止于庭曰："汝陷我，今来取汝。"霸恐惧，遂自刳腹而卒。时洛桥初成，人便之。则天问人曰："外有何好事？"舍人张元一素滑稽，曰："喜洛桥成，幸郭霸死。"（出《神异经》）

非常高兴。他曾在审讯魏元忠的时候说："你快点承认自己是白司马（以为白司马坂就是白司马反叛之意），不然就吃孟青棒子！"孟青，其实是个姓孟名青的将军，也就是棒杀了琅琊王冲的人；白司马，是洛阳郊外一处叫白司马坂的地方。侯思止只是个平庸的奴才，他常常用这样的话来吓唬魏元忠。但魏元忠没有因此屈服，侯思止便以他拒绝承认皇上钦定的罪名，于是便倒拖着魏元忠走。魏元忠说道："我就当作是骑了一头恶驴坠地了，脚被驴镫挂住而被拖曳。"侯思止又大怒，准备奏请皇上将他处斩。魏元忠说道："你现在是朝廷御史，必须懂得礼数轻重。如果想要我的脑袋，你便拿去好了。为什么不用锯子来截呢？"侯思止听了又惊又怕，急忙让他坐下。侯思止说话时发音不准，霍献可因此讥笑他。这让他很生气，便上奏给皇上，武则天知道后也大笑了起来。

当时来俊臣强行迎娶了太原王庆诜的女儿，于是侯思止也上奏想要娶赵郡李自挹的女儿，李昭德因此拍着手对众位宰相说道："过去来俊臣强行娶了王庆诜的女儿，已经使得国家蒙受了奇耻大辱，如今这个奴才又想逼娶李自挹的女儿，这不是又要让国家蒙受耻辱吗？"后来侯思止因此被李昭德棒杀了。万国俊前往岭南巡察时，他将流放到那里的三百多人聚集到了水边，并一齐将他们处死了。来子珣出任右台监察御史后，那时只要有朝官上朝时如果不穿靴子不系袍带，他必定会弹劾他们说："我听说立在朝堂上要束带。"结果满朝大臣听后大笑。后来他被赐为武姓家臣，大多时候审理皇上交办的案子，却经常穿着短袖衣服。郭霸是因为响应武则天改革而被人推荐上来的，担任了监察御史之职，后来又升任为侍御史。有一次他见到武则天时说道："过去征讨徐敬业时，我曾经希望能够抽其筋，食其肉，饮其血，绝其髓！"武则天听后很是高兴，人们也因此称他为"郭四其"。御史大夫魏元忠患病时，郭霸曾请求尝他的粪便。魏元忠不准，但最后他还是尝了，并说道："味道很苦，病很快就会好了。"魏元忠也因为他喜欢巧言谄媚，所以对他非常厌恶。郭霸曾负责审理苏州刺史索思微的案子，索思微因承受不住他的拷打而死亡。后来他却屡屡见到索思微，于是他便设了斋房吃斋念经，一会儿

杨务廉

唐杨务廉，孝和时，造长宁安乐宅仓库成，特授将作大匠，坐赃数千万免官。又上章，奏开陕州三门，凿山烧石，岩侧施栈道牵船。河流湍急，所顾夫并未与价直，苟牵绳一断，栈梁一绝，则扑杀数十人，取顾夫钱籴米充数，即注夫逃走，下本贯，禁父母妻子。其牵船夫，皆令系二鈲于胸背，落栈著石，百无一存。道路悲号，声动山谷，皆称杨务廉为人妖。天生此妖，以破残百姓。（出《朝野佥载》）

李全交

唐监察御史李全交等，以罗织酷虐为业，台中号为“人头罗刹”。殿中王旭，号为“鬼面夜叉”。讯囚引枷柄向前，名为“驴驹拔橛”；缚枷头著树，名曰“犊子悬车”；两手捧枷，累砖于上，号为“仙人献果”；立高木之上，枷柄向后拗之，名“玉女登梯”。拷郴州典廖福、司门令史张性，并求神狐魅，皆遣唤鹤作凤，证蛇成龙也。（出《朝野佥载》）

便看见索思微站在庭院中对他说："你陷害了我，现在我来取你性命！"郭霸非常恐惧，于是剖腹自杀了。当时洛阳桥刚刚建成，人们的出行变得非常方便。武则天询问身边的人说："现在外边有什么好事发生吗？"舍人张元一平时很滑稽，回答道："百姓们为洛阳桥建成而高兴，为郭霸的死而庆幸。"（出《神异经》）

杨务廉

唐朝有个叫杨务廉的人，在孝和年间时，建造了长宁安乐宅仓库，皇上为此特授予他将作大匠之职，后来因为贪赃了数千万钱而被免职。之后他又上书，奏请在陕州三门峡开道，凿山开石，在悬崖边上架设了栈道供拖船的纤夫行走。那里的河流非常湍急，他没有给雇来的民工支付工钱。如果牵引的绳子断了，或者是栈道垮了，他便会让人击杀数十人，然后用这些民工的工钱买来粮食顶上这些死者应得的工钱，并注明说这些人逃走了，然后通知这些人籍贯所在地的官府，囚禁他们的父母妻儿。对于那些拉船的纤夫，他下令让人在每个人的前胸后背上都系上两个铦子，如果栈落着石，那么百人之中也难有一人能活。因此整个道路都能听到悲痛的号子，声音振动了整个山谷，人们都称杨务廉为人妖。上天降下这个人妖，就是来残害老百姓的啊！（出《朝野佥载》）

李全交

唐朝时的监察御史李全交等人，专以虚构他人罪名并对他们进行残酷暴虐为职业，因此被御史台的人称为"人头罗刹"，而殿中侍御史王旭，被人称为"鬼面夜叉"。在审讯犯人时，他们让犯人牵着枷柄向前走，并取名为"驴驹拔橛"；给犯人上了枷并将他们的脑袋绑在树上，取名为"犊子悬车"；让犯人两手捧枷，然后在上面摞上砖块，取名称为"仙人献果"；让犯人站立在木桩上，然后将他们的枷柄向后拗，取名为"玉女登梯"。他们在拷打郴州刺史廖福、司门令史张性时，让他们一起祈求神、狐、魅，都称之为"唤鹤作凤、证蛇成龙"。（出《朝野佥载》）

卷第二百六十九 酷暴三

胡元礼

唐胡元礼，定城人也。进士擢第，累授洛阳尉。则天朝，右台员外监察，寻即真，加朝请大夫。丁忧免，起复，寻检校秋官郎中，累迁司刑少卿、滑州刺史、广州都督。性残忍深刻，不可以情祈。时李日知任司刑丞，每按狱，务从宽。元礼屡折之，日知终不易。尝出一死囚，元礼异，判杀之。与日知往复，至于再三。元礼怒，命府吏谓曰："元礼不离刑曹，此囚无活法。"日知命报曰："日知不离刑曹，此囚无死法。"竟以两状申，日知果直。时人忌元礼之苛刻，尝于宣仁门外，为冤家罗辱于泥中，幸金吾救助。敕榜仇者百。台中罚元礼五千，以其辱台也。（出《御史台记》）

诬刘如璿恶党

刘如璿事亲以孝闻。解褐唐昌尉累迁乾封尉，为侍御史，转吏部员外。则天朝，自夏官郎中，左授都城令，转南郑令，迁司仆司农少卿秋官侍郎。时来俊臣党人，与司刑府史姓樊者不协，诬

胡元礼

唐朝有个叫胡元礼的人，为定城人氏；进士出身，多次被授予洛阳县尉之职。武则天即位后，授予他员外监察御史之职，不久后便授予他为正员御史，并加朝请大夫衔。丁忧期间被免职，后又重新起用，不久后便被任命为检校秋官郎中。后来他历任司刑少卿、滑州刺史、广州都督等职。他生性极为残忍，为人刻薄，不可以以情相求。当时李日知为司刑丞，每次审理案件时，他都会从宽处理。胡元礼因此多次驳回了他的判决书，而李日知也始终不肯改判。李日知曾免除了一个被判处死刑囚犯的刑罚，胡元礼对此有异议，认为该判死刑。为此他与李日知争来争去，两人都再三坚持，胡元礼很是生气，就命令府史告诉李日知说："只要我胡元礼没有离开刑曹，这个囚犯就没有活刑的可能。"李日知也让人回报胡元礼说："只要我李日知没有离开刑曹的时候，这个囚犯就不会被判处死刑。"最终两人将两份判决书一起上报，李日知的判决果然是对的。当时百姓们都非常憎恨胡元礼的苛刻。曾经有一次，胡元礼在宣仁门外被仇人推进了泥坑进行侮辱，幸亏得到了禁卫军的救助。后来皇上下令杖罚那个仇人一百杖，而御史台罚了胡元礼五千钱，因认为他败坏了御史台的名声。（出《御史台记》）

诬刘如璿恶党

有个叫刘如璿的人，因为事奉双亲时非常孝顺而闻名。后来入仕便当了唐昌县县尉，任期满后迁任乾封县县尉，后又升任侍御史，转任史部员外。武则天即位后，由夏官郎中降职为都城县令，再转任南郑县令，后升任为司仆、司农少卿及秋官侍郎。当时来俊臣的一个以反诛之。其子讼冤于朝堂，无敢理者，乃援刀自刳其腹。朝士莫不目而悚惕，璿不觉唧唧而泪下。俊臣奏云："党恶，下诏狱。"璿诉曰："年老，因遇风而泪下。"俊臣劾之曰："目下涓涓之泪，乍可因风。口称唧唧之声，如何取雪？处以绞刑。"则天特流于瀼州。子景宪讼冤，得征还，复秋官侍郎。辞疾，授兖州都督。好著述，文集四十卷行于代。俊臣但苛虐，无文，其劾乃郑愔之词也。（出《御史台记》）

宋昱 韦儇

李林甫是姜皎外甥，杨国忠是张易之外甥。杨国忠为剑南，召募使远赴泸南，粮少路险，常无回者。其剑南行人，每岁，令宋昱、韦儇为御史，迫促郡县征之。人知必死，郡县无以应命。乃设诡计，诈令僧设斋，或于要路转变，其众中有单贫者，即缚之。置密室中，授以絮衣，连枷作队，急递赴役。（出《谭宾录》）

萧颖士

萧颖士性异常严酷。昔有一仆，事之十余载，颖士每一棰楚百余，不堪其苦。人或激之择木，其仆曰："我非不能他从，迟留党羽，与司刑府史一个姓樊的人不和，便诬陷樊姓人想谋反而杀了他。樊姓人的儿子到朝堂上诉冤，没有人敢理会的，于是樊姓人的儿子便夺过别人身上的刀剖腹自尽了。朝官们无不望而惊恐，只有刘如璿情不自禁叹息而泪下。来俊臣为此上奏道："他是那个邪恶分子的同党，应该下诏将他抓捕入狱。"刘如璿申诉道："我是年纪大了，因为遇上秋风吹而落泪的。"来俊臣又弹劾他说："眼里流下的泪水涓涓不止，怎么可以说是因为风吹才流的呢？口中还发出唧唧的叹息之声，这你又如何辩解？就当处以绞刑。"武则天只是将他流放到了瀼州。后来刘知璿的儿子刘景宪为父上诉申冤，刘知璿才得以征召还朝，并恢复了他秋官侍郎的官位。刘如璿坚辞不受，于是便授予了他兖州都督之职。刘如璿喜欢著书写作，有四十卷文集流行于当代。而来俊臣只是个严酷暴虐之徒，没有文采，他在检举揭发他人的时候，也只会说一些郑愔之流所说的话罢了。（出《御史台记》）

宋昱 韦儇

唐代的李林甫是姜皎的外甥，杨国忠是张易之的外甥。杨国忠下令给剑南官府，让他们从当地招募役夫远赴泸南服役。由于粮食稀少而道路又险恶，所以这些人常常是有去无回。而那些剑南出征的人，每年他都会让宋昱、韦儇为御史，前往各郡县督促去征募。但大家都知道这一去必定有死无生，所以各郡县的人都没有应征的。宋、韦二人于是设下诡计，便假令让僧人设了斋饭让人前来，或是在一些主要路口或转弯的地方，从众人之中选择那些孤身一人的穷困者将他们立即绑走，然后将他们安置到密室中，发给他们棉衣，再给他们带上枷锁并串连在一起编成队伍，急忙驱赶他们前去服役。（出《谭宾录》）

萧颖士

萧颖士是个性情非常严苛残酷的人。从前他曾有一个仆人，侍候他已经十几年了，萧颖士发怒时每次都会用棍棒抽打他一百多下，

者，乃爱其才耳。”（出《摭言》）

李希烈

建中中□李希烈攻汴州，城未陷，驱百姓妇女及辎重，以实壕堑，谓之湿梢。（出《传载》）

卢杞

殿中侍御史郑詹与张镒厚善，每伺卢杞昼寝，辄诣镒。杞知之，他日，杞假寐佯熟，伺詹果来，知与镒偶语。杞遽至镒阁中，詹趋避，杞遂言密事。镒曰：“殿中郑侍御在此。”杞佯愕曰：“向者所言，非他人所宜闻也。”后深劾詹之罪，以排严郢。三司使方按二人，狱犹未具，而杞已奏杀詹黜郢，中外侧目。（出《谭宾录》）

襄样节度

襄阳人善为漆器，天下取法，谓之襄样。及于司空为帅，多暴，郑元镇河中，亦暴，远近呼为襄样节度。（出《国史补》）

史牟

史牟榷盐于解县，初变榷法，以中朝廷。有外甥十余岁，从牟检畦，拾盐一颗以归。牟知，立杖杀之。其姊哭而出救，已不及让他痛得难以忍受。于是有人便鼓动他再换一个主人，但那个仆人说：“我不是不能另外投奔他人，之所以长期留在这里，是因为我爱惜他的才能。”（出《摭言》）

李希烈

唐朝建中年间，李希烈率军攻打汴州，没能攻下城池。于是他便驱赶着百姓妇女，连同军用物资一起，用来充填了城壕，他称说这叫活埋。（出《传载》）

卢杞

唐朝时殿中侍御史郑詹与张镒十分要好，每次等到卢杞白天睡觉的时候，便前去看望张镒。卢杞发现了这事。有一天，卢杞假装睡熟了，发现郑詹果然来了。他知道郑詹正与张镒在说悄悄话，便突然来到了张镒的官署，郑詹急忙躲藏了起来。卢杞就对张镒说要谈一件机密之事，张镒说道：“殿中郑侍御史在这里。”卢杞假装惊愕地说道：“如果像你所说，那么这事确实是不应该让别人听到。”卢杞后来便极力揭发郑詹的罪错，以此来排挤严郢的势力。三司使刚刚审讯了郑詹与严郢，案件还没有判决，但是卢杞却已经上奏请求处死郑詹、罢免严郢。朝廷上下对此都感到愤恨。（出《谭宾录》）

襄样节度

襄阳人很擅长做油漆家具，天下各地都在效仿学习他们，人们将他们的油漆家具称为“襄样”。等到襄阳人于司空于頔主政一方时，大多时候都很残暴；襄阳人郑元镇守河中时，也很残暴，于是远近之人都称他们为“襄样节度”。（出《国史补》）

史牟

当史牟在解县管理盐业生产时，他对盐业的经营管理制度进行了初步的变法，以使得朝廷满意。他有一个十多岁的外甥，跟着他一

矣。（出《国史补》）

李绅

李绅以旧宰相镇一方，恣威权。凡戮有罪，犹待秋分，永宁吴尉弟湘，无辜盛夏被杀。崔元藻衔德裕斥己，即翻其辞，因言御史覆狱还，皆对天子，别白是非。权轧天下，使不得对，具狱不付有司，但用绅奏而置湘死。是时德裕已失权，而宗闵故党令狐绹、崔铉、白敏中，皆当路，因是逞憾。以利诱动元藻等，使三司结绅，杖钺作藩，虐杀良平，准神龙诏书。酷吏殁者，官爵皆夺，子孙不得进宦。绅虽亡，请从春秋戮死者之比。诏削绅三官，子孙不得仕，贬德裕等。擢汝纳左拾遗，元藻武功令。始绅以文艺、节操见用，然所至务为威烈，或陷暴刻，故卒坐湘冤云。

唐李绅既治淮南，决吴湘狱。持法峻，犯者无宥，狡吏奸豪潜形叠迹。然出于独见，寮佐莫敢言。评事李元将弟仲将侨寓江都，李公羁旅时，每馆于元将而叔呼焉。荣达后，元将称弟称侄皆不悦，及为孙，方似相容。又有崔巡官居郑圃，与绅同年之旧，特来谒。才及旅次，家仆与市人竞。诘其所以，仆曰："宣州馆驿崔巡官下。"仆与市人皆抵极法，令捕崔至，曰："昔常识君，到此何起去检查盐田，回来时捡了一颗盐粒带了回来。后来史牟知道了这事，便立即将他外甥杖杀了。当他姐姐哭着跑来相救时，已经来不及了。（出《国史补》）

李绅

李绅因过去担任宰相而镇守一方，在任期间曾恣意逞弄威权。当时国家规定凡是被判处死罪的人，都得等到秋分后再行刑。但是永宁县吴县尉的弟弟吴湘，却在盛夏之时便被他无辜斩杀。崔元藻因怀恨李德裕对自己的斥责，便推翻了原来的口供，并因此说在御史审核完案子回来后，应当都禀告给皇上，以分辨清楚案中的是非曲直。但是有的人权势威慑天下，使得御史无法回禀给皇上，所有案卷也没有交给相关主管官员，只是根据李绅上报的案卷便将吴湘处死了。当时李德裕已经失去权势，而宗闵原来的党羽令狐绹、崔铉、白敏中等人，都担任了要职，因而借此来发泄对李德裕等人的愤恨。他们以利益来引诱打动了元藻等人，并让三司出具了李绅应当承担责任的文书，说他依仗权势称霸一方，虐杀平民百姓。按照神龙年间皇上的诏书规定，已经死了的酷吏，爵位都应当剥夺掉，子孙后代不得为官。李绅虽然已死，但他们请求参照过去被处死之人的案例来处理李绅一案。最后皇上下诏削去了李绅身上的三官，其子孙后代不得出仕为官；将李德裕等人降职处分；提拔吴湘的哥哥吴汝纳为左拾遗，崔元藻为武功县令。最初李绅是以文学与节操而被朝廷重用，然而他对所有来访的人大耍权威，或者是对人过于粗暴刻薄，因而最终因吴湘冤案而触犯法律。

唐朝时李绅在治理淮南期间，判决了吴湘的死刑，可见他执法极为严厉，对于犯了错的人没有宽恕之心，于是那些狡猾的官吏、奸诈的豪强都将自己的形迹隐藏了起来。然而因为他的独断专横，幕僚们没人敢将这些情况告诉他。评事李元将的弟弟李仲将寄居在江都，当初李绅长期寄居在这时，经常到李仲将的家作客，每次见到李元将时都称呼他为叔叔。当李绅荣华显达后，李元将在他面前自称为弟或是侄儿他都不高兴，直到李元将自称为孙，他才勉强好像不相见。”崔叩头谢曰：“适憩旅舍，日已迟晚，相公尊重，非时不敢具陈毕礼，伏希哀怜，获归乡里。”遂縻之，具罪笞二十，送过秣陵，貌若死灰，莫敢恸哭。时人相谓曰：“李公宗叔翻为孙子，故人忽作流囚。”于是邑客黎人，惧罹不测，渡江淮者众矣。主吏启曰：“户口逃亡不少。”绅曰：“汝不见掬麦乎？秀者在下，粃䅟随流者不必报来。”忽有少年，势似疏简，自云辛氏子，谒绅，晤对间未甚周至。先是白尚书寄元相公诗曰：“闷劝迂辛酒，闲吟短李诗。”盖谓辛丘度性迂嗜酒，李绅短而能诗。辛氏即丘度子也，谓李曰：“小子每忆白二十二丈诗：‘闷劝畴昔酒，闲吟二十丈诗。’”李笑曰：“辛大有此狂儿，吾敢不存旧矣。”凡是宦族，相抉辛氏子之能忤诞。丞相之受侮，刚肠暂屈乎。又有一曹官到任，仪质颇似府公，李见而恶之。书其状曰：“着青把笏，也请料钱。睹此形骸，足可伤叹。”左右皆窃笑焉。又宿将有过请罚，绅云：“老兵倚恃年老而刑不加，若在军门，一百也决。”竟不免检槚楚。（出《云溪友议》，据谈氏初印本附录。）

接受了。另外有个崔姓的巡官住在郑圃，与李绅有同科进士之谊，特地前来拜访他，才刚刚到了旅馆，他的家仆便与一个市民争斗起来。李绅追问他们争斗的原因，那个家仆便说：“我是宣州馆驿崔巡官的仆人。”他将那仆人和市民都判处了极刑，并下令将崔巡官抓捕了起来，说：“过去我曾认识你，可是到了这里为什么不来相见？”崔叩头道歉道：“我刚刚才到旅馆歇下，但天色已经晚了。相公是尊贵之人，因时间不适当，我不敢前来倾述尽礼。希望相公能怜悯于我，放我回到家乡去。”最终还是将他绑了起来，定了罪打了二十杖，送过了秣陵。这时崔巡官已面如死灰，却不敢放声痛哭。当时的人曾相互传说道：“李绅的族叔反过来做了他的孙子，故人却忽然成了被他流放的囚犯。”因此当地的平民百姓，都害怕自己遭遇不测，很多人渡过长江、淮河逃离了故土。属官为此告诉他说：“属地的住户百姓逃走了不少。”李绅道：“你没见过用手捧麦子吗？颗粒饱满的总是在下面，那些随风飘走的秕糠就不必报上来了。”忽然有一个少年，行为举止看起来好像很散漫，他自称叫辛氏子，前来拜访李绅。因见面时对话间对李绅表现得不是很周全，李绅先是吟唱了白居易寄给元稹的诗道：“闷劝迂辛酒，闲吟短李诗。”也就是说辛丘度性子过于迂腐而嗜酒，李绅个子矮小却会写诗。辛氏子就是辛丘度的儿子，听完诗后他对李绅说道：“我每次都能想起白居易的二十二丈诗来：‘闷劝畴昔酒，闲吟二十丈诗。’”李绅笑道：“辛长兄有这样的一个狂儿，我敢不与他保持老交情吗？”凡是官宦家族，都很挑剔辛氏子放荡不羁的行为，连丞相遭受到了侮辱，即使性子刚烈也只能暂时委屈一下自己。另有一个曹官刚刚到任，他的容貌气质与李绅都非常相似，但李绅见到他后却很厌恶，因此描述他的形像时说：“穿着黑色的官服拿着个笏板，也想到这来拿俸禄外的吃饭钱。看到他这副形体，就足以让人哀叹了。”身边的人听后都偷笑了起来。还有一个老将军因犯了错来向他请求惩罚，李绅说道：“老兵依仗着自己年纪大而不用受刑。如果是在军营，应该判你杖责一百。”最终没有免除他的檟楚之刑。（出《云溪友议》，据谈氏初印本附录。）

胡淛

潘之南七十里至办州为陵水郡。办之守曰胡淛，故淮西吴少诚之卒。鸱张荒陬，多法河朔叛将所为。且好蹴鞠，南方马痹小，不善驰骋，淛每召将吏鞠，且患马之不习，便更命夷民十余辈肩舆，淛辇挥杖，肩者且走且击，旋环如风。稍怠，淛即以策叩其背，亟纪力反。鞭亟走，用为笑乐。嘻！淛一叛卒耳，彼虽夷獠，天子之民也。天意岂使可封者受毒痛于可诛者乎？淛之不道，弹人刳孕，斯近之矣。岂命吏者以远人为刍狗耶？何其用斯人也毒虐一方之民哉？后一岁，淛以罪闻，诏流于九直。自办五十里至罗州为招义郡，郡旁海，海有煮海场三。然郡民盗煮，亦不能禁。郡多蜜，洁白如雪。（出《投荒杂录》，原缺，据谈氏初印本附录。）

韦公幹

崖州东南四十里至琼山郡，太守统兵五百人，兼儋、崖、振、万、安五郡招讨使。凡五郡租赋，一供于招讨使。四郡之隶于琼，琼隶广海中。五州岁赋，廉使不得有一缗，悉以给琼。军用军食，仍仰给于海北诸郡。每广州易帅，仍赐钱五十万以犒饫。琼守虽海渚，岁得金钱，南边经略使不能及。郡守韦公幹者，贪而且酷，掠良家子为臧获，如驱犬豕。有女奴四百人，执业者太半，有织花缣文纱者、有伸角为器者、有镕锻金银者、有攻珍木为什具者。其家

胡 淛

从潘州往南七十里地就到了办州的陵水郡。办州的刺史叫胡淛，是过去淮西节度使吴少诚手下的士兵。在这偏远的地方他非常嚣张，他行为大多是效法河朔的那些叛军。而且他非常喜欢蹴鞠，但是因为南方的马大多有疾而且个子小，不善于奔跑，所以胡淛每次召集武将和官吏踢球时，都会担心马会不适应，于是他便改变了方法，命令由十几个少数民族用轿抬着人进行比赛。胡淛坐在轿子上边挥着击球杆，抬轿人一边奔跑他一边击球，来回奔跑旋转如风。如果抬轿人稍有懈怠，胡淛就用击球杆抽打他们的后背，他抽打得越急抬轿人便奔跑得越快，他也因此以此为乐。唉！胡淛不过是一个反叛的小兵而已，那些抬轿人虽然属于少数民族，但毕竟也是天子的百姓啊！上天怎么能让本该受封的人忍受那些应当被诛杀之人的荼毒与残害呢？胡淛的行为残酷而没有人道，与用弹弓射人、用刀剖开孕妇肚子的纣王，几乎就是同一类人。难道在任命官员的时候能够将远方的少数民族当作家犬吗？为什么要任用这样的人来荼毒和残害一方民众呢？一年之后，胡淛因为获罪，皇上下诏将他流放到了九直。自办起经五十里地便到了罗州的招义郡，招义郡旁边便是大海，海边有三个煮海盐场。然而这里的百姓都私下煮盐，朝廷也没有办法能禁止。这里还盛产蜂蜜，蜜糖洁白如雪。（出《投荒杂录》，原缺，据谈氏初印本附录。）

韦公幹

从崖州往东南四十里地外便是琼山郡，郡太守统率有五百士兵，他还兼任着儋州、崖州、振州、万州、安州五郡的招讨史。凡是五州收上来的田租赋税，都一起交由招讨使。其他的四郡都隶属于琼州，而琼州则附属于广海中。五个州每年所收取的赋税，廉使不能取哪怕一缗（古钱币一千文为一缗）钱，都全部交给了琼州。而且郡中军队的供给，仍然依赖于海北各郡的供养。每次广州更换主帅时，还要赏赐五十万钱用来犒劳军队。琼州郡守虽然只是管理着一个海岛，如市，日考月课，唯恐不程。公幹前为爱州刺史，境有马援铜柱，公幹推镕，货与贾胡。土人不知伏波所铸，且谓神物，哭曰：“使君果坏是，吾属为海神所杀矣。”公幹不听，百姓奔诉于都护韩约。约遗书责辱之，乃止。既牧琼，多乌文呿陁，皆奇木也。公幹驱木工沿海探伐，至有不中程以斤自刃者。前一岁，公幹以韩约婿受代，命二大舟，一实乌文器杂以银，一实呿陁器杂为金，浮海东去，且令健卒护行。将抵广，木既坚实，金且重，未数百里，二舟俱覆，不知几万万也。书曰：“货勃而入，亦勃而出。公幹不道，残人以得货，竭夷獠之膏血以自厚，徒秽其名，曾不得少有其利。阴祸阴匿，苟脱人诛，将鬼得诛也。”（出《投荒杂录》，原缺，据谈氏初印本附录。）

陈延美

卷首目录有陈延美一条，谈氏初印本并缺。

但是他每年所获得的钱财，即使是南方的经略使也没法比得上他。这个郡守名叫韦公幹，是个贪婪且残酷的人，他抢掠良家子女做他的奴婢，对待他们就如同驱使猪狗一般。他共有四百多女奴，其中一大半是为他做工的，其中有织花缣文纱的，有把兽角拉直做成容器的，有冶炼锻造金银的，有把珍贵的木材加工成器具的，他的家简直就像是个集市。对于这些做工的女奴们，每天、每月都会考核，唯恐质量不达标。韦公幹之前曾担任爱州刺史，州属境内有一尊马拉铜柱的塑像，韦公幹准备将它推倒重新熔炼，卖给经商的域外胡人。当地人不知道这是汉朝时伏波将军所铸造的，以为是个神物，于是哭求着对韦公幹说："假如你真的要将这塑像毁了，那么我的家族所有人将会被海神杀死。"韦公幹没有理会，百姓们便急忙跑去向都护韩约申诉。韩约写信责骂了他，他这才停止了行动。担任琼州刺史之后，他见这里生长着许多乌文呿陀树，都是一些珍奇的木种，于是韦公幹便驱赶木工沿着海岸前去寻找砍伐，以至有的人因完不成任务而用斧子自杀的。前一年，韦公幹因为职位被韩约的女婿替代，他便命令两条大船，一条装满了呿陀木做成的器具并混装着银子，一条装满了呿陀木做成的器具并混装着金子，漂过大海向东而行，并命令强壮的士兵护航。在即将抵达广州时，因为船上的木器非常坚实，加上金子也重，行驶了不到几百里，两条船便都翻覆沉没了，损失的价值不知道有几万万。为此有人曾写道："不合情理得来的钱财，也会不合情理地失去。韦公幹不人道，依靠残害他人而得到的钱财，他榨尽了当地土著人的膏血而养肥了自己，只是白白地脏污了自己的名声，除此没办法得到一点点的利益。隐藏的祸端自然是看不见的，即使他逃脱了被人诛杀的灾祸，将来必定也会被鬼神杀死。"（出《投荒杂录》，原缺，据谈氏初印本附录。）

陈延美

内容缺失。

赵思绾

贼臣赵思绾自倡乱至败，凡食人肝六十六。无非面剖而脍之，至食欲尽，犹宛转叫呼。而戮者人亦一二万。嗟呼！倘非名所仗皇威而剿之，则孰能剪灭黔黎之猰貐？（出《玉堂闲话》，原缺，据谈氏初印本附录。）

安道进

有安道进者，即故云州帅重霸季弟，河东人也，性凶险。庄宗潜龙时，为小校，常佩剑列于翊卫。忽一日拔而玩之，谓人曰："此剑也，可以剸钟切玉，孰敢当吾锋锥。"旁有一人曰："此又是何利器，妄此夸谭。假使吾引颈承之，安能快断乎？"道进曰："真能引颈乎？"此人以为戏言，乃引颈而前，遂一挥而断，旁人皆惊散。道进携剑，日夜南驰，投于梁主。梁主壮之，俾隶淮之镇戍。有掌庾吏，进谓曰："古人谓洞其七札为能，吾之铦镞，可彻其十札矣。尔辈安知之？"吏轻之曰："使我开襟俟之，能彻吾腹乎？"安曰："试敢开襟否？"吏即开其襟，道进一发而殪之，利镞径过，植于墙上。安蓄一犬一婢，遂掣而南奔。昼则从于卢荻中，夜则望星斗而窜。又时看眼中神光，光多处为利方，光少处为不利，既能伏气，遂绝粒。经时抵江湖间，左挈婢，右携犬，而辙浮渡，殊无所损。淮帅得之，擢为裨将，赐与甚丰。时兄重霸事蜀，亦为列校，闻弟在吴，乃告王。蜀主王嘉其意，发一介以请之。迨至蜀，亦为主将，后领兵戍于天水营长道县。重霸为招讨马步使，驻于秦亭县。民有爱子，托之于安，命之曰厅子。道进适往户外，厅子偶经行于寝之前。安疑之，大怒，遂腰斩而投于井。其家号诉于霸，传送招讨使王公。至于南梁，王公不忍加害，表救活之。及憾其元昆，又欲害其家族，兄家闲卜户防之。蜀破，道进东归，明宗补为

赵思绾

乱臣贼子赵思绾从叛乱到失败，共吃了六十六个人的肝脏，而且没有不是当面将人肝脏剖出来切成小块的，直到快吃干净了，被剖之人还在凄厉地呼叫。而被他杀害的人也有一两万。嗟乎！假如不是名义上倚仗着皇威而将他剿除了，那么还有谁能够消灭这个啃噬平民百姓的凶兽呢？（出《玉堂闲话》，原缺，据谈氏初印本附录。）

安道进

有个叫安道进的人，是原云州主帅安重霸最小的弟弟；河东人氏；性情非常残忍暴虐。当后唐庄宗李存勖还没有登位时，安道进只是他手下的一名小校，常常佩带着一把剑站列在侍卫官中。忽然有一天，他拔出了佩剑玩弄，并对人说："这把剑，可以削破钦钟切开玉石，谁敢抵挡它的锋利？"旁边有一个人听了说道："你这又是什么锋利的武器啊，竟然敢夸下这样的大话？假如我把脖子伸过来接着，难道你能一下子砍断吗？"安道进说道："你真能将脖子伸过来吗？"这个人以为他只是说说笑话，便将脖子伸到了安道进面前，安道进手起剑落，一剑就将那人的脖子砍断了。旁边的人全都吓得四处逃散。安道进也带着剑，日夜不停地向南奔逃，投奔了后梁之主。后梁君主见他长得很健壮，便让他前往淮河一带戍守边疆。有一个掌管粮仓的官吏，安道进对他说道："古人说能够穿透七层札（古时铠甲上的皮革或金属叶片）的箭头为上品，但我的箭头，却可以完全穿透铠甲的十层札。你们这些人又哪里懂得这些呢！"那个官吏听后轻蔑地对他说道："假使我要敞开衣襟等在这里，你能用它刺穿我的肚子吗？"安道进说道："你敢不敢敞开衣襟试一试？"那官吏随即就解开了他的衣襟敞开了胸怀，安道进射出一箭便将他杀死了，锋利的箭头穿过了他的肚子，直接将他钉在了墙上。安道进蓄养着一只狗和一个婢女，于是又牵着他们逃向了南方。白天他们便躲在芦苇丛里，晚上则通过观察星斗来辨别方向向南逃窜。同时他又时常察看眼中出现了神光，他以光线强的方向为有利方向，光线暗的方向为不诸州马步军都指挥使。后有过，鞭背卒。（出《玉堂闲话》，原缺，据谈氏初印本附录。）

利方向，并据此不断调整方向，最后携带的粮食都吃光了。不久后他们来到了江湖之间，安道进左手牵着婢女，右手牵着狗，顺着车辙渡过了淮水，都没有受损。淮南节度使发现了他，提拔他担任了副将，并赏赐给了他非常丰厚的财物。当时他的哥哥安重霸正在蜀国任职，也是一个校尉级别的高级武官。他听说自己的弟弟到了吴地，便告诉了蜀王。蜀王非常喜欢安道进这样的人，便派了一个人前去邀请安道进。当安道进到了蜀国后，也做了主将，后来率军戍守在天水营的长道县。此时安重霸为招讨马步使，驻守在秦亭县。一个百姓有个爱子，为了爱子有出息，他将爱子托付给了安道进，安道进给他取名叫厅子。有一天安道进正好到屋外去，厅子偶然间经过了他的卧室前，安道进因此对厅子产生了怀疑，并为此大怒，最后竟然将厅子拦腰斩断，并将尸首投到了井里。厅子的家人为此向安重霸哭诉，安重霸就将他抓起来送到了招讨使王公那，说是将他送到了后梁去治罪。王公不忍心加害他，便向梁王上表请求饶了他一命。此后安道进非常怨恨自己的长兄，还扬言要杀了大哥安重霸全家，安重霸只好占卜重新选择了住处并派人严加防范。后蜀灭亡之后，安道进又东归回到了后唐，后唐明宗任命他担任了诸州马步军都指挥使。后来，安道进因犯了过失，被鞭背而死。（出《玉堂闲话》，原缺，据谈氏初印本附录。）

卷第二百七十　妇人一

此卷宋板原缺，予考家藏诸书得十一人补之，其余缺文尚俟他日，十山谈恺志。本卷原缺，谈氏初印本有此卷，未知所出，后印本撤出。附增识语云云，今将初印本此卷附录于后，以资参考。

洗氏

洗氏，高凉人。世为南越首领，部落十余万。幼贤明，在父母家，能抚循部众，压服诸越。高凉太守冯宝闻其志行，娉为妻。每与夫宝，参决词讼，政令有序。侯景反，都督萧勃征兵入援，遣刺史李迁仕召宝。宝欲往，氏疑其反，止之。后果反。宝卒，岭表大乱，氏怀集之，百越晏然。子仆尚幼，以氏功封信都侯，诏册氏为高凉郡太夫人，赍绣幰油络驷马安车，鼓吹麾幢旌节，如刺史之仪。仆卒，百越号夫人为圣母。王仲宣反，夫人帅师败之。亲披甲乘马，巡抚诸州，岭南悉定。封谯国夫人，幕府署长史，官属给印章，便宜行事，皇后赐以首饰及宴服一袭。时番州总管赵讷贪虐，黎獠多亡叛，夫人上封事论之，敕夫人招慰。夫人亲载诏书，自称使者，历十余州，宣述德意，所过皆降。文帝赐夫人临振县汤沐邑，卒谥诚敬。

洗氏

洗氏洗英，高凉人氏，家族世代为南越地区的首领，部落中共有十多万人。洗氏从小就贤德聪明，还未出嫁之时，就已懂得如何安抚部落中的民众，能够压服百越各族。高凉太守冯宝听说了她的志向与操守，便娉娶她为妻。她经常与丈夫冯宝一起，参与政务的决策诉讼，使得高凉的各项行政措施、法令井然有序。当侯景反叛梁国之时，都督萧勃征集了军队前往支援梁军，并派遣刺史李迁仕前来召见冯宝。冯宝准备前往商议，但洗氏怀疑李迁仕会反叛，就阻拦了冯宝前去，后来李迁仕果然反叛了梁。冯宝去世后，岭南大乱，洗氏凭借自己的威望劝服、团结了百越各族之人，百越之地也因此安定下来。当时洗氏的儿子冯仆年纪还小，但因洗氏的功劳而被封为了信都侯，并下诏册封洗氏为“高凉郡太夫人”，赏赐了一辆悬挂着刺绣帷幔、丝质网绳套着的四马安车，出行时有鼓乐吹奏，仪旗飘扬，手持旌节，其仪式就如同迎接刺史级别的官员。儿子冯仆死后，百越人称洗氏为“圣母”。后来王仲宣反叛隋朝时，洗夫人率军平乱，亲自披甲骑马，巡抚各州，岭南一带完全安定下来。洗夫人也因此被册封为“谯国夫人”，并敕准洗太夫人幕府中的长史，及所属官吏都授给印章，遇事时不必先上奏，可自行决断处置，皇后也赐予了她首饰及宴礼服一套。当时的番州总管赵讷贪婪且残暴，其管辖地的土著人纷洗氏，高州保宁人也。身长七尺，多智谋，有三人之力，两乳长二尺余。或冒热远行，两乳搭在肩上。秦末五岭丧乱，洗氏点集军丁，固护乡里，蛮夷酋长不敢侵轶。及赵陀称王，遍霸岭表，洗氏乃赍军装物用二百担入觐，赵陀大慰悦。与之言时政及论兵法，智辩纵横，陀竟不能折。技委其治高梁，恩威振物，邻郡赖之。今南道多洗姓，多其枝流也。（出《岭表录异》，据谈氏初印本附录。）

卫敬瑜妻

卫敬瑜妻，年十六而夫亡。父母舅姑欲嫁之，乃截耳为誓，不许。户有巢燕，常双飞，后忽孤飞，女感其偏栖，乃以缕系脚为志。后岁，此燕果复来，犹带前缕。妻为诗曰："昔年无偶去，今春又独归。故人恩义重，不忍更双飞。"（原缺出处，许刻本作出《南雍州记》）

周迪妻

周迪妻某氏。迪善贾，往来广陵，会毕师铎乱，人相略卖以食。迪饥将绝，妻曰："今欲归，不两全，君亲在，不可并死。愿见纷逃亡或反叛了。洗夫人为此派人上书朝廷要求论罪查办赵讷，朝廷因此下诏由洗夫人对番州的民众进行招安抚慰。洗氏就亲自带着诏书，自称朝廷使者，巡历了十几个州，宣扬讲述了朝廷的恩惠，凡是她所经过的地方各族人民都归顺了。隋文帝因此将临振县汤沐邑赐给了洗氏。洗氏辞世后，隋朝谥她为“诚敬夫人”。

洗氏是高州保宁人氏，身高七尺，足智多谋，力气有三个人那么大，两只乳房长达二尺多。有时冒着酷暑远行时，她便把两只乳房搭在肩膀上。秦朝末年时五岭之地祸乱纷纷，洗氏就招选了兵丁，固守家乡，使得各少数民族部落的酋长不敢发兵侵扰。当赵陀称王、占据了整个岭南地区时，洗氏带着准备赠送给赵陀的二百担军用物资前去拜见，赵陀非常高兴。洗氏与他谈论时政讲述兵法，智谋和辩才都运用自如，赵陀竟然没能辩驳倒她，便委托由她来治理高凉地区。洗氏的恩威一时震动了周边，相邻的州郡都纷纷依附于她。如今岭南之地有很多洗姓人家，其中大多数是她家族的后代。（出《岭表录异》，据谈氏初印本附录。）

卫敬瑜妻

卫敬瑜的妻子，在她十六岁时丈夫就去世了。她的父母以及公公婆婆都准备让她再改嫁，但她却将自己的耳朵割掉了立誓，坚决不同意改嫁。她的家中住有一窝燕子，经常是双宿双飞，但后来却忽然变成了单飞燕。卫敬瑜的妻子感慨这只燕子的孤处，于是将一根丝线系在它的脚上作了记号。第二年，这只燕子果然又飞了回来，脚上还系着以前的丝线。卫敬瑜的妻子为此写了一首诗：“昔年无偶去，今春又独归。故人恩义重，不忍更双飞。”（原缺出处，许刻本作出《南雍州记》）

周迪妻

周迪的妻子某氏。周迪很会做买卖，常年往来于广陵间，一次正好遇上了毕师铎发动叛乱，人们只得相互抢掠再出卖来赚钱吃饭。

卖以济君行。”迪不忍，妻固与诣肆，售得数千钱以奉迪。至城门，守者谁何，疑其诒，与迪至肆问状，见妻首已在于枅矣，迪裹余体归葬之。（未注出处，谈氏引自《新唐书》）

邹待徵妻

邹待徵妻薄者，武康尉自牧之女也。从待徵官江阴，袁晁乱，待徵解印窜匿，薄为贼所掠，将污之，不从。语家媪，使报待徵曰：“我义不辱。”即死于水。贼去，得其尸，义声动江南。闻人李华作《哀节妇赋》曰：“昔岁群盗并起，横行海浙。江阴万户，化为凝血。无石不焚，无玉不折。峨峨薄媛，炯然名节。自牧之子，邹徵之妻。玉德兰姿，女之英兮。邹也避祸，伏于榛莽。婉如之宾，执为囚虏。匍匐泥沙，极望无睹。出授官之告，托垂白之姥。姥感夫人，爰达邹君。兵解求尸，在于江滨。哀风起为连波，痛气结为孤云。凫雁为之哀鸣，日月为之蒙昏。端标移景而恒直，劲芳贯霜而犹存。知子莫如父，诚哉长者之言。”（未注出处，谈氏引自《新唐书》）

周迪当时饿得已经快要死了，他的妻子说道："现在就算想要回去，也没办法两全了。你家中的父母还健在，我们二人不能一块死。希望你把我卖掉以便能帮助你回家去。"周迪不忍心，但妻子却决然地来到了贩卖人口的市场上，将自己卖得数千钱给了周迪。当周迪走到城门的时候，守门人问他是谁干什么的，怀疑他是骗子，便带着周迪前往人口贩卖市场核实情况。当他们一行到达市场时，周迪发现自己妻子的脑袋已经被挂在了一根横梁木上。周迪就将她剩余的尸骨包裹起来带回家安葬了。（未注出处，谈氏引自《新唐书》）

邹待徵妻

邹待徵的妻子名叫薄，是武康县尉自牧的女儿，她跟随着邹待徵一起在江阴为官。当袁晁叛乱时，邹待徵丢下官印逃跑躲了起来，妻子薄便被叛军抓走了。叛军想要污辱她，但薄坚决不从，她告诉家里的一个老女仆，让她告诉邹待徵说："我的义节不能受到玷污。"说完便投水而死。叛军退走之后，邹待徵找到了她的尸体，她的义节名声也因此传遍了江南。有个叫李华的人听说此事后写了一篇《哀节妇赋》道："去年时天下群盗并起，横行于江浙沿海一带。江南一带千家万户，都化成了一片片血水。群盗们无石不烧，无玉不断。巍巍的薄女，名节光耀一方。她是自牧之女、邹郎之妻。她像玉一般洁白的德行，像兰一样芬芳的品质，真的是女中英豪。邹待征为了避祸，藏于丛生的草木之间，而她好像被抛弃了，被叛军抓捕而成为了囚徒。当时她在泥沙中奋力爬行，极目远眺却怎么也看不到自己的亲人，终被投降的官吏告密所出卖。夫人嘱托一个白发老妇给带话，老妇被夫人所感动，最后将夫人的话转达给了邹待徵。兵乱解除后前往寻找尸体，最后被发现在江畔。哀风为她荡起了连连水波，云气为她结成了一朵孤云；凫雁为她阵阵哀鸣，日月为她蒙上了光辉。标杆不管称到哪里，其影子仍旧是直的，盛开的香花即便遭遇了严霜而香气依然存在。对孩子的了解，没有谁能比得上父亲，长辈的话实在说得太好了。"（未注出处，谈氏引自《新唐书》）

窦烈女

奉天县窦氏二女伯娘、仲娘，虽长于村野，而幼有志操。住与邠州接界，永泰中，草贼数千人持兵刃，入其村落，行剽劫，闻二女有容色。姊年十九，妹年十六，藏于岩窟间。贼徒拟为逼辱，乃先曳伯娘出，行数十步，又曳仲娘出，贼相顾自慰。行临深谷，伯娘曰："我岂受贼污辱。"乃投之于谷。贼方惊骇，仲娘又投于谷。谷深数百尺，姊寻卒，仲娘脚拆面破，血流被体，气绝良久而苏，贼义之而去。京兆尹第五琦感其贞烈，奏之，诏旌表门闾，长免丁役，二女葬事官给。京兆尹曹陆海，首赋以美之。（未注出处，谈氏引自《唐书烈女传》）

烈女姓窦氏，小字桂娘。父良，建中初为汴州户曹掾。桂娘美颜色，读书甚有文。李希烈破汴州，使甲士至良门取桂娘去。将出门，顾其父曰："慎无戚戚，必能灭贼，使大人取富贵于天子。"桂娘既以才色在希烈侧，复能巧曲取信，凡希烈之密，虽妻子不知者，悉皆得闻。希烈归蔡州，桂娘尝谓希烈曰："忠而勇，一军莫如陈仙奇。其妻窦氏，仙奇宠且信之，愿得相往来，以姊妹叙齿，因徐说之，以坚仙奇之心。"希烈然之，因以姊事仙奇妻。尝间谓曰："贼凶残不道，迟晚必败，姊因早图遗种之地。"仙奇妻然之。兴元元年四月，希烈暴死，其子不发丧，欲尽诛老将校，俾少者代之。计未决，有献含桃者。桂娘曰："希烈子请分遗仙奇妻。"且以示无事于外。因为蜡帛书曰："前日已死，殡在后堂。欲诛大臣，须自为计。"次朱染帛丸如含桃。仙奇发丸见之，言于薛育曰："两日

窦烈女

奉天县有两个名叫伯娘、仲娘的姓窦的女子。虽然生长在荒野乡村，但她们从小就很有志向和操守。她们居住的地方与邠州接界。唐朝永泰年间，有几千个草贼手持兵器，进入了她们的村落进行抢劫。他们听说了伯娘、仲娘这两个女子很有姿色。当时姐姐十九岁，妹妹十六岁，她们一起藏在岩洞里，贼徒们想要强行污辱她们，于是先将伯娘从洞中拽了出来，行走了几十步，然后又将仲娘拽了出来。贼徒们相互看了看，心中都非常满意。当他们经过一处深谷上方时，伯娘说道："我怎么能受你们这些强盗的污辱呢。"说完便纵身跳下了深谷。强盗们还在惊惧中时，仲娘又跟着跳了下去。山谷深达几百尺，姐姐一会儿就死去了，而仲娘则摔断了脚挂破了脸，全身到处流满了血，昏迷很久之后苏醒了过来。最后强盗们因她们的义举深受感动而离开了。京兆尹第五琦被二女的贞烈所感动，便将此事上奏给了皇上，皇上下诏表彰了她们的家族，并永久免除了她们家的丁役，二女所有的丧葬花费也都由官家付给。京兆尹曹陆海，是第一个写赋赞美她们的。（未注出处，谈氏引自《唐书烈女传》）

有个姓窦的烈女，字桂娘。她的父亲叫窦良，是唐朝建中初年时汴州的户曹掾。窦桂娘容貌长得很美，从小读书就很有文采。李希烈率叛军攻破汴州时，派兵到窦良家中将窦桂娘带走了。在即将出门的时候，窦桂娘回头对父亲说："您自己多加小心，不要悲伤，我一定能灭掉这些叛贼，使您能够从天子那里取得富贵。"窦桂娘因为有美貌和才华被留在了李希烈的身边，接着又因为能够做到乖巧婉转而很快就取得了李希烈的信任。凡是李希烈的机密，即便是连他妻子都不知道的，窦桂娘都能够探听到。后来李希烈败退蔡州时，窦桂娘曾对他说："如果要论忠诚和勇敢，全军中谁也不如陈仙奇。他的妻子窦氏，陈仙奇对她非常宠爱和信任，我希望能够与她互相往来，按年龄以姊妹相称，因而可以慢慢劝说她，以便坚定陈仙奇跟随您的决心。"李希烈同意了她的说法。于是窦桂娘将陈仙奇的妻子当作姐姐来对待。窦桂娘曾为离间李希烈、陈仙奇二人间的关系而对她说："李贼凶残无道，早晚必定会失败，姐姐应当趁早谋划称疾，但怪乐曲杂发，尽夜不绝，此乃有谋未定，示暇于外，事不疑矣。”明日，仙奇、薛育各以所部兵噪于衙门，请见希烈。烈子迫出拜，愿去伪号，一如李纳。仙奇曰：“尔悖逆，天子有命。”因斩希烈妻及子函七首以献，陈尸于市。后两月，吴少诚杀仙奇，知桂娘谋，因亦杀之。（出《樊川集》，原缺，据谈氏初印本附录。）

郑神佐女

大中五年，兖州瑕丘县人郑神佐女，年二十四，先许适驰雄牙官李玄庆。神佐亦为官健，戍庆州。时党项叛，神佐战死，其母先亡，无子。女以父战殁边城，无由得还，乃剪发坏形，自往庆州，护父丧还，至瑕丘县进贤乡马青村，与母合葬。便庐于坟所，手植松桧，誓不适人。节度使萧俶以状奏之曰：“伏以闾里之中，罕知礼教，女子之性，尤昧义方。郑氏女痛结穷泉，哀深陟岵，投身沙碛，归父遗骸。远自边陲，得还闾里。感蓼莪以积恨，守丘墓以誓心，克彰孝理之仁，足励贞方之节。”诏旌表门闾。□赞曰：

今后安生传种的地方。”陈仙奇的妻子也认同这种做法。兴元元年四月的时候，李希烈忽然暴死，他的儿子一直不愿意公布丧事，而是打算将原来的那些老将校全部杀掉，以便少壮派能取而代之。在他的计谋还没有决定时，有一个人前来进献樱桃，窦桂娘便对那个人说：“希烈的儿子说请你分出一些樱桃送给陈仙奇的妻子品尝。”并且为了表现自己与外面发生的事情没有任何关系，她便只能用一块蜡封帛条写上：“李希烈前日已死，灵柩停放在后堂。其子打算诛杀各大臣，请你们各自做好今后的打算。”接着将蜡封帛条用红色染得如樱桃一样夹放在樱桃中。陈仙奇发现了蜡封帛条上的内容，他便对薛育说：“两天来李希烈的儿子一直对外宣称父亲病了，只是杂乱地演奏一些奇怪的乐曲，整夜都没有停歇。看来这是他有什么计谋没有确定下来，才对外表现出一副空闲无事的样子，以便不让人们对此生疑。”第二天，陈仙奇、薛育各自率本部兵士到衙门喧哗，请求面见李希烈。李希烈的儿子被迫出来拜见，并愿意去掉自己的伪帝号，就像过去一样称李纳。陈仙奇说道：“你等为叛逆之人，天子已下诏令。”于是斩了李希烈的妻子、儿子等七人的头用盒子装起来献给了朝廷，并把他们的尸体陈于大街示众。两个月后，李希烈的心腹吴少诚杀掉了陈仙奇，因为他知道之前的事是窦桂娘所谋划，因此将窦桂娘也杀了。（出《樊川集》，原缺，据谈氏初印本附录。）

郑神佐女

唐朝大中五年时，兖州瑕丘县人郑神佐的女儿已经二十四岁了，之前已答应嫁给驰雄牙官李玄庆为妻。郑神佐也是个当兵的，戍守于庆州。当时党项族人发动叛乱，郑神佐战死在了战场，而郑女的母亲早先已经去世，没有儿子。郑女因为父亲战死在了边城，没有办法再回来，于是剪去了头发毁掉了容貌，亲自前往庆州，护送父亲的遗体回来，最后将父亲的遗体运送到了瑕丘县进贤乡的马青村，与母亲合葬在一起。之后她又在坟地旁建了座简易的房子住在这里，又亲手在墓前种植了松柏，发誓从此不再嫁人。节度使萧俶将此事上奏给了皇上，说道：“在乡野村巷之中，很少有人懂得礼教，特别是那

政教隆平，男忠女贞。礼以自防，义不苟生。彤管有炜，兰闺振声。关雎合雅，始号文明。（未注出处，谈氏引自《唐书·列女传》）

卢夫人

卢夫人，房玄龄妻也。玄龄微时，病且死，诿曰："吾病革，君年少，不可寡居，善事后人。"卢泣入帷中，剔一目示玄龄，明无他。会玄龄良愈，礼之终身。□按《妒妇记》，亦有夫人，何贤于微时而妒于荣显邪？予于是而有感。（原缺出处，许刻本作出《朝野佥载》）

符凤妻

玉英，唐时符凤妻也，尤姝美。凤以罪徙儋州，至南海，为獠贼所杀，胁玉英私之。对曰："一妇人不足以事众男子，请推一长者。"贼然之，乃请更衣。有顷，盛服立于舟上，骂曰："受贼辱，不如死。"遂自沉于海。（原缺出处，许刻本作出《朝野佥载》）

些女子，尤其不懂得为人的规矩和法度。但是郑氏之女却将悲痛完全凝结在逝去的父母身上，深深地哀痛和怀念父母。她独自前往沙漠，收回了父亲的遗骨，能够从遥远的边陲，回到自己的家乡，因对亡亲的悼念而对敌人的仇恨越积越深，并决心守护双亲坟墓且发誓不再嫁人。这能够彰显孝道的精神，足以鼓励大家该当保持忠贞的节操。”皇上于是下诏表彰了她的家庭，并称赞写道：“由于国家的政治与教化使得天下太平，男人忠诚女人坚贞。讲礼仪并能自我防范，讲正义而不苟且偷生。红色的笛管色泽鲜亮，女子闺房的美名因此而大振。有了《关雎》与《雅》的教化，才能够称之为文明。”（未注出处，谈氏引自《唐书·列女传》）

卢夫人

卢夫人，是房玄龄的妻子。在房玄龄地位还非常卑微的时候，有一次他病得快要死了，于是他便对妻子托言道：“我现在已经是病入膏肓了，而你还年轻，不可以守寡，你要善待将来的那个人。”卢夫人哭泣着进入帷帐中，剜出了自己的一只眼珠给房玄龄看，以证明自己决不会有他嫁之心。这时正好房玄龄的病情也康复了，所以房玄龄对她终身礼敬有加。考察一下《妒妇记》，发现那里面也有记载卢夫人的事。为什么当房玄龄地位卑微时她很贤惠，而当他地位显赫时她却变成了妒妇呢？对此我有很多的感慨。（原缺出处，许刻本作出《朝野佥载》）

符凤妻

玉英，是唐代人符凤的妻子，生得特别美丽。符凤因为获罪被流放到儋州。当他们走到南海时，符凤被当地的土著人杀死，他们还胁迫玉英供他们淫乐。对此玉英说道：“我一个女人，没有办法侍奉你们这么多男子。请推举一个年长的人来。”强盗们答应了她，便请她去换衣服。过了一会儿，玉英身着盛装站在船上，骂道：“如果受到你们这群贼人的污辱，那我还不如一死。”就自己跳入了大海中。（原缺出处，许刻本作出《朝野佥载》）

吕 荣

许升妻吕氏字荣。升少为博徒，不理操行。荣尝躬勤家业，以奉养其姑，数劝升修学，每有不善，辄流涕进规。荣父积忿疾升，乃呼荣，欲改嫁之。荣叹曰："命之所遭，义无离贰。"终不肯归。升感激自励，乃寻师远学，遂以成名。寻被本州辟命，行至寿春，为盗所杀。刺史尹耀捕盗得之，荣迎丧于路，闻而诣州，请甘心仇人，耀听之。荣乃手断其头，以祭升灵。后郡遭寇贼，贼欲犯之，荣逾垣走，贼拔刀追之，贼曰："从我则生，不从我则死。"荣曰："义不以身受辱。"寇虏遂杀之。是日，疾风暴雨，雷电晦冥，贼惶惧，叩头谢罪，乃殡葬之。

封景文

殷保晦妻，封敖孙也，名绚字景文，能文章草隶。保晦历校书郎，黄巢入长安，共匿兰陵里。明日，保晦逃，贼悦封色，欲取之，固拒。贼诱悦万词，不答。贼怒勃然曰："从则生，不然，正膏我剑。"封骂曰："我公卿子，守正而死，犹生也。"终不从逆贼手，遂遇害。保晦归，左右曰："夫人死矣。"保晦号而绝。（未注出处，谈氏引自《新唐书》）

吕荣

许升的妻子吕氏，字荣。许升年轻的时候是一个赌徒，从不注意自己的品行修养。吕荣曾经亲自操持家里的产业，以奉养自己的婆婆。她还多次规劝许升修习学业，每当许升有不良行为时，她便会流着眼泪对他进行规劝。吕荣的父亲因长期积蓄的愤怒而厌恶许升，就准备叫吕荣回家，打算让她改嫁。吕荣叹息着对父亲说道："这是我命中应有的遭遇，从道义上讲我没有离开再嫁的道理。"最终她也不肯回去。许升因此而感激吕荣并自勉自励，于是远赴外地求师学习，最终得以成就功名。不久许升便被本州推荐出任朝廷命官，但当他走到寿春县时，被强盗所杀。刺史尹耀抓住了那个强盗。当吕荣前去大路迎丧时，听说强盗被抓住后便赶到了州府，请求亲手戮杀仇人才甘心。刺史尹耀答应了她的要求。吕荣便亲手砍下了那盗贼的脑袋，以祭奠许升的亡灵。后来吕荣在郡内遭遇到了寇贼，强盗们准备侵犯她，她乘机越墙逃走了。强盗拔出刀来追她，并说："顺从我便得生，不顺从我则死！"吕荣说："为了节操道义，我决不会让自己的身子受辱。"强盗就杀害了她。当天，天空中忽然刮起了大风下起了暴雨，电闪雷鸣，强盗被吓得脸色大变，急忙叩头谢罪，并将她埋葬了。

封景文

殷保晦的妻子，是封敖的孙女，名叫绚字景文，会写文章并且擅长草书、隶书。殷保晦在担任校书郎时，黄巢率军进入长安，殷保晦与妻子一起藏在兰陵里。第二天，殷保晦逃掉了，贼人见封景文长得漂亮，想要娶她为妻，被她严词拒绝了。贼人说了无数好话，但封景文都没有答应。贼人为此勃然大怒，说道："如果顺从我便能生，不然的话，便正好可以用你来润滑一下我的剑。"封景文骂道："我乃是公卿之后，即便因守节而死，虽死犹生。"所以一直不肯顺从贼人让贼人得手，最终被贼人杀害。殷保晦回来后，左右告诉他说："夫人已经死了！"殷保晦听了痛哭悲伤而死。（未注出处，谈氏引自《新唐书》）

高彦昭女

高愍女名妹妹，父彦昭，事正己，及纳拒命，质其妻子，使守濮阳。建中二年，挈城归河南都统刘玄佐，屠其家，时女七岁，母李怜其幼，请免死为婢，许之。女不肯曰："母兄皆不免，何赖而生。"母兄将被刑，遍拜四方，女问故，答曰："神可祈也。"女曰："我家以忠义诛，神尚何知而拜之。"问父在所，西向哭，再拜就死。德宗骇叹，诏太常谥曰"愍"，诸儒争为之诔。彦昭从玄佐救宁陵，复汴州，授颍州刺史，朝廷录其忠。居州二十年不徙，卒赠陕州都督。（原缺出处，许刻本作出《广德神异录》）

李诞女

东越闽中有庸岭，高数十里，其下北隰中，有大蛇，长七八丈，围一丈，土俗常惧。东治都尉及属城长吏多有死者，祭以牛羊，故不得福。或与人梦，或喻巫祝，欲得啖童女年十二三者。都尉、令长患之，共求人家生婢子兼有罪家女养之。至八月朝，祭送蛇穴口，蛇辄夜出吞啮之，累年如此，前后已用九女。一岁将祀之，募索未得。将乐县李诞家有六女无男，其小女名寄，应募欲行，父母不听。寄曰："父母无相留。今惟生六女，无有一男，虽有如无。女无缇萦济父母之功，既不能供养，徒费衣食，生无所益，不如早死。卖寄之身，可得少钱以供父母，岂不善耶？"父母慈怜

高彦昭女

高愍女名叫妹妹。她的父亲叫高彦昭，曾在平卢节度使李正己的手下为官。当李正己的儿子李纳拒绝朝廷的命令后，李纳羁押了他的妻子儿女当作人质，派他前去驻守濮阳。唐朝建中二年，高彦昭带着城池归顺了河南都统刘玄佐，李纳因此屠杀了他的所有家属。当时他的女儿刚好七岁，母亲李氏可怜她还年幼，请求免她一死而让她为婢。他们答应了她的要求，但是女儿却不肯，她说道："母亲、哥哥都不能免死，我能依靠什么来活着？"母亲和哥哥将要被行刑时，他们向四方揖拜，女儿便问他们为什么要揖拜？他们说："这是在向神灵进行祷告乞求保佑。"女儿说道："我们家是因为忠义而被杀，神灵这都不知道，为何还要去拜它？"她问明了父亲所在，便面向西方痛哭，三拜之后就赴死了。唐德宗对此女的举动感到很惊叹，因此下诏给太常博士赐给高家女儿谥号为"愍"，众多儒士都争相为她撰写悼念文章。后来高彦昭跟随刘玄佐援救宁陵，收复了汴州，被授予颍州刺史，朝廷记录了他的忠君事迹。他在颍州任职了二十年没有调迁，死后被追赠为隘州都督。（原缺出处，许刻本作出《广德神异录》）

李诞女

东越的闽中县有一处叫庸岭的地方，从山脚到岭顶有数十里路。在庸岭北坡的阴湿地带，有一条大蛇，长达七八丈，身围约一丈，当地的土著人对这条蛇常常感到恐惧。东治的都尉以及所属县邑的长吏们有很多被这条蛇咬死了，于是他们便常用牛羊来祭祀它，但仍旧没能得到太平。这条大蛇或者托梦给人，或者告诉巫师，说是想要吞噬一些十二三岁的童女。都尉、令长们对此都很是担忧，便一起去寻找那些由奴婢生的或是罪犯们家中的小姑娘，先领来养着，到了八月初时，便将一个女孩祭送到大蛇洞口。大蛇一到晚上就爬出来将女孩吞食了。如此持续了许多年，前后已经送去了九个童女。又有一年，到了快要祭礼的日子了，可是童女还没有找到。将乐县不听去，终不可禁止。寄乃行，请好剑及咋蛇犬。至八月朝，便诣庙中坐，怀剑将犬，先作数石米糍蜜麨以置穴口。蛇夜便出，头大如囷，目如二尺镜，闻糍香气，先啖食之。寄便放犬，犬就啮咋，寄从后斫，蛇因踊出，至庭而死。寄入视穴，得其九女髑髅，悉举出，咤言曰："汝曹怯弱，为蛇所食，甚可哀愍！"于是寄女缓步而归。越王闻之，聘寄为后，拜其父为将乐令，母及姊皆有赐赏，自是东治无复妖邪之法，其歌谣至今存焉。（出《法苑珠林》，原缺，据谈氏初印本附录。）

义成妻

汉源县人义成妻，壮年无子，夫死将葬，及先殡时，含毒药酒，至未入墓时，抚棺吞之而死，乃为合葬焉。时以状闻，有诏赐帛。事见常璩《国志》。（出《黎州国经》，原缺，据谈氏初印本附录。）

的李诞家有六个女儿却没有一个男儿，他的小女儿名叫李寄，应招想要前去，但父母不同意。李寄说道："父母请不要留我了，如今只生了我们六个女儿，没有一个男儿，你们虽然有孩子却也如同没有一样。我没有缇萦救父那样的功劳，不能供养你们，只会白白浪费衣服、粮食。既然活着对家庭没什么帮助，不如早点去死。将我卖了，还可以得到一点钱用来供养父母，难道这不是一件好事吗？"父母慈爱怜惜她而不肯让她去，但最终还是没能禁止，李寄还是去了。出发前她请求要到了一把好剑以及一条咬蛇犬。到了八月初，她便来到了祭庙中坐着，怀里藏着剑带着狗。她先将几石抹了蜜的糍粑放在大蛇住的洞口，晚上时大蛇便出来了。它的蛇头就如谷仓一样大，眼睛像二尺宽的铜镜。大蛇闻到了糍粑的香味，就先吞食起糍粑来。这时李寄便放出了狗，狗扑上去便咬，李寄随后也冲了上去从后面用剑砍杀。大蛇因此窜出了洞，到了庙院中后便死去了。李寄进入洞中察看，发现了那九个童女的头盖骨，便将它们全部举在手中走了出来。她悲痛地说："你们太怯弱了，全都被蛇吃掉了，真是太可怜了！"于是李寄慢慢走回了家。越王听说这事之后，娶了李寄做王后，并授予她父亲为将乐县令，她的母亲及姐姐们也都有赏赐。从此之后东治之地再也没有妖邪作乱。那些赞颂李寄的歌谣至今还在这里流传。（出《法苑珠林》，原缺，据谈氏初印本附录。）

义成妻

汉源县人义成的妻子，到了壮年时也没能生下儿子。后来丈夫死了将要埋葬了，在下葬之前时，她先含了一口毒药酒，当快要埋入墓地时，她抚摸着棺材吞下了毒酒而死。于是人们将他们合葬在了一起。这事当时被记录在文书中，被皇上知道了，因此皇上颁下诏书赐予布帛给予表彰。这事在常璩的《国志》中有记载。（出《黎州国经》，原缺，据谈氏初印本附录。）

魏知古妻

唐工部尚书魏知古，性雅正，善属文，年七十，卒于位。妻苏氏不哭，比至，香水洗浴，晗袭讫，举声一恸而绝，与尚书同日合丧。时奇其节，以为前代未之有。（原缺，据谈氏初印本附录。）

侯四娘

至德元年，史思明未平，卫州有妇人侯四娘等三人，刺血谒于军前，愿入义营讨贼。（出《独异志》，原缺，据谈氏初印本附录。）

郑路女

郑路昆仲有为江外官者，维舟江渚。群偷奄至，即以所有金帛罗列岸上，而恣贼运取。贼一不犯，曰："但得侍御小娘子足矣。"其女则美色，贼潜知之矣。骨肉相顾，不知所以答，女欣然请行。其贼即具小舟，载之而去。谓贼曰："君虽为偷，得无所居与亲属焉？然吾家衣冠族也，既为汝妻，岂以无礼见逼。若达所止，一会亲族，以托好仇足矣。"贼曰："诺。"又指所偕来二婢曰："公既以偷为名，此婢不当有，为公计，不若归吾家。"贼以貌美，其言且顺，顾已无不可者，即自鼓其棹，载二婢而去。女于是赴江而死。（出《玉泉子》，原缺，据谈氏初印本附录。）

魏知古妻

唐朝时的工部尚书魏知古，生性文雅正直，善于写文章。七十岁时，死在任上。他的妻子苏氏对此没有哭泣。当她到来之后，先用香水为他擦洗了身子，再在他的口中放了一块玉，给他换好了衣裳，然后一声痛哭便死去了，所以大家将她与尚书同一天合葬在了一起。当时，人们都很惊奇她的节操，认为这是以前从没有过的。（原缺，据谈氏初印本附录。）

侯四娘

唐朝至德元年，史思明的叛乱还没有平息，卫州有个叫侯四娘的等三名妇女，曾在军前揖拜刺血为誓，希望能够加入正义之师前去讨伐叛军。（出《独异志》，原缺，据谈氏初印本附录。）

郑路女

郑路兄弟几人有人前往江南去做官，途中他们将船停在了江中的一座小岛旁。这时突然来了一群强盗，于是他们便将所有的金帛等贵重物品都摆放在岸上，任凭贼人随便拿取。可是贼人却一件都没有要，一贼人说："只要得到侍御史的小娘子就满足了。"郑路的女儿长得非常美丽，贼人们在暗中已经知道了。骨肉亲人们面面相顾，不知道该怎么回答才好，但郑女却欣然同意随他们前去。那贼人便放下小船，载着她离去了。郑女对那贼人说道："你虽然以偷盗为生，难道没有居住的地方和亲属吗？但我家是士大夫家族，如今既然要做你的妻子了，怎么能对我无礼相逼呢？如果到了你所住的地方，见到你的亲属，能将我托付给你做妻子我就满足了。"那贼人说："好。"郑女又指着带来的两个婢女说："你既然以偷为名，就不应当有这些婢女。为你考虑，不如将她们送回我家吧。"那贼人因为她貌美，所以她说的话他都愿意顺从，因此没有什么是他不愿意的。于是他亲自划桨，载着二个婢女走了。郑女于是乘机跳江而死。（出《玉泉子》，原缺，据谈氏初印本附录。）

邹仆妻

梁末龙德壬午岁，襄州都军务邹景温移职于徐，亦绾都军之务。有劲仆，失其姓名。自恃拳勇，独与妻策驴以路。至宋州东芒砀泽，素多贼盗，行旅或孤，则鲜有获免者。其日与妻偕憩于陂之半双柳树下，大咤曰："闻此素多豪客，岂无一人与吾曹决胜负乎！"言粗毕，有五六盗自丛薄间跃出，一夫自后双手交抱，搏而仆之，其徒遽扼其喉，抽短刃以断之。斯仆随身兵刃，略无所施，盖掩其不备也。唯妻在侧，殊无惶骇，但矫而大呼曰："快哉！今日方雪吾之耻也。吾比良家之子，遭其俘掠，以致于此。孰谓无神明也！"贼谓诚至而不杀，与行李并二驴驱以南迈。近五六十里，至亳之北界，达孤庄南而息焉。庄之门有器甲，盖近戍巡警之卒也。其妇遂径入村人之中堂，盗亦谓其谋食，不疑也。乃泣拜其总首，且告其夫适遭屠戮之状。总首闻之，潜召其徒，俱时执缚，唯一盗得逸。械送亳城，咸弃于市。其妇则返襄阳，还削为尼，誓终焉之志。（出《玉堂闲话》，原缺，据谈氏初印本附录。）

歌者妇

南中有大帅，世袭爵位，然颇恣横。有善歌者，与其夫自北而至，颇有容色，帅闻而召之。每入，辄与其夫偕至，更唱迭和，曲有余态。帅欲私之，妇拒而不许。帅密遣人害其夫而置妇于别室，多

邹仆妻

后梁末期龙德壬午年，襄州都军务邹景温被调往徐州任职，还是掌管都军之务。他有一个非常健壮的仆人，姓名已经不详。仗着自己勇武，独自与妻子骑上驴便出发了。他们走到了宋州东芒县的砀泽，这里平时就经常有强盗出没，途经这里的人如果是孤身一人，很少有能免除被抢劫杀害的。这一天健仆与妻子在这里山坡半腰处的双柳树下歇息，他大声说道："听说这里平素经常有强盗出没，怎么没一个敢来与我决一胜负呢？"话音刚落，便有五六个强盗从树丛中跳了出来，一人从后边用双手将他抱住，与他搏斗并将他扑倒了，那贼人的手下见了立即掐住了他的脖子，并抽出短刀将其斩断了。这个仆人随身携带的兵刃，丝毫没有施展的机会，因为贼人是乘其不备偷袭的。他的妻子站在旁边，没有一点惊慌的样子，她只是假装大声喊道："痛快！今天才洗刷掉了我的耻辱。我本是良家之女，因被他抢掠，才到了这里。谁说没有神明啊！"强盗们认为她很真诚而没有杀她，带着她与行李一起赶着两头驴向南而去。走了将近五六十里地，到了亳县的北界，到达孤庄的南面后开始休息。庄子的大门边有身穿盔甲带着兵器的人守着，这是在这里警戒并守卫村庄的人。仆人的妻子就径直走到村民的家中。强盗们也认为她是去要吃的，所以没有怀疑她。仆人的妻子于是哭着前去拜见了村中的总首，并且讲述了自己丈夫刚刚被强盗屠杀的情况。总首听说之后，秘密地召集了手下的人，一起将强盗们抓住绑了起来，只有一个逃走了。他们将强盗们戴上刑具押送到了亳城，全都被斩首并陈尸于市。仆人的妻子则返回了襄阳，并削发为尼，立下了终身为尼的誓言。（出《玉堂闲话》，原缺，据谈氏初印本附录。）

歌者妇

南中地区有个大帅，为世袭的爵位，但是为人却十分放纵和蛮横。有一个很会唱歌的女子，与丈夫一起从北方而来。那女子长得很有姿色，这个大帅听说后便召见了她。每次前往大帅的府第时，她其珠翠，以悦其意。逾年往诣之，妇亦欣然接待，情甚婉娈。及就榻，妇忽出白刃于袖中，擒帅而欲刺之。帅掣肘而逸，妇逐之。适有二奴居前阖其扉，由是获免。旋遣人执之，已自断其颈矣。（出《玉堂闲话》，原缺，据谈氏初印本附录。）

总是与丈夫一起来的，轮唱和声，歌声回旋缭绕。大帅想要和她私会，但她每次都拒绝了没有答应。大帅便秘密派人将她丈夫害死了并把她安置到了别室，为她置办了许多珍珠翡翠等首饰，来取悦她的心。过了一年后大帅前往她那，那女子也欣然接待了他，而且情意十分缠绵。等到上了床后，那女子突然从衣袖中拔出一柄雪亮的匕首，按住大帅想要刺杀他，但大帅拉开她的胳膊逃走了。那女子前去追赶，正好有两个奴仆在她到来之前抢先将大门关上了，大帅因此幸免得以逃脱。随后大帅马上派人来捉拿她，但那女子已砍断自己的脖子死了。（出《玉堂闲话》，原缺，据谈氏初印本附录。）

卷第二百七十一　妇人二

贤妇

徐才人

徐氏名惠，坚之女也，生五月能言。唐太宗以为才人，特迁为充容。军旅未宁，上疏谏修宫室，词甚典美，上然之。（原缺出处，明抄本作出《大事神异运》）

卢　氏

狄仁杰之为相也，有卢氏堂姨居于午桥南别墅。姨止有一子，而未尝来都城亲戚家。仁杰每伏腊晦朔，修礼甚谨。常经雪后休假，仁杰因候卢姨安否。适表弟挟弓矢，携雉兔而来归，进膳于母，顾揖仁杰，意甚轻简。仁杰因启于姨曰："某今为相，表弟有何乐从，愿悉力从其旨。"姨曰："相自贵。尔姨止有一子，不欲令其事女主。"仁杰大惭而退。（出《松窗杂录》）

贤妇

徐才人

徐氏徐惠，徐坚的女儿，出生后五个月就可以说话。唐太宗选徐惠入宫为才人，特意迁升为随军充容。战事还没平息军旅生活还没结束时，徐惠给唐太宗上疏劝谏不要大规模修建宫室，徐惠写的奏章文词典雅优美。唐太宗欣然采纳了她的意见。（原缺出处，明抄本作出《大事神异运》）

卢氏

狄仁杰做宰相的时候，有卢氏堂姨住在午桥南面的别墅庄园里。堂姨只有个独生儿子，从来没来过都城亲戚家中。狄仁杰办事兢兢业业，对待礼节十分认真。一般只有年末才能有休假，休假的时候狄仁杰便到庄园看望卢姨是否安康。刚好遇到表弟腋下挟着弓箭，提着山雉野兔从外面回来，表弟进屋后侍候母亲用饭，面向狄仁杰随意地打招呼致意，十分随意简单。狄仁杰因此向堂姨说："我现在是当朝宰相，表弟想做什么事，我都尽力帮他安排。"卢姨说："当朝宰相是十分显贵的。你姨就只有这一个儿子，我不想让他去伺候女皇帝。"狄仁杰听了十分惭愧地离开了。（出《松窗杂录》）

董氏

则天朝，太仆卿来俊臣之强盛，朝官侧目，上林令侯敏偏事之。其妻董氏谏止之曰："俊臣国贼也，势不久。一朝事坏，奸党先遭，君可敬而远之。"敏稍稍而退。俊臣怒，出为涪州武隆令。敏欲弃官归，董氏曰："速去，莫求住。"遂行。至州，投刺参州将，错题一张纸，州将展看，尾后有字，大怒曰："修名不了，何以为县令？"不放上，敏忧闷无已。董氏曰："但住，莫求去。"停五十日。忠州贼破武隆，杀旧县令，略家口并尽，敏以不计上获全。后俊臣诛，逐其党流岭南，敏又获免。（出《朝野佥载》）

高叡妻

赵州刺史高叡妻秦氏。默啜贼破定州部，至赵州，长史已下，开门纳贼。叡计无所出，与秦氏仰药而诈死。舁至啜所，良久，啜以金狮子带紫袍示之曰："降，我与尔官，不降即死。"叡视而无言，但顾其妇秦氏。秦氏曰："受国恩，报在此。今日受贼一品，何足为荣？"俱合眼不语。经两日，贼知不可屈，乃杀之。（出《朝野佥载》）

董氏

武则天做天子时期，太仆卿来俊臣嚣张跋扈权势滔天，朝中官员对他十分不满，上林令侯敏却偏偏同他接近。侯敏的妻子董氏劝诫他说："来俊臣是当朝国贼，他的权势必定不会很久。有朝一日他权势不再，肯定是身边的奸党同伙最先遭殃。君应当现在就对他敬而远之。"侯敏听了妻子的话慢慢远离来俊臣。来俊臣特别生气，将侯敏远放至涪州武隆做县令。侯敏不想去做县令想弃官回家，他的妻子董氏说："你要赶紧离京赴任，不要想着能留在这里。"于是侯敏带着家眷启程。到了涪州武隆府衙，将文书交给参州将，正常文书中夹杂了另外一页，参州将打开文书，看见了正式文书之外的一页纸，大怒说道："你的名声品德都没有修好，怎么能去做县令呢？"便不让他去上任。侯敏十分担心和纳闷。他的妻子董氏说："你就住在这里，不要想着能去上任。"住了五十天左右。忠州叛贼攻破了武隆县城，将原来的县令杀了，旧县令的家眷也全都被斩首。侯敏一家因为没有及时上任保住了性命。后面来俊臣被杀，他的同党都被逐出朝廷流放至岭南一带，侯敏因为疏远来俊臣又一次躲过了灾祸。（出《朝野佥载》）

高叡妻

赵州刺史高叡的妻子秦氏。当时默啜叛贼攻破定州守军，兵临赵州城下，城中长史以下的官员，都跑去打开城门迎接叛贼进城。高叡无计可施，只能与妻子秦氏躺在床上服药诈死。他们两个被抬到默啜住的地方，过了很久，默啜拿着绣着金狮子的授带紫袍给高叡看然后说："投降，我就封你做大官，不投降就是死路一条。"高叡看着他没有说话，只是转过头看着自己的妻子秦氏。秦氏说："我们平时蒙受国恩，现在就是报恩的时刻。今日接受了叛贼的一品大官，并不是什么荣耀的事情。"说完后夫妻二人闭上眼睛都不说话。两天过后，叛贼知道他们不会屈服了，就将他们杀了。（出《朝野佥载》）

崔敬女

唐冀州长史吉懋，欲为男顼娶南宫县丞崔敬女，敬不许。因有故，胁以求亲，敬惧而许之。择日下函，并花车，卒至门首。敬妻郑氏初不知，抱女大哭曰："我家门户底不曾有吉郎。"女坚卧不起，其小女白其母曰："父有急难，杀身救解，设令为婢，尚不合辞，姓望之门，何足为耻？姊若不可，儿自当之。"遂登车而去。顼迁平章事，贤妻达节，谈者荣之。顼坐与河内王武懿宗争竞，出为温州司马而卒。（出《朝野佥载》）

李畲母

监察御史李畲母清素贞洁。畲请禄，米送至宅，母遣量之，剩三石。问其故，令史曰："御史例不概。"又问："车脚钱几？"又曰："御史例不还脚车钱。"母怒，令送所剩米及脚钱以责畲，畲乃追仓官科罪。诸御史皆有惭色。（出《朝野佥载》）

卢献女

文昌左丞卢献第二女，先适郑氏。其夫早亡，誓不再醮。姿容端秀，颜调甚高。姊夫羽林将军李思冲，姊亡之后，奏请续亲，许之，兄弟并不敢白。思冲择日备礼，赍币甚盛，执致就宅。卢氏拒

崔敬女

唐朝冀州长史吉懋，想要为自己儿子吉顼迎娶南宫县丞崔敬的女儿做媳妇，崔敬不答应。因崔敬之前有过失，吉茂用这个错误威胁崔敬行求亲，崔敬害怕之后只能答应这门亲事。吉懋选好良辰吉日下婚帖，一并派了花车过来，花车来到崔敬家门前。崔敬的妻子郑氏本来不知道这件事，抱着自己的女儿大喊哭着说："我们家从来没有这个姓吉的做女婿。"要出嫁的女儿也躺在床上不起来，崔敬的小女儿出来对自己母亲说："父亲现在十分着急为难，我们应该舍命相救，如果是去做奴婢，也不能拒绝人家。我们家也是高门望族，这有什么感到耻辱的？姐姐如果不同意嫁到吉家，那我愿意替她前去。"于是登上花车就走了。后来吉顼升官做了平章事，家中贤惠的妻子十分懂礼，谈起的人都称赞他们幸福美满。后来吉顼因与河内王武懿宗争权获罪被贬，离开朝堂任职温州司马，在此地过世。（出《朝野佥载》）

李畲母

监察御史李畲的母亲为人正直清白。由此李畲发放俸禄，禄米被送到家里，李畲母亲让人去过数，最后发现多出三石。询问为何会多出三旦，负责的衙役说："御史的禄米出库时一向都是不用将高出来的部分刮掉的。"母亲又问："应该给你们多少车脚钱？"衙役回答说："给御史家中送俸禄向来是不收车脚钱的。"李畲母亲十分生气，命令衙役将多出来的米送回去并将车脚钱给他们来表示对李畲的责怪。李畲知道后追问仓库管理者并治他的罪。其他御史见到这种情况脸上都露出惭愧的神色。（出《朝野佥载》）

卢献女

文昌左丞卢献的二女儿，最先许配给郑氏家。丈夫很早就去世，她立誓不会再改嫁他人。她容貌端庄姿色秀丽，品性高雅。她姐夫是羽林军将领叫李思冲，姐姐去世之后，姐夫上奏续弦，卢献便

关，抗声詈曰："老奴，我非汝匹也。"乃逾垣至所亲家，截发。冲奏之，敕不夺其志。后为尼，甚精进。（出《朝野佥载》）

邓廉妻

沧州弓高邓廉妻李氏女，嫁未周年而廉卒。李年十八，守志，设灵几，每日三上食临哭，布衣蔬食六七年。忽夜梦一男子，容止甚都，欲求李氏为偶，李氏睡中不许之。自后每夜梦见，李氏竟不受。以为精魅，书符咒禁，终莫能绝。李氏叹曰："吾誓不移节，而为此所挠，盖吾容貌未衰故也。"乃援刀截发，麻衣不濯，蓬鬓不理，垢面灰身。其鬼又谢李氏曰："夫人竹柏之操，不可夺也。"自是不复梦见。郡守旌其门闾，至今尚有节妇里。（出《朝野佥载》）

肃宗朝公主

肃宗宴于宫中，女优弄假戏，有绿衣秉简为参军者。天宝末，蕃将阿布思伏法，其妻配掖庭，善为优，因隶乐工，是以遂令为参军之戏。公主谏曰："禁中妓女不少，何必须得此人？使阿布思真逆人耶，其妻亦同刑人，不合近至尊之座。若果冤横，又岂忍使其妻与群优杂处，为笑谑之具哉？妾虽至愚，深以为不可。"上亦悯恻，遂罢戏而免阿布思之妻。由是贤重公主。公主即柳晟之母也。

将二女儿许配给他。家中兄弟们知道后都不敢说出来。李思冲选了好日子准备聘礼，聘礼十分丰厚，带着聘礼登门。卢献二女儿将他拦在门外不让进，大声骂道："老奴才，我才不是你的妻子。"随即跳墙出去到亲戚家中，将头发都剪了。李思冲将此事禀告圣上，圣上的命令也不能让她改变初心。后来她出家做了尼姑，修行十分虔诚。（出《朝野佥载》）

邓廉妻

沧州弓高人邓廉娶了李氏的女子为妻，结婚不到一年邓廉就因故去世。李氏年方十八，为亡夫矢志守节，为丈夫设立牌位，每天三顿供奉并在灵前哭泣，穿着布衣素服连续六七年不吃荤肉。忽然有一天夜里梦到一个男人，容貌举止十分端庄真诚，想要让李氏做自己的妻子，李氏在睡梦中没有答应他。自此后每天晚上都能梦到他，李氏一直没有接受他。李氏以为他是什么精魂鬼魅，便用符咒驱除他，结果并没有除掉。李氏叹气说："我发誓过要矢志不变节，却屡屡被此事扰乱心绪。这应该是因为我容貌还没有老去的原因吧。"于是用刀割掉头发，身上穿的麻布衣服也不再清洗，头发蓬乱也不整理，脸上布满污垢也不管。晚上梦到那个鬼魅在梦中李氏称谢道："夫人的操行像松竹一般坚韧，这是不能改变的了。"自此便没有再梦见他。沧州太守为了表彰李氏在她门前修建了贞节牌坊，现在都还有贞节牌坊立在当地。（出《朝野佥载》）

肃宗朝公主

唐肃宗在宫中设宴作乐，让歌女们打扮化妆后演戏剧，剧中有个穿绿色衣服手持简板的参军。天宝末年时，蕃将阿布思伏法判刑，他的妻子被分配到掖庭，此人十分擅长歌舞，于是被分配在歌舞队里，这次宴会唐肃宗想让她来扮演战争中参军这个角色。公主对唐肃宗劝诫道："皇宫里面的歌姬很多，为何非要这个人来扮演参军？如果阿布思真的是叛贼，那他的妻子就和他一样是犯人，犯人是不

（出《因话录》）

潘炎妻

潘炎侍郎，德宗时为翰林学士，恩渥极其异。妻刘晏女也。京尹某有故伺候，累日不得见，乃遗阍者三百缣。夫人知之，谓潘曰："岂为人臣，而京尹愿一谒见，遗奴三百缣，其危可知也。"遽劝潘公避位。子孟阳初为户部侍郎，夫人忧惕，谓曰："以尔人材，而在丞郎之位，吾惧祸必之至也。"户部解喻再三，乃曰："不然，试会尔同列，吾观之。"因遍招深熟者。客至，夫人垂帘视之。既罢会，喜曰："皆尔俦也，不足忧矣。"问："末座惨绿少年何人也？"曰："补阙杜黄裳。"夫人曰："此人全别，必是有名卿相。"（出《幽闲鼓吹》）

刘皇后

后唐太祖至州上源驿之变，太祖愤恨，欲回军攻之，刘皇后时随军行，谓太祖曰："公为国讨贼，而以杯酒私忿。若攻城，即曲在于我，不如回师，自有朝廷可以论列。"于是班师。天复中，周德威为汴军所败，三军溃散。汴军乘我，太祖危惧，与德威议出保云州。刘皇后曰："妾闻王欲弃城而入外藩，谁为此画？"曰："存信辈所言。"刘后曰："存信本北蕃牧羊儿也，焉顾成败？王合适靠近皇上身边的。如果阿布思是被冤枉的，那他的妻子怎么能和这些歌姬待在一起，成为被耻笑的存在呢？我虽然愚笨，但也觉得这事不能这样做的。”皇上听了之后也心生怜悯，停止演戏并赦免了阿布思的妻子。从此之后更敬重公主的贤能。公主即柳晟之母也。（出《因话录》）

潘炎妻

潘炎侍郎。唐德宗时期任职翰林学士，恩宠极为深厚。他的妻子是刘晏女儿。某日京尹有事情想见潘炎，连着好几天都没见到。就向看门的人送了三百匹绢布。夫人知道这件事后，对潘炎说道：“哪有为人臣子，连京尹想要见一面都难，还要送看门人三百匹绢布才能见的道理。官场的危机和未知由此可见。”于是劝潘炎赶快辞去官位避祸。他的儿子孟阳刚开始做户部侍郎时，夫人十分担心，对他说：“以你的才能，坐上户部侍郎之位，我害怕会有灾祸临头呀。”户部衙门催促了好几次让孟阳上任，夫人说道：“不可以这么快上任，你先将你的同门学生请来聚一下，让我观察一下。”她儿子将交往好的同僚都找来相聚。客人到家后，夫人在帘子后面仔细观察。聚会结束后，高兴地对儿子说：“你的同僚都和你是同类人，不用担心了。”又问道：“坐在最后面衣着风度翩翩的少年是什么人？”孟阳回答说：“那是补阙杜黄裳。”夫人说：“这个人看起来和其他人不同，将来肯定会成为有名的卿相。”（出《幽闲鼓吹》）

刘皇后

后唐太祖因至州上源驿之变，非常愤恨，想要让部队掉头回去攻打，刘皇后当时正在随军，对太祖说：“陛下是在为国家征讨叛贼，如果因为喝酒的问题造成私人恩怨去攻打对方，那错误方便是我们，不如班师回朝，是非过错朝廷自会判断的。”于是太祖选择收兵回师。天复年间，周德威的守军被汴军击败，手下部队四散逃跑。汴军借势直逼城下，太祖感到危险很恐惧，和周德威商量出城去守常笑王行瑜弃城失势，被人屠割，今复欲效之也？王顷岁避难达靼，几遭陷害，赖遇朝廷多事，方得复归。今一旦出城，便有不测之变，焉能远及北蕃？”遂止。居数日，亡散之士复集，军城安堵。刘后之力也。（出《北梦琐言》）

河池妇人

梁祖攻围岐陇之年，引兵至于凤翔。秦师李茂贞，遣戎校李继朗统众救之，至则大捷，生降七千余人。及旋军，于河池县掠获一少妇，甚有颜色。继朗悦之，寝处于兵幕之下。西迈十五余程，每欲逼之，即云：“我姑严夫妒，请以死代之。”戎师怒，胁之以威，终莫能屈。师笑而悯之，竟不能犯，使人送还其家。（出《玉堂闲话》）

贺氏

兖州有民家妇姓贺氏，里人谓之织女。父母以农为业，其丈夫则负担贩卖，往来于郡。贺初为妇，未浃旬，其夫出外。每出，数年方至，至则数日复出。其所获利，蓄别妇于他所，不以一钱济家。贺知之，每夫还，欣然奉事，未尝形于颜色。夫惭愧不自得，更非理殴骂之，妇亦不之酬对。其姑已老且病，凛馁切骨。妇佣织以资之，所得佣直，尽归其姑，己则寒馁。姑又不慈，日有凌虐。妇益加恭敬，下气怡声，以悦其意，终无怨叹。夫尝挈所爱至家，贺以女弟呼之，略无愠色。贺为妇二十余年，其夫无半年在家，而云州。刘皇后说：“我听说王要放弃城池去边外小镇驻守，这是谁的计划？”太祖说：“这是存信等人的计划。”刘皇后说：“存信本来就是北边蕃外小城的放羊儿，他怎么会顾忌我们的成败？王经常耻笑当初王行瑜因为放弃城池丢掉了自己的势力，现在只能任人宰割，如今王居然要模仿他了。王曾经经年在鞑靼避难，差点遭到迫害。现在因为朝廷正值多事之秋，才能重新回到这里。如今只要一出城，就会有难以预料的事情发生。王怎么能去北方的云州躲难呢？”于是太祖放弃出城。没过几天，逃散的人又慢慢集合起来，守军将城池把守得密不透风。这都是刘皇后的功劳。（出《北梦琐言》）

河池妇人

梁祖当年领兵攻打歧陇的时候，带着部队来到凤翔。秦军李茂员，派遣戎校李继朗统领众人救援，秦军刚到就取得胜利，活捉梁兵七千余人。李继朗凯旋途中，在河池县捕获一位少妇，长得十分美丽。李继朗很喜欢，将她安置在营帐之中。往西前进约十五里的路，每次想逼迫她就范，她就会说：“我婆婆管教严厉，丈夫嫉妒心很强，我愿以死来代替这种羞辱。”秦军十分愤怒，想要强行逼她妥协，但最终还是没有让她屈服。士兵们转怒为笑同情她的境遇，再也没有冒犯她。然后让人送她回家。（出《玉堂闲话》）

贺　氏

兖州有一百姓家中媳妇姓贺，街坊领里叫她织女。贺氏的父母以务农为主。丈夫是挑担买卖的商贩，经常往来于各个郡城之间。贺氏嫁过来做新妇的时候，不到一旬，丈夫就出外做生意。每次外出，都要过好几年才回来，在家待不了几天又要出门。做生意赚到的钱，都用在别的地方养女人了，不拿一分钱回家接济。贺氏知道以后，每次丈夫回家，照旧殷勤侍奉于他，脸上没有一丝一毫生气的样子。丈夫对她无可挑剔，心中便惭愧不已，后来又毫无理由地辱骂贺氏，贺氏同样从不生气与他对骂。婆婆年纪很大又生病，饱受饥寒交迫的

能勤力奉养，始终无怨，可谓贤孝矣。（出《玉堂闲话》）

才妇

谢道韫

王凝之妻谢道韫。王献之与客谈义不胜，道韫遣婢白曰："请与小郎解围。"乃施青绫步障自蔽，与客谈，客不能屈。（出《独异志》）

杨容华

杨盈川侄女曰容华，幼善属文，尝为《新妆》诗，好事者多传之。诗曰："宿鸟惊眠罢，房栊乘晓开。凤钗金作缕，鸾镜玉为台。妆似临池出，人疑月下来。自怜终不见，欲去复徘徊。"（出《朝野佥载》）

上官昭容

唐上官昭容之方娠，母郑氏梦神人畀之大秤，以此可称量天下。生弥月，郑弄之曰："尔非秤量天下乎？"孩哑应之曰："是。"襁中遇家祸，入掖庭。年十四，聪达敏识，才华无比。天后闻而试之，援笔立成，皆如宿构。自通天后，建景龙前，恒掌宸翰。其军国谋猷，杀生大柄，多其决。至若幽求英隽，郁兴词藻。国有好文之士，朝希不学之臣。二十年间，野无遗逸，此其力也。而晚年颇煎熬。媳妇贺氏去给别人织布用来补贴家用，挣到的钱财，全部交给婆婆，自己经常忍饥挨饿。婆婆又不会心疼媳妇，每天都在虐待她。贺氏更加恭敬婆婆，低声下气，低眉顺眼，想要让婆婆喜欢满意，从来没有任何怨言。她丈夫之前将情人带回家中，贺氏就称其为妹妹，脸上没有任何不满的表现。贺氏在他家做了二十多年的媳妇，丈夫在家中住了不到半年，而她仍然尽全力侍奉老人，毫无怨言，这真的是十分孝顺的女人了。（出《玉堂闲话》）

才妇

谢道韫

王凝之妻子是谢道韫。有次王献之与一位客人谈论文理知识始终辩论不过，谢道韫派遣侍女过去说："请小叔允许我过来解围。"于是用青色绫缎当作帷帐盖住自己，与客人辩论，客人最终还是没能辩论取胜。（出《独异志》）

杨容华

杨盈川有个侄女叫杨容华。从小就擅长写诗文，曾经写过一首叫《新妆》的诗，喜欢这首诗的人经常四处传诵。诗的内容是："宿鸟惊眠罢，房栊乘晓开。凤钗金作缕，鸾镜玉为台。妆似临池出，人疑月下来。自怜终不见，欲去复徘徊。"（出《朝野佥载》）

上官昭容

唐朝有个上官昭容，母亲郑氏刚开始怀孕时，梦见神仙给了她一个很大的秤，说这杆秤可以用来秤量天下。上官昭容满月的时候，郑氏逗乐她说："你就是那个可以秤量天下的人吗？"小孩子吱吱呀呀地回答："是的。"还在襁褓之时家中惨遭横祸，上官昭容和母亲郑氏进入掖庭。上官昭容十四岁时，聪明豁达、敏锐博学，才华无限。武则天皇后听说后想要考考她，上官昭容提笔就写，文章现成，成

外通朋党，轻弄权势，朝廷畏之矣。玄宗平难，被诛。（出《景龙文馆记》）

张氏

燕文贞公张说，其女嫁卢氏。尝谓舅求官，候父朝下而问焉。父不语，但指搘床龟而示之。女拜而归室，告其夫曰："舅得詹事矣。"（出《传载》）

杜羔妻

杜羔妻刘氏善为诗。羔累举不中第，乃归。将至家，妻即先寄诗与之曰："良人的的有奇才，何事年年被放回。如今妾面羞君面，君到来时近夜来。"羔见诗，即时回去，竟登第。（出《玉泉子》）

张睽妻

会昌中，边将张睽防戍十有余年。其妻侯氏，绣回文作龟形诗，诣阙进上。诗曰："睽离已是十秋强，对镜那堪重理妆。闻雁几回修尺素，见霜先为制衣裳。开箱叠练先垂泪，拂杵调砧更断肠。绣作龟形献天子，愿教征客早还乡。"敕赐绢三百匹，以彰才美。（出《抒情诗》）

竹在胸就像提前想了很久一样。从武周通天年间之后，建立景龙文馆之前，上官昭容一直负责武则天的诏命文告。关于朝廷的谋略计策，生杀大权，多数都由她来决定。至于搜寻英俊人才，招募擅长文辞修饰的词客强人更是尽心尽力。当时全国有很多好文之士，朝廷也很少有不学之臣。连续二十余年，民间都是路无拾遗的兴盛面貌，这都是上官昭容对朝政尽心辅佐的成果。然而上官昭容晚年却多与宫外朋党勾结，玩弄权势，成为对朝廷十分危险的人物。唐玄宗平息叛乱之时，将上官昭容杀掉了。（出《景龙文馆记》）

张氏

燕文贞公张说，有个女儿嫁给了卢氏。她想要给自己公公求一个官位，等父亲下朝后问他是否有安排。父亲没说话，指了指支撑床的乌龟给她看。女儿明白她的意思离开房间，回去后告诉丈夫说："公公得到詹事的官职。"（出《传载》）

杜羔妻

杜羔的妻子刘氏擅长写诗。杜羔屡屡参加科考都没有考中，准备放弃回家去。快到家的时候，他妻子之前寄的诗到了，诗的内容是："良人的有奇才，何事年年被放回。如今妾面羞君面，君到来时近夜来。"杜羔看见这首诗，立马回到京城，终于考中及第（出《玉泉子》）

张睽妻

唐武宗会昌时期，边将张睽驻守边疆十几年没有回家。他的妻子侯氏，绣回文作龟形诗表达心情，完成后将绣品献给了圣上。诗中写道："睽离已是十秋疆，对镜哪堪重理妆。闻雁几回修尺素，见霜先为制衣裳。开箱迭练先垂泪，拂杵调砧更断肠。绣作龟形献天子，愿教征客早还乡。"圣上看完后下令赏赐她绢三百匹，以此来表彰她有才情。（出《抒情诗》）

关图妹

关图有一妹甚聪惠，文学书札，罔不动人。图常语同僚曰："某家有一进士，所恨不栉耳。"后寓居江陵。有鹾贾常某者，囊畜千金，三峡人也，亦家于江陵。深结托图，图亦以长者待之。数载，常公殂，有一子，状貌颇有儒雅之风纪，而略晓文墨，图竟以其妹妻之，则常修也。关氏乃与修读书，习二十余年，才学优博，越绝流辈。咸通六年登科，座主司空李公蔚也。初江东罗隐下第东归，有诗别修云："六载辛勤九陌中，却寻歧路五湖东。名惭桂苑一枝绿，绘忆松江满棹红。浮世到头须适性，男儿何必尽成功。惟应鲍叔深知我，他日蒲帆百尺风。"又《广陵秋夜读修所赋三篇》，复吟寄修云："入蜀还吴三首诗，藏于箧笥重于师。剑关夜读相如听，瓜步秋吟炀帝悲。物景也知输健笔，时情谁不许高枝。明年二月东风里，江岛闲人慰所思。"修名望若此，关氏亦有助焉。后修卒，关氏自为文祭之，时人竟相传写。（出《南楚新闻》）

鱼玄机

女道士鱼玄机字惠兰，甚有才思。咸通中，适李亿补阙，后爱衰下山，隶咸宜观为道士。诗曰："易求无价宝，难得有心郎。"又云："蕙兰销歇归春圃，杨柳东西绊客舟。"自是纵怀，乃倡妇也。竟以杀侍婢，为京尹温璋杀之，有集行于世。（出《北梦琐言》）

牛肃女

牛肃长女曰应贞，适弘农杨唐源。少而聪颖，经耳必诵。年

关图妹

关图有一妹妹既聪明又贤惠，写的书信文章，声情并茂很能打动人心。关图经常跟同僚说："我家里有一个进士，可惜的是不爱梳妆打扮。"后来关图全家住在江陵。有个贩盐的商贩姓常，攒了很多金银财宝，三峡人士，同样居住在江陵。这人和关图的关系很好，关图拿他当长辈对待。几年后，常姓盐商去世。他有个儿子，相貌堂堂仪表不凡有儒雅之风，且略通文墨，关图最后将自己妹妹许配给他做妻子。这人就是常修。关氏嫁过去后与常修一起读书，学习了二十几年，常修十分优秀，才学渊博，与同辈相去甚远。咸通六年常修恩科登榜，当年主考官是司空李公蔚。江东举子罗隐落第之后准备归家，临别赠诗给常修说："六载辛勤九陌中，却寻歧路五湖东。名惭桂苑一枝缘，绘忆松江满棹红。浮世到头须适性，男儿何必尽成功。惟应鲍叔深知我，他日蒲帆百尺风。"他还有另外一首《广陵秋夜读修所赋三篇》，完成后寄给常修，诗中写道："入蜀还吴三首诗，藏于箧笥重于师。剑关夜读相如听，瓜步秋吟炀帝悲。物景也知输健笔，时情谁不许高枝。明年二月东风里，江岛闲人慰所思。"常修的名望之所以这么高，和他妻子关氏的帮助有很大的关系。后来常修去世，关氏亲自写了祭文悼念。被当时的人争相传录。（出《南楚新闻》）

鱼玄机

女道士鱼玄机字惠兰，很有才华和思想。唐懿宗咸通时期，她许配给了补缺李亿。后来因为丈夫不爱她便下山，到咸宜观当了道士。她曾写诗道："易求无价宝，难得有心郎。"又道："蕙兰销歇归春圃，杨柳东西绊客舟。"从这以后放荡不羁，成为一个娼妇。后来居然杀了自己的侍婢，最后被京兆尹温璋杀死，鱼玄机有诗文集在世间流传。（出《北梦琐言》）

牛肃女

牛肃的长女名叫应贞，许配给了弘农杨唐源。应贞小的时候十十三，凡诵佛经三百余卷，儒书子史又数百余卷，亲族惊异之。初应贞未读《左传》，方拟授之。而夜初眠中，忽诵《春秋》。起惠公元妃孟子卒，终智伯贪而复，故韩魏反而丧之，凡三十卷，一字无遗，天晓而毕。当诵时，若有教之者，或相酬和。其父惊骇，数呼之，都不答。诵已而觉，问何故，亦不知。试令开卷，则已精熟矣，问不答。著文章百余首。后遂学穷三教，博涉多能。每夜中眠熟，与文人谈论文，皆古之知名者，往来答难，或称王弼、郑玄、王衍、陆机，辩论烽起；或与文人论文，皆古之知名者；或论文章、谈名理、往往数夜不已。年二十四而卒。

今采其文《魍魉问影赋》，著千篇。其序曰：庚辰岁，予婴沉痛之疾，不起者十旬。毁顿精神，羸悴形体。药物救疗，有加无瘳。感庄子有魍魉责影之义，故假之为赋，庶解疾焉。魍魉问于予影曰："君英达之人，聪明之子，学包六艺，文兼百氏，赜道家之秘言，探释部之幽旨；既虔恭于中馈，又希慕于前史；不矫枉以干名，不毁物而成己。伊淑德之如此，即精神之足恃。何故羸厥姿貌，沮其精神，烦冤枕席，憔悴衣巾。子惟形兮是寄，形与子兮相亲。何不诲之以崇德，而教之以自伦。异莱妻之乐道，殊鸿妇之安贫。岂痼疾而无生赖，将微贱而欲忘身。今节变岁移，腊终春首。照晴光于郊甸，动暄气于梅柳。水解冻而绕轩，风扇和而入牖。固可蠲忧释疾，怡神养寿。何默尔无营，自贻伊咎。"仆于是勃然而应曰："子居于无人之城，游乎魑魅之乡。形既图于夏鼎，名又著于蒙庄。何所见之不博，何所谈之不长。夫影依日而生，像分聪慧，听过的东西就会吟诵。十三岁时，能背诵佛经约三百卷，儒家经史子集一百多卷，亲戚们感到十分惊讶。应贞之前没有读过《左传》。家人正打算教授她。她在晚上睡觉的时候，突然自己背诵起《春秋》。从鲁惠公、元妃、孟子之死开始，背到智伯贪而无厌，反被韩魏两国灭亡为止，一共三十卷，一字不漏全部都能背诵出来，等到天亮才背诵完毕。她在背诵的时候，就像是有人正在教她一样，也像是在和某人对话。她父亲十分震惊，呼喊她好几次，都没有回答。等到背诵结束才醒过来，问她是什么原因，她自己也不知道。打开《春秋》测试她的时候，背过的部分已经十分熟悉，问原因也不回答。应贞共写下文章一百多篇。后来她学习的内容包括儒释道三教，涉猎十分广泛，博学多才。晚上睡觉的时候，在梦中与文人谈论文章，交谈的对象都是古今著名人物，互相往来谈论的人，包括王弼、郑玄、王衍、陆机等人。有时会与从前的著名人物谈论文章得失。有时讨论文章、有时辩论理念，谈起来好多个夜晚不歇息。应贞在二十四岁时去世。

现在收集到她《魍魉问影赋》文章若干篇。这篇文章的序言写道：庚辰之年，我卧病在床，有一百多天的时间不能下地走动，病痛让我的精神大不如前，身体消瘦羸弱。使用药物治病，病痛反而有增无减。因有感于《庄子》的“魍魉责影”之义，所以写了《魍魉问影》之赋，以此来排解身体的疼痛吧。赋的正文如下：魍魉对着我的影子说道：“你本是英达之人，聪明之子，学识通晓六艺，文章兼并百家，又深谙道家之秘言，懂得佛教之幽旨；既恪守妇人之道主持中馈，又希慕于前史治国之事；不利用前辈的名气获得名望，也不毁掉现有的东西来显示自己。如此贤良淑德，便可以作为精神支柱。怎么会这样容貌疲惫，羸弱无力，导致只能烦冤于床榻枕席之上，憔悴于衣巾之中？作为影子你只能是寄身于有形，形何与你相互依偎。你为什么不教形体崇尚道德，教它自去享受天伦之乐。现在使它不通于莱妻之乐道、鸿妇之安贫？难道因为恶疾缠身就不想活下来，身处卑贱之地想要放弃生命？现在节令变移，冬去春回，阳光照耀大地，暖气吹拂着梅柳之气。冰雪消融为春水在屋前流淌，空气煽动着因人而见。岂言谈之足晓，何节物之能辨。随晦明以兴灭，逐形骸以迁变。以愚夫畏影，而蒙鄙之性以彰；智者视阴，而迟暮之心可见。伊美恶兮由己，影何辜而遇谴。且予闻至道之精窈兮冥，至道之极昏兮默。达人委性命之修短，君子任时运之通塞。悔吝不能缠，荣耀不能惑。丧之不以为丧，得之不以为得。君子何乃怒予之不赏芳春，责予之不贵华饰。且吾之秉操，奚子智之能测。”言未卒，魍魉惕然而惊，叹而起曰：“仆生于绝域之外，长于荒遐之境，未晓智者之处身，是以造君而问影。既谈玄之至妙，请终身以藏屏。”

初应贞梦裂书而食之，每梦食数十卷，则文体一变。如是非一，遂工为赋颂。文名曰遗芳。（出《记闻》）

慎氏

慎氏，北陵虔亭儒家之女也。三史严灌夫因游览，遂结姻好，同载归蕲春。经十余年无嗣息，灌夫乃拾其过而出妻，令归二浙。慎氏慨然登舟，亲戚临流相送，妻乃为诗以诀灌夫。灌夫览之凄感，遂为妇道如初。慎氏诗曰：“当时心事已相关，雨散云飞一饷间。便是孤帆从此去，不堪重上望夫山。”（出《云溪友议》）

暖暖春风进入窗户。这些事情都是可以消除忧愁减轻病情，愉悦精神增长寿命，你为何无所事事沉默不语，给形体造成痛苦呢？”听到魍魉这一通话，我愤然而起与它争论道：“你居住在没有人的地方，在鬼魅之乡四处游荡。你的形状画在夏鼎上，名字记录在《庄子》里面。你的见闻怎么这么狭义不博学，你的言谈怎么这么不优秀？影子因为日光而生，像因为本人而显现。这些道理岂是三言两语就可以说明白的，哪能以节令与气象的变化来分辨明白呢？影子跟随日光的明暗或存或灭，跟着形体的变化而变化。愚蠢的人怕见影，导致愚昧不知的劣性得以显现；智慧的人看到影子，则迟暮之心顿生。喜欢和讨厌都是因人而异，影子本身有什么过错遭受你的责怪呢？而且我听闻至道的精神在于深奥精妙，至道的极致在于只能意会不能言传。心性豁达的人不会在意性命的长短，有见识的人不会在意时运是否顺利。这些人不会被烦恼纠缠，也不会被荣耀迷惑。失去的东西不以为然，得到的东西也并不在意。你居然为了我的不赏芳春而愤怒，责备我不重视衣服装扮。而且我的志向和操行，是你这种智力可以去猜测的吗？”我的话还没说完，魍魉便十分惊讶地站起来，叹道：“我生于没有人气的外地，长在荒凉偏远的地方，不懂智者身处的环境和志向品性，所以才过来问影子。既然已经说得这么玄妙又深奥，我会终生隐匿不再出现。”

当时应贞在夜晚睡觉时梦到自己把书撕碎了咽下去，每次做梦都能吃几十卷，下次做梦又会换一种文体来吃，这样的梦做了很多次，她便能写很漂亮的赋颂文章。她的笔名叫作遗芳。（出《记闻》）

慎氏

慎氏，北陵虔亭书香门第的女儿。三史严灌夫因故来此游玩与她相识，于是结为美好姻缘，同年一起坐船回到蕲春。婚后过了十几年慎氏一直没有子嗣，严灌夫便挑出她的过错将其休了，让她回到二浙老家去。慎氏慨然登上船只，亲戚们都到江边相送，这时慎氏写了首诗赠给严灌夫以抒发离别之意。严灌夫看了之后深感愧疚，便撕毁休书和好如初。慎氏诗中写的是：“当时心事已相关，雨散云飞一

薛媛

濠梁人南楚材者旅游陈颍。岁久，颍守慕其仪范，将欲以子妻之。楚材家有妻，以受知于颍牧，忽不思义，而辄已诺之。遂遣家仆归取琴书，似无返旧之心。或谓求道青城，访僧衡岳，不复留心于名宦也。其妻薛媛善书画，妙属文，亦微知其意。乃对镜图其形，并诗四韵以寄之。楚材得妻真及诗，甚惭，遽有隽不疑之让，夫妇遂偕老焉。里语曰："当时妇弃夫，今日夫弃妇。若不逞丹青，空房应独自。"薛媛《写真寄夫》诗曰："欲下丹青笔，先拈宝镜端。已经颜索寞，渐觉鬓凋残。泪眼描将易，愁肠写出难。恐君浑忘却，时展画图看。"（出《云溪友议》）

孙氏

乐昌孙氏，进士孟昌期之内子，善为诗。一旦并焚其集，以为才思非妇人之事，自是专以妇道内治。孙有《代夫赠人白蜡烛》诗曰："景胜银缸香比兰，一条白玉逼人寒。他时紫禁春风夜，醉草天书仔细看。"又有《闻琴》诗曰："玉指朱弦轧复清，湘妃愁怨最难听。初疑飒飒凉风动，又似萧萧暮雨零。近若流泉来碧嶂，远如玄鹤下青冥。夜深弹罢堪惆怅，雾湿丛兰月满庭。"又《谢人送酒》诗曰："诗将清酒寄愁人，澄彻甘香气味真。好是绿窗风月夜，一杯摇荡满怀春。"（出《北梦琐言》）

饷间。便是孤帆从此去，不堪重上望夫山。”（出《云溪友议》）

薛媛

濠梁有个叫南楚材的人在陈颍旅游。时间长了，颍州太守仰慕南楚材的才华和仪态，想将自己女儿许配给他做妻子。南楚材已经有了妻子，因为颍州太守对他有知遇之恩，便突然不记得夫妻间的情谊，居然答应了亲事。随即派遣家仆回家取琴书，感觉已经没有想回家的意思了。他让人告诉妻子自己去青城求道，去衡山拜访佛家，对官场仕途已经没有兴趣了。他的妻子薛媛擅长书画，写文精妙，多多少少了解了丈夫的意思，于是对着镜子照着自己画了画像。连同写的四首诗一起寄了过去。南楚材收到妻子的画像和诗文，觉得十分惭愧，便做出了像隽不疑一样拒婚的决定，夫妻和好如初白头偕老。邻里间因为这件事还编写了顺口溜：“当时妇弃夫，今日夫弃妇；若不逞丹青，空房应独自。”薛媛寄给丈夫的一首《写真寄夫》诗道：“欲下丹青笔，先拈宝镜端。已经颜索寞，渐觉鬓凋残。泪眼描将易，愁肠写出难。恐君浑忘却，时展画图看。”（出《云溪友议》）

孙氏

乐昌孙氏其人，是进士孟昌期的妻子，擅长写诗文。有一天她将自己写过的诗集全部烧了，她觉得写诗文并不是妇人家要做的事。从此之后专心用妇人之道治理家务。孙氏有一首诗《代夫赠人白蜡烛》诗写道：“景胜银釭香比兰，一条白玉逼人寒。他时紫禁春风夜，醉草天书仔细看。”又有一首《闻琴》诗写道：“玉指朱弦轧复清，湘妃愁怨最难听。初疑飒飒凉风动，又似萧萧暮雨零。近若流泉来碧嶂，远如玄鹤下青冥。夜深弹罢堪惆怅，雾湿丛兰月满庭。”还有一首《谢人送酒》诗写道：“诗将清酒寄愁人，澄彻甘香气味真。好是绿窗风月夜，一杯摇荡满怀春。”（出《北梦琐言》）

卷第二百七十二　妇人三

美妇人

夷 光

越谋灭吴，畜天下奇宝、美人、异味，以进于吴。得阴峰之瑶，古皇之骥，湘沅之鳝；又有美女，一名夷光，二名修明，以贡于吴。吴处于椒花之房，贯细珠以为帘幌，朝下以蔽景，夕卷以待月。二人当轩并坐，理镜靓妆于珠幌之内，窃窥者莫不动心惊魂，谓之“神人”。吴王夫差目之，若双鸾之在轻雾，沚水之漾秋蕖。妖惑既深，怠于国政。及越兵入国，乃抱二人以逃吴苑。越军既入，见二人在竹树下，皆言“神女”，望而不侵。今吴城蛇门内有折株，尚为祠神女之处。（出《王子年拾遗记》）

丽 娟

汉武帝所幸宫人，名曰丽娟，年始十四。玉肤柔软，吹气如兰，身轻弱，不欲衣缨拂，恐伤为痕。每歌，李延年和之。于□芝生殿旁，唱回风之曲，庭中树为之翻落。常致娟于琉璃帐，恐垢

美妇人

夷 光

越王谋划除掉吴国，集聚天下奇珍异宝、美人、美味，用来进献给吴王。找到的奇珍异宝有昆仑山北阴美玉，古代周穆王骑的骏马；美味有湘江沅水出产的鳝鱼；有两个美女，一个叫夷光，一个叫修明。越王将这些东西进献给吴王。吴王将夷光和修明安排在装饰华美的别院中，用细小的珠子串起来当作门帘和窗帘，白天放下帘子遮蔽阳光，晚上卷起帘子欣赏月光。两位美女并排靠窗而坐，在帘子里面对着镜子梳妆打扮。偷看到的人全都心神荡漾，称他们为神仙下凡。在吴王夫差看来，她们两个就像一对鸾鸟在轻雾中比翼双飞，又像在水面露出的两朵莲花。吴王夫差被她们的美色诱惑，疲于应付朝政。等到越王领兵攻进吴国时。吴王抱着两人逃到了吴苑。越军攻入吴苑，看见二人站在竹林下，都说这二人是仙女下凡。远远地望着不敢侵犯。现在吴国都城蛇门内仍然有一棵折断的树，依旧是百姓供奉仙女的地方。（出《王子年拾遗记》）

丽 娟

汉武帝宠幸了一位宫女，名叫丽娟，只有十四岁。她肌肤白皙柔软，呼吸就像兰花芬芳，身体轻盈柔软，似乎都经不住衣带的抚弄，唯恐给肌肤留下伤痕。她每次唱歌，都是由乐师李延年伴奏。在□

污体也。常以衣带系娟被，闭于重幕中，恐随风起。娟以琥珀为佩，置衣裾里，不使人知，乃言骨节自鸣，相与为神怪也。（出《洞冥记》）

赵飞燕

汉赵飞燕体轻腰弱，善行步进退。女弟昭仪，不能及也。但弱骨丰肌，尤笑语。二人并色如红玉，当时第一，擅殊宠后宫。（出《西京杂记》）

薛灵芸

魏文帝所爱美人薛灵芸，常山人也。父名邺，为鄚乡亭长，母陈氏，随邺舍于亭傍居。生穷贱，至夜，每聚邻妇绩，以麻藁自照。灵芸年十五，容貌绝世，闾中少年多以夜时来窥，终不得见。咸熙元年，谷习出守常山郡，闻亭长有美女而家甚贫。时文帝选良家子女，以入六宫，习以千金宝赂聘之。既得，便以献文帝。灵芸闻别父母，歔欷累日，泪下沾衣。至升车就路之时，以玉唾壶盛泪壶中，即如红色。既发常山，及至京师，壶中泪凝如血。帝遣车十乘，以迎灵芸。车皆镂金为轮，丹画其毂。轭前有杂宝，为龙凤衔百子铃，锵和鸣，响于林野。驾青色骈蹄之牛，日行三百里。此牛尸涂国所献，足如马蹄也。道侧烧石叶之香，此石重叠，状如云母，其气辟恶厉之疾，腹题国所献也。

芝生殿旁，唱回风之曲时，院中的树叶会被振得翩翩飘落。汉武帝经常将丽娟安置在琉璃帐内，担心尘土会玷污她的身体。又经常用衣带将丽娟系在棉被中，将她关在深深的帷幕之中，害怕她被风刮走。丽娟用琥珀做成环佩，放置在裙子里面，没有让别人知道，走路时环佩发出的声响，就说是自己骨节发出来的，身边人都互相讨论说她是神怪。（出《洞冥记》）

赵飞燕

汉朝赵飞燕体形轻盈，腰肢细软，擅长以轻巧的姿态行路，进退得宜。她的妹妹是昭仪，不能与她相提并论。但妹妹身体骨骼纤弱，肌肤柔软，十分活泼可爱，笑语晏晏。姐妹二人都犹如红玉一样光彩夺目，在当时是最美的女人，在后宫享尽荣宠。（出《西京杂记》）

薛灵芸

魏文帝宠爱的美人叫薛灵芸，是常山人。她父亲薛邺，是酂乡县亭长，母亲陈氏，跟着薛邺一起住在亭旁的房子里。薛灵芸生来家境贫穷，每天晚上，薛灵芸和母亲一起与邻居妇人聚在一起纺线，用麻绳和草辫照明。薛灵芸十五岁时，容貌惊为天人，乡间少年很多都在晚上过来偷看，一直没有见到她的相貌。咸熙元年，谷习任职常山郡太守，听闻亭长薛邺有一个十分美貌的女儿但是家里很贫穷。当时魏文帝正在挑选良家女子入后宫，谷习用千金财宝将薛灵芸买到手。得到后，把她献给了魏文帝。薛灵芸知道要和父母分开，连着好几天叹息不止，泪水沾湿了衣服。等到上车出发行路的时候，用玉质痰盂盛放眼泪，痰盂都被眼泪染成了红色。从常山出发，到达京城，痰盂中的泪水已经凝结成浓血。魏文帝指派了十辆车，出城迎接薛灵芝。车轮都是镶嵌的镂金财宝，车毂画着鲜艳的丹青。车栏前面装饰着各种各样的珠宝，车顶悬挂的是衔百子的宝铃，前进路上铃声和鸣，响彻山野。驾车用的青色双蹄牛，可日行三百里路。青牛是尸灵芸未至京师数十里，膏烛之光，相续不灭。车徒咽路，尘起蔽于星月，时人谓为“尘宵”。又筑土为台，基高三十丈，列烛于台下，而名曰“烛台”，远望如列星之坠地。又于大道之傍，一里致一铜表，高五尺，以志里数。故行者歌曰：“青槐夹道多尘埃，龙楼凤阙望崔嵬。清风细雨杂香来，土上出金火照台。”此上七字，是妖辞也。时为铜柱，以志里数于道侧，是“土上出金”之义；以烛致台，而则火在土下之义。汉火德王，魏土德王，火伏而土兴也，土上出金，魏灭而晋兴也。灵芸未至京师十里，帝乘雕玉之辇，以望车徒之盛，叹曰：“昔者言‘朝为行云，暮为行雨’，今非云非雨，非朝非暮。”因改灵芸之名为“夜来”。入宫乘宠爱，外国献火珠龙鸾之钗，帝曰：“明珠翡翠尚不胜，况乎龙凤之重！”乃止而不进。夜来妙于女功，虽处于深帷重幄之内，不用灯烛，裁制立成。非夜来所缝制，帝不服也。宫中号曰“针神”。（出《王子年拾遗记》）

孙亮姬朝姝

孙亮作绿琉璃屏风，甚薄而莹澈，每于月下清夜舒之。尝爱宠四姬，皆振古绝色：一名朝姝，二名丽居，三名洛珍，四名洁华。使四人坐屏风内，而外望之，如无隔，唯香气不通于外。为四人合四气香，此香殊方异国所献，凡经岁践蹑宴息之处，香气沾衣，历涂国上贡进献给朝廷的，牛蹄子就像马蹄子一样大。大路两边焚烧石叶做的香，这种石头内里层层叠叠，形状很像云母，燃烧出来的香味可以防治瘟疫灾害等疾病，石头是腹题国上贡进献的物品。

薛灵芸离京城还有十几里路，路两边便有了星星烛光，连绵不绝。赶车的人全都在路上拥挤，尘土飞扬遮挡了星月的亮光，当时人们将此现象称之为尘霄。路上又加盖了土台，高达三十丈，土台下燃起一列列蜡烛，此台名为“烛台”，远远看去就像一排排星辰坠落大地。又在大路旁边，每隔一里设置一个铜柱，高五尺，用来标识公里数。所以走路的人都在口诵歌谣：“青槐夹道多尘埃，龙楼凤阙望崔嵬。清风细雨杂香来，土上出金火照台。”以上七个字，是妖辞。当时道路两边用来标识里程数的铜柱，就是“土上出金”的意思；而用一排排蜡烛照土台的意思，就是指火在土下面。汉代属于火德王，魏代属于土德王，火照台的意思是火伏而土兴，土上出金隐喻魏灭而晋兴，这里的意思是汉亡而魏兴。当时薛灵芸距离京城十里远的时候，魏文帝亲自乘坐雕玉的车辆，看着车队的盛况，感叹道：“古人有言‘朝为行云，暮为行雨’，而今非云非雨，非朝非暮。”因此将薛灵芸的名字改为夜来。夜来入宫后受到双倍的宠爱。外国使臣进献了一件镶嵌着明珠龙凤的宝钗送给夜来，魏文帝说：“夜来戴着较轻的明珠翡翠钗都有些不能承其重，更何况是龙凤钗这么重的饰物呢。”便拦着没有送进后宫。夜来针线活十分精巧，虽然住在重重帷幕的深宫中，但是她不用烛火，就可以很快地做成一件衣服。后来不是夜来做的衣服，魏文帝全部不穿。宫里的人都称她为“神针”。（出《王子年拾遗记》）

孙亮姬朝姝

孙亮制发明了一块绿琉璃屏风，所用琉璃片非常薄且晶莹透澈，他经常乘着月色在清凉的夜晚将屏风展开来。孙亮曾有四个非常宠爱的美人，都是绝代佳丽：第一个名叫朝姝，第二个名叫丽居，第三个名叫洛珍，第四个名叫洁华。他让四个人坐在绿琉璃屏风后面，自己从外面观望，中间就像没有隔什么东西一样，看得清清楚年弥盛，百浣不歇，因名百濯香。或以人名香，故有朝姝、丽居、洛珍、洁华香。亮每游，此四人皆同与席，使来侍，皆以香名前后为次，不得相乱。所居室为思香媚寝。（出《王子年拾遗记》）

蜀甘后

蜀先主甘后，沛人，生于贱微。里中相者云："此女后贵，位极宫掖。"及后生而体貌特异，年至十八，玉质柔肌，态媚容冶。先主致后于白绡帐中，于户外望者，如月下聚雪。河南献玉人，高三尺，乃取玉人致后侧，昼则讲说军谋，夕则拥后而玩玉人。常称玉之所贵，比德君子，况为人形，而可不玩乎？甘后与玉人洁白齐润，观者殆相乱惑。嬖宠者非唯嫉甘后，而亦妒玉人。后常欲琢毁坏之，乃戒先主曰："昔子罕不以玉为宝，《春秋》美之，今吴、魏未灭，安以妖玩经怀？凡诬惑生疑，勿复进焉。"先主乃撤玉人像，嬖者皆退。当时君子以甘后为神智妇人。（出《王子年拾遗记》）

楚。只是后面的香气无法透过来，这是四名佳人身上一起散发出来的一股香气。这种香气异域他国所贡献的各种香都有不同，凡是在经常有人出入的宴会休息场所，一旦有这种香气沾在衣服上，时间越久其香味就会越浓，洗涤百遍也不会减退，所以人们将它起名叫百洗香。也有人将这种香以她们四人的名字来称呼这种香，于是就有了朝姝香、丽居香、洛珍香、洁华香。孙亮出游时总是带着这四位美人，让她们与自己一起参加各种筵席；让她们来侍奉自己时，也都是按照香名的先后次序依次排列，不许颠倒搞混了，所以他的居室也被叫作思香媚寝。（出《王子年拾遗记》）

蜀甘后

西蜀先主刘备的甘皇后，为沛县人氏，出生于一个贫贱之家。曾有乡里的一个算命相面先生说："这个女孩以后必定会大富大贵，地位可及后宫之尊。"后来她果然出落得体态形貌特别出众，到十八岁时，便已是玉质柔肌，体态妩媚而容貌冶艳。先主将甘皇后安置在洁白透明的轻纱帐内，站在户外观望，她就如月光笼罩下的晶莹雪团。河南进献了一尊玉人，高达三尺，先主于是将玉人拿来放在了甘皇后的身边。他白天则与大臣们讨论军国大事，夜晚则拥抱着甘皇后并玩弄玉人。人们常说玉之可贵之处，堪比贤德的君子，何况是成为了人体形态的美玉，怎么可能不玩呢？甘皇后与玉人一样洁白温润，见了的人都难以分清彼此。受到先主宠爱的人并非只是嫉妒甘皇后，而且也嫉妒玉人。甘皇后时常想着要将玉人毁坏，便告诫先主道："从前子罕不将玉当作珍宝，《春秋》中为此对他极是赞美。如今东吴与魏国还没有灭掉，怎么能将蛊惑人的玩物整天放在心上呢？凡是属于这类的东西和事情必定会引起他人的议论与疑惑，不应再让这类东西进入宫中了。"先主就撤去了玉人像，而那些争宠的人也都告退了。当时的贤人君子都认为甘皇后是一位很有头脑智慧的妇人。（出《王子年拾遗记》）

石崇婢翾风

石季伦所爱婢，名翾风，魏末于胡中买得之。年始十岁，使房内养之，至年十五，无有比其容貌，特以姿态见美。妙别玉声，能观金色。石氏之富，财比王家，骄侈当世。珍宝瑰奇，视如瓦砾，聚如粪土，皆殊方异国所得，莫有辨识其处者。使翾风别其声色，并知其所出之地，言："西方北方，玉声沉重而性温润，佩服益人性灵；东方南方，玉声清洁而性清凉，佩服者利人精神。"石氏侍人美艳者数千人，翾风最以文辞擅爱。石崇常语之曰："吾百年之后，当指白日，以汝为殉。"答曰："生爱死离，不如无爱，妾得为殉，身其何朽！"于是弥见宠爱。

崇常择美容姿相类者数十人，装饰衣服，大小一等，使忽视不相分别，常侍于侧。使翾风调玉以付工人，为倒龙之佩，萦金为凤冠之钗，刻玉为倒龙之势，铸金像凤凰之形。结袖绕楹而舞，昼夜相接，谓之"常舞"。若有所召者，不呼姓名，悉听佩声，视钗色，玉声轻者居前，金色艳者居后，以为行次而进也。使数十人各含异香，使行而笑语，则口气从风而扬。又筛沉水之香如尘末，布致象床上，使所爱践之无迹，即赐珍珠百粒；若有迹者，则节其饮食，令体轻弱。乃闺中相戏曰："尔非细骨轻躯，那得百粒真珠？"

石崇婢翾风

石崇有个最受宠爱的婢女，名叫翾风，是魏朝末年时从胡人手中买来的。那时她才十岁，石崇将她买来后放在家里养着，十五岁时就长成了一张无与伦比的秀丽容貌，尤其是她的体态非常优美出众。她还能巧妙地分辨出玉石的声音，辨别金子的成色。石崇家里非常富有，财产之巨可比王侯之家，生活骄奢的程度当世闻名。珍奇珠宝，在他眼里就如同瓦砾，如粪土一般堆积。这些财宝都是来自不同的地方与国家，没人能够知道其出处，但如果让翾风来辨别它们的声音与成色，她都能够说出它们的产地。她说："西方与北方出产的玉石，声音沉重而质地温润，佩戴在身上对人的性灵有益处；东方与南方出产的玉石，声音清爽而质地清凉，佩带在身上对人的精神有好处。"石崇家侍女姿容娇艳的有好几千人，翾风因为擅长文辞而最受宠爱。石崇经常对她说："我可以指着青天白日发誓，百年之后，我一定会让你来殉葬。"她答道："如果活着时相爱，而死后就得分离，还不如不要相爱。我如果能够为您殉葬，身体又怎么会腐烂呢！"石崇听后对翾风更是宠爱有加。

石崇曾经挑选出几十个容貌相似的侍女，让她们穿戴规格尺寸大小一样的发饰与衣着，使人骤然看去时无法分别出谁是谁，然后让她们经常在身边服侍。他吩咐翾风将玉石调配给工人，让他们雕刻制作倒龙玉佩，编织金丝来做凤冠上的金钗，将玉石雕刻成龙体倒立的姿势，用金子铸造成凤凰的形态。然后他让这几十名侍女佩戴上这些玉佩与金钗，手拉着手在殿堂上绕着柱子翩翩起舞，昼夜不停，称之为"常舞"。如果要呼叫她们之中的某人时，不喊姓名，一律由翾风根据她们的玉佩的声音以及金钗的颜色来安排。她让玉佩声较轻的排在前面，金钗颜色鲜艳的排在后面，按照顺序依次走上前来。还让这几十个人嘴里含着奇异的香料，并要她们在走路时说着笑着行进，使吐出的香气随风飘扬。又将沉水香筛成粉末状，撒布在象牙床上，如果宠爱的婢女谁能在经过时不留下痕迹，便赐给她珍珠百粒，如果谁留下了痕迹，则减少她的饮食来减轻她的体重。于是在侍女们中间便流传出了一句戏言："你不是细骨轻躯，怎么能及翾风年至三十，妙年者争嫉之，或言“胡女不可为群”，竞相排毁。崇受譖润之言，即退翾风为房老，使主群少。乃怀怨怼而作五言诗，诗曰：“春华谁不羡？卒伤秋落时。哽咽追自泣，鄙退岂所期？桂芬徒自蠹，失爱在蛾眉。坐见芳时歇，憔悴空白嗤。”石氏房中并歌此为乐曲，至晋末乃止。（出《王子年拾遗记》）

浙东舞女

宝历二年，浙东贡舞女二人：一日飞燕，一日轻凤。修眉黟首，兰气融冶。冬不纩衣，夏无汗体。所食多荔枝榧实，金屑龙脑之类。带轻金之冠，軿罗衣无缝而成。其文织巧，人未能识。轻金冠以金丝结之，为鸾鹤之状，仍饰以五彩细珠，玲珑相续，可高一尺，秤之无三二钱，上更琢玉芙蓉以为顶。二女歌舞台，每夜歌舞一发，如鸾凤之音，百鸟莫不翔集其上，及于庭际。舞态艳逸，非人间所有。每歌罢，上令内人藏之金屋宝帐，盖恐风日故也。由是宫中女曰：“宝帐香重重，一双红芙蓉。”（出《杜阳杂编》）

妒妇

车武子妻

俗说，车武子妻大妒。呼其妇兄宿，取一绛裙衣，挂屏风上。

得百粒珍珠呢？”

当翾风年纪到了三十岁时，一些妙龄侍女便妒忌起她来。为此有人散布谣言说翾风是胡人女子，不可与她接近，如此争相诋毁和排挤她。石崇长年累月听到这些谗言，就安排翾风做了房老（年老而色衰的婢妾），让她主持年轻奴仆的工作。翾风因此心怀怨恨与愤怒，便作了一首五言诗道：“春华谁不美，卒伤秋落时。哽咽追自泣，鄙退岂所期。桂芬徒自蠹，失爱在蛾眉。坐见芳时歇，憔悴空自嗤。”石崇家的人将这首诗谱上曲子当作歌曲来唱，一直到了晋朝末年才停止。（出《王子年拾遗记》）

浙东舞女

唐敬宗宝历二年时，浙东向朝廷进贡了两个舞女，一个叫飞燕，一个叫轻凤。她们有着细长的眉毛、油黑的头发，浑身散发着幽兰的香气。冬天时她们不用穿棉衣，夏季时身上不会流汗。她们吃的食物大多是荔枝与香榧的果实，以及金屑龙脑之类的东西。她们头戴轻巧的金丝帽子，身着无缝而成的罗衣，衣服的织纹精细而纤巧，都是大家没见过的。轻巧的金丝帽是用金丝编织而成的，呈鸾鹤形状；又以五彩的细珠装饰起来，玲珑相接，高约一尺，重量也不过只有二三钱重，上面还有用玉雕的芙蓉做的帽顶。两个舞女常在台上歌舞，每天晚上只要一登台歌舞，其歌声就有如鸾凤和鸣，百鸟听了无不飞落到台上，以至于挤到了庭院的边上。二人的舞姿美艳飘逸，不是人间所能有的。每次歌舞结束后，皇上便让内侍将她们藏到金屋宝帐之中，大概是怕风吹日晒影响到她们的缘故吧。因此宫中的女子们常说：“宝帐香重重，一双红芙蓉。”（出《杜阳杂编》）

妒妇

车武子妻

有民间传说，车武子的妻子是个大妒妇。一天晚上，车武子招呼

其妇拔刀径上床，发被，乃其兄也，惭而退。（出《要录》）

段氏

临济有妒妇津。传言晋太始中，刘伯玉妻段氏字明光，性妒忌。伯玉尝于妻前诵《洛神赋》，语其妻曰："取妇得如此，吾无憾焉。"明光曰："君何得以水神美而欲轻我？吾死何患不为水神。"其夜乃自沉而死。死后七日，梦见与伯玉曰："君本愿神，吾今得为神矣。"伯玉遂终身不复渡水。有妇人渡此津者，皆坏衣枉妆，然后敢济。不尔，风波暴发。丑妇虽妆饰而渡，其神亦不妒也。妇人渡河无风浪者，以为丑不能致水神。丑妇讳之，莫不皆自毁形容，以塞嗤笑也。故齐人语曰："欲求好妇，立在津口。妇人水傍，好丑自彰。"（出《酉阳杂俎》）

王导妻

王导妻曹氏甚妒忌，制丞相不得有侍御，乃至左右小人，有妍少者，必加诮责。乃密营别馆，众妾罗列，有数男。曹氏知，大惊恚，乃将黄门及婢二十人，人持食刀，欲出讨寻。王公遽命驾，患迟，乃亲以麈尾柄助御者打牛，狼狈奔驰，乃得先至。司徒蔡谟闻，乃诣王谓曰："朝廷欲加公九锡，知否？"王自叙谋志，蔡曰："不闻余物，惟闻短辕犊车，长柄麈尾耳。"导大惭。（出大舅哥到自己的房间睡觉，取了一件绛色的裙子挂在了屏风上。他的妻子看见裙子后提刀便直奔室内的床上，掀开被子一看，才发现原来是自己的哥哥，因此大感羞愧而退了出去。（出《要录》）

段氏

临济有个叫妒妇津的渡口。传说在晋朝太始年间，有个叫刘伯玉的人妻子段氏字明光，生性妒忌心强。刘伯玉曾在妻子面前诵读《洛神赋》，他对妻子说："要是能娶到这样的女人为妻，我就终生无憾了。"段明光听了说道："您怎么能因为水神长得美而轻视我？我死后何愁不能成为水神呢！"当天夜晚她就跳水自沉而死。死后的第七天，伯玉梦见她对自己说："您原本喜欢水神，现在我已经成为水神了。"刘伯玉因此终身不再从这条河上渡水过河。从这之后，凡是从这个渡口过河的女人，都得先将自己的衣饰打扮弄坏之后，船夫才敢让她上船渡水过河。如果不这样的话，船行到河水中央就会有风浪大作。但是相貌丑陋的女人，即便是打扮得漂漂亮亮，渡河时水神也不会妒忌她。所以有人认为那些渡河没有引发风浪的女人，都是因为相貌丑陋而不能招致水神妒忌的缘故。于是相貌丑陋的女人因为怕人说她丑，所以渡河时无不主动破坏自己的形象，借以避免别人的嘲笑。由此，齐地的人流传着这样的话："如果想要求得好媳妇，那么就站立在河渡口；女人来到了河边后，美丑自然分明。"（出《酉阳杂俎》）

王导妻

东晋丞相王导的妻子曹氏，是个生性非常妒忌的人。她限制王导的身边不得有俊男俏女侍奉，甚至是连身边的少儿之中也不能有容貌好的，如果有长相好看的出现，她也必定会严加责问。于是王导便背着妻子，秘密在外面安置了另外一处安乐窝，那里娇妾成群，而且还生了好几个男孩。曹氏得知后，大为惊怒，就率领着太监及婢女二十多人，各持菜刀一把，准备兴兵前往讨伐。王导立即令人

《妒记》）

杜兰香

杜兰香降张硕。硕妻无子，取妾。妻妒无已，硕谓香："如此云何？"香曰："此易治耳。"言卒而硕妻患创委顿。硕曰："妻将死如何？"香曰："此创所以治妒，创已亦当瘥。"数日之间，创损而妻无妒心，遂生数男。（出《杜兰香别传》）

任瓌妻

唐初，兵部尚书任瓌，敕赐宫女二，女皆国色。妻妒，烂二女头发秃尽。太宗闻之，令上宫赍金胡瓶酒赐之，云："饮之立死。瓌三品，合置姬媵。尔后不妒，不须饮之；若妒即饮。"柳氏拜敕讫，曰："妾与瓌结发夫妻，俱出微贱，更相辅翼，遂致荣官。瓌今多内嬖，诚不如死。"遂饮尽。然非鸩也，既睡醒。帝谓瓌曰："其性如此，朕亦当畏之。"因诏二女，令别宅安置。（出《朝野佥载》）

备车，因为担心会延误了时间，于是他亲自用拂尘的手柄帮助驾车人拼命抽打牛赶路，一路匆忙地狼狈奔跑，终于抢先到达了秘设的安乐窝。司徒蔡谟听说之后，便前往拜访王导对他说道："朝廷准备加给您九锡之赐，你知不知道这事？"王导便亲自讲述了自己的大计志向，蔡谟听后说道："我没听说过你其他的事情，只听说过有短辕的牛车，长柄的拂尘而已。"王导听了羞愧得无地自容。（出《妒记》）

杜兰香

仙女杜兰香降临到了张硕的家里。张硕的妻子没有生孩子，于是他娶了妾。他的妻子对此妒忌不已，张硕便问杜兰香说："如此下去，以后该怎么办呢？"杜兰香说道："这种妒忌病是很容易治的。"说完之后，张硕妻子便发了毒疮而变得萎靡不振。张硕对杜兰香说："我妻子眼看快要死了，我该怎么办？"杜兰香说道："这种毒疮是用来治疗她的妒忌病的。疮好了后她的妒忌病也就会好了。"过了几天，妻子的毒疮果然好了，而她的妒忌心也没了，最后还生了几个男孩。（出《杜兰香别传》）

任瓌妻

唐朝初年，皇帝将两名宫女赐给了兵部尚书任瓌，她们都有着倾国倾城的容貌。他的妻子为此十分妒忌，便将两名宫女的美发烧掉了使其变成了秃头。唐太宗听说之后，便让宫中的太监带着金胡瓶酒前去赐给他的妻子。说道："饮下这酒之后便会立刻死亡。任瓌位列三品，应当养婢纳妾。如果今后你不再妒忌，便可以不喝这酒；如果还是要妒忌，那就请立即喝下这酒。"柳氏跪拜接受了皇命，并说道："我与任瓌是结发夫妻，我们两人都出身微贱，更是相爱互助，终于助他登上了高位。如今任瓌想要多蓄养婢妾，这样我实在是还不如死掉的好！"说完便将酒一饮而尽。然而这并非是毒酒，在柳氏苏醒之后，皇上便对任瓌说道："看来你夫人是秉性如此，我也应当惧怕她三分啊。"因此下诏给那两名宫女，让人将她们安置到了其他宅第。（出《朝野佥载》）

又房玄龄夫人至妒。太宗将赐美人，屡辞不受。乃令皇后召夫人，语以媵妾之流，令有常制，且司空年近迟暮，帝欲有优崇之意，夫人执心不回。帝乃令谓曰：“宁不妒而生？宁妒而死？”曰：“妾宁妒而死。”乃遣酌一卮酒与之曰：“若然，可饮此一鸩。”一举便尽，无所留难。帝曰：“我尚畏见，何况于玄龄乎？”（出《国史异纂》）

杨弘武妻

杨弘武为司戎少常伯，高宗谓之曰：“某人何因，辄授此职？”对曰：“臣妻韦氏性刚悍，昨以此见属，臣若不从，恐有后患。”帝嘉不隐，笑而遣之。（出《国史异纂》）

房孺复妻

房孺复妻崔氏性妒忌，左右婢不得浓妆高髻见。给胭脂一豆，粉一钱。有一婢新买，妆稍佳，崔怒谓曰：“汝好妆耶？吾为汝妆。”乃令刻其眉，以青填之，烧鏁桁，灼其两眼角，皮随焦卷，以朱傅之。及痂落，瘢如妆焉。（出《酉阳杂俎》）

另外，房玄龄的夫人也是妒忌心极为强的人。唐太宗准备赐给房玄龄美女，房玄龄再三推辞没有接受。唐太宗便让皇后召见了房玄龄的夫人，跟她讲明皇上赐给大臣婢妾之流的事，在朝廷是有严格规定的。况且房玄龄司空已年近迟暮，皇上赐给他美女也是想要表达对他格外优崇的意思。但是，无论皇后说什么，房玄龄的夫人坚决不改变主意。唐太宗于是传令对她说："你是想要不妒忌地活着，还是宁可因为妒忌而死掉？"房玄龄的夫人说道："我愿怀着妒忌之心而受死！"于是皇上便让人酌了一杯酒送给她，说道："如果是这样，那就请你喝下这杯毒酒。"房玄龄的夫人举杯一饮而尽，毫无半点犹豫和留恋。对此唐太宗说道："我都尚且害怕看见这种人，何况是房玄龄呢！"（出《国史异纂》）

杨弘武妻

唐朝的杨弘武在担任司戎少常伯时，唐高宗问他道："你任命的这人有什么才能，要给他这个职位？"杨弘武答道："因微臣的妻子韦氏性情刚烈凶悍，她昨天告诉我要这么做，我如果不照办，恐怕会有后患。"唐高宗听后称许他没有隐瞒家私，于是笑着让他离开了。（出《国史异纂》）

房孺复妻

房孺复的妻子崔氏生性妒忌心强，对身边的奴婢不允许有浓妆艳抹或是头上盘着高高发髻的现象出现，只发给每人豆粒大一点的胭脂与一钱重的脂粉。有一个新买来的婢女，因为妆扮得稍稍艳丽了一些，崔氏发现后便气恼地对她说："你喜欢化妆吗？我来为你化化妆！"于是她让人给她刻了眼眉，然后用青色填上，将锁门用的铁柱烧红了，然后灼她的两只眼角，皮肉都被烧焦卷了起来，她便让人用红粉给敷上。等到婢女的疮痂脱落后，处处瘢痕就犹如化的妆一般。（出《酉阳杂俎》）

李廷璧妻

李廷璧二十年应举，方于蜀中策名，歌篇靡丽，诗韵精能。尝为舒州军倅，其妻猜妒，一日铃阁连宴，三宵不归，妻达意云："来必刃之！"泣告州牧，徙居佛寺，浃辰晦迹，因《咏愁》诗曰："到来难遣去难留，着骨黏心万事休。潘岳愁丝生鬓里，婕妤悲色上眉头。长途诗尽空骑马，远雁声初独倚楼。更有相思不相见，酒醒灯背月如钩。"（出《抒情集》）

张褐妻

张褐尚书典晋州，外贮所爱营妓，生一子。其内苏氏妒忌，不敢取归。乃与所善张处士为子，居江津间，常致书题，问其存亡，资以钱帛，及渐成长，教其读书。有人告以非处士之子，尔父在朝官高。因窃其父与张处士缄札，不告而遁归京国。褐已死，至宅门，僮仆无有识者，但云江淮郎君，兄弟皆愕然。其嫡母苏夫人泣而谓诸子曰："诚有此子，吾知之矣。我少年无端，致其父子死生永隔，我罪矣。"家眷众泣，取入宅，齿诸兄之列，名仁龟。有文学，修词应进士举，及第，历侍御史。因奉使江浙而死。（出《北梦琐言》）

李廷璧妻

李廷璧参加科举考试考了二十年，才在蜀中得到了一个官职。他写的诗词歌赋文采富丽，对于诗韵都非常精通熟练。他曾在舒州当过军副。他的妻子生性多疑，妒忌心强。有一次李廷璧在铃阁接连参加了几个宴会，三晚没有回家。他的妻子为此让人传话给他说，他回家后一定会亲手宰了他！李廷璧哭哭啼啼地将此事告诉了舒州太守，自己便躲到了一间寺庙里住了下来，一连十二天都没敢显露踪迹，并因此写了一首《咏愁》诗。诗是这样写的："到来难遣去难留，着骨粘心万事休。潘岳愁丝生鬓里，婕妤悲色上眉头；长途诗尽空骑马，远雁声初独倚楼。更有相思不相见，酒醒灯背月如钩。"（出《抒情集》）

张褐妻

张褐尚书在执掌晋州政务时，在外面收纳了一名自己所爱的军营妓女，并生下了一个儿子。他的妻子苏氏是个妒忌心很强的人，所以张褐不敢将这个儿子带回家，便将其送给了好友张处士当儿子。张处士居住在江津地区，张褐经常写书信，打听儿子的情况，并且资助了钱财给他们。当孩子慢慢长大后，张处士开始教他读书。有人告诉孩子，说他不是张处士的儿子，他的亲生父亲在朝廷做大官。因此他便偷取了父亲写给张处士的秘信，没有告辞便逃回了京城。这时张褐已经去世，儿子找到自己家门前时，家中僮仆们没有一个认识他的，他只说自己是在江淮长大的少爷，兄弟们听了后都感到非常惊愕。嫡母苏夫人知道后一边流泪一边对儿子们说："你们父亲确实有他这么个儿子，我是知道的。因年轻时的我不懂情理，致使他们父子生死永隔，这都是我的罪过啊！"全家人听后都伤心地哭了起来，将他领进屋里，按照年龄大小与各位兄弟排了行。他的名字叫仁龟，很有文学特长，后来以修词科参加科考，中了进士，历任侍御史。后因奉命出使江浙而死。（出《北梦琐言》）

吴宗文

王蜀吴宗文，以功勋继领名郡，少年富贵，其家姬仆乐妓十数辈，皆其精选也。其妻妒，每怏怏不惬其志。忽一日，鼓动趋朝，已行数坊，忽报云“放朝”。遂密戒从者，潜入，遍幸之。至十数辈，遂据腹而卒。（出《王氏见闻》）

蜀功臣

蜀有功臣忘其名，其妻妒忌。家畜妓乐甚多，居常即隔绝之。或宴饮，即使隔帘幕奏乐，某未尝见也。其妻左右，常令老丑者侍之。某尝独处，更无侍者，而居第器服盛甚。后妻病甚，语其夫曰：“我死，若近婢妾，立当取之。”及属圹，某乃召诸姬，日夜酣饮为乐。有掌衣婢，尤属意，即幸之。方寝息，忽有声如霹雳，帷帐皆裂，某因惊成疾而死。（出《王氏见闻》）

秦骑将

秦骑将石某者，甚有战功。其妻悍且妒，石常患之。后其妻独处，乃夜遣人刺之。妻手接其刃，号救叫喊。婢妾共击贼，遂折镡而去，竟不能害。妇十指皆伤。后数年，秦亡入蜀，蜀遣石将兵屯于褒梁，复于军中募侠士，就家刺之。褒蜀相去数千里，侠士于是挟刃，怀家书，至其门曰：“褒中信至，令面见夫人。”夫人喜出

吴宗文

前蜀的吴宗文因为功勋而继领名郡，年纪轻轻便过上了富贵人家的生活。他的家里有十多名的奴婢乐妓，全都是经过精心挑选的美人。他的妻子是个妒忌心很强的人，使得他经常因为不能与美人们取乐而郁闷不快。忽有一天，他听到鼓声后便急忙赶着去上朝，已经走过几条街了，但有人忽然来报告说已经散朝了。于是他便悄悄告诉自己的随从人员，偷偷地潜了回家，与所有的美女纵情淫乐。当他一连玩到第十几个人时，最终用手按着肚子而去世了。（出《王氏见闻》）

蜀功臣

蜀国有位功臣，已经忘记叫什么名字了，他的妻子是个妒妇。他的家中养有很多的歌妓，日常生活中，她总是不让他与歌妓们在一起。家中有时举行宴会，她就让歌妓们隔着帘幕奏乐，所以他从未见过歌妓们的面。而他妻子自己的身边，也常常是一些年老或貌丑的仆人在侍奉。他经常是一人独处，身边更是连奴婢都没有，但他的居室内却有齐全的器具以及各式各样的衣服。后来，他的妻子得了重病，临终前她对丈夫说："我死之后，你如果亲近婢妾，我会立即来抓你。"当妻子下葬之后，他便召集了家中的婢妾，日日夜夜与她们饮酒作乐。有个掌管衣服的婢女，尤其符合他的心意，便幸宠了她。但刚刚上床熄了灯，忽然响起了一道霹雳般的巨响，屋内的帘幕都被撕裂了，他也因惊惧成疾而死。（出《王氏见闻》）

秦骑将

秦国有个叫石某的骑将，战功赫赫。他的妻子是个强悍且妒忌心强的人，石某常常想除掉她。后来有一次他的妻子独处，他便在当晚派人前去刺杀她。他的妻子用手抓住了刺来的剑刃，并大呼救命。婢妾闻声而来一起捉拿刺客，刺客的剑环被打折后便匆忙逃走了，终究是未能杀掉妻子，只是她的十个手指都受了伤。后来过了几见，侠拜而授其书，捧接之际，挥刃斫之。妻有一女跃出，举手接刃，相持久之，竟不能害。外人闻而救之，女十指并伤。后十年，蜀亡，归秦邦，竟与其夫偕老，死于牖下。（出《玉堂闲话》）

年，秦国灭亡后石某逃到了蜀国。蜀王派遣石某率军，驻守于褒梁，他又在军营里招募了侠士，前往家中行刺妻子。褒梁距离蜀都有几千里，侠士于是提着刀，怀里带着石某的家信，长途跋涉来到了石某的家门，说道："褒梁来的家信到了，主人命令我来面见夫人。"夫人听后高兴地出来相见，侠士行礼后递上了书信。就在夫人捧接书信之际，侠士挥刀砍向了她。这时夫人的一个女儿跳了出来，举手接住了刀刃，两人相持了很久，最后也没能杀死夫人。这时外面的人听到砍杀声纷纷前来相救，女儿的十指都被砍伤了。又过了十年后，蜀国灭亡了，石某回到了秦地。妻子最后与他白头偕老，老死在乡间。（出《玉堂闲话》）

卷第二百七十三　妇人四附妓女

周　皓　李秀兰　杜　牧　刘禹锡　李逢吉　洛中举人 蔡　京
武昌妓　韦保衡　曹　生　罗　虬　徐月英

周皓

太仆卿周皓，贵族子，多力负气。天宝中，皓少年，常结客为花柳之游，竟畜亡命。访城中名姬，如蝇袭膻，无不获者。时靖恭有姬子夜来，稚齿巧笑，歌舞绝伦，贵公子破产迎之。皓时与数辈富者更擅之。会一日，其母白皓曰："某日夜来生日，岂可寂寞乎？"皓与往还，竟求珍货，合钱数十万，会饮其家。乐工贺怀智、纪孩孩，皆一时绝手。扃方合，忽觉击门声甚急。皓戒内勿开，良久，折关而入。有少年紫衣，骑从数十，诟其母，即将军高力士之子也。母与夜来泣拜，诸客将散。皓时血气方刚，且恃其力，顾从者不相敌，因前让其怙势，攘臂格之。紫衣者踣于拳下，且绝其颔骨，大伤流血，皓遂突出。时都亭驿所由魏贞，有心义，好养私客，皓以情投之，贞乃藏于妻女间。时有司追捉急切，贞恐踪露，乃夜办装具，腰白金数锭，谓皓曰："汴州周简老，义士也，复与郎君当家，今可依之，且宜谦恭不怠。"周简老盖大侠也，见魏贞书，喜甚。皓因拜之为叔，遂言其状。简老令居一船中，戒无妄出，供与极厚。居岁余，忽听船上哭泣声，皓潜窥之，见一少妇，缟衣甚美，与简老相慰。其夕，简老忽至皓处，问："君婚未？某有表妹，嫁与甲，甲卒无子，今无所归，可事君子。"皓拜谢之。即夕，其表妹归皓，有女二人，男一人，犹在舟中。简老忽语皓："事已息，君貌寝，必无人识者，可游江淮。"乃赠百余千，号哭而别，于是遂免。（出《酉阳杂俎》）

周皓

太仆卿周皓，是贵族子弟，身有蛮力且年轻气盛。在天宝年间，周皓正年轻，常常与人结伴寻花问柳，竟然藏匿亡命之徒。当时他遍访城中名妓，就如同苍蝇猎获腥臭，从没有失手过。当时靖恭坊有个名妓叫夜来，天真单纯，笑口常开，歌声舞姿又是无人能及，一时间贵公子们为其倾家荡产也要去奉迎，周皓与几个富家子弟更是在她身上下足了功夫。夜来母亲告诉周皓说："某一日便是夜来的生日，千万不能冷落了啊！"周皓为她的生日做了充足的准备，竟然弄到了折合几十万的贵重东西。在夜来家中举办宴会。贺怀智、纪孩孩等当时最为有名的乐手到场献技。门刚关好，忽然听到急切的敲门声，周皓不准人去开门。很久后，门闩被推断了，外面的人破门而入。领头的是位身着紫衣的公子，还跟着几十名随从的骑手，进屋后便对夜来的母亲破口大骂。这位就是高力士将军的儿子，母亲与夜来被吓得哭哭啼啼地向他跪拜行礼，客人们见状纷纷离去。周皓正值血气方刚，又仗着自己浑身是力气，看了跟从的人不敌他，便上前指责他们仗势欺人，就攘着手臂上去要与他格斗，紫衣公子就倒在他的拳下，下巴骨都被打掉了，伤得极其严重，流血不止。周皓吓得夺路而逃。当时都亭驿所由魏贞，是个很重义气的人，私下喜欢收留客人。周皓凭着之前的交情投奔到他家。他将周皓藏匿在妻子女儿之中。当时相关人员追捕得很急，魏贞担心暴露踪迹，便乘着夜色办了行装，让周皓带上许多白金，对他说："汴州的周简老是位义士，又和你是同姓，如今你去投靠他。到他那后你一定要谦让恭敬，不能有所怠慢。"周简老是一位大侠，看到魏贞传给他的书信后非常高兴，周皓因此拜他为叔父，向他述说了自己的遭遇。简老安排他住在一只

李秀兰

李秀兰以女子有才名。初五六岁时，其父抱于庭，作诗咏蔷薇，其末句云："经时未架却，心绪乱纵横。"父恚曰："此女子将来富有文章，然必为失行妇人矣。"竟如其言。（出《玉堂闲话》）

又秀兰尝与诸贤会乌程县开元寺。知河间刘长卿有阴疾，谓之曰："山气日夕佳。"长卿对曰："众鸟欣有托。"举坐大笑，论者两美之。秀兰有诗曰："远水浮仙棹，寒星伴使车。"盖五言之佳境也。上方班姬即不足，下比韩英则有余，亦女中之诗豪也。尝赋得《三峡流泉歌》曰："妾家本住巫山云，巫山流水常自闻。王琴弹出转寥复，直似当时梦中听。三峡迢迢几千里，一时流入深闺里。巨石奔湍指下生，飞波走浪弦中起。初疑喷涌含雷风，又似呜咽流不通。回湍濑曲势将尽，时复滴沥平沙中。忆昔阮公为此曲，能使仲容听不足。一弹既罢又一弹，愿与流泉镇相续。"（出《中兴闲气集》）

船里，无事不得出来，在生活方面给他安排得十分周全。在这里住了一年多，周皓忽然有天听到船上有哭声，便悄悄爬上来看，只见一位少妇身穿孝服，长得极美，正与简老互相劝慰。当晚，简老来到周皓的住处，问他是否有成亲，还说："我有个表妹，嫁给了人，现在那男人死了，又没有儿女，表妹如今无依无靠，可以侍奉您。"周皓当即向他拜谢。当夜，表妹就被送给了周皓，一起的还有两个女仆，一个男仆，都在船里。简老对周皓说："现在你的事情已经平息，你的长相又不会十分惹人注意，一定没人认出你来，建议你到江淮一带去。"然后赠给他一百多串钱，两人挥泪而别。周皓终于逃脱了。（出《酉阳杂俎》）

李秀兰

李秀兰属有一定名气的才女。五六岁时，父亲抱着她在院子里，她就能作出称赞蔷薇的诗词。诗的末句是："过时未架却，心绪乱纵横。"父亲便说："这孩子以后是个有文才的，只是定是个行为不检点的女人。"后来真如他父亲所说。（出《玉堂闲话》）

秀兰和几位贤才在乌程县的开元寺聚会。她知道河间的刘长卿有男性病，便对他说："山气日夕佳。"长卿对道："众鸟欣有托。"在座的人听后都大笑，都认为双方对答得极妙。秀兰在有首诗里写道："远水浮仙棹，寒星伴使车。"这算得上五言中最美的意境了。李秀兰的诗才，比班超尚嫌不够，比韩英则有余，她也算得上女人中的诗豪。她曾写过一篇《三峡流泉歌》："妾家本住巫山云，巫山流水常自闻。王琴弹出转寥敻，直似当时梦中听。三峡迢迢几千里，一时流入深闺里。巨石奔湍指下生，飞波走浪弦中起。初疑喷涌含雷风，又似呜咽流不通。回湍濑曲势将尽，时复滴沥平沙中。忆昔阮公为此曲，能使仲容听不足。一弹既罢又一弹，愿与流泉镇相续。"（出《中兴闲气集》）

杜 牧

唐中书舍人杜牧少有逸才，下笔成咏。弱冠擢进士第，复捷制科。牧少隽，性疏野放荡，虽为检刻，而不能自禁。会丞相牛僧孺出镇扬州，辟节度掌书记。牧供职之外，唯以宴游为事。扬州，胜地也，每重城向夕，倡楼之上，常有绛纱灯万数，辉罗耀烈空中。九里三十步街中，珠翠填咽，邈若仙境。牧常出没驰逐其间，无虚夕。复有卒三十人，易服随后，潜护之，僧孺之密教也。而牧自谓得计，人不知之。所至成欢，无不会意。

如是且数年，及征拜侍御史，僧孺于中堂饯，因戒之曰："以侍御史气概达驭，固当自极夷涂。然常虑风情不节，或至尊体乖和。"牧因谬曰："某幸常自检守，不至贻尊忧耳。"僧孺笑而不答。即命侍儿，取一小书簏，对牧发之，乃街卒之密报也。凡数十百，悉曰："某夕，杜书记过某家，无恙。某夕宴某家，亦如之。"牧对之大惭，因泣拜致谢，而终身感焉。故僧孺之薨，牧为之志，而极言其美，报所知也。

牧既为御史，久之分务洛阳。时李司徒愿罢镇闲居，声妓豪华，为当时第一。洛中名士，咸谒见之。李乃大开宴席，当时朝客高流，无不臻赴，以牧持宪，不敢邀致。牧遣座客达意，愿预斯会，李不得已驰书。方对酒独斟，亦已酣畅，闻命遽来。时会中已饮酒，女妓百余人，皆绝艺殊色。牧独坐南行，瞪目注视，引满三卮，问李云："闻有紫云者孰是？"李指示之。牧复凝睇良久曰："名不虚得，宜以见惠。"李俯而笑，诸妓皆亦回首破颜。牧又自饮三爵，朗吟而起曰："华堂今日绮筵开，谁唤分司御史来？忽发

杜牧

唐朝中书舍人杜牧，年轻时就展现出了过人的才华，落笔成文，出口成章。二十多岁就进士及第，又很快通过制策登科。杜牧年青俊逸，生性狷介狂放，法度也制不住他的狂放行为。丞相牛僧孺镇守扬州时，任他为节度府中掌书记。杜牧在公务之余，纵情宴游娱乐。扬州在当时也属于游玩胜地，每到夜晚，青楼之上就会挂起上万只红纱灯，灿烂辉煌，照彻夜空，九里三十步的长街上，到处都是熙来攘往着顶珠戴翠的人群。远远望去，婉若仙境。杜牧每晚都到这里宴游娱乐。三十名兵士穿着便服随在他身后，暗中保护他，这是牛僧孺暗地里教他们的。但杜牧却自认为行踪绝无人知晓，心中颇为得意。实际上，他到哪些地方寻欢作乐，牛僧孺知道得一清二楚。

几年后，等他升任侍御史，牛僧孺在正堂为他饯行设宴，席间告诫他说："以你的才华和气度，在你的新职位上，自然能化险为夷，应付得游刃有余，但您在风情方面不能很好地控制，可能会影响到你的身体健康。"杜牧却对他的好意产生了误解，便说："幸而我能进行自我管束，不劳您操心。"牛僧孺只是笑了笑，然后让侍仆拿来一只小书匣，在杜牧面前打开，里面是那些兵卒的秘报，有上千份之多，上面都记录的是：某夜杜书记到了谁家，没出事；某夜在哪一家宴饮，也没出事。杜牧看完后深感惭愧，哭着向牛僧孺礼拜致谢。从此以后一生感激僧孺，在僧孺去世后，杜牧为他作墓志铭，极力表彰他一生的优点，借以报答知遇之恩。

杜牧被任命为侍御史后，长期分治洛阳。李司徒当时想辞掉节度使在家闲居，一时间生活得十分奢华，洛阳的名士都纷纷前去拜访。李司徒大开宴席，达官贵人们都赶来赴宴。因为杜牧主管法纪，因此没敢邀请他。杜牧让前去赴宴的人带话，说他是愿意赴会的。李司徒只好给他送去了请柬，而杜牧正对酒独斟，喝得微醉了，收到邀请后立刻赶了去。宴会已经开始了，场上有歌舞妓女一百余人，都是色艺双绝。杜牧一人独坐南排，瞪大眼睛注视着场上的歌舞妓女。他喝下了三杯满满的酒后，问李司徒道："听说有位叫紫云的，哪一个是她？"李司徒便指给他看。杜牧凝神细看良久，说："果然是狂言惊满座，两行红粉一时回。”意气闲逸，旁若无人。牧又自以年渐迟暮，常追赋感旧诗曰：“落魄江湖载酒行，楚腰纤细掌中情。三年一觉扬州梦，赢得青楼薄幸名。”又曰：“觥船一棹百分空，十载青春不负公。今日鬓丝禅榻伴，茶烟轻扬落花风。”

太和末，牧复自侍御史出佐沈传师江西宣州幕。虽所至辄游，而终无属意，咸以非其所好也。及闻湖州名郡，风物妍好，且多奇色，因甘心游之。湖州刺史某乙，牧素所厚者，颇喻其意。及牧至，每为之曲宴周游。凡优姬倡女，力所能致者，悉为出之。牧注目凝视曰：“美矣，未尽善也。”乙复候其意，牧曰：“愿得张水嬉，使州人毕观。候四面云合，某当闲行寓目，冀于此际，或有阅焉。”乙大喜，如其言。至日，两岸观者如堵。迨暮，竟无所得。将罢舟舣岸，于丛人中，有里姥引鸦头女，年十余岁。牧熟视曰：“此真国色，向诚虚设耳！”因使语其母，将接致舟中，姥女皆惧。牧曰：“且不即纳，当为后期。”姥曰：“他年失信，复当何如？”牧曰：“吾不十年，必守此郡，十年不来，乃从尔所适可也。”母许诺，因以重币结之，为盟而别。

故牧归朝，颇以湖州为念。然以官秩尚卑，殊未敢发。寻拜黄州、池州，又移睦州，皆非意也。牧素与周墀善，会墀为相，乃并以三笺干墀，乞守湖州，意以弟顗目疾，冀于江外疗之。大中三年，始授湖州刺史。比至郡，则已十四年矣，所约者已从人三载，名不虚传，你应当赠给我。”李司徒俯身大笑，妓女们转过脸来破颜而笑。杜牧又自饮三大杯，边起身边朗声吟道：“华堂今日绮筵开，谁唤分司御史来？忽发狂言惊满座，两行红粉一时回。”意气闲逸，旁若无人。杜牧因感到渐近迟暮之年，时常忆起往前的生活，写下感旧遣怀的诗篇，诗中写道：“落魄江湖载酒行，楚腰纤细掌中情。三年一觉扬州梦，赢得青楼薄幸名。”又写道：“觥船一棹百分空，十载青春不负公。今日鬓丝禅榻伴，茶烟轻扬落花风。”

在太和末年，杜牧由侍御史出任沈传师江西宣州府幕僚。在这里虽然还是处处宴游，但却还是没有找到他喜欢的地方，仍旧引不起他多大的兴趣。听说湖州是个好地方，不仅风光景物色秀丽美好，还有许多出色的女子，便期待能前去一游。湖州刺史某乙是杜牧的好友，十分理解他的心意。杜牧到湖州时，他便经常为他安排宴会，四处游览，凡属娼优名妓，都会尽力邀起来，站在杜牧眼前。杜牧凝神注目了一番后，道：“的确很美，但却还不够完美。”某乙又问他有什么样的要求，杜牧说：“让张水嬉叫全州人都来看，等四面都围满了人时，我在人群前漫步注目，希望这样能有新的发现。”某乙大喜，按他的话去办了。这天，两岸是人山人海，但到太阳偏西时，却依旧是一无所得。快要停船靠岸时，人群中，有位寻常老妈子领着一个十几岁的小姑娘，杜牧仔细打量后说道：“这才是真正的倾国之色，以前的那些都白搭而已。”于是让人告诉小姑娘的母亲，把她们接到船上来。母女两人都十分害怕。杜牧说：“我暂时不娶，约定个日期。”母亲说：“现在说定了，日后你不算数，又该如何？”杜牧说：“不出十年，我定会成为此郡的太守，十年内我若是不来，那就任你嫁给谁。”那位母亲同意了，杜牧以重金定下了这门亲事，立定盟约之后便走了。

因这段经历，杜牧回朝之后心中一直惦念着湖州，却因官职不高，未敢公开。然后，先后出任黄州、池州刺史，后来又改任睦州刺史，都不合他的心意。杜牧与周墀一直都交情深厚，等到周墀做宰相时，便一连三次给周墀投寄书札，请求镇守湖州。书札上面说的是弟弟有眼疾，希望能在江南疗养。宣宗大中三年，他终于被任命为而生三子。牧既即政，函使召之。其母惧其见夺，携幼以同往。牧诘其母曰："曩既许我矣，何为反之？"母曰："向约十年，十年不来而后嫁，嫁已三年矣。"牧因取其载词视之，俯首移晷曰："其词也直，强之不祥。"乃厚为礼而遣之。因赋诗以自伤曰："自是寻春去校迟，不须惆怅怨芳时。狂风落尽深红色，绿叶成阴子满枝。"（出《唐阙史》）

刘禹锡

刘禹锡赴任姑苏，道过扬州。州师杜鸿渐饮之酒，大醉而归驿。稍醒，见二女子在旁，惊非已有也。乃曰："郎中席上与司空诗，特令二乐妓侍寝，且醉中之作，都不记忆。"明旦，修启致谢，杜亦优容之。夫禹锡以郎吏州牧而轻忤三司，岂不过哉？诗曰："高髻云鬟宫样妆，春风一曲杜韦娘。司空见惯寻常事，断尽苏州刺史肠。"（出《云溪友议》）

李逢吉

李丞相逢吉性强愎而沉猜多忌，好危人，略无怍色。既为居守，刘禹锡有妓甚丽，为众所知。李恃风望，恣行威福，分务朝官，取容不暇。一旦阴以计夺之，约曰："某日皇城中堂前致宴，应朝贤宠嬖，并请早赴境会。"稍可观瞩者，如期云集。敕阍吏，先放刘家妓从门入，倾都惊异，无敢言者。刘计无所出，惶惑吞声。又翌日，与相善数人谒之，但相见如常，从容久之，并不言境会之所以然者。座中默然，相目而已。既罢，一揖而退。刘叹咤而归，无可奈何，遂愤懑而作四章，以拟《四愁》云尔。"玉钗重合两无湖州刺史，等他再来湖州时，已经过去十四年了。之前约定的那位姑娘，已嫁给他人三年，孩子都有三个了。杜牧到任后，派人持信去招她，她母亲担心会被抢，于是带着年幼的孩子去见他。杜牧责问她母亲道："既然之前已经许给我了，为何反悔？"母亲说："之前约定的是十年期限，你十年不来，才嫁人的，都嫁出去三年了。"杜牧拿出她说的供词来看，低头沉思，自语道："她说的都是事实，勉强也不好。"然后给了她一份丰厚的礼物打发了。杜牧因此写诗寄托自己感伤之情，诗中写道："自是寻春去校迟，不须惆怅怨芳时。狂风落尽深红色，绿叶成荫子满枝。"（出《唐阙史》）

刘禹锡

刘禹锡在去苏州赴任时，途经扬州，州师杜鸿渐请他去喝酒，喝得大醉后回驿馆。稍微清醒后，看到有两个女子在身边，让他十分惊异，这两个女子还不是自己人，便说："我在酒席上与司空对诗，让他派两名乐妓侍候我。那些都是酒后之言，现在都忘记怎么回事了。"第二天早上，他写信向杜致谢。杜对此十分谅解和宽容。刘禹锡只是以郎官身份担任了州刺史的属官，却在诗中轻慢忤逆三司之显宦，难道算不上大大的罪过吗？其诗道："高髻云鬟宫样妆，春风一曲杜韦娘。司空见惯寻常事，断尽苏州刺史肠。"（出《云溪友议》）

李逢吉

丞相李逢吉，为人刚愎自用且喜欢猜忌，又惯会算计人，做了什么缺德事内心也毫无惭愧之意。当时还是居守。刘禹锡有个十分漂亮的歌妓，当时人人都知道。李逢吉倚仗权势，作威作福。他分管朝廷的各地官员，取容不暇。他想用阴谋诡计夺取刘禹锡的那位歌妓，便提前告知大家道："某日在皇城正殿前面举行宴会，朝廷中所有官员及其宠爱的婢妾届时全来参加盛会。"一些稍有姿色的婢妾到那一天全都前来赴会。李逢吉命守门人，先把刘禹锡家的歌妓放进门。京都的人们对此举深感惊异，却谁都不敢质疑。刘禹锡对此缘，鱼在深潭鹤在天。得意紫鸾休舞镜，能言青鸟罢衔笺。金盆已覆难收水，玉轸长抛不续弦。若向蘼芜山下过，遥将红泪洒穷泉。”“鸾飞远树栖何处？凤得新巢已去心。红璧尚留香漠漠，碧云初断信沉沉。情知点污投泥玉，犹自经营买笑金。从此山头似人石，丈夫形状泪痕深！”“人曾何处更寻看，虽是生离死一般。买笑树边花已老，画眉窗下月犹残。云藏巫峡音容断，路隔星桥过往难。莫怪诗成无泪滴，尽倾东海也须干！”“三山不见海沉沉，岂有仙踪更可寻？青鸟去时云路断，姮娥归处月宫深。纱窗遥想春相忆，书幌谁怜夜独吟？料得夜来天上镜，只因偏照两人心。”（见《本事诗》。）

洛中举人

举子某乙，洛中居人也，偶与乐妓茂英者相识。英年甚小，及乙到江外，偶与饮席遇之。因赠诗曰：“忆昔当初过柳楼，茂英年小尚娇羞。隔窗未省闻高语，对镜曾窥学上头。一别中原俱老大，重来南国见风流。弹弦酌酒话前事，零落碧云生暮愁。”举子因谒节使，遂客游留连数月，帅遇之甚厚。宴饮既频，与酒纠谐戏颇洽。一日告辞，帅厚以金帛赆行，复开筵送别。因暗留绝句与纠曰：“少插花枝少下筹，须防女伴妒风流。坐中若打占相令，除却尚书莫点头。”因设舞曲遗诗。帅取览之，当时即令人所在送付举子。（出《卢氏杂说》）

也无计可施，惊恐之余也只能忍气吞声。第二天，刘禹锡与几位亲近的人前往拜谒，李逢吉就像没事人一样，从容谈笑，根本不提前一天宴会上的事。刘禹锡等人也不敢发问，只有默然相视而已。拜见结束后，双方行礼告退，刘禹锡无可奈何，然后唉声叹气地回家。在无比悲愤之中写下了《四愁》诗四篇，以抒胸中的郁闷之气。他写道：“玉钗重合两无缘，鱼在深潭鹤在天。得意紫鸾休舞镜，能言青鸟罢衔笺。金盆已覆难收水，玉轸长抛不续弦。若向靡芜山下过，遥将红泪洒穷泉。鸾飞远树栖何处？凤得新巢已去心。红璧尚流香漠漠，碧云初断信沉沉。情知点污投泥玉，犹自经营买笑金。从此山头似人石，丈夫形状泪痕深！人曾何处更寻看，虽是生离死一般。买笑树边花已老，画眉窗下月犹残。云藏巫峡音容断，路隔星桥过往难。莫怪诗成无泪滴，尽倾东海也须干！三山不见海沉沉，岂有仙踪更可寻？青鸟去时云路断，姮娥归处月宫深。纱窗遥想春相忆，书幌谁怜夜独吟？料得夜来天上镜，只因偏照两人心。”（见《本事诗》）

洛中举人

有个洛中的举子，偶然与乐妓茂英相识，茂英当时年幼。这位举子后来到了江南，在一次饮宴中再次与茂英相逢，便赠她一首诗道：“忆昔当初过柳楼，茂英年小尚娇羞。隔窗未省闻高语，对镜曾窥学上头。一别中原俱老大，重来南国见风流。弹弦酌酒话前事，零落碧云生暮愁。”举子拜见了当地的节度使后，便一直客居此地。如此一住就是几个月，节帅对他以厚礼相待，常与他设宴共饮，席间请茂英担当录事执掌酒令，饮酒逗乐相处得极为融洽。一天，举子要告辞，节帅赠给他非常多的路费，还设宴为他践行，席间又留下一首绝句与茂英道：“少插花枝少下筹，须防女伴妒风流。坐中若打占相令，除却尚书莫点头。”茂英为此诗谱了舞曲，节帅把配了曲的诗拿来看过后，立刻派人送去举子的住处。（出《卢氏杂说》）

蔡京

邕南朝度使蔡京过永州，永州刺史郑史与京同年，连以酒乐相邀。座有琼枝者，郑之所爱，而席之最妍。蔡强夺之行，郑莫之竞也。邕南之所为，多如此类，为德义者见鄙，终其不悛也。及邕南制御失律，伏法。（出《云溪友议》）

武昌妓

韦蟾廉问鄂州，及罢任，宾僚盛陈祖席。蟾遂书《文选》句云："悲莫悲兮生别离，登山临水送将归。"以笺毫授宾从，请续其句。座中怅望，皆思不属。逡巡，女妓泫然起曰："某不才，不敢染翰，欲口占两句。"韦大惊异，令随口写之："武昌无限新栽柳，不见杨花扑面飞。"座客无不嘉叹。韦令唱作《杨柳枝词》，极欢而散。赠数十笺，纳之，翌日共载而发。（出《抒情诗》）

韦保衢

韦保衢尝访同人，方坐，李钜新及第，亦继至。保衢以其后先，匿于帷下。既入曰："有客乎？"同人曰："韦保衢秀才，可以出否？"钜新及第，甚自得意，徐曰："出也何妨。"保衢竟不之出。洎衢尚公主为相，李蠙镇岐下，钜方自山北旧从事辟焉。初保衢既登第，独孤云除东川，辟在幕下。乐籍间有佐饮者，副史李甲属意也。时以逼于他适，私期，回将纳焉。保衢既至，不之知，祈于独孤，且请降其籍。李至，意殊不平，每在宴席，辄以语侵保衢。保衢不能容，即携其妓人以去。李益怒之，屡言于云。云不得已，

蔡京

朝度使蔡京，号邕南，有次途经永州，永州刺史郑史和他同年及第，因此经常设酒宴邀请。席间有个叫琼枝的乐妓，是郑史十分宠爱的人，她是所有乐妓中长得最为娇艳的。蔡京看中后便强行夺了去。郑史争不过他。蔡京的行为一直如此，为当时的有德之人和仁义之士所不齿。而他终其一生，恶习不改。后来蔡京在防御外敌入侵时失职，受到处罚。（出《云溪友议》）

武昌妓

韦蟾在治理鄂州时，为政清廉，当他要卸任时，宾客幕僚们设宴为他饯行。席间，韦蟾挥笔题了《文选》中的一句："悲莫悲兮生别离，登山临水送将归。"然后将纸笔递给属僚，请大家续写下句。在座的人都怅然相望，对不出来。一会儿，一个妓女含泪而起道："小女子不才，不敢染墨，愿口占两句。"韦蟾十分惊异，令人照她口说的记录下来。这两句是："武昌无限新栽柳，不见杨花扑面飞。"客人们无不称许赞叹。韦蟾命她将四句合在一起，配上曲谱唱作《杨柳枝词》。宴会客主尽欢，宾客与幕僚们赠给韦蟾几十幅题笺，他都收存起来。第二天，他携带家眷及那位歌妓起程了。（出《抒情诗》）

韦保衢

韦保衢有次到同僚家中探望，刚坐下，才刚刚及第的李钜也到了。保衢因自己尚未及第反而先到，便躲去了帐子后面。李钜进屋后道："家里还请了其他客人吗？"这位同僚说："韦保衢秀才在这里，能让他出来吗？"李钜刚刚及第，此时正扬扬得意，慢声说道："出面就出面吧，这有什么大不了的。"保衢却无论如何也不出面，等到保衢娶了公主，担任宰相时，李蠙镇守岐下，而李钜却才从山北的从事调任李蠙幕府任职。当初，何衢及第后，独孤云镇守东川，保衢便在他幕府中任职。乐妓之中有个陪酒的，被副史李甲看中了，便逼她嫁给自己，并私下约定，等回来时便纳她为妾。保衢到任后，不知有这命飞牒追之而回。无何，堂牒追保衢赴辇下，乃尚同昌公主也，李固惧之矣。不日，保衢复入翰林，李闻之，登时而卒。（出《玉泉子》）

曹生

卢常侍铤，牧泸江日，相座嘱一曹生，令署郡职，不免奉之。曹悦营妓名丹霞，卢沮而不许。会饯朝客于短亭，曹献诗曰："拜玉亭间送客忙，此时孤恨感离乡。寻思往岁绝缨事，肯向朱门泣夜长。"卢演为长句，和而勉之曰："桑扈交飞百舌忙，祖亭闻乐倍思乡。樽前有恨惭卑宦，席上无寥爱艳妆。莫为狂花迷眼界，须求真理定心王。游蜂采掇何时已，只恐多言议短长。"（出卢瓌《抒情集》）

罗虬

罗虬词藻富赡，与宗人隐、邺齐名，咸通乾符中，时号"三罗"。广明庚子乱后，去从鄜州李孝恭。籍中有红儿者，善为音声，常为副戎属意。会副戎聘邻道，虬请红儿歌，而赠之缯彩。孝恭以副车所眄，不令受之。虬怒，拂衣而起。诘旦，手刃红儿。既而思之，乃作绝句百编，号《比红儿诗》，大行于时。（出《摭言》）

层关系，便让独孤云将此乐妓许给他，还请求为她更换户籍。李甲回来后，心中对此极为不满，在宴席上时常用言语刺激保衢。保衢无法忍受，便带这位妓女逃走了。李甲心中更为恼怒，多次在独孤云面前进言。独孤云迫不得已，便命人带上文书将他追回来。没多久，捕快带着文书追到了京都，而保衢已经和同昌公主成亲。李甲肯定是惧怕公主的，没几天，保衢又进了翰林院，李甲听说后，立时就死了。（出《玉泉子》）

曹生

常侍卢铚镇守沪江时，相座将曹生托付于他，让他署理郡官，卢铚不得不对曹生格外照顾，以不负相座之托。曹生喜欢营妓丹霞，卢铚不同意，禁止他亲近。在一次于短亭为朝廷客人饯别时，曹生于席间作诗一首抒发心中的苦闷，诗中道："拜玉亭间送客忙，此时孤恨感离乡。寻思往发绝缨事，肯向朱门泣夜长。"卢铚将此诗演化为一首长句，与曹生相和，并借以勉励他，其诗为："桑扈交飞百舌忙，祖亭闻乐倍思乡。樽前有恨惭卑宦，席上无寥爱艳妆。莫为狂花迷眼界，须求真理定心王。游蜂采掇何时已，只恐多言议短长。"（出卢瓌《抒情集》）

罗虬

罗虬的文章用词十分华丽，和同族的罗隐、罗邺齐名，咸通到乾符年间，号称"三罗"。广明庚子之乱以后，罗虬到鄜州追随李孝恭，成为他的门客。有个叫红儿的乐妓，擅长音乐，被副将看中。当副将被任命至邻近就职时，罗虬便去请红儿唱歌，并赠细绢给她。孝恭因她被副车所看中，不准她接受。罗虬为此非常生气，拂袖而去。第二天早上，罗虬将红儿亲手杀死了。事后又经常想起她，便作绝句上百篇，称《比红儿诗》，盛极一时。（出《摭言》）

徐月英

江淮间，有徐月英者，名娼也。其送人诗云："惆怅人间万事违，两人同去一人归。生憎平望亭中水，忍照鸳鸯相背飞。"又云："枕前泪与阶前雨，隔个窗儿滴到明。"亦有诗集。金陵徐氏诸公子，宠一营妓，卒乃焚之，月英送葬，谓徐公曰："此娘平生风流，没亦带焰。"时号"美戏"也。(出《北梦琐言》)

徐月英

江淮一带有个叫徐月英的名妓。她在赠人的诗中写道："惆怅人间万事违，两人同去一人归。生憎平望亭中水，忍照鸳鸯相背飞。"另一道诗这样写道："枕前泪与阶前雨，隔个窗儿滴到明。"她还有诗集。金陵徐家的几个公子，宠爱一名营妓，这名营妓死后，徐家将她焚化了。徐月英前去送葬，对徐公说："此女平生风流，死后也带着火焰的光彩。"当时这句话，被称为"漂亮的戏言"。（出《北梦琐言》）

卷第二百七十四 情感

买粉儿

有人家甚富，止有一男，宠恣过常。游市，见一女子美丽，卖胡粉，爱之。无由自达，乃托买粉，日往市，得粉便去。初无所言，积渐久，女深疑之。明日复来，问曰："君买此粉，将欲何施？"答曰："意相爱乐，不敢自达，然恒欲相见，故假此以观姿耳。"女怅然有感，遂相许以私，克以明夕。其夜，安寝堂屋，以俟女来。薄暮果到，男不胜其悦，把臂曰："宿愿始伸于此！"欢踊遂死。女惶惧不知所以，因遁去，明还粉店。至食时，父母怪男不起，往视，已死矣。当就殡敛，发箧笥中，见百余裹胡粉，大小一积。其母曰："杀我儿者，必此粉也。"入市遍买胡粉，次此女，比之，手迹如先。遂执问女曰："何杀我儿？"女闻呜咽，具以实陈。父母不信，遂以诉官。女曰："妾岂复吝死！乞一临尸尽哀。"县令许焉。径往，抚之恸哭曰："不幸致此！若死魂而灵，复何恨哉！"男豁然更生，具说情状。遂为夫妇，子孙繁茂。（出《幽明录》）

买粉儿

有一大户人家，家中有个独生子，平日里非常地娇惯。常到市场游逛，见到一卖粉女子长得十分美丽，便喜欢上了。因不知如何表达自己的喜爱之情，便以买粉的名义，天天去市场，买完粉就走了。起初二人也不说什么，时间一长，卖粉的女子心下生疑。等再来时，她便问：“公子买了粉，准备用往何处？”答道：“只因对你心生爱慕，却又不敢说，便借买粉每天来看你。”女子听后虽害羞心中却感动不已，于是两人私下相许，约定明晚相会。那晚，男子在正屋耐心等着女子的到来。女子如约而至，男子心中不胜欢喜，抓着她的胳臂说：“长期以来的愿望终于实现了！”因心下狂喜一时激动，死了。女子极为惶恐，不知如何是好，便跑回粉店。第二天吃早饭时，母亲见儿子还没起来，感到奇怪，过去看时发现已经死了。在入敛时，在一只箱子里发现了一百多包粉，且大小相同。母亲说：“肯定是这粉害死了我儿子！”便逐个店铺地买粉，等买到女子家时，与儿子的粉完全一样，于是抓着她问道：“你为什么杀我儿子？”女子听后呜呜咽咽地哭了，并将实情叙说了一遍。男子的父母不相信，便将此事告到了官府。公堂对审时，女子说：“难道我还舍不得一死吗？只求让我去他的尸首前尽尽哀悼之情。”县令同意了她的请求。女子到死者面前，抚着尸体放声恸哭道：“没想到我竟有如此不幸，若死魂有灵，知道我从没想过害你，我死了也没什么遗憾的。”男子豁然苏醒过来，向人们叙说事情原委。后来两人结为恩爱夫妻，子孙满堂。（出《幽明录》）

崔护

博陵崔护，资质甚美，而孤洁寡合，举进士第。清明日，独游都城南，得居人庄。一亩之宫，花木丛萃，寂若无人。扣门久之，有女子自门隙窥之，问曰："谁耶？"护以姓字对，曰："寻春独行，酒渴求饮。"女入，以杯水至。开门，设床命坐。独倚小桃斜柯伫立，而意属殊厚，妖姿媚态，绰有余妍。崔以言挑之，不对，彼此目注者久之。崔辞去，送至门，如不胜情而入。崔亦睠盼而归，尔后绝不复至。

及来岁清明日，忽思之，情不可抑，径往寻之。门院如故，而已扃锁之。崔因题诗于左扉曰："去年今日此门中，人面桃花相映红。人面不知何处去，桃花依旧笑春风。"后数日，偶至都城南，复往寻之。闻其中有哭声，扣门问之。有老父出曰："君非崔护耶？"曰："是也。"又哭曰："君杀吾女！"崔惊怛，莫知所答。父曰："吾女笄年知书，未适人。自去年已来，常恍惚若有所失。比日与之出，及归，见在左扉有字，读之，入门而病，遂绝食数日而死。吾老矣，惟此一女，所以不嫁者，将求君子，以托吾身。今不幸而殒，得非君杀之耶？"又持崔大哭。崔亦感恸，请入哭之，尚俨然在床。崔举其首枕其股，哭而祝曰："某在斯！"须臾开目，半日复活，老父大喜，遂以女归之。（出《本事诗》）

崔护

崔护是博陵人，爱读书，聪明，长得也好，性情孤傲不怎么合群，应举进士及第。清明节那天，他独自到都城南门外郊游，看见一户庄园，房舍占地一亩左右，园内花木丛生且十分安静。崔护上前去叩门，一位女子从门缝里看了看他，问道：“你是谁？”崔护报上姓名，说：“我一人出城游玩，因酒后干渴，特来讨点水喝。”女子端来一杯水，打开门让他进去坐。她靠着小桃树静立在那里，有着极为深厚的情意。她姿色艳丽，神态妩媚，极有风韵。崔护用话引逗她，只是沉默不语。两人相互注视了良久，崔护起身告辞。送到门口后，似有不胜之情而默默回屋，崔护也不停地回眸顾盼，然后怅然离去。崔护决心以后再也不去见她了。

等到第二年清明，忽然间又想起她来，思念之情无法控制，然后直奔城南去找她。只见门庭庄园一往如旧，大门却已上了锁。崔护在左边的一扇门上题诗道：“去年今日此门中，人面桃花相映红。人面不知何处去，桃花依旧笑春风。”几天后，他又来到城南，再去寻那位女子。只听到门内有传来哭声，叩门询问时，有位老父走出来说：“你是崔护吗？”答道：“正是。”老父哭道：“你杀了我的女儿！”崔护心下又惊又怕，不知该如何回答。老父说：“我女儿长大成人，知书达理，尚未婚配。自去年开始便时常精神恍惚，若有所失。有天陪她出去散心回家时，左边门扇上有题字，读完后她便病了，绝食数日后便死了。我只有这一个女儿，一直不曾许配人家的原因，就是想为她找个可靠的君子，借以寄托终身。如今她不幸去世，难道不是您害死她的吗？”说完又扶着崔护大哭。崔护心中十分悲痛，请求进去一哭亡灵。死者仍旧安然地躺在床上，崔护抬着她的头枕在自己的腿上，哭着祷告道：“我在这里！”不一会儿，女子睁开了眼睛。过了半天竟复活了。老父心中惊喜，然后将女儿许给了崔护。（出《本事诗》）

武延嗣

唐武后载初中，左司郎中乔知之，有婢名窈娘，艺色为当时第一。知之宠待，为之不婚。武延嗣闻之，求一见，势不可抑。既见即留，无复还理。知之痛愤成疾，因为诗，写以缣素，厚赂阍守，以达窈娘。窈娘得诗悲咽，结三章于裙带，赴井而死。延嗣见诗，遣酷吏诬陷知之，破其家。知之诗曰："石家金谷重新声，明珠十斛买娉婷。昔日可怜君自许，此时歌舞得人情。君家楼阁不曾难，好将歌舞借人看。富贵雄豪非分理，骄奢势力横相干。别君去君终不忍，徒劳掩袂伤红粉。百年离别在高楼，一代红颜为君尽。"（出《本事诗》）

开元制衣女

开元中，颁边军纩衣，制于宫中。有兵士于短袍中得诗曰："沙场征戍客，寒苦若为眠。战袍经手作，知落阿谁边。蓄意多添线，含情更着绵。今生已过也，结取后身缘。"兵士以诗白于帅，帅进之。玄宗命以诗遍示六宫，曰："有作者勿隐，吾不罪汝。"有一宫人自言万死，玄宗深悯之，遂以嫁得诗人。仍谓之曰："我与汝结今身缘。"边人皆感泣。（出《本事诗》）

韦皋

唐西川节度使韦皋少游江夏，止于姜使君之馆。姜氏孺子曰荆宝，已习二经，虽兄呼于韦，而恭事之礼，如父也。荆宝有小青衣曰玉箫，年才十岁，常令祗侍韦兄，玉箫亦勤于应奉。后二载，姜

武延嗣

唐代，武则天载初年间。左司郎中乔知之有个叫窈娘的婢妾，歌舞方面的技艺，还有姿色号称天下无双。乔知之为此对她十分宠爱，为了她不娶妻子。武延嗣听说后，想一睹这位绝代佳人的风采。以他当时的权势，乔知之是无法阻止的。武延嗣见了窈娘后便据为己有，而且根本没有想着要退还给他。乔知之心中悲愤，然后病倒了，就在细绢上写了首诗，并重金收买守门人，将诗送给了窈娘。窈娘看到诗后，悲痛不已，便将三章诗结在裙带上，投井而死。武延嗣看到诗作后，打发酷吏对乔知之进行诬陷，抄了他的家。乔知之在诗中写道："石家金谷重新声，明珠十斛买娉婷。昔日可怜君自许，此时歌舞得人情。君家楼阁不曾难，好将歌舞借人看。富贵雄豪非分理，骄奢势力横相干。别君去君终不忍，徒劳掩袂伤红粉。百年离别在高楼，一代红颜为君尽。"（出《本事诗》）

开元制衣女

唐玄宗开元中年，有批棉衣发给边防守军，由皇宫中的宫女们制作。有个边防兵士在棉衣上读到了一首诗，诗中写道："沙场征戍客，寒苦若为眠。战袍经手作，知落阿谁边？蓄意多添线，含情更着绵。今生已过也，结取后身缘。"兵士将诗拿给统帅，统帅又将诗文呈给朝廷。玄宗命人将诗文在后宫之内传阅，并对宫女们说："谁写的这首诗无需隐瞒，我不会降罪。"有个宫女主动承认，并连声称"万死"。唐玄宗对她深表同情，将她嫁给了得到那首诗的人。宫女对那个兵士说："我已与你结成了'今身缘。'"边防守军们都被此事感动。（出《本事诗》）

韦 皋

唐朝西川节度使韦皋，年轻时到江夏一带游玩，在姜郡守家的塾馆里住着。姜家的儿子叫荆宝，已读过两种经书，虽与韦皋以兄相称，但对他像父辈一样恭敬侍奉且礼数周到。荆宝有个叫玉箫的小使入关求官，家累不行，韦乃易居止头陀寺，荆宝亦时遣玉箫往彼应奉。玉箫年稍长大，因而有情。

时廉使陈常侍得韦季父书云：“侄皋久客贵州，切望发遣归觐。”廉使启缄，遗以舟楫服用，仍恐淹留，请不相见。泊舟江濑，俾篙工促行。韦昏瞑拭泪，乃裁书以别荆宝。宝顷刻与玉箫俱来，既悲且喜。宝命青衣往从侍之，韦以违觐日久，不敢俱行，乃固辞之。遂与言约：“少则五载，多则七年，取玉箫。”因留玉指环一枚，并诗一首遗之。既五年不至，玉箫乃静祷于鹦鹉洲。又逾二年，至八年春，玉箫叹曰：“韦家郎君，一别七年，是不来矣！”遂绝食而殒。姜氏悯其节操，以玉环著于中指而同殡焉。

后韦镇蜀，到府三日，询鞫狱囚，涤其冤滥，轻重之系，近三百余人。其中一辈，五器所拘，偷视厅事，私语云：“仆射是当时韦兄也。”乃厉声曰：“仆射仆射，忆姜家荆宝否？”韦曰：“深忆之。”“即某是也！”公曰：“犯何罪而重系？”答曰：“某辞韦之后，寻以明经及第，再选青城县令，家人误爇廨舍库牌印等。”韦曰：“家人之犯，固非己尤。”即与雪冤，仍归墨绶，乃奏眉州牧。敕下，未令赴任，遣人监守。朱绂其荣，且留宾幕。

时属大军之后，草创事繁，凡经数月，方问玉箫何在。姜曰：

丫鬟，才十岁，常让她去侍奉韦皋兄。玉箫也十分乐意侍奉韦皋。两年之后，姜郡守让韦皋进京求官，但因家中负担太重而未能成行，韦皋便迁居到头陀寺中。荆宝依旧经常让玉箫到寺里侍奉他。时间一长，随着玉箫的年龄渐长，两人便产生了爱慕之情。

廉使陈常侍在此时接到韦皋叔父的来信说："侄儿韦皋长期客居贵郡，十分盼望他回家省亲。"廉使看到信后，给韦皋备下沿途的经费和一用物品，打发他乘船回家。怕他不肯早日启程，便要荆宝和玉箫不和他相见。等舟船停在江岸时，又催促船夫快些起航。韦皋依依不舍，泪眼模糊，就写信给荆宝告别。没过多久，荆宝便与玉箫一起来了，韦皋见了，悲喜交集。荆宝就让丫鬟玉箫随船前往，也好沿途侍奉韦皋，韦皋怕这样会让玉箫长时间见不到荆宝，便不敢带她一起去，只是再三推辞。他们相互约定，少则五载，多则七年，韦皋一定来娶玉箫。韦皋留下一枚玉指环，又写了一首诗，一起赠给了玉箫。五年后，韦皋没有回来，玉箫便在鹦鹉洲默默祈祷。又过了两年，直到第八年春，玉箫叹道："韦皋郎君已经走了七年多了，肯定不会回来了。"然后绝食而亡。姜家可怜她死于节操，便将那只玉指环戴在她中指上一同殡葬了。

后来韦皋封官加爵，朝廷派他镇守西蜀，到任三天就把监狱里的囚犯重新审理，为那些冤案错案平反昭雪，轻罪重罪有近三百人。其中一人，身戴重枷上堂审理，暗中看了眼审判官，自语道："这仆射是我韦兄啊。"于是高声喊道："仆射！仆射！你还记得当年姜家的荆宝吗？"韦皋说："当然记得啊！""我就是荆宝啊！"韦皋问道："你这是犯了什么罪受此重刑？"答道："当年我与韦兄分别之后，便以明经科应举及第，又被任命为青城县令。因家人做事不小心，把公署房舍还有仓库牌印等烧毁，便被定罪入狱。"韦公道："你家人犯罪，又不是你的过错。"当时就给他平反了，并将县令官印交给他，处理意见一并呈报给眉州刺史。刺史下发命令，让他暂不赴任，派人将他看守起来，允许穿戴官服，充当韦皋的宾客幕僚。

当时正值战乱结束，正适百废待兴之际，韦皋事务繁忙，过了几个月，才问起玉箫的下落，姜荆宝说："仆射上船那日，曾留下契约，

“仆射维舟之夕，与伊留约，七载是期。既逾时不至，乃绝食而终。”因吟《留赠玉环》诗云：“黄雀衔来已数春，别时留解赠佳人。长江不见鱼书至，为遣相思梦入秦。”韦闻之，益增凄叹。广修经像，以报夙心，且想念之怀，无由再会。时有祖山人者，有少翁之术，能令逝者相亲。但令府公斋戒七日。清夜，玉箫乃至。谢曰：“承仆射写经造像之力，旬日便当托生。却后十三年，再为侍妾，以谢鸿恩。”临去微笑曰：“丈夫薄情，令人死生隔矣！”

后韦以陇右之功，终德宗之代，理蜀不替。是故年深累迁中书令，天下响附，泸僰归心。因作生日，节镇所贺，皆贡珍奇。独东川卢八座送一歌姬，未当破瓜之年，亦以玉箫为号。观之，乃真姜氏之玉箫也。而中指有肉环隐出，不异留别之玉环也。韦叹曰：“吾乃知存殁之分，一往一来。玉箫之言，斯可验矣。”（出《云溪友议》）

欧阳詹

欧阳詹字行周，泉州晋江人。弱冠能属文，天纵浩汗。贞元年，登进士第，毕关试，薄游太原。于乐籍中，因有所悦，情甚相得。及归，乃与之盟曰：“至都，当相迎耳。”即洒泣而别，仍赠之诗曰：“驱马渐觉远，回头长路尘。高城已不见，况复城中人。去意既未甘，居情谅多辛。五原东北晋，千里西南秦。一屦不出门，一车无停轮。流萍与系瓠，早晚期相亲。”寻除国子四门助教，住京。籍中者思之不已，经年得疾且甚，乃危妆引髻，刃而匣之，顾谓女弟曰：“吾其死矣。苟欧阳生使至，可以是为信。”又遗之诗七年内一定来娶她。您过了约定时间没来，她便绝食而终了。”临终之前，玉箫留下一首《留赠玉环》诗：“黄雀衔来已数春，别时留解赠佳人。长江不见鱼书至，为遣相思梦入秦。”韦皋听后，心中无比悲痛。此后，他抄写经书，大事修造佛像，借以报答玉箫的一片诚心。他对玉箫无限思念，只恨无缘再见她一面。当时有个祖山人，有招魂之术，能让死者和亲人见面。他让韦公斋戒七日，在一个月光朦胧的夜里，玉箫飘然而至。见到韦皋后，施礼致谢道：“承蒙仆射您为我抄经造像，十天之后我将托生降世。十三年后，我会再次成为您的侍妾，以谢大恩。”临离去前，她又微笑着道：“都怪丈夫薄情，让我与您死生相隔啊！”

韦皋后来因治理陇右地区有功，在唐德宗执政二十几年间，他一直都在治理西蜀。因年久资深，官职连连进升，直至中书令。在他治理西蜀期间，各地无不对他表示服从依顺，西南各族也都人心归附。有一年他举办生辰，各个节镇所送来的都是当地的珍奇物品，独有东川卢八座所赠贺礼是一名歌女。这名歌女不到十六岁，名字也叫玉箫。韦皋细细一看，乃是姜荆宝家的那个玉箫，她中指上还长着一个肉质的指环，隐约可见与当年分别时所赠的指环形状相同。韦皋叹道：“我终于明白了生与死就是一‘来’一‘往’。玉箫当年说的话都验证了。”（出《云溪友议》）

欧阳詹

欧阳詹，字行周，泉州晋江人。二十岁时就能写一手好文章，行文大气磅礴，潇洒恣肆。唐德宗贞元年间，欧阳詹进士及第，吏部主持的考试结束后，便去了太原游玩。乐妓中有个人他很喜欢，两人处得十分亲热。待他要回京城时，便对她许诺道：“等我回京城后，一定会来迎接你的。”说完两人洒泪告别，并写了首诗赠给那名歌女，道：“驱马渐觉远，回头长路尘。高城已不见，况复城中人。去意既未甘，居情谅多辛。五原东北晋，千里西南秦。一屦不出门，一车无停轮。流萍与系瓠，早晚期相亲。”没多久，欧阳詹被任命为国子四门助教，定居京城。而在太原相遇的那个乐妓，自分手之后对欧阳詹曰："自从别后减容光，半是思郎半恨郎。欲识旧时云髻样，为奴开取缕金箱。"绝笔而逝。及詹使至，女弟如言，径持归京，具白其事。詹启函阅文，又见其诗，一恸而卒。

故孟简赋诗哭之，序曰：闽越之英，惟欧阳生。以能文擢第，爰始一命。食太学之禄，助成均之教，有庸绩矣。我唐贞元年己卯岁，曾献书相府，论大事，风韵清雅，词旨切直。会东方军兴，府县未暇慰荐。久之，倦游太原，还来帝京，卒官灵台。悲夫！生于单贫，以狗名故，心专勤俭，不识声色。及兹筮仕，未知洞房纤腰之为蛊惑。初抵太原，居大将军宴。席上有妓，北方之尤者，屡目于生，生感悦之。留赏累月，以为燕婉之乐，尽在是矣。既而南辕，妓请同行。生曰："十目所视，不可不畏。"辞焉，请待至都而来迎。许之，乃去。生竟以蹇连，不克如约。过期，命甲遣乘，密往迎妓。妓因积望成疾，不可为也。先夭之夕，剪其云髻，谓侍儿曰："所欢应访我，当以髻为贶。"甲至得之，以乘空归，授髻于生。生为之恸怨，涉旬而生亦殁。则韩退之作何蕃书，所谓欧阳詹生者也。河南穆玄道访予，常叹息其事。呜呼！钟爱于男女，索其效死，夫亦不蔽也。大凡以时断割，不为丽色所汩，岂若是乎？古乐府诗有《华山畿》，《玉台新咏》有《庐江小吏》，更相死，或类于此。暇日，偶作诗以继之云：

十分想念，一年后便病倒了，而且病情很严重。她把发髻对着镜剪下来，装在一个小匣子里，对身边的丫鬟说：“我快死了，若欧阳公子派来的人来找我，你便将这个小匣子交给他，以作为信物。”同时也留下了一首诗，诗中写道：“自从别后减容光，半是思郎半恨郎。欲识旧时云髻样，为奴开取缕金箱。”诗写完后她就死了。待欧阳詹派来的人到后，丫鬟便如实告诉来使，使者带着那个小匣子回到京城，告知事情经过。欧阳詹打开小匣子，读了那首遗诗，一时间只觉五雷轰顶，一声长号后便死去了。

旧友孟简写诗，以示对欧阳詹的哀悼之情，序言是：欧阳公子实属闽越一带的精英人物，因文才出色而后及第，然后开始为朝廷效命。享受着太学之奉禄，襄助成均之教化，在任职期间，成绩显著。在唐朝贞元己卯年，欧阳詹经上书相府，议论国政大事，文风清正雅洁，言辞恳切而正直。而当时正值东方战事起，府县才没能及时对他进行勉励和保举。时间一长，他心生倦意然后去太原宴游。回京城不久，逝于任职期间。一经回忆，实在令人惋惜。欧阳出身贫寒，为取得功名而刻苦读书，生活极为勤俭，从不沾染声色，直到出仕为官，也不被洞房娇妻之为蛊惑。刚到太原时，在大将军的宴席上，当地有名的乐妓频频注目于欧阳，欧阳为情所动，留在太原与她朝夕相处了数月之久。作为燕婉之乐，平生只有这一次。后来两人分开，歌妓请求同行，欧阳道：“众目睽睽之下，不可不畏人言。”于是告辞，请她等他回京城之后再派人来迎接。分别之后，欧阳因琐事缠身而有延误，不能如期实行约定，派人快马前往时已过了约定时间。歌妓因思念成疾，临死前剪掉自己的云髻，对侍儿道：“我的心上人会来看我的，到时将发髻相赠作为信物。”使者得到发髻后，独自返回，然后将发髻交给欧阳。欧阳追悔不及，伤心恸哭，十天后便与世长辞。则韩愈作何蕃书，所谓欧阳詹生者也，河南穆玄道到我这里时，常对此事叹自己，唉！男女之间互相喜爱，常会为了爱情而不要性命，这也算不上荒谬。大凡可以及时斩断爱情，不为姿色所诱惑，又如何会出现这样的悲剧呢？古乐府诗有《华山畿》。《玉台新咏》中有《庐江小吏》，都是些男女两人死于相爱，与欧阳詹的经历相似。闲暇时间，有客非北逐，驱马次太原。太原有佳人，神艳照行云。座上转横波，流光注夫君。夫君意荡漾，即日相交欢。定情非一词，结念誓青山。生死不变易，中诚无间言。此为太学徒，彼属北府官。中夜欲相从，严城限军门。白日欲同居，君畏仁人闻。忽如陇头水，坐作东西分。惊离肠千结，滴泪眼双昏。本达京师回，驾期相追攀。宿约始乖阻，彼忧已缠绵。高髻若黄鹂，危鬓如玉蝉。纤手自整理，剪刀断其根。柔情托侍儿，为我遗所欢。所欢使者来，侍儿因复前。收泪取遗寄，深诚祈为传。封来赠君子，愿言慰穷泉。使者回复命，迟迟蓄悲酸。詹生喜言施，倒屣走迎门。长跪听未毕，惊伤涕涟涟。不饮亦不食，哀心百千端。襟情一夕空，精爽旦日残。哀哉浩然气，溃散归化元。短生虽别离，长夜无阻难。双魂终会合，两剑遂蜿蜒。大夫早通脱，巧笑安能干？防身本苦节，一去何由还？后生莫沉迷，沉迷丧其真。（出《闽川名士传》）

薛宜僚

薛宜僚，会昌中为左庶子，充新罗册赠使，由青州泛海。船频阻恶风雨，至登州却漂，回泊青州，邮传一年。节使乌汉真尤加待遇，籍中饮妓段东美者，薛颇属情，连帅置于驿中。是春薛发日，祖筵呜咽流涕，东美亦然。乃于席上留诗曰：“阿母桃花方似锦，王孙草色正如烟。不须更向沧溟望，惆怅欢情恰一年。”薛到外国，未行册礼，旌节晓夕有声。旋染疾，谓判官苗甲曰：“东美何故频见梦中乎？”数日而卒。苗摄大使行礼。薛旋榇，回及青州，东美乃请告至驿，素服执奠，哀号抚柩，一恸而卒。情缘相感，颇为奇事。（出《抒情集》）

笔者有感于此事，也曾偶尔作诗，借以把这个故事连贯起来：

有客非北逐，驱马次太原。太原有佳人，神艳照行云。座上转横波，流光注夫君。夫君意荡漾，即日相交欢。定情非一词，结念誓青山。生死不变易，中诚无间言。此为太学徒，彼属北府官。中夜欲相从，严城限军门。白日欲同居，君畏仁人闻。忽如陇头水，坐作东西分。惊离肠千结，滴泪眼双昏。本达京师回，驾期相追攀。宿约始乘阻，彼忧已缠绵。高髻若黄鹂，危鬓如玉蝉。纤手自整理，剪刀断其根。柔情讬侍儿，为我遗所欢。所欢使者来，侍儿因复前。收泪取遗寄，深诚祈为传。封来赠君子，愿言慰穷泉。使者回复命，迟迟蓄悲酸。詹生喜言施，倒屐走迎门。长跪听未毕，惊伤涕涟涟。不饮亦不食，哀心百千端。襟情一夕空，精爽旦日残。哀哉浩然气，溃散归化元。短生虽别离，长夜无阻难。双魂终会合，两剑遂蜿蜒。大夫早通脱，巧笑安能干。防身本苦节，一去何由还。后生莫沈迷，沈迷丧其真。（出《闽川名士传》）

薛宜僚

唐武宗会昌年间，薛宜僚为左庶子，担任新罗国册赠使，由青州泛海东渡。船在海上多次遭受到风浪的袭击，到登州时因失去掌控而自行漂荡，然后又漂回了青州，在驿站住了一年。节度使乌汉真给以厚待。节帅府中有个叫段东美的陪酒妓女，薛宜僚对她很有情意，节帅使将她安排在薛下榻的驿站。薛要在这年春天出发时，宜僚在饯行宴席上与东美难舍难离而痛哭流涕。宜僚就在席间留诗赠别，写道：“阿母桃花方似锦，王孙草色正如烟。不须更向沧溟望，惆怅欢情恰一年。”薛宜僚到新罗国后，没有举行册封典礼，前来拜访的使节络绎不断，从早到晚十分热闹。没多久他就得了病，对判官苗甲说：“东美怎么常在梦中和我相见呢？”几天后他就死了。苗甲代理大使举行了册封典礼。薛宜僚的灵柩运回国内，途经青州时，东美请求到了驿站，身穿素服执礼祭奠。抚柩哀哭，痛不欲生，后来因太过

戎昱

韩晋公滉镇浙西，戎昱为部内刺史。郡有酒妓，善歌，色亦闲妙，昱情属甚厚。浙西乐将闻其能，白滉，召置籍中。昱不敢留，俄于湖上为歌词以赠之，且曰："至彼令歌，必首唱是词。"既至，韩为开筵，自持杯，令歌送之，遂唱戎词。曲既终，韩问曰："戎使君于汝寄情耶？"妓悚然起立曰："然。"泪下随言。韩令更衣待命，席上为之忧危。韩召乐将责曰："戎使君名士，留情郡妓，何故不知而召置之，成余之过！"乃十笞之。命妓与百缣，即时归之。其词曰："好去春风湖上亭，柳条藤蔓系人情。黄莺久住浑相恋，欲别频啼四五声。"（出《本事诗》）

悲痛而离世。两人情缘相投，都死于情分，实在是少有的事。（出《抒情集》）

戎昱

晋公韩滉镇守浙西，戎昱是下属刺史。郡内有一侍酒妓女，很会唱歌，长得也很娴雅标致，戎昱对她很有感情。浙西乐将听说这个妓女很会唱歌后，便告诉了韩滉，将她召来安排在乐妓队伍里。戎昱不敢挽留，立即在湖上游宴时写作歌词赠给她，并且说："你到了那后，唱歌时，一定先唱这曲歌词。"等到了浙西后，韩滉为她设宴，端起酒杯令她唱歌送之，她便唱了戎昱赠她的歌词。等唱完后，韩滉问："戎刺史对你很有情义吧？"妓女心中惶恐地站起来答道："是。"边回答边流泪。韩滉让她更衣待命。座上的客人都为她感到担忧，不知主人将会如何发落她。韩滉召来乐将责问："戎刺史是一位名士，对这位妓女有情。为何不了解清楚就把她召来这里，酿成我的过错？"于是罚了他十棍子，命令赠给妓女上百匹细绢，把她送了回去。戎昱写的歌词是："好去春风湖上亭，柳条藤蔓系人情。黄莺久住浑相恋，欲别频啼四五声。"（出《本事诗》）

卷第二百七十五　童仆奴婢附

韦桃符

隋开皇中，京兆韦衮，有奴曰桃符，每征讨将行，有胆力。衮至左卫中郎，以桃符久从驱使，乃放从良。符家有黄犊牛，宰而献之，因问衮乞姓。衮曰："止从我姓为韦氏。"符叩头曰："不敢与郎君同姓。"衮曰："汝但从之，此有深意。"故至今为"黄犊子韦"，即韦庶人其后也。不许异姓者，盖虑年深代远，子孙或与韦氏通婚，此其意也。（出《朝野佥载》）

李敬

李敬者，本夏侯孜之佣也。孜久厄塞名场，敬寒苦备历。或为其类所引曰："当今北面官人，人则内贵，出则使臣。到所在，打风打雨，尔何不从之？而孜孜事一个穷措大，有何长进耳？纵其不然，堂头官人，此辈谓堂吏为官人。丰衣足食，所往无不克。"敬輾然曰："我使头及第，还拟作西川留后官。"众皆非笑。时孜于壁后闻其言。凡十余岁，孜自中书出镇成都，临行，有以邸吏托者，一无所诺。至镇，用敬知进奏，而鞅掌极矣。向之笑者，率多伏敬。初，孜未遇，伶俜风尘，所跨蹇驴，无故坠井，及朝士之门，或逆旅舍，常多龃龉，时人号曰"不利市秀才"，竟登将相。（出《摭言》）

韦桃符

隋文帝开皇年间，京兆尹韦衮有个奴仆叫桃符，韦衮每次出征都会带他随军从行，桃符很有胆识和能力。韦衮官至左卫中郎后，因桃符跟从自己多年，且听从驱遣，于是解除奴籍放他去做了平民。桃符家有头母黄牛，他把牛宰了后献给韦衮，问自己该是什么姓。韦衮说："只能跟我姓韦好了。"桃符叩头谢道："不敢与郎君同姓。"韦衮说："你只管放心地随了我的姓，这其中自有深意。"如今称黄犊子韦的，就是韦庶人桃符的后人。韦衮当时不许他换作别姓，大概是担心时间长了，桃符的子孙可能会与韦家通婚。这大概就是韦衮指的深意吧。（出《朝野佥载》）

李敬

李敬，原是夏侯孜的童仆。夏侯孜长年因困于仕途，屡试不第，李敬陪着他尝遍饥寒之苦。有人指点李敬道："当今北方那些称臣的达官贵人，入则为朝廷显贵，出则为州郡使臣。去了那里能打秋风吃贿赂，你为何不去追随这些人，而苦巴巴地侍候一个穷书生，这有什么前途呢？就算你不跟着这些大官，去做一个堂头小吏，这类人称堂吏为官人。也能落个丰衣足食，得点回扣。"李敬笑道："以后我家主人及第了，还要作西川留后的官呢！"那些人听了都嗤笑他。夏侯孜在墙后听到了这番话。经过十几年的苦读，夏侯孜终于及第，自中书官职然后又任了成都节度使。离京赴任时，有去随做属员的，全都不答应。等到了成都镇所，任命李敬负责道知禀报的事务，处处都要用到李敬。之前那些嗤笑他的人，都对他表示敬服。夏侯孜还没有官位时，在低谷中挣扎，骑着一头瘦驴，又无端地跌进井里，

武公幹

武公幹者，常事蒯希逸秀才十余岁，异常勤干。洎希逸擢第，幹辞以亲在，乞归就养。希逸监留不住，既嘉其忠孝，以诗送之，略曰："山险不曾离马后，酒醒长见在床前。"同人醵绢赠行，皆有继和。（出《摭言》）

吴行鲁

吴行鲁尚书，彭州人。少年事理官西门思恭，小心畏慎。每夜，常为温溺器以奉之，深得中尉之意。一日为中尉洗足，中尉以足下文理示之曰："如此文，争教不作军容使。"行鲁拜曰："此亦无凭。"西门曰："何也？"鲁曰："若其然者，某亦有之，何为常执仆厮之役？"乃脱履呈之。西门嗟叹，谓曰："汝但忠孝，我当为汝成之。"尔后假以军职，除彭州刺史。卢耽表为西川行军司马，御蛮有功，历东川、山南二镇节度使。初，行鲁之在东川也，厉图南为西川副使，随府罢，行鲁欲延辟之。厉素薄行鲁，闻之大笑曰："不能剪头剃面，而趋事健儿乎！"自使院乘马，不归私第，直出北郭，家人遽结束而追之。张云为成都少尹，常出轻言，为行鲁鸩杀之。（出《北梦琐言》）

每到达官贵人的门庭，要么驻足逆旅途中，时常遇到阻碍和麻烦，时人都认为他是“不会有出息的秀才”。后来竟官登将相之位。（出《摭言》）

武公幹

武公幹十多年来都在侍奉蒯希逸秀才，他一直以来都是那样的勤奋肯干。等到希逸进士及第晋升高官后，武公幹却以双亲健在为由，请求回家赡养老人。希逸坚决要挽留他，但他执意要走。为对他的忠孝美德进行赞美，希逸赠诗一首，大意是：“山险不曾离马后，酒醒长见在床前。”他的同伴也都积钱买绢送给他以作留念，都写诗与希逸唱和，对他的忠孝一致称许。（出《摭言》）

吴行鲁

吴行鲁尚书是彭州人。年轻时侍奉理官西门思恭，为人小心谨慎，处事尽心尽力，每到晚上，常把夜壶弄热了再送给主人用，为此深得西门中尉之心。有天，他给中尉洗脚，中尉指着脚底的纹理对他说：“就这样的脚纹，肯定能做上军容使。”行鲁向他施礼道：“这不能当成依据。”西门中尉问：“为什么？”行鲁答道：“真这样的话，我的脚也是这样的纹理，为何我却一直在当仆役呢？”还把鞋脱下来让西门中尉看。西门中尉感慨道：“只要你忠心耿耿地侍奉我，我一定会成全你的。”西门后来封了他一个军衔，再后来他升任为彭州刺史。卢耽表担任西川行军司马，而吴行鲁抗击蛮寇立了功，历任东川、山南两镇节度使。在吴行鲁节镇东川时，厉图南任西川副使，当图南随着西川府撤除而没有职务时，吴行鲁想要延聘他。可图南一直以来都看不起行鲁，听说吴行鲁要延聘他后，大笑道：“我不会剪了自己的头发，剃光了脸，然后去侍候健儿啊！”他从官署骑马，没回家就直接出北城门而去。家人知道后，立即打点行李去追他。有个叫张云的，是成都少尹，经常说些刻薄的话挖苦行鲁，后来被行鲁用毒酒杀死了。（出《北梦琐言》）

李鹄

卢钧子肃，贞简有父风。光化初，华州行在及第。自大寇犯阙途二十年，缙绅靡不徧乏。肃始登第，俄有李鹄者造之，愿佣力。鹄善营利，暇日往往反资于肃，此外未尝以所须为意。肃有旧业在南阳，常令鹄征租。鹄皆如期而至，来往十里，而未尝侵费一金。既及第，鹄奔走如初。及一春事毕，鹄即辞去。（出《摭言》）

捧砚

捧砚者，裴至德之家童也。其母曰春红，配驺人高播而生。一岁时，夏日浴之，裸卧于廊庑间，有卑脚犬曰青花，忽来，啮儿阴食之。春红闻啼声，狼忙而至，则血流盈席矣。赖至德有良药封之，百日如故。明年夏，寝之前轩，青花伺人隙复来，并卵又食讫。宛转于地而死，又以前食之药傅之，及愈为宦者焉。字之曰捧砚，委以内竖之职。至光启丙午年，十余岁矣。裴使外出，遇盗于郑郊见害。噫！捧砚，童儿也，再残而无恙，裴以一出而不回者，其故何哉？（出《三水小牍》）

捧剑

咸阳郭氏者，殷富之室也，仆媵且众。其间有一苍头，名曰捧剑，不事音乐，尝以望水眺云，不遵驱策。虽每遭鞭捶，终所见违。一旦，忽题诗一篇，其主益怒。诗曰："青鸟衔蒲菊，飞上金井

李鹄

卢钧的儿子卢肃，为人正直而简朴，颇有其父之风。光化初年，华州行在及第。自大军进犯皇权，二十年间缙绅大臣无不感到匮乏，于是恢复了科举考试，卢肃才得以应举及第。有个叫李鹄的来见卢肃，说自己愿意被雇佣。李鹄善于经营，很会做生意挣钱。在卢肃没有事做时，他常反过来资助卢肃，在给卢肃做事时，也从不计较报酬多少。卢肃在南阳有一份产业是家里留下来的，常让李鹄帮他去收租，李鹄都会如期前往，来回十几里的路程，从不耽误，所收租金全都如数交给卢肃。卢肃及第后，李鹄一如继往地为他奔走操劳，等到一年后，他便请辞而去了。（出《摭言》）

捧砚

捧砚是裴至德家的家童，母亲叫春红，春红嫁给马官高播后生下了他。他一岁时，夏天刚洗完澡，正全身光溜溜地躺在下屋，一条叫青花的短腿狼狗忽然走过来，咬了小孩的小便来吃。春红听到孩子哭，急忙跑过来，只见满床都是血在流。幸好裴至德有良药，把伤口封上，一百天后便愈合了。第二年夏天，小孩子睡在前屋，青花趁没有大人在，又把孩子的两只卵子咬下来吃了。孩子疼得一直在地上打滚，昏死过去，又用之前的那种药敷在伤处。等伤口愈合后，他却已成为一名小太监了。裴至德给他起名为捧砚，让他担任宫内侍从之职。光启丙午年时，捧砚已经十多岁了。而这年裴至德公使外出，在郑郊被盗贼所杀。呜呼！捧砚只是个小小的家童，两次遭到残害却能安全无恙，裴至德身为朝廷大臣，一次外出却命丧黄泉，这是何缘故呢？（出《三水小牍》）

捧剑

咸阳有位郭姓的，家中极其富有，仆婢成群。其中有个叫捧剑的奴仆，既不会唱歌奏乐，却经常欣赏山水在外游云，还不听从主人驱使，虽时常遭到鞭打，却依旧不听话。他有一天忽然开始写诗，主栏。美人恐惊去，不敢卷帘看。”儒士闻而竞观，以为协律之词。其主稍容焉。又题后堂牡丹花曰：“一种芳菲出后亭，却输桃李得佳名。谁能为向天人说，从此移根近太清。”捧剑私启宾客曰：“愿作夷狄之鬼，耻为世俗苍头。”其后将窜，复留诗曰：“珍重郭四郎，临行不得别。晓漏动离心，轻车冒残雪。欲出主人门，零涕暗呜咽。万里隔关山，一心思汉月。”（出《云溪友议》）

归秦

沈询有嬖妾，其妻害之，私以配内竖归秦，询不能禁。既而妾犹侍内，归秦耻之，乃挟刃伺隙，杀询及其夫人于昭仪使衙。是夕，询尝宴府中宾友，乃便歌著词令曰：“莫打南来雁，从他向北飞。打时双打取，莫遣两分离。”及归而夫妻并命焉，时咸通四年也。（出《北梦琐言》）

段章

段章，咸通十年，事前进士司空图。初，章以自僦为驭者，亦无异于他佣。是年夏，图归蒲久，以乏力，不足赒给，章乃谢去。广明庚子岁冬十二月，寇犯京，图寓居崇义里。九日，自里豪杨琼所，转匿常平仓下。将出，群盗继至。有拥戈拒门者，熟视良久，乃就持图手曰：“某段章也，系虏而来，未能自脱。然顾怀优养之仁，今乃相遇，天也！某所主曰张将军，喜下士，且幸偕往，必亡他。然且决免于暴横矣。”图誓以不辱，章悯然泣下，导至通衢，即别去。图因此得自开远门宵遁。至咸阳桥，复遇榜者韩钧济之，乃抵鄠县，因达于行在。（出司空图《段章传》）

人家更为恼怒。他诗中这样写道："青鸟衔蒲萄，飞上金井栏。美人恐惊去，不敢卷帘看。"书生们看到后竞争相传阅，一致认为此诗极合韵律。主人对他不再那么严格了。他另写了一首《题后堂牡丹》："一种芳菲出后亭，却输桃李得佳名。谁能为向天人说，从此移根近太清。"捧剑私下和宾客说："愿作夷狄之鬼，耻为世俗家奴。"后来他准备逃跑，又留下一首诗："珍重郭四郎，临行不得别。晓漏动离心，轻车冒残雪。欲出主人门，零涕暗呜咽。万里隔关山，一心思汉月。"（出《云溪友议》）

归　秦

沈询有个婢妾，他妻子对此十分妒忌，私下把她许配给归秦，沈询没能制止。但事后婢妾仍到内室侍奉沈询。归秦为此深感耻辱，便带着刀寻找机会，计划在昭仪使府衙内将沈询及其夫人给杀了。当晚，沈询宴请府内宾客及幕友，他即席唱了一首词："莫打南来雁，从他向北飞。打时双打取，莫遣两分离。"回家后，夫妻二人双双毙命。当时正是咸通四年。（出《北梦琐言》）

段　章

段章，于咸通十年时，成了进士司空图的仆役。起初，他自己租了马车驾驶，这和雇赶车的没什么差别。这年夏天，司空图回老家蒲州，时间长了，就没钱养活仆役了，就把段章给辞了。唐僖宗广明庚子年阴历十二月，黄巢军队进犯京都，司空图此时住在西安崇义里，十二月九日，他从里豪杨琼家转至常平仓下躲藏，要出门时，一群起义军兵士相继赶来。其中一个持枪推门的人，对他细细打量了良久，走上前拉着司空图的手说："我是段章呀！自我被他们抓去后，一直没有机会逃走。但我一直记得您之前对我的仁慈，今天能够相遇，实属天意。我现在的主人叫张将军，他喜欢礼贤下士，您暂时与他一起，将来一定能取他而代之。这样就能免遭暴横的灾祸。"司空图表示誓不辱节，段章怅然泪下，将他领到大道上，便分开了。司

上清

贞元壬申岁春三月，丞相窦参居光福里第。月夜，闲步于中庭。有常所宠青衣上清者，乃曰：“今启事，须到堂前方敢言之。”窦亟上堂，上清曰：“庭树上有人，恐惊郎，请谨避之。”窦曰：“陆贽久欲倾夺吾权位，今有人在庭树上，即吾祸之将至矣。且此事将奏与不奏，皆受祸，必窜死于道路。汝于辈流中不可多得，吾身死家破，汝定为宫婢。圣居如顾问，善为我辞焉。”上清泣曰：“诚如是，死生以之。”窦下阶大呼曰：“树上人应是陆贽使来，能全老夫性命，敢不厚报？”树上人应声而下，乃衣缞粗者也，曰：“家有大丧，贫甚，不办葬礼。伏知相公推诚济物，所以卜夜而来，幸相公无怪。”窦曰：“某罄所有，堂封绢千匹而已，方拟修私庙次，今日辄赠可矣。”缞粗者拜谢，窦答之如礼。又曰：“便辞相公。请左右赍所赐绢，掷于墙外，某先于街中俟之。”窦依其请，命仆人侦其绝踪且久，方敢归寝。

翌日，执金吾先奏其事，窦公得次，又奏之。德宗厉声曰：“卿交通节将，蓄养侠刺，位崇台鼎，更欲何求？”窦顿首曰：“臣起自刀笔小才，官已至贵，皆陛下奖拔，实不因人。今不幸至此，抑乃仇家所为耳。陛下忽震雷霆之怒，臣便合万死。”中使下殿宣曰：“卿且归私第，待候进止。”越月，贬柳州别驾。会宣武节度刘士宁通好于柳州，廉使条疏上闻，德宗曰：“交通节将，信而有征。”流窦于驩州，没入家资，一簪不遗身。竟未达流所，诏赐

空图趁夜逃出城去了，等到了咸阳桥，船夫韩钧将他渡过河，就到了鄠县，然后到了皇帝的行宫。（出司空图《段章传》）

上清

贞元申岁的三月，丞相窦参住在光福里的相府，在一个明月当空的晚上，闲步于庭院之中，有个叫上清的，是个平日里十分受宠的奴婢，对他说："我现在有重要的事情要告诉你，但一定要到堂前才敢说。"窦参急忙上堂，上清道："院中的树上有人，我怕惊吓到您，请您小心些回避。"窦参说："陆贽早就想夺我的权位了，现在有人在庭院中的树上，看来我是灾祸临头了。而且不管此事我是否对皇上奏明，都不会有好结果，一定会被放逐而死在途中。你是同辈中不可多得的人，等我身死家破后，你会成为皇帝的女婢。圣上若是问起我的事，请你好好为我解释。"上清哭道："若真要走到这一步，我将不计生死而为之。"窦参走下台阶，大喊："树上的人该是陆贽指使派来的吧！保全老夫性命，日后定当厚报。"树上的人应声而下，是一个身穿粗布丧服的人。他说："我家中老人过世，而我家中贫困，难以操办葬礼。我知相爷一直诚心接济他人，才趁夜而来，希望相爷莫怪。"窦参道："我家中倾其所有，也只有堂封丝绢一千匹，正准备用它修建庙堂，今天我就赠给你吧！"穿丧服的人对他施礼致谢，窦参也以礼回敬。此人又道："我马上走，请相爷将所赠丝绢扔到墙外，我先去外面的大街上等。"窦参按照他所说的，命仆人将绢扔到外面，等到确定此人离去很久后，才进屋就寝。

第二天上朝，执金吾首先奏禀其他事情，轮到窦参时，他便将昨晚家中发生的事向皇上奏明。德宗听后厉声喝道："你竟然敢与藩镇节将勾结，在家蓄养侠士刺客。你如今已身居宰相高位，还要什么？"窦参连连叩头道："臣从刀笔小吏到如今极为尊贵的官位，都是陛下奖掖栽培而来，实在没有借助他人。若不幸发生这样的事，怕是其他人所为。陛下雷霆之怒，为臣该死！"中使下殿宣告说："大人且先回到家中，等候皇上裁决发落。"一个月后，窦参被贬为柳州刺史佐史。正遇宣武节度使刘士宁与柳州节度使互通友好，廉使上自尽。

上清果隶名掖庭且久，后数年，以善应对，能煎茶，数得在帝左右。德宗谓曰："宫内人数不少，汝大了事，从何得至此？"上清曰："妾本故宰相窦参家女奴，窦参妻早亡，故妾得陪洒埽。乃窦参家破，幸得填宫，既奉龙颜，如在天上。"德宗曰："窦参之罪，不止养侠刺，兼亦甚有赃污，前时纳官银器至多。"上清流涕而言曰："窦参自御史中丞，历度支户部监铁三使，至宰相，首尾六年，月入数十万，前后非时赏赐，当亦不知纪极。乃者彬州送所纳官银器，皆是恩赐。当部录日，妾在郴州，亲见州县希陆贽恩旨，尽刮去所进银器上刻藩镇官衔姓名，诬为赃物。伏乞下验之。"于是宣索窦参没官银器，覆视其刮字处，皆如上清之言。时贞元十二年。德宗又问养侠刺事，上清曰："本实无，此悉是陆贽陷害，使人为之。"德宗至是大悟，因怒陆贽曰："老獠奴，我脱却伊绿衫，便与紫着，又常呼伊作'陆九'。我任使窦参，方称意次，须教我杀却他。及至权入伊手，其为软弱，甚于泥团。"乃下诏雪窦参冤。

时裴延龄探知陆贽恩衰，得恣行媒蘖，乘间攻之。贽竟受谴不回。上清特敇削丹书，度为女道士，终嫁为金忠义妻。

世以陆贽门生名位多显达者，世不可传说，故此事绝无人知。（出《异闻集》）

疏便奏报给了皇上，德宗便说：“你与藩镇节将相互勾结，如今已有实证，由此罪名属实。”于是窦参被流放至欢州，并没收其全部家产，连头上戴的发簪也不能留下。他还没到欢州，皇帝又下诏书赐他自尽。

上清果然被列于掖庭，几年后，因善于应对，又擅长于煎茶，所以常到皇帝身边。德宗对她说：“宫中婢女为数甚多，很少有像你这般懂事的，你是从哪里来的？”上清答道：”奴婢原是已故宰相窦参家的女奴，窦参妻子早亡，奴婢便成了他的宠妾。待窦参家破之后，我有幸进了皇宫。能侍奉龙颜，让妾身如登九天。”德宗说道：“窦参的罪行，不仅仅是蓄养侠士刺客一条，还有贪赃的事实，在查抄家产时，收上来的银器非常多。”上清哭道：“自窦参任御史中丞，历任度支、户部、盐铁三司的使臣，直到后来官至宰相。前后六年时间，每月收入数十万，朝廷常常发下来的赏赐，也不计其数。当时从彬州送来经由官府收纳的银器，全是朝廷恩赐的，吏部登记入册时我在，亲眼看见州县官吏迎合陆贽的恩旨，把御赐字样全刮掉，然后在银器上刻上藩镇的官衔姓名，用来作为诬称的赃物。请圣上下令查验。”德宗命人拿来从窦参那没收充公的银器，俯身仔细察看上面刮字的地方，全跟上清说的一样。此时已是贞元十二年（公元796年）。德宗又问起蓄养侠士刺客的事，上清说：“根本就没有的事，这都是陆贽为陷害窦参，指使人去做的。”德宗恍然大悟。因此怒斥陆贽：“这个老奴才，我脱去你的绿衣衫，让你穿上大紫袍，又常称你‘陆九儿’。我任命窦参，刚好称你的心意，你却教我将他误杀，以至大权旁落，这般软弱无能连泥团都不是。”于是德宗颁发下诏书，为窦参平反昭雪。

而裴延龄得知陆贽已失宠，便唆使他人乘机攻击陆贽，陆贽终于遭贬被逐，终身不得回京。德宗皇帝又为上清颁发丹书，度她为女道士，后来她嫁给金忠义为妻。

世人因陆贽的门徒大多为身份显贵，有关他的事不可流传，因此知道这件事的人很少。（出《异闻集》）

李锜婢

李锜之擒也，侍婢一人随之。锜夜自裂衣襟，书己管榷之功，言为张子良所卖，教侍婢曰：“结之于带。吾若从容赐对，当为宰相、杨益节度使；若不从容，受极刑矣。我死，汝必入内，上必问汝，汝当以是进。”及锜伏法，京城大雾，三日不解，或闻鬼哭。宪宗又于侍婢得帛书，颇疑其冤，内出黄衣数袭，赐锜及子弟，敕京兆府收葬之。李铦，锜之从父弟也。为宋州刺史，闻锜反状，恸哭，驱妻子奴婢，无老幼，量颈为枷，自拘于观察使。朝廷悯之，因为薄贬。

按李锜宗属，亟居重位，颇以尊豪自奉，声色之选，冠绝于时。及浙西之败，配掖庭者，曰郑、曰杜。郑得幸于宪宗，是生宣宗皇帝，实为孝明皇太后。次即杜，杜名秋，亦建康人也，有宠于穆宗。穆宗即位，以为皇子漳王傅姆。太和中，漳王得罪国除，诏赐秋归老故乡。或曰，系帛书者，即杜秋也。而宫闱事秘，世莫得知。夫秋，女婢也，而能以义申锜之冤，且逮事累朝，用物殚极。及其被弃于家也，朝饥不给，故名士闻而伤之。

中书舍人杜牧为诗以谚之曰：“荆江水清滑，生女白如脂。其间杜秋者，不劳朱粉施。老濞即山铸，后庭千蛾眉。秋持玉斝醉，与唱《金缕衣》。濞既白首叛，秋亦红泪滋。吴江落日渡，灞上绿

李锜婢

李锜被关押后，有个侍婢跟随他，他撕下自己的衣襟，把自己的冤屈和治理军政的功绩写在上面，说自己是被张子良出卖的。写完后对侍婢道："你将这份状子结在裙带上。我以后若有机会当堂申辩，到时候肯定能成为宰相或杨、益的节度使；若是再也没有申辩机会，就会处以极刑。我死后，你会选入内宫，皇上一定会问你，到时你将这份状子呈上。"李锜含冤受刑时，京城内大雾弥漫，一连三日都不曾散去，还有人听到鬼哭。宪宗又从这位侍婢那看到了写在丝布上的那份自白书，便怀疑李锜的案子另有内情，于是从皇宫中拿出四件专供皇室穿用的黄衣服，赐给李锜及其子弟，又下令京兆府去收葬李锜的尸体。李铦是李锜的堂弟，是当时的宋州刺史。听说李锜谋反的状告后，失声恸哭，强令妻子儿女及奴婢，不论老幼，一律以脖子尺寸制作枷锁戴上，将他（她）们拘押到观察使面前，一起接受制裁。朝廷对他深表同情，便从轻发落。

李锜家族内的亲属大都身居要职，过着养尊处优的奢华生活，挑选的歌妓婢妾都是非常漂亮的。他在浙西打了败仗后，没收在掖庭的婢妾，其中有个姓郑，还有个姓杜。姓郑的得到唐宪宗宠幸，后来生下了宣宗皇帝，她是后来的孝明皇太后。而那个姓杜的叫杜秋，也是建康人，深得唐穆宗宠爱。穆宗即位后，让她当了皇子漳王的保姆兼教师。太和年间，漳王犯下大罪被废，唐文宗颁发诏书贬杜秋告老返乡。有人说，当年为李锜携带状子的侍婢就是杜秋，只因宫中事情极为隐秘，世人难以得知其中缘由。杜秋只是个卑贱微弱的女婢，却能为了义节给李锜申冤，而且侍候了宪宗、穆宗、敬宗、文宗等几代帝王，对朝廷竭尽忠诚，私生活极为俭朴。当她被送回老家时，衣食无着，过着朝不保夕的日子。有名士听到她生平经历后为之伤怀。

杜牧写下一首长诗，用以记叙她的身世和经历，并深表同情，因此引发出许多文人的一番感慨。诗是这样的："荆江水清滑，生女白如脂。其间杜秋者，不劳朱粉施。老濞即山铸，庭后千蛾眉。秋持玉斝醉，与唱《金缕衣》。濞既白首叛，秋亦红泪滋。吴江落日渡，灞上杨垂。联裾见天子，盼眄独依依。椒壁悬锦幕，镜奁蟠玉螭。低鬟认新宠，窈袅复融怡。月上白璧门，桂影凉参差。金阶露新重，闲捻紫箫吹。莓苔夹城路，南苑雁初飞。红妆羽林仗，独赐辟邪旗。归来煮豹胎，厌饫不能饴。咸池升日庆，铜雀分香悲。雷音后车远，事往落花时。燕媒得皇子，壮发绿丝丝。画堂亲傅姆，天人相捧持。虎精珠络褓，金盘犀镇帷。长杨射熊罴，武帐弄哑咿。渐抛竹马戏，稍出舞鸡奇。崭崭整冠佩，侍宴坐瑶池。眉宇俨图画，神秀射朝晖。一尺桐偶人，江充知自欺。王幽茅土削，秋放故乡归。觚棱拂斗极，回首尚迟迟。四朝三十载，似梦复疑非。潼关识旧吏，吏鬓已成丝。却唤吴江渡，舟人那得知。归来四邻改，茂苑草菲菲。清血洒不尽，仰天知告谁？寒衣一尺素，夜借邻人机。

“我昨金陵过，闻之为歔欷！自古皆一贯，变化安能推。夏姬灭两国，逃作巫臣妻。西子下姑苏，一舸逐鸱夷。织室魏豹俘，作汉太平基。语置代籍中，两朝尊母仪。光武绍高祖，本系生唐儿。珊瑚破高齐，作婢舂黄糜。萧后去扬州，突厥为阏氏。音支。女子固不定，士林亦难期。射钩后呼父，钩翁王者师。无国邀孟子，有人毁仲尼。秦因逐客令，柄归丞相斯。安知魏齐首，见断箦中尸。给丧蹶张辈，庙廊冠峨巍。珥貂七叶贵，何妨戎虏支。苏武却生返，邓通终死饥。主张既难测，翻覆亦其宜。地尽有何物？天外复何之？指何为而捉？足何为而驰？耳何为而听？目何为而窥？己身不自晓，此外何思惟。因倾一樽酒，题作《杜秋诗》。愁来独长咏，聊可以自贻。”（出《国史补》并《本事诗》）

李福女奴

李福妻裴氏性妒忌，姬侍甚多，福未尝敢属意。镇滑台日，有以女奴献之者，福意欲私之而未果。一日，乘间言于妻曰：“某官已是至节度使矣，然所指使者，不过老仆。夫人待某，无乃薄绿杨垂。联裾见天子，盼眄独依依。椒壁悬锦幕，镜奁蟠玉螭。低鬟认新宠，窈袅复融怡。月上白壁门，桂影凉参差。金阶露新重，闲捻紫箫吹。莓苔夹城路，南苑雁初飞。红妆羽林仗，独赐辟邪旗。归来煮豹胎，厌饫不能饴。咸池升日庆，铜雀分香悲。雷音后车远，事往落花时。燕媒得皇子，壮发绿丝丝。画堂亲傅姆，天人相捧持。虎精珠络褓，金盘犀镇帷。长杨射熊罴，武帐弄哑咿。渐抛竹马戏，稍出舞鸡奇。崭崭整冠佩，侍宴坐瑶池。眉宇俨图画，神秀射朝晖。一尺桐偶人，江充知自欺。王幽茅土削，秋放故乡归。觚棱拂斗极，回首尚迟迟。四朝三十载，似梦复疑非。潼关识旧吏，吏鬓已成丝。却唤吴江渡，舟人那得知。归来四邻改，茂苑草菲菲。清血洒不尽，仰天知告谁。寒衣一尺素，夜借邻人机。

“我昨金陵过，闻之为歔欷！自古皆一贯，变化安能推。夏姬灭两国，逃作巫臣妻。西子下姑苏，一舸逐鸱夷。纤室魏豹俘，作汉太平基。语置代籍中，两朝尊母仪。光武绍高祖，本系生唐儿。珊瑚破高齐，作婢舂黄糜。萧后去杨州，突厥为阏氏。女子固不定，士林亦难期。射钩后呼父，钓翁王者师。无国邀孟子，有人毁仲尼。秦因逐客令，柄归丞相斯。安知魏齐首，见断箦中尸。给丧蹶张辈，庙廊冠峨巍。珥貂七叶贵，何妨戎虏支。苏武却生返，邓通终死饥。主张既难测，翻覆亦其宜。地尽有何物？天外复何之？指何为而捉？足何为而驰？耳何为而听？目何为而窥？己身不自晓，此外何思惟。因倾一樽酒，题作《杜秋诗》。愁来独长咏，聊可以自贻。”（出《国史补》并《本事诗》）

李福女奴

李福妻子裴氏生性妒忌，家中养了很多歌妓婢女，李福却从不敢在她们身上打主意。镇守滑台时，有人献给他一女奴，他想将她藏匿起来，结果没成。他找机会对妻子说：“我已升至节度使，而我乎？”裴曰：“然，不能知公意所属何人？”福所指，即献之女奴也，裴许诺。尔后不过执衣侍膳，未尝一得缱绻。福又嘱妻之左右曰：“设夫人沐发，必遽来报我。”既而果有以夫人沐发来告，曰：“夫人沐发。”福即伪言腹痛，召其女奴。其女奴既往，左右以裴方在沐，难可遽已，即告以福所疾。裴以为信然，遽出发盆中，跣问福所苦。福既业以疾为言，即若不可忍状。裴极忧之，由是以药投儿溺中进之。明日，监军使及从事，悉来候问。福即具以事告之，因笑曰：“一事无成，固其分。所苦者，虚咽一瓯溺耳。”闻者无不大笑。（出《玉泉子》）

却要

湖南观察使李庾之女奴，曰却要，美容止，善辞令。朔望通礼谒于亲姻家，惟却要主之。李侍婢数十，莫之偕也。而巧媚才捷，能承顺颜色，姻党亦多怜之。李四子：长曰延禧，次日延范，次日延祚，所谓大郎而下五郎也。皆年少狂侠，咸欲蒸却要而不能也。尝遇清明节，时纤月娟娟，庭花烂发，中堂垂绣幕，皆银釭，而却要遇大郎于樱桃花影中，大郎乃持之求偶。却要取茵席授之，曰：“可于庭中东南隅，伫立相待，候堂前眠熟，当至。”大郎既去，至廊下，又逢二郎调之。却要复取茵席授之，曰：“可于厅中东北隅相待。”二郎既去，又遇三郎束之。却要复取茵席授之，曰：“可于厅中西南隅相待。”三郎既去，又五郎遇着，握手不可解。却要亦取茵席授之，曰：“可于厅中西北隅相待。”四郎皆去。延禧于厅角中，屏息以待。厅门斜闭，见其三弟，比比而至，各趋一隅。心虽讶之，而不敢发。少顷，却要密燃炬，疾向厅事，豁双身边却只有几个老仆，夫人就对我这般无情吗？”裴氏说：“可以，只是不知夫君心中对谁有意？”李福指的就是别人献给他的那个女奴，裴氏同意了。女奴虽侍奉在李福身边，也不过是给他穿衣服、端饭盛菜而已，从没有惬意地温存。李福又对妻子身边侍奉的人说：“夫人洗头时，一定赶紧告诉我。”事后果然有人告诉他：“夫人正在洗头。”李福立即假装肚子痛，唤来那个女奴侍候，女奴就去了。他们都以为裴氏洗头，一定需要很长时间，于是将李福肚子痛的消息也告诉了她。裴氏信以为真，忙把头发从盆里捞出来，光着脚就去问李福肚子痛得怎样。既然李福已经称病，便装出一副痛不可忍的样子。裴氏见状忧心不已，就把药放到小孩尿里，让他喝了下去。第二天，衙门里的监军使、从事前来问候，李福便把昨天的事讲给他们，苦笑道：“一事无成还不算，还白白喝了一壶尿。”人们听后无不捧腹大笑。（出《玉泉子》）

却要

湖南观察使李庾之有个叫却要的女奴，容貌美丽，举止娴雅，又善于辞令应对。每逢初一、十五等节日，到亲朋好友家拜谒时，都是却要主持，李家侍婢有几十人之多，但谁也比不上她。她不但心灵嘴巧而且反应敏捷，还善于察言观色，得以讨他人欢心。连家中的亲戚朋友们都很喜欢她。李庾之有四个儿子，老大叫延禧，老二叫延范，老三叫延祚，再就是老五了。四位少爷都是血气方刚任性蛮野，但都对却要垂涎三尺，恨不能将她当熟肉吞进自己肚里。有年清明，当晚皎洁的月亮徐徐升起，庭院之中鲜花烂漫，正堂之上帷幕低垂，室内烛光摇曳。却要在樱花月影下遇到了大少爷，大少爷拉着她的胳膊向她求偶，却要将草席递给他道：“你先到正厅东南角那里好好站着等我，等他们睡熟后我就来。”大少爷走后，却要刚到廊下又碰上二少爷对她动手动脚，却要又拿一张草席递给他，说：“你在正厅东北角等我。”二少爷刚走，又被三少爷缠住，却要又拿一张草席递给他说：“你到正厅西南角等我。”三少爷刚走，又遇上五少爷，五少爷抓住却要不放手，却要还是拿一张草席塞给他，说：“你扉而照之，谓延禧辈曰：“阿堵贫儿，争敢向这里觅宿处。”皆弃所携，掩面而走，却要复从而哈之。自是诸子怀惭，不敢失敬。（出《三水小牍》）

在正厅西北角等我。”四位少爷都走后。大少爷延禧在正厅的一角屏心静气地等着，然后只见三个弟弟依次地走到各个角落，虽心中颇为惊疑，但又不敢声张。等了一会儿，却要点着蜡烛奔向正厅，将正厅的两扇门打开，用手里的蜡烛照看，对延禧和几位少爷道：“你们这些没出息的，怎敢到这里来睡觉。”四人扔下手中的草席，捂着脸跑了，却要在他们后面大声地数落，嗤笑他们一番。此后李庚之的这几个儿子，因惭愧、羞辱，不敢对却要有丝毫的不尊重了。（出《三水小牍》）

卷第二百七十六 梦一

周昭王

昭王即位三十年，王坐祗明之室，昼而假寐。忽白云蓊郁而起，有人衣服皆毛羽，因名羽人。王梦中与语，问以上仙之术。羽人曰："大王精智未开，求长生久视，不可得也。"王跪而苦请绝欲之教。羽人乃以指画王心，应手即裂。王乃惊悟，而汗湿于衿席，因患心疾，即却膳彻乐。移于旬日，忽见所梦者来，语王曰："先欲易王之心。"乃出方寸绿囊，中有药，名曰续脉丸补血精散，以手摩王之臆，俄而即愈。王即请此药，贮以玉缶，缄以金绳。以之涂足，则飞天地之外，如游咫尺之内。有得服之，后天而死。(出《王子年拾遗记》)

吴夫差

吴王夫差夜梦三黑狗号，以南以北，炊甑无气。及觉，召群臣言梦，群臣不能解，乃召公孙圣。圣被召，与妻诀曰："以恶梦召我，我岂欺心者，必为王所杀。"于是圣至，以所梦告之。圣曰："王无国矣！犬号者，宗庙无主；炊甑无气，不食矣。"王果怒，杀

周昭王

周昭王即位三十年，有一天坐在神殿和衣而睡。忽见白云骤然而起，有个浑身长满羽毛的人飘然而至。周昭王梦中与那人交谈，并询求成仙之道。那位浑身长着羽毛的人说：“大王如今避免不了俗世，想求长生不老，是做不到的。”昭王跪下来，向羽人苦苦哀求脱俗绝欲之法。羽人用指头划开昭王的心，那心便裂开了。昭王从梦中惊醒，汗水将袍子和坐垫都浸湿了，周昭王因此患上了心病。随即变得不吃不喝也不玩耍，一晃十天过去了。那位羽人又来到他的面前，对他说：“我先把大王的心变换一下。”然后拿出一方寸绿色的药囊，里面装着续脉丸补血精散。羽人用手按摩昭王的前胸。没一会儿，昭王的病就全好了。昭王马上要来这药，装进玉缶里，缠上金线。用这药抹脚，能飞到云天外，就如在四周游玩一样。昭王常服食此药，活到很大年纪才死。（出《王子年拾遗记》）

吴夫差

吴王夫差梦见三只黑狗叫，一会儿在南一会儿在北，炊甑的烟火也断了。醒来后立即召集群臣说了梦，却无人能解释明白。于是夫差便召见了公孙圣，公孙圣在得知消息之后，与妻子诀别，说：“大王因做噩梦召我去解，并非好事。我又不能说假话哄骗他，必定会被他杀害。”公孙圣来到殿前，夫差把做的梦告诉他。公孙圣说：“大

之。及越兵至，王谓左右曰："吾无道，杀公孙圣，汝可呼之。"于是三呼三应。吴卒为越所灭。（出《越绝书》）

汉武帝

汉武帝梦大鱼，求去口中钩。明日游昆明池，见一鱼衔钩，帝取钩放之。三日，池滨得明珠一双。（出《三秦记》）

司马相如

司马相如，字长卿。将献赋而未知所为，梦一黄衣翁谓之曰："可为《大人赋》，言神仙之事。"赋成以献，帝大嘉赏。（出《西京杂记》）

阴贵人

汉明帝阴贵人，梦食瓜甚美。时燉煌献异瓜种，名穹隆。父老云："有道士从蓬莱得此种，食之不饥。"（出《王子年拾遗记》）

张 奂

后汉张奂为武威太守。其妻梦帝与印绶，登楼而歌，觉以告奂。奂令占之。曰："夫人方生男，复临此郡，命终此楼。"后生子猛。建安中，为武威太守，杀刺史邯郸商，州兵围急，猛耻见擒，乃登楼自焚而死。（出《搜神记》）

王的梦意味着要亡国！狗叫，意思是说宗庙没有主人；炊甑无气，指的是没有了粮食。”吴王果然大怒，将公孙圣杀了。不久后，越国兵马攻打过来，夫差对左右说：“我昏昧无道，杀了公孙圣，你们快帮我唤他出来吧！”众人三呼公孙圣，公孙圣就应了三声。吴国最后还是被越国吞灭了。（出《越绝书》）

汉武帝

汉武帝梦到一条大鱼，大鱼求他摘掉口里的鱼钩。第二日，他游昆明池时，便看到了一条衔着钩的大鱼。汉武帝立即给它摘下鱼钩，再放回水中。三天后，他在池边捡到了两颗明珠。（出《三秦记》）

司马相如

司马相如，字长卿。他想做首赋献上去，却又不知道那首赋到底写得好不好。晚上梦到一位穿黄衣的老人对他说：“你可作一首《大人赋》，说一说神仙的事情。”司马相如醒来后，按梦中黄衣老者所说的，写成一赋献给汉武帝，汉武帝非常满意，然后奖赏了他。（出《西京杂记》）

阴贵人

汉明帝时，有一位阴贵人梦到吃瓜，味道特别美味。而此时刚好有从敦煌献来的一种叫穹隆的奇异的瓜籽。老人们说，这种瓜籽是一位道士从蓬莱弄来的，吃了它就不会觉得饥饿。（出《王子年拾遗记》）

张　奂

东汉时期，张奂任武威太守。他妻子有一天梦见皇帝给了她一方大印，心中欢喜不已，于是登楼而歌。醒来后，她把此事告诉了张奂。张奂请人来占了一卦，那人说：”夫人以后生了儿子，会治理此地，也会在这座楼上死去。”张奂的夫人后来真的生下了儿子，名叫

郑玄

郑玄师马融，三载无闻，融还之。玄过树阴下假寐，梦一人，以刀开其心，谓曰：“子可学矣。”于是寤而即返，遂洞精典籍。后东归，融曰：“《诗》《书》《礼》《乐》皆东矣。”（出《异苑》）

范迈

林邑谓紫磨金为上金，俗谓之杨迈金。范迈母梦人铺杨迈金席，与其生儿，儿生席色昭晰。后因生儿，名曰范迈，为林邑王。（出《林邑记》）

许攸

许攸梦乌衣吏，奉漆案，案上有六封文书，拜跪曰：“府君当为北斗君，明年七月复有一案，四封文书，云：陈康为主簿。”觉后，适康至，曰：“今来当谒。”攸闻益惧。问康曰：“我作道师，死不过作社公；今日得北斗、主簿，余为忝矣。”明年七月，二人同日而死。（出《幽明录》）

薛夏

薛夏，天水人也，博学绝伦。母孕夏之时，梦有人遗一箧衣，云：“夫人必生贤明之子，为帝王所宗。”母记其梦之时。及生夏，猛。建安年间，张猛做了武威太守。不久后，他杀死刺史欲逃往邯郸经商。刚要出城便被官兵围住。他耻于被擒，然后登楼自焚而死。（出《搜神记》）

郑玄

郑玄师从马融，时间过去了三年却没学到什么本事。后来马融让他回去，郑玄在树荫下和衣而睡，梦到有人用刀将他的心划开，对他说："你完全可以成为有学问的人。"郑玄睡醒后立即返回，很快就把所有的典籍弄懂弄通了。他回东方后，马融叹道："诗书礼乐都去东方喽！"（出《异苑》）

范迈

林邑国将紫磨金称为上等金，民间又称为杨迈金。范迈的母亲当年梦到有人铺杨迈金编成的席子，然后与她生下了儿子，生儿时席子金光四射，非常耀眼。后来她给儿子取名范迈，范迈后来成为了林邑国的国王。（出《林邑记》）

许攸

许攸梦到黑衣小吏给他搬来一张漆案，案上摆着六封文书，小吏对他拜跪道："大人将成为北斗星君，明年七月还会有张漆案，上面有四封文书，上面写着'陈康为主簿'。"他醒后陈康刚好到，还说："我今天是特地来拜见你的。"许攸心中更感到害怕。有顷，他对陈康说："我请教过法师，人死后最多是土地神而已；能当北斗府君、主簿，不是高攀了吗？"第二年七月，他与陈康在同天离世。（出《幽明录》）

薛夏

薛夏，天水人，博学多才，无人能比。他母亲怀他时，曾梦到有人送来一箱衣服，说："你一定能生下一个贤明的儿子，被帝王所尊年及弱冠，才术过人。魏文帝与之讲论，弥日不息，辞华旨畅，应对如流，无有凝滞。帝曰："昔公孙龙称为辩捷，而迂诞诬妄；今子所说，非圣人言不谈，则子游、子贡之俦，不能过也。若仲尼在魏，复为人室焉。"帝手制书与夏，题云"入室生"。位至秘书丞。居甚贫，帝解御衣以赐之，以符先梦。名冠当时，为一代高士。（出《王子年拾遗记》）

蒋济

魏蒋济为领军也，其妻梦亡儿涕泣言曰："死生异路。我生时为卿相子孙，今在地下为泰山伍伯，憔悴困辱，不可复言。今太庙西有孙阿者，将召为泰山令。愿母为白领军，嘱阿转我，令得乐处。"言讫，母遂惊寤。以白济，济曰："梦不足凭耳。"明日，母复梦之，言曰："我今来迎新君，止在庙下，未发之间，暂得归来。新君明日日中当发，临发多事，不得复归于此。愿重启之，何惜一试验也？"遂说阿形状，言甚备悉。天明，母又为言之曰："昨又梦如此，虽知梦不足凭，何惜一验之乎？"济乃遣人诣太庙下，推问孙阿，果得之，形状如其梦。济乃涕泣曰："几负我儿。"于是乃见孙阿，具语其事。阿不惧当死，而喜为泰山令，惟恐济言之不信也，乃谓济曰："若诚如所言，某之愿也，不知贤郎欲得何职？"济曰："随地下乐者与之。"阿许诺。言讫遣还。济欲速知其验，从领军门下至庙下，十步安一人，以传阿之消息。辰时传阿心痛，日中传阿亡。济泣曰："虽哀儿之不幸，见喜亡者之有知。"后月余，母复梦儿来告曰："已得转为录事矣。"（出《列异传》）

崇。”母亲把这个梦的时间铭记于心，等薛夏出生，二十岁左右时，已是学识过人了。魏文帝与他交流，可以整日都不觉得累。他思想深刻，辞采华美，任何问题都能解决。魏文帝说：“当年的公孙龙被称为辩才，但他为人迂腐而又狂妄。而今你说的，都是圣人之言，只有子游、子贡之辈才能及得上。若是孔老夫子在魏国，他都会来见你的。”魏文帝说完便为他赐字：“入室生”。后来被任命为秘书丞。他家中贫穷，魏文帝把自己的衣服脱下来赐给他。这与他母亲的梦相印证，他的名气在当时很大，堪称一代风流人物。（出《王子年拾遗记》）

蒋济

蒋济是魏代时的领军将军。妻子有一天梦到死去的儿子对着她哭泣，还说：“我与你们生死相隔。我活着时贵为将相子弟，而如今到了阴间却只是泰山的小役卒，日子过得憔悴不堪，忍辱负重，简直无法言说。现在，在太庙西边有个叫孙阿的，将被封为泰山县令。望母亲转告父亲，命孙阿给我换个好点的地方。”说完，妻子便惊醒了。她将此事告诉了丈夫。蒋济却说：“只是个梦而已，又没有凭据。”第二天，妻子又做了同样的梦，儿子说：“今日我是来迎接新县令的，住在太庙下，趁出发前的间隙，才得以脱身归来。新县令明天中午出发，出发前需要处理的事务繁多，我没时间再来这里。希望你再和父亲说说，不妨试验一下。”然后他描述了孙阿的长相。天亮后，妻子又将此事对蒋济说了，并说：“昨天又梦到了儿子，虽说梦是没有根据的，可也不妨验证一下。”于是蒋济派人去太庙周围打听孙阿，竟然真的找到此人，模样跟梦中说的一样。蒋济哭道：“差一点儿就对不起我儿子啊。”于是，他便找到孙阿，详谈此事。孙阿听说自己将要当泰山县令，并不怕死，只是担心蒋济的话不可信。他对蒋济说：“若真是如此，我定当相助，但不知你儿子想做什么？”蒋济说：“你在阴间给他找个他喜欢的差事吧！”孙阿同意了。说完，蒋济就回府了，为了尽快验证那个梦，从领军门前到庙下，安排每十步一岗，以最快速度传递孙阿的消息。辰时有人来报说孙阿已得了心

周宣

魏周宣，字孔和，善占梦。或有问宣者："吾梦刍狗。"宣曰："君当得美食。"未几，复有梦刍狗，曰："当堕车折脚。"寻而又云梦刍狗，宣曰："当有火灾。"后皆如所言。其人曰："吾实不梦，聊试君耳！三占不同，皆验，何也？"宣曰："意形于言，便占吉凶。且刍狗者，祭神之物，故君初言梦之，当得美食也。祭祀既毕，则为所轹，当堕车伤折。车轹之后，必载以樵，故云失火。"（出《魏志》）

王戎

王戎梦有人以七枚椹子与之，著衣襟中。既觉得之，占曰："椹，桑子也。"自后男女大小凡七丧。（出《异苑》）

邹湛

邹湛梦一人拜，自称甄仲舒，求葬。湛觉，思之曰："舍西瓦土中人也。"乃取葬之。复梦其人来拜谢。（出《晋书》）

痛，中午就接到了孙阿的死讯。蒋济流着泪道：“我虽为儿子伤心，但他让我找到不怕死的人还是很有几分见识的。”一个多月后，妻子再次梦到儿子，告诉她现在自己已经是掌管文书的录事了。（出《列异传》）

周宣

魏国人周宣，字孔和，善于解梦。有人对周宣说：“我梦见了用草扎成的狗。”周宣说：“你会得到美食。”没多久，那人说：“我又梦到了用草扎的狗。”周宣说：“你会从车上摔下来摔断腿。”又过了一段时间，那人又说第三次梦见了用草扎的狗。周宣说：“这次你会有火灾。”后来都正如周宣所言。那人道：“实际上我并没有做梦，只是想试探你的本事！三次虽有不同，可为何全都一一应验呢？”周宣说：“人的意念是通过语言表达的，所以才能占卜吉凶。刍狗是祭祀神灵的物品，因此你第一次说自己梦见它，是应得到美食的。祭祀完毕，那刍狗就会被车轮碾轧，因此你会从车上摔下来弄断腿。车轧之后，它只能当柴烧，所以我才说你家要失火。”（出《魏志》）

王戎

王戎梦到有人送了他七颗椹子，他揣入怀中。睡醒之后，怀中果然有七颗椹子。他占了一卦，结果说：“椹，桑（丧）子啊！”不久后，他的七个儿女全都死了。（出《异苑》）

邹湛

邹湛梦见有个人向他跪拜，说他叫甄仲舒，求他安葬自己。邹湛醒后，思考之后说：“甄仲舒三个字，不就是我乃舍西瓦土中人的意思吗？”于是，他在屋西瓦土中找到一个已死的人，将他重新安葬了。然后他又梦到那人来向自己道谢。（出《晋书》）

陈桃

虞翻注《易》，上奏曰：“臣郡吏陈桃，梦臣与道士相遇，散发粗袭，付《易》六爻，烧其三，以饮臣。臣乞尽吞之。道士言：‘易在天上，三爻足以。’岂臣受命，应当知也。”（出《梦隽》）

吕蒙

吕蒙入吴，王劝其学，乃博览群籍，以《易》为宗。常在孙策坐酣醉，忽于眠中，诵《易》一部，俄而起惊，众人皆问之。蒙云：“向梦见伏羲、文王、周公，与我言论世祚兴亡之事，日月广明之道，莫不穷精极妙。未该玄言，政空诵其文耳。”众坐皆知蒙呓诵文也。（出《王子年拾遗记》）

王穆

洛阳王穆起兵酒泉，西伐索嘏，长史郭瑀谏，不从。夜梦乘青龙上天，至屋而止。觉叹曰：“‘屋’字，尸至也。龙飞屋上，尸至，吾其死矣。”后果验。（出《前凉录》）

张天锡

张天锡在凉州，梦一绿色犬，甚长，从南来，欲咋天锡，床上避之，乃堕地。后苻坚遣苟苌者，绿地锦袍，从南来，攻入门，大破之。（出李产《集异传》）

陈桃

虞翻注释易经，向皇帝奏请道：“我有个叫陈桃的小吏，梦见我与道士相遇。那道士披头散发，衣衫褴褛。给我易经中的六爻，然后他又烧了三爻，命我喝下去。臣请求将另三爻也吞下去。那道士却说：‘《易》在天上，地上有三爻已经足够了。’臣子是受天之命，这一点是该懂的。”（出《梦隽》）

吕蒙

吕蒙到吴国后，孙权劝他专心研究学问。他博览群书，以易经为主，经常在孙权面前谈经论道，有时候还会喝得酩酊大醉。他有一天在睡梦中背诵了一部易经，然后很快就被惊醒，大家问他其中缘由。吕蒙说：“我在梦中见到了伏羲、文王和周公。他们与我谈论国家的兴亡之事，天地宇宙之理，提出的观点都十分精辟。他们并没有不切实际地空谈，仅是背诵原文而已。”一时间语惊四座，于是大家都知道了吕蒙梦里诵易经这件事了。（出《王子年拾遗记》）

王穆

洛阳王穆从酒泉出兵，向西讨伐索嘏。长史郭瑀出面进行劝阻，王穆不听劝。他晚上梦见自己乘青龙上天，只是刚到屋顶就停了。他醒来后叹道：“‘屋’字就是尸至啊。龙飞屋上尸至，看来我是要死了。”后来，果然全都应验了。（出《前凉录》）

张天锡

张天锡在凉州时，梦见一条绿色的狗，长得特别高大，从南朝他扑来，想咬他，吓得他逃到床上想躲起来，却摔到了地上。后来，前秦皇帝苻坚派苟苌攻城，那苟苌就是穿着绿色锦袍，从南边攻进城门，最后攻破凉州城的。（出李产《集异传》）

张骏

凉文王张骏，梦一人鬓眉皓白，自称子俞，曰：“地上之事付汝，地下之事付我。”王寤问之，有侯子瑜先死，得其曾孙亮，为祈连令矣。（出《燉煌录》）

索充 宋桶

索充梦一虏，脱上衣来诣充。索紞占曰：“虏（虜）去上半，下男字也。夷虏阴类，君妻当生男也。”已后果验。

又宋桶梦内中有一人著衣，桶一手把两杖，极打之。索紞占曰：“内中有人，是肉子也；两杖著之象，极打肉食也。”过三日，过三家，皆得肉食矣。（出刘彦明《燉煌录》）

苻坚

苻坚将欲南伐，梦满城出菜，又地东南倾。其占曰：“菜多，难为酱也。东南倾，江左不得平也。”（出《梦书》）

后赵宣咸

宣咸卒后五年，石虎梦见咸。涕泗嘱其子奋，曰：“非心虑所达也。”通梦之言而有征：“奋今何在？”左右对曰：“为赵郡守。”于是即擢拜廷尉，为太常。才力不及父，因咸梦而登列卿也。（出《赵书》）

张 骏

凉文王张骏，梦见一个眉毛胡子全白的老人，自称子俞，和他说："人间的事交给你，地府的事交给我处理。"他醒来后一打听，才知道有位叫子瑜的侯爷刚死，就得了个叫亮的曾孙子。他原来是想祈求连任啊。（出《燉煌录》）

索充 宋桶

索充梦见一外夷俘虏，脱去上衣后前来拜见自己。索紞算了一卦，说："'虏（虜）'字去掉上半身，下边就是个'男'字。外夷俘虏属阴，指的是你妻子，意思是说你妻子怀的是个男孩儿。"后来果然应验了。

又有个叫宋桶的人，梦见家里有人在穿衣服，他于是手拿两根棍子狠狠地打下去。索紞算了一卦，说："'内'中有人，分明就是个'肉'字嘛；两杖呈筷子之象，你该是有肉吃了！"一连三天，走了三户人家，都吃到了肉。（出刘彦明《燉煌录》）

苻 坚

前秦皇帝苻坚想南伐，却梦见城里长满蔬菜，且大地朝东南方向倾斜。第二天占了一卦，说："菜多，难以为酱（将）。大地东南倾斜，说明江左难以夺下。"（出《梦书》）

后赵宣咸

宣咸死了五年后，后赵皇帝石虎梦到他。他哭着叮嘱儿子奋，道："不是我想怎样就可以成真的。"石虎心想，他这是有求于我，便问："奋现在在哪里？"手下人说在当郡守呢！于是，石虎当即提升奋为廷尉，专门掌管宗庙礼仪等。虽然奋的才华不及他父亲，却因父亲的一个梦，而位列九卿。（出《赵书》）

张 甲

张甲者，与司徒蔡谟有亲，侨住谟家。暂数宿行，过期不及。谟昼眠，梦甲云：“暂行，忽暴病，患心腹痛病，胀满不得吐下，某时死。”谟曰：“何以治之？”甲曰：“蜘蛛生断去脚，吞之则愈。”谟觉，使人往甲行所验之，果死。（出《幽明录》）

张 茂

会稽张茂，尝梦大象，以问万推。曰：“君当为大郡，而不能善终。大象者，大兽也，取诸其音，兽者，守也。象以齿焚其身，后必为人所杀。”茂永昌中为吴兴太守，值王敦问鼎，执正不移，敦遣沈充灭之。（出《异苑》）

晋明帝

晋明时，献马者梦河神请之。及至，与帝梦同，即投河以奉神。始太傅褚裒，亦好此马。帝云：“已与河神。”及褚公卒，军人见公乘此马矣。（出孔约《志怪》）

冯孝将

广平太守冯孝将，男马子，梦一女人，年十八九岁，言：“我乃前太守徐玄方之女，不幸早亡，亡来四年，为鬼所枉杀。按生箓，乃寿至八十余。今听我更生，还为君妻，能见聘否？”马子掘开棺视之，其女已活，遂为夫妇。（出《幽明录》）

张甲

张甲跟司徒蔡谟是亲戚关系，寄居在蔡谟家。起初几夜还好，过了几日就觉得不行了。蔡谟在某个白天睡着了，梦见张甲对他说："我刚要走，忽然生了急病，心腹疼痛胀满，想吐又吐不出来，说不定是快要死了。"蔡谟问道："要怎么治呢？"张甲答道："吞下活蜘蛛的腿就好了。"蔡谟醒后派人去张甲的住处，他果然已经死了。（出《幽明录》）

张茂

会稽的张茂曾梦见过大象。请人帮他解梦，说："你将来会管理大郡，但却不得善终。大象者大兽也，而兽就是守的意思。大象因牙齿宝贵而毁坏了它的生命，将来必会被人所杀。"张茂于永昌年间，任吴兴郡太守。等王敦掌管东晋大权时，他因性格太过刚正不阿，于是王敦派沈充把他杀了。（出《异苑》）

晋明帝

晋明帝时，有一位献马人梦到河神问他要马。当他赶到殿前说起，竟然与晋明帝做了一样的梦。于是这马被投进水里献给了河神。而当时，太傅褚裒也想要这马，晋明帝说："这马已经送给河神了。"褚裒死后，就有将士看到他骑着那匹马走了。（出孔约《志怪》）

冯孝将

广平太守冯孝将有个儿子名叫马子。马子有一天梦见一个十八九岁的女子，说："我是前太守徐玄方的女儿，不幸夭折，死后第四年，又被鬼屈杀。按生死簿上记载，我可以活到八十多岁。现在我将重新返回阳间做你的妻子，不知你是否愿意娶我？"第二天，马子掘开那女子的棺材一看，那女子已经复活。他俩就结为了夫妻。（出《幽明录》）

徐 精

晋咸和初，徐精远行，梦与妻寝，有身。明年归，妻果产。后如其言矣。（出《幽明录》）

商仲堪

商仲堪在丹徒，梦一人曰：“君有济物之心，岂能移我在高燥处，则恩及枯骨矣。”明日，果有一棺逐水。仲堪取而葬之于高冈，酹酒。其夕，梦见其人来拜谢。（出《梦隽》）

商灵均

商灵均，义熙中，梦人来缚其身将去，形神乖散。复有一人云：“且置之，须作衡阳，当取之耳。”后除衡阳守，辞不得免，果卒官。（出《梦苑》）

桓 豁

荆州刺史桓豁，所住斋中，见一人长丈余，梦曰：“我龙山之神，来无好意，使君既贞固，我当自去耳。”（出《甄异记》）

司马恬

京口新城有邓艾庙，毁已久。晋谯王司马恬为都督，梦一人自称邓公，求治舍宇。恬乃令与修造之。（出《异苑》）

徐精

晋代咸和初年，徐精出远门，梦到和妻子睡觉且使她有了身孕。第二年，他从外地回到家中，妻子真的生下一个孩子。后来一问，一切都跟他梦中相同。（出《幽明录》）

商仲堪

商仲堪在丹徒县时，梦到一个人对他说："既然你有济困扶危的慈悲心肠，能否把我挪到一个干燥的地势高的地方去？也算是你对一具枯骨的恩情了。"第二天，竟顺水漂来一具棺材。商仲堪将棺材捞上来后，将他埋葬在山岗上，且用酒对他进行祭奠。商仲堪当晚就梦到那人来感谢他了。（出《梦隽》）

商灵均

晋义熙年间，商灵均做了个梦，梦中有人用绳子将他绑上就走，吓得他魂飞魄散。而另一个人却走出来说："把他放了吧。衡阳太守的职位还缺着，该在那儿取他才是。"后来，商灵均被任命为衡阳太守，想推辞都不能，然后死于衡阳任上。（出《梦苑》）

桓豁

荆州刺史桓豁，住在书房中。他有天梦见一个一丈多高的人对他说："我是龙山之神，这次来没有什么喜事，使君已经坚贞不移，我自然就会离去。"（出《甄异记》）

司马恬

京城郊外有座邓艾庙，已经坍塌了很久。在晋谯王司马恬当上了都督后，他有天梦到一个自称邓艾的人，求他为自己修建一座房舍。第二天，司马恬就派人重新修建邓艾庙。（出《异苑》）

贾弼

河东贾弼为琅琊参军，夜梦一人，瘡齇，大鼻，瞯目，请曰："爱君之貌，换君之头，可乎？"梦中不获已，遂被换去。觉而人见者悉惊走。还家，家人悉藏。自此后能半面笑啼，两手足及口中，各题一笔书之，词翰俱美。（出《幽明录》）

王奉先

有贵人亡后，永兴令王奉先梦与之相对如平生。奉先问："远有情色乎？"答云："某日至其家，问婢。"后觉，问其婢，云："此日某梦郎君来。"（出《幽明录》）

宗叔林

晋阳守宗叔林得十头鳖，付厨曰："每日以二头作臛。"其夜，梦十丈夫，皂布衣裤褶，扣头求哀。不悟而食二枚。明夜，又梦八人求命，方悟。乃放之，后梦八人来谢。（出《搜神记》）

沙门法称

宋沙门法称，临终曰："有嵩山人告我，江东刘将军应受天命。吾以三十二璧一饼金为信。"宋祖闻之，命僧惠义往嵩山。七日七夜行道，梦有一长须翁指示。及觉，分明忆所在，掘而得之。（出《冥祥记》）

贾弼

河东的贾弼被任命为琅琊郡参军。他晚上梦见一个相貌很丑的人，对他说："我实在是太喜欢你的相貌了，想和你换下脑袋行吗？"在梦中贾弼无法阻止，于是脑袋便被那人换了去。醒来后只要是看到他的人全都被吓跑了。回到家中，家里人也都吓得躲了起来。从此后，他可以用半边脸哭笑，两只手、两只脚及口中能各拿一支笔写字，写出来的诗词文章都特别有文采。（出《幽明录》）

王奉先

有位身份高贵的人死后，永兴县令王奉先梦见和他相对而坐，跟平时一样。王奉先问道："你们阴间也有男女之情吗？"那位贵人答道："你有时间的话请于某月某日到我家，问我的婢女便知。"王奉先醒后，便赶去他家去问他的婢女，婢女答说："我梦见了大人今日来我家。"（出《幽明录》）

宗叔林

晋阳太守宗叔林得了十只老鳖，对厨师说："每天拿两只鳖用来做肉羹。"当晚，他梦到十位身穿黑色布衣服的汉子，来向他叩头且苦苦哀求。宗叔林当时并没有醒悟，吃了两只老鳖。第二天晚上，他又梦到八位汉子向他跪地求他饶命。此时他才醒悟过来，便将剩下的那八只鳖全部放生了。后来他又梦见了那八个人前来向他道谢。（出《搜神记》）

沙门法称

北宋初年，佛门弟子法称，临死前说："嵩山有人告诉我，江东刘将军应受命于天。我拿三十二块宝玉和一饼金子用来当信物。"宋太祖听说了此事，命僧人惠义前往嵩山。走了七天七夜。最后那天晚上，惠义梦到一位须发飘然的老人为他指路。等他醒时，依然记得老人指给他的那个地方，在那里真的挖到了那三十二块宝玉和一饼

刘穆之

刘穆之常渡扬子江宿，梦合两船为舫，上施华盖，仪饰甚盛，以升天。既晓，有一姥问曰："君昨夜有佳梦否？"穆之乃具说之，姥曰："君必位居端揆。"言讫不见。后官至仆射丹阳尹，以元功也。（出《异苑》）

穆之又梦，有人称刘镇军相迎。旦占之曰："吾死矣，今岂有刘镇军耶？"后宋武帝遣人迎，共定大业。武帝时为镇军将军。（出《续异记》）

徐羡之

徐羡之为王雄少傅主簿。梦父作谓曰："汝从今已后，勿渡朱雀桁，当贵。"羡之后行半桁，忆先人梦，回马，而以此除主簿。后果为宰相。（出《幽明录》）

沈庆之

沈庆之元嘉中始梦牵卤部入厕中，虽忻清道，而甚恶之。或为之解曰："君必贵，然未也。卤部者，富贵之容；厕中，所谓后帝也。君富贵不在今主矣。"后果中焉。（出《拾遗录》）

金子。（出《冥祥记》）

刘穆之

刘穆之曾夜宿在扬子江的船上。梦到两只船合并为一只大游舫，盖着华丽的篷子，装饰十分讲究，这游舫刚刚升天，天便亮了。而此时有位老妇人问他："你昨晚是不是做了个好梦？"刘穆之以实相告。老妇人笑着说："你将来会当上宰相。"老妇人说完就消失了。刘穆之后来位居仆射和丹阳尹等要职，也算是功德圆满了。（出《异苑》）

刘穆之还有一个梦，梦见有人唤他刘镇军，且笑脸相迎。早上，他占了一卦后说："我应该是要死了，这里哪来的什么刘镇军啊？"后来，宋武帝派人迎他入宫，与他共商国家大事。不久后，他便被封为镇军将军。（出《续异记》）

徐羡之

徐羡之给王雄少傅当主簿。有天晚上，他梦见父亲对他说："从今以后，你不再过朱雀桥，便能一生大富大贵。"羡之有次上了朱雀桥，在走到一半时，想起父亲的那个梦，就立刻策马返回。然后他被免去了主簿的职务。后来，他吸取这次教训，最后当了宰相。（出《幽明录》）

沈庆之

沈庆之，宋文帝元嘉年间人。梦见自己带着仪仗队伍进了茅房。虽然里面清洁，却还是令他很是厌恶。有人为他解梦说："以后你一定会非常富贵。等到以后，仪仗队就是富贵的标志，厕所指的是后帝。你在当今皇帝在位时得不到富贵。"后来等到皇帝死了，太子继位，他果然富贵了。（出《拾遗录》）

明褰之

元嘉九年，征北参军明褰之有一从者，夜眠大魇，褰之自往唤之，顷间不能应。又失其头髻，三日乃寤。说云：“被三人捉足，一人髻之。忽梦见一道人，以丸药与之，如桐子，令以水服之。”及悟，手中有药，服之遂瘥。（出《幽明录》）

刘 诞

竟陵刘诞，在广陵，左右直眠，梦人告之曰：“官须发为稍旄。”则觉已失发矣，如此数十人。（出《续异记》）

袁愍孙

袁愍孙，世祖出为海陵守，梦日堕身上，寻而追还，与机密。（出《拾遗记》）

刘沙门

刘沙门居彭城，病亡。妻贫儿幼，遭暴风雨，墙宇破坏。其妻泣拥稚子曰：“汝爷若在，岂至于此！”其夜梦沙门将数十人料理宅舍，明日完矣。（出《甄异记》）

诸仲务

诸仲务一女显姨，嫁为米元宗妻，产亡于家。俗闻产亡者，以墨点面。其母不忍，仲务密自点之，无人见者。元宗为始新县丞，梦妻来上床，分明见新白妆面上有墨点。（出《搜神记》）

明褭之

南朝宋文帝元嘉九年，北伐参军明褭之有个随从，夜晚睡觉时被吓得大叫。明褭之亲自去喊他，好久却没有应答。头上的发髻也没看到，直到三天后才睡醒。对大家说："我梦见被三个人按住脚，一个人割去了我的发髻。然后有一位道士掏出一丸药给我，那药有点像一颗梧桐子，让我用水把它服下去。"醒来后，他手中果然有一丸药，他服下之后病马上就好了。（出《幽明录》）

刘 诞

竟陵太守刘诞，带人来到广陵。当手下人全都睡着了时，他梦到有人对他说："官府需要头发做长矛和旗帜。"当他醒来后，他便没了头发，而还有几十人也和他一样。（出《续异记》）

袁愍孙

袁愍孙，宋太祖时任海陵郡守。他梦到太阳落到自己身上。然后太祖就把他召回，让他参与机密要事。（出《拾遗记》）

刘沙门

刘沙门家住彭城，因病而死。撇下孤儿寡母。又遭遇暴风雨，家中房子遭到严重损毁。妻子搂着小儿子哭泣道："要是你父亲还活着，无论如何我们也不致落到这般地步啊！"当夜，她便梦见丈夫带着几十人前来修理房子。第二天醒来，家中的房子已经修补好了。（出《甄异记》）

诸仲务

诸仲务有个女儿，名叫显姨，嫁给米元宗为妻，显姨因生孩子难产死在家中。老百姓们常说，难产而死的女人，都要在脸上点上墨汁。她母亲不忍这样做，于是父亲诸仲务便悄悄地给她点上，没让其他人看到。米元宗当上始新县令，梦到妻子，看见她化了妆的脸上

孙氏

有孙氏求官，梦双凤集其两拳，以问占者宋董。曰：“凤凰非梧桐不栖，非竹实不食。卿当大凶，非苴杖，即削杖。”后孙氏果遭母丧。（出《集异记》）

桓誓

桓誓字明期，居豫章时，梅玄龙为太守，先已病矣，誓往看之。语玄龙云：“吾昨夜忽梦见君，着丧衣来迎我。”经数日，复梦如前，云：“二十八日当拜。”二十七日，桓忽中恶，就玄龙索麝香丸。玄龙闻，令作凶具。二十七日，桓亡。二十八日，龙卒。（出《续搜神记》）

张寻

巴西张寻梦庭生一竹，节相似，都为一门。以问竺法度，云：“当暴贵，但不得久矣。”果然如其所言。（出《述异记》）

徐祖

嘉兴徐祖幼孤，叔隗养之如所生。隗病，祖营作甚勤。是夜，梦二人来云：“汝叔应合死也。”祖叩头祈请哀愍。二人云：“念汝如此，为活之。”祖觉，叔乃瘥。（出《搜神记》）

有墨点。（出《搜神记》）

孙 氏

有位姓孙的人，一直想当官。他有天梦见一对凤凰落在手上。醒来后，他去问算命先生宋董。宋董说：“凤凰非梧桐树不落，非竹子种子不食。如此看来，你将有大难了。你不是拿居父丧的苴杖，就是要拿居母丧的削杖。”后来，他的母亲没多久就死了。（出《集异记》）

桓 誓

桓誓，字明期。住豫章郡时，梅玄龙任太守。梅玄比桓誓先病倒了，桓誓去探望他，对玄龙说：“我昨夜梦见你身穿丧衣来接我。”几天之后，桓誓又做了同样的梦，并梦见梅玄龙与自己约定二十八日再相见。二十七日那晚，桓誓忽然病倒了，派人向梅玄龙要麝香丸。玄龙听说此事后，便吩咐家中下人赶紧备下棺材。桓誓于二十七日病故，二十八日梅玄龙也死了。（出《续搜神记》）

张 寻

巴西郡张寻，梦到院子里长了一棵竹子，竹子每节都一样长，且成门形。张寻为此去请教竺法度，回答说：“你将来会大富大贵，却不能长久。”后来都如他所说。（出《述异记》）

徐 祖

嘉兴县的徐祖，幼年时父母双亡，被叔叔徐隗收养，视他为己出。忽有一日，徐隗病倒。徐祖忙前忙后十分勤快。当夜徐祖梦到两人对他说：“你叔叔要死了。”徐祖急忙跪下磕头，祈求他们能免他叔叔一死，十分悲痛的样子。那二人说：“看在你如此孝顺的份上，就让他活着吧！”徐祖醒后，他叔叔的病也好了。（出《搜神记》）

桓邈

桓邈为汝南，郡人赍四乌鸭作礼。大儿梦四乌衣人请命，觉，忽见鸭将杀，遂救之，买肉以代。还梦四人来谢而去。（出《幽明录》）

周氏婢

陈留周氏婢入山取樵，倦寝。忽梦一女子，坐中谒之曰：“吾目中有刺，愿乞拔之。”及觉，忽见一棺中有髑髅，眼中草生，遂与拔之。后于路傍得双金指环。（出《述异记》）

何敬叔

何敬叔少奉法，作一檀像，未有木。先梦一沙门纳衣杖锡来云：“县后何家桐甚良。”觉，如梦求之，果得。（出《冥祥记》）

桓邈

桓邈任汝南郡太守时，手下人有天送来四只黑色的鸭子为礼。他大儿子当夜梦见四个身穿黑衣的人求他救命。醒来后，便看到四只鸭子马上就要被杀了，于是急忙救下来，并买了几斤肉替代。事后，他还再次梦到那四人前来向他道谢呢！（出《幽明录》）

周氏婢

陈留县老周家的婢女，上山砍柴时睡着了。她梦见一女子坐在面前拜道："我眼里有刺，请帮我拔去吧。"婢女即刻醒来，忽然看到一口棺材，棺内有具骷髅，头骨眼中已经长了草，她立刻拔下来。后来，她在路边拾到一对金戒指。（出《述异记》）

何敬叔

何敬叔年少时喜欢佛学，想做个檀木佛像供起来，却没有找到合适的木头。而此时他梦见一个穿着粗布衣拄着禅杖的和尚，对他说："县城后面何家的梧桐树就不错。"何敬叔醒来后，按照梦中的地点去找，果然找到了一棵梧桐树。（出《冥祥记》）

卷第二百七十七　梦二

阎英

后魏阎英为肥城令，梦日堕所居黄山水中，村人以车牛挽致不出，英抱戴而归。后至散骑常侍。（出《梦隽》）

宋琼

后魏宋琼母病，冬月思瓜。琼梦见人与瓜，觉，得之手中。时称孝感。（出《梦隽》）

宋颖妻

后魏宋颖妻邓氏，亡十五年。忽梦亡妻向颖拜曰：“今被处分为高崇妻，故来辞。”流涕而去。数日崇卒。（出《梦隽》）

卢元明

后魏卢元明，字幼章，为中书侍郎。孝武永熙末，乃居洛东缑山。时元明梦友人王由携酒就之言别，赋诗为赠。及觉，忆其诗十字云：“自兹一去后，朝市不复游。”元明叹曰：“由性不狎俗，旅寄人间，乃有今梦。诗复如此，必有他故也。”经三日，果闻由为乱

闾英

后魏时，闾英任肥城县县令。有天，他梦到太阳落进他住处黄山下的水里，村人用牛车也拉不出，闾英上前将太阳抱入怀中然后回家。后来，他的职位一直升到散骑常侍。（出《梦隽》）

宋琼

后魏时，宋琼母亲病危，在寒冷的三九天想吃西瓜。宋琼在晚上做了个梦，梦见有人给了他一个西瓜。醒来后，他竟然真的得到了一个西瓜。当时的人们说，是因他的孝心感动了上苍。（出《梦隽》）

宋颖妻

后魏时，宋颖的妻子邓氏死了有十五年了。一日，他忽然梦见妻子向自己下拜，还对自己说道："我如今已配给高崇为妻了，因此特地向你告别。"说完便大哭离去。几天后，高崇就死了。（出《梦隽》）

卢元明

后魏时有位叫卢元明的，字幼章，任中书侍郎。孝武帝永熙末年，他住在洛东缑山。一天，卢元明梦到友人王由带着酒来与他告别。王由边喝酒边赋诗赠给他。卢元明醒后，还记得诗中提到的十个字："自兹一去后，朝市不复游。"卢元明长叹一声道："一直以来王由清高而不媚俗，如同借居在凡世的仙人一样，我才有了这个梦。他

兵所害。寻其亡日，乃是发梦之夜焉。（出《梦记》）

元渊

后魏广阳王元渊，梦著衮衣倚槐树，问占者杨元稹。元稹言：“当得三公。”退谓人曰：“死后得三公耳，槐字木傍鬼。”果为朱荣所杀，赠司徒。（出《酉阳杂俎》）

许超

许超梦盗羊入狱，问杨元稹，元稹曰：“当得城阳令。”后封城阳侯。（出《酉阳杂俎》）

北齐李广

北齐侍御史李广，博览群书，修史。夜梦一人曰：“我心神也。君役我太苦，辞去。”俄而广疾卒。（出《独异志》）

萧铿

齐宜都王铿年七岁，出阁，陶弘景为侍读。八九年中，甚相接遇。后铿遇害。时弘景隐山中，梦铿来，惨然言别曰：“某今命过，无罪，后三年，当生某家。”弘景访之以幽中事，多秘不出。及觉，即使人至都参访，果与梦符。弘景因此著《梦记》。（出《梦记》）

能写出这样的诗句，一定是有什么不测的事发生。”三天后，卢元明便听说王由已被乱兵杀害了。查他的死期，正是卢元明做梦的那夜。（出《梦记》）

元渊

后魏时的广阳王元渊，梦到自己身着礼服倚在槐树上。第二天，他问占卜人杨元稹，杨元稹说：“你做官能做到‘三公’这样的高位。”他又对别人说：“他的高官得等他死后才能得到。‘槐’字，就是木旁边的鬼。”不久后，元渊被朱荣所杀，死后被封为司徒。（出《酉阳杂俎》）

许超

许超梦到自己因为偷羊而被关进监狱。醒后问杨元稹这是什么意思，杨元稹说：“你会当上城阳县令。”后来，他真的被封为城阳侯。（出《酉阳杂俎》）

北齐李广

北齐，侍御史李广，博览群书而且知识渊博。一日，他因编纂史籍太累而睡着了。梦中有个人说：“我是你的心神，你把我役使得太辛苦，我得走了。”没多久李广便得病死了。（出《独异志》）

萧铿

南朝齐宜都王萧铿，七岁时受藩封，陶弘景为侍读。在八九年间，两人相处得很融洽。后来，萧铿被害。陶弘景躲进山中，梦到萧铿神情凄惨地与他告别。说：“我的寿命已尽，又因生前没有犯下什么罪过，三年后，我会投生在我们家。”陶弘景想打听阴间的事，可他无论如何也不肯告诉他。醒来后，陶弘景对此半信半疑。三年后，他派人到宜都打听，果然跟梦中说的一样。为此，陶弘景写下了一本《梦记》。（出《梦记》）

徐孝嗣

徐孝嗣，字始昌，曾在率府，昼卧北壁下。梦两童子，遽云："移公床。"孝嗣惊起，壁有声，行数步而壁倒，压床。（出《谈薮》）

梁江淹

宣城太守济阳江淹少时，尝梦人授以五色笔，故文彩俊发。后梦一丈夫，自称郭景纯，谓淹曰："前借卿笔，可以见还。"探怀得五色笔，与之。自尔淹文章踬矣，故时人有才尽之论。（出《南史》）

代宗

李辅国恣横无君，代宗渐恶之。因寝，梦登楼，见高力士领数百铁骑，以戟刺辅国，流血洒地，前后歌呼，自北而去。遣谒者问其故，力士曰："明皇之命也。"帝觉，不辄言。及辅国为盗所杀，帝异之，方以其梦话于左右。（出《杜阳杂编》）

徐善

江南伪中书舍人徐善，幼孤，家于豫章。杨吴之克豫章，善之妹为一军校所虏。既定，军校得善，请以礼聘之。善自以旧族，不当与戎士为婚，固不许。乃强纳币焉，悉掷弃之。临以白刃，亦不惧，然竟虏之而去。善即诣杨都，求见吴杨渥而诉之。时渥初嗣藩服，府廷甚严，僭拟王者，布衣游士，旬岁不得一见。而善始至白沙，渥夜梦人来言曰："江西有秀才徐善，将来见公，今在白沙逆旅矣。其人良士也，且有情事，公可厚遇之。"且即遣骑迎之。

徐孝嗣

徐孝嗣，字始昌。曾在帅府里住着。一天，他白日在北墙下睡着了，梦到两个小童，说要挪他的床。徐孝嗣惊醒，就听见墙壁有响动，跑开几步那墙就倒了，将他的那张床压住了。（出《谈薮》）

梁江淹

南朝梁时，宣城太守济阳人江淹，小时候曾梦到有人送了一支五色笔给他，因此他文采飞扬，才气横溢。但他后来又梦到一个自称郭景纯的人，对他说："借给你的那支笔，现在该还我。"于是江淹从怀中掏出那支五色笔，还给他。而自那以后江淹的文采变得越来越平凡，这才有了后来江郎才尽的说法。（出《南史》）

代　宗

李林甫素来横行无忌，皇帝他都不放在眼里，代宗对他逐渐生厌了。一天，代宗梦见自己登楼，忽然看到高力士带着好几百兵马，用戟刺向李林甫，血洒在地上，一路欢呼着向北而去。代宗派人去问究竟是什么原因，高力士说："是唐明皇的命令啊。"代宗惊醒后，什么也没有说。直到李林甫被强盗所杀后，代宗深感惊异，才将梦讲给身边的人听。（出《杜阳杂编》）

徐　善

江南吴杨中书舍人徐善，自幼时父母双亡，家住豫章郡。吴王杨行密攻克豫章后，徐善的妹妹被一个军官掳了去。既成事实，那军官来找徐善，一并送来的还有定亲聘礼。徐善觉得是前朝中人，不宜与他结亲，便没同意。那军官还是硬塞给他钱币，却被他全扔了。然后，军官又拿刀架到了他脖子上，可他一点都不畏惧。那军官便直接把他妹妹带走了。徐善立刻赶到都城告状，想着找杨渥告状。当时杨渥刚掌大权，规矩极严，深居简出，一般人一年也见不上一面。徐善到江西白沙这日，杨渥便梦见有人对他说："江西有位叫徐善的秀

既至，礼遇甚厚，且问所欲言，善具白其妹事，即命赎归于徐氏。时歙州刺史陶雅闻而异之，因辟为从事。（出《稽神录》）

梦休征上

隋文帝

隋文帝未贵时，常舟行江中。夜泊中，梦无左手。及觉，甚恶之。及登岸，诣一草庵。中有一老僧，道极高，具以梦告之。僧起贺曰：“无左手者，独拳也，当为天子。”后帝兴建此庵为吉祥寺，居武昌下三十里。（出《独异志》）

唐高祖

唐太宗为秦王时，年十八，与晋阳令刘文靖首谋之夜，高祖梦堕床下，见遍身为虫蛆所食，甚恶之。咨询于安乐寺智满禅师。师俗姓贾氏，西河人也，戒行高洁。师曰：“此可拜乎！夫床下者，陛下也。群蛆食者，所谓群生共仰一人活耳。”高祖嘉其言。又云：“贫僧颇习《易》，以卦之象，明夷之兆。按《易》曰，巽在床下，纷若无咎。而早吉晚凶，斯固体大，不可以小。小则败，大则济，可作大事，以济群生，无往不亨，乃必成乎。”高祖动容曰：“虽蒙善诱，未敢当。”禅师眄秦王曰：“郎君与大人并叶兆梦，是谓干父之蛊，考用无咎。天理人事，昭然可知，不可固拒，天之与也。天与不取，必受其咎，无乃不可乎？”高祖拜而谢曰：“弟子何幸，再烦才，想来见你，而今在白沙旅舍。此人才华横溢，还有事向您陈请，你要好好待他。”天亮后，杨渥立刻派人去请徐善。徐善来到都城，受到极高的待遇。杨渥问他有什么想要对自己说的，徐善便把妹妹被抢的事说了。杨渥当即命令那位军官将徐善的妹妹还给徐家。歙州刺史陶雅听说了此事深感惊讶，后来徐善被任命为从事。（出《稽神录》）

梦休征上

隋文帝

隋文帝还没当皇帝时，常乘着船在江中漂游。有天夜泊时，他梦到自己没了左手。醒来以后，心中十分不悦，上岸后走到一座小草屋。屋里有位道法极高的老和尚，隋文帝便把自己的梦讲给了他听。老和尚听后起身贺道："失去左手就是独拳（权）的意思啊，你将来能成为皇帝。"隋文帝登基后便在此建了座寺庙，叫吉祥寺。这寺庙位于武昌下游三十里处。（出《独异志》）

唐高祖

唐太宗还是秦王时，年仅十八岁。与晋阳县令刘文靖初次密谋起事那晚，高祖梦到自己掉到床下，全身被蛆虫爬满了，令人作呕。第二天，他问安乐寺智满禅师这个梦是吉是凶。智满禅师姓贾，是西河人，修养很高。禅师说："你该朝天拜谢呀！床下就是陛下的意思；蛆虫吃你，是百姓仰仗你一人生活。"高祖赞许地点点头。智满禅师又说："我十分熟悉《易经》，可以用卦象解释其中的征兆。按易经上解释，巽在床下，杂乱不堪，表面上没有凶事，但实际上是先吉后凶。你虽身材高大，但不能做小事，做小事一定会失败。你该做大事，做大事一定会成功。若你为民济世，会很容易取得成功。"高祖听后非常激动地说："十分感谢你的好心诱导，但我实不敢当。"禅师斜眼看了唐太宗一眼，说："关于你所做的梦的解释，和那些成大

郑重丁宁之意，敢不敬从。”（出《广德神异录》）

戴胄

戴胄素与舒州别驾沈裕善。胄以唐贞观七年死，至八年八月，裕在州，梦其身行于京师义宁坊西南街。每见胄著故弊衣，颜容甚悴，见裕悲喜。问：“公生平修福，今者何为？”答曰：“吾昔误奏杀人，吾死后，他人杀羊祭我。由此二事，辩答辛苦，不可具言。今亦势了矣。”因谓裕曰：“吾平生与君善友，竟不能进君官位，深恨于怀。君今自得五品，文书已过天曹，相助欣庆，故以相报。”言毕而寤，向人说之，冀梦有征。其年冬，裕入京参选。有铜罚，不得官。又向人说所梦无验。九年春，裕将归江南，行至徐州，奉诏书，授裕五品，为婺州治中。（出《冥报记》）

娄师德

娄师德布衣时，常因沉疾，梦一人衣紫，来榻前再拜曰：“君之疾且间矣，幸与某偕去。”即引公出。忽觉力甚捷，自谓疾愈。行路数里，见有廨署，左右吏卒，朱门甚高，曰“地府院”。惊曰：“何地府院而在人间乎？”紫衣者对曰：“冥道固与人接迹，世人又安得而知之？”公入其院，吏卒辟易四退，见一空室，曰“司命署”。问职何如，对曰：“主世人禄命之籍也。”公因窃视之，有书数千幅，在几上。傍有绿衣者，称为案掾。公命出己之籍，按取一轴以进。公阅之，书己名，载其禄位年月，周历清贯，出入台辅，器者在同一页书上，都是要动干戈冒犯父王的罪行，但最后都能成功的，你不得不同意，上天要给予你的，若是被拒绝，那是要受到惩罚的。这没什么不行的。”高祖听完拜谢道：“弟子何其有幸，劳你如此郑重地叮嘱我，我怎敢不从命。”（出《广德神异录》）

戴胄

戴胄一直以来都和舒州别驾沈裕关系不错。戴胄于唐贞观七年死了。第二年八月，沈裕在舒州梦见戴胄在京城义宁坊西南街上行走。他身上穿着以前的一件破衣服，面容十分憔悴。看到沈裕，戴胄一时间是又悲又喜。沈裕问他过得好不好，如今在做什么。戴胄答道：“我因生前误奏一本，枉杀了好人，我死后，别人却杀羊祭奠我。因这两件事，我被折腾得苦不堪言。到今天，这件事总算过去了。”又对沈裕说：“我与你生前交好，却不能帮你晋升，心中深感遗憾。你在今日终于升为五品官了，调令已经从天曹发出，我是来给你报喜的。”戴胄又庆贺了一番。话说完沈裕便醒来了，将此事与别人讲，也希望这梦能成真。当年冬天，沈裕进京等待分配。有铜罚，不得官。于是，他又和别人说自己做的这个梦不应验。贞观九年春，沈裕回江南去，行到徐州时，皇帝的命令到了，沈裕被封为五品官，任婺州治中。（出《冥报记》）

娄师德

娄师德还是一名普通百姓时，身体常患病。有一天，他梦到一身着紫衣的人来到床前，对他拜了又拜，然后说道：“你的病快好了，先跟我走一趟吧。”然后便将他带了出来。忽然，娄师德觉得自己力气变得很大，脚步也很敏捷，病已经完全好了。走了好几里路，看到前面有一座官府，周围站着吏卒，高高的大红门。紫衣人说：“这是地府大院。”娄师德大吃一惊，问道：“为什么地府大院会在人间？”紫衣人答说：“阴间和阳间本就是相通的，可世人又如何得知呢？”娄师德走进院子，吏卒们赶紧闪到一边。看到一座空房，上面写着司寿至八十有五。览之喜，谓案掾曰："某一布衣耳，无饥冻足矣，又安敢有他望乎？"言未毕，忽有一声沿空而下，震彻檐宇。案掾惊曰："天鼓且动，君宜疾归，不可留矣。"闻其声，遂惊悟，始为梦游耳。时天已曙，其所居东邻有佛寺，击晓钟，盖案掾所谓天鼓者也。是日疾亦间焉。后入仕历官，咸如所载者。及为西京帅，一日，见黄衣使者至阁前曰："冥途小吏，奉命请公。"公曰："吾尝见司命之籍，纪吾之位，当至上台，寿凡八十有五，何为遽见命耶？"黄衣人曰："公任某官时，尝误杀无辜人，位与寿为主吏所降，今则穷矣。"言讫，忽亡所见。自是卧疾，三日乃薨也。（出《宣室志》）

顾琮

顾琮为补阙，尝有罪系诏狱，当伏法。琮一夕忧愁，坐而假寐。忽梦见其母下体，琮愈惧，形于颜色。流辈问，琮以梦告之，自谓不祥之甚也。时有善解者贺曰："子其免乎。"问："何以知之？"曰："太夫人下体，是足下生路也。重见生路，何吉如之？吾是以贺也。"明日，门下侍郎薛稷奏刑失入，竟得免。琮后至宰相。（出《广异记》）

命署。他问这里是管哪方面的，回答说里面存放着世人禄名寿命籍册。娄师德于是进去偷偷看了一眼，里面存放有几千册书，均放在几案上，有穿绿衣服的人在旁守护，这人被叫为案椽。娄师德请他拿来他本人的籍册。案椽取出一本册子递给他。他看到书上有自己的名字，也写着当官进爵的时间，一切都写得十分详细，还写了他能活到八十五岁。他看后心中大喜，对案椽说："我一小老百姓，饿不着冻不着就十分满意，怎么敢有如此奢望呢？"话还没说完，忽然听到一个声音从空而降，将屋檐震得直响。案椽一惊说："是天鼓在响，请你赶紧回去，此地不可久留。"然后娄师德便惊醒了，才知方才是梦游。此时天已经亮了，他家东边有一座佛寺，正在击钟，而钟声就是案椽所说的天鼓了。当天，他的病就好了。后来他走入仕途，步步高升，正如那个籍册上所记载的一样。一直到后来成为西京大元帅。一天，他看见一个黄衣使者到楼前说："我是阴间小吏，奉命来请你。"他说："我的禄命簿上记载着我的官位，寿命是八十五岁，成为上台星，为何这么急就要我的命呢？"黄衣人说："你在当某个职位任职时，曾错杀好人。你的官位与寿命是我的上司给的，如今他那里已经没有了。"说完娄师德便看不见那人了。然后便卧床不起，三天后就死了。（出《宣室志》）

顾琮

顾琮任补阙时，受牵连被判罪，皇帝下诏将他投入监狱，被判死刑。顾琮内心无比忧惧，和衣而睡。他梦见母亲的阴部，惊恐不已，脸都变了颜色。同狱的人问他缘由，顾琮便把做的梦告诉他们，认为此梦是大不祥之兆。当时狱中有位善于解梦的人却向他道贺："你的死罪要免了。"顾琮问何以见得？那人说："你母亲的阴部，是你出生的地方。你重新看到生路，这难道不是大吉大利吗？我就是因此才向你道贺啊！"第二天，门下侍郎薛稷奏请皇帝，顾琮之罪与事实不符，应当翻案。于是，顾琮免于一死，后来还当了宰相。（出《广异记》）

天 后

唐则天后梦一鹦鹉，羽毛甚伟，两翅俱折。以问宰臣，群公默然。内史狄仁杰曰："鹉者，陛下姓也。两翅折者，陛下二子，庐陵、相王也。陛下起此二子，两翅全也。"武承嗣、武三思连项皆赤。后契丹围幽州，檄朝廷曰："还我庐陵、相王来。"则天乃忆狄公之言曰："卿曾为我占梦，今乃应矣。朕欲立太子，何者为得？"杰曰："陛下内有贤子，外有贤侄，取舍详择，断在圣衷。"则天曰："我自有圣子，承嗣、三思是何疥癣。"承嗣等惧，掩耳而走。即降敕追庐陵，立为太子，充元帅。初募兵，无有应者，闻太子行，北邙山头皆兵满，无容人处，贼自退散。（出《朝野佥载》）

薛季昶

唐薛季昶为荆州长史，梦猫儿伏卧于堂限上，头向外。以问占者张猷，猷曰："猫儿者，爪牙；伏门限者，阃外之事。君必知军马之要。"未旬日，除桂州都督岭南招讨使。（出《朝野佥载》）

玄 宗

玄宗尝梦落殿，有孝子扶上。他日以问高力士，力士云："孝子素衣，此是韦见素耳。"帝深然之。数日，自吏部侍郎拜相。（出《广异记》）

天后

唐代，武则天梦见一只鹦鹉，羽毛丰满，两只翅膀却被折断了。醒来，她问宰相和大臣们这个梦是什么意思，众人均沉默不语。内史狄仁杰说：“鹉者，陛下的姓。两翅膀折断，是说陛下的两个儿子庐陵王和相王。若是你起用两个儿子，翅膀就全了。”一听这话，武则天的两个侄子武承嗣、武三思连脖子都红了。后来，契丹人围住幽州，向朝廷下发一道檄文，上面说：“还我庐陵王、相王来。”武则天想起狄仁杰当日的话，道：“你曾为我解梦，今天果然应验了。而今我想立太子，立谁呢？”狄仁杰说：“陛下内有贤子，外有贤侄，选谁还是由您三思后再定。”武则天说：“自然是立我的儿子，承嗣、三思算什么东西？”听她这么一说，承嗣等人心中十分害怕，趁人不备跑掉了。武则天随即降旨相王李旦，立为太子。他任大元帅，起初招兵时，几乎没人应招。后来听说太子的德行，北邙山头站满了来应招的新兵，都没有落脚的地方。敌人见状便自行撤退了。（出《朝野佥载》）

薛季昶

唐代，薛季昶任荆州长史。一日，他梦见有只小猫趴在屋前门槛上，脑袋向外张望。他问占卜人张猷，张猷说：“猫就是爪牙，也就是指武将；趴在门槛上，是说在想家外之事。看来，你定会掌握指挥兵马的要职。”十天不到，薛季昶便出任桂州都督和岭南招讨使。（出《朝野佥载》）

玄宗

唐玄宗曾梦到从殿上跌下来，有个孝子又把他扶上去。他后来问高力士这梦做何解释，高力士说：“孝子穿素衣，这是指韦见素。”玄宗觉得有理。几天后，韦见素就从吏部侍郎升任为宰相。（出《广异记》）

又

玄宗梦入井，有一兵士，著绯袴，背负而出。明日，使于兵号中寻访，总无此人。又于苑中搜访，见一掌关，着绯袴，便引见。上问：“汝昨夜作何梦？”对曰：“从井中背负日出登天。”上睹其形状，与梦相似。乃问：“汝欲官乎？”答曰：“臣不解作官，臣家贫。”遂敕赐钱五百千。（出《定命录》）

魏仍

魏仍与李龟年同选，相与梦。魏梦见侍郎李彭年使人唤，仍于铨门中侧耳听之。龟年梦有人报，侍郎注与君一畿丞。明日共解此梦，以为门中侧耳是闻字，应是闻喜。果唱闻喜尉，李龟年果唱蕲州蕲县丞。仍后贬齐安郡黄岗尉，准敕量移。乞梦，梦拾得一毛蝇子。与李龟年占议，云：“毛字千下有七，应去此一千七百里。”如其言。（出《定命录》）

陈安平

给事中陈安平子，年满赴选。与乡人李仙药卧，夜梦十一月养蚕。仙药占曰：“十一月养蚕，冬丝也。君必送东司。”数日，果送吏部。（出《朝野佥载》）

李瞿昙

饶阳李瞿昙，勋官番满选，夜梦一母猪极大。李仙药占曰：“母猪，独主也。君必得屯主。”数日，果如其言。（出《朝野佥载》）

又

玄宗梦见自己掉进井里，有一兵士，穿着带裆的红裤子，把他背上来。第二天，他派人到营房四处寻找，却怎么也找不到。又派人到禁苑搜寻，终于看到一个守门的，穿着带裆的红裤子，于是领来见皇帝。玄宗问他："昨夜做了怎样的梦？"回答说："我梦见自己从井里把太阳背上了天。"玄宗上前细看他的样貌，与梦中的那人十分相似，于是问他："想不想做官呀？"那人说："我不懂为官之道，我家很穷的。"然后玄宗赐给他五百贯钱。（出《定命录》）

魏 仍

魏仍与李龟年一起去应选，等着量才授官。当晚他们各自做了个梦。魏仍梦见侍郎李彭年被人唤去说话，自己在考场内侧耳聆听。李龟年梦见有人报告说，侍郎建议给封他为畿丞。第二天他们一起解昨晚的梦，认为门中侧耳是个闻字，应该是闻喜。魏仍果然被封为闻喜尉，李龟年被封为蕲州蕲县县丞。后来魏仍被贬为齐安郡黄岗县尉，他尊命上任，不知此行有多远。晚上，他又梦见捡到了一毛蝇子。第二天和李龟年占卜并讨论，李龟年说："毛字千下有七，此去是有一千七百里。"结果还真的一样。（出《定命录》）

陈安平

给事中陈安平的儿子，到了年纪去应选，等着量才授官。临行前，他与同乡李仙药睡在一起，梦见自己十一月养蚕。醒来后，李仙药为他占了一卦，说："十一月养蚕。冬丝（东司）也。你肯定会被送到吏部。"几天后，他果然被送到了吏部。（出《朝野佥载》）

李瞿昙

饶阳有位李瞿昙，参加有功之官的选任。晚上梦到一头非常大的老母猪。李仙药占卦后说："母猪，就是豘主。你肯定能够当上屯主。"几天后，正如他所说，李瞿昙做了屯主。（出《朝野佥载》）

赵良器

赵良器尝梦有十余棺，并头而列。良器从东历践其棺，至第十一棺破，陷其脚。后果历任十一政，至中书舍人卒。高适任广陵长史，尝谓人曰："近梦于大厅上，见叠累棺木，从地至屋脊。又见旁有一棺，极为宽大，身入其中，四面不满。不知此梦如何？"其后累历诸任，改为詹事，亦宽慢之官矣。（出《定命录》）

奚 陟

奚侍郎陟，少年未从官，梦与朝客二十余人，就一厅中吃茶。时方甚热，陟东行首坐，茶起西，自南而去。二碗行，不可得至，奚公渴甚，不堪其忍。俄有一吏走人，肥大，抱簿书近千余纸，以案致笔砚，请押。陟方热又渴，兼恶其肥，忿之，乘高推其案曰："且将去。"浓墨满砚，正中文书之上，并吏人之面手足衣服，无不沾污。及惊觉，夜索纸笔细录，藏于巾笥。后十五年，为吏部侍郎。时人方渐以茶为上味，日事修洁。陟性素奢，先为茶品一副，余公卿家未之有也。风炉越瓯，碗托角匕，甚佳妙。时已热，餐罢，因请同舍外郎就厅茶会。陟为主人，东面首坐，坐者二十余人。两瓯缓行，盛又至少，揖客自西面始，杂以笑语，其茶益迟。陟先有痟疾，加之热乏，茶不可得，燥闷颇极。逡巡，有一吏肥黑，抱大文簿，兼笔砚，满面沥汗，遣押。陟恶忿不能堪，乃于阶上推曰："且将去。"并案皆倒，正中令史面，及簿书尽污。坐客大笑。陟方悟昔年之梦，语于同省。明日，取所记事验之，更无毫分之差焉。（出《逸史》）

赵良器

赵良器曾梦到十多口棺材，被并排摆在地上。他从东依次踩着棺材走，到第十一口时，那棺材破了，脚陷了进去。后来，他历任十一个职务，官至中书舍人时死了。高适任广陵郡长史，曾对人说："我近日梦到大厅内叠放了许多棺材，从地上摞到屋顶。而旁边还摆了一口棺材，十分宽大，躺进去后还有很大的空间。不知道这个梦预示着什么？"他此后一连担任了许多职务，最后为执掌皇后、太子家事的詹事，是个清闲自在的官职。（出《定命录》）

奚陟

奚陟是侍郎。在他少年还没当官时，曾梦到和来访的二十多位客人，一起坐在厅中喝茶。当时正值天气炎热，奚陟坐在从东面数的首位上，茶从西开始敬，再向南而去。两碗端上来，都还没轮到奚陟，又实在是渴得厉害，难以忍受了。一会儿，有个长得又高又胖的小吏走上来，抱着一摞子簿书，在案几上摆上笔砚，请在座的一一署名。奚陟又热又渴，对那小吏十分不悦，便推翻案几道："快拿开！"浓浓的墨水便溅在了文书上，把小吏的衣服、手脚和脸全都弄黑了。然后就醒了。当夜他拿起笔墨，将梦中的情景详细记录，藏在放衣物的竹器里。十五年之后，奚陟任吏部侍郎。此时人们正逐渐把茶视为上品，一天比一天讲究。奚陟平日里十分奢侈，他置办了一套上好的茶具，是公卿家中都没有的。风炉越瓯，碗托角匕，十分美妙。又到了夏天，吃完午饭，他请客人在厅中喝茶。奚陟是主人，坐了东面的首位，在座的一共有二十余人。两个茶碗上的极慢，装得又不多，还得请客人从西面开始喝，说说笑笑的更显得茶上慢了。奚陟之前身体就不好，加上天热，又喝不上茶，心中急躁又烦闷。过了一会儿，有个又黑又胖的小吏，抱着一摞文簿进来。摆好笔砚，满脸是汗，请大家签名。奚陟当时很是生气，站在台阶上推了一把那小吏："快拿开！"这时案几倒下，墨水泼了那小吏一脸，文簿也全都染污了，客人们见状大笑。奚陟这便想起当年那个梦。这两件事简直是一模一

张鷟

张鷟曾梦一大鸟，紫色，五彩成文，飞下，至庭前不去。以告祖父，云："此吉祥也。昔蔡衡云：'凤之类有五，其色赤文章凤也，青者鸾也，黄者鹓雏也，白者鸿鹄也，紫者鸑鷟也。'此鸟为凤凰之佐，汝当为帝辅也。"遂以为名字焉。鷟初举进士，至怀州，梦庆云覆其身。其年对策，考功员外骞味道以为天下第一。又初为岐王属，夜梦著绯乘驴。睡中自怪："我衣绿裳，乘马，何为衣绯却乘驴？"其年应举及第，授鸿胪丞，未经考而授五品。此其应也。（出《朝野佥载》）

裴元质

河东裴元质初举进士。明朝唱策，夜梦一狗从窦出，挽弓射之，其箭遂擘。以为不祥，问曹良史，曰："吾往唱策之夜，亦为此梦。梦神为吾解之曰：'狗者第字头也，弓第字身也，箭者第竖也，有擘为第也。'"寻而唱第，果如梦焉。（出《朝野佥载》）

潘玠

潘玠自称出身得官，必先有梦。与赵自勤同选，俱送名上堂，而官久不出。后玠云："已作梦，官欲出矣。梦玠与自勤同谢官，玠在前行，自勤在后。及谢处，玠在东，公在西，相视而笑。"其后三日，果官出。玠为御史，自勤为拾遗。同日谢。初引，玠在前先行，自勤在后。入朝，则玠于东立，自勤于西立，两人遂相视而笑。如

样！第二天，奚陟取出当年那个梦的记录进行对照，分毫不差。（出《逸史》）

张 鷟

张鷟曾梦见一只紫色的大鸟，从天而降，落在他家门前不愿离去。他告诉祖父，祖父说："这是个好兆头。当年蔡衡说：'凤有五种，红色的称为凤，青色的是鸾，黄色的是鵷雏，白色的是鸿鹄，紫色的叫鸑鷟凤凰。'这鸟是凤凰的辅鸟，将来你能够辅佐帝王。"便给他取了张鷟这个名字。张鷟中了进士后到怀州，梦见吉祥之云盖在他的身上。这年他应答朝廷的策问，主考官骞味道认为他颇有见地。可以算作天下第一，后来又为岐王效力。晚上他梦见自己穿着红衣骑在毛驴上，还责怪自己，该穿绿衣裳骑在马上的，怎么能穿着红衣裳骑在驴上呢？当年科举又考中了，被授予鸿胪丞一职。后来又授他五品官。便应验了他的那个梦。（出《朝野佥载》）

裴元质

河东裴元质初试便中了进士。第二年进京对策，梦见一条狗从洞里钻出，他赶忙拉弓射箭，却被撇到了一边，裴元质认为此梦不祥。然后去问曹良史，曹良史说："当年我进京对策时，也做过同样的梦。神仙为我解梦说：'狗即犬，犬字的左体写法就是第的头，弓是第字的身子，箭是第字那竖，有撇才念第。'"上殿后他对答如流，唱策中第，梦便应验了。（出《朝野佥载》）

潘 玠

潘玠说，每次自己参加考试被封官职前，都会有梦预兆。当年，他与赵自勤一起去应试，考卷呈上堂后，却好长时间没有公布结果。后来潘玠说："他做了个梦，考试结果马上就要公布了。他与赵自勤都被选中了，两人一起去谢主考官，自己走在前面，而赵自勤跟在后面。到堂前潘玠在东，赵自勤在西，二人相视而笑。"几天后，考试

其梦焉。(出《定命录》)

樊系

员外郎樊系，未应举前一年，尝梦及第。榜出，王正卿为榜头，一榜二十六人。明年方举，登科之后，果是王正卿为首，人数亦同。系又自校书郎调选，吏部侍郎达奚珣深器之，一注金城县尉。系不受。达奚公云：“校书得金城县尉不作，更作何官？”系曰：“不敢嫌畿尉，但此官不是系官。”经月余，本铨更无阙与换，抑令入甲，系又不伏。其时崔异于东铨注泾阳尉，缘是忧阙，不授。异，尚书崔翘之子。遂别求换一阙，适遇系此官不定。当日榜引，达奚谓云：“不作金城耶，与公改注了。公自云合得何官耶？”系云：“梦官合带阳字。”达奚叹曰：“是命也。”因令唱示，乃泾阳县尉。(出《定命录》)

吕谭

吕谭尝昼梦地府所追，随见判官。判官云：“此人勋业甚高，当不为用。”谭便仰白：“母老子幼，家无所主。”控告甚切，判官令将过王。寻闻左右白王：“此人已得一替。”问替为谁，云是蒯適。王曰：“蒯適名士，职当其任。”遂放谭。谭时与妻兄顾况同宿，即觉，为况说之。后数十日，而適摄吴县丞，甚无恙。而况数玩谭，以为欢笑。適月余罢职，修第于吴之积善里。忽有走卒冲人，谒云：“丁侍御传语，令参三郎。”適云：“初不闻有丁侍御，为谁？”卒曰：“是仙芝。”適曰：“仙芝卒于余杭，何名侍御？”卒曰：

结果终于公布了，潘玠被封为御史，赵自勤被封为拾遗。二人同天去向主考官致谢。主考官将二人举荐给皇帝，潘玠走在前面，赵自勤跟在后面。到了殿上，潘玠站在东侧，赵自勤站在西侧，随即二人相视一笑，和梦中完全一样。（出《定命录》）

樊系

员外郎樊系，在参加科举的前一年，曾梦到自己考中了。试榜贴出后，王下卿为第一名，这榜共计二十六人。第二年考试，考中之后，果然是王正卿第一名，人数也相同。樊系从校书郎调任到别处，吏部侍郎达奚珣说："你不愿做金城县尉，想做什么官？"樊系说："不敢嫌弃县尉的职位小，只因这个职位不是我能当的。"经过一个多月的选择考量，没有其他职位能与他调换。准备让他入甲，他还是不愿意。而此时崔异被任命为泾阳县尉，因这个职位并不是很理想就没给他。崔异是尚书崔翘的儿子，想换一个其他的官职。恰巧遇到樊系的官职没确定，于是当天就定下来写在簿上。达奚对樊系说："你不愿做金城县尉，我给你改派到别的地方了。你说你应该得到什么官职吧。"樊系说："梦中说我的官职应该带个阳字。"达奚叹道："这真的是命啊！"于是命手下人宣布，泾阳县尉真的带个阳字。（出《定命录》）

吕谭

吕谭曾在白日里梦到自己被阴曹地府的人追捕，还被拉去见了判官。判官说："这人功绩很高，不能召他来阴间做官。"吕谭抬头述说道："我母亲年老而孩子年幼，家中无人主事怎么可以？"他言辞恳切，于是判官去问阎王。一会儿，就听到手下人对阎王说："此人已经找了一个替身。"阎王问谁是那个替身，说是蒯适。阎王说："蒯适是位名士，就让他担任此职务吧！"然后吕谭就被放了回来。当时，吕谭与舅兄顾况一起住，醒来后便将梦告诉了。几十天后，蒯适被任命为吴县县丞，身体非常好。顾况几次逗吕谭，与他开玩笑。蒯适

“地下侍御耳。”适恶之曰：“地下侍御，何意传语生人？”卒曰：“兼令相追，不独传语。名籍已定，难可改移。”适求其白丁侍御：“己未合死，乞为求代。”卒去复来，云：“侍御不许，催令促装。”因中疾，数日而死。（出《广异记》）

一个多月后被免职，于吴县积善里修建府第。忽然有个士兵冲进他家，拜道：“丁侍御传令，命我来参见你。”蒯适说：“谁是丁侍御？我并不认识他啊！”士兵说他叫丁仙芝，蒯适说：“丁仙芝死在余杭，怎么成了侍御？”士兵说：“他是阴间的侍御。”蒯适心中不喜，说：“既是阴间的侍御，为何传话给在世的人？”士兵说：“想要你与他相随。不仅是传话，名籍都定下来了，不得更改。”蒯适恳请他对丁侍御求情，自己不该死。士兵去后又回来，说：“侍御不同意，催你准备一下后，马上出发。”然后，蒯适生病了，几天后就死了。（出《广异记》）

卷第二百七十八　梦三

梦休征下

张　镒

张镒，大历中守工部尚书判度支，因奏事称旨，代宗面许宰相，恩泽甚厚。张公日日以冀，而累旬无信。忽夜梦有人自门遽入，抗声曰："任调拜相。"张公惊寤，思中外无其人，寻译不解。有外甥李通礼者，博学善智。张公因召面示之，令研其理。李生沉思良久，因贺曰："舅作相矣。"张公即诘之，通礼答曰："任调反语饶甜，饶甜无逾甘草，甘草独为珍药，珍药反语，即舅名氏也。"公甚悦。俄有走马吏报曰："白麻下。"公拜中书侍郎、平章事。（出《集异记》）

楚　寔

著作佐郎楚寔，大历中，疫疠笃重，四十日低迷不知人。后一日，忽梦黄衣女道士至寔所，谓之曰："汝有官禄，初未合死。"因呼范政将药来。忽见小儿，持琉璃瓶，大角碗写药。饮毕便愈。及明，许叔冀令送药来。寔疾久困，初不开目。见小儿及碗药，皆昨

梦休征下

张 镒

张镒于唐朝大历年间，任职工部尚书判度支，因做事称职，代宗皇帝当面承诺要封他为相。皇恩深厚。此后，张镒便盼着封他为相的诏书下来，但几十天过去了，也没有封相的消息。有一日，他梦到有人急急忙忙推门而入，大声道："恭喜你升任宰相了。"张镒惊醒，看到屋里屋外半个人也没有，这是怎么回事呢？他的外甥李通礼，博学多才，且十分聪明，张镒便将他叫来，讲了自己做的那个梦，让他琢磨其中的玄妙。李通礼沉思良久，祝贺道："舅舅是真的要当宰相了。"张镒立即追问了句何以见得？通礼回答说："任调的反语是饶甜，饶甜超不过甘草，甘草独自为一种珍药。珍药的反语就是舅舅的名氏了。"张镒听后心中大喜。过了会儿，便有走马吏来报说："诏书下来了。"果然，张镒被封为中书侍郎平章事，也就是拜相了。（出《集异记》）

楚 寔

唐大历年间，楚实任著作佐郎，掌撰拟文字。他染疾后病情严重，四十多天低烧昏迷，人事不省。有一天，他梦见一黄衣女道士来到他面前，说："你有官禄之命，现在死不了。"然后叫范政将药端来。这时忽然看到一小孩，手中拿着琉璃瓶和一大角碗泻药。楚实喝

夜所见，因呼小儿为范政，问之信然。其疾遂愈。（出《广异记》）

杨炎

故相国杨炎未仕时，尝梦陟高山之巅，下瞰人境，杳不可辨。仰而视之，见瑞日在咫尺，红光赫然，洞照万里。公因举左右手以捧之，炎燠之气，如热心目。久而方寤，视其手，尚沥然而汗。公异之，因语于人，有解者曰："夫日者，人君像也。今梦登山以捧日，将非登相位而辅人君乎？"其后杨公周历清贯，遂登相位，果叶捧日之祥也。（出《宣室志》）

窦参

贞元中，相国窦参为御史中丞。尝一夕梦德宗召对于便殿，问以经国之务。上喜，因以锦半臂赐之。及寤，奇其梦，默而念曰："臂者庇也，大邑所以庇吾身也。今梦半臂者，岂上以我叨居显位，将给半俸，俾我致政乎？"蹙然久之。因以梦话于人，客有解曰："公之梦，祥符也。且半臂者，盖被股肱之衣也。今公梦天子赐之，岂非上将以股肱之位而委公乎？"明日，果拜中书侍郎、平章事。（出《宣室志》）

李逢吉

李逢吉未掌纶诰前，家有老婢好言梦，后多有应。李公久望除官，因访于婢。一日，婢至惨然，公问故，曰："昨夜与郎君作梦不好，意不欲说。"公强之，婢曰："梦有人舁一棺至堂后。云：'且完病就痊癒了。天亮后，许叔冀派人送药来，楚实因病得太久了身体十分困倦，连眼睛都睁不开。当他看到那小孩儿和药碗时，发现竟与梦中所见一样。他喊小孩儿范政，问时竟真的叫范政。喝了药，他的病立马就好了。(出《广异记》)

杨炎

已去世的老宰相杨炎在还没当官时，曾梦到自己登上高山的山顶，俯视人间，茫茫一片分不清。他抬头看见太阳在眼前，红光闪烁，普照万里。杨炎举起双手将它捧起。那太阳滚烫滚烫的，一直热到心中。过了很久后醒来，看着双手直冒汗呢。杨炎对此感到惊异，便将梦告诉了别人。有解梦的说："太阳是帝王的象征，他梦到自己登山捧日，这不是要当宰相辅佐皇帝吗？"杨炎一直官运亨通，最后拜相。也就验证了自己登山捧日的梦，很是吉祥啊。(出《宣室志》)

窦参

唐朝贞元年间，窦参任职御史中丞。他梦到德宗皇帝将他召到偏殿，问他治国之道。听了他的回答后皇帝大喜，赐给他半臂锦缎。窦参醒后觉得奇怪，心中默默地念叨着："臂者庇护之意，大权才落在我的身上。而如今我梦见半臂，难道皇帝见我身居高位，只给一半俸禄，是对我执政不放心？"他内心十分忧虑，于是便将梦告诉别人。为他解梦的人说："这是个好梦啊！半臂锦缎，意思是裹胳膊和大腿的衣服；胳膊和大腿一般被认为是得力助手。你梦见皇帝赐半臂锦缎，这不就是说他将最得力助手的职位给你吗？"第二日，果真授予窦参为中书侍郎、平章事。(出《宣室志》)

李逢吉

李逢吉还没做官前，家里有位老婢女喜欢说梦，而且大多都能灵验。李逢吉一心想做官，常向老婢女请教。一天，老婢女唉声叹气地走来，李逢吉问她原因，她说："昨夜我做了个梦，非常不好。"她

置在此。'不久即移入堂中。此梦恐非佳也。"公闻甚喜，俄尔除中书舍人，后知贡举，未毕而入相。（出《因话录》）

王播

王播少贫贱，居扬州，无人知识。唯一军将常接引供给，无不罄尽。杜仆射亚在淮南，端午日，盛为竞渡之戏，诸州征伎乐，两县争胜负。彩楼看棚，照耀江水，数十年未之有也。凡扬州之客，无贤不肖尽得预焉。唯王公不招，惆怅自责。宗人军将曰："某有棚，子弟悉在，八郎但于棚内看，却胜居盘筵间也。"王公曰："唯。"遂往棚。时夏，初日方照，宗人令送法酒一榼。曰："此甚好，适令求得。"王公方愤懑，自酌将尽。棚中日色转热，酒浓昏惫，遂就枕。才睡，梦身在宴处，居杜之坐。判官在下，多于杜公近半。良久惊觉，亦不敢言于人。后为宰相，将除淮南，兼盐铁使。敕久未下，王公甚闷，因召旧从事在城者语之曰："某淮南盐铁，此必定矣。当时梦中判官，数多一半，此即并盐铁从事也。"数日果除到。后偶临江宴会，宾介皆在。公忽觉如已至者，思之，乃昔年梦。风景气候，无不皆同。时五月上旬也。（出《逸史》）

本不想说，李逢吉非得逼问她。老婢女说："我梦到有人抬着棺材到屋后，然后说暂时放在那里。但没隔多久又挪到了屋内。这恐怕不是好事。"李逢吉听后心中大喜。不久，他被任命为中书舍人，后来又担任了知贡举，没多久就拜相了。（出《因话录》）

王播

王播年少时家中贫寒，当时住在扬州，没人认识他。有个军官时常接济他，王播每次都会把食物吃得干干净净。有位叫杜亚的仆射来淮南。端午节当天，举行了盛大的龙舟赛表演，各州都征招参赛人员，其中两个县要一争胜负。各种颜色的棚子鲜艳夺目，照耀着江水，几十年都不曾有过这般热闹。凡旅居扬州的外来人员，不管是那些有才华的，还是无德无能之人都乐在其中，唯有王播没人理睬。他不由得有些怅然若失，自责不已。那位同族的军官说："我有棚子，家人都在，你进去坐着看吧，难道这不比酒宴好吗？"王播说了声好，就进了军官家的棚子。当时正逢夏天，太阳才刚升起。军官又让人送来一榼酒，说："这酒不错，刚叫人送来，你快喝点吧。"因王播心中烦闷，便自斟自饮起来，那一榼酒都快喝完了。太阳渐渐升起，酒劲也上来了，王播便昏然欲睡，就躺在了枕头上。刚入睡，就梦到自己身处筵席，坐在杜仆射的位置，判官坐在下面，人数比杜亚还多一半。很长时间后，王播被惊醒了，也不敢把梦告诉别人。后来他官至宰相，即将兼任淮南盐铁使。但诏书却很久都没来。他心中十分郁闷，便把老部下们召集来，然后对他们说："淮南盐铁使我是当定了。之前我是梦到过判官的，人数目多出了一半。意思是说我要从事盐铁工作。"几天后，诏书果然送来了。他后来在临江大摆筵席时，客人们都在。王播忽然觉得这地方似乎来过，仔细一想，就是当年的那个梦啊。风景气候都和梦中一样。当时正是五月上旬。（出《逸史》）

豆卢署

豆卢署，本名辅贞，少年旅于衢州。刺史郑式瞻厚待之，谓曰：“子复姓，不宜二名，吾为子易之。”乃书署、著、助三字授之，曰：“吾恐子群从中有同者，子自择焉。”其夕，梦老父告之：“闻使君与君易名，君当四举成名，四者甚佳。”又曰：“君后二十年牧兹郡。”又指一方地曰：“此处可建亭台。”既寤，因改名署。后已再下第，又二举。后复不第，又二举，乃成名。盖自改名后四举也。后二十年，果为衢州刺史，于所梦之地立征梦亭。（出《传载》）

韦 词

元和六年，京兆韦词为宛陵廉使房武从事。秋七月，微雨，词于公署，因昼寝。忽梦一人投刺，视之了然。见题其字曰：“李故言。”俄于恍惚间，空中有人言：“明年及第状头。”是时元和初，有李顾言及第，意甚讶其事。为名中少有此“故”字者，焉得复有李故言哉？秋八月，果有取解举人具名投刺，一如梦中，但“故”为“固”耳，即今西帅李公也。词閟梦中之事不泄，乃曰：“足下明年必擢第，仍居众君之首。”是冬，兵部侍郎许孟容知举，果擢为榜首。初，固言尝梦著宋景衣。元和十年已后，景甚著，时望籍甚，有拜大宪之耗。及景自司刑郎中知杂，出为泽州刺史，寻又物故。固言心疑其梦。长庆初，穆宗有事于圆丘，时固言居左拾遗。旧例：谏官从驾行礼者，太常各颁礼衣一袭。固言所服，因褰衣观其下，乃见书云：“左补阙宋景衣。”固言自说于班行。（出《续定命录》）

豆卢署

豆卢署，本名辅贞，少年时曾流落到衢州。衢州刺史郑式瞻对他很是器重，处处都对他照顾。有天对他说："你是复姓，名字不宜取两个字，我给你改了吧。"于是写了署、著、助三个字让他选。又说："怕你们家族中有相同名字的，你自己选吧。"当夜，豆卢署的老父亲托梦给他说："听说刺史大人给你改了名字，这样的话你四次应考就可能中举，署字上面的四字不错。"还说："二十年后你就能管理此郡了。"然后又指着一块地说："在这里可以建个亭子。"豆卢署便醒了。他改名后，一连三次应试都没考中，在第四次时终于中举。二十年后，他真的出任衢州刺史，在梦中父亲指的那块地方建了一座征梦亭。（出《传载》）

韦　词

唐元和六年，京兆韦词担任宛陵廉使房武处从事。初秋七月，细雨微微，他在白天睡着了，忽然梦到有人送来一张名帖，上面写着"李故言"三个字。过了一会儿，韦词在恍惚间听到有人在半空中说："明年及第的状元啊。"元和初年，有个李顾言中了状元。韦词惊讶地道："人们在取名时，很少有人用故字的，难道还再有一个叫李故言吗？"仲秋八月，果然有位乡试头名的举人送来名贴，和梦中一样，只是中间的"故"字为"固"，他便是现在的西帅李公。韦词没有将梦中之事泄露给他人，说："明年殿试你一定能及第，成为众人之首。"这年冬天，兵部侍郎许孟容主持殿试，李固言果然列为榜首。而当时，李固言也梦到过自己穿上了宰相宋景的衣服。元和十年后，宋景名气更大，人们对他寄予厚望，传来拜他做大官的消息。但等他从司刑郎中知杂，出任泽州刺史时，没多久就死了。李固言对这个梦十分不解。长庆初年，穆宗皇帝因事到圆丘。而当时的李固言任左拾遗。按当时的规矩，随皇帝出行的官员都要给皇帝行礼，太常会给每人发一件礼服。李固言拿起自己的那件衣服看了下，只见上面写着："左补阙宋景衣。"他便将此事跟随行的人说了。（出《续定命录》）

皇甫弘

皇甫弘应进士举，华州取解，酒忤于刺史钱徽，被逐出。至陕州求解讫，将越城关，闻钱自华知举，自知必不中第，遂东归。行数程，因寝，梦其亡妻乳母曰：“皇甫郎方应举，今欲何去？”具言主司有隙。乳母曰：“皇甫郎须求石婆神。”乃相与去店北，草间行数里，入一小屋中，见破石人。生拜之。乳母曰：“小娘子婿皇甫郎欲应举，婆与看得否？”石人点共曰：“得。”乳母曰：“石婆言得，即必得矣。他日莫忘报赛。”生即拜谢。乳母却送至店门。遂惊觉曰：“我梦如此分明，安至无验？”乃却入城应举。钱侍郎意欲挫之。放杂文过，侍郎私心曰：“人皆知我怒弘，今若庭辱之，即不可。但不与及第即得。”又令帖经。及榜成将写，钱心恐惧，欲改一人换一人，皆未决。反覆筹度，近至五更不睡，谓子弟曰：“汝试取次，把一帙举人文章来。”既开，乃皇甫文卷。钱公曰：“此定于天也。”遂不改移。及第东归，至陕州，问店人曰：“侧近有石婆神否？”皆笑曰：“郎君安得知？本顽石一片，牧牛小儿，戏为敲琢，似人形状，谓之石婆耳。只在店二三里。”生乃具酒脯，与店人共往，皆梦中经历处，奠拜石妇而归。（出《逸史》）

杜 牧

杜牧顷于宰执求小仪，不遂；请小秋，又不遂。尝梦人谓曰：“辞春不及秋，昆脚与皆头。”后果得比部员外。（出《尚书

皇甫弘

皇甫弘在华州考取了解元，将要参加殿试考进士。却因酒后失仪，将刺史钱徽给得罪了，被赶出来。于是只好到陕州求考，刚过城关就听说钱徽要从华州来陕州主持殿试考试，皇甫弘觉得自己肯定考不中了。然后就往家走，走了一段路后，睡觉时梦到已经过世的妻子乳母说："皇甫郎去应试，为何往回走呢？"皇甫弘便将事情经过一五一十地说了。乳母说："皇甫郎去求教一下石婆神。"然后带着皇甫弘去店北，在荒野里行了好几里路，走进一间小屋，看到有一石头人。皇甫弘跪下便拜。乳母说："我家小娘子的夫婿皇甫郎要去应考，老婆婆看他能否考上？"石头人点点头道："考得上。"乳母又对他说："石婆神说考得上，就肯定考得上，只是你将来不要忘了报恩还愿啊！"皇甫弘急忙拜射。乳母又把他送回旅店。皇甫弘随即醒来，大吃一惊说："这个梦如此清楚，怎么会不灵呢？"于是进城应考。钱徽想整治他，全部考卷交上来后，钱徽一一过目。他暗想："世人都知皇甫弘得罪了我，今天要是当众羞辱肯定是不行的，但让他考不中还是可以的。"于是命下人将榜拿上来，却看到皇甫弘竟名列前茅。他不由得内心一阵惶恐，想将皇甫弘的名字划掉，换另一人。经再三犹豫，却怎么也下不了决心，直到五更天都还未睡下。他对下属说："去把考卷拿来，挑一篇最好的给我。"下属照办，钱徽打开一看，却是皇甫弘的考卷。钱徽叹道："这是天意啊！"就没把皇甫弘的名字划掉。皇甫弘及第东归，走到陕州，向店家打听附近有没有石婆神？店里人都笑了，说："你是如何知道的？那本是一块顽石，放牛郎们常敲它玩，像人的模样，人们便称它为石婆婆，离此店只二三里远。"于是皇甫弘备下酒肉，随店小二来到那里，一切如梦中景象一般。他祭拜石婆婆后便回去了。（出《逸史》）

杜　牧

杜牧拜见宰执大人，想求个小曹仪的官当当，没能如愿。又想求个掌管刑狱的秋官做，还是没有成功。在梦中梦见有人对他说：

故实》）

高元裕

襄阳节度使高元裕，大和三年，任司勋员外郎，寓宿南宫。昼梦有人告曰："十年作襄刺史。"既寤，仿佛仪质，盖伟秀士也。私异之，因援毫，以隐语记于厅之东楹掩映之处，曰："大三寤襄刺十年。"洎开成三年，为御史中丞，既渝前梦，遂谓梦固虚耳。是后出入中外，扬历贵位，清望硕德，冠冕时流，海内倾注，伫升鼎铉，视刺襄，乃优贤之举耳。大中二年，由天官尚书授钺汉南，去前梦二十年矣。公谓楹上之字，无复存也，因话其事于都官韦。好奇之士，往诣求焉。自公题记后，廨署补葺亦屡矣，而毫翰焕然独存。非神灵扶持而明征于今日耶！公因屈指，以今之年，加曩之十，乃二十年矣。何阴骘之显晦微婉，及期而朗悟之如此哉！（出《集异记》）

杨敬之

杨敬之生江西观察使戴。江西应举时，敬之年长，天性尤切。时已秋暮，忽梦新榜四十进士，历历可数。寓目及半，其子在焉。其邻则姓濮阳，而名不可别。既寤，大喜，访于词场，则云有濮阳愿者，为文甚高，且有声誉。时搜访草泽方急，雅在选中。遂寻其居，则曰闽人，未至京国。杨公诫其子，令听之。俟其到京，与之往来，以应斯梦。一日，杨公祖客灞上，客未至间，休于逆旅。有自远来者，试命询之，乃贡士也。侦所自，曰："自闽。"问其姓，曰："濮阳。"审其名，曰："愿。"杨公曰："吁！斯天启也。安有

“辞别春天未到秋天，‘昆’字底与‘皆’字头啊！”后来，他在刑部当了员外郎。（出《尚书故实》）

高元裕

襄阳节度使高元裕，在唐代太和三年时任司勋员外郎，寄住南宫里。在一个白日里梦到有人对他说：“十年后你会是襄阳刺史。”然后便醒了，梦中的那位男子挺拔而且仪表堂堂，就像在眼前一般。他内心暗自惊异，拿笔用隐语把梦记在厅堂东边的门柱上。此处花草掩映，不易被发现。他这样写着：“大三寤襄刺十年。”开成三年，他任御史中丞，与梦中的职位不同，于是他说那个梦不是真的。此后他从朝廷到地方，历任各种重要职务，德高望重，名冠一时，举国注目，被封为三公之一。直到这个高位，才觉得只有优秀的贤良之士才有次格出任襄阳刺史。大中二年，他由天官尚书被授兵权镇守汉南，此时和之前的那个梦已相隔二十年之久了。他以为之前他在门柱上的字已经没有了，将此事告诉了一韦姓都官。有些心中好奇的人前去观看。自他题字后，这座房子已修整过多次，但那行字却依旧尚存，若不是神灵帮助怎么可能留到那时呢？高元裕屈指一算，算上以前的十年一共过去了二十年。在苍天默默地佑护下这真是相当微妙，而直到此时他才恍然大悟。（出《集异记》）

杨敬之

杨敬之的儿子被任命为江西观察使。江西应举时，杨敬之年龄大了，于是心中十分急切。当时正值晚秋，他梦到新榜上公布的四十名进士，历历可数。刚看到一半，便看到上面有儿子的名字。儿子后面有个姓濮阳的人，但名字又看不清。他醒来后大喜，在读书人聚集地寻访，有人说一个叫濮阳愿的，文章写得特别好，且颇有才名。当时朝廷急于遍访山林草泽的高人逸士，濮阳愿早已被选为入试秀才。于是，杨敬之找到他的住处，那人是福建人，从未来过京城。杨敬之嘱咐儿子：“等你到了京城，一定要和他多多往来，那个梦才能既梦于彼，复遇于此哉！”遂命相见。濮阳逡巡不得让，执所业以进。始阅其人，眉宇清朗；次与之语，词气安详；终阅其文，体理精奥；问其所抵，则曰：“今将僦居。”杨公令尽驱所行，置于庠序，命江西与之朝夕同处。是冬，大称濮阳艺学于公卿间，人情翕然，升第必矣。试期有日，而生一夕暴卒。杨公惋痛嗟骇，搜囊甚贫，乡路且远，力为营办，归骨闽间。仍谓其子曰：“我梦无征，汝之一名，亦不可保。”明年，其子及第，而同年无濮阳者。夏首，将关送于吏部。时宰相有言：“前辈重族口望，轻官职。竹林七贤，曰陈留阮籍、沛国刘伶、河间向秀，得以言高士矣。”是岁慈恩寺题名，咸以族望。题毕，杨闲步塔下，仰视之曰：“弘农杨戴，濮阳吴当。”恍然如梦中所睹。（出《唐阙史》）

卢贞犹子

太子宾客卢尚书贞，犹子为僧。会昌中，沙汰僧徒，斥归家，以荫补光王府参军。一夕，梦为僧时所奉师来慰，问其出处，再三告以佛氏沦破，已无所归。今为一官，徒遣旦夕，期再落顶上发，方毕志愿。且泣且诉之。良久曰：“若我志果遂兴佛法……”语未竟，见八面屯兵，千乘万骑，旌旗日月，衣裳锦绣，仪卫四合，真天子大驾。军中人喧喧，言迎光王。部整行列，以次前去。卢方骇愕应验。”杨敬之在灞上送客，客人没到，便在旅馆里先休息。此时有人从远处来，杨敬之试探着询问，才知原来此人是个贡士。问他来自哪里，回答说：“福建。”又问：“你贵姓？”答：“姓濮阳。”再问：“你叫什么名字？”“我叫愿。”杨敬之长叹一声道：“苍天有灵。”要不然，怎么会做那样的梦，还遇到了这样的事呢？然后叫来儿子认识。在濮阳愿还心存顾虑而犹豫不定时，儿子杨戴已经带着书进来了。他观察濮阳，见他长得眉清目秀，与他交谈，只觉得他谈吐稳健。又翻阅了他的文章，更是写得十分精妙。杨敬之问他要去哪里，回答说：“就住在这里。”杨敬之打发走他的随从，将他安置在学堂，让儿子与他朝夕相处。这年冬天，杨敬之称赞濮阳学问高深，能与公卿们一比高下，若天理和人情相合，他肯定能及第。然而，在考试前几天，濮阳却在一个夜里暴病而亡。杨敬之对此深感惋惜和惊骇。在帮他整理遗物时，杨敬之才发现濮阳几乎一贫如洗，且离家又远，经过一番奔走，才将他的遗骨送回福建。他对儿子说：“我的梦不灵，你的这一名，恐怕也是保不住了。”第二年，他儿子考中进士，榜上没有濮阳的名字。初夏，公文送到吏部后，宰相说：“前辈重族有名望，声名显赫，轻官职的。号称竹林七贤，如陈留的阮籍，沛国的刘伶，河间的向秀等，因此被人称为高士。”当年，到慈恩寺题名，每个中举的人都写下了族望。题完后，杨敬之在塔下散步，抬头看了一眼说：“弘农县的杨戴，濮阳县的吴当。”竟和当年梦见的都一样啊！（出《唐阙史》）

卢贞犹子

太子宾客尚书卢贞，他侄子曾是僧人。唐代会昌年间，遭淘汰，被斥责回家，借祖上之荫当了光王府参军。有天夜里，梦见自己当和尚时的师傅来抚慰他。问他如今何处，于是说，因佛事日渐没落，自己无处可去，只好做了官，庸庸碌碌地打发时间。希望能再次削发为僧，实现自己的抱负。他边哭边诉苦，又说：“要是我能够按自己的愿望献身佛法……”话还没说完，忽见四周被士兵包围，千军万马，旌旗猎猎，全都围拢过来，像是皇帝的仪仗来到面前。还发出一阵欢不能测，遽惊觉，魂悸流汗，久之方能言，卒不敢泄于人。无几，宣宗自光邸践祚，录王府属吏。卢以例，不拘常调格迁叙，自是稍稍兴起释教寺宇僧尼旧制，一契梦中语。卢校梦中所谓本师，盖参军事府主。近师弟子，故以为冥兆。岂神之意，以是微而显乎？（出《宣室志》）

国子监明经

柳璟知举年，有国子监明经，失姓名，昼梦倚徙于监门。有一人负衣囊，访明经姓氏，明经语之，其人笑曰："君来春及第。"明经遂邀入长兴里毕罗店，常所过处。店外有犬竞，惊曰："差矣！"梦觉，遽呼邻房数人，语其梦。忽见长兴店子入门曰："郎君与客食毕罗，计二斤，何不计直而去也？"明经大骇，解衣质之，且随验所梦，相其榻器，省如梦中。乃谓店主曰："我与客俱梦中至是，客岂食乎？"店主惊曰："初怪客前毕罗悉完，疑其嫌置蒜也。"来春，明经与邻房三人梦中所访者悉上第。（出《酉阳杂俎》）

薛义

秘省校书河东薛义，其妹夫崔秘者，为桐庐尉。义与叔母韦氏为客，在秘家。久之，遇痁疾，数月绵辍，几死。韦氏深忧，夜梦神人白衣冠袷单衣。韦氏因合掌致敬，求理义病。神人曰："此久不治，便成勃痁，则不可治矣。"因以二符兼咒授韦氏，咒曰："'勃痁勃痁，四山之神，使我来缚，六丁使者，五道将军，收汝呼，说是迎接光王。他们整队排列，依次进入府中。卢贞的侄子从梦中惊醒，心有余悸，衣服被汗水打湿了，过了好久才能讲话。他不敢把梦说出去。没过几天，宣宗皇帝自光王府即位。光王府的很多人被录用，卢贞的侄子也在其中。光王打破常规，不拘一格，被录用者都得到升迁。此后，佛教再次兴盛，寺庙，僧尼，一切如梦中师傅期望的，恢复了原状。而侄子梦中的师傅，就是参军事府主。接近他师傅的弟子们说这是冥兆。难道神的旨意，是要用这种隐晦的方式来显示吗？（出《宣室志》）

国子监明经

那年柳璟主持会考，国子监有位中明经科的学生，姓名不详，白日里梦到自己在国子监门口徘徊。而有个背着衣囊的人问他姓氏，就和他说了。那人听后笑着说："明年春你就能考上。"那人又邀请他到长兴里毕罗店。这是他常来的地方。店外忽然有狗打架，惊呼："不对！"于是他便从梦中醒来，赶紧招呼隔壁几人，将梦讲给他们听。这时，长兴里毕罗店的店小二进门问道："你和客人在我们那吃了二斤毕罗，怎么不结账就走了呢？"明经科生惊讶不已，将衣服脱下抵了饭钱，为进一步验证梦中所见，见床铺等器物和梦中所见相同。对店主说："我和客人是在梦里来的这儿，客人怎么会吃毕罗呢？"店主也深感吃惊，道："起初，我奇怪客人面前的毕罗全都完好，疑心他嫌放蒜太多了。"第二年春，科生和隔壁的三位梦中所访者，全都考取了进士。（出《酉阳杂俎》）

薛　义

河东的薛义在秘书省担任校书，他妹夫崔秘是桐庐县尉。薛义和叔母韦氏到妹夫家做客，时间一长，患上了疟疾。几个月后，身体变得越来越虚弱，快要死了。韦氏对此深感忧虑，晚上梦到一仙人，身着白色夹单衣，戴白色帽子。韦氏立即合掌敬拜，请他给薛义治病。仙人说："这病时间太长就成了勃疟，就没法治了。我把两帖符精气，摄汝神魂。速去速去，免逢此人，急急如律令！’但疾发，即诵之，及持符，其疾便愈。”是时韦氏少女，年七岁，亦患痁疾。旁见一物，状如黑犬而毦毛。神云：“此正病汝者，可急擒杀之，汝疾必愈。不尔，汝家二小婢，亦当患疟。”韦氏梦中杀犬。及觉，传咒于义。义至心持之，疾遂愈，韦氏女子亦愈，皆如其言也。（出《广异记》）

郑光

淄青郑尚书光，会昌六年春，梦自御牛车，车中载瑞日，光烛天地。自执靷，行通衢中。俄而惊寤，且奇叹。后月余，宣宗即位。以元舅之故，累拜尚书淄青节度，果契前梦。（出《宣室志》）

宋言

宋言，近十举而名未播。大中十一年，将取府解。本名岳（嶽），因昼寝，似有人报云：“宋秀才若头上戴山，无因成名。但去之，自当通泰。”觉来便思去之，不可名“狱（獄）”，遂去二犬，乃改为“言”。及就府试，冯涯侍郎作掾而为试官，以解首送也。时京兆尹张毅夫以冯参军解送举人有私，奏谴澧州司户。再试，退解头为第六十五人。知闻来唁，宋曰：“来春之事，甘已参差。”及李潘舍人放榜，言第四人及第。（出《云溪友议》）

和咒语传给你。咒语是：‘勃疟勃疟，四山之神，使我来缚，六丁使者，五道将军，收汝精气，摄汝神魂，速去速去，免逢此人，急急如律令。’以后，只要他犯病，你就念这段咒语，符拿在手中，这病就会好的。”韦氏七岁的小女儿，也患了疟疾，看见一东西，长得像一条黑狗，全身爬满毛虫。仙人说：“就是它给你们带来的病啊，你立即把它杀掉，病就会好。不然，你家两个小婢女也会染上这病。”韦氏在梦里就把那狗杀了。她醒后，把咒语传给薛义，薛义在心里念着，病很快就痊愈了。韦氏小女儿的病也好了。和梦里说的一样。（出《广异记》）

郑光

郑光尚书是淄青人。唐朝会昌六年春，梦见自己驾着一辆牛车，车上载了一轮太阳，光照天地。他亲自攥着靷带，在大道中央行走。不一会儿从梦中惊醒，感到奇怪。一个多月后，宣宗皇帝即位。因为房舅舅之故，宣宗累封郑光为尚书、淄青节度使，果然与之前的梦契合了。（出《宣室志》）

宋言

宋言本名岳，考了差不多十次都没中举。唐大中十一年，府中又举行各乡的解元考试。白天做了个梦，似乎是有人对他说：“如果宋秀才头上有座山，那是不会成名的。但把山去掉，就能平步青云。”醒来后，他就想着把名字的山字去掉。但又不能叫狱字，于是去掉两个犬字，更名为言。府试时，侍郎冯涯是主考官，将头名解元给了宋言。当时，京兆尹张毅夫认为冯涯在解送举人方面有舞弊行为，于是上奏，谴谪冯为澧州司户。然后，将宋言从第一名排到第六十五名。听到消息的朋友们赶来慰问。宋言说：“排名先后不要紧，明年春天再看。”第二年春，舍人李潘发榜时，宋言以第四名的成绩考上进士。（出《云溪友议》）

曹确

曹确判度支，亦有台辅之望。或梦剃发为僧，心甚恶之。有一士，云占梦多验，确召之，具以所梦话之。此人曰："前贺侍郎，旦夕必登庸。出家者号剃度也。"无何，杜相出镇江西，而相国大拜。（出《北梦琐言》）

刘仁恭

梁刘仁恭微时，曾梦佛幡于手指飞出，占者曰："君年四十九，必有旌幢之贵。"后如其说，果为幽帅焉。（出《北梦琐言》）

唐僖宗

僖宗自晋王即位，幼而多能，素不晓棋。一夕，梦人以《棋经》三卷焚而使吞之。及觉，命待诏观棋，凡所指画，皆出人意。（出《补录记传》）

刘檀

王蜀员外郎刘檀本名审义，忽梦一孝子，引令上檀香树，而谓曰："君速登。"刘乃登。遂向怀内出绯衣，令服之。觉，因改名檀。未及一年，蜀郡牧请一杜评事充倅职，奏授殿中侍御史内供奉，赐绯。敕下，杜丁忧不行。杜遂举刘于郡侯，郡侯乃奏檀，而所授官与杜先奏拟无别。是时刘方闲居力困，杜因遗刘新绯公服一领，果征梦焉。（出《玉溪编事》）

曹确

判度支曹确，仍有出任台辅的机会。有天梦到自己削发为和尚，心中不喜。有一学士说能解梦，而且十分灵验。曹确请他进屋，把梦讲给他听。学士说："贺喜侍郎，你很快就能得到重用了。出家人称和尚为'剃度'，你的官运就在'杜'字。"没多久，杜相国出镇江西，拜曹确为台辅。（出《北梦琐言》）

刘仁恭

南北朝梁代，刘仁恭还是平民时，曾梦到佛幡从自己手中飞出去，有算卦的人说："在你四十九岁那年，能做指挥千军万马的大官。"后正如他所说，刘仁恭果然出任幽州大元帅。（出《北梦琐言》）

唐僖宗

唐僖宗自晋王登基以来，年幼多才，十分聪明，但一直不会下棋。有天夜里，他梦到有人将三卷《棋经》烧成灰让他吞下去。醒来后，让侍从诏来看他下棋，一招一式均大出人意料。（出《补录记传》）

刘檀

王蜀员外郎刘檀，本名刘审义。他有天梦见一孝子领着自己爬上檀香树，还对他说："你快点上。"刘就往上爬，那人从怀里拿出一件红衣服，让他穿上。醒来后，他更名为刘檀。不到一年，蜀郡守请了一位姓杜的评事担任副职，向皇帝奏请授他殿中侍御史内供奉，且赐红衣。诏书下，因杜评事父母之丧，无法到任，便将刘檀推荐给郡守。郡守又向皇帝重新奏请刘檀，官职等项都没改变。而此时刘檀在家中闲居，有些困扰，杜某送来一件红色的新公服，那个梦果然应验了。（出《玉溪编事》）

晋少主

开运甲辰岁暮冬，晋帝遣中使至内署，宣问诸学士云：“朕昨夜梦一玉盘，中有一玉碗及一玉带，皆有碾文，光荧可爱，是何征也？宜即奏来。”承旨李慎仪与同僚并表奏贺，以为“玉者帝王之宝也，带者有誓功之兆，盘盂者乃守器之象，为吉梦，不敢有他占”。（出《玉堂闲话》）

辛夤逊

孟蜀翰林学士辛夤逊，顷年在青城山居。其居则古道院，在一峰之顶，内塑像皇姑，则唐玄宗之子也。一夕，梦见皇姑召之，谓曰：“汝可食杏仁，令汝聪利，老而弥壮，心力不倦，亦资于年寿矣。汝有道性，不久住此，须出佐理当代。”夤逊梦中拜请法制，则与申天师《怡神论》中者同。夤逊遂日日食之，令老而轻健，年逾从心，犹多著述。又梦掌中草不绝，后来内制草数年。复掌选，心力不倦。因知申天师《怡神论》中仙方尽可验矣。（出《野人闲话》）

何致雍

何致雍者，贾人之子也。幼而爽俊好学。尝从其叔父泊舟皖口，其叔夜梦一人若官吏，乘马从数仆，来往岸侧，遍阅舟船人物之数。复一人自后呼曰：“何仆射在此，勿惊之。”对曰：“诺，不敢惊。”既寤，遍访邻舟之人，皆无姓何者，乃移舟入深浦中。翌曰，大风涛，所泊之舟皆没，唯何氏存。叔父乃谓致雍曰：“我家世贫贱，吾复老矣，何仆射必汝也！善自爱。”致雍后从知于湖南，为节

晋少主

开运甲辰年冬末，晋帝派中使到内署，宣问各大学士道："皇上昨夜梦到一玉盘，上面有一只玉碗和一条玉带，都有碾文，闪耀夺目，很是可爱，这会有什么征兆？请马上奏来。"承旨后，李慎仪和众学士联名向皇帝表示祝贺，一致认为玉代表的是皇帝之宝，玉带代表着有大军功的预兆，盘则意味着江山永固之象，是个好梦，不做其他理解。（出《玉堂闲话》）

辛夤逊

孟蜀之地的翰林学士辛夤逊，常年在青城大山里住着。他的住处是一座古旧道院，位于一座山的山顶，里头塑了皇姑像，而这个皇姑就是唐玄宗的女儿。有天晚上，辛夤逊梦见皇姑召见他，并对他说："你该多吃些杏仁，不仅能使你聪明，还能让你老来身体更健壮，心力永不疲倦，这是长寿的秘诀。你有悟性，长期住在这不合适，应去辅佐天子治理国家。"梦中辛夤逊向她请教治国之道及好方法，皇姑说和申天师的《怡神论》相同。然后，辛夤逊便每天吃这种药，年纪越大反而越显得年轻康健，从不曾出现过力不从心的感觉，还写下许多著作。他又梦到自己掌上生草，怎么也拔不尽。后来他果然在内侍省起草文书数年，后又掌管殿试大权，心力不倦，因他知道申天师《怡神论》的药方。所做的梦真的应验了。（出《野人闲话》）

何致雍

何致雍，商人的儿子，年少时爽朗英俊而且勤奋好学。他曾跟随叔父行船至皖口，他叔叔晚上梦到有个人，像是个官吏，骑在马上，后头有不少随从跟着，在岸边正认真清点水中船只和人数。又有人在后面喊："何仆射在此，不要惊扰他。"回答说："是的，不敢惊扰。"他叔父便醒来了，醒后将周围船上的人一一问遍，也没有姓何的。于是，他们就把船驶入水深处。第二天，风雨大作，所有停泊度判官。会楚王殷自称尊号，以致雍为户部侍郎、翰林学士。致雍自谓当作相，而居师长之任。后楚王希范嗣立，复去帝号，以致雍为节度判官检校仆射。竟卒于任。（出《稽神录》）

郭仁表

伪吴春坊吏郭仁表居冶城北。甲寅岁，因得疾沉痼，忽梦道士衣金花紫帔，从一小童，自门入，坐其堂上。仁表初不甚敬，因问疾何时可愈。道士色厉曰："甚则有之。"既寤，疾甚。数夜，复梦前道士至，因叩头逊谢。久之，道士色解，索纸笔。仁表以为将疏方，即跪奉之。道士书而授之，其辞曰："飘风暴雨可思惟，鹤望巢门敛翅飞。吾道之宗正可依，万物之先数在兹。不能行此欲何为？"梦中不晓其义，将问之，童子摇手曰："不可。"拜谢，道士自西北而去。因尔疾愈。（出《稽神录》）

王 玙

伪吴鄂帅王玙少为小将，从军围颍州，夜梦道士告之曰："且有流星堕地，能避之，当至将相。"明日，众军攻城，城中矢石如雨。玙仗剑，倚栅木而督战。俄有大石，正中其栅木及玙。铠甲之半皆糜碎，而玙无伤。因叹曰："流星正尔耶？"由是自负，卒至大官。（出《稽神录》）

的船只全部沉没，只有何家的船幸免遇难。叔叔对何致雍说：“我家中穷苦，又上了年纪，何仆射一定就是你，你一定要自爱自强啊！”何致雍后来到湖南求学，做了节度判官。到五代楚王马殷自称尊号时，被封为户部侍郎翰林学士。但他自认为有做宰相的才能，而居师长之任。后来楚王马希范登基，复去帝号，封何致雍为节度判官检校仆射。最后死于任上。（出《稽神录》）

郭仁表

五代时，吴国有个春坊吏，家住冶城城北。甲寅年，患重病久治不愈。一天，忽然梦到有位披着件金花紫帔的道士，身后有位小童跟着，进门后就在堂上坐下。起初郭仁表对他很不礼貌，开口就问自己的病什么时能好。那道士厉色道：“你的病只会越来越重。”立刻就醒来了，然后他的病情也真的加重了。几夜后，郭仁表又梦到那位道士来了，于是赶紧叩头谢罪。没多久，道士的脸色逐渐好转，问他要来了笔和纸。他以为道士会给他开药方，当即跪着将笔纸奉上。道士写完给他，纸上写的是：“飘风暴雨可思惟，鹤望巢门敛翅飞。吾道之宗正可依，万物之先数在兹。不能行此欲何为？”郭仁表梦中不知这诗是什么意思，想请他解释一下，那童子却只是摆摆手说：“不行。”他只好揖手拜谢，然后那道士向西北方向而去。醒来后，他的病就好了。（出《稽神录》）

王　玙

五代十国时，吴国鄂州主帅王玙，少年时就已是一员小将。随军攻打颍州时，梦见一位道士和他说：“明早会有流星坠落在地，要是你能避开，就能官至将相。”第二天，众军攻城，城中的箭和石头如雨点般压下来。王玙手中举着长剑，倚在木栅栏上督战。突然，一块大石头正好击中栅栏和王玙。他身上的铠甲被砸碎了一半，但他却没有受伤。后来，他为此感叹不已，说：“看来它就是那流星了。”此后，他变得很自负，最后也当上了大官。（出《稽神录》）

谢谔

进士谢谔，家于南康，舍前有溪，常游戏之所也。谔为儿时，尝梦浴溪中，有人以珠一器遗之曰："郎吞此，则明悟矣。"谔度其大者不可吞，即吞细者六十余颗。及长，善为诗。进士裴说为选其善者六十余篇，行于世。（出《稽神录》）

崔万安

江南司农少卿崔万安，分务广陵。常病苦脾泄，困甚。其家人祷于后土祠。是夕，万安梦一妇人，珠珥珠履，衣五重，皆编贝珠为之，谓万安曰："此疾可治。今以一方相与，可取青木香肉豆蔻等分，枣肉为丸，米饮下二十丸。"又云："此药太热，疾平即止。"如其言服之，遂愈。（出《稽神录》）

江南李令

江南有李令者，累任大邑，假秩至评事。世乱年老，无复宦情，筑室于广陵法云寺之西，为终焉之计。尝梦束草加首，口衔一刀，两手各持一刀，入水而行。意甚异之。俄而孙儒陷广陵，儒部将李琼屯兵于法云寺。恒止李令家，父事令。及儒死，宣城裨将马殷、刘建封辈，率众南走。琼因强令俱行。及殷据湖南，琼为桂管观察使。用令为荔浦令，则前梦之验也。（出《稽神录》）

谢谔

进士谢谔家住南康，房前有条小溪，他常在小溪中戏水。谢谔小时候，曾梦到过自己正在溪水里洗澡，然后有人将一盒珍珠送给他说："你吞下它，就能让自己变聪明，甚至大彻大悟。"谢谔觉得那大颗的吞不下去，就吞了六十多颗小珍珠下肚。他长大后，诗文写得非常好。进士裴说为他选了六十余篇最好的诗文，传播后世。（出《稽神录》）

崔万安

江南司农少卿崔万安，分管广陵郡。因他经常疾病缠身，整个人消化不良的样子，十分窘困。家人到后土庙为他祈祷。当天晚上，崔万安梦见一女人，穿着华丽服饰，头上戴的脚上穿的全是珍珠。她对崔万安说："你的病是能治好的，今天送你一个药方：你取来青木香肉豆蔻等分，用枣肉来和药丸，当吃饭那样吃二十丸。"又说："此药太热，病好后就不要再服用了。"醒来后，他依照梦中女人给的药方去服药，病很快就好了。（出《稽神录》）

江南李令

江南的李令，连任数城要职，后来官至代理评事。因生逢乱世，年纪又大，便也没有当官的心思了，于是在广陵法云寺西边建了座房子，用以安度晚年。不久，他做了个梦，梦见自己头上插了一把草，口中叼了一把刀，两手各拿一把刀，入水而行。醒来后感到十分惊异。不久后，孙儒攻陷广陵，部将李琮将兵马驻扎在法云寺一带。李琮常去李令家，像对自己父亲一样孝敬李令。孙儒死后，宣城的副将马殷、刘建封之辈，率兵马南下。李琮强逼李令同行。后来马殷等人占踞湖南，李琮任桂管观察使，封李令为荔浦县令。之前做的梦果然应验了。（出《稽神录》）

毛贞辅

伪吴毛贞辅，累为邑宰。应选之广陵，梦吞日。既寤，腹犹热。以问侍御史杨廷式，杨曰："此梦至大，非君所能当。若以君而言，当得赤乌场官也。"果如其言。（出《稽神录》）

毛贞辅

五代时，吴国有位毛贞辅，连任县令。一年，他到广陵应选，朝廷量才授官。晚上梦到自己把太阳吞下去了，然后惊醒，感觉腹部还热乎乎的。他问侍御史杨廷式这个梦的征兆，杨廷式说："这梦关系重大，是你所担当不起的。就你而言，该任赤乌场官啊。"后来，真的如他所说，毛贞辅真的做了赤乌场官。（出《稽神录》）

卷第二百七十九　梦四

梦咎征

萧吉

大业中，有人尝梦凤鸟集手上，深以为善征，往诣萧吉占之。吉曰："此极不祥之梦。"梦者恨之，而以为妄言。后十余日，梦者母死。遣所亲往问吉所以，吉云："凤鸟非梧桐不栖，非竹实不食，所以止君手上者，手中有桐竹之象。《礼》云：'苴杖竹也，削杖桐也。'是以知必有重忧耳。"（出《大业拾遗记》）

侯君集

唐贞观中，侯君集与庶人承乾通谋，意不自安。忽梦二甲士录至一处，见一人高冠奋髯，叱左右取君集威骨来。俄有数人操屠刀，开其脑上及右臂间，各取一骨片，状如鱼尾。因嗑呓而觉，脑臂犹痛。自是心悸力耗，至不能引一钧弓。欲自首，不决而败。（出《酉阳杂俎》）

梦咎征

萧　吉

隋大业年间，曾有人梦到凤凰落在手上，深信这是个好兆头，于是请萧吉为他占卜。萧吉说：“这个梦极为不祥啊。”那人为此对他十分憎恨，认为他是胡说八道。过了十几天，那人的母亲便死了。于是又让亲属来问萧吉是什么原因，萧吉说：“凤凰非梧桐树不落，非竹籽不吃，所以它落到你手上，是你手上有桐竹之象啊。《仪礼》上说：‘苴杖竹也，削杖桐也。’（一个是居父丧用的，一个是居母丧用的。）所以我说肯定有十分不好的事发生。”（出《大业拾遗记》）

侯君集

唐朝贞观年间，侯君集与平民承乾预备起事，心神不宁。忽梦到二甲士捕他到一个地方，看见有个头戴高帽子的人，那人的大胡子奋然而动，呵斥手下人去取君集威骨。好几人立刻举起屠刀，将他的脑袋和右臂切开，各取出一骨片，形状像鱼尾。他说梦话便醒了，脑袋和右臂还能感觉到疼痛。此后，身体一直心惊神耗，疲惫不堪，一直到连弓都拉不开。想去自首，但因犹豫不定，就失败了。（出《酉阳杂俎》）

崔湜

唐右丞卢藏用、中书令崔湜太平党，被流岭南。至荆州，湜夜梦讲坐下听法而照镜。问善占梦张猷。谓卢右丞曰：“崔令公大恶，梦坐下听讲。法从上来也，镜字金旁竟也。其竟于今日乎？”寻有御史陆遗免赍敕令湜自尽。（出《朝野佥载》）

李林甫

李林甫梦一人，细长有髯，逼林甫，推之不去。林甫寤而言曰：“此裴宽欲谋替我。”（出《谈宾录》）

杜玄

洛州杜玄有牛一头，玄甚怜之。夜梦见其牛有两尾，以问占者李仙药，曰：“牛字有两尾，失字也。”经数日，果失之。（出《朝野佥载》）

召皎

安禄山以讨君侧为名，归罪杨氏，表陈其恶，乃牒东京送表。议者以其辞不利杨氏，难于传送，又恐他日禄山见殛，乃使大理主簿召皎送表至京。玄宗览之不悦，但传诏言皎还。皎出中书，见国忠，问：“送胡之表，无乃劳耶？赖其不相罪状，忽有恶言，亦当送之乎？”呵使速去。皎还至戏口驿，意甚忙忙，坐厅上绳床，恍然如梦。忽觉绳床去地数丈，仰视，见一人介胄中立，呵叱左右二十余人，令扑己。虽被拖拽，厅上复有一人，短帽紫衣来云：“此非蒋清，无宜杀也。”遂见释放。皎数日还至洛，逆徒寻而亦至。皎与流辈数人守扃待命，悉被收缚。皎长大，有容止，而立居行首，往见贼将田乾贞。乾贞介胄而立，即前床间所梦者也。逆呵呼

崔湜

唐右丞卢藏用、同中书令崔湜是太平党，被流放岭南。到荆州时，崔湜梦见自己坐在地上边听法边照镜子。于是请教善于算卦的张猷。张猷对卢右丞说："崔大人的梦是大凶啊，坐地上听法。法是从上来的，镜字是金旁加个竟字，竟便是终了之意，看来，他将在今日终了吗？"御史陆遗免带着皇帝的敕命赶到，命崔湜自尽。（出《朝野佥载》）

李林甫

李林甫梦到一个瘦高个子，长有胡子的人，逼向自己，推也推不走。林甫醒后说："这是裴宽想要替代我啊。"（出《谈宾录》）

杜玄

洛州杜玄有一头牛，深得他的喜爱。有天，他梦到牛长了两条尾巴，便去问算卦的李仙药。李仙药说："牛字两尾，不是个'失'字吗？过了几天后，那头牛果然就丢了。（出《朝野佥载》）

召皎

安禄山以清君侧之名，将账算在杨家头上，列其罪状，然后派人进京送表。商议的人认为这表于杨贵妃不利，传送中会有些困难，但又怕安禄山日后怪罪受到诛连，于是便让大理寺主簿召皎送表到京城。玄宗皇帝阅完后对此十分不满，便传诏让召皎回去。召皎出中书省，遇上杨国忠。杨国忠说："你为安禄山送表，不辛苦吗？并骂他不看明白，明知是恶言，还自己来送上。"让他赶快回去。召皎回去走到戏口驿时，心中很乱，坐在厅里的吊床上。恍恍惚惚。觉得那床突然间离地好几丈，抬头看到一个戴着盔甲的人站在大厅中，命令二十多人拘捕自己，于是自己被又推又拽的，厅上另一个穿紫衣戴短帽的人说："这人不是蒋清，不要将他杀了。"于是便把他放了。几天后召皎回到洛阳，叛贼循着他的踪迹而来。召皎与很多同伙守门待皎云："何物小人，敢抗王师！"命左右仆杀。手力始至，严庄遽从厅下曰："此非蒋清，无宜加罪。"乾贞方问其姓，云："姓召。"因而见释。次至蒋，遂遇害也。（出《广异记》）

李捎云

陇西李捎云，范阳卢若虚女婿也。性诞率轻肆，好纵酒聚饮。其妻一夜梦捕捎云等辈十数人，杂以娼妓，悉被发肉袒，以长索系之，连驱而去，号泣顾其妻别。惊觉，泪沾枕席，因为说之。而捎云亦梦之，正相符会。因大畏恶，遂弃断荤血，持《金刚经》，数请僧斋，三年无他。后以梦滋不验，稍自纵怠。因会中友人，逼以酒炙，捎云素无检，遂纵酒肉如初。明年上巳，与李蒙、裴士南、梁褒等十余人，泛舟曲江中，盛选长安名倡，大纵歌妓。酒正酣，舟覆，尽皆溺死。（出《广异记》）

李叔霁

监察御史李叔霁者，与兄仲云俱进士擢第，有名当代。大历初，叔霁卒。经岁余，其妹夫与仲云同寝，忽梦叔霁，相见依依然。语及仲云，音容惨怆曰："幽明理绝，欢会无由，正当百年之后，方得聚耳。我有一诗，可为诵呈大兄。诗云：'忽作无期别，沉冥恨有余。长安虽不远，无信可传书。'"后数年，仲云亦卒。（出《广异记》）

李 愬

凉武公愬，以殊勋之子，将元和之兵，擒蔡破郓，数年攻战，命，全都被捉。召皎身材高大，仪容举止又好，于是被安排站在排头见贼将田乹贞。田乹贞头戴盔甲，召皎见他同自己梦中的那人一样。田乹贞斥责召皎道："你是什么东西，竟然敢与王师对抗。"命令仆从杀了召皎。正准备动手，严庄急忙从厅下道："这个人不是蒋清，不要杀。"于是田乹贞问他姓什么，他回答："姓召。"然后便把他放了。接下来审讯蒋清，然后把蒋清给杀了。（出《广异记》）

李捎云

陇西的李捎云，是范阳卢若虚的女婿。他行事荒唐放肆，喜欢聚集一群人纵酒。他的妻子有夜梦到李捎云及其十几人，夹杂着娼妓，全被长绳子绑在一起，被人弄得披头散发，袒胸露肉，连推带搡地被押走，李回头看到妻子，哭着和她告别。妻子被惊醒，泪水沾湿枕席，将梦说出后。发现丈夫也做了同样的梦，认为这是凶兆，于是断荤腥，请僧人念了几次金刚经，三年也没事发生。后来便认为那梦不会应验了，李捎云又纵酒作乐，大吃大喝，行为不检点，和以前一样。第二年三月上巳节，与李蒙、裴士南、梁褒等十几人，在曲江划船，并从长安城选来乐人和歌妓，纵欲而为。正当玩得高兴时，船翻入江中，李捎云等人全都被淹死。（出《广异记》）

李叔霁

监察御史李叔霁和哥哥仲云，都是进士登第，当时颇有名气。大历初年，李叔霁死了。几年后，他妹夫和仲云睡在一起，忽梦到了他，叔霁一副不忍分离的模样。谈到仲云，神情黯然地说："我们阴阳相隔，理不相通，是不可能见面的，唯有在他死后，我们方能聚首。我有一首诗，请你为我念给大哥：'忽作无期别，沉冥恨有余。长安虽不远，无信可传书。'"几年后，仲云也死了。（出《广异记》）

李　愬

凉武公李愬是功臣的后人，率唐宪宗的部队拿下蔡州攻破郓收城下壁，皆以仁恕为先，未尝枉杀一人，诚信遇物，发于深恳。长庆元年秋，自魏博节度使、左仆射、平章事诏征还京师。将入洛，其衙门将石季武先在洛，梦凉公自北登天津桥，季武为导，以宰相行呵叱动地。有道士八人，乘马，持绛节幡幢，从南欲上。导骑呵之，对曰："我迎仙公，安知宰相？"招季武与语，季武骤马而前。持节道士曰："可记我言，闻于相公。"其言曰："耸辔排金阙，乘轩上汉槎。浮名何足恋？高举入烟霞。"季武元不识字，记性又少，及随道士信之，再闻已得。道士曰："已记得，可先白相公。"乃惊觉，汗流被体。喜以为相国犹当上仙，况俗官乎！后三日，凉公果自北登天津桥，季武为导，因入憩天宫寺，月余而薨。时人以仁恕端悫之心，固合于道，安知非谪仙数满而去乎？（出《续幽怪录》）

薛存诚

御史中丞薛存诚，元和末，由台丞入给事中。未期，复亚台长。宪阁清严，俗尘罕到，再入之日，浩然有闲旷之思。及厅吟曰："卷帘疑客到，入户似僧归。"后月，阍吏因昼寝未熟，仿佛间，见僧童数十人，持香花幢盖，作梵唱，次第入台。阍吏呵之曰："此御史台，是何法事，高声入来？"其一僧自称识达，是中丞弟子，来迎本师。"师在台，可入省迎乎？"阍吏曰："此中丞官亚台，本非僧侣，奈何敢入台门？"即欲擒之。识达曰："中丞元是须弥山东峰静居院罗汉大德，缘误与天人言，意涉近俗，谪来俗界五十年。年足合归，故来迎耳，非汝辈所知也。"阍吏将驰报，遂惊觉。

城，李愬征战多年，收复多处城池失地，为人治军都以宽容仁义为首，没有错杀一人，待人处事讲求信义，一片至诚，深得民心。长庆元年秋，他任魏博节度使，还挂有左仆射、平章事职务，皇帝于此时召他回京，在要进洛阳时，他一个已在洛阳的衙将石季武做了个梦，梦见李愬从北登上京城的天津桥，自己任仪仗前导，李愬的队列仪仗前面喝道，后面护卫威严，如同宰相出行。有八个道士骑着马，手持节幡从南面上桥。李愬的前导于是大声呵斥，命道士们让道。道士说："我们是前来迎接仙公李愬的，并不知宰相不宰相。"道士招呼石季武，石季武打马迎上。持节幡的道士说："有几句话请你记住，并转告李愬。"道士吟了首诗，大意是："骑高头大马奔向金銮殿，乘华丽金车直入星汉。世上浮名有何留恋，比不上腾云驾雾羽化登仙？"石季武不识字且记性又不好，但跟着道士念了两遍却记下了。道士说："你既然记住了，就转告李愬吧。"说完，石季武便从梦中惊醒，出了一身的汗。他高兴地认为宰相要当上仙了，人间的官位还值得留恋吗？三天后，李愬果然从北面登上天津桥，石季武为前导，并在天宫寺休息，一个多月后，李愬去世。人们都知晓他为人仁恕诚实，合乎天道，却不知道他是从天上贬到人间的神仙，人间期满，便返回天界。（出《续幽怪录》）

薛存诚

御史中丞薛存诚，在唐元和末年，从台丞升门下省要职给事中。一月不到，又升任副御史。御史府第，整洁肃穆，远离街市，他升任后便搬进去，只觉得心旷神怡。在厅中吟了两句诗："卷帘疑客到，入户似僧归。"几个月后，看门小吏和衣而睡还未睡沉，恍惚间看到几十个僧童，手拿香花和印着佛名的幡旗，边念经文边按序进门，看门的小吏斥道："这里是御史公署，你们来这里作什么法事，高声喊叫地进来？"其中一个自称识达的和尚，是中丞薛存诚的弟子，这次是来接师傅的。他说："我师傅在吗？我们能进去探望一下就把他接走吗？"小吏说："此处是中丞大人官署，不是寺院，你们怎可随便进入呢？"立马想要去捉识达。识达说："中丞大人原是须弥山东峰静居

后数日，薛公自台中遇疾而薨。潜伺其年，正五十矣。（出《续玄怪录》）

李伯怜

威远军小将梅伯成善占梦。有优人李伯怜游泾州乞钱，得米百斛。及归，令弟取之，过期不至。夜梦洗白马，访伯成占之。伯成抒思曰："凡顛人好反语，洗白马，泻白米也。君所忧，或有风水之虞乎？"数日弟至，果言渭河中覆舟，一粒无余。（出《酉阳杂俎》）

张 瞻

江淮有王生者，榜言解梦。贾客张瞻将归，梦炊于臼中，问王生，生言："君归不见妻矣。臼中炊，因无釜也。"贾客至家，妻卒数月矣。（出《酉阳杂俎》）

于 堇

有一人梦松生户前，一人梦枣生屋上。以问补阙于堇，堇言："松，丘垄间所植，'枣（棗）'字重来，重来，呼魄之象。"后二人俱卒。（出《酉阳杂俎》）

卢彦绪

许州司仓卢彦绪所居溷，夏雨暴至，水满其中，须臾漏尽。彦绪使人观之，见其下有古圹，中是瓦棺，有妇人，年二十余，洁白凝净，指爪长五六寸，头插金钗十余只。铭志云：是秦时人，千载后当为卢彦绪开，运数然也。闭之吉，启之凶。又有宝镜一枚，背院的罗汉大德，因他与佛祖说想涉足凡尘，于是被贬人间五十年。现五十年已满，我们特来迎接他。你们这些凡人是不知道这件事的。”小吏忙要跑去报告，便从梦中惊醒。几天后，薛存诚在公署病死，人们一算，刚刚好五十岁。（出《续玄怪录》）

李伯怜

威远军一位叫梅伯成的小将，擅长解梦。卖艺人李伯怜到泾州，边卖艺边乞讨钱粮，一共得了一百斛米。回家后让弟弟来取。过了很久，弟弟也没有将米运回。有天晚上，他梦到自己洗白马，于是请梅伯成为他解梦。梅伯成沉思了一会儿说：“凡是鞕人都喜欢说反话。洗白马，泻白米也。你担心的，可能有风水方面的灾祸呀！几天后弟弟回来，告诉他船在渭河翻沉，一粒米也没剩下。（出《酉阳杂俎》）

张　瞻

江淮有个王生，贴告示说自己能解梦。商人张瞻想回家，梦到用石臼做饭，便请教王生。王生说：“回去你见不到你妻子了。石臼里做饭，是没有锅啊。”张瞻赶回家中时，妻子已经过世好几月了。（出《酉阳杂俎》）

于　堇

有人梦到松树长在门前，还有人梦到枣树长在屋上。于是向补阙于堇求教，于堇说：“松树，种植在丘垅间的，说的是坟，‘枣’字重来，是重来呼魄之象。”不久，这两人都死了。（出《酉阳杂俎》）

卢彦绪

许州司仓卢彦绪家的厕所，夏天暴风雨一来，便全灌满了。而只要一会儿那水又漏光了。卢彦绪请邻居们来看，却见下面有座坟，中间有口大棺材，棺材内躺着位二十多岁的女人，白白净净的，五六寸长的指甲，头上插着十余支金钗。铭志上写着：秦时人，千年后由卢彦是金花，持以照日，花如金轮。彦绪取钗镜等数十物，乃闭之。夕梦妇人云："何以取吾玩具。"有怒色。经一年而彦绪卒。（出《广异记》）

柳宗元

柳员外宗元自永州司马征至京，意望录用。一日，诣卜者问命，且告以梦，曰："余柳姓也，昨梦柳树仆地，其不祥乎？"卜者曰："无苦，但忧为远官耳。"征其意，曰："夫生则柳树，死则柳木。木者牧也，君其牧柳州乎？"竟如其言。后卒于柳州焉。（出《因话录》）

卫中行

卫中行为中书舍人时，有故旧子弟赴选，投卫论嘱，卫欣然许之。驳榜将出，其人忽梦乘驴渡水，蹶坠水中，登岸而靴不沾湿。选人与秘书郎韩息有旧，访之，韩被酒，半戏曰："公今年选事不谐矣！据梦，卫生相负，足下不沾。"及榜出，果驳放。韩有学术，韩仆射犹子也。（出《酉阳杂俎》）

张省躬

枝江县令张汀，子名省躬，汀亡，因住枝江。有张垂者，举秀才下第，客于蜀，与省躬素未相识。大和八年，省躬昼寝，忽梦一人，自言当家，名垂，与之接，欢狎弥日。将去，留赠诗一首曰：

绪发现，是运数决定的。发现后马上关闭，则有大吉，一旦打开，则是大凶。他又看到一面宝镜，背面雕着金花，举起它照太阳，太阳立刻金光闪射。卢彦绪被迷了心窍，将宝镜、金钗等等东西拿了出来，才将棺闭上。晚上，那妇人在梦中对他说："你怎么可以将我的东西拿走呢？"且面带怒色。一年后，卢彦绪便死了。（出《广异记》）

柳宗元

柳宗元员外从永州司马府来到京城，希望自己可以得到朝廷重用。一日，他问算卦的人，并将昨晚做的梦告诉他，说："我姓柳，昨晚梦见柳树倒在了地上，这是不祥之兆对吧？"算命人说："没什么不祥的，只是将会到远处做官。"柳宗元又问其中含意，那人说："你生是柳树，死也是柳木。木者牧也，看来你要去柳州主事了。"后来，正如那人所说，柳宗元做了柳州州牧，并死在柳州。（出《因话录》）

卫中行

卫中行任中书舍人时，老友的子弟进京应选，投到其门下并拜托于他，他痛快地答应了。驳榜将公布时，那人梦见自己骑驴过河，驴一尥蹶子将他甩入水中，登岸后鞋却是干的。这人与秘书郎韩皋有些交情，登门拜访时，韩皋备下酒菜宴请他，韩皋半开玩笑地说："今年你应选的事不顺呀！据你的梦分析，卫中行不会替你说话，因你鞋上没有沾水。榜公布时，那人果然被甩到一边，没有得到重用。韩皋有学问，有见识，还是大名鼎鼎韩仆射的侄子啊。（出《酉阳杂俎》）

张省躬

枝江县令张汀的儿子张省躬，父亲死后，一直住在枝江。有位叫张垂的人，考秀才科未中，客死于四川，和省躬素不相识。大和八年，张省躬白天睡于堂前，梦见有个自称与他同姓，叫垂的人，张垂

“戚戚复戚戚，秋堂百年色。而我独茫茫，荒郊遇寒食。”惊觉，遽录其诗，数日而卒。（出《酉阳杂俎》）

王恽

进士王恽，才藻雅丽，尤长体物。著《送君南浦赋》，为词人所称。会昌二年，其友人陆休符忽梦被录至一处，有驺卒止之屏外，见若胥靡数十，王恽在其中。陆欲就之，恽面若愧色。陆强牵之语，恽垂泣曰：“近受一职司，厌人闻。”指其类：“此悉同职也。”休符恍惚而觉。时恽住扬州，其子住太平。休符异所梦，迟明，访其家信，得王至洛书。又七日，其讣至，计其卒日，乃陆之梦夕也。（出《酉阳杂俎》）

柳凌

司农卿韦正贯应举时，尝至汝州。汝州刺史柳凌留署军事判官。柳尝梦有人呈案，中言欠柴一千七百束，因访韦解之，韦曰：“柴，薪木也。公将此不久乎！”月余，柳疾卒。素贫，韦为部署，米麦镪帛，悉前请于官数月矣。唯官中欠柴一千七百束，韦披案，方省柳前梦。（出《酉阳杂俎》）

崔暇

中书舍人崔暇弟暇，娶李续女。李为曹州刺史，令兵马使国邵南勾当障车。后邵南因睡，忽梦崔女在一厅中，女立于床西，崔暇在床东。女执红笺，题诗一首，笑授暇，暇因朗吟之。诗言：“莫和他一见如故，无拘无束地玩了几天。临别时，赠给省躬一首诗，那诗是：“戚戚复戚戚，秋堂百年色。而我独茫茫，荒郊遇寒食。”张省躬此时从梦中惊醒，立刻录下那首诗。几天后便死去了。（出《酉阳杂俎》）

王 恽

进士王恽，才华横溢，文词典雅清丽，尤其擅长咏物。他所写的《送君南浦赋》，为词人们称道。唐会昌二年，朋友陆休符梦到自己被押到一个地方，屏外站着养马驭车的驺从，只见几十个和自己一样用绳索牵着的人过来，其中便有王恽。陆休符准备凑过去，王恽却惭愧地低下头。陆休符将他硬拽到一旁，王恽哭着说：“最近接了个苦差，谁听了都厌恶。”又指着身边的人说：“这些人全都做同样的差事。”陆休符在恍惚间醒来。王恽当时住在扬州，儿子住在太平。陆休符对此梦感到十分惊异，第二天一早，他去王家问消息，读了王恽从洛阳写的信。七天后，王恽的死讯才送到，算算日子，他死时正是陆休符梦到的那晚。（出《酉阳杂俎》）

柳 凌

司农卿韦正贯进京应试时，曾到汝州。汝州刺史柳凌留他任军事判官。柳凌梦到有人呈上案子，案子上说欠柴一千七百束，他请韦正贯解梦，韦正贯说：“柴，就是薪木。莫非您将不久于人世了？”过了一个多月，柳凌病死。他生前贫穷，韦正贯为他安排后事，发现柳凌已向公中预支了好几个月的钱粮布等用以维持生活，死后仍欠公中一千七百捆柴。（出《酉阳杂俎》）

崔 暇

中书舍人崔暇的弟弟叫崔嘏，娶李续的女儿为妻。李续任曹州刺史。派兵马使国邵南布置喜车，挂上布帷。国邵南因实在是太困了而睡，忽梦到崔嘏和李续的女儿在一个大厅里，李续的女儿站在床

以贞留妾，从他理管弦。容华难久驻，知得几多年。”梦后才一岁，崔暇妻卒。（出《酉阳杂俎》）

苏检

苏检登第，归吴省家，行及同州澄城县，止于县楼上。醉后，梦其妻取笔砚，箧中取红笺，剪数寸而为诗曰：“楚水平如镜，周回白鸟飞。金陵几多地，一去不知归。”检亦裁蜀笺而赋诗曰：“还吴东去下澄城，楼上清风酒半醒。想得到家春欲暮，海棠千树已凋零。”诗成，俱送于所卧席下。又见其妻笞检所挈小青极甚。及寤，乃于席下得其诗，视箧中红笺，亦有剪处。小青其日暴疾。已而东去，及鄂岳已来，舍陆登舟，小青之疾转甚。去家三十余里，乃卒。梦小青云：“瘗我北岸新茔之后。”及殡于北岸，乃遇一新茔，依梦中所约瘗之。及归，妻已卒。问其日，乃澄城县所梦之日。谒其茔，乃瘗小青坟之前也。时乃春暮，其茔四面多是海棠花也。（出《闻奇录》）

韦检

韦检举进士不第。常有美姬，一日捧心而卒。检追痛悼，殆不胜情。举酒吟诗，悲怨可掬。因吟曰：“宝剑化龙归碧落，嫦娥随月下黄泉。一杯酒向青春晚，寂寞书窗恨独眠。”一日，忽梦姬曰：“某限于修短，不尽箕帚，涕泪潸然，常有后期。今和来篇。”口占曰：“春雨濛濛不见天，家家门外柳和烟。如今肠断空垂泪，欢笑重追别有年。”检终日悒悒，后更梦姬，曰：“即遂相见。”觉来神魂恍惚，乃题曰：“白浪漫漫去不回，浮云飞尽日西颓。始皇陵上千年树，银鸭金凫也变灰。”后果即世，皆符兆。（出《抒情诗》）

西，崔蝦站在床东。李续的女儿手拿一红笺，题诗一首，笑着递给崔蝦。崔蝦朗声吟道："莫以贞留妾，从他理管弦。容华难久驻，知得几多年。"一年后，崔蝦的妻子就死了。（出《酉阳杂俎》）

苏检

苏检考中进士后，回吴探亲，到同州澄城县时，住在县衙楼上。喝醉后，梦到妻子拿来笔砚，从小箱里取出红笺，剪下几寸后便在上写着诗句："楚水平如镜，周回白鸟飞。金陵几多地，一去不知归。"苏检也裁下一片红笺赋诗道："还吴东去下澄城，楼上清风酒半醒。想得到家春欲暮，海棠千树已凋零。"写好后，便放在所卧的炕席下面。苏检又看到妻子用皮鞭抽打他带来的小青，他便醒来了。他从炕席下找到那两首诗，再看箱子里的红笺，真的有剪过的痕迹。小青在这天得了暴病。而苏检此时已东去，到鄂州山区又折回，没走旱路走水路。小青的病越来越重，离家还有三十多里时，凄然而死。苏检梦到小青对他说："将我埋在河北岸新坟后。"苏检为小青出殡时，在北岸真的看到一座新坟，便遵照梦中所托将小青埋在这座新坟后。苏检匆匆回家，才知妻子已死。她死的日子，正是他在澄城县做梦那日。苏检去看妻子的坟，竟然是小青的坟前面那座亲坟。此时正是暮春，两座坟茔周围，开满了洁白如雪的海棠花。（出《闻奇录》）

韦检

韦检进京应试没中。他有个美妾，有天捂着心口倒地而死。韦检痛加追悼，却还是觉得无法将自己的悲痛之情表达。于是他举酒吟诗，悲伤哀怨，神态令人十分揪心。他吟道："宝剑化龙归碧落，嫦娥随月下黄泉。一杯酒向青春晚，寂寞书窗恨独眠。"一天，他梦到死去的美妾说："因我命苦寿短，不能再侍奉于你，一想起这些我就泪流不止，但我们后会有期。我今天为将来与你和诗一首。"于是吟道："春雨濛濛不见天，家家门外柳和烟。如今肠断空垂泪，欢笑重追别有年。"醒后，韦检终日抑郁不乐，后来又梦到美妾对他说："你

朱少卿

王蜀时，有朱少卿者，不记其名，贫贱客于成都，因寝于旅舍。梦中有人扣扉觅朱少卿，其声甚厉，惊觉访之，寂无影响。复睡，梦中又连呼之。俄见一人，手中执一卷云："少卿果在此？"朱曰："吾姓即同，少卿即不是。"其人遂卷文书两头，只留一行，以手遮上下，果有"朱少卿"三字。续有一人，自外牵马一匹直入。云："少卿领取。"朱视之，其马无前足，步步侧蹶，匍匐而前，其状异常苦楚。朱大惊而觉，常自恶之。后蜀王开国，有亲知引荐，累至司农少卿。无何，膝上患疮，双足自膝下俱落，痛苦经旬，五月五日殂，乃马梦之征也。（出《王氏见闻》）

覃 鹭

孟蜀工部侍郎刘义度判云安日，有押衙覃鹭，梦与友人胡钺同在一官署厅前，见有数人，引入刘公，则五木备体，孑然音旨，说理分解，似有三五人执对。久而方退，于行廊下坐，见进食者，皆是鲜血。覃因问，旁人答曰："公为断刑错误所致，追来亦数日矣。"遂觉。及早，见胡钺话之，钺曰："余昨夜所梦，一与君叶，岂非同梦乎？"因共秘之。刘公其日果吟《感怀诗》十韵。其一首曰："昨日方髫髻，如今满颔髯。紫阁无心恋，青山有意潜。"今其诗皆刊于石上，人皆讶其诗意。不数日而卒，岂非断刑之有错误乎？（出《野人闲话》）

快来与我相见吧！”此后他更加魂不守舍，一天到晚恍恍惚惚，又题诗道：“白浪漫漫去不回，浮云飞尽日西颓。始皇陵上千年树，银鸭金凫也变灰。”后来他果然去世，与前梦的征兆契合。（出《抒情诗》）

朱少卿

五代十国时，王氏统治蜀地，有个朱少卿，名字已经不记得了，当时很是寒酸，在成都旅店里住着。有天，他梦到有人敲门来找他，声音很大，他推开房门，却连影子也没看到一个。接着睡，梦中又有人连声呼唤。没一会儿，来了个人，手中拿着一卷文，说：“朱少卿果然在这啊！”朱说：“我是姓朱没错，却不是少卿。”那人立马卷起文书两端，只留下一行字，用手把上面和下面遮住，他果然看到上面有“朱少卿”三个字。接着又有个人，从外面牵着一匹马径直走进来。道：“请少卿领取。”朱抬头看去，那马没有前腿，一挪一挪的，要跌倒的样子，几乎是在爬行，异常痛苦。朱少卿一声大叫，从梦国惊醒，为此，他常为此心生厌恶。后蜀王开国，经亲友引荐，他一直做到司农少卿。但他膝上长了疮，双腿从膝盖以下全都烂掉了，苦熬十年，于五月五日死亡。这就是他那个马梦的兆头啊。（出《王氏见闻》）

覃　鹭

五代十国时，后蜀工部侍郎刘义度，离开云安当天，一个叫覃鹭的押司，梦到和朋友胡鍼一起在一官署厅前站着，看到好几人将刘义度带进来，木头压在身上仍不屈服，与他们说理分辨，声音十分响亮，三五个人与他对质。好长时间才退下，坐在行廊中，覃鹭看到刘义度竟然喝的鲜血。覃鹭于是上前询问，旁边的回答说：“因断案有误，才让他喝鲜血。他被捉来好几天了。”覃鹭惊醒过来。第二天早晨，他对胡鍼咸说了此事，胡鍼大吃一惊：“我昨晚做了跟你的一样的梦，难道说这梦会成真？”二人商议后，决定先保密。这天，刘义度果然吟《感怀诗》十首。其中有一首是这样的：“昨日方髽髻，如今满颔髯。紫阁无心恋，青山有意潜。”他还氢诗抄在石头上，人们

孟德崇

蜀宗正少卿孟德崇，燕王贻邺之子也。自恃贵族，脱略傲诞。尝太庙行香，携妓而往。一夕，梦一老人责之，且取案上笔，叱令开手，大书“九十”字而觉。翌日，与宾客话及此事，自言：“老人责我，是惜我也。书‘九十’字，赐我寿至九十也。”客有封琏戏之曰：“‘九十’字，乃是行书卒字，亚卿其非吉征乎？”不旬日，果卒。（出《野人闲话》）

孙光宪

荆南节度使高保融有疾，幕吏孙光宪梦在渚宫池与同僚偶坐，而保融在西厅独处，唯姬妾侍焉。俄而高公弟保勗见召上桥，授以笔砚，令光宪指拗发军，仍遣厅头二三子障蔽光宪，不欲保融遥见。逡巡，有具櫜鞬将校列行俟命。次见掌节吏严光楚鞹而前趋，手捧两黑物，其一则如黑漆靴而光，其一即寻常靴也。谓光宪曰：“某曾失墨两挺，蒙王黜责，今果寻获也。”良久梦觉。翌日，说于同僚。逾月而保融卒，节院将严光楚具帖子取处分倒节，光宪请行军司马王甲判之。墨者阴黑之物，节而且黑，近于凶象，即向之所梦，倒双节之谓也。（出《北梦琐言》）

陆洎

江南陆洎为常州刺史，不克之任，为淮南副使。性和雅重

都为这诗意而感到惊叹。没过几天，刘义度就死了。难道说真的是因他断案有误吗？（出《野人闲话》）

孟德崇

后蜀宗正少卿孟德崇，是燕王贻邺的儿子。他自恃出身贵族，为人轻慢狂傲处事又十分荒唐。曾经他到太庙进香时，将妓女带去。一天晚上，梦到一老人斥责他，并拿起案上的笺，令他张开手掌，在上面写了九十这两个字后，便惊醒过来。第二天，他在酒筵上与宾客们谈起此事，自鸣得意地说："老人责骂我，实际上是心疼我呀。他写下'九十'二字，意思是我一直活到九十岁呢！"有个叫封琏的客人开玩笑道："'九十'二字，在行书中是卒字，你可别把它当吉兆呀！"十天不到，果然孟德崇便死了。（出《野人闲话》）

孙光宪

荆南节度使高保融生病了，他的下属孙光宪梦见在渚宫池与同僚一起坐着，而高保融独自坐在西厅，只有姬妾在那里侍候。一会儿，高保触的弟弟高保勖应召上桥，授以孙光宪笔砚，让他写派军队出发作战的命令，并命厅上的几个仆人将孙光宪挡住，防止高保融看见。有顷，有穿着军装背着弓箭的将校列队待命。接着，又看见掌节吏严光楚拿着去毛的兽皮趋身上前，手中捧着两个黑物，其中，一个像是黑漆靴子闪闪发光，一个就是平常用的靴子。严光楚对孙光宪说："我曾丢失两挺墨，蒙大王降职斥责，今天果然找到了。"过了很久梦醒了。第二天，孙光宪把此事说给同僚听。一个多月后，高保融病死，节使院将严光楚的掌节使撤掉并发了文告，孙光宪请行军司马王甲来解梦。墨者属阴黑之物，节而且黑，是凶象，这就是那个梦，是倒双节的意思。（出《北梦琐言》）

陆　洎

江南陆洎被任命为常州刺史，因能力不足被降为淮南副使。陆厚，时辈推仰之，副使李承嗣尤与之善。乙丑岁九月，承嗣与诸客访之。洎从客曰："某明年此月，当与诸客别矣。"承嗣问其故，答曰："吾向梦人以一骑召去，止大明寺西，可数里，至一大府，署曰'阳明府'。入门西序，复有东向大门，下马入一室。久之，吏引立阶下。门中有二绿衣吏，捧一案，案上有书。有一紫衣秉笏，取书宣云：'洎三世为人，皆行慈孝，功成业就，宜授此官。可封阳明府侍郎，判九州都监事。来年九月十七日，本府上事。'复以骑送归，奄然遂寤。灵命已定，不可改矣。"诸客皆嘻然。至明年九月，日使候其起居。及十六日，承嗣复与向候之客诣之，谓曰："君明日当上事，今何无恙也？"洎曰："府中已办，明当行也。"承嗣曰："吾常以长者重君，今无乃近妖乎？"洎曰："唯君与我有缘，他日必当卜邻。"承嗣默然而去。明日遂卒，葬于茱萸湾。承嗣后为楚州刺史卒，葬于洎墓之北云。（出《稽神录》）

周延翰

江南太子校书周延翰，性好道，颇修服饵之事。尝梦神人以一卷书授之，若道家之经，其文皆七字为句。唯记其末句云："紫髯之畔有丹砂。"延翰寤而自喜，以为必得丹砂之效。从事建业卒，葬于吴大帝陵侧。无妻子，唯一婢名丹砂。（出《广异记》）

洎性格温和儒雅为人稳重敦厚，同辈人对他很是推崇和仰慕，副使李承嗣和他的关系特别好。乙丑年九月，李承嗣与一群人前来拜访他。陆洎对客人们说："我明年这个时候，就与大家告别了。"李承嗣问他真正的原因，陆洎回答说："我前段时间梦到自己被一个骑马的人唤去，去了大明寺西边，又走了几里路，看见一座特别大的府院，门上写着'阳明府'。进门往西，又看到一个朝东的大门，下马走进一室。等了好久，前面石阶上站着几名小吏，门内两个绿衣吏抬来一书案，案上面摆着诏书。有位穿紫袍的官员手持笏板，拿着诏书念道：'洎三世为人，皆行慈孝，功成业就，宜授此官。可封阳明府侍郎，判九州都监事。来年九月十七日，本府上事，复以骑送归。'听到此处，我便感觉自己的气息微弱，然后就醒了。神灵已将我的寿命定下，不会更改。"客人们听后颇感惊奇。第二年九月，有人前来照顾陆洎的起居饮食。等到了九月十六日，李承嗣和那些等在外面的人一起拜见陆洎，对他说："明天该有事才对，可到现在你怎么一点病态都没有呢？"陆洎说："手续已办好，明天我该上路了。"李承嗣说："我对你像自己的长辈一样敬重，现在你怎么沾上了妖气呢？"陆洎说："若你我有缘，将来一定会当我的邻居。"李承嗣什么也没说便走了。第二天陆洎死了，埋葬在茱萸湾。李承嗣后来做楚州刺史时死了，就埋在陆洎墓的北面。（出《稽神录》）

周延翰

江南有位太子校书周延翰，平素信奉道教，在仙药丹丸方面很有研究。他曾梦到神仙把一卷书送给他，是道家的经书，上面每句都是七个字。但他只记住最后一句："紫髯之畔有丹砂。"周延翰醒来后心下暗喜，认为自己一定能找到丹砂以帮助长生。周延翰在建业任从事，然后死在那里，被埋在孙权墓旁。他一生无妻无儿女，唯一的婢女名叫丹砂。（出《广异记》）

王瞻

虔化县令王瞻罢任归建业，泊舟秦淮，病甚。梦朱衣吏执牒至曰：“君命已尽，今奉召。”瞻曰：“命不敢辞，但舟中狭隘，欲宽假之。使得登岸卜居，无所惮也。”吏许诺，“以五日为期，至日平明，且当来也。”既寤，便能下床，自出僦舍，营办凶具，教其子哭踊之节，召六亲为别。至期，登榻安卧，向曙乃卒。（出《稽神录》）

邢陶

江南大理司直邢陶，癸卯岁，梦人告云：“君当为泾州刺史，既而为宣州泾县令。”考满，复梦其人告云：“宣州诸县官人，来春皆替，而君官诰不到。”邢甚恶之。至明年春，罢归，有荐邢为水部员外郎。牒下而所司失去，复请二十余日，竟未拜而卒。（出《稽神录》）

王瞻

虔化县令王瞻被免职后，回到建业，小船停泊在秦淮河上，病得很严重。他在夜里梦见朱衣吏手拿一纸牒文来到身边，说：“你的寿命已尽，我奉命召你回去。”王瞻说：“我不敢抗命，只是船中狭窄，我想找个宽敞的地方。请容我先上岸去选个好地方，我并不畏惧。”朱衣吏点头同意，说：“以五天为限，第五天天大亮时，你必须回来。”王瞻醒后就能自己起身下床了，自己找了间房，自己去办理丧葬用的物品，并教儿女们哭丧的规矩，又与亲属们一一诀别。到了约定的日子，他老实躺在床上，迎着曙光死去。（出《稽神录》）

邢陶

江南有位叫邢陶大理司直，在癸卯年时，有人对他说：“你会任泾州刺史，然后再去做宣州泾县令。”在他任职将满时，邢陶又梦到那个人对他说：“宣州各县县令，会在明年春全部替换，但却没有你的诏令。”邢陶听后十分反感。第二年春，他卸掉县令的职务，被举荐为水部员外郎。诏令下来后却不见了，再次申请，二十多天却没有回音，邢陶还没来得及上任就死了。（出《稽神录》）

卷第二百八十　梦五

鬼神上

鬼神上

炀　帝

武德四年，东都平后，观文殿宝厨新书八千许卷将载还京师。上官魏梦见炀帝，大叱云："何因辄将我书向京师！"于时太府卿宋遵贵监运，东都调度，乃于陕州下书，著大船中，欲载往京师。于河值风覆没，一卷无遗。上官魏又梦见帝，喜云："我已得书。"帝平存之日，爱惜书史，虽积如山丘，然一字不许外出。及崩亡之后，神道犹怀爱吝。按宝厨新书者，并大业所秘之书也。（出《大业拾遗》）

豆卢荣

上元初，豆卢荣为温州别驾卒，荣之妻即金河公主女也。公主尝下嫁辟叶，辟叶内属。其王卒，公主归来。荣出佐温州，公主随在州数年。宝应初，临海山贼袁晁攻下台州。公主女夜梦一人，被发流血，谓曰："温州将乱，宜速去之。不然，必将受祸。"及觉，说其事。公主云："梦想颠倒，复何足信。"须臾而寝，女又梦见荣，谓曰："适被发者，即是丈人，今为阴将。浙东将败，欲使妻子去耳。宜遵承之，无徒恋财物。"女又白公主说之。时江东米贵，唯温州米贱。公主令人置吴绫数千匹，故恋而不去。他日，女

鬼神上

炀帝

唐朝，武德四年，东都（洛阳）平定后，观文殿书库内八千多卷新书，将要被运回长安。一位叫上官魏的梦到隋炀帝斥问道："你们为何要把我的书运到长安去？"运书当日，由太府卿宋遵贵监运，从东京出发，到陕州后又装到大船上，准备从水路载向长安。不料，遇上暴风雨把船给颠没了，一卷书都没能剩。而那位上官魏再次梦见了隋炀帝，这次随炀帝很高兴，说："书又回来我这里了！"隋炀帝生前一直都十分爱惜书籍，虽堆积如山，但一个字也不让流失。虽已经死了，却还得上苍爱怜于他，才如此做的。要知道，观文殿书库里的新书，全是隋炀帝在大业年间秘密珍藏的。（出《大业拾遗》）

豆卢荣

唐朝上元初年，豆卢荣在温州别驾任上离世，豆卢荣的妻子是金河公主的女儿。公主曾下嫁辟叶，曾是辟叶王的妻子。辟叶王死后，金河便回了大唐。当时，豆卢荣到温州辅佐执政，金河公主随他到温州住了多年。宝应初年，临海的贼寇袁晁攻下台州。金河公主的女儿夜里梦见一人，披散着头发，浑身是血，对她说道："温州将会有战乱，你们还是快点离开的好。不然，肯定会遭殃的。"等醒来后，女儿将此事告诉了母亲。金河公主并不相信，说："梦都是反的，不足信啊。"过了一会儿又接着睡，女儿这次梦到豆卢荣，说："刚刚披头散发的那个人，是你的父亲，现在在阴间任将军。浙东将败，是想梦其父云："浙东八州，袁晁所陷。汝母不早去，必罹艰辛。"言之且泣。公主乃移居栝州。栝州陷，轻身走出，竟如梦中所言也。(出《广异记》)

杨昭成

开元末，洛阳贾氏为广汉什邡令，将其家之任。欲至白土店东七里，其妻段氏，马惊堕坑而死，即殡于山中。经两载，弘农杨昭成为益州仓曹，之广汉。晓发，其妻窦氏忽于马上而睡，向后倾倒。昭成自下驭马，频呼问，犹不觉，将至白土方寤。云："向梦有一妇人，衣绿单裙白布衫，年甫三十，容色艳丽，来控我马，悲啼久之，自称'段姓，是什邡贾明府之妻。至此身死，见留山中，孤魂飘泊，不胜羁独。夫人后若还京，我有兄名某，见任京兆功曹，可相为访，令收己魂，归于故乡'。深以相嘱，言讫乃去。"昭成其夕宿白土，具以梦问店者。店人云："贾明府妻坟，去此六七里。坠坑而死，殡在山中，已二年矣。"其言始末，与梦相类。昭成深异之，因记其事。后奉入京，寻其段族，具为说之。段氏举家悲泣，遂令人往取神柩，葬之。(出《灵异记》)

扶沟令

扶沟令某霁者，失其姓，以大历二年卒。经半岁，其妻梦与霁你们快点离开。希望照我的话去做，不要舍不下财物。”女儿醒后，又把这件事告诉了金河公主。当时江东粮食特别贵，而温州粮食比较便宜。金河公主让人买了几千匹江南绸缎，为此舍不得离去。又一天，女儿梦见父亲说：“浙东的八个州，都被袁晁攻破了。如果你母亲再不走，肯定有苦头吃的。”说着还哭了起来。于是，公主搬去了栝州，不久后栝州陷落。母女二人只身出走，果真和梦中说的一样。（出《广异记》）

杨昭成

唐玄宗开元末年，洛阳贾氏为广汉郡什邡县令，上任时将家眷一同带去任上。在离白土店还有七里时，妻子段氏，因为马受到了惊吓而被甩进土坑摔死，于是就将她埋在山中。两年后，弘农县杨昭成任益州仓曹，动身去广汉。出发的时候，忽然妻子窦氏在马上睡着，向后倾倒。杨昭成自己上前拦住马，连声呼喊，妻子却没有回应，直到快到白土店时才醒。她对丈夫说：“我刚刚梦见一位妇人，身着白布衫和绿色单裙，将近三十岁的样子，长得美艳动人，她将我的马拦住，悲哭不止，自称‘姓段，是什邡贾县令的妻子。那年摔死在这里，留在山中十分孤单，不胜寂寞。她说夫人若有机会回京城，有个哥哥叫某某的，现任京兆功曹，请代我去看看他，并请收回我的魂魄，送回故乡’。她千叮万嘱，然后离去了。”杨昭成当夜住在白土店，将夫人梦中之事全都跟店里人说了。店内的伙计说：“贾县令妻子的坟，离这六七里路。她的确是坠坑而亡，就埋在山中，都过去两年了。”事情经过，果然与那梦相符。杨昭成感到十分惊异，便将此事记下。后来，他奉旨回京，找到段氏家人，将段氏的事说了。听闻此事，段家上下痛哭不止，当即派人进山取回棺柩，重新安葬。（出《灵异记》）

扶沟令

扶沟县令叫霁，他的姓已经不记得了，于大历年间离世。半年遇，问其地下罪福，霁曰："吾生为进士，陷于轻薄，或毁讟词赋，或诋诃人物。今被地下所主，每日送两蛇及三蜈蚣，出入七窍，受诸痛苦，不可堪忍。法当三百六十日受此罪，罪毕，方得托生。近以他事，为阎罗王所剥，旧裈狼藉，为人所笑，可作一裈与我。"妇云："无物可作。"霁曰："前者万年尉盖又玄将二绢来，何得云无？"兼求铸像写《法华经》。妇并许之，然后方去尔。（出《广异记》）

王 诸

大历中，邛州刺史崔励亲外甥王诸，家寄绵州，往来秦蜀，颇谙京中事。因至京，与仓部令史赵盈相得。每赍左绵等事，盈并为主之。诸欲还，盈固留之。中夜，盈谓诸曰："某长姊适陈氏，唯有一笄女。前年，长姊丧逝，外甥女子，某留抚养。所惜聪惠，不欲托他人。知君子秉心，可保岁寒。非求于伉俪，所贵得侍巾栉。如君他日礼娶，此子但安存不失所，即某之望也！成此亲者，结他年之好耳。"诸对曰："感君厚意，敢不从命？固当期于偕老耳！"诸遂备缥币迎之。

后二年，遂挈陈氏归于左绵。是时励方典邛商，诸往觐焉。励遂责诸浪迹，又恐年长不婚，诸具以情白舅。励曰："吾小女宽柔，欲与汝重亲，必容汝旧纳者。"陈氏亦曰："岂敢他心哉，但得衣食粗充，夫人不至怪怒，是某本意。"诸遂就表妹之亲。既成姻，崔氏女便令取陈氏同居，相得，更无分毫失所。励令其子铿与诸江陵卜居，兼将金帛下峡而去。三月诸发。五月，励受替，遂尽后，他妻子梦中与他相逢，妻子问他在阴间过得好不好，他说："我生前是进士，吃亏在轻薄放浪，有时写诗赋词发泄怨言，有时诋毁他人，如今被阴间管制。每天有两条毒蛇、三只蜈蚣，在我的耳、鼻、口等七个孔里钻来钻去，真是痛苦啊，不堪忍受。我被判了三百六十天受这样的折磨，之后才能托生转世。最近，因为其他的小事，又被阎王爷痛打一顿，那条带裆的旧裤子已不像样了，大家都笑话我，你可否再做一条新的送我呢？"他妻子说："没有布料可做呀。"霁说："前几日，万年县尉盖又玄送给了你二匹绢布，怎么会没布料呢？"然后，他又求妻子为他铸佛像和抄写《法华经》。妻子没办法，全都答应了。他才悄然离去。（出《广异记》）

王诸

唐大历年间，邛州刺史崔励的亲外甥王诸，家住绵州，常在秦蜀之间来往，对京城的事务了如指掌。一日，来到京城，他与仓部令史赵盈成为了好友。他常请赵盈为绵州的亲人办事，赵盈都会帮忙处理好。王诸想回去，赵盈却一定要将他留下来。半夜，赵盈对王诸说："我大姐嫁给老陈家，育有一女。我大姐已于前年去世，抛下我这个外甥女，由我抚养。她聪明可爱，我不想托给其他人。我知你脾气秉性，更知你为人善良，跟着你不会受饥寒之苦。我并非求你与她结为夫妻，只想让她侍奉于你。若将来你要正式结婚娶妻，你把这孩子留在你家就行了，这就是我的愿望，要是你同意，我们之间的关系会更进一步。"王诸回答道："承蒙您的抬爱，我岂有不接受之理？我要与她白头偕老啊！"随即，王诸备下彩礼迎娶陈氏。

两年后，王诸带她回绵州。而此时，王诸的舅父崔励来邛州，主管行商之事，王诸前去拜望。崔励当即将他责骂一通，说他不务正业，担心他不再结婚，王诸将事情的来龙去脉告诉了舅父。崔励说："我的小女儿性格温柔宽厚，我想把她嫁给你，来个亲上加亲，而且她一定能容下陈氏女的。"陈氏也说："我不敢有别的想法，能有衣穿有饭吃就知足了。夫人不责怪，不迁怒，就是我一生所求！"不久，王诸与表妹崔氏女喜结良缘。崔氏与陈氏同居一室，二人关系融室江陵而行。

诸与铿方买一宅，修葺。停午，诸忽梦陈氏被发来，哀告诸曰：“某，他乡一贱人。崔氏夫人，本许终始，奈何三峡舟中沐发，使人耸某，令于崩湍中而卒，永葬鱼鳖腹中！”哀泣沾襟。俄而铿于东厢寐，亦梦陈氏诉冤：“崔夫人不仁，致我性命三峡。”铿与诸偶坐，方讶其事，其夜，二人梦复如前。铿甚惭，谓诸曰：“某娘情性不当如是，何有此冤！且今日江头望信，若闻陈氏不平安，此则必矣！”后数日，果有信，说陈氏溺三峡。及励到诸家，诸泣说前事。崔氏为其兄所责，不能自明，遂断发喑呜而卒，诸亦荡游他处。

数年间，忽于夏口见水军营之中门东厢，见一女人，姿状即陈氏也。诸流眄久之。其妇又殷勤瞻瞩，问僮仆云：“郎君岂不姓王？”僮走告诸。及白姨弟，令询其本末。陈氏曰：“实不为崔氏所挤，某失足坠于三峡，经再宿，泊尸于碛，遇鄂州回易小将梁琛。初欲收葬，后因吐无限水，忽然而苏。某感梁之厚恩，遂妻梁琛，今已诞二子矣。”诸由是疑负崔氏之冤，入罗浮山而为头陀僧矣。（出《乾𦠆子》）

西市人

建中年，京西市人忽梦见为人所录，至府县衙，府甚严。使人立于门屏外，遂去，亦不见召。唯闻门内如断狱之声，自屏隙窥洽，没有任何不愉快。崔励让他儿子崔铿与王诸到江陵买房子，顺便将金银布帛顺三峡运回。王诸于三月出发。五月，崔励被人取替，全家也随即向江陵而去。

王诸和崔铿刚买了一座宅院，还在修葺中。午睡时，王诸忽然梦见陈氏女披头散发，无比哀切地对他说："我本是他乡一卑贱女子。对崔氏妇向来很尊重，以后的事都说好了，但万万没想到，那日我在三峡船中洗发，她指使人推我，于是我跌入激流中淹死，永远葬在了鱼鳖肚子里。"她边哭边说，泪水沾湿了衣襟。一会儿，崔铿去东厢房睡觉，也说梦见陈氏诉冤道："崔夫人不仁，在三峡害了我的性命！"崔铿与王诸相对而坐，二人都感到惊讶不已，当晚，他们还是做了和之前一样的梦。崔铿无比羞愧地对王诸说："我姐姐的情性不该如此啊，怎么会有这样的冤屈呢？我们先去江边等消息，如果陈氏遇险，这事就一定是真的！"几天后，果然传信，信上说陈氏在三峡淹死了。等崔励赶到王诸家，王诸哭着向他说了此事。崔氏被她兄弟责骂一通，又有口难辩，最后剪断头发，嗓子也哭哑了，最后竟一病不起死了。此后，王诸心灰意冷，便浪迹天涯。

几年后，他在夏口水军营的大门东面，看到一女人，样子与陈氏相像。王诸盯着她看了好久，她也站住脚，向王诸瞩目而视，问他的仆人：他是姓王吗？仆人立刻告诉了王诸及崔铿，他们询问陈氏原因。陈氏说："那天并不是崔氏指使人推的，而是我失足坠入三峡水中，一夜后，我的尸体漂在了浅水沙石上，又有幸遇鄂州回易小将梁璨。一开始，他想把我收葬，后来我将大量的水吐出了，便醒过来了。为感谢梁璨的救命之恩，便嫁给他为妻。如今，我们已有两个孩子了。"王诸因当初错怪崔氏而有负于她，后来就在罗浮山做了一个头陀和尚。（出《乾膭子》）

西市人

唐朝，德宗建中年间，长安城西有个人梦见自己被捕，被抓到一座县衙，府衙十分森严。西市人被带到门外，使者便走了，也没人来之，见厅上有贵人，紫衣据案，左右绿裳执案簿者三四人。中庭，朱泚械身鏁项，素服露首，鞠躬如有分雪哀请之状，言词至切。其官低头视事，了不与言。良久方谓曰："君合当此事，帝命已行，诉当无益。"泚辞不已，及至泫泣。其官怒曰："何不知天命？"令左右开东廊下二院。闻开鏁之声，门内有三十余人，皆衣朱紫，行列阶下。贵人指示曰："此等待君富贵，辞之何益？"此人视之，乃李尚、韦骆之辈也。诸人复入院门。又叱泚入西廊一院焉。贵人问左右曰："是何时事？"答曰："十月。"又问："何适而可？"曰："奉天。"如此诘问，良久乃已。前追使者复出，谓百姓曰："误追君来，可速归。"寻路而返。梦觉，话于亲密。其后事果验也。（出《原化记》）

王方平

太原王方平性至孝。其父有疾危笃，方平侍奉药饵，不解带者逾月。其后侍疾疲极，偶于父床边坐睡。梦一鬼相语，欲入其父腹中。一鬼曰："若何为入？"一鬼曰："待食浆水粥，可随粥而入。"既约，方平惊觉。作穿碗，以指承之，置小瓶于其下。候父啜，乃去承指，粥入瓶中，以物盖上。于釜中煮之百沸，开视，乃满瓶是肉。父因疾愈。议者以为纯孝所致也。（出《广异记》）

招呼。只从房内传出拷问犯人的声音，西市人从屏风缝隙间偷偷望去，看到有位大人物在大厅上，身着紫衣坐于案前，还有三四个身穿绿衣的分坐在两旁。堂下，朱泚身戴枷锁和镣铐，身穿白衣，伸出脑袋又是鞠躬又是磕头，在那里苦苦地哀求。那位大人只是低头看着案卷，什么也不说。过了好久才说：“此事是你命中注定的，完全是按天意行事，求我也没用。”朱泚还是不停的哀求，没完没了，泫然流涕。那位大人怒喝道：“你难道连天命也不明白吗？”他令手下将东廊下的两个院门打开，然后传来开锁的声音，里面有三十多人，全都身穿朱紫色衣服，站立台阶两旁。那位大人对这些人说：“这些人都在等着你的富贵，推辞又能有什么好处呢？西市人举目望去，发现紫衣人里面竟是李、尚、韦骆之辈啊。没有办法，又回到院门。接着，那位大人又对朱泚进行一番斥啧。大人问手下道：“什么时候执行？”回答说：“十月。”又问：“是否合适？”回答说：“奉天而行。”一问一答，进行了半天才完。西市人想上前询问，抓他来的人对他说：“我把你抓错了，你快回去吧。”于是，他循路而回。而此时他从梦中惊醒，又把此事说给家里人听。后来此事真的应验了。（出《原化记》）

王方平

有个叫王方平的太原人，很是孝顺。父亲患病在床，越来越严重，王方平煎汤熬药，一直侍奉左右，衣不解带一个多月了。一天，他实在太劳累了，就在父亲床边打瞌睡。梦见几个鬼在对话，一个说：“我想钻进他父亲肚子里。”一个问：“你如何钻进去？”另一个说：“等他喝稀粥时，随粥而入。”几个鬼刚约定好，王方平便惊醒了。他把粥碗击穿，用手捂着，将小瓶子放在下面。等父亲要喝粥时，再把手撤开，粥便进到了瓶中，然后再用东西盖上。他把瓶子扔进锅里，煮沸了无数次，打开再看，瓶内全是肉！不久后，他父亲的病就好了。人们都说，他的孝心感动了上天，才会这样的。（出《广异记》）

张诜

张诜，以贞元中，以前王屋令调于有司。忽梦一中使来，诜即具簪笏迎之。谓诜曰："有诏召君，可偕去。"诜惊且喜，以为上将用我。即命驾，与中使俱出。见门外有吏十余，为驱殿者。诜益喜，遂出开远门，西望而去。其道左有吏甚多，再拜于前。近二百里，至一城，舆马人物喧哗，阗咽于路，槐影四矗，烟幕逦迤。城之西北数里，又一城。外有被甲者数百，罗立门之左右，执戈戟，列幡帜，环卫甚严，若王者居。

既至门，中使命诜下马。诜整巾笏，中使引入门，兵士甚多，见宫阙台阁，既峻且丽。又至一门，中使引入百余人，具笏组，列于庭，仪甚谨肃。又有一殿峙然，琼玉华耀，真天子殿。殿左右有士数十，具甲倚剑。殿上有朱紫中使甚多。一人峨冠，被衮龙衣，凭玉几而坐殿之东宇。又有一冠衣者，貌若妇人，亦据玉几殿之西宇。有宫嫔数十，列于前。中使谓诜曰："上在东宇，可前谒。"即趋至东宇前，再拜。有朱衣中使，立于殿之前轩，宣曰："卿今宜促治吾宫庭事，无使有不如法者。"诜又再拜舞蹈。既而中使又引至西宇下，其仪度如东宇。既拜，中使遂引出门。诜悸且甚，因谓之曰："某久处外藩，未得见天子，向者朝对，无乃不可于礼乎？"中使笑曰："吾君宽，无惧耳。"言毕东望，有兵士数百驰来。中使谓诜曰："此警夜之兵也。子疾去，无犯严禁。"即呼吏命驾。惶惑之际而寤。窃异其梦，不敢语于人。

张诜

张诜，唐德宗贞元年间，从前王屋县令调任有司，忽梦见一位中使来，他忙捧起笏板迎上前。中使对张诜说："现有诏书召见你，请随我来。"张诜又惊又喜，以为是皇帝对自己委以重用，立刻与中使走出房门，奉命前往皇宫。出门就见两旁站着十余小吏，都是皇宫里的人。张诜见状愉心欢喜不已，随即打开大门，随中使向西行。走着走着，发现路左侧的小吏越来越多，并在他的面前纷纷拜倒。走了近二百里，来到一座大城，车马行人十分喧哗，以至于交通堵塞，两边长着挺拔的槐树，烟雾绵延不断。城西北数里，又有一座城。外面有几百名身着盔甲的兵士，持戈操戟，打着旌旗，站在门两侧。防卫森严，看起来像是皇帝居住的宫殿。

到门口，中使命令张诜下马。整理完仪容，中使引他入内。这里的兵士更多，看那宫殿的楼阁亭台，既庄严又华丽。又走进一个大门，中使领进一百多人，每个都捧着笏板，列于庭上，气氛比之前更加谨肃。再往前走，又一座巍然的大殿，玉色生辉，华丽无比。这便是真正的天子圣殿了，大殿左右有好几十位军士，全都戴着盔甲，佩着长剑。殿上还有好多位身着朱紫衣服的中使。只见有一人靠着玉几坐在大殿东侧，穿着龙袍，头上皇冠威矗。还有一位戴高冠，靠着玉几坐在大殿的西侧。从外表看，是个女人，身旁站着几十个宫嫔。中使对张诜说："皇帝坐在东侧，你可上前谒见。"张诜急忙躬身上前，行跪拜大礼。有位身着红衣的中使站在殿前高处，宣旨道："爱卿适合管理我朝中宫廷之事，使上下严格守法。"张诜上前跪下再拜，开心得手舞足蹈。一会儿，中使又把他引到大殿西侧，又和在东侧那样礼拜了一番。然后，中使带他出门。张诜心有余悸地对中使说："我久居在外，从没见过皇帝，今奉旨朝觐，不知今日是否有失礼之处呢？"中使笑着说："皇上宽厚仁慈，不用怕。"说完他朝东望去，见有数百兵士急步跑来。中使对张诜说："这些都是负责夜间警戒的士兵。你快回去吧，不要违反了这里的禁规。"随即唤过一名小吏，命小吏驾车送张诜。张诜正惶惑之际从梦中醒来。他为此暗中惊叹，又不敢告诉别人。

后数日，诜拜乾陵令。及凡所经历，皆符所梦。又天后祔葬，诜所梦殿东宇下峨冠被衮龙衣者，乃高宗也；殿西宇下冠衣貌如妇人者，乃天后也。后数月，因至长安，与其友数辈会宿，具话其事。有以列圣真图示诜者，高宗及天后，果梦中所见也。（出《宣室志》）

麻安石

麻安石，唐贞元中至寿春谒太守杨承恩。安石在道门，习学推步，自言大夫四月加官，合得旌节。是年，武成刺史三人，安州伊公慎、宋州刘公逸、寿州杨公淮并加散骑常侍。后安石忽夜梦，寿州子城内路西院中殿内，见戴冠帻神人，乘白马，朱尾鬣，称是宋武帝。呼安石向前曰："杨承恩无节度使，卿不用住。"至明，方问人，此乃宋武帝升坛拜将处，有记见在。安石检解梦书，言见戴冠帻神与人言者，善恶如其言。遂再三恳辞，暂归山。是月，离寿州。后杨公风疾，罢归朝，果验也。（出《祥异集验》）

阎陟

阎陟幼时，父任密州长史，陟随父在任。尝昼寝，忽梦见一女子，年十五六，容色妍丽，来与己会。如是者数月，寝辄梦之。后一日，梦女来别，音容凄断，曰："己是前长史女，死殡在城东南角。明公不以幽滞卑微，用荐枕席。我兄明日来迎己丧，终天永别，岂不恨恨。今有钱百千相赠，以伸允眷。"言讫，令婢送钱于寝床下，乃去。陟觉，视床下，果有百千纸钱也。（出《广异记》）

几天后，张诜被封为乾陵县令。此后他所经历的，都与那个梦相契合。后来，武则天皇后与唐高宗合葬，是张诜梦见大殿东侧，而梦中戴着皇冠穿着龙袍的人，就是高宗皇帝；坐在大殿西侧的女人，乃是则天皇后。数月之后，张诜因事来长安，与很多朋友一起闲谈时，说到这件事。于是，有人拿出列圣真图给张诜看——高宗皇帝及武则天皇后，果然和梦中见到的一样。（出《宣室志》）

麻安石

麻安石于唐贞元年去寿春州，拜谒太守杨承恩。麻安石信奉道教，擅长推算历法，他推算出杨承恩会在四月升官，到时候会举行仪式。这年，武成道所辖的州里有三位刺史升官，他们分别是安州刺史伊慎，宋州刺史刘逸，寿州刺史杨淮，都加官为散骑常侍。麻安石有天晚上做了个梦，梦见在寿州附近一小城内路西院正中大殿，有个戴帽子扎头巾的神人，骑着白马，那马尾巴马鬃上长的是红色的毛，此神人自称宋武帝。将麻安石唤到面前说："杨承恩不会成为节度使，你不宜在此地久留。"天亮后，麻安石向人打听后才知道此处是宋武帝升坛拜将处，史书上是有记载的。解梦书上说，梦见戴帽子和头巾的神仙与人说的话，不论好坏都会成真。于是他再三辞行，暂回山中，当月离开寿州。杨承恩后来中了风，只得罢职回朝。麻安石的梦真的应验了。（出《祥异集验》）

阎陟

阎陟年少时，父亲任密州长史，他随父亲就住在任一。阎陟经常在白天睡觉，突然梦见一个十五六岁的女子，十分漂亮，来与自己幽会。如此一连好几月，阎陟只要入睡就会梦到那女子。后来有一天，他又梦见那女子与自己告别，潸然泪下，神情凄绝。她说："我是本州前长史的女儿，死后埋在城东南角。你不嫌我滞于幽冥地位卑微，与我同床共枕，尽夫妻之欢。明天我哥哥来为我迁坟，你我缘分已尽，将永别，此恨绵绵，我有一百千钱要送你，以备将来你娶妻之

刘景复

吴泰伯庙，在东阊门之西。每春秋季，市肆皆率其党，合牢醴，祈福于三让王，多图善马、彩舆、女子以献之。非其月，亦无虚日。乙丑春，有金银行首纠合其徒，以绡画美人，捧胡琴以从，其貌出于旧绘者，名美人为胜儿。盖户牖墙壁会前后所献者，无以匹也。女巫方舞，有进士刘景复，送客之金陵，置酒于庙之东通波馆，而欠伸思寝。乃就榻，方寝，见紫衣冠者言曰："让王奉屈。"刘生随而至庙，周旋揖让而坐。王语刘生曰："适纳一胡琴，艺甚精而色殊丽。吾知子善歌，故奉邀作胡琴一章，以宠其艺。"初生颇不甘，命酌人间酒一杯与歌。逡巡酒至，并献酒物。视之，乃适馆中祖筵者也。生饮数杯，醉而作歌曰："繁弦已停杂吹歇，胜儿调弄逻逤发。四弦拢撚三四声，唤起边风驻寒月。大声漕漕奔淈淈，浪蹙波翻倒溟渤。小弦切切怨飔飔，鬼泣神悲低悉率。侧腕斜挑掣流电，当秋直戛腾秋鹘。汉妃徒得端正名，秦女虚夸有仙骨。我闻天宝年前事，凉州未作西戎窟。麻衣右衽皆汉民，不省胡尘暂蓬勃。太平之末狂胡乱，犬豕崩腾恣唐突。玄宗未到万里桥，东洛西京一时没。一朝汉民没为虏，饮恨吞声空嗢咽。时看汉月望汉天，怨气冲星成彗孛。国门之西八九镇，高城深垒闭闲卒。河湟咫尺不能收，挽粟推车徒矻矻。今朝闻奏凉州曲，使我心魂暗超忽。胜儿若向边塞弹，征人血泪应阑干。"歌既成，刘生乘醉，落泊草扎而献。王寻绎数四，召胜儿以授之。王之侍儿有不乐者，妒色形于坐，王恃酒，以金如意击胜儿首，血淋襟袖。生乃惊起。明日视绘素，果有损痕。歌今传于吴中。（出《纂异记》）

用。”说完，她令婢女把钱放到床下就走了。阎陟醒来后，床下真有一百千纸钱放在那。（出《广异记》）

刘景复

吴国始祖庙，位于城东正门的西侧。每逢春秋季节，城中的那些店主便领着人带上猪羊和酒等祭品，向三让王祈求赐福，还有人用纸扎了骏马、彩车和美女敬献给神。就算不在正日子，也会有人天天来祭神。乙丑年春天，有位金店店主带着徒众，绸子上画上美女，美女的容貌来自旧画，还有捧着胡琴紧随其后的侍女，那美女名叫胜儿。纵观房前屋后所有的祭品，没有能越过他们的。女巫开始手舞足蹈，有位叫刘景复的进士，为客人送行时，在庙东边的通波馆喝了酒，久坐疲乏便昏昏欲睡。倒在床上，梦见一位穿戴紫衣冠的人对他说：“让王请你屈尊到庙里一坐。”于是刘景复随他到庙上，与一群人周旋又向让王揖拜后入座。让王对刘景复说：“刚收到一把胡琴，还有一名女子。她琴艺精湛而且姿色殊丽。我知道你精通歌律，想请你作一首胡琴曲，也好让她的琴艺得到发挥。”起初，刘景复并不是很情愿，于是说要喝一杯人间的好酒才能唱出来。一会儿酒便上来了，还有下酒菜。刘景复一看，是通波馆送别宴上的东西。刘景复一连喝了好几杯酒，微醉，唱道：“繁弦已停杂吹歇，胜儿调弄逻逤发。四弦拢撚三四声，唤起边风驻寒月。大声漕漕奔淈淈，浪蹙波翻倒溟渤。小弦切切怨飕飕，鬼泣神悲低悉率。侧腕斜挑掣流电，当秋直戛腾秋鹘。汉妃徒得端正名，秦女虚夸有仙骨。我闻天宝年前事，凉州未作西戎窟。麻衣右衽皆汉民，不省胡尘暂蓬勃。太平之末狂胡乱，犬豕崩腾恣唐突。玄宗未到万里桥，东洛西京一时没。一朝汉民没为虏，饮恨吞声空嗢咽。时看汉月望汉天，怨气冲星成彗孛。国门之西八九镇，高城深垒闭闲卒。河湟咫尺不能收，挽粟推车徒矻矻。今朝闻奏凉州曲，使我心魂暗超忽。胜儿若向边塞弹，征人血泪应阑干。”唱完，刘景复乘着酒兴，用草扎了一只狗敬献上去。让王多次反复推求，将胜儿召到面前，面授机宜。让王的侍女们为此有些不乐意了，表现出嫉妒的神色，让王借着酒劲儿，用金如意敲击胜

儿的头，胜儿便鲜血淋淋，湿透了衣襟和袖子。刘景复从梦中惊醒坐起。第二天，他进庙看到绸布上的胜儿，头上有伤痕。而他唱的那首歌，至今仍旧流传于江南一带。（出《纂异记》）

卷第二百八十一　梦六

鬼神下

李进士

有进士姓李，忘记名。尝梦见数人来追去，至一城，入门有厅，室宇宏壮。初不见人，李径升堂，侧坐床角。忽有一人，持杖击己，骂云："何物新鬼，敢坐王床！"李径走出。顷之，门内传声王出，因见紫衣人升坐，所由引领人。王问："其何故盗妹夫钱？"初不之悟。王曰："汝与他卖马，合得二十七千，汝须臾取三十千，此非盗耶？"须臾，见绯衣人至，为李陈谢："此人尚有命，未合即留住，但令送钱还耳。"王限十五日，计会不了，当更追对。李既觉，为梦是诞事，理不足信。后十余日，有磨镜人至其家，自行善占。家人使占有验，竟以白李。李亲至其所，问云："何物小人，诳惑诸下。"磨镜者怒云："卖马窃资，王令计会，今限欲满，不还一钱，王即追君。君何敢骂国士也？"李惊怪是梦中事，因拜谢之，问："何由知此？"磨镜云："昨朱衣相救者，是君曾祖。恐君更被迫，所以令我相报。"李言妹夫已死，钱无还所。磨镜云："但施贫丐，及散诸寺，云为亡妹夫施，则可矣。"如言散钱，亦不追也。（出《广异记》）

鬼神下

李进士

有个李姓进士，已没人记得他叫什么名字了。他之前做梦梦到有很多人过来追着自己跑，他跑到一个城池前面，进去大门后看到有厅，大厅十分宽敞明亮。起初没看到有人，李进士便径自走了进去，在床角侧身坐上去。此时突然出现一个人，手里拿着手杖就攻击他，并且骂着说："你是哪里来的新鬼，居然敢坐在大王的床上。"李进士赶紧出去。没一会儿，门里面传出大王出巡的声音，便看到一个穿紫色衣服的人高高落座，是身后众人的领头人。大王问李进士："你为什么偷妹夫的钱财呢？"开始李进士并不明白什么意思。大王又说："你卖给你妹夫马匹，合计是卖二十七千钱，你反而要他给你三十千钱，这和偷有什么区别吗？"过了一会儿，看见一个穿红衣服的人过来，为李进士向大王求情："这个人还有活命的机会，不能现在就留在这里，可以命令他将钱还回去就可以了。"大王限期十五天归还钱财，到期限后不还钱，便要追究李进士的责任。李进士醒过来后，觉得做的梦十分荒谬，没有什么理由要相信这件事。后来过了十几天，有个磨镜子的人到他家，说他自己很擅长占卜。李进士家人让他占卜都十分灵验，就争抢着将这件事告诉李进士。李进士自己来到磨镜人住的地方，质问他说："你是哪里来的小人，来诓骗蛊惑我的家人？"磨镜人十分恼怒地说："你卖马骗别人的钱，大王命令你到期还钱，今天期限马上就要到了，你一个钱都不还，大王马上就

侯生

上谷侯生者，家于荆门。以明经入仕，调补宋州虞城县。初娶南阳韩氏女，五年矣。韩氏尝夕梦黄衣者数辈召，出其门，偕东行十余里，至一官署。其宇下列吏卒数十辈，轩宇华壮，人物极众。又引至一院，有一青衣，危冠方屦，壮甚峻峙。左右者数百，几案茵席，罗列前后。韩氏再拜。俄有一妇人年二十许，身长丰丽，衣碧襦绛袖，以金玉钗为首饰，自门而来，称卢氏。谓韩氏曰："妾与子仇敌且久，子知之乎？"韩氏曰："妾一女子，未尝出深闺，安得有仇敌耶？"卢氏色甚怒曰："我前身尝为职官，子诬告我罪而代之，使吾摈斥草野而死，岂非仇敌乎？今我诉于上帝，且欲雪前身冤。帝从吾请，汝之死不朝夕矣。"韩氏益惧，欲以词拒，而卢氏喋喋不已。青衣者谓卢氏曰："汝之冤诚如是矣，然韩氏固未当死，不可为也。"遂令吏出案牍。吏曰："韩氏余寿一年。"青衣曰："可疾遣归，无久留也。"命送至门。行未数里，忽悸而寤，恶之不敢言。自是神色摧沮，若有疾者。侯生讯之，具以梦告。后数月，韩氏又梦卢氏者至其家，谓韩氏曰："子将死矣。"韩氏惊寤，由是疾益加，岁余遂卒。侯生窃叹异，未尝告于人。后数年，旅游襄汉，途次富水。郡僚兰陵萧某，慕生之善。以女妻之。及萧氏归，常衣绛袖碧襦，以金玉钗为首饰，而又身长丰丽，与韩氏先梦要追究你的责任。你怎么有胆子骂我这样的国士呢？”李进士惊讶地发现梦中的事情成真，于是赶紧叩拜谢罪，问国士这件事的缘由。磨镜人说：“之前穿红衣服救你的人，是你的曾祖父。他害怕你又被追究责任，所以让我前来告知你。”李进士说自己的妹夫已经不在人世，钱没有地方能还了。磨镜人说：“你可以将钱财施舍给贫穷的人，也可以送到寺庙里面做善事，说这是为你死去的妹夫施舍的，这样就可以了。”李进士按照他所说的将钱财施舍出去，后面就没有人追究他的责任了。（出《广异记》）

侯　生

上谷郡有一个叫侯生的人，家住在荆门县。他是通过考明经科进入官场仕途的，后来补调到宋州虞城县做官。刚开始，他娶了南阳韩氏家族的一名女子，已经过去五年。韩氏之前梦到好几个穿着黄衣服的人呼唤她，领着她走出家门，同行往东走了十几里路，到一个官署门前停下。官署屋檐下面站着几十名官吏，气势磅礴，奢华无比，人看起来很多。她又被带到一间院子，里面有个穿青色衣服的女子，戴着高冠，穿着方鞋。左右两边跟着几百人，前方摆着几张桌子和很多垫子，侍从在左右跟着伺候。韩氏向她拜了又拜。过了会儿，又有个看起来二十岁左右的夫人走出来，个子高，十分丰满，艳丽无比，穿着绿色的衣服深红色的袖子，首饰都是金玉做的钗子，从门口进来，自称卢氏。对韩氏说：“我和你很早前就已经有仇，你知道为什么吗？”韩氏回答说：“我一介弱女子，从未出过家中深闺，怎么会和你结仇的呢？”卢氏面带怒意地说：“我的前身之前是职官，你污蔑告发我有罪从而替代了我，让我流落荒郊野外惨死，你还不是我的仇敌吗？现在我已经向天帝诉说了冤情，告知他我想沉冤昭雪。天帝答应了我的请求，你活不过今天了。”韩氏十分害怕，想和她讲道理，而卢氏说起来没完没了，喋喋不休。之前穿绿色衣服的女子对卢氏说：“你的冤情诚然应该得到平反，但韩氏也不能现在就死去，这事不能这样做的。”随即命令小吏拿出一卷案卷。小吏说道：“韩氏还有一年的寿命。”绿色衣服的女子说：“现在将她遣送回去，不让在这同。生因以韩氏之梦告焉，萧氏闻之，甚不乐，曰："妾外族卢氏。妾自孩提时，为伯舅见念，命为己女，故以卢为小字。则君亡室之梦信矣。"（出《宣室记》）

袁继谦

殿中少监袁继谦为兖州推官，东邻即牢城都校吕君之第。吕以其第卑湫，命卒削子城下土以培之。削之既多，遂及城身，稍薄矣。袁忽梦乘马，自子城东门楼上。有人达意，请推官登楼，自称子城使也。与袁揖让，乃谓袁曰："吕君修私第，而削子城之土，此极不可。推官盍言之乎？"袁曰："某虽忝宾僚，不相统摄。"又曰："推官既不言，某自处置。"不一年，吕公被军寨中追之，有过禁系，久而停职。其宅今属袁氏，张沆尝借居之。（出《玉堂闲话》）

里久留。”然后命令小吏将她送到大门外。韩氏走了不到几里路，突然心悸从梦中惊醒，她很害怕又不敢说出来。因为这事整日神情恍惚，十分沮丧，就像生病的人。侯生问她怎么回事，她将梦里的事情告诉他。几个月后，韩氏又梦见卢氏来到她家，告诉韩氏说：“你快要死去了。”韩氏从梦中惊醒，病情更加严重，到年底就去世了。侯生暗暗惊叹，并没有将此事告知他人。之后数年，他旅游到了襄汉一带，中途经过富春江。他的同僚兰陵县的萧某，十分喜欢侯生善良的品性，便将自己女儿许配给他做妻子。侯生带着萧氏回家，看到萧氏经常穿一件绿色红袖子的衣服，用金玉钗做首饰，也是身材颀长丰满，艳丽无比，与之前韩氏梦见的卢氏女长得一样。侯生于是把之前韩氏做的梦说给她听。萧氏听说后，不怎么高兴，对侯生说：“我外祖家族是卢氏。我还小的时候，大舅十分喜欢我，想让我给他做女儿，所以我的小字就叫卢。这就证明夫君亡妻的梦是真的，可以相信呀。”（出《宣室志》）

袁继谦

袁继谦是殿中少监，后来做了兖州刑狱的推官。他东边的邻居是牢城都校吕君的房子。吕君觉得自家房子处于低洼地段，命令士兵将内城墙的土挖过来垫地基。挖的土越来越多，已经危及了城墙，城墙看起来都薄了很多。有一天袁继谦梦到自己骑着马，从城东的门楼登上去。有人向他招手，请袁继谦登上城楼。来人自称是内城的使者。他对袁继谦揖让行礼，告诉袁继谦说：“吕君修建自己的宅子，命令士兵来城墙下挖土，这是极其不应该做的。你作为推官为什么不去劝说他呢？”袁继谦说：“我虽然是做官的，但却管不了吕君。”此人又说：“推官既然不去劝说，那我就自行处理。”不到一年时间，吕君就被军队查处追究责任，刚开始被调查关押，后来就被停职。他的宅子现在归属袁继谦所有，张沆之前还借住过。（出《玉堂闲话》）

邵元休

晋右司员外郎邵元休，尝说河阳进奏官潘某，为人忠信明达。邵与之善，尝因从容话及幽冥，且惑其真伪。仍相要云："异日，吾两人有先物故者，当告以地下事，使生者无惑焉。"后邵与潘别数岁，忽梦至一处，稍前进，见东序下，帘幕鲜华，乃延客之所。有数客，潘亦与焉。其间一人，若大僚，衣冠雄毅，居客之右。邵即前揖，大僚延邵坐。观见潘亦在下坐，颇有恭谨之色。邵因启大僚："公旧识潘某耶？"大僚唯而已。斯须命茶，应声已在诸客之前，则不见有人送至者。茶器甚伟。邵将啜之，潘即目邵，映身摇手，止邵勿啜。邵达其旨，乃止。大僚复命酒，亦应声而至诸客之前，亦不见执器者。樽斝古样而伟。大僚揖客而饮。邵将饮之，潘复映身摇手而止之，邵亦不敢饮。大僚又食，即有大饼餤下于诸客之前，馨香酷烈。将食，潘又止邵。有顷，潘目邵，令去。邵即告辞。潘白大僚曰："某与邵故人，今欲送出。"大僚颔而许之。二人俱出公署，因言及顷年相邀幽冥之事。邵即问曰："地下如何？"潘曰："幽冥之事，固不可诬。大率如人世，但冥冥漠漠愁人耳。"言竟，邵辞而去。及寤，因访潘之存殁，始知潘已卒矣。（出《玉堂闲话》）

邵元休

晋代有右司员外郎叫邵元休，他之前说过河阳进奏官潘某，为人十分忠厚，讲信义，心性豁达。邵元休与潘某来往十分亲近，两个人曾经谈到了关于阴间的事，都觉得迷惑不解真假。于是两人相约说道："到了去世的那一天，我们两个人有先死去的，就将地下的事情告诉活着的人，这样活着的人就不会再迷惑了。"此后邵元休与潘某一别数年，有天突然梦到自己来到一个地方，往前走没多久，看见中堂两旁的东墙下，四周幕幔鲜艳无比奢华，是筵请客人的地方。已经有了好几个客人，潘某也在其中。中间坐着一个人，像是大官，衣冠威风凛凛，坐在客人们的右边。邵元休随即上前揖拜。大官让他落座。邵元休看见潘某也坐在下面，神色十分恭谨。于是邵元休禀告大官，他之前就认识潘某。那大官淡淡应了声，命人前去端茶。应声已经在客人之前，却看不见有人端茶送过来。桌上茶器很大，邵元休要去喝，潘某急忙看向邵元休，掩起身子朝他摇了摇手，阻止邵元休喝茶。邵元休明白他的意思，停止喝茶。大官又命令人拿酒上来，同样应声来到各位客人面前，也看不见有人倒酒。那盛酒的樽罍样式古老十分巨大。大官朝客人们揖揖手便饮下了酒。邵元休要去喝酒，潘某再次挡住身子摇手示意他不要喝，邵元休也不敢喝酒了。大官又吃起东西来，也有大饼摆在了诸位客人面前，香味扑鼻难以忍耐。邵元休将要吃时，潘某又制止不让吃。过了一会儿，潘某给邵元休递眼神，让他离开。邵元休立即告辞离开。潘某对大官说："我和邵元休是旧相识，想送他出去。"大官颔首表示准许。邵元休和潘某一同走出公署，说起了当年约定的阴间之事。邵元休问潘某说："这阴间怎么样？"潘某说："阴间的事，自然是不能乱加妄言的。和人间大致相同，但是阴间太过荒辽，有些令人忧愁而已。"说完，邵元休便辞行离去。等到邵元休醒来之后，急忙去外面打听潘某是否还在人世，才知道他已经去世多日了。（出《玉堂闲话》）

周藹

湘湖有大校周藹者，居常与同门生姻好最厚。每以时人不能理命，致不肖子争财纷诟，列于讼庭，慨此为鉴。乃相约曰：“吾徒他年，勿遵其辙，倘有不讳，先须区分，俾其不露丑恶，贻责后人也。”他日，同门生奉职襄邸，一夕，周校梦见挥涕告诉曰：“姨夫姨夫，某前言已乖，今为异物矣。昨在通衢，急风所中，已至不救。但念家事，今且来归，略要处理。”周校忽然惊觉，通夕不寐。迟明，抵其家说之，家人亦梦，不旬日凶问至矣。自是传灵语，均财产，戒子辞妻，言善意勤，殆一月而去，不复再来。（出《北梦琐言》）

郑起

进士郑起谒荆州节度高从诲，馆于空宅。其夕，梦一人告诉曰：“孔目官严光楚无礼。”意甚不平。比夕又梦。起异其事，召严而说之。严命巫祝祈谢，靡所不至，莫知其由。明年，郑生随计，严光楚爱其宅有少竹径，多方而致之。才迁居，不日以罪笞而停职，竟不知其故。（出《北梦琐言》）

朱拯

伪吴玉山主簿朱拯赴选，至扬州。梦入官署，堂上一紫衣正坐，旁一绿衣。紫衣起揖曰：“君当以十千钱见与。”拯拜许诺，遂

周 蔼

湘湖有个任大校的人叫周蔼，日常跟他的一个同门也就是他的外甥女婿关系比较好。每次看到世上很多人因为生前没有处理好身后之事，导致在死后不肖子孙争夺遗产大打出手，甚至对簿公堂，便总是以此为鉴。周蔼对那门生说："等你到了这时候，千万不要犯这种错误，如果家中有不安好心的人，需要提前将财产分好，让他丑恶的嘴脸不能表露出来，以免影响后人。"后来，他和门生一起去襄阳做官，一天晚上，周蔼梦见门生哭着对他说："姨夫姨夫，你之前说的话不幸言中了，我现在已经不在人世。昨天在大街上，突然中风，已经不治而亡了。但是挂念家中的事，今天暂且回来，处理家中事宜。"周蔼从睡梦中忽然惊醒，整夜未眠。第二天早上，赶到他家里说起此事，家中人也做了相同的梦。不到十天，噩耗就传了回来。接下来就转达遗嘱，分配家中财产，告诫他子女为人之道，让他妻子改嫁，说话善良温柔，态度十分诚恳，周蔼在他家忙了将近一个月，就没有再来了。(出《北梦琐言》)

郑 起

进士郑起前去拜见荆州节度使高从诲，住在一间空屋子里。当天晚上，梦见一个人对他说："当孔目官的严光楚十分无礼。"样子看起来很气愤。第二天晚上又做了相同的梦。醒来后感觉很奇怪，就把孔目官严光楚说了这件事。严光楚命令巫师设坛祈祷，梦里的人一直没出现，最后也不知道什么原因。到了第二年，郑起跟着高从诲走了，严光楚很喜欢郑起住的宅院，有很多青嫩新竹夹成的小路，想了很多办法弄到手里。刚住进去没多久就因为犯罪遭鞭打而停职，最后还是不知道梦是什么意思。(出《北梦琐言》)

朱 拯

五代吴国玉山县的典簿官朱拯前往朝廷应选，到了扬州。有天梦见自己来到一座官署，官署大堂有一位穿紫衣服的人在正中坐着，瘖。顷之，补安福令。既至，谒城隍神。庙宇神像，皆如梦中。其神座后屋漏梁坏。拯叹曰：“十千岂非此耶？”即以私财葺之，费如数。（出《稽神录》）

韦建

江南戎帅韦建，自统军除武昌节度使。将行，梦一朱衣人，道从数十，来诣韦曰：“闻公将镇鄂渚，仆所居在焉，栋宇颓毁，风雨不蔽，非公不能为仆修完也。”韦许诺。及至镇访之，乃宋无忌庙。视其像，即梦中所见。因新其庙。祠祀数有灵验云。（出《稽神录》）

郑就

寿春屠者郑就家至贫，常梦一人，自称廉颇，谓己曰：“可与屋东握地，取吾宝剑，当令汝富。然不得改旧业。”就如其言，果获之。逾年遂富。后泄其事，于是失剑。（出《稽神录》）

梦游上

樱桃青衣

天宝初，有范阳卢子，在都应举，频年不第，渐窘迫。尝暮乘旁边有个穿绿衣服的人。穿紫色衣服的人站起身向朱拯作揖说道："你应该给我十千钱的。"朱拯揖拜着许诺。然后从梦中醒来。不久之后，他被补任为安福的县令。第二天，前去拜谒城隍庙。城隍庙中的神像和梦中的人一模一样。这时他发现神座后面的房梁已经腐朽。朱拯不由叹道："十千钱难道是用来修复这个的？"然后他就用自己的钱将坏掉的房梁换了下来，费用刚好是十千钱。（出《稽神录》）

韦建

江南军队的主帅叫韦建，他由统军升任武昌节度使。快要出发之前，梦见一个穿红衣服的人，后面随从跟着十几个人，他前来拜见韦建，对他说："听闻你要去镇守鄂州，那里是我所居住的地方，我的房子已经破旧颓毁，没有办法遮风挡雨，除了你，没有人可以帮我修好了。"韦建答应下来。到任后不久便四处走访，到了宋无忌的庙宇，看到他的像，发现和梦里见到的人一样。所以帮他修整了庙宇。修整好后很多人都来祈福说特别灵验。（出《稽神录》）

郑就

寿春有个叫郑就的屠夫家里很穷，他以前梦见一个人，那个人自称廉颇，对他说："你可以去房子东边的地里，把我的宝剑挖出来，这就可以让你富起来。但你不能改行做别的行业。"郑就醒来之后按照他说的去房子东边挖地，果然得到了宝剑。第二年就真的富起来了。后来因为他将这件事泄露出去，于是宝剑就丢失了。（出《稽神录》）

梦游上

樱桃青衣

唐玄宗天宝初年，范阳有位卢姓的人，在长安参加科举考试，考驴游行，见一精舍中，有僧开讲，听徒甚众。卢子方诣讲筵，倦寝，梦至精舍门。见一青衣，携一篮樱桃在下坐。卢子访其谁家，因与青衣同餐樱桃。青衣云："娘子姓卢，嫁崔家，今孀居在城。"因访近属，即卢子再从姑也。青衣曰："岂有阿姑同在一都，郎君不往起居？"

卢子便随之。过天津桥，入水南一坊，有一宅，门甚高大。卢子立于门下，青衣先入。少顷，有四人出门，与卢子相见，皆姑之子也。一任户部郎中，一前任郑州司马，一任河南功曹，一任太常博士。二人衣绯，二人衣绿，形貌甚美。相见言叙，颇极欢畅。斯须，引入北堂拜姑。姑衣紫衣，年可六十许。言词高朗，威严甚肃。卢子畏惧，莫敢仰视。令坐，悉访内外，备谙氏族。遂访儿婚姻未，卢子曰："未。"姑曰："吾有一外甥女子姓郑，早孤，遗吾妹鞠养。甚有容质，颇有令淑。当为儿平章，计必允遂。"卢子遽即拜谢。

乃遣迎郑氏妹。有顷，一家并到，车马甚盛。遂检历择日，云："后日大吉。"因与卢子定议。姑云："聘财函信礼席，儿并莫忧，吾悉与处置。儿有在城何亲故，并抄名姓，并具家第。"凡三十余家，并在台省及府县官。明日下函，其夕成结，事事华盛，殆非人间。明日拜席，大会都城亲表。拜席毕，遂入一院。院中屏帷床席，皆极珍异。其妻年可十四五，容色美丽，宛若神仙。卢生心不胜喜，遂忘家属。

了好几年都没有中，逐渐陷入窘迫的境况。有天傍晚骑着驴出门到处游荡，看见一个小小的房舍，有僧人在里面讲经，倾听的人很多。卢子刚准备进去听讲，突然感觉很困，便靠着房子的大门口睡着做梦了。他梦见一个穿着青色衣服的女人，带着一篮子樱桃坐在下面。卢子问她家在哪里，和她一起吃樱桃。青衣女子说："我姓卢，嫁到了崔家，现在自己一个人在城里孀居。"于是卢子询问她的近亲，发现居然是卢子的姑姑。青衣女人说："哪有和姑姑都在同一座城市，而不去家里看看的道理呢？"

卢子便跟着她一起去了。过天津桥，走到水南一坊，有一个宅院，大门非常高大。卢子站在大门口，青衣女人自己走进去。过了一会儿。有四个人一起走出来，与卢子互相介绍。他们都是姑姑的儿子。一个时任户部郎中、一个前任郑州司马，一个时任河南功曹、一个时任太常博士。其中两个人穿着红衣服，两个人穿着绿衣服，相貌十分俊美。相认后聊天快乐舒心。不大一会儿，卢子被领着去拜见姑姑。姑姑穿着紫色的衣服，大概六十岁左右的样子。说话声音高亢洪亮，十分威严肃穆。卢子有点害怕她，不敢抬起头看她。姑姑让卢子坐下，仔细询问家里内外事宜，对家里的事情十分了解。然后她问卢子有没有成亲，卢子说："没有。"姑姑说："我有个姓郑的外甥女，早年成了孤儿，我妹妹将她放在家中抚养。她的容貌甚佳，为人十分贤淑。我想帮你筹划一下，想来你应该会答应的。"卢子便赶紧跪下叩谢。

卢子按照姑姑的安排去接郑氏妹妹。没一会儿，郑氏妹妹一家人都到了，车马队伍很是气派。随即查看黄历选择吉日，说："后天是大吉之日。"然后和卢子商量定了下来。姑姑说："聘礼请柬酒席之类的，你不用担心，我会全部帮你处理好的。你在城里还有什么亲戚没有，把他们的名字抄下来给我，写清楚家中地址。"最后一共写了三十多户人家，都在省市各级做官。第二天发通知，当天晚上就举行婚礼，每件事都弄得十分奢华讲究，是人间无法比拟的。第二天双方亲戚前来拜席，所有人都相互介绍自己。拜席结束后，全部走到一个院子。院子里面屏帷床席，全都十分珍贵。卢子的妻子年龄俄又及秋试之时。姑曰：“礼部侍郎与姑有亲，必合极力，更勿忧也。”明春遂擢第。又应宏词，姑曰：“吏部侍郎与儿子弟当家连官，情分偏洽，令渠为儿必取高第。”及榜出，又登甲科，授秘书郎。姑云：“河南尹是姑堂外甥，令渠奏畿县尉。”数月，敕授王屋尉，迁监察，转殿中，拜吏部员外郎，判南曹。铨毕，除郎中，余如故。知制诰数月，即真迁礼部侍郎。两载知举，赏鉴平允，朝廷称之。改河南尹，旋属车驾还京，迁兵部侍郎。扈从到京，除京兆尹，改吏部侍郎。三年掌铨，甚有美誉，遂拜黄门侍郎、平章事。恩渥绸缪，赏赐甚厚。作相五年，因直谏忤旨，改左仆射，罢知政事。数月，为东都留守、河南尹，兼御史大夫。自婚媾后，至是经二十年，有七男三女，婚宦俱毕，内外诸孙十人。

后因出行，却到昔年逢携樱桃青衣精舍门，复见其中有讲筵，遂下马礼谒。以故相之尊，处端揆居守之重，前后导从，颇极贵盛。高自简贵，辉映左右。升殿礼佛，忽然昏醉，良久不起。耳中闻讲僧唱云：“檀越何久不起？”忽然梦觉，乃见著白衫，服饰如故，前后官吏，一人亦无。回遑迷惑，徐徐出门，乃见小竖捉驴执帽在门外立，谓卢曰：“人驴并饥，郎君何久不出？”卢访其时，奴曰：“日向午矣。”卢子罔然叹曰：“人世荣华穷达，富贵贫贱，亦当然也，而今而后，不更求官达矣！”遂寻仙访道，绝迹人世矣。（出《河东记》）

十四五岁，容貌艳丽，像个仙女一样。卢子心里喜不自胜，连家里亲戚都忘在了脑后。

没过多久又到了秋季考试的时间。姑姑对他说："礼部侍郎和我是亲戚关系，他一定会尽全力帮你的，你不需要担心。"第二年春天卢子真的考中了后来又去参加宏词科考试，姑姑说："礼部侍郎和你弟弟在一起做官，两人的关系很好，有他相助你一定会取得好成绩。"等到榜单出来，果然又登上了甲科，被授予秘书郎一职。姑姑说："河南尹是我的堂外甥，我让他帮你举荐京畿范围内的县尉。"过了几个月，卢子果然被授为王屋县尉，后来他又升职为监察史，接着转到殿中侍御史，拜封吏部员外郎。掌判选院结束后，又出任郎中。其余的依然如故。他负责起草了几个月的诏令，然后升任为礼部侍郎。连续两年主持殿试，很有眼力而且十分公正，朝廷上下对他一致好评。没过多久后改任河南尹，刚上任后又奉旨还京，升任为兵部侍郎。随从伴驾一起回到京城，随即出任京兆尹。然后改任礼部侍郎。负责了三年量才授官工作，声誉十分良好，然后成为黄门侍郎平章事。圣上对他恩宠有佳，赏赐丰厚。租了五年相国，后来因为率真直言忤逆圣上，改任左仆射，罢免相国一职。后来又改任东都留守，河南尹，兼任御史大夫。自从结婚后，到现在已经二十年过去，育有七个儿子三个女儿，婚姻和仕途都十分美满，现在有孙子外孙子共十个。

一次他因故外出，无意间来到当年和带着樱桃的青衣女子相遇的房子前，又看到了里面的讲坛，随即下马行礼叩拜。以他之前做相国的威严，仍然有很多人跟在他左右前呼后拥，十分盛大隆重。就像他之前身居高位时候一样。卢子登上大殿向佛祖跪拜，忽然昏醉不醒，许久都没有站起来。耳中突然响起讲僧人唱到的话："施主为什么拜了许久都不起来？"忽然梦惊转醒，看到自己仍然穿着白色的布衫，服饰没有任何变化，前后左右的官员，没有看到一个。他感到彷徨迷惑，慢慢走出大门，看到仆人仍然牵着毛驴拿着帽子在外面站着，他对卢子抱怨道："人和驴子都很饿了，你怎么这么久都没有出来？"卢子问现在什么时间了，仆人回答说："已经午时了。"卢子茫然

独孤遐叔

贞元中，进士独孤遐叔，家于长安崇贤里，新娶白氏女。家贫下第，将游剑南。与其妻诀曰："迟可周岁归矣。"遐叔至蜀，羁栖不偶，逾二年乃归。至鄠县西，去城尚百里，归心迫速，取是夕及家。趋斜径疾行，人畜既殆，至金光门五六里，天已暝。绝无逆旅，唯路隅有佛堂，遐叔止焉。

时近清明，月色如昼。系驴于庭外，入空堂中，有桃杏十余株。夜深，施衾帱于西窗下，偃卧。方思明晨到家，因吟旧诗曰："近家心转切，不敢问来人。"至夜分不寐。忽闻墙外有十余人相呼声，若里胥田叟将有供待迎接。须臾，有夫役数人，各持畚锸箕帚，于庭中粪除讫，复去。有顷，又持床席牙盘蜡炬之类，及酒具乐器，阗咽而至。遐叔意谓贵族赏会，深虑为其斥逐。乃潜伏屏气，于佛堂梁上伺之。

铺陈既毕，复有公子女郎共十数辈，青衣、黄头亦十数人，步月徐来，言笑宴宴。遂于筵中间坐，献酬纵横，履舄交错。中有一女郎，忧伤摧悴，侧身下坐，风韵若似遐叔之妻。窥之大惊，即下屋袱，稍于暗处，迫而察焉，乃真是妻也。方见一少年，举杯瞩之曰："一人向隅，满坐不乐。小人窃不自量，愿闻金玉之声。"其妻地叹了口气说："人世间的荣华富贵，荣辱兴衰，都应该顺其自然啊，从此之后，不再追求功名利禄。"然后寻仙访道，周游世界，在人世间完全绝迹。（出《河东记》）

独孤遐叔

唐德宗贞元年间，进士独孤遐叔，家住在长安城崇贤里，他刚娶白氏女做妻子。家中贫穷且科举落第，想去剑南游玩。和妻子道别的时候说："我最迟一年就回来了。"独孤遐叔到了四川后，没有找到之前的朋友，过了两年才回来。到了鄠县西，距离长安城还有大约一百里路，回家的心情更加迫切，打算晚上就到家。于是，他沿近路快速前进，人和驴都很疲累，距离金光门还有五六里地的时候，天已经完全黑下来。路上也没有旅舍，只有路边有一个佛堂，独孤遐叔停了下来。

当时的季节已经快到清明，月色如昼。他将驴子系在院子外面，独自走进佛堂中，看到有十几棵桃树和杏树。夜已经很深，佛堂僧人给了他被子和帷帐，他在西边窗户下睡了下来。想到自己明天早上就可以回家，不由得吟起了以前做的诗："近家心转切，不敢问来人。"到了半夜也没睡着。忽然听到墙外面有很多人相互打招呼的声音，很像街道上的小贩和种田的老头。像要迎接招待什么大人物。没一会儿，来了好几个夫役，分别拿着畚箕、扫帚，还有掘土的锸，在庭院中将粪土打扫干净，然后离去。不大一会儿，这些人又带着床席、蜡烛、杯盘、酒具和乐器等物品，吵吵闹闹地过来。独孤遐叔以为是贵族办的聚会，害怕自己会被赶出去。于是屏住呼吸藏起来，藏到了佛堂的房梁上。

那些仆人布置完毕后，来了十几个公子小姐，还有穿着青色衣服和黄色衣服的丫鬟十几个，乘着月色缓缓而来，言笑晏晏。他们在筵席中间坐下，一边谈笑风生一边吃吃喝喝，杯酒交错，载歌载舞。其中有一个女人，神情忧伤面容憔悴，侧身坐下。她的相貌神情酷似独孤遐叔的妻子。独孤遐叔偷看到后十分惊讶，赶紧从房梁上下来，悄悄地躲在暗处观察，偷偷地观察，真的是他妻子。然后看到一冤抑悲愁，若无所控诉，而强置于坐也。遂举金爵，收泣而歌曰："今夕何夕，存耶没耶？良人去兮天之涯，园树伤心兮三见花。"满座倾听，诸女郎转面挥涕。一人曰："良人非远，何天涯之谓乎！"少年相顾大笑。遐叔惊愤久之，计无所出。乃就阶陛间，扪一大砖，向坐飞击。砖才至地，悄然一无所有。遐叔怅然悲惋，谓其妻死矣，速驾而归。前望其家，步步凄咽。

比平明，至其所居，使苍头先入。家人并无恙，遐叔乃惊愕，疾走入门。青衣报娘子梦魇方寤。遐叔至寝，妻卧犹未兴。良久乃曰："向梦与姑妹之党，相与玩月。出金光门外，向一野寺，忽为凶暴者数十辈，胁与杂坐饮酒。"又说梦中聚会言语，与遐叔所见并同。又云："方饮次，忽见大砖飞坠，因遂惊魇殆绝。才寤而君至，岂幽愤之所感耶！"（出《河东记》）

个少年过来，举杯对着他妻子说：“你一个人坐在这个角落，看得大家都不开心了。我私下斗胆，想听你唱首歌可以吗？”独孤遐叔的妻子面容愁苦，悲伤不已，又不能向谁诉说，只好勉强坐了下来。强颜欢笑地举起酒杯，收泣后唱道：“今兮何兮？存耶没耶？良人去兮天之涯，园树伤心兮三见花。”在场人都在认真倾听，然后很多女人都转过头缀泣起来。其中一人说道：“你的良人就在眼前，怎么能说在天涯海角呢？”少年们互相相顾大笑。独孤遐叔愤怒不已，又毫无办法。就在台阶上捡起一块很大的砖头，向远处扔过去。砖头落地的地方，什么都没有。独孤遐叔怅然若失，悲伤不已，觉得他妻子已经去世了，赶紧骑着驴子往家赶去。他远远地看着自己家，每一步都在哭泣。

天亮的时候，独孤遐叔终于回到家中，他让仆人先进去查看情况。仆人出来说家里一切安好，独孤遐叔十分惊愕，赶紧走进门去。小丫鬟说夫人刚刚才从梦魇中醒过来。独孤遐叔来到卧室，妻子躺在床上还没完全醒来。过了很久才说：“昨天晚上梦到和小姑子一起，结伴赏月。出金光门后，看到一座野寺，忽然被几十个暴徒威胁，胁迫我们陪他们饮酒作乐。”又说了梦里面聚会说到的话，和独孤遐叔见到的完全一样。妻子有说：“正在喝酒的时候，忽然有个砖头飞过来，所以才从梦中惊醒过来。刚醒过来你就回来了，难道是我的愤怒感动你了吗？”（出《河东记》）

卷第二百八十二　梦七

梦游下

元　稹

元相稹为御史，鞫狱梓潼。时白乐天在京，与名辈游慈恩寺，小酌花下，为诗寄元曰："花时同辞破春愁，醉折花枝作酒筹。忽忆故人天际去，计程今日到梁州。"时元果及褒城，亦寄《梦游》诗曰："梦君兄弟曲江头，也向慈恩院里游。驿吏唤人排马去，忽惊身在古梁州。"千里魂交，合若符契也。（出《本事诗》）

段成式

段成式常言：闻于医曰："藏气阴多则梦数，阳壮则少梦，梦亦不复记。夫瞽者无梦，则知梦者习也。"成式表兄卢有则，梦看击鼓，及觉，小弟戏叩门为衙鼓也。又姊婿裴元裕言，群从中有悦邻女者，梦妓遗二樱桃，食之。及觉，核坠枕侧。李铉著《李子正辩》，言至精之梦，则梦中之身可见，如刘幽求见妻梦中身也。则知梦不可以一事推矣。愚者少梦，不独至人，闻之驺皂，百夕无一梦也。（出《酉阳杂俎》）

梦游下

元　稹

唐朝丞相元稹做御史期间，曾经到梓潼郡调查冤狱。当时白居易正在京城，和有名的前辈们同游慈恩寺，在花前小酌，写了一首诗送给元稹："花时同辞破春愁，醉折花枝作酒筹。忽忆故人天际去，计程今日到梁州。"此时元稹果然刚到达梁州褒城，他也寄给白居易一首名为《梦游》的诗："梦君兄弟曲江头，也向慈恩院里游。驿吏唤人排马去，忽惊身在古梁州。"两个人相隔千里与对方魂交，合出来的两首诗也十分契合。（出《本事诗》）

段成式

段成式之前说过："我听大夫说，人身体的阴气越多做梦就越多，阳气越重做梦就比较少，梦醒后就会忘记。眼盲的人不会做梦，因为做梦梦到的事情需要是自己了解的事物。"段成式的表兄卢有则，梦见击鼓声，睡醒后，发现是小弟与他开玩笑将门当作衙门口的鼓敲。还有，他姐夫裴元裕说过，族中子侄有爱慕邻居家女儿的人，梦到妓女送给他两颗樱桃，他吃了下去。然后梦醒，樱桃核掉在了枕头侧边。李铉写的《李子正辩》中说，报以真心做的梦，梦里的人物形象会更加立体，就像刘幽想见到自己的妻子就真的梦到了。其实做梦并不能通过某一件事贸然地推断。愚蠢的人也较少做梦，梦不会到他身边去，听说喂马驾车的仆人，就算一百天都做不了一个梦。（出《酉阳杂俎》）

邢凤

元和十年，沈亚之始以记室从事陇西公军泾州，而长安中贤士皆来客之。五月十八日，陇西公与客期宴于东池便馆。既半，陇西公曰：“余少从邢凤游，记得其异，请言之。”客曰：“愿听。”公曰：“凤帅家子，无他能。后寓居长安平康里南，以钱百万，买故豪洞门曲房之第。即其寝而昼偃，梦一美人自西楹来，环步从容，执卷且吟，为古妆，而高鬟长眉，衣方领、绣带，被广袖之襦。凤大悦曰：‘丽者何自而临我哉？’美人曰：‘此妾家也。妾好诗，而常缀此。’凤曰：‘幸少留，得观览。’于是美人授诗，坐西床。凤发卷，视首篇，题之曰《春阳曲》，终四句。其后他篇，皆类此数十句。美人曰：‘君必欲传，无令过一篇。’凤即起，从东庑下几上，取彩笺，传《春阳曲》。其词曰：‘长安少女玩春阳，何处春阳不断肠？舞袖弓弯浑忘却，罗帷空度九秋霜。’凤卒吟，请曰：‘何谓弓弯？’曰：‘妾昔年父母使教妾此舞。’美人乃起，整衣张袖，舞数拍，为弯弓状以示凤。既罢，美人低头良久，即辞去。凤曰：‘愿复少留。’须臾间竟去。凤亦寻觉，昏然忘有所记。及更，于襟袖得其辞，惊视，复省所梦，事在贞元中，后凤为余言如是。”是日，监军使与宾府郡佐，及宴陇西独孤铉、范阳卢简辞、常山张又新、武功苏涤皆叹息曰：“可记。”故亚之退而著录。

明日，客复有至者，渤海高元中、京兆韦谅、晋昌唐炎、广汉李瞩、吴兴姚合，洎亚之复集于明玉泉。因出所著以示之。于是

邢凤

唐宪宗元和十年，沈亚之以记室从事的职位跟着陇西公在泾州驻守，长安城中的名流贤士都来拜访。五月十八日，陇西公和客人们准时来到东池便馆赴宴。宴会进行过半，陇西公说道：“我小时候跟着刑凤出门游玩，记得发生了一件奇怪的事，想在这里说一下。”客人回答说：“愿闻其详。”陇西公说：“刑凤是元帅家的儿子，没有什么其它本事。后面住在长安城的平康里南边，用了百万的钱财，买下一座已经故去富豪曲径通幽的房子。等到当天晚上睡着以后，梦到一个美人，从西边门楹走过来，脚步从容不迫，拿着书卷轻声吟读，画着古妆，眉毛长长的，扎着高高的发髻，穿着方领、系着袖带的衣服，身上披着广袖的袄子。刑凤十分开心地说：‘美人为何会来到我身边？’美人回答说：‘这里是我的家。我喜欢读诗，常常自己写几首。’刑凤说：‘既然如此，那请你稍坐片刻，我想观赏观赏。’于是美人将自己写的诗给刑凤看，然后坐在西床上，刑凤接过诗，看第一首诗，题目是《春阳曲》，共有四句。后面的几首都有几十句，跟前面几句差不多。美人说：‘你一定想把诗传出去，那为何不记录一篇呢？’刑凤赶紧起身，从东边屋子拿来彩笺，将《春阳曲》抄录下来。诗的内容是：‘长安少女玩春阳，何处春阳不断肠？舞袖弓弯浑忘却，罗帷空度九秋霜。’刑凤读完后，问道：‘弓弯是什么？’回答说：‘我小时候父母让学的一种舞蹈。’说完后美人起身，整理衣服张开袖子，跳了几个拍子，做弯弓状给刑凤看。跳完后，美人低头站立很久，准备告辞离开。邢凤说：‘请你稍微等一下。’眨眼功夫美人就消失不见，刑凤从梦中醒来，头脑昏沉什么都没记住。过了一天后，从袖子里面找到《春阳曲》，惊讶地看着诗，才想起来梦里的事情，事情是贞元年间发生的。后来刑凤对我说了一遍这件事。”这一天，监军使和宾府郡佐，陇西独孤铉、范阳卢简辞、常山张又新、武功苏涤听过后都感叹说：“这事值得一写。”所以沈亚之回去后就奋笔疾书。

第二天，客人中的渤海高元中、京兆韦谅、晋昌唐炎、广汉李镯、吴兴姚合，又和沈亚之一起来到明玉泉。沈亚之拿出自己写的书给其他人看。这里姚合说：“我的朋友王生，在元和初年，一天晚上梦姚合曰："吾友王生者，元和初，夕梦游吴，侍吴王。久之，闻宫中出辇，吹箫击鼓，言葬西施。王悲悼不止，立诏门客作挽歌词。生应教为词曰：'西望吴王阙，云书凤字牌。连江起珠帐，择土葬金钗。满地红心草，三层碧玉阶。春风无处所，凄恨不胜怀。'词进，王甚佳之。及寤，能记其事。王生本太原人也。"（出《异闻录》）

沈亚之

太和初，沈亚之将之邠，出长安城，客索泉邸舍。春时，昼梦入秦，主内史廖，举亚之。秦公召至殿前，膝前席曰："寡人欲强国，愿知其方，先生何以教寡人？"亚之以昆、彭、齐桓对，公悦，遂试补中涓，秦官也。使佐西乞术伐河西。晋秦郊也。亚之帅将卒前，攻下五城。还报，公大悦，起劳曰："大夫良苦，休矣。"

居久之，公幼女弄玉婿萧史先死。公谓亚之曰："微大夫，晋五城非寡人有，甚德大夫。寡人有爱女，而欲与大夫备洒扫，可乎？"亚之少自立，雅不欲遇幸臣蓄之，固辞，不得请。拜左庶长，尚公主，赐金二百斤。民间犹谓萧家公主。

其日有黄衣人中贵，疾骑马来，延亚之入宫阙，甚严。呼公主出，鬒发，著偏袖衣，装不多饰，其芳殊明媚，笔不可模样。侍女祗承，分立左右者数百人。召见亚之便馆，居亚之于宫，题其门曰"翠微宫"。宫人呼为沈郎院。虽备位下大夫，繇公主故，出入禁卫。公主喜凤箫，每吹箫，必翠微宫高楼上。声调远逸，能悲人，游到吴国，伺候吴王。过了很久，看到宫中有辇车走动，到处吹箫击鼓，说是西施要下葬。吴王夫差伤心不已，让门客们做挽歌给西施。王生写的是：‘西望吴王阙，云书凤字牌。连江起珠帐，择土葬金钗。满地红心草，三层碧玉阶。春风无处所，凄恨不胜怀。’王生写完后呈上去，吴王感觉写得很好。王生醒后，清楚地记得梦中发生的事。王生本就是太原人。”（出《异闻录》）

沈亚之

唐文宗太和初年，沈亚之被调到邠州，刚出长安城，夜间住在索泉客栈。当时是春天，他白天睡觉做梦，梦到自己去了秦国，一位廖姓主内史，向秦公推荐沈亚之。秦公将沈亚之召到殿前，盘膝面对面坐着问：“我想让我的国家强大起来，想听下你有没有好的办法，先生有什么可以教给我的吗？”沈亚之以昆、彭、齐桓公做例子回答他的疑问，秦公听后十分开心，随即任命他为中涓之职，派他辅佐西乞术前去讨伐河西。晋国、秦国间郊野之地。沈亚之率领众将身先士卒，以身涉险，接连攻下五座城市。收到捷报，秦公甚是欣喜，起身犒劳他说：“你辛苦了，快去休息吧。”

沈亚之在宫里住了很长时间，秦公的小女儿弄玉，丈夫叫萧史已经去世了。秦公告诉沈亚之说：“如果没有你，晋国的五个城池就不是我的，你这次居功甚伟。我有个十分宠爱的小女儿，想让她留在你身边伺候，可以吗？”沈亚之从小就很独立，不愿意受人恩惠而受胁于人，想要推辞掉，但是没有成功。于是沈亚之被拜为左庶长，将小公主许配给他，还赏赐了二百两黄金。民间百姓还将弄玉称为萧家公主。

有天一个穿着黄色衣服有权势的太监，骑着马疾驰而来，请沈亚之进宫，宫中上下十分严肃。公主弄玉被叫出来，她竖着发髻，穿着偏袖长衣，衣服没有过多的装饰也没有过分地化妆，也能看出来十分美丽妩媚，无法描述的样子。侍女恭敬地站立在两旁，差不多有数百人。秦公在便馆召见沈亚之，让沈亚之居住在宫中，宫内门上题着“翠微宫”三字。宫中人将此地称为沈朗园。虽然沈亚之职位只是闻者莫不自废。公主七月七日生，亚之当无贶寿。内史廖曾为秦以女乐遗西戎，戎主与之水犀小合。亚之从廖得以献公主，主悦赏爱重，结裙带上。穆公遇亚之礼兼同列，恩赐相望于道。

复一年春，公之始平，公主忽无疾卒，公追伤不已。将葬咸阳原，公命亚之作挽歌。应教而作曰："泣葬一枝红，生同死不同。金钿坠芳草，香绣满春风。旧日闻箫处，高楼当月中。梨花寒食夜，深闭翠微宫。"进公，公读词善之。时宫中有出声若不忍者，公随泣下。又使亚之作墓志铭，独忆其铭曰："白杨风哭兮石甃髯莎，杂英满地兮春色烟和。珠愁纷瘦兮不生绮罗，深深埋玉兮其恨如何。"亚之亦送葬咸阳原，宫中十四人殉。

亚之以悼怅过戚，被病。犹在翠微宫，然处殿外特室，不宫中矣。居月余，病良已。公谓亚之曰："本以小女相托久要，不谓不得周奉君子，而先物故。弊秦区区小国，不足辱大夫。然寡人每见子，即不能不悲悼。大夫盍适大国乎？"亚之对曰："臣无状，肺腑申公室，待罪右庶长。不能从死公主，君免罪戾，使得归骨父母国，臣不忘君恩如日。"

将去，公追酒高会，声秦声，舞秦舞。舞者击髆附髀呜呜，而音有不快，声甚怨。公执酒亚之前日："寿。予顾此声少善，愿沈郎赓杨歌以塞别。"公命趣进笔砚，亚之受命，立为歌辞曰："击髓舞，恨满烟光无处所。泪如雨，欲拟著辞不成语。金凤衔红旧绣下大夫，但因为公主的原因，可以自由出入禁宫。公主喜欢凤箫，每次吹箫，必定在翠微宫的高楼之上。公主的箫声深远动人，催人泪下，听到箫声的人都忘记了自己身在何处。公主是七月七日生辰，沈亚之没有东西可以用来祝寿。内史廖曾经被秦国派遣去送一批歌女到西戎，西戎主人回赠水犀小合。沈亚之从廖那里拿到它献给公主，公主十分喜欢看重，系在裙带上常常佩戴。秦穆公对待沈亚之与对待公主相同，恩赐的东西也相同。

第二年春天，秦穆公的心情刚刚平复，公主突然无病而终，秦穆公伤心不已。准备将公主葬在咸阳原上，秦公命沈亚之为公主写挽歌。他遵命写道："泣葬一枝红，生同死不同。金钿坠芳草，香绣满春风。旧日闻箫处，高楼当月中。梨花寒食夜，深闭翠微宫。"呈给秦穆公，穆公读过以后觉得很好。此时刚好宫中有忍不住放声哭泣的人，秦公也跟着哭了起来。紧接着又让沈亚之写墓志铭，记得墓志铭写的是："白杨风哭兮石甃髯莎，杂英满地兮春色烟和。珠愁纷瘦兮不生绮罗，深深埋玉兮其恨如何？"沈亚之也到咸阳原上为公主送葬，宫中殉葬十四人。

沈亚之伤心过度内心惆怅，生了病。他虽然还是住在翠微宫，但被安排在了外殿特室居住，不算是在宫中了。住了一个多月，病情逐渐好转。秦公对沈亚之说："本来打算将小女的终身托付于你，怎料她还没有服侍过你，就先死去了。我们秦国是小小的国家，不能平白辱没了你。但是我现在每每看到你，就不能不为我死去的女儿忧伤。你为何不去投奔更大的国家呢？"沈亚之回答说："臣没有什么能力，但满腔热血只为报君，我得罪了左庶长。也没有跟着公主一起去死，君上却免除我的罪行，让我可以回到自己的国家，我不会忘记君上的恩情就像不会忘记太阳一样。"

快要离开的时候，秦穆公筹备酒会相送，唱着秦腔，跳着秦舞。跳舞的人击髀拍腿大声喊叫，声音听起来并不愉快，甚是幽怨。秦穆公拿着酒杯来到沈亚之前面说："我祝你长寿，这歌的声音我听着不好，想让你写首歌纠正一下。"秦穆公赶紧命令人拿来笔砚，沈亚之接受任命，立刻写下一首歌词："击髀舞，恨满烟光无处所；泪衣，几度宫中同看舞。人间春日正欢乐，日暮东风何处去。”歌卒，授舞者，杂其声而道之，四座皆泣。

既再拜辞去，公复命至翠微宫，与公主侍人别。重入殿内时，见珠翠遗碎青阶下，窗纱檀点依然。宫人泣对亚之，亚之感咽良久，因题宫门诗曰：“君王多感放东归，从此秦宫不复期。春景自伤秦丧主，落花如雨泪燕脂。”竟别去。命车驾送出函谷关，出关已，送吏曰：“公命尽此，且去。”亚之与别，语未卒，忽惊觉，卧邸舍。

明日，亚之为友人崔九万具道之。九万，博陵人，谙古。谓余曰：“《皇览》云，秦穆公葬雍橐泉祈年宫下，非其神灵凭乎？”亚之更求得秦时地志，说如九万言。呜呼！弄玉既仙矣，恶又死乎？（出《异闻集》）

张　生

有张生者，家在汴州中牟县东北赤城坂。以饥寒，一旦别妻子游河朔，五年方还。自河朔还汴州，晚出郑州门，到板桥，已昏黑矣。乃下道。取陂中径路而归。忽于草莽中，见灯火荧煌。宾客五六人，方宴饮次。生乃下驴以诣之。相去十余步，见其妻亦在坐中，与宾客语笑方洽。生乃蔽形于白杨树间，以窥之。

见有长须者持杯：“请措大夫人歌。”生之妻，文学之家，幼学诗书，甚有篇咏。欲不为唱，四座勤请。乃歌曰：“叹衰草，络纬声切切。良人一去不复还，今夕坐愁鬓如雪。”长须云：“劳歌一如雨，欲拟著辞不成语。金凤衔红旧绣衣，几度宫中同看舞。人间春日正欢乐，日暮东风何处去。”写完歌后，将歌词送给跳舞的人，沈亚之在嘈杂声中将歌词念了一遍，在座的人都哭泣不已。

沈亚之再次向秦穆公辞行，秦穆公再次让他去翠微宫，和公主之前的侍从告别。再次走进大殿中，看到公主留下的珠翠散落在青石阶上，纱窗上浅红色的小点依然存在。宫人们哭着看向沈亚之，沈亚之也感伤地哭了很久，所以题诗在宫门上：“君王多感放东归，从此秦宫不复期。春景自伤秦丧主，落花如雨泪燕脂。”然后辞别离去。秦穆公命人驾着车送他到函谷关，出关以后，送行的小吏说：“秦公命令我将您送到此处，我们这就回去了。”沈亚之和他告别，话还没说完，忽然从梦中惊醒，发现自己仍然躺在旅馆里面。

到第二天，沈亚之将梦中的事情全部告诉好朋友崔九万。崔九万是博陵县人，对历史事件独有见解。他告诉沈亚之说：“《皇览》一书里面说，秦穆公死后葬在雍橐泉祈年宫下面，这不就是神灵显现的象征吗？”沈亚之求得秦代的地理杂志，说道：如果真像崔九万说的那样。呜呼！弄玉既然是神仙了，又为什么会死？（出《异闻集》）

张生

有个叫张生的人，家住在汴州中牟县东北角的赤城坂。因为家中贫穷饥寒交迫，某天告别妻子去了黄河北岸，五年后才回来。他从河朔回到汴州，晚上刚出郑州城的城门，抵达板桥，天已经黑了。于是从大路下来，选择进入小路前行。忽然看到草莽里面灯火闪耀。有五六个宾客，正在宴席饮酒。张生下驴后向前走去。走了差不多十几步，看见自己的妻子也坐在里面，同刚才的宾客相谈甚欢。张生躲在白杨树间，偷偷地观察他们。

看到一个长胡子的人拿着酒杯说道：“请夫人为我们唱歌。”张生妻子的娘家是书香之家，小时候学习诗书，写过不少文章。她不愿意唱歌，四周的人就一直恳求。于是唱道：“叹衰草，络纬声切切。良人一去不复还，今夕坐愁鬓如雪。”长胡子的人说：“有劳你为我们唱杯。”饮讫。酒至白面年少，复请歌。张妻曰：“一之谓甚，其可再乎？”长须持一筹箸云：“请置觥。有拒请歌者，饮一钟。歌旧词中笑语，准此罚。”于是张妻又歌曰：“劝君酒，君莫辞。落花徒绕枝，流水无返期。莫恃少年时，少年能几时？”酒至紫衣者，复持杯请歌。张妻不悦，沉吟良久，乃歌曰：“怨空闺，秋日亦难暮。夫婿断音书，遥天雁空度。”酒至黑衣胡人，复请歌。张妻连唱三四曲，声气不续。沉吟未唱间，长须抛觥云：“不合推辞。”乃酌一钟。张妻涕泣而饮，复唱送胡人酒曰：“切切夕风急，露滋庭草湿。良人去不回，焉知掩闺泣。”酒至绿衣少年，持杯曰：“夜已久，恐不得从容。即当睽索，无辞一曲，便望歌之。”又唱云：“萤火穿白杨，悲风入荒草。疑是梦中游，愁迷故园道。”酒至张妻，长须歌以送之曰：“花前始相见，花下又相送。何必言梦中，人生尽如梦。”酒至紫衣胡人，复请歌云：“须有艳意。”张妻低头未唱间，长须又抛一觥。于是张生怒，扪足下得一瓦，击之，中长须头。再发一瓦，中妻额。阒然无所见。

张君谓其妻已卒，恸哭连夜而归。及明至门，家人惊喜出迎。君问其妻，婢仆曰：“娘子夜来头痛。”张君入室，问其妻病之由。曰：“昨夜梦草莽之处，有六七人。遍令饮酒，各请歌。孥凡歌六七曲，有长须者频抛觥。方饮次，外有发瓦来，第二中孥额。因惊觉，乃头痛。”张君因知昨夜所见，乃妻梦也。（出《纂异记》）

歌了，我喝一杯。”喝完之后，酒杯传到一个长相白净的少年手里，这个少年请她再唱一首。张生妻子说：“唱一首都有点勉强，怎么还能再唱呢？”长胡子的人拿着一双筷子说：“请拿个酒杯过来。有不想唱歌的人，直接喝一杯。唱旧歌有人发笑的，也按照这个惩罚。”于是张生妻子又唱道：“劝君酒，君莫辞，落花徒绕枝，流水无返期。莫恃少年时，少年能几时？”酒杯又传到一个穿着紫色衣服人手里，他也端着酒杯请她唱歌。张生妻子不高兴，沉吟很久，然后唱道：“怨空闺，秋日亦难暮。夫婿断音书，遥天雁空度。”酒杯传到黑色衣服的胡人手里，又请张生妻子唱歌。张生妻子连续唱了三四首歌，气力有些不足。沉吟还没唱的时候，大胡子扔过来就被说：“你推辞是不合适的。”于是斟满一杯酒。张生妻子哭泣着把酒喝了下去，还要为黑衣胡人唱道：“切切夕风急，露滋庭草湿。良人去不回，焉知掩闺泣。”酒杯传到绿色衣服少年手里，他举着酒杯说：“夜已经深了，恐怕不能再这么从容了。既然现在要分开，又没有离别的歌，希望你可以在唱一首。”张生妻子又唱道：“萤火穿白杨，悲风入荒草。疑是梦中游，愁迷故园道。”酒杯传到张生妻子手里，大胡子也同样唱了首歌给她：“花前始相见，花下又相送。何必言梦中，人生尽如梦。”酒杯重新传到紫衣胡人手里，他请张生妻子再唱一首：“歌里面要有艳词艳意。”张生妻子低头未唱间，大胡子又抛过一只酒杯。张生这时候很生气，从脚下摸出来一块瓦片，扔了过去，刚好砸中长胡子的头。又扔过去一块瓦片，砸中了妻子的额头。突然间所有人都不见了。

张生觉得自己的妻子肯定已经去世了，连夜悲痛地回家。到家的时候天已经亮了，家中人惊喜地出来迎接。张生问妻子怎么样，奴婢回答说：“娘子昨晚头疼得厉害。”张军进到房间，问妻子的病情如何。妻子回答说：“昨天晚上梦见一片杂草丛生的地方，和六七个人一起。他们轮流让我唱歌喝酒，每个人都来让我唱歌。我一共唱了六七首，有一个长胡子的人频频扔过来酒杯让我喝酒。刚喝完第二杯，外面有瓦片飞过来，第二块砸中了我的额头，突然惊醒，于是现在头很痛。”张生这才知道自己昨天晚上看到的事情，都是自己妻子

刘道济

光化中，有文士刘道济，止于天台山国清寺。尝梦见一女子，引生入窗下，有侧柏树葵花，遂为伉俪。后频于梦中相遇，自不晓其故。无何，于明州奉化县古寺内，见有一窗，侧柏葵花，宛若梦中所游。有一客官人，寄寓于此室，女有美才，贫而未聘，近中心疾，而生所遇，乃女子之魂也。又有彭城刘生，梦入一倡楼，与诸辈狎饮。尔后但梦，便及彼处。自疑非梦，所遇之姬，芳香常袭衣，亦心邪所致。闻于刘山甫也。（出《北梦琐言》）

郑昌图

郑昌图登第岁，居长安。夜后纳凉于庭，梦为人殴击，擒出春明门，至合大路处石桥上，乃得解。遗其紫罗履一只，奔及居而寤。甚困，言于弟兄，而床前果失一履。旦令人于石桥上追寻，得之。（出《闻奇录》）

韩确

越州有卢册者，举秀才，家贫，未及入京。在山阴县顾树村知堰，与表兄韩确同居。自幼嗜鲙，尝凭吏求鱼。韩方寐，梦身为鱼，在潭有相忘之乐。见二渔人，乘艇张网，不觉身入网，被取掷桶中，覆之以苇。复睹所凭吏，就潭商价。吏即揭鳃贯绠，楚痛殆

做的梦。(出《纂异记》)

刘道济

唐昭宗光化年间，有个文士名叫刘道济，居住在天台山国清寺。他曾经梦见一个女人，带着他来到窗前，窗边一侧有柏树和葵花，于是两个人结成了夫妻。后来二人频频在梦中相遇，刘道济却不知道是因为什么。实在是不明所以，他在明州奉化县的古寺内，同样见到一个窗户，侧边有柏树葵花，就像梦中见到的一样。有一个客官，寄宿在这间屋子，他有个女儿德才兼备，因为家中贫穷还没有定亲，最近这段时间患了心病，而刘道济在梦中见到的女人，就是她的魂魄。还有一个彭城的刘生，梦见自己到一个妓院，和同辈好友玩妓女喝酒。后来他只要一做梦，就到这个地方。他怀疑这不是一个梦，因为他在梦里见到的妓女，常常把香水的味道留在他衣服上，这其实是由于他自己的心邪导致的。这个故事是从刘山甫那听来的。(出《北梦琐言》)

郑昌图

郑昌图考上科举那年，住在长安城。晚上在庭院中乘凉，梦见被人攻击殴打，那人用绳子将他绑着押出春明门，等到快要上大路上的石桥时，他才逃脱出来。他逃跑的时候甩掉了脚上穿的紫罗鞋，急忙跑回家中，从梦中醒来的时候很困惑。将此事告知兄弟们，看到床前果然丢了一只鞋。等到白天他令人去石桥上找鞋子，果然找到了。(出《闻奇录》)

韩 确

越州有个叫卢册的人，考中了秀才，因为家里十分贫穷，没有去到京城。他在山阴县顾树村负责管理河坝，和表哥韩确一起住。韩确从小就十分喜欢吃鱼，曾经向一个卖鱼的小吏要鱼。这天韩确刚刚睡下，就梦见自己变成了鱼，他在水潭中十分开心，忘乎所以地玩不可忍。及至舍，历认妻子奴仆。有顷，置砧斫之，苦若脱肤，首落方觉。神痴良久，卢惊问之，具述所梦。遽呼吏，访所市鱼处，泊渔子形状，与梦不差。韩后入释，住祇园寺，时开成二年也。（出《酉阳杂俎》）

耍。这时来了两个捕鱼的渔民，他们乘船过来，撒下了鱼网，韩确不知不觉钻进网中，被取出来扔进水桶里，桶上盖了芦苇。他又看到之前买鱼的小吏，站在水边和鱼贩商量价格。那小吏揭开桶盖子抓着鱼鳃，痛得韩确实在无法忍受。小吏把鱼带回家，让妻子和家中仆人前来观看。过了会儿，韩确被放到砧板上用刀斧砍起来，疼得他像是被剥了皮一样，等到头被砍掉梦才惊醒。他傻傻呆呆地独自坐了好久，卢册吓了一跳问他怎么了，韩确将做的梦全部告诉他，他们随即喊来那个买鱼的小吏，到市场的摊子上寻找两个捕鱼人。两个渔民找到后，模样看起来和梦中没有什么差别。韩确后来了断红尘皈依佛门，住在祇园寺，当时是唐文宗开成二年。（出《酉阳杂俎》）

卷第二百八十三　巫附厌咒

巫

师舒礼

巴丘县有巫师舒礼，晋永昌元年病死，土地神将送诣太山。俗常谓巫师为道人，初过冥司福舍前，土地神问门吏：“此云何所？”门吏曰：“道人舍也。”土地神曰：“舒礼即道人。”便以相付。礼入门，见千百间屋，皆悬帘置榻。男女异处，有念诵者，呗唱者，自然饮食，快乐不可言。礼名已送太山，而身不至。忽见一人，八手四眼，提金杵逐礼，礼怖走出。神已在门外，遂执礼送太山。太山府君问礼：“卿在世间何所为？”礼曰：“事三万六千神，为人解除祠祀。”府君曰：“汝佞神杀生，其罪应重。”付吏牵去。礼见一物，牛头人身，持铁叉，捉礼投铁床上。身体燋烂，求死不得。经累宿，备极冤楚。府君问主者，知礼寿未尽，命放归。仍诫曰：“勿复杀生淫祀。”礼既活，不复作巫师。（出《幽明记》）

巫

师舒礼

巴丘县有个叫舒礼的巫师，在晋代永昌元年病死，土地神将他送去泰山。凡人们一直认为巫师就是道士，刚到阴曹地府的福舍前，土地神问守门的小吏：“这是什么地方？”小吏回答：“道士的住处。”土地神说：“这个舒名礼就是道士。”小吏便让他进去了。舒礼进门后，看到千百间屋子里都挂着竹帘，摆满床铺，男女分开，有的在念诵经文，有的在唱赞偈，自由自在地在那里吃吃喝喝，那股快活的劲头简直妙不可言。舒礼名字已经到了泰山，但身躯却没到。忽然间一个八只手四只眼睛的人，拿着金杵驱赶舒礼，吓得舒礼赶紧出来。而此时已有一位神仙等在门外，立刻将舒礼送往泰山。阴间泰山的府君问舒礼：“你在人间是做什么的？”舒礼说：“我侍奉三万六千位神仙，为人们解除祠祀之苦。”府君说：“你用花言巧语蒙骗神仙还杀生，此罪需重判。”于是让一小吏将他牵走。舒礼看见一牛头人身的怪物，手持一把铁叉，这怪物一把将舒礼捉住，扔到一张烧红的铁床上。舒礼的身体被烤得焦烂，求死又不成。一连几夜，他受尽冤屈和折磨。府君又问主宰他命运的人，才知舒礼阳寿未尽，应放他回去。临行前，府君又告诫他说：“你不能再杀生，更不要在祭祀时放纵胡来。”舒礼立刻复活。从此以后，他便不当巫师了。（出《幽明记》）

女巫秦氏

义熙五年，宋武帝北讨鲜卑，大胜，进围广固。军中将佐乃遣使奉牲荐币，谒岱岳庙。有女巫秦氏，奉高人，同县索氏之寡妻也。能降灵宣教，言无虚唱，使使者设祷，因访克捷之期。秦氏乃称神教曰："天授英辅，神魔所拟。有征无战，蕞尔小虏，不足制也。到来年二月五日，当克。"如期而三齐定焉。（出《述异记》）

杨 林

宋世，焦湖庙有一柏枕，或云"玉枕"，枕有小坼。时单父县人杨林为贾客，至庙祈求，庙巫谓曰："君欲好婚否？"林曰："幸甚。"巫即遣林近枕边。因入坼中，遂见朱楼琼室。有赵太尉在其中，即嫁女与林。生六子，皆为秘书郎。历数十年，并无思归之志。忽如梦觉，犹在枕傍，林怆然久之。（出《幽明录》）

来俊臣

唐载初年中，来俊臣罗织告故庶人贤二子夜遣巫祈祷星月，咒诅不道。栲楚酸痛，奴婢妄证，二子自诬，并鞭杀之。朝野伤痛。浮休子张鷟曰："下里庸人，多信厌祷；小儿妇女，甚重符书。蕴慝崇奸，构虚成实。埳土用血，诚伊戾之故为；掘地埋桐，乃江充之擅造也。"（出《朝野佥载》）

女巫秦氏

东晋义熙五年，宋武帝刘裕带兵北伐鲜卑，取得了重大胜利，于是继续围攻广固。部队将领派人奉上牺牲、献上纸钱，到泰安的岱岳庙拜谒。有一女巫秦氏，奉高县人，是当地索某的寡妻。她说她能够显灵于世，而且从来没有假话，这让前来拜谒岱岳庙的兵士们都迫不及待地设坛祈祷，他们问秦氏攻打广固的日期。秦氏称神和她说："苍天命英才前来辅佐皇帝，一切都是神魔早就定好的。这次围攻广固，一定有征无战，弹丸之地而已，想要制服是轻而易举的。明年二月五日，你们一定能将广固攻克。"广固果真如期攻克，三齐之地也终于平定了。（出《述异记》）

杨　林

宋代，焦湖庙有一柏树枕头，有人称它"玉枕"，枕上有道裂缝。当时单父县的杨林做了商人，到庙里进行祈祷，庙里的巫师问他："你想结婚成家吗？"杨林说："如果可以，那就太好了。"巫师立刻要他到柏枕旁。从那裂缝中进去，走着走着，便看到一座镶金铺玉的红楼。赵太尉正坐在楼里，太尉见到杨林后，将女儿嫁给他。杨林和妻子生了六个儿子，都培养成了秘书郎。过了几十年，杨林并没有要出来。直到有一天如梦初醒，发现自己依旧站在枕边，一时凄怆不已，怅然若失。（出《幽明录》）

来俊臣

唐高宗载初年，来俊臣罗织罪名，对一位平民的两个儿子进行诬告，告他们在晚上祈派巫师祷星月，对皇帝进行诅咒，实属大逆不道。平民的两个儿子因此受到严刑拷打，疼痛难忍，奴婢作假证，于是二人屈打成招，最后竟被皮鞭活活抽死。朝野上下一时悲伤不已。浮休子张鷟说："只有那些穷乡僻壤的庸人，才会相信用诅咒来取胜；只有妇女和小孩，才把巫术和符书看得那么重。心里藏着奸邪恶念，弄假成真。这是因你的残暴、乖戾导致的，掘地埋桐这件事，

唐武后

唐武后将如洛，至阌乡东，骑忽不进。召巫者问之，巫言：“晋龙骧将军王濬云：‘臣墓在道南，每为采樵者所苦。闻大驾至，故来求哀。’”后敕，去墓百步，禁耕植。今荆棘森然。（出《国朝杂记》）

阿 来

唐韦庶人之全盛日，好厌祷，并将昏镜以照人，令其迷乱。与崇仁坊邪俗师婆阿来专行厌魅，平王诛之。后往往于殿上掘得巫蛊，逆韦之辈为之也。（出《朝野佥载》）

雍文智

唐韦庶人葬其父韦贞，号酆王。葬毕，葬官人赂见鬼师雍文智，诈宣酆王教曰：“当作官人，甚大艰苦，宜与赏，著绿者与绯。”韦庶人悲恸，欲依鬼教与之。未处分间，有告文智诈受贿赂，验遂斩之。（出《朝野佥载》）

彭君卿

唐中宗之时，有见鬼师彭君卿，被御史所辱。他日，对百官总集，诈宣孝和敕曰：“御史不存检校，去却巾带。”即去之。曰：“有敕与一顿杖。”大使曰：“御史不奉正敕，不合决杖。”君卿曰：“若不合，有敕且放却。”御史裹头，仍舞蹈拜谢而去。观者骇之。（出《朝野佥载》）

是江充伪造出来的啊。”（出《朝野佥载》）

唐武后

武则天去洛阳，到阌乡县东边时，她的马忽然不往前行了。武后把巫师召来追问原因，巫师说：“晋代龙骧将军王濬说：‘他的坟在道南侧，经常被砍柴人践踏，为此苦不堪言。听说今天皇后大驾光临，故前来诉苦还请垂怜。’”武后当即下了一道敕令，此墓百步之内，严禁耕植。那里如今已长满荆棘，森然成林。（出《国朝杂记》）

阿来

唐朝时，后来被贬为庶人的韦氏在最鼎盛时，喜欢用巫术来祈祷，常用一面昏镜照人，使得人神情迷乱。他与崇仁坊老巫婆阿来一起，专搞装神弄鬼那一套，平王杀了他后。在殿前时常挖出蛊虫，这些都是韦氏同伙们干的。（出《朝野佥载》）

雍文智

唐朝时，庶人韦氏因父亲韦贞出殡，说他父亲会在阴间的酆都城当大王。下葬后，主管丧事的小官贿赂巫师，要巫师雍文智假借酆三韦贞之口说：“管丧事的小官太清苦了，应给他些赏钱，让穿绿衣的人穿上绯衣。”韦某听了父亲的话悲痛不已，并计划按此照办。准备给那位小官一些赏钱。正要办这件事时，巫师雍文智被告发受贿和敲诈，经官府查实，雍文智就被杀了。（出《朝野佥载》）

彭君卿

唐中宗年间，有一位叫彭君卿的巫师能与鬼来往，因被御史污辱。两天后，当文武百官上朝时，彭君卿假装已孝和皇帝的灵魂附体，传旨说：“御史行为不检，该摘去他的官帽和玉带。”真的照办了。彭君卿又说：“朕命责打御史一顿板子。”执刑官员说：“没有当今皇帝的圣旨，御史是不该受杖刑的。”彭说：“可要是不能打，那朕

何婆

唐浮休子张鷟，为德州平昌令。大旱，郡符下令，以师婆师僧祈之，二十余日无效。浮休子乃推土龙倒，其夜雨足。江淮南好神鬼，多邪俗，病即祀之，无医人。浮休子曾于江南洪州停数日，遂闻土人何婆善琵琶卜，与同行人郭司法质焉。其何婆，士女填门，饷遗满道，颜色充悦，心气殊高。郭再拜下钱，问其品秩。何婆乃调弦柱，和声气曰："个丈夫富贵，今年得一品，明年得二品，后来得三品，更后年得四品。"郭曰："何婆错，品少者官高，品多者官小。"何婆曰："今年减一品，明年减二品，后年减三品，更后年减四品，忽更得五六年，总没品。"郭大骂而起。（出《朝野佥载》）

来婆

唐崇仁坊阿来婆，弹琵琶卜，朱紫填门。浮休子张鷟，曾往观之，见一将军，紫袍玉带，甚伟。下一匹细绫，请一局卜。来婆鸣弦柱，烧香，合眼而唱："东告东方朔，西告西方朔，南告南方朔，北告北方朔，上告上方朔，下告下方朔。"将军顶礼既，告请甚多，必望细看，以决疑惑。遂即随意支配。（出《朝野佥载》）

曾勤

唐曾勤任魏州馆陶县尉，敕捕妖书人王直。县界藏失。刺史蒋钦绪奏请："一百日捉不获，与中下考。"其时限已过半。有巫传旨将他放了吧。”而御史裹上头巾，拜谢皇上免去打板子而高兴离去。而文武官员只觉得莫名其妙，又吓了一大跳。（出《朝野佥载》）

何婆

唐浮休子张鷟，任德州平昌县县令时，遇大旱，郡里下令，让巫婆巫师们向天祈祷。二十多天依旧没有见效，于是张鷟将土龙推倒，当夜便下了大雨。江淮以南的人，大多数都相信鬼神，巫术盛行，有病就祭祀，没有医者。张鷟曾在江南洪州停留了一些时日，听人说起当地的何婆，善用琵琶占卜，他与同行的郭司法一起找何婆问。何婆家中来问卜的人熙熙攘攘，送的东西把院子都装满了，面露喜悦之色，心高气傲。郭司法向何婆一拜再拜，奉上银钱。何婆问他的官职，再调好琵琶弦儿，边唱边说道：“看你长得富，今年得一品，明年得二品，后年得三品，大后年得四品。”郭司法赶紧纠正道：“何婆错了，品少的官职高，品多的官职低。”于是何婆忙纠正说：“今年减一品，明年减二品，后年减三品，大后年减四品，这样一改，五六年后一品都没了。”气得郭司法大骂着站起来。（出《朝野佥载》）

来婆

唐朝时崇仁坊有位阿来婆，善于用弹琵琶给人卜卦，送来的各类丝绢把院子都快放不下了。浮休子张鷟，曾前去观看，见一紫袍玉带的将军，身材十分高大。带一匹细绫，正在请阿来婆卜卦。来婆烧香后，弹起弦子，闭着眼唱道：“东告东方朔，西告西方朔，南告南方朔，北告北方朔，上告上方朔，下告下方朔。”将军顶礼膜拜后，又说了自己的许多心愿，望她能详细说说，以解除心中疑惑。他将匹细绫送给来婆，请她随意支配。（出《朝野佥载》）

曾勤

唐朝，曾勤任魏州馆陶县尉，皇帝颁布敕令，命把做妖书的王直立即捉拿归案。王直躲藏在馆陶县界，查不到他的踪迹。刺史蒋钦云："少府必无事，不用过忧。"后遇按察使边冲寂奏，奉敕却夺刺史曾勤俸。会十一月二十二日，巡陵恩赦，遂得无事。其时遣人分捕王直不得。又有日者云："至某月某日，必获王直，反缚送来。"果有人于相州界捉得别一王直，以月日反缚送到。推问逗遛，不是畜妖书者，遂却放之。（出《定命录》）

阿马婆

唐玄宗东封，次华阴，见岳神数里迎谒。帝问左右，左右莫见。遂召诸巫，问神安在。独老巫阿马婆奏云："在路左，朱鬓紫衣，迎候陛下。"帝顾笑之，仍敕阿马婆，敕神先归。帝至庙，见神橐鞬，俯伏殿庭东南大柏之下。又召阿马婆问之，对如帝所见。帝加礼敬，命阿马婆致意而旋。寻诏先诸岳封为金天王，帝自书制碑文以宠异之。其碑高五十余尺，阔丈余，厚四五尺，天下碑莫大也。其阴刻扈从太子王公已下官名。制作壮丽，镌琢精巧，无比伦。（出《开天传信记》）

白行简

唐郎中白行简，太和初，因大醉，梦二人引出春明门，至一新冢间，天将晓而回。至城门，店有鬻饼饦饦者。行简馁甚，方告二使者次。忽见店妇抱婴儿，使者便持一小土块与行简，令击小儿。行简如其言掷之，小儿便惊啼闷绝。店妇曰："孩儿中恶。"令人召得一女巫至。焚香，弹琵琶召请曰："无他故，小魍魉为患耳。都三人，一是生魂，求酒食耳，不为祟。可速作饦饦，取酒。"逡巡陈绪向皇帝奏请道："百天内捉不到王直，曾勤的考绩就打中下。"而此时距百天期限已过半。有巫师说："曾县尉一定没事的，不用担忧。"之后按察史边冲寂奉旨将曾勤的俸禄免除。而刚好在十一月二十二日那天，遇上大赦，才算无事。而派人分头追捕王直的人还是一无所获。又有占日卜筮的人说："某月某日，肯定能把王直抓到，到时会反绑捆双手送来。"然后有人在相州地界抓到了另一个名叫王直的，在巫师说的那个日子被反捆双手送来。经拘留审查，他并不是那位妖书生，便将他放了。（出《定命录》）

阿马婆

唐玄宗去泰山封禅，第二天到华阴县，看到华山的神仙从几里外前来迎拜。唐玄宗问下属，下属们都说没看见。于是又将巫师们召来，问神在哪儿。只有一位老巫阿马婆奏明道："神在路的左边，红发紫衣，正在迎候陛下。"玄宗看了看她然后笑了，下敕命给她，让她请神先回。玄宗皇帝来到庙前，见华山之神身上背着装弓箭和衣甲的筒器，在殿庭东南的大柏树下俯伏着。又召阿马婆问。阿马婆印证了皇帝所见。玄宗开始对她以礼相待，并请她向神致意，然后下山离去。于是玄宗马上下诏书给诸岳之神，赐封华山之神为金天王，亲自书写碑文，以示宠爱。碑有五十多尺高，一丈多宽，四五尺厚，普天之下再也没有比它更大的碑了。背面刻着扈从太子王公以下的官名。真正的精雕细琢，制作壮美，无与伦比。（出《开天传信记》）

白行简

唐代，一位叫白行简的郎中，太和初年，因酒醉入睡，梦到有两人把他引出春明门，到一座新坟前，天将亮时才回来。到城门口，见饭馆里卖着粥和汤饼。白行简饥饿不已，要那两人停下。忽见老板娘抱着婴儿走来，那两人把一小土块给白行简，要他打婴儿。白行简按照他们说的去做，把小土块掷向婴儿，孩子惊叫一声后便背过气去。老板娘叫道："不好，这孩子中邪了。"老板娘请来一女巫。女巫来了

设。巫者拜谒，二人与行简就坐，食饱而起。小儿复如故。行简既寤，甚恶之，后逾旬而卒。（出《灵异记》）

许至雍

许至雍妻某氏，仪容淡雅。早岁亡没，至雍颇感叹。每风景闲夜，笙歌尽席，未尝不叹泣悲嗟。至雍八月十五日夜于庭前抚琴玩月。已久，忽觉帘屏间有人行，吁嗟数声。至雍问曰："谁人至此？必有异也。"良久，闻有人语云："乃是亡妻。"云："若欲得相见，遇赵十四，莫惜三贯六百钱。"至雍惊起问之，乃无所见。自此常记其言，则不知赵十四是何人也。

后数年，至雍闲游苏州。时方春，见少年十余辈，皆妇人装，乘画舡，将谒吴太伯庙。许君因问曰："彼何人也，而衣裾若是？"人曰："此州有男巫赵十四者，言事多中，为土人所敬伏，皆赵生之下辈也。"许生问曰："赵生之术，所长者何也？"曰："能善致人之魂耳。"许生乃知符其妻之说也。

明日早，诣赵十四，具陈恳切之意。赵生曰："某之所致者，生魂耳。今召死魂，又令生人见之，某久不为，不知召得否。知郎君有重念之意，又神理已有所白，某安得不为召之？"乃计其所费之直，果三贯六百耳。遂择良日，于其内，洒扫焚香，施床几于西壁下，于檐外结坛场，致酒脯。呼啸舞拜，弹胡琴。

至夕，令许君处于堂内东隅，赵生乃于檐下垂帘卧，不语。至后，先烧香，然后弹琵琶召请神灵，然后道："无其他原因，小鬼作怪而已。一共三个人，其中一个是活人，想来要酒饭，不是为了作怪害人，快做些汤饼，取酒来。"一会儿摆好了，女巫让行简和那二人就坐，进行拜谒。行简酒足饭饱后，小孩的病好了。行简马上就醒了，深觉厌恶，几十天后就死了。（出《灵异记》）

许至雍

许至雍的妻子某氏，生得素净宜人。却于早年亡故，许至雍很是伤感。每逢风清月明又无事时，每当笙停歌罢筵席散尽时，他都怆然饮泣、悲叹不已。八月十五晚，许至雍在庭前抚琴赏月。良久，忽然发现有人在帘屏后走动，长吁短叹的。许至雍问道："什么人到这里，有何目的？"好久，才听见说话声："竟是亡妻。"亡妻说："若你想见我，遇到赵十四，不要舍不得那三贯六百钱。"许至雍大吃一惊，正想接着问她，却连个人影也没有。此后，许至雍常想起妻子说的话，却不知道赵十四是何许人也。

多年后，许至雍到苏州游玩。当时正是春天，见十几个少年都穿着女人的衣服，乘坐画船，去拜谒吴太伯庙。许至雍问道："他们是什么人，为何穿这样的衣服？"回答说："州里有位叫赵十四的男巫，所说之事大多准确，因此当地人对他有所敬仰，这些都是赵十四的晚辈。"许至雍问道："这位赵十四的法术中，最擅长的是什么？"对方道："他最擅长招人灵魂。"许至雍才知与妻子梦中说的话相符。

第二天早晨，许至雍就去见赵十四，表明恳切之情。赵十四道："我平时招的，都是活人的魂。如今你要我招来死人的魂，还要与活着的人相见，这种事我好久没做了，不知道能不能招来。我知你一向重情，又在神明面前表白，我怎能不帮你招呢？"然后他计算了所需费用，就是三贯六百钱。于是，赵十四择良辰吉日，在许至雍屋里洒扫焚香，床铺几案搬到西墙下，在屋檐外结坛场，摆上酒肉。赵十四吼叫着，舞蹈着，边弹胡琴边拜仙。

晚上，他让许至雍在堂内东边角落站着，自己则放下帘子躺下，三更，忽闻庭际有人行声，赵生乃问曰：“莫是许秀才夫人否？”闻吁嗟数四，应云：“是。”赵生曰：“以秀才诚意恳切，故敢相迎，夫人无怪也。请夫人入堂中。”逡巡，似有人揭帘，见许生之妻。淡服薄妆，拜赵生，徐入堂内，西向而坐。许生涕泗呜咽：“君行若此，无枉横否？”妻曰：“此皆命也，安有枉横。”因问儿女家人及亲旧闾里等事，往复数十句。许生又问：“人间尚佛经，呼为功德，此诚有否？”妻曰：“皆有也。”又问：“冥间所重何物？”“春秋奠享无不得，然最重者，浆水粥也。”赵生致之。须臾粥至，向口如食，收之，复如故。许生又曰：“要功德否？”妻云：“某平生无恶，岂有罪乎？足下前与为者，亦已尽得。”

良久，赵生曰：“夫人可去矣，恐多时即有谴谪。”妻乃出，许生相随泣涕曰：“愿惠一物，可以为记。”妻泣曰：“幽冥唯有泪可以传于人代。君有衣服，可投一事于地。”许生脱一汗衫，置之于地。其妻取之，于庭树前悬一树枝，以汗衫蔽其面，大哭。良久，挥手却许生，挂汗衫树枝间，若乘空而去。许生取汗衫视之，泪痕皆血也。许生痛悼，数日不食。卢求著幽居苏州，识赵生。赵生名何，苏州人皆传其事。（出《灵异记》）

韦觐

唐太仆卿韦觐欲求夏州节度使，有巫者知其所希，忽诣韦曰：“某善祷祝星辰，凡求官职者，必能应之。”韦不知其诳诈，令择日。夜深，于中庭备酒果香灯等。巫者乘醉而至，请韦自书官阶一道，虔启于醮席。既得手书官衔，仰天大叫曰：“韦觐有异志，令我祭天。”韦合族拜曰：“乞山人无以此言，百口之幸也。”凡所玩用一句话都不说。直到三更天，忽然听到庭内有说话声，赵十四问道：“你就是许秀才的夫人吗？”只听几声叹息，应道：“是的。”赵十四说：“因秀才诚心相求，我才敢前来相迎，夫人不要自责。请夫人入堂。”一会儿，好像有人把帘子揭开，来的真是许至雍妻子。只见她淡服薄妆，拜见赵十四，徐步走进堂内，朝西而坐。许至雍泪流满面，呜呜咽咽地问：“你来到此处，是不是受了冤屈和欺凌？”妻子说：“都是命，哪里谈得上冤屈和欺凌。”她又问了儿女及家人亲戚邻居的近况，反复说了几十句话。许至雍又问道：“人间崇尚佛经，称为功德，阴间也有吗？”妻子说：“都有的。”许至雍又问：“阴间最看重的是什么？”妻子答道：“春秋祭奠时的东西肯定能得到，但最重要的是稀粥啊。”赵十四招手。一会儿稀粥到了，妻子接过碗，把粥吃了，吃了好几碗。许至雍又问：“你要佛经吗？”妻子说：“我平生没做过坏事，还会有罪吗？你前几日送我的，也全部得到了。”

良久，赵十四说：“夫人可以回去了，时间长了怕是会被责备。”于是，妻子出房门，许至雍相随哭着说：“希望你留一物给我作纪念。”妻子哭着说：“阴间只能把泪水送给亲人。把你的衣服扔一件在地上。”许至雍脱下一件汗衫在地上，许妻拿过汗衫，挂在庭树前的一根树枝上，再用汗衫蒙脸大哭。良久，她挥手要许至雍走，将汗衫挂在树枝间，然后乘空离去。许至雍取过汗衫，上面的泪痕全是血。许至雍痛悼亡妻，连着几天都没有进食。而又有个叫卢求著的人也来苏州幽居，结识了赵十四，赵十四名为何，苏州人至今还传此事。（出《灵异记》）

韦觊

唐代有位叫韦觊的太仆卿，想任夏州节度使，一位巫师知道他心中所求，忽然登门对他说：“我善于向星辰祝告祈福，凡是求官的，都能灵验。”韦觊不知是在诳骗敲诈，便请他择一良辰吉日。这天深夜，韦觊让家人在中庭摆上香、蜡烛及酒和水果等。巫师乘着酒劲赶至中庭，让韦觊写下想要升的官衔，虔诚地摆到祭坛。巫师抓过写好的官衔，仰天大叫道：“韦觊有野心，让我祭天。”韦觊见财物，尽与之。时崔侃充京尹，有府囚叛狱，谓巫者是其一辈。里胥诘其衣装忽异。巫情窘，乃云：“太仆卿韦觐，曾令我祭天。我欲陈告，而以家财求我。非窃盗也。”既当申奏，宣宗皇帝召觐至殿前，获明冤状。复召宰臣论曰：“韦觐城南上族，轩盖承家。昨为求官，遂招诬谤。无令酷吏加之罪愆。”其师巫便付京兆处死，韦贬潘州司马。（出《云溪友议》）

高骈

唐高骈尝诲诸子曰：“汝曹善自为谋。吾必不学俗物，死人四板片中，以累于汝矣。”及遭毕师铎之难，与诸甥侄同坎而瘗焉。唯骈以旧毡苞之，果符所言。后吕用之伏诛，有军人发其中堂，得一石函。内有桐人一枚，长三尺许，身披桎，口贯长钉，背上疏骈乡贯甲子官品姓名，为厌胜之事。以是骈每为用之所制，如有助焉。（出《妖乱志》）

厌咒

厌盗法

厌盗法，七日以鼠九枚，置笼中，埋于地，秤九百斤土覆坎，深各二尺五寸，筑之令坚固，《杂五行书》曰：“亭部地上土涂灶，水火盗贼不经；涂屋四角，鼠不食蚕；涂仓廪，鼠不食稻；以塞埳，百鼠种绝。”（出《酉阳杂俎》）

形势不妙，带领全家跪在地上，拜道："求仙人不要这么说就是全家老少一百多口人的大幸了。"韦觐将家中古玩财物全送给巫师。崔侃任京兆尹，有一官府囚犯从狱中逃走，供出那个巫师是他的同伙。里胥找到那个巫师，盘问他最近的打扮怎么不同了。巫师一阵惊窘，便说："太仆卿韦觐，请我为他祭天，我想告发，他用家中财物求我。并不是我偷来的。"于是向上申奏此事，宣宗皇帝召韦觐至殿前，再三查问，才将其中冤情弄清。又召来宰相和大臣们道："韦觐为城南贵族，世代为官。之前为求官遭到诬谤，让酷吏不要再加罪于他。"不久后，那名巫师被押赴京城处死，韦觐被贬为潘州司马。（出《云溪友议》）

高骈

唐代高骈，教导自家孩子说："你们要各自为自己谋生路。我也不想学那些俗辈，死后躺到那四块板中，给你们添麻烦。"后来遭遇毕师铎之难，就和那些侄子、外甥埋在同一个墓穴之中。其中只有高骈的尸体是用旧毡子包裹的，与先前的话印证。后来妖人吕用之伏法，士兵们在他的屋内挖出一石匣。里面装着一个桐木人，有三尺多长，戴着脚镣，嘴里钉了钉子，背上写了高骈的籍贯、生日、姓名、职务等，这是用巫术诅咒人用的。之前，高骈被吕用之控制，应该是这东西发挥了作用的。（出《妖乱志》）

厌咒

厌盗法

这是一种用来制服盗窃的法子，初七这天，九只老鼠被分别放在笼子里埋到地里，秤九百斤土压到上面，都要二尺五寸深，《杂五行书》上说："在厨房亭间里用这种土抹灶台，水火和盗贼都不来；抹屋内的四角，老鼠不偷吃蚕；抹粮仓，老鼠不吃稻谷；用它堵住那些坑穴，各类老鼠就会绝种。"（出《酉阳杂俎》）

雍益坚

唐雍益坚云："主夜神咒，持之有功德，夜行及寐，可已恐怖恶梦。"咒曰："婆珊婆演底。"（出《酉阳杂俎》）

宋居士

唐宋居士说掷骰子咒云："伊帝弥帝，弥揭罗帝。"念蒲十万遍，彩随呼而成。（出《酉阳杂俎》）

雍益坚

唐朝的雍益坚说："有个夜晚的咒语，每天坚持念就会灵，如果走夜路或晚上睡觉时感到害怕，或者做噩梦，一念咒语就立即见效。"咒语是："婆珊婆演底。"（出《酉阳杂俎》）

宋居士

唐朝宋居士说，掷骰子时念这句咒语："伊帝弥帝，弥揭罗帝。"伏在地上念十万遍，随着一声高呼你就能赢。（出《酉阳杂俎》）

卷第二百八十四　幻术一

客隐游

魏安釐王观翔鹄而乐之，曰："寡人得如鹄之飞，视天下如芥也。"客有隐游者闻之，作木鹄而献王。王曰："此有形无用者也。夫作无用之器，世之奸民也。"召隐游，欲加刑焉。隐游曰："大王知有用之用，未悟无用之用也。今臣请为大王翔之。"乃取而骑焉，遂翻然飞去，莫知所之也。（出《异苑》）

天毒国道人

燕昭王七年，沐骨之国来朝，则申毒国之一名也。有道术人名尸罗，问其年，云："百四十岁。"荷锡持瓶，云："发其国五年，乃至燕都。"喜炫惑之术。于其指端，出浮图十层，高三尺，乃诸天神仙，巧丽特绝。列幢盖鼓舞，绕塔而行，人皆长五六分，歌唱之音，如真人矣。尸罗歕水为氛雾，暗数里间。俄而复吹为疾风，氛雾皆止。又吹指上浮图，渐入云里。又于左耳出青龙，右耳出白虎。始入之时，才一二寸，稍至八九尺。俄而风至云起，即以一手挥之，即龙虎皆入耳中。又张口向日，则见人乘羽盖，驾螭鹄，直入于口内。复以手抑胸上，而闻衣袖之中，轰轰雷声。更张口，则向见羽盖、螭鹄相随从口中而出。尸罗常坐日中，渐渐觉其形小，或化为老叟，或变为婴儿，倏忽而死，香气盈室，时有清风来，吹

客隐游

魏安厘王看到正在飞的天鹅很高兴，说："若是我也能像天鹅一样飞在空中，就能傲视人间，视天下如草芥了。"有位隐士听后，做了只木天鹅献给安厘王。安厘王说："这东西只空有模样而无实际作用。他做这种无用的东西，肯定是个奸邪谄媚的小人。"然后他唤来那名隐士，想对他进行处罚。隐士说："大王只认为有用的东西才有用，却不知看上去没有用的东西也是会有用的。我今天就请求为大王进行一次飞翔表演。"说完后就骑上木天鹅，木天鹅竟然抖抖翅膀飞走了，飞去了哪里谁也不知道。（出《异苑》）

天毒国道人

燕昭王即位七年时，沐胥国派使臣来朝，所谓的沐胥之国，实际上就是天竺国（也叫身毒）的另外一种叫法。使臣中有一位名叫尸罗的，他懂道术，问他年纪，他说："一百四十岁了。"他带着锡杖手持花瓶，说："从天竺国出发五年，才到燕国都城。"尸罗擅长幻术。他可以在手指尖上显现出十层佛塔，佛塔有三尺高，各位神仙，各露仙姿，仪态万千。打着旗子绕塔鼓舞而行，神仙们都只有五六分长，歌声和人是一样的。尸罗喷出的水来化为雾气，几里内都昏暗不明。不一会儿，尸罗又吹出疾风，雾气全部消散开来。然后他又吹指上的佛塔，佛塔便逐渐钻进云彩里，紧接着，一条青龙从他的左耳钻出，一只白虎从右耳钻出。刚开始，只有一二寸，慢慢的就有了八九尺。忽然之间风至云起，尸罗用手挥了挥，青龙和白虎全都钻进耳朵里。尸罗向着太阳张开大口，就见有人乘着羽盖，驾着龙和天鹅钻入尸罗口中。尸罗将手按在胸上，只听见衣袖中有隆隆雷声。尸罗张开

之更生，如向之形。咒术炫惑，神怪无穷。（出《王子年拾遗记》）

骞霄国画工

秦始皇元年，骞霄国献刻玉善画工名裔。使含丹青以漱地，即成魑魅及鬼怪群物之象；刻石为百兽之形，毛发宛若真矣。皆铭其臆前，记以年月。工人以绢画地，方寸之内，写四渎五岳列国之图。又为龙凤，骞翥若飞。皆不得作目，作必飞走也。始皇嗟曰：“刻画之形，何能飞走。”使以淳漆各点两玉虎一眼睛，旬日则失之，不知何所在。山泽人云：“见二白虎，各无一眼，相随而行，毛色形相，异于常见者。”至明年，西方献两白虎，皆无一眼。始皇发槛视之，疑是先所失者，乃刺杀之，检其臆前，果是元年所刻玉虎也。（出《王子年拾遗记》）

营陵人

汉北海营陵有道人，能令人与已死人相见。其同郡妇，死已数年，闻而往见之曰：“愿令我一见亡妇，死不恨矣。”道人曰：“卿可往见之。若闻鼓声，即出勿留。”乃语其相见之术。于是与妇言语悲喜，恩情如生。良久，闻鼓声，恨恨不能得往。当出户时，嘴，龙和天鹅就从他口中飞出。尸罗常在太阳底下坐着，然后他就慢慢变小，一会儿变成老头的样子，一会儿变成婴儿的样子，然后忽然死去，这时，满室的香气，有清风徐徐吹来，吹着吹着尸罗又再次苏醒，得以重生，样子还是和之前相同。这变幻之术，真是无比神奇啊。（出《王子年拾遗记》）

骞霄国画工

秦始皇元年，骞霄国进献了一名擅长雕刻、绘画的人给他，那人名叫裔。那名画工将朱砂和石青喷到地上，就能变化出各种鬼怪的嘴脸和其他物品；还会用石头雕刻出各种动物，连毛发都和真的一样，真是栩栩如生。他还会把雕刻的时间铭刻在动物们胸前，将绢布铺在地上，方寸之内，便画出江、河、淮、济等四渎、五岳及列国地图。经由他刻画出来的龙、凤凰等，都是飘然若飞，活灵活现。但一般刻画出来的都没有眼睛，一旦刻画上眼睛，它们就变成真的飞走了。秦始皇无不感叹道："这刻画的假东西，怎么会飞走呢？"他命令画工用漆在两只玉虎的头上各点一只眼睛，不到十天，两只玉虎竟然都失踪了，也不知究竟去了哪里。住在深山大泽的百姓们说："曾见过两只白老虎，都只有一只眼睛，两只虎总是形影不离，结伴而行，长得一模一样，毛色都没有差别。"常看到这两只白虎的人，无不感到惊奇。第二年，西方献来了两只白老虎，都是一只眼睛。秦始皇命人将槛车打开后细看，怀疑是之前失踪的那两只玉虎，于是将它们刺死了，再命人检查白虎胸前，上面都有小字，竟真的是去年失踪的两只玉虎。（出《王子年拾遗记》）

营陵人

汉朝北海营陵有位道士，能让活着的人和已死的人见面。与他同郡的一位先生，妻子死了好几年，听说后便登门拜访。对道士说："让我与我那死去的妻子见一面吧，这样的话我死后也没有遗憾了。"道士说："去看她可以，但你听到鼓声，必须立刻出来，不能停

奄忽其衣裾户间，掣绝而去。至后岁余，此人身亡。室家葬之，开冢，见妇棺盖下有衣裾。（出《搜神记》）

扶娄国人

南垂有扶娄之国，其人善能机巧变化，易形改服，大则兴云雾，小则人纤毫。缀金玉毛羽为衣服。能吐云喷火，鼓腹则如雷霆之声。或为巨象、狮子、龙、蛇、犬、马之状，或为虎口中生人，或于掌中备百兽之乐，宛转屈曲于指间。人形或长数分，或复数寸，神怪倏忽，炫丽于时。乐府皆传此伎，至末代犹学焉，得粗得精，代代不绝，乃俗谓之婆侯伎，则扶娄之音讹耳。（出《拾遗录》）

徐登

闽中有徐登者，女子化为丈夫。与东阳赵昞并善方术。时遭兵乱，相遇于溪，各矜其所能。登先禁溪水为不流，昞次禁枯柳为生稊。二人相视而笑。登年长，昞师事之。后登身故，昞东入长安。百姓未知昞。乃升茅屋，据鼎而爨。主人惊怪，昞笑而不应，屋亦不损。又尝临水求渡，船人不许。昞乃张盖坐中，长啸呼风，乱流而济。于是百姓敬服，从者如归。长安令恶而杀之。民立祠于永宁，而蚊蚋不能入。（出《水经》）

留。”然后，道士就将与死人相见的方法传授给了他。先生见到亡妻后，悲喜交加，如活着时恩爱。不知不觉中时间过了很久，忽然传来鼓声，他心中恨不得随妻而去。出门时，匆忙间衣服的大襟被门给夹住了，他用力才将其挣断，这才走出来。就这样过了一年多，这人死了。家人把他同妻子合葬，打开他妻子的坟墓，就看到棺材盖下夹了块衣服的大襟。（出《搜神记》）

扶娄国人

南疆有个扶娄国，这里的人都擅长变幻之术，改变容貌和改服饰，法术大的会兴起云雾，法术小的可以钻入纤毫之中。他们穿的衣服缀金戴玉，上面还挂着羽毛。他们能吐云喷火，肚子鼓起就会从里传出轰隆的雷声，或者变成大象狮子龙蛇犬马的模样，或者从老虎口中钻出，或者让各种动物在掌上尽情玩乐，让它们盘旋舞蹈于手指间。有时身体能长数分，有时又能缩到数寸，神神怪怪，就在转眼间变化。这套变化之术，炫丽于当时，每个音乐官署里都传授这套法术。到前朝末代时还在教习呢，有人学得皮毛，有人学得精深，世代流传不歇。这套变幻之术，民间称之为婆侯伎。婆侯就是扶娄的讹音。（出《拾遗记》）

徐　登

福建的徐登，他是从女人变成男人的。他与东阳郡的赵昞都擅长用方术，那时正逢兵荒马乱，两人在溪边相遇，一开始两人都认为自己本领大。徐登先露了一招，将溪水静止不动，赵昞也施展了自己的绝技，让枯死的柳树重新长出茂密的枝叶。二人看后不由相视一笑。徐登年龄稍长，赵昞将他视作自己的师长。徐登死后，赵昞便往东去了长安城。长安城的百姓并不认识他，他跳上房顶，用鼎烧火煮饭。那间房的主人很是惊讶，于是大声责骂他，赵昞笑而不答，房子一点损坏也没有。然后他到河边想渡河而过，船家不许他上船。他便将雨伞打开，然后坐在伞中，一声长啸后一阵狂风随之而来，

周畛奴

魏时，寻阳县北山中蛮人有术，能使人化作虎，毛色爪身悉如真虎。乡人周畛有一奴，使入山伐薪。奴有妇及妹，亦与俱行。既至山，奴语二人云："汝且上高树去，我欲有所为。"如其言。既而入草，须臾，一大黄斑虎从草出，奋越哮吼，甚为可畏。二人大怖。良久还草中，少时复还为人，语二人："归家慎勿道。"后遂向等辈说之。周寻复之，乃以醇酒饮之，令熟醉。使人解其衣服，乃身体事事祥视，了无异。唯于髻发中得一纸，画作虎，虎边有符，周密取录之。奴既唤醒，问之。见事已露，遂具说本末，云："先尝于蛮中告籴，有一蛮师云有此符，以三尺布，一斗米，一只鸡，一斗酒，受得此法。"（出《冥祥记》）

赵侯

晋赵侯少好诸术，姿形悴陋，长不满数尺。以盆盛水作禁，鱼龙立见。侯有白米，为鼠所盗。乃披发持刀，画作地狱，四面为门。向东啸，群鼠俱到。咒之曰："凡非啖者过去，盗者令止。"止者十余，剖腹看脏，有米在焉。曾徒跣须屐，因仰头微吟，双屐自至。人有笑其形容者，便阳设以酒杯向日，即掩鼻不脱，仍稽颡谢过，着地不举。永康有骑石山，山上有石人骑石马，侯以印指之，就将他送到对岸。因此一来，百姓们都对他敬服不已，想要拜他为师的人如潮水般涌了来。长安县令对赵昞深恶痛绝，便将他杀了。百姓们在永宁为他修了一座祠堂，连蚊蚋类的虫子都不得入内。（出《水经》）

周畛奴

魏朝时，寻阳县北山中住着一伙蛮子，他们颇有些法术，可以把人变成老虎，皮毛虎爪跟真虎没有任何区别。当地人周畛有一奴仆，主人家派他进山砍柴。奴仆家中的妻子和妹妹也随他一同前往。刚上山，奴仆便对妻子和妹妹说："你们先爬到高大的树上，接下来我会有个大动作。"如他所说。然后钻进草丛，过了一会儿，一只大黄斑猛虎突然从草中蹿出来，狂奔吼啸，十分可怕。两个女人被吓得一通乱叫。过了没多久，老虎又回到草丛，一下子又恢复成人的样子。奴仆对妻子和妹妹叮嘱道："回家后万万不能将此事告知他人。"后来，两个女人竟将此事向同伴们说了。人们经过商量，用酒将他灌醉后解开衣服，身体各处仔细查看后，也没发现任何异常。只在发髻中找到一张纸，上面画了只老虎，老虎旁有咒符，有人小心翼翼地将那咒符抄录下来。奴仆唤醒后，遭到人们盘问。见事情败露，只好将真相说出，他说："我之前去找那伙蛮子买粮，一位蛮师说他会这种咒符。我就用三尺布、一斗米、一只鸡、一斗酒，将这种法术学会了。"（出《冥祥记》）

赵侯

晋代，赵侯年轻时喜欢学不同的法术，人看上去显得很是憔悴不堪，身高不到数尺。在盆里盛水作幻术，鱼龙立刻在水中显现。他有很多白米，却经常被老鼠偷吃。赵侯披头散发地操起刀，在地上画了一座地狱，四面是门。他朝东面吼几声，一大群老鼠赶来了。他口中念着咒语道："没有偷吃我家白米的过去，偷吃了的站住。"十几只老鼠站住了，他将老鼠剖腹查看，真的在肚子里找到了白米粒。有

人马一时落首，今犹在山下。（出《异苑》）

天竺胡人

晋永嘉中，有天竺胡人来渡江南。有幻术，能断舌吐火，所在人士聚观。将断舌，先吐以示众。然后刀截，血流覆地。乃烧取置器中，传以示人。视之，舌半犹在。既而还取，合续之，有顷如故，不知其实断否也。尝取绢布与人，各执一头，中断之。已而取两段，合祝之，绢布还连续，故一体也。又取书纸及绳缕之属，投火中，众共视之，见其烧爇了尽。乃拨灰，举而出之，故向物也。（出《法苑珠林》）

鞠道龙

葛洪云：余少所知有鞠道龙，善为幻术，向余说古时事。有东海人黄公，少时能乘龙御虎，佩赤金为刀，以绛缯束发。立兴云雾，坐成山河。及衰老，气力羸惫，饮酒过度，不能行其术。秦末，有白虎见于东海，黄公以赤刀厌之，术既不行，为虎所杀。三辅人俗用以为戏，汉朝亦取以为角抵之戏焉。（出《西京杂记》）

一次他光着脚正找鞋，于是仰着头小声叨咕几句，就有一双鞋从天而降。有人笑他长得难看，他便假装朝太阳举起酒杯，忽然间酒杯盖住了那人的鼻子，弄也弄不掉。那人就叩首谢罪，头磕在地上便不起来。永康县境内有座骑石山，山上有个石人骑一匹石马，他用自己的印章一指，那石人、石马的脑袋同时落地，如今都还在山下面。（出《异苑》）

天竺胡人

晋代永嘉年间，一位从天竺国来的胡人到了江南。他会幻术，能割断舌头后吐出火来，邻近的人全都前来围观。只见他先伸出舌头来让众人看清楚，然后拿刀割断。一时间遍地是血。烧了一会儿后放到器皿中，再让大家传看。再看他，口中只有半只舌头。然后他又把割下来的那半只舌头拿过来接上，只等了一会儿又完好如初了，不清楚他是不是真的截断过。他还拿出绢布，命人各扯一头，从中间割断。并拿着两块断绢闭目祈祝，割断的绢布立刻就连成一片。又拿书纸和绳缕之类扔进火中，众人一起看着它们烧成灰烬。他拨开灰，取出来，还是原来那些东西。（出《法苑珠林》）

鞠道龙

葛洪说：我小时知道个叫鞠道龙的人，他擅长幻术，他给我讲古时候的事。东海人黄公，年少时可以骑龙赶虎，身佩赤金刀，头发用深红色的丝带扎着。站起来可以呼风唤云，坐下时如山河般巍然。到老年后，他羸弱衰竭，力不能支，再加上过度饮酒，便再也不能使用幻术了。秦朝末年，东海一带有白老虎出现，黄公握着赤金刀想去制服，因不能再行幻术，结果被老虎吃了。后来，三辅一带将此事编成戏，然后演给老百姓们看。汉朝的歌舞杂技中还保留了这个曲目。（出《西京杂记》）

阳羡书生

东晋阳羡许彦于绥安山行，遇一书生，年十七八，卧路侧，云脚痛，求寄彦鹅笼中。彦以为戏言，书生便入笼。笼亦不更广，书生亦不更小，宛然与双鹅并坐，鹅亦不惊。彦负笼而去，都不觉重。

前息树下，书生乃出笼。谓彦曰："欲为君薄设。"彦曰："甚善。"乃于口中吐一铜盘奁子，奁子中具诸馔殽，海陆珍羞方丈，其器皿皆是铜物，气味芳美，世所罕见。酒数行，乃谓彦曰："向将一妇人自随，今欲暂要之。"彦曰："甚善。"又于口中吐一女子，年可十五六，衣服绮丽，容貌绝伦，共坐宴。

俄而书生醉卧。此女谓彦曰："虽与书生结好，而实怀外心，向亦窃将一男子同来，书生既眠，暂唤之，愿君勿言。"彦曰："甚善。"女人于口中吐出一男子，年可二十三四，亦颖悟可爱，仍与彦叙寒温。

书生卧欲觉，女子吐一锦行障，书生仍留女子共卧。男子谓彦曰："此女子虽有情，心亦不尽，向复窃将女人同行，今欲暂见之，愿君勿泄言。"彦曰："善。"男子又于口中吐一女子，年二十许，共宴酌。戏调甚久，闻书生动声，男曰："二人眠已觉。"因取所吐女子，还内口中。

须臾，书生处女子乃出，谓彦曰："书生欲起。"更吞向男子，独对彦坐。书生然后谓彦曰："暂眠遂久，君独坐，当悒悒耶？日已晚，便与君别。"还复吞此女子，诸铜器悉内口中。留大铜盘，可广二尺余。与彦别曰："无以藉君，与君相忆也。"至大元中，彦为兰台令史，以盘饷侍中张散，散看其题，云是汉永平三年所作也。

阳羡书生

东晋年间，阳羡县许彦在绥安山行走，与一十七八岁的书生相遇，书生躺在路边，说他的脚痛，并要许彦将手提的鹅笼打开，自己要钻进去。许彦以为他是在开玩笑，便打开鹅笼。然而，那书生竟真的钻进去了，更神奇的是，笼子也没有变大，书生也没有变小，一人一鹅并坐在一起，鹅也不惊慌。许彦提着那笼子，也不觉得重。

在一棵大树下休息时，书生从笼中走出来，对许彦说："我想为你设一薄宴，以表谢意。"许彦点头说："很好。"书生便从嘴里吐出一铜盘奁子，奁子中装有各色饭菜，山珍海味罗列在一起，器皿全是铜的，气味芳美，实在是世间稀有。酒过数巡，书生才对许彦道："这段时间，总是有个女人跟着我，今天，我暂时先把她叫来。"许彦说："很好。"书生又从嘴里吐出一女子，十五六岁，容貌绝美，衣服华丽，与他们同坐饮酒。

只一会儿，书生就醉倒了。女子对许彦说："我虽然与书生相好，其实怀有外心，我暗中领来一男子，既然书生已经睡着了，我暂时把他唤来，望你不要说。"许彦说："好。"女子从口中吐出一男子，二十三四岁的样子，看上去十分聪颖可爱，与许彦一道寒暄畅叙。

书生快要醒时，女子又从口中吐出一鲜艳华美且能移动的屏风，与他躺在一起。男人对许彦说："这女子虽与我有情，但也不是一心一意的，我刚刚偷偷约一女子前来，现在想趁机再见见，希望你保守秘密。"许彦说："好。"于是，这名男子又从口中吐出一女子，二十岁左右，与他同桌共饮，调笑了好长时间，听到屏风内书生有了动静，男人说："他们已经睡醒了。"然后将刚才吐出的女子吸回口中。

不一会儿，书生处的小女子出来了，对许彦说："书生快要起来了。"然后将那男人吞进口中，与许彦对坐。书生起来后对许彦说："这一觉睡的时间太长了，你独坐在这儿，不舒服吧？天色已晚，只好在此与你告别。"然后便将那小女子和所有铜的器皿全吸进口中。只有一个二尺多的大铜盘留下给许彦，并告别道："咱们自此一别后

（出《续齐谐记》）

侯子光

安定人侯子光，弱冠美姿仪。自称佛太子，从大秦国来，当王小秦国。易姓名为李氏，依鄘爰赤眉家。颇见其妖怪，事微有验。赤眉信之，妻以二女。转相扇惑京兆樊绥、竺龙、谨谌、谢乐等，众聚数千于杜阳山，称大皇帝，改元龙兴，立官属。大将军镇西石广斩平之，子光颈无血，十余日面色如生。（出《录异记》）

便再无寄托，日后再相互回忆吧。”太元年间，许彦任兰台令史，将大铜盘送给了侍中张散。张散看到上面的字，写着东汉永平三年制作。（出《续齐谐记》）

侯子光

侯子光是安定人，二十来岁，长得英俊潇洒。自称佛太子，从大秦的罗马而来，应是小秦国主宰。他改名李氏，投奔到鄘处的爰赤眉家。爰家见他为人古怪，让他占了几卜，竟有几分灵验。爰赤眉对他深信不疑，将两个女儿嫁给他为妻。然后，他便四处煽风点火，妖言惑众。京兆郡的樊绥、竺龙、谨谌、谢乐等聚集了几千人，侯子光在杜阳山称大皇帝，改年号为龙兴，任命主官的属吏。镇西大将军石广镇压了他们。杀侯子光时，脖子竟没有出血，头颅被砍下来十多天，还和活着时一样面色红润。（出《录异记》）

卷第二百八十五　幻术二

宋子贤

隋炀帝大业九年，唐县人宋子贤善为幻术。每夜楼上有光明，能变作佛形，自称弥勒佛出世。又悬镜于堂中，壁上尽为兽形。有人来礼谒者，转其镜，遣观来生像，或作蛇兽形。子贤辄告之罪业，当更礼念，乃转人形示之。远近惑信，聚数千百人，遂潜作乱。事泄，官捕之。夜至，绕其所居，但见火坑，兵不敢进。其将曰："此地素无坑，止妖妄耳。"及进，复无火，遂擒斩之。（出《广古今五行记》）

胡 僧

唐贞观中，西域献胡僧，咒术能死人，能生人。太宗令于飞骑中取壮勇者试之，如言而死，如言而生。帝以告太常少卿傅奕，奕曰："此邪法也。臣闻邪不犯正，若使咒臣，必不能行。"帝召僧咒奕，奕对之无所觉。须臾，胡僧忽然自倒，若为所击，便不复苏矣。（出《国朝杂记》）

祖珍俭

唐咸亨中，赵州祖珍俭有妖术。悬水瓮于梁上，以刀斫之，绳

宋子贤

隋炀帝大业九年，唐县宋子贤擅长幻术。他住的楼上，每夜都有光亮，能将自己变成佛，自称弥勒佛出世。他把镜子挂在堂中，各种野兽便在墙上显出。有人来拜谒，把镜子一翻，便能看到自己来世的样子，有的是毒蛇和野兽。宋子贤就说他来世会有的罪恶和业绩，经再三祈祷后，就会转成人的样子了。远近的人都被宋子贤迷惑住了，聚集了几千人后要闹事作乱。不久，事情泄露，官军逮捕宋子贤。晚上，官军赶到后把他家包围，但看到火坑，士兵们又不敢上前。领队的将军说："这里之前是没有坑的，我们要平息妖孽胡作非为。"然后率领士兵进去，就看不到火坑了，宋子贤被抓后被斩首示众。（出《广古今五行记》）

胡　僧

贞观年间，西域献来一僧人，他颇有几分法术，能用咒语将人致死，也能用咒语把人复活。唐太宗下令在飞骑中选一壮汉来进行试验，结果如胡僧所说，要他死他就死，要他活他就活。太宗皇帝将此事告知太常少卿傅奕，傅奕道："这是邪术啊。我听说邪不压正，要是让他来咒我，肯定会失败。"于是太宗让胡僧咒傅奕，傅奕站在胡僧面前却毫无感觉。没一会儿，胡僧自己却倒下了，像是被什么东西狠狠击中一般，便再也没有醒来了。（出《国朝杂记》）

祖珍俭

唐高宗咸亨年间，赵州祖珍俭会妖术。将一个水瓮悬挂在房梁，然后用刀砍，绳子被砍断但水瓮却没有落下来。他在空房内紧断而瓮不落。又于空房内密闭门，置一瓮水，横刀其上。人良久入看，见俭支解五段，水瓮皆是血。人去之后，平复如初。冬月极寒，石臼冰冻，咒之拔出。卖卜于信都市，日取百钱，盖君平之法也。后被人纠告，引向市斩之，颜色自若，了无惧，命纸笔作词，精彩不挠。（出《朝野佥载》）

叶道士

唐陵空观叶道士，咒刀。尽力斩病人肚，横桃柳于腹上，桃柳断而肉不伤。后将双刀斫一女子，应手两段，血流遍地，家人大哭。道士取续之，喷水而咒。须臾，平复如故。（出《朝野佥载》）

河南妖主

唐河南府立德坊及南市西坊，皆有胡妖神庙。每岁，商胡祈福，烹猪杀羊，琵琶鼓笛，酣歌醉舞。酬神之后，募一胡为妖主，看者施钱并与之。其妖主取一横刀，利同霜雪，吹毛不过。以刀刺腹，刃出于背，仍乱扰肠肚流血。食顷，喷水咒之，平复如故。此盖西域之幻法也。（出《朝野佥载》）

梁州妖主

唐梁州妖神祠，至祈祷日，妖主以利铁，从额上钉之，直洞腋下，即出门，身轻若飞，须臾数百里。至西妖神前，舞一曲，即却至旧妖所，乃拔钉，一无所损。卧十余日，平复如初。莫知其所以然闭门户，搬一瓮水进去，把刀横放在上面。好久后，进去一看，祖珍俭已经被肢解成五段了，水瓮里全是血。等人们走后，他又恢复了原貌。冬天很冷，石臼冻在冰上，他只要念咒语，就能将石臼拔起。后来，他到城中算卦挣钱，每天都能挣到百余钱，用的是严君平那套法术。不久被人告发，押向闹市斩首示众，他面不改色，一片坦然，一点也不害怕，让人拿来纸笔作词一首，写得十分精彩，思路清晰。（出《朝野佥载》）

叶道士

唐代，陵空观的叶道士，拿把刀念着咒语。把桃柳枝横着放在病人肚子上，然后用全力朝下砍，桃柳枝被砍断但病人一点伤也没有。但他有一次拿双刀砍向一女子，结果手举刀落，当即那女子就被砍成两段，血流遍地，女子家人见状大哭。叶道士把女子两段身子连接起来，喷水后念咒语。不一会儿，女子便苏醒过来，和之前一样。（出《朝野佥载》）

河南妖主

唐代，河南府立德坊及南市西坊一带都建了胡妖神庙。每年都杀猪宰羊，奏各类乐器，载歌载舞。开怀畅饮，用以求胡妖赐福。敬完神后，征募一个西域人做妖主，群众给他舍一些钱。妖主拿出一把锋利无比、吹毛立断的刀。将刀刺入腹中，刀尖便从后背穿出来，将刀不停地搅动，肠肚不停地流血。吃喝过一会儿，在伤口上喷些水再念会儿咒语，就会马上恢复原样。就是西域的幻术啊。（出《朝野佥载》）

梁州妖主

唐代，梁州有座妖神祠，每到祈祷日，妖主就会把钉子这类锋利的铁器从额头钉进去，再从腋下穿出，然后马上出门，这样妖主的身体就会轻得像飞起来一样，很短时间就能走几百里。在西妖神祠

也。(出《朝野佥载》)

明崇俨

唐明崇俨有术法,大帝试之,为地窖,遣妓奏乐。引俨至,谓曰:“此地常闻弦管,是何祥也?卿能止之?”俨曰:“诺。”遂书二桃符,于其上钉之,其声寂然。上笑,唤妓人问,云:“见二龙头,张口向下,遂怖惧不敢奏乐也。”上大悦。(出《朝野佥载》)

刘靖妻

唐蜀县令刘靖妻患,正谏大夫明崇俨诊之曰:“须得生龙肝,食之必愈。”靖以为不可得。俨乃书符,乘风放之上天。须臾有龙下,入瓮水中,剔取肝,食之而差。大帝盛夏须雪及枇杷、龙眼子。俨坐顷间,往阴山取雪,至岭取果子,并到。食之无别。时瓜未熟,上思之,俨索百钱将去。须臾,得一大瓜。云:“缑氏老人园内得之。”上追老人至,问之,云:“土埋一瓜,拟进。适看,唯得百钱耳。”俨独卧堂中,夜被刺死,刀子仍在心上。敕求贼甚急,竟无踪绪。或以为俨役鬼劳苦,被鬼杀之。孔子曰:“攻乎异端,斯害也已。”信哉!(出《朝野佥载》)

前，舞上一曲，然后回到原来的妖神祠，再把钉子拔出来。是一点儿损伤都没有。卧床休息十几天后，就能恢复原样。也没有人知道到底是什么原因。（出《朝野佥载》）

明崇俨

唐代，有位叫明崇俨的法术很是厉害，唐玄宗想考验他，便命多名歌妓到地窖奏乐。然后再召来明崇俨，对他说："这里常听到奏乐的声音，难道是有不祥？你能制住吗？"明崇俨道："可。"然后画上两个桃符，钉在奏乐的地窖上，管弦之声立刻戛然而止。唐玄宗笑了，叫歌妓们出来后问。歌妓回答说："刚刚看到两个龙头，张口朝下，我们被吓得不敢奏乐了。"大帝听后，十分开心。（出《朝野佥载》）

刘靖妻

唐朝，蜀地的县令刘靖的妻子生病了，正谏大夫明崇俨给她诊脉后道："一定要有生龙肝，吃了病就好了。"刘靖认为不可能会得到。于是明崇俨画了一道符，符随风飘上天。一会儿后，便下来了一条龙，钻进水瓮里，明崇俨把龙肝剔出来后，让刘靖的妻子吃了，然后病就好了。唐玄宗在盛夏想要雪花，还有枇杷、龙眼等水果。明崇俨端坐在那一刻之间，便从阴山上取来了雪花，又从岭南取采来了水果，一起送到唐玄宗面前，大帝吃了，觉得味道很好。而那时瓜果还没成熟，唐玄宗想要吃，明崇俨要了百钱后离去，没多久，就带了一个大瓜回来。还说："是从缑氏老人的瓜园里买来的。"于是唐玄宗立刻追上老人问是不是真的，老人说："那瓜还长在土里的，再朝下看，土下埋的是一百钱。"明崇俨后来单独睡时，被人刺死在床上，刀子直插心脏。唐玄宗下令捉拿凶手，虽然催得很紧，却没有一点儿凶手的线索。有人认为是明崇俨把小鬼们役得太辛苦了，小鬼们忍无可忍，就将他杀了。孔子曾说："要是除掉异端，就是在加害自己。"这实在是一句至理名言啊！（出《朝野佥载》）

鼎师

唐则天朝，有鼎师者，瀛博野人，有奇行。太平公主进，则天试之。以银瓮盛酒三斗，一举而饮尽。又曰："臣能食酱。"即令以银瓮盛酱一斗，鼎师以匙抄之，须臾即竭。则天欲与官，鼎曰："情愿出家。"即与剃头。后则天之复辟也，鼎曰："如来螺髻，菩萨宝首。若能修道，何必剃除。"遂长发，使张潜决一百。不废行动，亦无疮痍，时人莫测。（出《朝野佥载》）

李慈德

唐大足年中，有妖妄人李慈德，自云能行符书厌。则天于内安置。布豆成兵马，画地为江河。与给使相知，削竹为枪，缠被为甲，三更于内反。宫人扰乱，相投者十二三。羽林将军杨玄基闻内里声叫，领兵斩关而入，杀慈德阉竖数十人。惜哉！慈德以厌为容，以厌而丧。（出《朝野佥载》）

叶法善

唐孝和帝，令内道场僧与道士各述所能，久而不决。玄都观叶法善，取胡桃二升，并壳食之并尽。僧仍不伏。法善烧一铁钵赫赤，两手欲合老僧头上。僧唱贼，袈裟掩头而走。孝和抚掌大笑。（出《朝野佥载》）

鼎 师

唐朝，武则天主理政务时，瀛州博野县有位鼎师，拥有特别的本领。太平公主向母亲举荐他，武则天想考验一下鼎师。命人用银瓮装了三斗酒，结果他一饮而尽。他说道："我能吃酱。"武则天又命人装来一斗酱，鼎师用匙子舀着吃，很快就吃完了。武则天想给他封官做，他却拒绝道："我宁愿出家当和尚。"于是武则天立刻命人给他削了发。后来，武则天复辟，重掌朝政，鼎师说："如来佛和观音菩萨都是没有削发的。只要潜心修炼，参禅悟道，为何非要将头发剃掉呢？"于是他就将头发留了起来，武则天命张潜将鼎师打一百刑杖。而他依旧行动自如，身上也没有生疮痍，人们都困惑不已。（出《朝野佥载》）

李慈德

唐大足年间，有个妖道李慈德，自称会画符行咒。武则天将他安置于内宫之中。他在地上撒豆当兵马，在地上画上了江河关隘。他和给事中串通一气，将竹子削成枪刺，将被子缠成盔甲，三更天在内宫造反。内宫中人被惊扰，场面一时混乱不堪，有十几个人投了李慈德。御林军将领杨玄基听到内宫中的哭喊声，带兵闯进去，把李慈德及宦官等数十人全部斩杀。真是可惜啊！李慈德因巫术获得荣华富贵，却也命丧巫术。（出《朝野佥载》）

叶法善

唐朝时，孝和皇帝命宫内做道场的和尚与道士各显神通，很久都没能分出高下。玄都观道士叶法善拿来二升胡桃，连壳带仁全吃了。和尚们还是不认输。于是叶法善又烧了一铁钵通红的火，捧着想往一老和尚头上倒。老和尚大喊一声杀人了，然后用袈裟蒙着脑袋逃了。孝和皇帝见状拍掌大笑。（出《朝野佥载》）

罗公远

唐道士罗公远，幼时不慧，遂入梁山数年，忽有异见，言事皆中。敕追入京。先天中，皇太子设斋。远从太子乞金银器物，太子靳固不与。远曰："少时自取。"太子自封署房门。须臾开视，器物一无所见。东房先封闭，往视之，器物并在其中。又借太子所乘马，太子怒，不与。远曰："已取得来，见于后园中放在。"太子急往枥上检看，马在如故。侍御史袁守一将食器数枚，就罗公远看年命，奴擎衣襆在门外。不觉须臾，在远公衣箱中。诸人大惊，莫知其然。（出《朝野佥载》）

北山道者

唐张守珪之镇范阳，檀州密云令有女，年十七，姿色绝人。女病逾年，医不愈。密云北山中有道者，衣黄衣，在山数百年，称有道术。令自至山请之。道人既至，与之方，女病立已。令喜，厚其货财。居月余，女夜卧，有人与之寝而私焉。其人每至，女则昏魇。及明人去，女复如常。如是数夕，女惧告母。母以告令，乃移床近己，夜而伺之。觉床动，掩焉，擒一人，遽命灯至，乃北山道者。令缚而讯之，道者泣曰："吾命当终，被惑乃尔。吾居北山六百余载，未常到人间，吾今垂千岁矣。昨蒙召殷勤，所以到县。及见公女，意大悦之，自抑不可，于是往来。吾有道术，常昼日能隐其形，所以家人不见。今遇此厄，夫复何言。"令竟杀之。（出《纪闻》）

罗公远

唐朝道士罗公远，小时并不聪明，可自从进了梁山后，忽然间拥有了特殊的才能，不管猜什么事都能猜对。于是他奉召入京。玄宗先天年间，皇太子设素宴招待他。他向太子要一些金银器物，而太子吝啬不给。罗公远说：“等下我自己去拿。”于是太子立刻把房门关紧。等了一会儿，打开再看，里面放着的金银器物全都没了。原本东宫是锁着的，进去一看，金银器物竟全都在那。罗公远又向太子借马，太子恼怒了，怎么也不借给他。罗公远说：“我已经把马牵来了，现在拴在后园里。”太子立刻到后园马槽边去看，马果然在这，和之前一样。侍御史袁守一拿了很多食物来，请罗公远给自己算命，命仆人拿着衣服和头巾在门口等候。就在眨眼间，袁守一的衣服和头巾全都到了罗公远的衣箱内。众人大惊，不知这是怎么做到的。（出《朝野佥载》）

北山道者

唐朝张守珪镇守范阳时，檀州的密云县令有个十七岁的女儿，生得美貌无双。病了一年多，无论如何都治不好。密云县北山有位道士，身着黄色衣服，在山中几百年了，人们都说他有道术。于是县令亲自进山请，那位道士才同意出山，给他写了个药方，县令女儿的病就痊愈了。县令心中大喜，赏给了他一大批财物。与此同时，还留他在家中住了一个多月。在此期间，县令的女儿夜里睡觉时，总感觉有人进到屋里与她躺在一起，且发生了关系。那人每晚上来时，都像身在梦中被压住不能动。天亮后那人就走了，她才恢复如常。这样一连好几晚，县令的女儿害怕不已，便将此事告知了母亲，母亲又告诉了县令。于是县令命人将女儿的床移到自己隔壁，晚上在一旁窥视。晚上看到床在动，县令就悄悄扑上去，抓到一个人，手下拿灯来看，竟然是那位道士。县令命人把他绑住然后审讯。道士哭着道：“我的命该结束了，因为我经不起诱惑啊。我在北山六百多年，从来没有来过人间，眼看就要一千岁了。前几日，我见你诚心来请我，才到县

东明观道士

唐开元中，宫禁有美人，忽夜梦被人邀去，纵酒密会，极欢而归，归辄流汗倦怠。后因从容奏于帝，帝曰："此必术士所为也。汝若复往，但随宜以物识之。"其夕熟寐，飘然又往。美人半醉，见石砚在前，乃密印手文于曲房屏风之上。寤而具启。帝乃潜以物色，令于诸宫观中求之。果于东明观得其屏风，手文尚在，所居道士已遁矣。（出《开天传信记》）

东岩寺僧

博陵崔简少敏惠，好异术。尝遇道士张元肃晓以道要，使役神物，坐通变化。唐天宝二载如蜀郡，郡有吕谊者，遇简而厚币以遗，意有所为。简问所欲，乃曰："继代有女，未尝见人，闺帷之中，一夕而失。意者明公蕴非常之术，愿知所捕，瞑目无恨矣。"简曰："易耳。"即于别室，夜设几席，焚名香以降神灵。简令吕生伏剑于户，若胡僧来，可执之求女，慎无伤也。简书符呵之，符飞出。食顷间，风声拔树发屋。忽闻一甲卒进曰："神兵备，愿王所用。"简曰："主人某日失女，可捕来。"卒曰："唯东山上人，每日以咒水取人，得非是乎？"简曰："若然，可速捕来。"卒去，须臾还曰："东山上人闻之骇怒，将下金刚伐君，奈何？"简曰："无苦。"又书符飞之。倏忽有神兵万计，皆奇形异状，执剑戟列庭。俄而西北上见一金刚来，长数十丈，张目叱简兵。简兵俯伏不敢动。简剑步于坛前，神兵忽隐，即见金刚骇矣！久之无所见。

上来。见到你女儿后，心悦不已，控制不住自己，就天天和她交欢。我有道术，白天施用隐身法，你的家人就看不到我。今天我遭此一劫，没什么可辩解的。”最后县令还是把他杀了。（出《纪闻》）

东明观道士

唐朝开元年间，皇宫里有一美人，梦到自己被邀到一个地方，秘密幽会，纵酒作乐，极尽欢乐后才会归来，醒后大汗淋漓，神情倦怠。后来，她将此事向皇帝奏明，皇帝说：“这肯定是术士做的。若是你再被邀去，一定要见机行事，取得物证才好辨别。”当晚，美人熟睡后，飘然间又被邀去。半醉时，美人见面前有一方砚台，便在屏风上悄悄按了个指印。醒来后，她对皇帝如实相告。皇帝派人暗中寻访，并命他们在各宫道观中查找。很快就在东明观找到印着美人指纹的屏风，而那里的道士早就逃了。（出《开天传信记》）

东岩寺僧

博陵郡的崔简幼时聪敏过人，喜欢学习异术。他曾拜道士张元肃为师，张元肃教他其中诀窍，崔简慢慢就学会了役使神灵和凭空变化等本领。唐天宝二年，崔简到蜀郡，郡里有个人叫吕谊，送给崔简一大笔钱，一副有事相求的样子。崔简问他的来意，吕谊说：“我有一女，从不曾见过外人，一直深居闺帷之中，却在一晚失踪了。我知你身怀异术，想请你帮我把她找回来，我就死而无憾了。”崔简说：“这不难。”于是到吕谊家的一间屋内，夜里摆上几案，烧香祈祷神灵下凡。崔简让吕谊握着剑站在门口，交待他要是胡僧进来，就将他抓住问他要女儿，但不要伤他。崔简画了一张符，吹了口气，那符就飞出门外。一顿饭的时间，只听得风声大作，树摇屋动，忽然一个戴盔甲的士兵闯进来报告说：“神兵已到，请大王调遣。”崔简说：“我主人女儿不见了，快把她找回来。”士兵说：“听说东山的一个和尚，每天用咒水捉人，难道是他做的？”崔简说：“若真如此，尽快将他捉来。”士兵转身离去，没多久又折返回说：“东山的和尚收到消忽有一物，猪头人形，著豹皮水挥，云："上人愿起居仙官。"简踞坐而命之。紫衣胡僧趋人。简让曰："僧盗主人女，安敢妄有役使！"初僧拒诈，吕生忽于户间跃出，执而尤之。僧迫不隐，即曰："伏矣！贫道行大力法，盖圣者致耳，非僧所求。今即归之，无苦相逼。向非仙官之命，君岂望乎？愿令圣者取来。"

俄顷，见猪头负女至，冥然如睡。简曰："宜取井花水为桃汤，洗之即醒。"遂自陈云："初睡中，梦一物猪头人身摄去，不知行近远，至一小房中，见胡僧相凌。问何处，乃云天上也，便禁闭无得出。是夜，有兵骑造门，猪头又至，云：'崔真人有命。'方得归。然某来时，私于僧房门上涂少脂粉，有三指迹，若以此寻可获。"吕生厚遗简，而阴求僧门所记。余数月，游东岩寺，入曲房，忽见指迹于门右扇，遽追之，僧宿昔已去，莫知所之。寺与吕生居处，可十里有余耳。（出《通幽记》）

荆术士

唐大历中，有荆士从南来，止于陟圯寺。好酒，少有醒时。因寺中大斋会，人众数千，术士忽曰："余有一技，可代抃瓦盍珠之欢也。"乃合彩色于一器中，驔步抓目。徐祝数十言，方饮水再三，息后，既惊骇又恼怒，要请金刚前来讨伐你，怎么办？”崔简说了声：“没关系。”又画了张符吹上天。忽然，数以万计的神兵从天而降，都长得奇形怪状，手握剑戟等兵器站于门前。一会儿，西北方下来一个金刚，几十丈高，横眉立目地责骂崔简。神兵们吓得卧倒不敢动。崔简握剑到祭坛前，神兵们忽然隐去，金刚也吓得没了踪影。

等了一会儿，来了个猪头人身的怪物，身着豹皮水裤，他说：“和尚愿意来拜见仙官。”崔简盘腿而坐，命令他。这时，一位身穿紫衣的胡僧走来，崔简斥责道：“我家主人的女儿被你偷去，你竟然还敢驱使鬼神作怪？”胡僧一开始并不承认，假惺惺的模样。忽然吕谊从门后跃出，执剑逼向胡僧，怒不可遏的样子。胡僧见自己逃不掉，认罪道：“我认输！贫道行大力法，金刚就来了，不是我去求的啊。现在他都回去了，就不要再逼我了。如果不是刚才仙官崔简命令我交出那名女子，你还能要回你女儿吗？好，我让金刚把你女儿带来。”

一会儿，那猪头人身的怪物把吕谊的女儿背回来了，这女子昏睡着。崔简说：“取井花水做桃汤，洗一洗就能醒。”吕谊的女儿醒后告诉崔简：“我刚睡着时，梦到一个猪头人身的怪物把我掳去，不知走了多远，到一间小房子里，被那胡僧欺凌。我问是哪里，他说是在天上，然后把我幽禁起来。当晚，一军骑来到门前，那猪头人身的怪物也来了，他说：‘崔真人有令。’我这才得以回来。来时，我在胡僧的房门上悄悄地涂了些脂粉，留了三个指印，按此线索去查，一定可以找到。”吕谊郑重地酬谢崔简，并在暗中寻找胡僧门上的指印。几个月后，吕谊等人游东岩寺，入到内室，忽然发现女儿的三个指印正在那右扇门上，于是立刻下令搜捕，而那胡僧则早跑了，不知逃去了哪里。这座寺院与吕谊的家，相隔仅十多里。（出《通幽记》）

荆术士

唐大历年间，有位从南方而来姓荆的术士，住在陟圮寺。他喜好喝酒，且一喝就醉，清醒的时候少。因寺中举行大斋会，来了好几千人，荆术士忽然道：“我有一个特别的本领，比用手将瓦片拍碎或从地洞里变出一串珠子还厉害。”说完他就将各色染料调和在一个器噀壁上，成维摩问疾变相，五色相宣，如新写。逮半日余，色渐薄，至暮都灭。惟金粟纶巾鹙子衣上一花，经两日犹在。（出《酉阳杂俎》）

梵僧难陀

唐丞相魏公张延赏在蜀时，有梵僧难陀得如幻三昧，入水火，贯金石，变化无穷。初入蜀，与三尼俱行，或大醉狂歌，戍将将断之。乃僧至，且曰："某寄迹桑门，别有药术。"因指三尼："此妙于歌管。"戍将反敬之，遂留连，为办酒，夜会客与剧饮。僧假襦裆巾帼，市铅黛，饰其三尼。及坐，含睇调笑，逸态绝世。饮将阑，僧谓尼曰："可谓押衙踏某曲也。"因徐进对舞，曳绪回雪，迅赴摩趺，技又绝伦也。良久，曲终而舞不已。僧喝曰："妇女风耶？"忽起取戍将佩刀，众谓酒狂，惊走。僧乃拔刀斫之，皆踣于地，血及数尺。戍将大惧，呼左右缚僧。僧笑曰："无草草。"徐举尼，三枝筇枝也，血乃酒耳。又尝在饮会，令人断其头，钉耳于柱，无血。身坐席上，酒至，泻入脰疮中，面赤而歌，手复抵节。会罢，自起提首安之，初无痕也。时时预言人凶衰，皆迷语，事过方晓。成都有百姓，供养数日，僧不欲住，闭关留之。僧因走入壁间，百姓遽牵，渐入，惟余袈裟角，顷亦不见。来日壁上有画僧焉，其状形似，日月渐薄。积七日，空有黑迹。至八日，黑迹亦灭，已在彭州矣。后不知所之。（出《酉阳杂俎》）

皿中，往前跨一步后抬头。慢慢地祝祷了几十句，喝了几口水再将水喷到墙上，神佛维摩诘访问人间疾苦的图像在墙上显现出，各种颜色互相衬映，如刚画出来一样。过了很久，那色彩逐渐淡去，傍晚时消失了。而金粟如来维摩诘纶巾鹙子衣上的一朵小花，经过两天后还在。（出《酉阳杂俎》）

梵僧难陀

唐朝丞相魏公张延赏，在蜀郡做官时，一个叫难陀的印度和尚悟出了几分幻术要领，入水火，穿金石，无所不能，无穷变化。刚来蜀郡时，三位尼姑与他同行，喝得大醉且狂歌起舞，军中的一位将领见后，想将他们分开。难陀迎上去说：“我出身于沙门，别有道术。”然后又指着三个尼姑说：“她们都擅长歌舞乐器。”因此那名将领反而生出几分敬意，将他们留了下来，置办一桌酒席，晚上和他们开怀畅饮。难陀和尚借来女人衣服和头巾，买来胭粉，把三个尼姑打扮一番。坐下后，他和尼姑眉来眼去地调笑，风流绝世。酒快喝完时，难陀对尼姑们说：“咱们踏一个曲子行拍，跳一段怎样？”她们便翩翩起舞，难陀的舞姿健美激越，跳着跳着，忽然又在地上打起坐来，真是技艺非凡啊。良久，曲终而舞不停。难陀喝道：“这些女人疯了吗？”他拿起将领的佩刀，大家以为他喝醉后在耍酒疯，便四散而逃。难陀拔刀追砍，大家吓得跌倒在地，血溅出几尺远。那位将领惊恐不已，命令手下将难陀捆住。难陀笑道：“你不要惊慌。”然后，他把三个尼姑慢慢举起，竟是三棵竹枝，她们流的血就是酒。有一次他喝酒时，让人砍下自己的脑袋，将脑袋钉在柱子上，竟一点血也没有。他仍在席间坐着，酒顺着颈部的伤口倒进去，面色红润地唱着歌，手里还打着拍子。筵席散后，他提起自己的脑袋安到脖子上，一点痕迹都没留下。他常为人预测吉凶，说得都隐晦，事情过后才明白当时的意思。成都一个百姓，将他留在家中供吃供喝了好几天，他却还是坚持要走，主人关上门挽留。难陀只好走到墙壁上，主人急忙去拽，他却慢慢钻进墙里，只留了个袈裟角，一会儿，袈裟角也消失了。第二天，他的画像出现在墙上，与本人十分相似，随着时间的

太白老僧

大唐中，有平阳路氏子，性好奇。少从道士游，后庐于太白山。尝一日，有老僧叩门，路君延坐，与语久之。僧曰："檀越好奇者，然未能臻玄奥之枢，徒为居深山中。莫若袭轻裘，驰骏马，游朝市，可不快平生志，宁能与麋鹿为伍乎？"路君谢曰："吾师之言，若真有道者。然而不能示我玄妙之迹，何为张虚词以自炫耶？"僧曰："请弟子观我玄妙之踪。"言讫，即于衣中出一合子，径寸余，其色黑而光。既启之，即以身入，俄而化为一鸟，飞冲天。（出《宣室志》）

流逝，画像渐渐变淡。等到第七天，只留黑迹。第八天黑迹也没了，而此时的难陀早已去了彭州，后来便不知到底去了哪里。（出《酉阳杂俎》）

太白老僧

大唐年间，平阳路某人有个儿子，有很强的好奇心。小时候随道士云游，后来在太白山住下。有位老僧来敲门，路君请他进来坐，二人畅谈了很久。老僧说："施主喜好猎奇，但没能领会到其中玄妙奥秘的关键，白白地在深山之中住着。还不如穿皮衣，骑骏马，行游都市，实现平生所愿，怎可以在这里和麋鹿等野兽为伍呢？"路君深表感谢，说："听师傅一席话，您真像位得道高人。但又不把你的玄机告诉我，难道不是虚张声势向我炫耀吗？"老僧说："好，请看我的玄机。"当即从衣服里拿出一小盒子，小盒子的直径仅有一寸多，发出黑亮的光泽。打开后，他便钻了进去，顷刻间化作一只鸟，飞入蓝天。（出《宣室志》）

卷第二百八十六　幻术三

张　和　胡媚儿　中部民　板桥三娘子　关司法　长乐里人
陈武振　海中妇人　画　工

张 和

唐贞元初，蜀郡豪家，富拟卓郑。蜀之名姝，无不毕致，每按图求之。媒盈其门，常恨无可意者。或言："坊正张和，大侠也。幽房闺稚，无不知之，盍以诚投乎？"豪家子乃以金帛夜诣其居告之，张和欣然许之。

异日，与豪家子皆出西郭一舍，入废兰若，有大像巍然，与豪家子升像之座。和引手扪佛乳揭之，乳坏成穴，如碗，即挺身入穴，引豪家子臂，不觉同在穴中。通行数十步，忽睹高门崇墉，状如州县。和扣门五六，有丸髻婉童迎拜曰："主人望翁来久矣。"有顷，主人出，紫衣贝带，侍者十余，见和甚谨。和指豪家子曰："此少君子也，汝可善侍，予有切事须返，不坐而去。"言讫，已失和所在。

豪家子心异之，不敢问。主人延于中堂，珠玑缇绣，罗列满目。具陆海珍膳，命酌。进妓交鬟撩鬓，缥然神仙。其舞杯闪毬之令，悉新而多思。有金器，容数升，云擎鲸口，钿以珠粒。豪家子不识，问之。主人笑曰："此次皿也，本拟伯雅。"豪家子竟不解。

至三更，主人忽顾妓曰："无废欢笑，予暂有所适。"揖客而

张和

唐宗贞元初年，蜀郡一大户人家，家中富足可与卓、郑相比。蜀郡的美女们，全都主动上门。来之前，都会先着人送一幅画像。他家门槛都快被媒婆们挤破了，但却没有一个被看中的。人们说："现任坊正张和，是一位大侠。闺房幽院，全在他心中，你何不请他来帮忙呢？"这位富豪公子带着金银布帛等，当夜就到张和家说明了自己的意思。张和欣然同意。

一天，张和与富豪公子一起出西城门，走进一座旧寺庙，庙里的一座大佛像巍然矗立，张和与富豪公子攀上佛像底座。张和伸手把佛像的乳部揭开，里面露出一个碗状的洞，于是身子一挺钻进洞中，然后又把富豪公子也拉了进去。走了几十步远，便看到了高高的城墙、大门，看上去像州府县衙。张和上前敲了五六下，一个留着发髻的漂亮小孩出来迎接说："我家主人盼你很久了。"一会儿，主人出来，身着紫衣宝带还有十几个侍从，对张和十分恭敬。张和指着富豪公子道："这位少年，你可要好好招待。我还有事要马上回去，就不坐了。"话音刚落，张和便不见了。

富豪公子虽深感诧异，却也不敢多问。主人在中堂摆下筵席，珠光宝气，绫罗绸缎，山珍海味，琳琅满目，应有尽有。主人向他敬酒。然后一些翘首弄姿的歌妓进来，一个个飘然欲仙。席间，抛球行酒令，不但花样新奇而且还要思考。桌上放着一个金铸器皿，能装好几升，大口，上面镶嵌了珍珠。富豪公子不认识那是什么，便随口问了一句。主人笑着说："这是二等器皿，是仿造伯雅酒杯制成的。"富豪公子没明白主人话中的深意。

到了三更天，主人对歌妓们说："歌舞欢笑不要停，我有别的事起，骑从如州牧，列炬而出。豪家子因私于墙隅，妓中年差暮者，遽就谓曰："嗟乎！君何以至是？我辈已为所掠，醉其幻术，归路永绝。君若要归，但取我教。"受以七尺白练，戒曰："可执此，候主人归，诈祈事设拜，主人必答拜，因以练蒙其颈。"

将曙，主人还。豪家子如其教，主人投地乞命曰："死妪负心，终败吾事，今不复居此。"乃驰骑他去。所教妓即与豪家子居。

二年忽思归，妓亦不留，大设酒乐饯之。饮阑，妓自持锸，开东墙一穴，亦如佛乳，推豪家子于墙外，乃长安东墙下，遂乞食方达蜀。其家失已多年，意其异物，道其初始信。（出《酉阳杂俎》）

胡媚儿

唐贞元中，扬州坊市间，忽有一妓术丐乞者，不知所从来。自称姓胡，名媚儿，所为颇甚怪异。旬日之后，观者稍稍云集。其所丐求，日获千万。一旦，怀中出一琉璃瓶子，可受半升。表里烘明，如不隔物，遂置于席上。初谓观者曰："有人施与满此瓶子，则足矣。"瓶口刚如苇管大。有人与之百钱，投之，琤然有声，则见瓶间大如粟粒，众皆异之。复有人与之千钱，投之如前。又有与万钱者，亦如之。俄有好事人，与之十万二十万，皆如之。或有以马驴人之瓶中，见人马皆如蝇大，动行如故。须臾，有度支两税纲，自扬子院部轻货数十车至。驻观之，以其一时人，或终不能致将他物往，且谓官物不足疑者。乃谓媚儿曰："尔能令诸车皆入此中乎？"媚儿曰："许之则可。"纲曰："且试之。"媚儿乃微侧瓶口，大喝，诸车辂辂相继，悉入瓶，瓶中历历如行蚁然。有顷，渐不要办。”于是起身向客人告别，从坐骑和随从上看像是州牧，打着火把列队而出。富豪公子到墙角小便，歌妓中有一位年龄较大走上前对他说：“哎呀！你为何这样呢？我们被人用幻术掳到这里，断了回去的路。你要是想回去，我告诉你一个方法。”取七尺白绢，说几句斋戒的话：“拿它等主人回来，假装祈祷拜谢，主人一定会答谢。然后你用白绢将他的脖子勒住。”

天快亮时，主人回来了，富豪公子照歌妓说的做，主人倒在地上乞求饶命说：“这个没有良心的死老婆子，坏了我的大事。我不能再住在这儿了！”说完跨上马跑了。那位歌妓与富豪公子同居了。

两年后，他想回家，歌妓也不挽留，大设酒乐为他饯行。那歌妓拿了一把锤，在东墙掘了一个洞，和佛像乳部的那个洞一样。把富豪之子推到墙外，竟是在长安城东墙下。他一路乞讨回到蜀郡。家里因他走失多年，以为他是鬼，直到说出当时的情景才相信。（出《酉阳杂俎》）

胡媚儿

唐贞元年，扬州街道上出现一位以幻术行乞的女艺人，不知从哪里来的。自称姓胡，名媚儿。她所表演的幻术很怪异。十天后，前来观看的人越来越多，她每天都能赚到一千万钱。有天早上，她从怀中掏出一个能装半升的玻璃瓶子，表里透明，中间什么东西都没有。将瓶子放到席子上，开始对观众说：“要是有人施舍的钱将这个瓶子装满我就知足了。”瓶子的嘴如芦苇管般粗细。有人拿出一百钱，往瓶子里投，只听当的一声，钱进入瓶中，但却只有米粒那么大。观众看到后都很吃惊。又有人给了媚儿一千钱，跟刚才一样投到瓶中，结果还是一样。又有人给了一万钱的，也是一样。一会儿几个好事者，你拿十万钱我拿二十万钱，全都一样。还有人骑驴马等钻到瓶子里的，那人和驴马在瓶子里全只有苍蝇那么大，动作也是原来的动作。不一会儿，两位掌财政的税官，从扬子院率十车轻浮货路过。于是驻足观看，他们想同时进入，看最后能不能带着其他东西前往，见，媚儿即跳身入瓶中。纲乃大惊，遽取扑破，求之一无所有，从此失媚儿所在。后月余日，有人于清河北逢媚儿，部领车乘，趋东平而去。是时，李师道为东平帅也。（出《河东记》）

中部民

唐元和初，有天水赵云，客游鄜畤，过中部县，县僚有燕。吏擒一人至，其罪不甚重，官僚欲纵之。云醉，固劝加刑，于是杖之。累月，云出塞，行及芦子关，道逢一人，要之言款。日暮，延云下道过其居。去路数里，于是命酒偶酌。既而问曰："君省相识耶？"云曰："未尝此行，实昧平生。"复曰："前某月日，于中部值君，某遭罹横罪，与君素无仇隙，奈何为君所劝，因被重刑？"云遽起谢之。其人曰："吾望子久矣，岂虞于此获雪小耻！"乃令左右拽入一室。室中有大坑，深三丈余，坑中唯贮酒糟十斛。剥去其衣，推云于中。饥食其糟，渴饮其汁，于是昏昏几一月，乃缚出之。使人蹙頞鼻额，挼捩支体，其手指肩髀，皆改旧形。提出风中，倏然凝定，至于声韵亦改。遂以贱隶蓄之，为乌延驿中杂役。累岁，会其弟为御史，出按灵州狱。云以前事密疏示之。其弟言于观察使李铭，由是发卒讨寻，尽得奸宄，乃复灭其党。临刑亦无隐匿，云："前后如此变改人者数世矣！"（出《独异志》）

说都是官家的东西，不用怕。他们对胡媚儿说："你能将这些车辆都装到瓶子里吗？"胡媚儿说："只要你们同意就可以。"税官说："你可以试一下。"胡媚儿将瓶口微侧，大吼一声，那些车辆便滚滚向前，先后都进入瓶中，就像一行蚂蚁在瓶中爬行，历历可数。没多久便不见了，只见胡媚儿纵身一跃跳进瓶中。税官大惊，马上将瓶子拍碎，却什么也没有。至此之后，没有人知道胡媚儿去了哪里。一个多月后，有人在清河北面，看到胡媚儿率着那些车辆，往东平去了。而李师道正在东平军队中担任主将。（出《河东记》）

中部民

唐元和初年，有个叫赵云的人从天水而来，想要去鄜县祭天地五帝的地方游览，经中部县时，官吏们设宴招待他。捕吏抓了一个人，罪不重，官吏们想将那人放了。赵云喝醉了，劝他们加重刑罚，于是那人受了杖笞。几个月后，赵云去塞外，到芦子关的路上遇到一个人，说想款待他。当时天色已晚，那人领着赵云走了几里路，家中摆上酒席，边劝酒边问："你还记得吗？"我们是老相识了。赵云说："我从没来过这里，咱们素昧平生啊。"那人又说："前段时间，我于中部县见到你，你让我吃了不少苦，我与你一直也无怨无仇，没想到你会那样对他们说，因此我被处以重刑。"赵云想了起来，赶紧起来谢罪。那人说："我在此等你很久了，没想到在这里有了一雪前耻的机会。"于是命令手下将赵云拽进一间屋子，屋内有个三丈多深的大坑，坑内贮存着十斛酒糟。他令手下将赵云的衣服扒下，将他推入坑中。饿了就吃酒糟，渴了就喝里面的水，这样昏昏沉沉地过了近一个月，那人才把他绑上来。让人挤压赵云的五官，扭转肢体，赵云的手指和肩髀全变了形，经风一吹就定了型，连声音语调都改了，把他当成贱奴留下来，在乌延驿站充当一名杂役。一年后，正好赶上弟弟为御史到灵州监狱巡行，赵云便秘密地将这些事告诉他。弟弟回去后告诉了观察使李铭，李铭当即派士兵寻访，将那妖人抓住了，并将他的同党剿灭了。临刑前，那妖人也不隐瞒，道："我改变人的形体音容，前后有好几代了！"（出《独异志》）

板桥三娘子

唐汴州西有板桥店。店娃三娘子者，不知何从来，寡居，年三十余，无男女，亦无亲属。有舍数间，以鬻餐为业。然而家甚富贵，多有驴畜。往来公私车乘，有不逮者，辄贱其估以济之。人皆谓之有道，故远近行旅多归之。

元和中，许州客赵季和，将诣东都，过是宿焉。客有先至者六七人，皆据便榻。季和后至，最得深处一榻，榻邻比主人房壁。既而三娘子供给诸客甚厚，夜深致酒，与诸客会饮极欢。季和素不饮酒，亦预言笑。至二更许，诸客醉倦，各就寝。三娘子归室，闭关息烛。人皆熟睡，独季和转展不寐。隔壁闻三娘子悉窣，若动物之声。偶于隙中窥之，即见三娘子向覆器下，取烛挑明之。后于巾厢中取一副耒耜，并一木牛、一木偶人，各大六七寸，置于灶前，含水噀之。二物便行走，小人则牵牛驾耒耜，遂耕床前一席地，来去数出。又于厢中取出一裹荞麦子，受于小人种之。须臾生，花发麦熟，令小人收割持践，可得七八升。又安置小磨子，硙成面讫，却收木人子于厢中，即取面作烧饼数枚。有顷鸡鸣，诸客欲发，三娘子先起点灯，置新作烧饼于食床上，与客点心。季和心动遽辞，开门而去，即潜于户外窥之。乃见诸客围床，食烧饼未尽，忽一时踣地，作驴鸣，须臾皆变驴矣。三娘子尽驱入店后，而尽没其货财。季和亦不告于人，私有慕其术者。

后月余日，季和自东都回，将至板桥店，预作荞麦烧饼，大小

板桥三娘子

唐朝时，汴州西边有家板桥旅店。女老板叫三娘子，不知来自哪里，三十多岁无女无儿，独自一人，连亲戚也没有。却有不少房产，以卖粥饭为业。家中富裕，有驴子多头。往来路过的公私车马，当天赶不到目的地的，她都会降价接待他们，人们说她经营有道，因此远近商旅都会在这里食宿。

元和年间，有位从许州来的叫赵季和的客人，要到东都洛阳，路过此地便住下了。在他之前，有六七个客人，把好点的床位占了。赵季和是后来的，只能睡最里面的那张铺，这张铺紧贴墙，墙后就是女老板的房间。当天，三娘子招待这些客人很是周到，深夜还向他们敬酒，说说笑笑，开怀畅饮。赵季和从来不喝酒，也不和他们谈笑。二更天时，客人们醉倒后便各自睡下。三娘子回到自己房间，关门吹了蜡烛。大家很快进入了梦乡，唯独赵季和翻来复去无法成眠。忽然，他听到隔壁传来窸窣作响的声音，像是在搬动什么东西，他透过缝隙窥见，只见三娘子走到招魂用具前，把蜡烛挑亮了，然后从箱子里拿出一副犁杖、一个木头牛、一个木头人，全都是六七寸大小，三娘子将这些东西放在灶坑前，淋上水，木头人和木头牛便开始行走。小人牵着牛拉着犁杖，然后便耕床前的地，来回忙碌着。三娘子从箱子里再拿出一袋荞麦种子，让小人种上。没一会儿，荞麦便发了芽，然后开花、成熟了，三娘子让小人收割脱皮，收了七八升荞麦。又装上一个小石磨，将荞麦磨成面才算完成。最后，三娘子将木头人和木头牛收进箱子，用刚才磨的面做成烧饼。不一会儿鸡叫了，住店的客人们要起身出发了，三娘子起来点上灯，把刚做的烧饼放到盘子端给他们。赵季和因心中充满疑惑和恐惧没吃，开门离去，悄悄蹲在窗外暗中观察。见那几位客人围桌而坐，烧饼还没吃完，忽然全都跌倒在地，像驴那样叫，不一会儿全都变成了驴。三娘子将他们全驱赶到店后，把客人们的财物据为己有。赵季和没把此事告知别人，却对她的这套幻术钦佩不已。

一个多月后，赵季和从洛阳回来，快到板桥店时，事先备了些荞如前。既至，复寓宿焉，三娘子欢悦如初。其夕更无他客，主人供待愈厚。夜深，殷勤问所欲。季和曰："明晨发，请随事点心。"三娘子曰："此事无疑，但请稳睡。"半夜后，季和窥见之，一依前所为。天明，三娘子具盘食，果实烧饼数枚于盘中讫，更取他物。季和乘间走下，以先有者易其一枚，彼不知觉也。季和将发，就食，谓三娘子曰："适会某自有烧饼，请撤去主人者，留待他宾。"即取己者食之。方饮次，三娘子送茶出来。季和曰："请主人尝客一片烧饼。"乃拣所易者与啖之。才入口，三娘子据地作驴声，即立变为驴，甚壮健。季和即乘之发，兼尽收木人、木牛子等。然不得其术，试之不成。季和乘策所变驴，周游他处，未尝阻失，日行百里。

后四年，乘入关，至华岳庙东五六里，路傍忽见一老人，拍手大笑曰："板桥三娘子，何得作此形骸？"因捉驴谓季和曰："彼虽有过，然遭君亦甚矣！可怜许，请从此放之。"老人乃从驴口鼻边，以两手擘开，三娘子自皮中跳出，宛复旧身，向老人拜讫，走去，更不知所之。（出《河东记》）

关司法

郓州司法关某，有佣妇人姓钮。关给其衣食，以充驱使。年长，谓之钮婆，并有一孙，名万儿，年五六岁，同来。关氏妻亦有小男，名封六，大小相类。关妻男常与钮婆孙同戏，每封六新制衣，必易其故者与万儿。

一旦，钮婆忽怒曰："皆是小儿，何贵何贱？而彼衣皆新，而麦烧饼，同三娘子做的一般大小。来到店里，三娘子见他要住宿，和之前一样高兴。这夜店里没有其他客人，三娘子比前一次更热情地接待他。半夜时，三娘子殷勤地问他还有其他需要。赵季和说：“我明早出发，请给我准备些点心。”三娘子说：“你不用考虑，安心睡吧。”半夜后，赵季和再次透过缝隙向三娘子房间窥视，一切与上次相同。天亮了，三娘子端来点心盘，上面摆了几张烧饼，趁她拿其他东西时，赵季和赶紧将自己提前准备的烧饼拿出来，同盘子里的偷换下来一个，三娘子没有察觉。赵季和快要离开时，要吃烧饼时对三娘子说：“我的烧饼刚巧没吃完，请把你的撤下去吧，留着招待其他客人吧。”然后他掏出自己带的烧饼吃。吃到第二个，三娘子端茶出来。赵季和说：“请尝尝我带的烧饼。”把刚才偷换的那张烧饼递给三娘子吃。三娘子刚咬一口，就趴在地上发出驴叫声，然后就变成了一头驴，很健壮。赵季和骑上她出发了，并将木头人和木头牛一并带走了。但是他弄不清幻术的要领，试了几次都以失败告终。他骑着这头由人变成的驴，周游四方，日行百里，从来没有迷过路。

四年后，他骑驴进关，到华山岳庙以东五六里处，路边一老者，忽然拍手大笑道：“板桥三娘子，你怎么变成这副鬼模样了？”老人捉住驴对赵季和说：“虽然她有罪过，但也别你折磨得够苦了！稍微可怜一下，请从现在开始把她放了吧。”说完，老人用两手一掰驴鼻子，三娘子便从中跳出来恢复原形。三娘子向老人跪谢后，转身离去，无人知道她最后去了哪里。（出《河东集》）

关司法

郓州的司法姓关，不知他叫什么名字，家中有位姓钮的女佣。关司法供她衣食，就是为了她更听自己的话。她年龄逐渐大了，大家便叫她钮婆，钮婆有一个孙子万儿，只有五六岁，每次都和钮婆一起来。关司法的妻子也生了个小男孩儿，叫封六，高矮与万儿差不多。两个孩子在一起玩耍，每当封六做了新衣服，换下来的旧衣服一定会送给万儿。

有天早晨，钮婆子忽然发怒道：“都是小孩儿，怎么还有贵贱之我儿得其旧！”甚不平也。关妻问曰：“此吾子，尔孙仆隶耳。吾念其与吾子年齿类，故以衣之，奈何不知分理？自此故衣亦不复得矣！”钮婆笑曰：“二子何异也？”关妻又曰：“仆隶那与好人同。”钮婆曰：“审不同，某请试之。”遂引封六及其孙，悉内于裙下，著地按之。关妻惊起夺之，两子悉为钮婆之孙，形状衣服皆一，不可辨。乃曰：“此即同矣！”关妻大惧，即与司法同祈请恳至，曰：“不意神人在此。”自此一家敬事，不敢以旧礼相待矣。良久，又以二子致裙下按之，即各复本矣。关氏乃移别室居钮婆，厚待之，不复使役。

积年，关氏颇厌怠，私欲害之。令妻以酒醉之，司法伏户下，以䦆击之，正中其脑，有声而倒。视之，乃栗木，长数尺。夫妻大喜，命斧斫而焚之。适尽，钮婆自室中出曰：“何郎君戏之酷也？”言笑如前，殊不介意。郓州之人知之，关不得已，将白于观察使。入见次，忽有一关司法，已见使言说，形状无异。关遂归，及到家，堂前已有一关司法先归矣。妻子莫能辨之，又哀祈钮婆，涕泣拜请，良久渐相近，却成一人。自此其家不复有加害之意。至数十年，尚在关氏之家，亦无患耳。（出《灵怪集》）

长乐里人

唐宝历中，长乐里门有百姓刺臂，数十人环瞩之。忽有一人，分？你家孩子都穿新的，我孙子一直穿旧的，太不公平了！”关司法的妻子道：“封六是我的儿子，而你的孙子是他的奴仆。我念在他和我儿子年纪相近，才把衣服送给他，你怎么如此不明事理？以后，万儿连旧衣服也不会再有了。”钮婆子冷笑着对关司法的妻子说：“这两个孩子区别在哪里呢？”关司法的妻子说：“奴仆和主人怎么会相同呢？”钮婆说：“要弄清他们到底是同还是不同，先试验一下。”于是她把封六和万儿拉到身边，用裙子盖住后往地上按去。关司法的妻子一声惊叫，上前去夺时两个孩子都变成了钮婆孙子，外表和衣服都一样，分辨不清。钮婆说：“你看是不是相同的？”关司法的妻子吓坏了，和丈夫去找钮婆请求原谅，道：“没想到仙人就在我们眼前。”从此后，全家人都会敬待她，不敢像从前那般了。良久，她把两个孩子盖上裙子又往地上一按，便各自恢复了原样。关司法把另外一间房给钮婆住，给她以优待，不再拿他当佣人使唤。

过了几年，关司法为此感到厌烦，想加害于她。他让妻子用酒将钮婆灌醉，然后自己躲到窗户底下，用镐头用力一击，正击中钮婆脑袋，咚的一声钮婆就倒在了地上。关司法上前查看，竟是一根几尺长的栗木。夫妻二人大喜，让人用斧子砍碎后烧掉。刚把栗木烧完，钮婆就从屋子里走出来，问道：“你们为何这般戏耍我呀？”她谈笑如从前，一点儿也不介意的样子。郓州上下都知晓了此事。关司法没有办法，向观察使说明其中缘由。等到了观察使下榻地时，竟看到有一个关司法在那里了，正在与观察使谈话呢，长得和真的关司法一模一样。关司法赶紧回家，但堂前有一个关司法比他先到，可妻子竟没分辨出。夫妻俩又向钮婆救助，并痛哭流涕地跪着请罪。良久，假的关司法慢慢向真的关司法靠近，直至合二为一。此后，关司法再也不敢加害于钮婆了，后来的几十年，钮婆一直住在关家，再也没有遇到过麻烦了。（出《灵怪集》）

长乐里人

唐朝宝历年间，长乐里门口一百姓用刀自刺胳臂，引来几十人围观。突然一个穿白连体衣服的人来后看了一眼，然后低着头微笑走白襕，倾首微笑而去。未十步，百姓子刺血如衄，痛苦次骨。食顷，出血斗余，众人疑向观者所为，令其父从而求之。其人不承，其父拜数十，乃捻辙土若祝："可傅此。"如其言血止。（出《酉阳杂俎》）

陈武振

唐振州民陈武振者，家累万金，为海中大豪。犀象玳瑁仓库数百，先是西域贾漂舶溺至者，因而有焉。海中人善咒术，俗谓得牟法。凡贾舶经海路，与海中五郡绝远，不幸风漂失路，入振州境内，振民即登山披发以咒咀。起风扬波，舶不能去，必漂于所咒之地而止，武振由是而富。招讨使韦公幹，以兄事武振，武振没入，公幹之室亦竭矣。（出《投荒杂录》）

海中妇人

海中妇人善厌媚，北人或妻之。虽蓬头伛偻，能令男子酷爱，死且不悔。苟弃去北还，浮海荡不能进，乃自返。（出《投荒杂录》）

画 工

唐进士赵颜，于画工处得一软障，图一妇人甚丽。颜谓画工曰："世无其人也，如何令生，某愿纳为妻。"画工曰："余神画也，此亦有名，曰真真。呼其名百日，昼夜不歇，即必应之。应则以百家彩灰酒灌之，必活。"颜如其言，遂呼之百日，昼夜不止。乃开。还没走出十步，那百姓胳臂上血流如注，疼到骨头里。一顿饭的时间，出了有一斗的血，人们怀疑是刚才那个穿白连衣裤的人搞的鬼，便让自刺胳膊的父亲上前追问，穿白连衣裤的人并不承认，那位父亲连连跪拜磕头，穿白连衣裤的人说：“你用手搓点车道沟里的土祷告，敷在伤口上就好了。”那人依那人说的去做，血果然就止住了。（出《酉阳杂俎》）

陈武振

唐朝振州人陈武振，家中有万金，是沿海诸岛一带的大富豪。犀牛角、象牙以及玳瑁之类的宝物，存了成百上千的在仓库。之前，他随西域商船落水漂到这里才发家的，海岛上的人都擅长咒术，又称得牟法。所有走海路的商船，与海岛中的五个郡府都相隔很远，那些不幸遇上风浪而失去方向的，一些就漂到振州境内，有些振州百姓就登上山，披头散发地开始念咒语，让大海掀起波浪，无法行船，一直漂到他们念咒语的地方，陈武振因此变得富有。担任招讨使的韦公幹，待陈武振像自己的兄长一样，后来陈武振全部家产妻室被没收充公，韦公幹家财也跟着枯竭了。（出《投荒杂录》）

海中妇人

海岛上的女人擅长用巫术和妖媚之术迷惑人，一些北方男人便娶她们为妻。虽然这些女人蓬头垢面的伛偻着身子，却讨男人的喜欢，且一个个都至死不悔。要是有男人扔下妻子回到北方老家，船过海时就无法前行，男人只好再回到妻子身边。（出《投荒杂录》）

画　工

唐朝时，一个叫赵颜的进士，从画工处得了一个布制屏障，屏障上画了一位异常美丽的女子。赵颜对画工说：“世上哪有这么美的人啊，如果能让她真的活着，我愿娶她为妻。”画工说：“这是我的神来之笔啊，她的名字叫真真，你连续一百天日夜不停地唤她的名字，应曰：“诺。”急以百家彩灰酒灌，遂活。下步言笑，饮食如常。曰：“谢君召妾，妾愿事箕帚。”终岁，生一儿。儿年两岁，友人曰：“此妖也，必与君为患！余有神剑，可斩之。”其夕，乃遗颜剑。剑才及颜室，真真乃泣曰：“妾南岳地仙也，无何为人画妾之形，君又呼妾名，既不夺君愿。君今疑妾，妾不可住。”言讫，携其子却上软障，呕出先所饮百家彩灰酒。睹其障，唯添一孩子，皆是画焉。（出《闻奇录》）

她就能够应你。等她回应了你后，你立刻用一百家的彩灰酒灌她，她就一定会活过来。”赵颜按画工的话去做了，一直昼夜不歇地连着喊了一百天真真的名字，画上的女子真的应了一声：“哎。”赵颜赶紧用百家彩灰酒灌她，没多久，她真的活了。从画里走了出来，有说有笑，吃喝和平常人一样。她说：“感谢你把我唤来，我愿意做你的妻子，好好服侍你。”一年后，真真生下一个孩子。孩子两岁时，一位朋友对他说：“这是个妖女，会给你带来灾难的！我有把神剑，你用它斩了她。”当晚，朋友把剑送给赵颜，赵颜刚把剑带进屋，真真就哭着说：“我是南岳的地仙啊。不知为何被人画去形体，你又一直叫我的名字，我不想让你失望才从画里走出来。而今你却怀疑我，我不能再与你一起生活了。”说完，带着孩子飘然入了软障，并将之前喝进去的百家彩灰酒吐了出来。赵颜看着那软障，除真真外还多了个孩子，全都是画的。（出《闻奇录》）

卷第二百八十七　幻术四

侯　元　功德山　襄阳老叟　青城道士　蜀都妇人

侯　元

侯元者，上党郡铜鞮县山村之樵夫也。家道贫窭，唯以鬻薪为事。唐乾符己亥岁，于县西北山中伐薪。回憩谷口，傍有巨石，巋然若厦屋。元对之太息，恨己之劳也。声未绝，石砉然豁开若洞。中有一叟，羽服乌帽，髯发如霜，曳杖而出。元惊愕，遽起前拜。叟曰："我神君也，汝何多歉？自可于吾法中取富，但随吾来。"叟复入洞中，元从之。行数十步，廓然清朗。田畴砥平，时多异花芳草。数里，过横溪。碧湍流苔，鸳鹚溯洄。其上长梁夭矫，如晴虹焉。过溪北，左右皆乔松修篁。高门渥丹，台榭重复。引元之别院，坐小亭上，檐楹阶砌，皆奇宝焕然。及进食行觞，复目所未睹也。食毕叟退。

少顷，二童揖元诣便室，具汤沐，进新衣一袭。冠带竟，复导至亭上。叟出，命仆设净席于地，令元跪席上。叟授以秘诀数万言，皆变化隐显之术。元素蠢戆，至是一听不忘。叟诫曰："汝虽有少福，合于至法进身，然面有败气未除，亦宜谨密自固，若图谋不轨，祸必丧生！且归存思。如欲谒吾，但至心扣石，当有应门者。"元因拜谢而出，仍令一童送之。即出洞穴，遂泯然如故，视其樵苏已失。

侯元

侯元，是上党郡铜鞮县村里的樵夫。家境贫寒，靠卖柴过着半饥半饱的日子。唐朝乾符己亥年，他在县城西北面的大山中砍柴。在谷口休息时，旁边有一块像楼房一样高的巨石。侯元对着巨石叹息，说自己一年到头劳碌不已却连温饱都得不到解决，命太苦了之类的话。话音未落，巨石豁然开出一个洞。洞里有位老者，身上的衣服是用鸟羽制成的，戴黑帽子，头发胡子全白，拄着拐杖走出来。侯元大吃一惊，一片愕然，然后他起身向前一拜再拜。老者道："我是神君，你怎么这么不好意思呢？从今以后，我教你的法术能让你求得荣华富贵，你随我来。"老者说完再次进入洞中，侯元随即跟上。向前走了几十步，前方便是一片清朗。平平展展的田野上，种着许多奇花异草。走几里地后有一条小溪横着，溪流湍急。冲击着碧绿的苔藓，一对对鸳鸯和鹨鸟在溪水中游着。溪上的桥梁屈曲而气势非凡，宛若雨后彩虹。到溪北边，只见两旁全是松柏和长竹，一道道红色的大门，台榭重叠，十分壮观。神君领着侯元到另一个院子，坐在小亭子里。只见房檐、柱子和台阶全焕然一新而且十分新奇。吃饭喝酒时，菜肴也是他不曾见过的。饭后老者便退下了。

不一会儿，两个童子向侯元作揖，请他先去洗澡，洗了个热水澡，换一身新衣，腰带帽子齐全。两个童子再次将他带回小亭子，刚坐下，老者就走出来，命仆人将一张干净席子铺在地上，令侯元跪在席子上。老者教了侯元几万句秘诀，全是变化隐身术。侯元一直以来都不聪明，可这些口诀他听一遍就记住了。老者告诫道："你年轻时虽有福，有进门学法的条件，但你脸上的晦气并没有除尽，要千万谨慎和保密，好自为之。如果日后你图谋不轨，一定会招来杀身之祸！回去后一定将这点牢记。你还想见我的话，在这块巨石中间敲几至家，其父母兄弟惊喜曰："去一旬，谓已碎于虎狼之吻。"元在洞中，如一日耳。又讶其服装华洁，神气激扬。元知不可隐，乃谓其家人言之。遂入静室中，习熟其术。期月而术成，能变化百物，役召鬼魅，草木土石，皆可为步骑甲兵。于是悉收乡里少年勇悍者为将卒，出入陈旌旗幢盖，鸣鼓吹，仪比列国焉。自称曰"贤圣"，官有三老、左右弼、左右将军等号。每朔望，必盛饰往谒神君。神必戒以无称兵，若固欲举事，宜待天应。

至庚子岁，聚兵数千人。县邑恐其变，乃列上。上党帅高公寻命都将以旅讨之，元驰谒神君请命。神君曰："既言之矣，但当偃旗卧鼓以应之。彼见兵威若是，必不敢内薄而攻我。志之，慎勿轻接战。"元虽唯诺，心计以为我奇术制之有余，且小者不能抗，后其大者若之何？复示众以不武也。既归，令其党戒严。

是夜，潞兵去元所据险三十里，见步骑戈甲蔽山泽，甚难之，明方阵以前。元领千余人直突之，先胜后败，酒酣被擒。至上党，絷之府狱，严兵围守。旦视枷穿中，唯灯台耳，失元所在。夜分已达铜鞮，径诣神君谢罪。君怒曰："庸奴终违我教，今日虽幸而免，斧锧亦行将及矣，非吾徒也！"不顾而入。郁悒趋出。后复谒神君，虔心扣石，石不为开矣！而其术渐歇，犹为其党所说。

下，我就会答应了。”侯元告别老者，老者派一小童将他送到洞口。即记得，那块巨石又恢复原样了，看不出一丝痕迹。侯生的柴草不见了，便直接回家了。

看到他后，父母兄弟都惊喜万分地说：“你都走了十天了，以为你被虎狼吃掉了呢。”而侯元觉得自己在石洞里才过了一天而已。又看到他身上穿的华美服饰和面上激扬的神情，大家都惊讶不已。侯元见瞒不住，便将实情告知了家人。然后，他到一间安静的房间，练习老者传授给他的法术。一个月后，法术终于被他练成了，能用来变化各种东西，驱使鬼神，就连草木土石等，也能将之变为千军万马。于是，村里一些勇猛强悍的小伙子被他招为兵，有的还被封了将，走时吹吹打打，鸣锣开道，举着旗帜，都赶上列国诸侯出巡的阵势。侯元自称“圣贤”，并设了三老、左右弼、左右将军等官职。每逢初一、十五，他都着盛装去拜谒神君老人。神君每次都劝他不能举兵，若你一定要举事，也得等上天答应才行。

到了庚子年，侯元已经聚集几千人马。县里担心他造反，便将此事上报。上党元帅高公寻命都将讨伐他，侯元赶紧前来谒见神君老人，请他帮忙想办法。神君老人道：“我早就说过了，看来，你只能偃旗息鼓对付他们了。见我们这般，肯定不敢轻易攻击。记住，一定要慎重，切忌轻易应战。”虽然侯元点头称是，心中却想着以我的道术制他们是绰绰有余，况且这么一小股敌人都没有勇气抵抗，再来更大批的人马那该怎么办？部下肯定觉得自己不勇武。从神君处回来，他令同党戒严。

当晚，潞州兵马赶了过来，在距侯元占据的天险三十里的地方，就看到骑戈兵士漫山遍野，难以攻打，等到天亮后，在阵前摆了方阵。侯元率一千多人突围，先胜后败，最后因酒后睡着了被擒住。先押到上党，用绳子将他捆住后入狱，重兵看守。但天亮再看，枷锁已经被打开，侯元也没了踪影了，只剩一个灯台。半夜，侯元回到铜鞮县，直奔神君处谢罪。神君大怒道：“你这蠢奴才，最终还是没听我的话呀，你今天能幸免一死，但马上就到腰斩你的时候了，你不是我徒弟！”说完便拂袖而去。侯元抑郁地走出山洞。再想见上神君一

是秋，率徒掠并州之大谷，而并骑适至，围之数重。术既不神，遂斩之于阵，其党与散归田里焉。（出《三水小牍》）

功德山

唐巢寇将乱中原，汴中有妖僧功德山，远近桑门皆归之。至于士庶，无不降附者。能于纸上画神寇，放入人家，令作祸祟，幻惑居人。通宵继昼，不能安寝，或致人疾苦。及命功德山赠金作法，则患立除之。又画纸作甲兵，夜夜与街坊嘶呜，腾践城郭，天明即无所见。又多画其犬，焚祝之，夜则鸣吠，相咬啮于街衢，居人不得安眠。命而赠之，即悄无影响。人即异其术，趋术者愈众。又滑州亦有一僧，颇善妖术，与功德山无异，公私颇患之。时中书令王铎镇滑台，遂下令曰："南燕地分有灾，宜善禳之。"遂自公衙至于诸军营，开启道场，延僧数千人。僧数不足，遂牒汴州，请功德山一行徒众悉赴之。遂以幡花螺钹迎至卫。赴道场之夕，分选近上名德，入于公衙，其余并令散赴诸营礼忏。洎入营，悉键门而坑之，方袍而死者数千人。衙中只留功德山已下酋长，讯之，并是巢贼之党，将欲自二州相应而起，咸命诛之。（出《王氏见闻》）

襄阳老叟

唐并华者，襄阳鼓刀之徒也。尝因游春，醉卧汉水滨。有一老叟叱起，谓曰："观君之貌，不是徒博耳。我有一斧与君，君但持面，可不管他如何虔诚地敲石门，石门再也不开了。从此，他渐渐失去了道术，却还是被同党喜欢、拥护。

秋天，他率党羽到并州大谷掠夺，并州兵骑很快就会赶到，围了好几重。侯元的道术再也不灵了，被斩于阵前，他同党们全都作鸟兽散，各回家种田去了。（出《三水小牍》）

功德山

唐朝末年，黄巢准备进军中原，汴州妖僧功德山，远近教徒都归心于他。就连普通百姓，无不信服他的。他能在纸上画神神怪怪的强盗，然后放入人家，令他作祟惹祸，迷惑百姓。他通宵不睡地画，给百姓带去了无数的痛苦。有人用重金请功德山前去作法，灾祸便立刻消除。功德山用纸画甲兵，每晚在街上号叫，践踏城墙，天亮后又什么也没有。他还画了很多狗，边焚烧边祈祷，就会听见狗在晚上叫，或在大街上互相撕咬，吵得人睡不着。若是有人赠他钱财，那些狗便消失不见了。他的道术让人惊异不已，越来越多的人向他求教。而滑州的另一个僧人，也很擅长妖术，和功德山一样，官家和百姓深受其害。当时，正是中书令王铎镇守滑州，他下令道："南燕部分地区有天灾，要设坛好好祈祷一番。"于是，从衙门到各个军营，都开设了道场，拟邀数千名僧人。僧人数量不够，于是向汴州求援，请功德山和他的弟子全来。因此，功德山一行人以佛教礼节迎接到滑州军营，赴道场那晚，功德山及他的几个亲信进了衙门，其他人被分散到各个军营念经拜祷。一进军营，便将大门关上然后全被活埋，仅身着道袍的和尚就死了几千人。衙门里只留下功德山及几个小头目。经审讯，原来全是黄巢同党，想在汴、滑一带响应黄巢起义、造反。王铎把他们全都杀了。（出《王氏见闻》）

襄阳老叟

唐朝，有个姓华的，原来只是襄阳一木工。曾一次春游，他醉倒于汉水边。一老头儿将他喊醒，对他说："看你面相，不像只会玩此造作，必巧妙通神，他日慎勿以女子为累。”华因拜受之。华得此斧后，造飞物即飞，造行物即行。至于上栋下宇，危楼高阁，固不烦余刃。后因游安陆间，止一富人王枚家。枚知华机巧，乃请华临水造一独柱亭。工毕，枚尽出家人以观之。枚有一女，已丧夫而还家，容色殊丽，罕有比伦。既见，深慕之，其夜乃逾垣窃入女之室。其女甚惊。华谓女曰：“不从，我必杀汝。”女荏苒同心焉。其后每至夜，窃入女室中。他日枚潜知之，即厚以赂遗遣华。华察其意，谓枚曰：“我寄君之家，受君之惠已多矣，而复厚赂我，我异日无以为答。我有一巧妙之事，当作一物以奉君。”枚曰：“何物也？我无用，必不敢留。”华曰：“我能作木鹤，令飞之。或有急，但乘其鹤，即千里之外也。”枚既尝闻，因许之。华即出斧斤，以木造成飞鹤一双，唯未成其目。枚怪问之。华曰：“必须君斋戒，始成之能飞。若不斋戒，必不飞尔。”枚遂斋戒。其夜，华盗其女，俱乘鹤而归襄阳。至曙，枚失女，求之不获，因潜行入襄阳，以事告州牧。州牧密令搜求，果擒华。州牧怒，杖杀之，所乘鹤亦不能自飞。（出《潇湘记》）

青城道士

伪蜀青城山道士能幻术，往往入锦城，施其法，有所获，即潜挈归洞穴。或闻其行甚秽，官吏中有识者，颇恶之。后于成都诱引富室及勋贵子弟，皆潜而随之。或于幽僻宅院中，洒扫焚香设榻，张陈帷幌。则独于室内作法，或召西王母，或巫山神女，或麻乐的。我送你一把斧子，你用它做出来的东西，都是巧妙通神的，但你要小心，以后不要吃了女人的亏。”华某接过斧子，对老人再三感谢。得到斧子后，造出的小鸟能飞，造出的小兽能跑。而修建楼阁上栋下梁的，用第一斧子就很牢固。后来，他到安陆郡，在富人王枚家里。王枚知晓华某的本领，请他临水建一座独柱亭。完工后，王枚让全家人都来参观。王枚有一女儿，因丧夫回家，长得美若天仙，少有人敢和她比美。华某一见，就倾心不已，当晚，他翻墙而过，偷偷进了王枚女儿房间，王枚的女儿大惊。华某威胁女子说：“你若不从，我便立马杀了你。”随着时间的流逝，王枚的女儿慢慢同他一条心。后来每夜，华某都悄悄进到她的房里，行夫妻之事。有一天，王枚得知此事，当即给了他很多钱打发他走。华某知晓其中深意，对王枚说：“我住在你家，受你恩惠颇多，而你还送这么多钱物给我，将来我没什么报答你的呀。我有一套巧妙的手艺，便做一样东西送给你吧。”王枚说：“什么东西？我要是用不上，也是不敢留的。”华某说：“我会作木鹤，还能让它飞。遇到什么急事，骑上它顷刻之间便能送你到千里之外。”王枚第一次听说，便想试试，于是同意了。华某拿出神斧，做了一只木飞鹤，只有眼睛还没完工。王枚觉得奇怪，问华某，华某说：“你必须斋戒多日它才能飞。若是不斋戒，它肯定飞不了。”王枚听话地去斋戒。只是当晚，华某就将王枚的女儿偷偷背了出来，两人乘鹤飞到襄阳。天亮后，王枚发现女儿不见了，到处都没找到人，悄悄进了襄阳城，将此事告诉州牧大人。州牧下密令进行搜寻，然后将华某擒获。州牧大怒，华某被杖笞而死，他所乘的木鹤也无法自己飞起来了。（出《潇湘记》）

青城道士

五代时，后蜀青城山的道士会幻术，经常到成都施展一番，有所得就悄悄提回洞穴。有当官的认识青城道士，对此深恶痛绝。后来，道士引诱富豪的妻妾及功臣贵族的后代，将她们引入山里。或者要他们在幽静的宅院中洒水扫地焚香设榻，或者要他们支上帷帐和幌子等。而他则独自在室内作法，有时召来西王母，有时召来巫山姑、鲍姑神仙。皆应召而至，与之杯馔寝处，生人无异。则令学者隙而窥之。欢笑罢，则自帘帷之前蹑而去。又忽城中化出金楼，众皆睹之，惑众颇甚。其民间少年，膏梁子弟，满城如狂。少主知其妖，密使人擒之，累月不获。后有人报云："已出笮桥门去。"因使人逐之，乃以猪狗血赍行。至青城路上三十余里，及之，遂倾血沃之，不能施其术。及下狱讯之，云："年年采民家处子住山中，行黄帝之道。"死于岩穴者不知其数。豪贵之家，颇遭秽淫。所通词款，指贵达之门甚多。少主不欲彰其恶，潜杀之。（出《王氏见闻》）

蜀都妇人

元和子尝因暇日，出蜀都东郭门，见二人踞坐江岸，排治舟舰，方怒篙棹者，且呼且叫。忽有妇人衣布襦拜于前，有所乞焉。其人盛怒，且叱之。久而不去，将加殴击，妇人乃去。傍江岸伫立，四顾久之，以手推腰引步，直视二客船。其船即似有物牵拽，飘然而逝，直抵大岸，应时粉碎，财货悉皆溺于水。二人大骇，疑妇人所为，欲擒之，已亡去矣。（出《野人闲话》）

神女，有时召来麻姑或鲍姑等各类神仙，她们都会应召而来，和道士一起喝酒和同床共枕，外人没有觉察到反常。青城道士则让自己的徒弟通过缝隙朝室内窥视。他享乐一番后，神女们在帘帷前悄然消逝。他在城中变出金楼，人们前来围观，他因此迷惑越来越多的人。而那些民间少年、富家子弟，更是被迷得无法自拔，闹得满城都不得安宁。后蜀少主知道是青城道士在故弄玄虚，于是下令将他秘密捉拿，一个多月却毫无进展。之后有人报告说，道士从后门的索桥上逃走了，少主派人追，用猪狗的血送行。在离青城三十多里的地方，终于追上了，当即将猪狗的血都泼到他身上，于是，青城道士再也施展不了法术。将他关到监狱审讯。他供认说："我每年都会到民间掳一些处女带进山中，以行黄帝之道。"到现场一勘查，岩洞中遇难的少女不计其数。不少富贵人家的女孩，都被他奸污了。所交待的罪状，大多和富贵人家脱不了干系。他的恶行少主不想张扬，只是把他秘密处决了。（出《王氏见闻》）

蜀都妇人

唐朝元和年间，有个闲暇无事的人，从蜀都东城门走出来，见两人蹲在江边修大船，正朝着撑篙人发脾气，又是吼又是叫的。忽然，一个身着布衣短袄的女人在他们面前跪下，像是在乞求什么。两人大怒，还叱责她。女人很久没有动作，他们便准备动手打，女人最后还是离去了。女人在江边默然伫立良久，然后用手托腰而行，看着两只客船，两只船像有什么东西牵拽着般飘然而动，径直撞上了对岸，一下就被撞得粉碎，船上的东西全都落进水里，两人大惊失色，怀疑是那女人搞的鬼，想去捉她却早没影了。（出《野人闲话》）

卷第二百八十八　妖妄一

蔡诞

蔡诞好道，废家业，昼夜诵《黄庭》《太清》《中经》《观天》《节解》之属，谓道尽于此矣。其家患之，已亦惭悔。忽弃家，言："我仙道成矣。"因走入深山，卖薪以易衣。三年，不堪苦而还家，黑瘦骨立，欺家云："吾但为地仙，位卑，为老君牧数十龙。有一斑龙五色，老君尝与吾。后与仙人博戏，输此龙，为此见谪，送吾付昆仑下芸锄芝草三四顷，皆生细石中，多莽秽，甚苦。当十年乃得原。会偓佺、子乔来案行，吾首诉之，并为吾作力，得免也。"（出《抱朴子》）

须曼卿

蒲坂有须曼卿者曰："在山中三年精思，有仙人来迎我，乘龙升天。龙行甚疾，头昂尾低，令人在上危怖。及到天上，先过紫府，金床玉几，晃晃昱昱，真贵处也。仙人以流霞一杯饮我，辄不饥渴。忽然思家，天帝前谒拜失仪，见斥来还。令更自修责，乃可更往。昔淮南王刘安，升天见上帝，而箕坐大言，自称寡人，遂见谪，守天厕三年。吾何人哉？"河东因号曼卿为斥仙人。（出《抱朴子》）

蔡诞

蔡诞一心想着自己能得道成仙，连家业都废置不顾，白天黑夜地研读《黄庭》《太清》《中经》《观天》《节解》等著作，说：“道，全都在这里呢。”家人们跟着他一起受罪，自己也深感惭愧和懊悔。他忽然离家，还道：“我的成仙之道有盼头了。”于是，他走进深山，用平日里卖柴的钱买衣服。三年时间令他苦不堪言，最后还是回到家中，又黑又瘦，瘦骨嶙峋的，还骗家人说：“我现在仅仅是个地仙，地位不高，负责看管太上老君的几十条龙。其中有一条五色斑龙，老君将他送给我了，但我与仙人赌博时，又将它输掉了，我因此被贬谪，被流放到昆仑山下打理三四顷地的灵芝草。灵芝草长在细碎的石头里，而且多林木荒草，很苦，照规矩我要十年后才会回来。而我恰好赶上偓佺、子乔等大仙来这里巡察，我把自己的情况向他们述说，他们一起帮我，我才免遭更大的苦难的。”（出《抱朴子》）

须曼卿

在蒲坂县的须曼卿说：“我在深山中潜心修道了三年，有个神仙便前来接我，我乘着龙飞上了天。那龙飞得特别快，昂头摆尾，让人觉得既危险又可怕。到了天庭，先到紫微宫，宫中的金床玉几，闪闪发光，真的是个富贵之地。神仙取一杯流霞给我喝过后，便再也不会觉得饥渴。忽然想起凡间的家，于是拜谒玉皇大帝请个假，不料却违反了神仙的礼仪，被玉帝好一通斥责后被遣送回来。如此看来，我更要加强修养，刻苦修炼才是，我一定还会回去的。当年，淮南王刘安升天后见玉帝，盘腿大坐，在那里大言不惭地自称为寡人，立即遭到贬谪，在天宫守了三年厕所。和他比起来我算什么呀？”为

马太守

兴古太守马氏在官，有亲故人投之，求恤焉。马乃令此人出住外，诈云："是神人道士，治病无不手下立愈。"又令辩士游行，为之虚声，云："能令盲者明，躄者即行。"于是四方云集，赴之如市，而钱帛固已山积矣。又敕诸来治病者："虽不便愈，其当告人已愈也，如此则必愈也；若告人言未愈者，则后终不愈也。道法正尔，不可不承信。"于是后人问前来者，辄告之云已愈，无敢言未愈者也。旬月之间，乃致巨富焉。（出《抱朴子》）

邺城人

北齐后主武平中，和士开讽百官奏胡太后临朝，所在皆言有狐魅，截人头发。邺城北两三坊无人居住，空墙。时有某家婢子，年十六七，独行。荷一大黄襆，襆内有锦被。忽逢一妪，年可五十余，面作白妆，漫糊可畏，以皂巾抹头。四顾无人，便走逐婢子，脱却皂巾，头发尽作屈髻十余道，綖束之，手持一剃刀，云："我是狐魅，汝急舍襆反走。"此妪得襆，趋走入东坊。婢子行啼，逢同州人乘马来，借问何为。云："狐夺我被襆，始入东坊。"人驰马往，执得之，盖是人也。数百人看之，莫不竞笑。天下有如此造妖事，经略财货，殴击垂死，行路劝放之。（出《广古今五行记》）

此，河东一带称须曼卿为斥仙人。（出《抱朴子》）

马太守

兴州老太守马某在任上时，有亲戚前来投靠他，乞求能体恤帮帮忙。马某将那人逐出家门，这人实在没有办法，便谎称是："成仙的道士，给人治病都能手到病除。"又找来了几个人帮着自己四处游说，虚张声势，说："我能让瞎子看得见，瘸子马上能走。"于是，各地的人都汇聚而来，跟赶集一般，得到的钱物堆积得如山般多了。他还对前来看病的人说："虽然你的病还没治好，但和别人要说治好了，只有这样，才会帮助你的病真的好起来；如果你对别人说没好，那么你的病最后也不会好。道法是公正的，你不能不信。"所以后面来的病人问先前来的病人治得如何时，答案都是病好了，没人敢说没有效果，或没治好的。仅十天半月的时间，他就成了个大富翁。（出《抱朴子》）

邺城人

北齐后主武平年间，起初高纬广开言路，奏请胡太后临朝，当时的人都说有狐狸精，拦截行人的头发。邺城北面的两三条街道是无人居住的，唯有一座座空房子在那里。这时，有户人家的一个婢女，十六七岁，独自走在这空巷中。背了个大黄包袱，包袱里装的是锦缎做的被子。忽然，与一位老妇人相遇，老妇人五十多岁的样子，脸上画着白色的妆，样子十分吓人，脑袋用黑布巾蒙住。见四下无人，便朝婢女追来。把黑布巾摘掉，她的头发盘了十余道髻，都是平顶束着，手里提了一把剃头刀，老妇人对婢女说："我是那个狐狸精，你马上放下包袱回去。"老太太得了包袱后，转身就钻进了东边的胡同。婢女哭了，正巧有人骑马经过，问她发生了何事，她说："狐狸精夺走了我的包袱，进了东边胡同。"那人打马追去，一下就将她抓住，原来是个人扮的。引来了几百人前来观看，全都大笑不已，没想到还有这样装妖弄鬼的事发生，将她的财物没收，把她打了个半死，经过

纥干狐尾

并州有人姓纥干，好剧。承间在外有狐魅，遂得一狐尾，缀着衣后。至妻旁，侧坐露之。其妻私心疑是狐魅，遂密持斧，欲斫之。其人叩头云：“我不是魅。”妻不信。走遂至邻家，邻家又以刀杖逐之。其人惶惧告言：“我戏剧，不意专欲杀我。”此亦妖由人兴矣。（出《广古今五行记》）

李 恒

陈留男子李恒家事巫祝，邑中之人，往往吉凶为验。陈留县尉陈增妻张氏，召李恒。恒索于大盆中置水，以白纸一张，沉于水中，使增妻视之。增妻正见纸上有一妇人，被鬼把头髻拽，又一鬼，后把棒驱之。增妻惶惧涕泗，取钱十千，并沿身衣服与恒，令作法禳之。增至，其妻具其事告增。增明召恒，还以大盆盛水，沉一张纸，使恒观之。正见纸上有十鬼拽头，把棒驱之，题名云“此李恒也”。惭惶走，遂却还昨得钱十千及衣服物，便潜窜出境。众异而问，增曰：“但以白矾画纸上，沉水中，与水同色而白矾干。验之亦然。”（出《辨疑志》）

的路人劝说才放了她。（出《广古今五行记》）

纥干狐尾

并州有个姓纥干的人，喜欢恶作剧。正逢外面闹狐狸精，他有天弄到了一条狐狸尾巴，然后就拴在衣服后面。到妻子身边，他侧着身子坐，故意把狐狸尾巴露出来。妻子看到后，心中怀疑他是狐狸精，于是悄悄拿了斧头砍向他，吓得他连忙磕头道："我真的不是狐狸精。"妻子不信。赶紧又对邻居们说，邻居们马上拿起刀棍追逐不放。吓得他立刻将实情说出："我就是在恶作剧，没想到你们竟一心要将我杀了。"看来，狐妖的说法也是因人才传得这般广泛的啊！（出《广古今五行记》）

李恒

陈留县有个名叫李恒的男人，以行巫为职，城里人经常找他验吉凶祸福。陈留县尉陈增的夫人张氏，将李恒请入府中。李恒要来了一个装满水的大盆，然后将一张白纸浸入水中，再喊张氏来看。张氏俯身去看时，就看到纸上有一个女人，被鬼拽着头发朝前拖，还有个鬼拎着棒子在后面驱赶她。吓得张氏面色如土，都吓哭了，赶紧给了他十千钱，还顺手将一套衣服也送给他，请他赶紧作法祈祷。陈增回来后，张氏将此事告知丈夫。第二天，陈增将李恒再次请入府中，依旧用昨天的那个大盆装满水，然后又从怀中拿出一张纸浸到水里，再请李恒过来看。这次看到十个鬼拽住一个脑袋，边用棒子在后面赶，边往前拖，纸上写着一行小字："此人是李恒。"李恒感到羞愧又害怕，马上将昨天得来的十千钱物还回去，十分狼狈地逃出县境。人们对此感到惊异和不解，前来询问，陈增说："事先用白矾在纸上画好，沉到水中，慢慢的纸同水色而白矾的画就显出来了。人们对此进行验证，果真如此。"（出《辨疑志》）

惠范

周有婆罗门僧惠范，奸矫狐魅，挟邪作蛊，趑趄鼠黠，左道弄权。则天以为圣僧，赏赉甚重。太平以为梵王，接纳弥优，生其羽翼，长其光价。孝和临朝，常乘官马，往还宫掖。太上登极，从以给使，出入禁门。每入，即赐绫罗金银器物。气岸甚高，风神傲诞，内府珍宝，积在僧家。矫说妖祥，妄陈祸福。神武斩之，京师称快也。（出《朝野佥载》）

史崇玄

唐道士史崇玄，怀河内县缝靴人也。后度为道士，矫假人也，附太平，为太清观主。金仙、玉真出俗，立为尊师。每入内奏请，赏赐甚厚，无物不赐。授鸿胪卿，衣紫罗裙帔，握象笏，佩鱼符。出入禁闱，公私避路。神武斩之，京师中士女相贺。（出《朝野佥载》）

岭南淫祀

岭南风俗，家有人病，先杀鸡鹅等以祀之，将为修福；若不差，即刺杀猪狗以祈之；不差，即次杀太牢以祷之；更不差，即是命也，不复更祈。死则打鼓鸣钟于堂，比至葬讫。初死，但走大叫而哭。（出《朝野佥载》）

惠范

武则天称帝后，有位从婆罗门而来的叫惠范的僧人，为人奸诈且十分谄媚，用邪术蛊惑人心，如老鼠般狡猾，且喜欢玩弄权术和搞一些旁门左道。武则天把他当圣僧般尊敬，给了他十分厚重的赏赐。太平公主更是尊他为婆罗门教教主，对他热情接待，视作上宾，他培植党羽，更令他身价倍增。孝和皇帝上朝时，惠范常常骑着官马，来往于后宫之中。太上皇登基，他又把自己当成个内侍随侍左右，大摇大摆地出入禁宫。每次入宫，都会有金银财物、绫罗绸缎等等东西赏赐给他。于是，他更加有恃无恐、傲慢无礼，内宫的珍宝很多都落到了他手上。他为他人占卜吉凶、乱陈祸福，都是信口开河，胡言一派。后来，神武皇帝将他给杀了，京城中人无不拍手称快。（出《朝野佥载》）

史崇玄

唐代有个叫史崇玄的道士，他原本是怀州河内县一名缝制靴子的匠人。后来当了道士，这人为人十分伪诈，以太平公主做依附，当了太清观主。金仙、玉真为了巴结权贵，称他为尊师。他每次进宫禀奏请安时，都会有十分丰厚的赏赐，没有东西是他得不到的。还被授予鸿胪寺卿的职务，穿着罗裙紫衣，握着象牙笏板上朝，身佩着鱼符。他出入禁宫，上下都为他让路。后来，神武皇帝把他给斩杀了，京中男女无不奔走欢呼。（出《朝野佥载》）

岭南淫祀

在岭南，当地有个风俗，凡是家里有人病了的，先杀鸡鹅等祭祀，为病人祈福；若病情没有好转，再杀狗猪来祭祀；若是病情还没好，便杀大牛进行祭祀；如果杀了牛却仍然没有好，那便是命该如此了，然后便不再祭祀。等病人死后，就在堂前打鼓鸣钟做道场，一直到下葬。刚咽气时，只是边走边哭。（出《朝野佥载》）

贺玄景

唐景云中，有长发贺玄景，自称五戒贤者。同为妖者十余人，陆浑山中结草舍，幻惑愚人子女，倾家产事之。给云：“至心求者，必得成佛。”玄景为金薄袈裟，独坐暗室。令愚者窃视，云佛放光，众皆慑伏。缘于悬崖下烧火，遣数人于半崖间，披红碧纱为仙衣，随风习陋。令众观之，诳曰：“此仙也。”各令着仙衣，以飞就之，即得成道。克日设斋，饮中置莨菪子，与众餐之。女子好发者截取，为剃头，串仙衣，临崖下视，眼花恍惚，推崖底，一时烧杀，没取资财。事败，官司来检，灰中得焦拳尸骸数百余人。敕决杀玄景，县官左降。（出《朝野佥载》）

瀛州妇人

唐景龙中，瀛州进一妇人，身上隐起浮图塔庙诸佛形像。按察使进之，授五品，其女妇留内道场。逆韦死后，不知去处。（出《朝野佥载》）

薛怀义

周证圣元年，薛师名怀义，造功德堂一千尺于明堂北。其中大像，高九百尺，鼻如千斛船，小指中容数十人并坐，夹纻以漆之。正月十五，起无遮大会于朝堂。掘地五丈深，以乱彩为宫殿台阁，屈竹为胎，张施为桢盖。又为大像金刚，并坑中引上，诈称从地涌出。又刺牛血，画作大像头，头高二百尺，诳言薛师膝上血

贺玄景

景云年间，有个叫贺玄景的人，他留着长头发，自称五戒贤人。还有十多人跟着他一起作妖弄怪，在陆浑山林搭了草棚，用以迷惑那些愚昧无知的人们，不少人被害得倾家荡产。他欺骗大家说：“心诚的人来求，肯定能成佛。”贺玄景穿着金箔袈裟，在昏暗的房间独坐。愚昧无知的人们前来窥视，就说是佛在放光，好多人都被慑服了。他们沿悬崖底部点上大火，再要一部分人披上红绿纱在半崖间站着，红绿纱随风飘动，如同仙衣一般飘纱。贺玄景喊人来看，并诳骗说：“那些就是神仙。”他说穿上红绿纱衣的人，飞过去就能成道了。他们择日设斋，酒里放上莨菪子，与那些被骗的人一起食用。女人和头发好的人剪了头发，说是为了剃度。然后披上所谓的仙衣，临悬崖朝下看，一个个眼花缭乱，神志不清的。贺玄景再将这些人推至崖底，当时那些人就烧死了，那些教徒的财物便被这伙装神弄鬼的人窃取。后来，事情败露，官府前来查办，从灰烬中找到残腿剩臂数百具尸骸。于是皇帝下令将贺玄景斩首，当地的县官也被降职。（出《朝野佥载》）

瀛州妇人

景龙年间，瀛州进献了一名女子，女子身上有佛塔及诸佛的形象隐约可见。按察使将她敬献给皇上，皇上龙颜大悦，授他五品官职，而且把那名女子留在宫内做道场。韦后被杀后，这名女子也不知去向。（出《朝野佥载》）

薛怀义

武则天称帝后证圣元年，法师薛怀义修建了一座功德堂，有千尺高，位于明堂以北。功德堂的大佛像高达九百尺，鼻子像大船，小指能容纳几十人并肩而坐。夹萱麻用它漆了一遍。正月十五，在堂前举办露天的大斋会。大斋会前，薛怀义派人掘地五丈深，有彩色丝绸上画着宫殿台阁，把竹子扎成护圈，作为支柱和顶盖。还另外造了作之。观者填城溢郭，士女云会。内载钱抛之，更相蹈藉，老少死者非一。至十六日，张像于天津桥南，设斋。二更，功德堂火起，延及明堂，飞焰冲天，洛城光如昼日。其堂作仍未半，已高七十余尺。又延烧金银库，铁汁流液，平地尺余。人不知错入者，便即焦烂。其堂煨烬，尺木无遗。至晓，乃更设会，暴风欻起，裂血像为数百段。浮休子曰：“梁武帝舍身同泰寺，百官倾库物以赎之。其夜欻电霹雳，风雨暝晦。寺浮图佛殿，一时荡尽。非理之事，岂如来本意哉？”（出《朝野佥载》）

胡僧宝严

唐景云中，西京霖雨六十余日。有一胡僧，名宝严，自云有术法，能止雨，设坛场，读经咒。其时禁屠宰，宝严用羊二十口，马两匹以祭。祈请经五十余日，其雨更盛。于是斩逐胡僧，其雨遂止。（出《朝野佥载》）

胡超僧

周圣历年中，洪州有胡超僧，出家学道，隐白鹤山，微有法术，自云数百岁。则天使合长生药，所费巨万，三年乃成。自进药于三阳宫，则天服之，以为神妙，望与彭祖同寿，改元为久视元年。放超还山，赏赐甚厚。服药之后二年而则天崩。（出《朝野佥载》）

一座金刚大佛像，将大佛从坑中拽出来，对外说佛像是从地下冒出的。又用刺出的牛血画出大佛的头，有两百尺那么长，说是用他膝上的血来画的。从四面八方涌来了好多人前来观看，一时间城内人满为患，男女云集。人们都想靠前一些抛钱，你推我挤，踩死好几个老人与孩子。十六日，大佛像被挂在天津桥南，设斋祝祷。二更天，功德堂起了火，火势蔓延至明堂，一时间火焰冲天，整个洛阳城照得如白昼一般。功德堂才建了不到一半，有七十多尺高。火势蔓延到金银库，里面存着的金银化成水流淌出来，平地上都有一尺多深。有人误入，马上就被烧焦了。功德堂在火中化为灰烬，一块木头都没剩。天亮后设斋会时，忽然一阵狂风吹过，牛血绘制的那张大佛像被撕成碎片。浮休子张鷟说："梁武帝出家同泰寺，文武百官倾其所有将他赎回来。当天夜里电闪雷鸣，天昏地暗，虽同泰寺是佛堂圣殿，片刻之间就被大水给淹了。这种不合情理之事，难道就是如来佛祖的天意？"（出《朝野佥载》）

胡僧宝严

唐朝景云年间，长安连着下了六十多天雨。一位叫宝严的胡僧自称有能让雨停的法术，便设祭坛，读经文念咒语。当时的政令禁止屠宰，宝严却杀了二十只羊、两匹马用来祭天。他读经念咒了五十多天，雨不但没停反而更大了。于是把他给斩了，他死后，雨也停了。（出《朝野佥载》）

胡超僧

武则天圣历年间，洪州有位叫胡超的僧人，在白鹤山隐居，出家学道，刚学了点法术，就说自己活了几百岁了。武则天知晓后，便命他炼出长生不老药，花了上万元钱，历时三年，终于将药做成了。胡超到三阳宫，把药奉上，武则天服下药后，以为药力非凡，希望能活到彭祖那样大的年纪，于是改年号为久视元年。将胡超放回山中，并给予十分优厚的赏赐。但就在他服药两年后，武则天便驾崩了。（出《朝野佥载》）

调猫儿鹦鹉

则天时，调猫儿鹦鹉同器食，命御史彭先觉监，遍示百官及天下考使。传看未遍，猫儿饥，遂咬杀鹦鹉以餐之。则天甚愧。武者国姓，殆不祥之征也。（出《朝野佥载》）

骆宾王

唐裴炎为中书令，时徐敬业欲反，令骆宾王画计，取裴炎同起事。宾王足踏壁，静思食顷，乃为谣曰："一片火，两片火，绯衣小儿当殿坐。"教炎庄上小儿诵之，并都下童子皆唱。炎乃访学者令解之。召宾王至，数啖以宝物锦绮，皆不言。又赂以音乐妓女骏马，亦不语。乃将古忠臣烈士图共观之，见司马宣王，宾王欻然起曰："此英雄丈夫也。"即说自古大臣执政，多移社稷。炎大喜。宾王曰："但不知谣谶何如耳。"炎以谣言片片火绯衣之事白。宾王即下，北面而拜曰："此真人矣。"遂与敬业等合谋。扬州兵起，炎从内应，书与敬业等，书唯有"青鹅"字。人有告者，朝臣莫之能解。则天曰："此青字者，十二月。'鹅（鵞）'字者，我自与也。"遂诛炎，敬业等寻败。（出《朝野佥载》）

冯七姨

唐逆韦之妹，冯太和之妻，号七姨。信邪见，豹头枕以辟邪，白泽枕以去魅，作伏熊枕以为宜男。太和死，嗣虢王娶之。韦之

调猫儿鹦鹉

武则天称帝时，让猫儿和鹦鹉一起吃同一个器皿中的食物，以此来取乐，并命令御史彭先觉来监督，让朝中百官以及各国的来使传看。还没有传看完毕，猫儿便饿了，于是咬死鹦鹉吃了起来。见此情形，武则天感到非常难为情。鹉者，武也，这是国姓，这大概就是不祥之兆了。（出《朝野佥载》）

骆宾王

唐朝，裴炎担任中书令时，徐敬业想要谋反，让骆宾王献上一计，争取裴炎和他起事。骆宾王将脚踩在墙上，考虑了有一顿饭的工夫，编了三句童谣："一片火，两片火，绯衣小儿当殿坐。"然后，他拿去教裴炎老家的孩子唱，城里的孩子们也跟着唱。裴炎拜访有学识之人，希望能把童谣的意思弄明白。骆宾王来了，裴炎拿着珠宝锦缎诱惑他，骆宾王是一言不发。裴炎送来音乐、歌妓、骏马等，骆宾王仍旧不语。裴炎无计可施，于是把古代忠臣烈士图像拿来，与骆宾王一同欣赏。看到司马宣王时，骆宾王站起来道："这位才是真英雄、大丈夫。"然后说自古以来大臣执政，其中不少改朝换代的之类。裴炎听后十分兴奋。骆宾王问道："只是不知道这歌谣是什么意思。"于是裴炎把那首一片火，两片火，绯衣小儿当堂坐的童谣讲给骆宾王。骆宾王立即退下，面身北拜道："这才是真正有大志的人！"不久，他与徐敬业合谋造反，在扬州起事，裴炎做内应。裴炎写给徐敬业等人一封密信，信上只写了"青鹅"两个字。因有人泄密，然后事情败露。密信上的意思，朝臣中无人能解。武则天说："'青'，是十二月；'鹅（鵞）'，就是我亲自参加。"当即将裴炎杀了，徐敬业等人也就没能成功了。（出《朝野佥载》）

冯七姨

唐朝韦后的妹妹，是冯太和的妻子，称七姨。她十分相信歪道邪术，相信豹头枕头能辟邪，白泽枕头能除鬼气，而作伏熊枕头能让

败也，虢王斫七姨头送朝堂。即知辟邪之枕无效矣。（出《朝野佥载》）

姜抚先生

唐姜抚先生，不知何许人也。尝著道士衣冠，自云年已数百岁。持符，兼有长年之药，度世之术，时人谓之姜抚先生。玄宗皇帝高拱穆清，栖神物表，常有升仙之言。姜抚供奉，别承恩泽。于诸州采药及修功德，州县牧宰，趋望风尘。学道者乞容立于门庭，不能得也。有荆岩者，于太学四十年不第，退居嵩少，自称山人。颇通南北史，知近代人物。尝谒抚，抚简踞不为之动。荆岩因进而问曰："先生年几何？"抚曰："公非信士，何暇问年几？"岩曰："先生既不能言甲子，先生何朝人也？"抚曰："梁朝人也。"岩曰："梁朝绝近，先生亦非长年之人。不审先生梁朝出仕，为复隐居？"抚曰："吾为西梁州节度。"岩叱之曰："何得诳妄？上欺天子，下惑世人。梁朝在江南，何处得西梁州？只有四平、四安、四镇、四征将军，何处得节度使？"抚惭恨，数日而卒。（出《辨疑志》）

丈夫健康长寿。但是，她丈夫太和没多久就死了。然后，她再嫁给虢国王。韦后争权失败后，虢国王把冯七姨的脑袋砍下来送上大殿。于是都知道那辟邪的枕头也是没用的。（出《朝野佥载》）

姜抚先生

唐朝的姜抚先生，不知他到底何许人。经常穿戴着道士的衣帽，自称已经活了几百岁了。手持符咒和长生不老药，再加健身术，当时人们称他为姜抚先生。唐玄宗崇尚道教，安坐无所为，神态怡然，行如清风。姜抚如神气附体般，经常说些成仙得道的话，并投其所好专门侍奉他，因此得了不少恩赐，允许他在各州采药和修行，使其功德圆满。各州县的军政大员对此望尘莫及。前来拜师学道的人很多，门口连站的地方都没有。有位叫荆岩的，在最高学府读了四十年书，却没有中第，于是隐退到嵩山的少林寺，自称山人。他对南北两朝的历史十分熟悉，近代人物的事迹了如指掌。有一次，荆岩拜见姜抚，姜抚傲慢无礼，动都没动一下。荆岩走进去问道："先生今年高寿？"姜抚回答说："你不信奉本教，怎么来问我年纪？"荆岩说："既然先生说不出自己年纪，那请问您哪朝人？"姜抚说："梁朝人。"荆岩说："梁朝很近。先生看上去也不老，不用问，你肯定在梁朝当过官，后来罢职隐居的。"姜抚说："我原是西梁州节度使。"荆岩一声冷笑，怒斥道："你怎敢这般胆大妄为地骗人呢？你上欺天子，下惑世人。要知道，梁朝位于江南，西梁州在哪里？再来，梁朝只设了四平、四安、四镇、四征将军，哪个地方设了节度使？"听完一席话，姜抚是又惭愧又悔恨，没过几天就死了。（出《辩疑志》）

卷第二百八十九 妖妄二

李泌

李泌以虚诞自任，尝对客教家人遣洒扫，“今夜洪崖来”。有人遗美酒一榼，会有客至，乃曰：“麻姑送酒，与君同倾。”倾未毕，阍者云：“某侍郎取榼。”泌命倒还，亦无愧色。（出《国史补》）

纸衣师

大历中有一僧，称为苦行。不衣缯絮布绝之类，常衣纸衣，时人呼为纸衣禅师。代宗武皇帝召入禁中道场安置，令礼念。每月一度出外，人转崇敬。后盗禁中金佛，事发，召京兆府决杀。（出《辩疑志》）

明思远

华山道士明思远，勤修道箓三十余年，常教人金水分形之法，并闭气存思，师事甚众。永泰中，华州虎暴，思远告人云：“虎不足畏，但闭气存思，令十指头各出一狮子，但使向前，虎即去。”思远兼与人同行，欲暮，于谷口行逢虎。其伴惊惧散去，唯思远端然，闭气存思，俄然为虎所食。其徒明日于谷口相寻，但见松萝及双履耳。（出《辩疑志》）

李 泌

李泌为人十分荒诞和放任自我，一次，他当着客人的面，要家人打扫房间，说“今夜洪崖会来”。有人送来一榼美酒，正好来了位客人，李泌就和客人说：“这是麻姑神仙送来的酒，我们一起喝了它。”酒还没喝完，就听到看门人道：“某侍郎来取榼子了。”李泌立即让人把酒倒出来，然后把榼还给人家，脸上没有显现出丝毫的羞愧之色。（出《国史补》）

纸衣师

大历年间，有一位和尚，称为苦行僧。不穿棉布绸子类的衣物，只穿用纸制成的衣服，人们为此称他为纸衣禅师。代宗召他入宫，命他做道场、念经。每月一次，出宫后，人们对他变得崇敬起来。后来，又因他偷宫中金佛的事情被揭露，招来了杀身之祸，最后被京兆府处决。（出《辩疑志》）

明思远

华山有位叫明思远的道士，三十多年来钻研道教典籍十分勤奋，常教人一些金水分形法，还要人屏住呼吸靠意念行事，有很多人来向他求教和拜师。唐朝永泰年间，华州闹虎患，明思远对人们说：“老虎并不可怕，只要屏住呼吸靠意念就可以，想象十个手指头各变出来一只狮子，然后只管让十只狮子冲上前，那么老虎肯定就会即刻跑掉。”他与人一起去找老虎，天要黑时，在谷口和老虎遇上了。同伴们吓得四处逃散，而明思远则泰然地端坐在那，屏住自己的呼吸靠意念行事，结果，不一会儿他就被老虎吃掉了。第二天，徒弟们进

周士龙

周士龙者，婺州东阳人。能辨山冈，卜择坟墓之地，与叔父齐名。每至岁月大通，门庭车马如市，人之夭寿官位，吉凶利害，一切以地断。大历五年，至邺中，邺中兵马使姚希晟新葬母氏于青都村，士龙占其冢："一年合家破。"到明年，希晟犯事至死。邺中之人，无不惊骇，相与谓之神人。又有兵马使娄瓘举大事，遂恳祈士龙卜地，前后饷千余贯。士龙大喜，遂与月余日寻访山原。忽得一处，说其地势回抱，是龙腹，三年内必得节度使。瓘亦以自负。岁中，邺中军变，瓘因此谓地势有凭，便有异图。事发，遂斩于军门，举家无复遗类。（出《辩疑志》）

李长源

李长源常服气导引，并学禹步方术之事，凡数十年。自谓得灵精妙，而道已成。远近辈亲敬师事者甚多。洪州昼日火发，风猛焰烈，从北来。家人等狼狈，欲拆屋倒篱，以断其势。长源止之，遂上屋禹步禁咒。俄然火来转盛，长源高声诵咒，遂有迸火飞焰，先著长源身，遂堕于屋下。所居之室，烧荡尽。器用服玩，无复孑遗。其余图篆持咒之具，悉为灰烬。（出《辩疑志》）

山寻找，只在松萝上面看到一双鞋子。（出《辩疑志》）

周士龙

周士龙，婺州东阳县人。会给人看风水选坟地，与他的叔父齐名。每逢好日子，他家都是门庭若市，人们对自身寿命的长短、官职的升降，及其他吉凶祸福，都会请他以坟地来断定。唐朝大历五年，周士龙到邺郡，邺郡兵马使姚希晟的母亲刚被埋葬在青都村，周士龙去坟地看了看后说："一年之内，这个家就会破败。"第二年，希晟真的犯了事搭上了性命。当时邺城人，都为此感到特别震惊，私下里称他为神人。还有一位兵马使娄瓘，此人一心想成就一番大事业，于是恳请周士龙为祖上选一块好的坟茔地，前后给他一千多贯钱。周士龙心中大悦，奔波了一个多月，遍访郡中的山川，意外地找到一处好地方，说那里地势回抱，位于龙的腹部，真正的风水宝地，保他三年之内能当上节度使。娄瓘听后信以为真，而且相当自负。当年，邺郡兵变，娄瓘满心认为那块坟地有信了，认为兵变是个好时机，于是起了野心，意图谋反。后来事情败露，于营门口被斩，满门覆灭。（出《辩疑志》）

李长源

李长源曾练过气功，还学过巫师的步法和方术，学了几十年，对外宣称自己领悟到了其中精要，也练成了道法。不论远近，很多人特意前来拜他为师。一天白日里，洪州起了大火，风助长火势，从北而来。李长源家人十分狼狈，想把篱笆推倒，房子扒倒后，将火源切断。李长源阻止了他们，然后自己上了房顶，走着巫师的步法，念着咒语。没想到，火势变得更加凶猛，李长源更高声地诵念着咒语，火焰却迸射到他身上，他滚到房下。最终，房子烧得片瓦都不剩，一应用具、服装、古玩等，无一件是完好无损的。就连那些图谶、咒符等巫师用的东西，一一化为灰烬。（出《辩疑志》）

双圣灯

长安城南四十里有灵母谷，呼为炭谷。入谷五里，有惠炬寺。寺西南渡涧，水缘崖侧，一十八里至峰，谓之灵应台。台上置塔，塔中观世音菩萨铁像，像是六军散将安太清置造。众传观世音菩萨曾见身于此台，又说塔铁像常见身光。长安市人流俗之辈，争往礼谒，去者皆背负米曲油酱之属。台下并侧近兰若四十余所，僧及行童，衣服饮食有余。每至大斋日送供，士女仅至千人，少不减数百，同宿于台上。至于礼念："求见光。"兼云："常见圣灯出，其灯或在半山，或在平地，高下无定。"大历十四年四月八日夜，大众合声礼念，西南近台，见双圣灯。又有一六军健卒，遂自扑，叫唤观世音菩萨，步步趋圣灯向前，忽然被虎拽去。其见者乃是虎目光也。（出《辩疑志》）

路神通

段成式门下驺路神通，每军较，力能戴石，簦靸六百斤石，啮破石粟数十。背劄天王，自言得神力，入场神助之则力生。当至朔望日，具乳糜，焚香袒坐，使妻儿供养其背而拜焉。（出《酉阳杂俎》）

五福楼

元和初，阴阳家言五福太一在蜀，故刘闢造五福楼。符载为文记。（出《国史补》）

双圣灯

出长安城往南走四十里，有座灵母谷，也叫为炭谷。进入谷内五里处，有座惠炬寺，越过寺西南面那道水拍云崖的深涧，再往前十八里就是峰顶了，峰顶叫灵应台。台上建有一座塔，塔中供着观世音菩萨的铁像，这座铁像是军队中的散将安太清制造。据说菩萨在这里显过原形，还说铁像身上常常会闪出佛光。长安城中一些俗人，争先恐后地前去拜谒，前去拜谒的人都带上粮油酱醋这些东西。台下并排建了四十多所寺庙，僧人及杂役，不愁吃穿。每逢大斋日都会有很多供品送来，男女老少有近千人，最少的时候也是好几百人，他们一起睡在台上。怀着无比虔诚的信念，祈求着可以见到佛光。又有人讲："看到过圣灯出现，那灯有时在山腰，有时在山下，忽高忽低没有准确的位置。"大历十四年四月八日晚，正在人们同声祈祷时，在靠近台顶西南方竟然看到一对圣灯。此刻，一位身材十分健壮的官兵立即扑了过去。口中还念着观世音菩萨，然后一步步靠上前，突然就被老虎拽跑了。原来，他看到的那双圣灯，就是老虎闪闪的眼睛啊。（出《辩疑志》）

路神通

段成式门下有位掌驾车马的人叫路神通，每当和人比武时，力气大到可以把石头顶起来，六百斤重的大石头被顶起来，就如同戴斗笠穿拖鞋一般轻而易举，还能一口气咬碎几十颗石栗果。背扎天王，自称有神力，每逢他上场神就会来助他一臂之力，自然就有力气。每月的初一、十五这两天，都会摆下乳糜，点上香火袒胸而坐，妻子儿女都在他背后供奉好然后揖拜。（出《酉阳杂俎》）

五福楼

唐朝元和初年，阴阳家们说五福天神到蜀郡了，刘辟为此建了一座五福楼。此说法与书上记载的相符。（出《国史补》）

鱼目为舍利

泽州僧洪密请舍利塔，洪密以禅宗谜语鼓扇愚俗，自云身出舍利。曾至太原，豪民迎请，妇人罗拜。洪密既辞，妇人于其所坐之处拾得百粒。人验之，皆枯鱼之目也。将辞去山中，要十数番粗毡，半日获五百番。其惑人也如此。（出《北梦琐言》）

目老叟为小儿

长安完盛之时，有一道术人，称得丹砂之妙，颜如弱冠，自言三百余岁。京都人甚慕之，至于输货求丹，横经请益者，门如市肆。时有朝士数人造其第，饮啜方酣，有阍者报曰："郎君从庄上来，欲参觐。"道士作色叱之。坐客闻之，或曰："贤郎远来，何妨一见。"道士颦蹙移时，乃曰："但令入来。"俄见一老叟，鬓发如银，昏耄伛偻，趋前而拜。拜讫，叱入中门。徐谓坐客曰："小儿愚骏，不肯服食丹砂，以至于是。都未及百岁，枯槁如斯，常已斥于村墅间耳。"坐客愈更神之。后有人私诘道者亲知，乃云："伛偻者即其父也。"好道术者受其诳惑，如欺婴孩矣。（出《玉堂闲话》）

于世尊

遂州巡属村民姓于号世尊者。与一女，皆逆知人之吉凶，数州敬奉，舍财山积。鑿凿崖壁，列为佛像，所费莫知纪极。节度许公存以其妖妄，召至府衙，俾其射覆。不中，乃械而杀之，一无神变。于其所居，得五色文麻垣，以牛载仅百驮，钱帛即可知也。每

鱼目为舍利

泽州僧人洪密到舍利塔前，他用禅宗的一些隐语扇动和蛊惑老百姓，称他是由佛骨幻化而成的。他曾到太原，一位富豪将他迎进自己家中，富豪的妻子朝他跪拜。洪密起身告辞后，富豪夫人在他坐过的地方捡了一百多粒骨头碴。找人检验，竟然全都是干巴鱼的眼珠子啊。他对百姓们宣称要返回山中，需要十几番粗毡子，不到半天时间，他就得了五百番。他就是如此蛊惑众人的呀！（出《北梦琐言》）

目老叟为小儿

在长安城最为繁华昌盛时，有一学道术的人，自称得了精妙仙丹，看上去二十来岁的面容，却说自己有三百多岁了。京城中人对他十分羡慕，拿东西换仙丹，举着经纱前来讨药方的人在这里门庭若市。有一次，几位朝廷官员到他家拜访，酒足饭饱后，看门人来报告说："你儿子进京来了，想见见你。"道士十分不悦地将他喝退。客人们说："令郎远道而来，不妨一见。"道士皱眉思考了一会儿，便道："让他进来吧。"过了一会儿，只见一位鬓发皆白的老人，伛偻着身子上前就跪拜。拜毕，道士将他带进中门，然后对客人们解释道："小儿愚蠢呆笨，只因不肯服食仙丹，所以才变成了现在这副样子。他还不到一百岁却已一副枯槁样子，已经被我驱赶至山村茅屋之中了。"听完这番言论，客人们更是深信不疑，将他当神一般崇拜。后来，有人暗中盘问道士的亲戚朋友，得知："原来那位伛偻着身子的老头儿，是道士的父亲啊。"喜好道术的那些人，被他欺骗和蛊惑，就如婴孩被大人们欺骗一般。（出《玉堂闲话》）

于世尊

遂州巡属有位村民，姓于，号称世尊。他和女儿都说可以预知人的吉凶祸福，几个邻近的州部将他们奉若神灵，施舍而来的财物更是堆积如山。他们便开凿悬崖陡壁，想在上面雕刻一排佛像，所需花费不知多少。当政节度使许公存将于世尊两人视为妖妄作乱，

夜会，自作阿弥陀佛，宫殿池沼，一如西方。男女俱集，念佛而已。斯亦下愚之流，岂术神耶？将有物凭之耶？（出《北梦琐言》）

捉佛光事

高燕公镇蜀日，大慈寺僧申报，堂佛光见。燕公判曰："付马步使捉佛光过。"所司密察之，诱其童子，具云："僧辈以镜承隙日中影，闪于佛上。"由此乖露，擒而罪之。（出《北梦琐言》）

大轮咒

释教五部持念中，有大轮咒术，以之救病，亦不甚效。然其摄人精魄，率皆狂走，或登屋梁，或啮瓷碗。闾阎敬奉，殆似神圣。此辈由是广获金帛。陵州贵平县牛鞞村民有周达者，贩鬻此术，一旦沸油煎其阴，以充供养，观者如堵，或惊或笑。初自忘痛，寻以致殂也。中间僧昭浦说朗州有僧号周大悲者，行此咒术，一旦炼阴而毙。与愚所见，何姓氏恰同而其事无殊也？盖小人用道欺天，残形自罚。以其事同，因而录之。（出《北梦琐言》）

把二人召进府衙，命他们射覆置的盆。结果都没有射中，于是用棍棒将二人打死，神色没有变化。从他们的居所找到一批五色花纹的棉线，用牛拉了将近一百驮，就连穿钱的彩绳都多到数不过来，钱和布帛更是可想而知了。每晚聚在一起，自设佛堂，还有宫殿池沼等，就像是西天佛祖圣地。男女集中一起念佛罢了，那些受骗的也都是些愚昧的人。难道说他们向神祈祷求术早成，这么些东西还用得上吗？（出《北梦琐言》）

捉佛光事

高燕公镇守蜀郡时，大慈寺僧人前来报告，有佛光在大殿上闪现。燕公判断说："付马步使捉过佛光。"于是命人暗地里进行调查，诱使小孩子告知线索，他们说："和尚用镜子吸太阳从门缝中射入的光影，然后再将它反射到大佛身上。"此事便暴露了，而那位僧人也被判了罪。（出《北梦琐言》）

大轮咒

佛教的五部持念中，有一部叫作大轮咒术，大轮咒术用来治病救命，效果很一般，但它却能摄人精气和魂魄，使人们在不知不觉中狂奔乱走，要么登上屋顶，或者啃咬瓷碗。一些普通百姓将懂得这种咒术的人奉若神灵，虔心敬奉，这类人便趁此广收礼品发大财。陵州贵平县牛鞞村村民周达，以这种法术为职业，他用烧沸的油煎自己的阴部，用来作为献给佛的供品，前来看热闹的人将他围了个水泄不通，有人惊奇有人嘲笑。一开始周达忘了疼痛，但没多久就死了。中间僧昭浦说朗州有位法号周大悲的僧人用这大轮咒术，也是煎炼阴部而死。为何他与我见到的这位正好姓氏一样呢？他们做的都是同样的事情，小人用道术欺瞒上天，进行自我摧残，自我惩罚。于是便得了同样的下场，我便把这些记载下来。（出《北梦琐言》）

陈仆射

唐军容使田令孜擅权，有回天之力。尝致书于许昌，为其兄陈敬瑄求兵马使职，节将崔侍中安潜拒而不与。迩后崔公移镇西川，陈敬瑄与杨师立、牛勗、罗元杲以打毬争三川，敬瑄获头筹，制授右蜀节度，以代崔公。中外惊骇。报状云陈仆射之命，莫知谁何。青城县妖人作弥勒会，窥此声势，伪作陈仆射行李，云："山东盗起，车驾必幸蜀，先以陈公走马赴任。"乃树一魁，妖共翼佐之。军府未谕，亦差迎候。至近驿，有指挥索白马四匹，察事者觉其非常，乃羁縻之。未及旋踵，真陈仆射速辔而至，其妖人等悉擒缚而俟命，颍州俾隐而诛之。识者曰："陈太师由阉宦之力，无涓尘之效。盗处方镇，始为妖物所凭，终亦自贻诛灭，非不幸也。"（出《北梦琐言》）

解元龟

道士解元龟，本西蜀节将下军校。明宗入纂，言自西来，对于便殿，进诗歌圣德，自称太白山正一道士。上表乞西都留守兼三川制置使，要修西京宫阙。上谓侍臣曰："此老耄自远来朝此，期别有异见，乃为身名，甚堪笑也。"赐号知白先生，赐紫。斯乃狂妄人也。（出《北梦琐言》）

蔡　畋

唐高骈镇成都，甚好方术。有处士蔡畋者，以黄白干之。取瓦

陈仆射

唐代军容使宦官田令孜专权，势力特别大，为人又专横跋扈。他给许昌令写过一封信，为他的哥哥陈敬瑄谋求兵马使一位，侍中崔安潜节度使没有同意。后来，崔安潜镇守西川，陈敬暄与杨师立、牛勖、罗元杲等人，用打球作为赌博，用以争夺三川之地，陈敬暄得了头筹，朝廷授他蜀节度使，顶替崔安潜。一时间朝廷上下无不感到震惊。报状上评说，不知道陈敬暄能否胜任这个职务。青城县的一群妖人们在举办弥勒斋会时，探听到这个消息，于是做了一套行李，假称这是陈仆射的，并说："山东有盗寇，皇帝肯定会亲临蜀地巡视，先委派陈公上任。"他们还推举出一个人做头目，前呼后拥到蜀地。虽然军府没有得到通知，还是派人前去迎候。将其接到驿站，有个妖人的头目向军府索要四匹白马，有心细的人觉得事情异常，便故意拖延。没等转身，真的陈仆射骑马赶到，将那伙妖人全部擒缚看押，听候处理，后来，这伙妖人在颍州被暗地里处死。那些有远见的人评论说："陈太师凭宦官升迁，无半分功绩，盗寇强起来后才去镇压。最初他被妖人利用，最后他亲自将他们剿灭，这不是不幸，实在是自取其祸。"（出《北梦琐言》）

解元龟

道士解元龟，原为西蜀节度使手下的军校，唐明宗时进京入朝，他说他是从西方来的，和皇帝在便殿里对坐，对皇帝的圣明和贤德赋诗歌颂，他自己说是太白山正一道士。上表乞请西都留守兼三川制置使，需要将西京宫殿进行修缮。皇帝对侍臣说："这老头大老远来朝见我，本想着他有什么高见会发表，没想到只是为了出名而已，简直可笑至极。"皇帝于是赐他知白先生，赐紫衣一身。这真是一个狂妄的老头啊。（出《北梦琐言》）

蔡畋

唐朝的高骈镇守成都，对方术十分喜好。有位隐士叫蔡畋，可以一口，研丹一粒，涂半入火，烧成半截紫磨金，乃奇事也。蔡生自贫，人皆敬之，以为地仙。燕公求之不得，久而乖露，乃是得药于人，眩惑卖弄，为元戎杀之。（出《北梦琐言》）

张守一

张守一者，沧景田里人也。少怠惰，不事生计。自言能易五金，以溺好利者。其后贫弊，不能自存，乃负一柳箧，鬻粉黛以贸衣食，流转江淮间。吕用之以妖妄见遇，遂来广陵，客于萧胜门下。久不得志，将舍胜去。用之闻之，止之曰："男子以心诚期物，何患无知己？倘能与用之同，即富贵之事，当共图之。"由是为用之所荐。高骈见其鄙朴，常以真仙待之。及得志，虽僭侈不及用之，贪冒之心特甚。二都建，为左镆铘军使，累转检校左仆射，其礼敬次于用之。每话道对酌，自旦及暮，不能自舍。诳惑之计，与用之常相表里，以致数年其事不泄。光启二年，伪朝授守一德州刺史。明年，渤海以闽川奏守一，事未受而败。乃从杨行密入城，又请为诸将合太还丹。药未就，会有康知柔者，本郑昌图家吏，昌图判户部，以知柔为发运使。院胥伍讽，尝得罪于知柔，鞭之。杨行密入城，讽遂发知柔赃罪二十余事。至是，讽及知柔俱絷于军侯狱，知柔素与守一善，曰："愿入财以赎罪。"守一即白于杨公。公以守一、知柔洎讽，事迹皆不可原，遂命就狱杀之。（出《妖乱志》）

用法术求取出黄金、白银。拿一口陶瓦，把一颗仙丹研碎，然后将它涂在半口陶瓦上，再放到火里烧，竟然烧成半截紫磨金，真的是一件奇事啊。虽然蔡畋很穷，但人们却对他充满了敬仰之情，将他当成了人间的神仙般。高骈想将他请到府中，蔡畋没答应，时间久了，蔡畋的把戏也被揭穿了，他得到一种药，然后到处炫耀卖弄，用以蛊惑百姓，后来被元戎杀了。（出《北梦琐言》）

张守一

张守一，沧县景田里人。从小就懒惰，处事散慢，从不考虑自己的谋生之道，自称可以把金、银、铜、铁、锡相互转换，一些好利者便在此道中沉湎。后来他贫困交集，生活无法支撑，背一柳条小箱，以贩卖胭脂、粉黛来换取衣食，流落至江淮一带时。吕用之看重他的妖妄，于是把他带去广陵，送到萧胜门下。张守一在这里郁郁不得志了很长一段时间，便想离萧胜而去。吕用之听说后，劝阻他说："男人大丈夫能诚心做一件事，还怕没有知己？你若是与我同甘共苦，荣华富贵之事，我们就该一起去争取。"于是，他被引荐给成都镇守使高骈。高骈觉得他为人质朴，当他如真仙人般敬重。他得志了，虽然没有吕用之那般奢侈，却有着极重的贪婪和嫉妒之心。二都建立后，张守一被任命为左莫邪军使，然后又被任命为检校左仆射，地位仅次于吕用之。每次两人都是边饮酒边谈论，从白天到夜晚，两人都离不开谁。在实行一些诳骗诱惑的事情时，都是与吕用之互相配合，互为表里，以至于很多年以来都没有泄密。唐僖宗光启二年，扬吴任命张守一为德州刺史。第二年，渤海国用闽川进献给他，事情没成功而败露。于是他随杨行密进入扬州城，又请求给各位将领炼制太还丹。太还丹还没来得及炼成，一个叫康知柔的人来了，康知柔原是郑昌图家的一名小吏，昌图在户部任职时，康知柔为发运使。院胥伍讽得罪过康知柔，被他用鞭子打过。杨行密进城后，伍讽马上将康知柔二十多件贪污受贿等罪行全都给揭发了，然后两人都被绑捆进了军侯狱中。康知柔和张守一平时相处不错，就说："愿意用自己的财产抵罪。"张守一将此话转告给杨行密。杨行密认为张守一和康知

柔一起对伍讽进行迫害，他们犯下的过错不可原谅，当即命人将他们二人处死在狱中。（出《妖乱志》）

卷第二百九十　妖妄三

吕用之　诸葛殷　董　昌

吕用之

吕用之，鄱阳安仁里细民也。性桀黠，略知文字。父璜，以货茗为业，来往于淮浙间。时四方无事，广陵为歌钟之地，富商大贾，动逾百数。璜明敏，善酒律，多与群商游。用之年十二三，其父挈行。既慧悟，事诸贾，皆得欢心。时或整履摇箑，匿家与奴仆等居。数岁，璜卒家。乾符初，群盗攻剽州里，遂他适。用之既孤且贫，其舅徐鲁仁赒给之。岁余，通于鲁仁室，为鲁仁所逐。因事九华山道士牛弘徽。弘徽自谓得道者也，用之降志师之，传其驱役考召之术。既弘徽死，用之复客于广陵。遂縠巾布褐，用符药以易衣食。岁余，丞相刘公节制淮左，有益道置法者，逮捕甚急。用之惧，遂南渡。

高骈镇京口，召致方伎之士，求轻举不死之道。用之以其术通于客次。逾月不召。诣渤海亲人俞公楚。公楚奇之，过为儒服，目之曰江西吕巡官，因间荐于渤海。及召试，公楚与左右附会其术，得验。寻署观察推官，仍为制其名。因字之曰无可，言无可无不可。自是出入无禁，初专方药香火之事。

吕用之

吕用之，是一名鄱阳郡安仁里的普通老百姓。他为人凶悍又狡猾，认得几个文字。父亲吕璜是个卖茶叶的，在淮河南北和浙江一带行商。恰逢太平年间，广陵一带又是歌舞音乐之乡，各地的富翁巨商大都聚集于此，且人数还不少。吕璜聪明且机敏，酒量好，还懂音律，经常和往来的商人一起结伴出去游玩。那时，吕用之只不过十二三岁，跟着父亲游玩。吕用之自幼聪慧又有几分悟性，那些巨商们被侍奉得很开心。有时穿戴得很规整，却与家中奴仆居住。几年后，父亲吕璜死了。唐代乾符初年，有强盗攻进州里，于是迁去别的地方。那时，吕用之内心深感孤独无依而且家境贫寒，舅父徐鲁仁还经常接济他。一年多以后，吕用之因与徐鲁仁的妻子通奸，然后被徐鲁仁赶出来。于是吕用之上九华山侍奉道士牛弘徽。牛弘徽对外自称得道者，吕用之尊他为师，求牛弘徽将驱役鬼神之术传授给他。牛弘徽死后，吕用之又客居于广陵，遂戴着不平整的纱巾、穿粗布衣服，用符咒药物来换取衣物和吃食。又过了一年多，丞相刘公到淮东一带巡查，下令凡是用道术蛊惑人心、怪力乱神者，即刻逮捕。吕用之害怕，于是又渡去到江南。

高骈镇守京口城，正召集各地的道士前去教他练轻功，以求长生不死。吕用之也应召而去，但去了一个多月竟然无人理会。他于是前去拜见从渤海国来的亲戚俞公楚。公楚很是惊讶，给他换上儒生的衣服，宣称他是从江西来的吕巡官，以他的能力要马上将他推荐给渤海国。高骈听了，赶紧将吕用之召来，然后考核他。俞公楚及手下人暗中帮忙，于是吕用之的法术得到了很好验证，立即被封为观察推官，仍然没用原名。他字叫无可，意为无可无不可。出入随意，无人禁止，起初，他钻研仙药香火等。

明年，渤海移镇，用之固请戎服，遂署右职。用之素负贩，久客广陵，公私利病，无不详熟。鼎灶之暇，妄陈时政得失。渤海益奇之，渐加委仗。先是，渤海旧将有梁缵、陈拱、冯绶、董仅、公楚、归礼，日以疏退，渤海至是孤立矣。用之乃树置私党，伺动息。有不可去者，则厚以金宝悦之。左右群小，皆市井人，见利忘义，上下相蒙，大逞妖妄。仙书神符，无日无之，更迭唱和，罔知愧耻。自是贿赂公行，条章日紊，烦刑重赋，率意而为。道路怨嗟，各怀乱计。

用之惧其窃发之变，因请置巡察使，采听府城密事。渤海遂承制受御史大夫，充诸军都巡察使。于是召募府县先负罪停废胥吏阴狡兔猾者得百许人，厚其官佣，以备指使。各有十余丁，纵横闾巷间，谓之察子。至于士庶之家，呵妻怒子，密言隐语，莫不知之。自是道路以目。有异己者，纵谨静端默，亦不免其祸，破灭者数百家。将校之中，累足屏气焉。（出《妖乱志》）

诸葛殷

高骈嬖吏诸葛殷，妖人吕用之之党也。初自鄱阳，将诣广陵。用之先谓骈曰："玉皇以令公久为人臣，机务稍旷，获谴于时君。辄遣左右一尊神为令公道中羽翼，不久当降。令公善遇，欲其不去，亦可以人间优职縻之。"明日，殷果来。遂巾褐见骈于碧筠亭，妖形鬼态，辨诈蜂起，谓可以坐召神仙，立变寒暑。骈莫测也，俾神灵遇之，谓之诸葛将军也。每从容酒席间，听其鬼怪之说，则尽日忘倦。自是累迁盐铁剧职，聚财数十万缗。其凶邪阴第二年，渤海国移镇，吕用之坚持要穿上军装赴渤海，遂被任命了重要的职位。他以前是当小商贩的，长期客居于广陵，官府与民间的流弊，他都很清楚。茶余饭后，他无所顾忌地评述时政得失，因此，渤海国君对他越来越看重，逐渐对他委以重任。刚开始，渤海国的旧将梁缵、陈拱、冯绶、董仅、公楚、归礼等人，慢慢地与国君的关系变得疏离，想将他孤立起来。吕用之便乘机网罗私党，伺机举事。不跟他走的，便用金银财宝取悦。他身边的，都是一些见利忘义之人，于是欺上瞒下大逞妖妄。所谓仙书神符的，天天随身而带，一段接一段地诵念，完全不会感觉出任何的羞耻心。吕用之常给公行官行贿，于是宫中的规矩日见松散，赋税被加重，刑罚也变得更加烦琐和任意妄为，百姓们对此怨声载道，当权者们更是各怀鬼胎。

吕用之害怕会有变故发生，于是申请设置巡察使，用以探听和搜集宫内外密事。渤海国君封他为御史大夫，担任各军都巡察使。于是吕用之借此机会，招募了一百多犯事被罢免的阴险官吏，并给他们优厚待遇，以供他指挥。这一百多官员又各带十多位家丁在街巷横行，家丁们又被称为察子。就连百姓们平日里打孩子骂老婆时的一些密言隐语，他们都一清二楚。如此一来，道路两旁如同长了眼睛一样。他们借机排除异己，无论你有多么的谨慎小心，就算你静默端坐一言不发，也难免遭其祸，因此家破人亡的有好几百户之多。将校之中，很多人不敢出门，连呼吸都变得小心翼翼。（出《妖乱志》）

诸葛殷

在唐僖宗时，高骈养了个叫诸葛殷的，与妖人吕用之是死党关系。第一次从鄱阳前往广陵时。吕用之先对高骈说：“玉皇大帝觉得你当太长时间的大臣了，一些军国大事都耽阁了，为此不满于你。便将身边两位神仙派来辅佐你，预计很快就会降临人世了。你对他们千万要好，不想让他们走的话，给他们在人间安排个好职位。”第二天，诸葛殷便来了。他在碧筠亭上穿着破衣烂衫拜见高骈，一副妖魔鬼怪的样子，口若悬河地说能坐召神仙，能使冬夏颠倒。高骈不知他底细，将他真的当神仙敬重，并尊称他为诸葛将军。每次在酒筵间高妖，用之蔑如也。

有大贾周师儒者，其居处花木楼榭之奇，为广陵甲第。殷欲之而师儒拒焉。一日，殷谓骈曰："府城之内，当有妖起。使其得志，非水旱兵戈之匹也。"骈曰："为之奈何？"殷曰："当就其下建斋坛，请灵官镇之。"殷即指师儒之第为处。骈命军候驱出其家。是日雨雪骤降，泥淖方盛。执事者鞭挞迫蹙，师儒携挈老幼，匍匐道路，观者莫不愕然。殷迁其族而家焉。

殷足先患风疽，至是而甚。每一躁痒，命一青衣，交手爬搔，血流方止。骈性严洁，甥侄辈皆不得侍坐，唯与殷款曲，未尝不废寝忘食。或促膝密坐，同杯共器。遇其风疽忽发，即恣意搔扪，指爪之间，脓血沾染。骈与之饮啖，曾无难色。左右或以为言，骈曰："神仙多以此试人，汝辈莫介意也。"

骈前有一犬子，每闻殷腥秽之气，则来近之。骈怪其驯狎，殷笑曰："某常在大罗宫玉皇前见之，别来数百年，犹复相识。"其虚诞率多如此。高虞常谓人曰："争知不是吾灭族冤家？"

殷性躁虐，知扬州院来两月，官吏数百人，鞭背殆半。光启二年，伪朝授殷兼御史中丞，加金紫。及城陷，窜至湾头，为逻者所擒。腰下获黄金数斤，通天犀带两条。既缚入城，百姓聚观，交唾其面，焊撮其鬓发，顷刻都尽。狱具，刑于下马桥南，杖至百余，绞而未绝。会师铎母自子城归家，经过法所，遂扶起避之，复苏于桥下。执朴者寻以巨木踣之。驺殿过，决罚如初。始殷之遇也，谈阔论，高骈只要听他一番鬼怪之说，一天都会精神饱满。后来他连任主管盐铁等重要职务，聚财几十万千文钱。他为人凶邪阴险狡诈，就连吕用之和他相比都自愧弗如。

有个叫周师儒的大富商，他家中的奇花异草和楼榭亭台奇美无比，堪称广陵第一。诸葛殷想占为己有，峰周师儒严词拒绝了。一天，诸葛殷便对高骈说："府城中，有妖怪作祟。要是让它得逞，这里肯定会发生天灾人祸。"高骈问："这该如何是好？"诸葛殷说："在那下面建一座斋坛，请神官除掉它。"然后，他顺手指了指周师儒的家。于是，高骈便下令将周师儒从家中驱赶出来。那天，天骤降雨雪，道路更是泥泞不堪。那些奉命而来的人更是用皮鞭抽打，使周师儒扶老携幼，一家人在路上连滚带爬，围观的人群无不对此感到惊愕。诸葛殷自家搬了进去。

不久，他脚上先长出了一颗毒疮，而且越来越严重。那毒疮躁痒起来时，他便令一个婢女用手不停地挠，直到流出血来为止。高骈是个有洁癖的人，自己的外甥侄儿等晚辈来了都不准坐，但对诸葛殷却热情招待，都到了废寝忘食的境界。有时两人促膝而坐，有时又同杯共饮。逢诸葛殷毒疮发作躁痒难忍时，尽管抓挠弄得满手脓血，高骈依旧与他又吃又喝，并无丝毫为难。下属们说了此事，高骈说："神仙们都是通过这样的方式考验人的，大家千万不要介意。"

高骈有养一只狗崽子，每每闻到腥秽气味就跑上前去。高骈责怪它太过驯顺，诸葛殷笑着说："我在大罗宫玉皇大帝身边见过它，我们之间分别几百年了，它还认得我。"他经常这般虚诞骄狂。高骈曾对人说："又怎知它不是灭我家族的冤家呢？"

诸葛殷性情急躁、暴虐，掌管扬州院两个月，几百名官吏就有半数人挨了他的鞭子。僖宗光启二年，后唐任命诸葛殷兼任御史中丞，加一道金印紫绶带。扬州城被攻陷后，他逃窜到海边，被当时巡逻的士兵擒获。在他的腰间搜出来好几斤黄金，两条通天犀带。立刻将他捆入城中，老百姓前来围观，将唾沫吐到他脸上，撕扯他的头发，一会儿便拔光了他的头发。被戴上刑具，关押在下马桥南，被打了一百棒子，又用绳子勒他，却又没有勒死。师铎的母亲正好从扬州骄暴之名，寻布于远近。其族人竞以谦损戒殷。殷曰："男子患于不得遂志，既得之，当须富贵自处。人生宁有两遍死者？"至是果再行法。及弃尸道左，为仇人剜其目，断其舌。儿童辈以瓦砾投之，须臾成峰。（出《妖乱志》）

又

高骈末年惑于神仙之术。吕用之、张守一、诸葛殷等，皆言能役使鬼神，变化黄金。骈酷信之，遂委以政事。用之等援引朋党，恣为不法。其后亦虑多言者有所漏泄，因谓骈曰："高真上圣，要降非难。所患者，学道之人，真气稍亏，灵咒遂绝。"骈闻之，以为信然，乃谢绝人事，屏弃妾媵。宾客将吏，无复见之。有不得已之故，则遣人先浴斋戒，诣紫极宫道士祓除不祥，谓之解秽，然后见之。拜起才终，已复引出。自此内外拥隔，纪纲日紊。用之等因大行威福，傍若无人。岁月既深，根蒂遂固。用之自谓磻溪真君，张守一是赤松子，诸葛殷称将军。有一萧胜者，谓之秦穆公附马。皆云上帝遣来，为令公道侣。其鄙诞不经，率皆如此。

江阳县前一地祇小庙，用之贫贱时，常与妻止其舍。凡所动静，祷而后行。得志后，谓为冥助，遂修崇之。回廊曲室，妆楼寝殿，百有余间。土木工师，尽江南之选。每军旅大事，则以少牢祀之。

用之、守一皆云神遇。骈凡有密请，即遣二人致意焉。中和元的一座小城回家，路经法场，于是把他扶起躲到桥下，他这才苏醒。执刑的人看到后便用大木头砸去。用马车将他拉到大堂上重新判决，判决还是维持原判。他的骄横暴虐之名，远近的人都知道。同族中人都前来告诫他。诸葛殷却说：“男子汉怕的是不能实现心中的理想抱负，既然实现了，就该过上富贵的生活。人在一生之中，难道还死两次不成？”如他所言，后来再次对他行刑。当他被弃尸路旁后，被仇人剜掉了眼珠，割断了舌头。小孩子们将石头瓦块投向他的尸体，没多久那些石头瓦块就堆成了一座小山。（出《妖乱志》）

又

高骈到了晚年，被那些神仙之术蛊惑。吕用之、张守一、诸葛殷等人，他们都说可以召神唤鬼，变出黄金，高骈对此深信不疑，对他们都委任以官职。吕用之等勾结朋党，胡作非为。后来，他担心自己话多语失泄露秘密，便对高骈说：“高真上圣，将有大难降于我们。令人担心的是，学道之人的真气亏损，灵咒也会随之失去原本的效力。”高骈听后信以为真，于是不理人世间的凡尘俗事，连爱妾们都被抛到一边。自此，宾客和他的部下都见不到他。有非见不可的，便派人先进去沐浴斋戒，再到紫极宫请道士为他除凶消灾，称之为解秽，然后再与人相见。但当你礼拜后刚起身，便立即被人领出门。从此他便与世隔绝了，纲纪日见紊乱。吕用之等人也旁若无人般作威作福。时间久了，他们的根基逐渐稳固。吕用之自称磻溪真君，张守一是赤松子，诸葛殷是将军。其中有一个叫萧胜的，自称是当年秦穆公的驸马。说他是上天派来给高骈做道路神的。这人十分粗俗不堪，说的话更是荒诞，跟吕用之等人一样信口胡说。

有一座小土地庙在江阴县外，吕用之贫贱时与妻子就住在这里。不管做什么，务必先祷告一番。得志后，吕用之说自己得到阴间神灵相助，便重修了庙宇。回廊曲室，妆楼寝殿，一共有一百多间。土木工匠，全是从江南挑选来的。每遇军旅大事，则杀猪宰羊祭祀。

吕用之、张守一都说自己遇到过神仙。凡是高骈比较亲近人的年，用之以神仙好楼居，请于公廨邸北，跨河为迎仙楼。其斤斧之声，昼夜不绝，费数万缗，半岁方就。自成至败，竟不一游。扃鐍俨然，以至灰烬。是冬，又起延和阁于大厅之西，凡七间，高八丈，皆饰以珠玉，绮窗绣户，殆非人工。每旦，焚名香，列异宝，以祈王母之降。及师铎乱，人有登之者，于藻井垂莲之上，见二十八字云：“延和高阁上干云，小语犹疑太乙闻。烧尽降真无一事，开门迎得毕将军。”此近诗妖也。

用之公然云：“与上仙来往。”每对骈，或叱咄风雨，顾揖空中，谓见群仙来往过于外。骈随而拜之。用之指画纷纭，略无愧色。左右稍有异论，则死不旋踵矣。见者莫测其由，但搏膺不敢出口。用之忽云：“后土夫人灵仇，遣使就某借兵马，并李筌所撰《太白阴经》。”骈遽下两县，率百姓苇席数千领，画作甲兵之状，遣用之于庙庭烧之。又以五彩笺写《太白阴经》十道，置于神座之侧。又于夫人帐中塑一绿衣年少，谓之韦郎。庙成，有人于西庑栋上题一长句，诗曰：“四海干戈尚未宁，谩劳淮海写仪刑。九天玄女犹无信，后土夫人岂有灵？一带好云侵鬓绿，两行嵬岫拂眉清。韦郎年少耽闲事，案上休夸《太白经》。”好事者竞相传诵。

是岁，诏于广陵立骈生祠，并刻石颂。差州人采碑石于宣城。及至扬子院，用之一夜遣人密以健牯五十牵至州南，凿垣架濠，移入城内。及明，栅缉如故。因令扬子县申府，昨夜碑石不知所在，遂悬购之。至晚云：“被神人移置街市。”骈大惊，乃于其傍立一大木柱，上以金书云：“不因人力，自然而至。”即令两都出兵仗鼓乐，迎入碧筠亭。至三桥拥闹之处，故埋石以碍之，伪云：“人牛拽不动。”骈乃朱篆数字，帖于碑上，须臾去石乃行。观者互相谓曰：“碑动也。”识者恶之。明日，扬子有一村妪，诣知府判官陈邀请，就便派吕、张两人前去应付。唐僖宗中和元年，吕用之以神仙喜欢住在楼里为借口，要求在公廨北边官邸，跨河修一座迎仙楼。斧头声日夜不停，耗资一万千文钱，耗时半年才修成。这座楼从建成到损毁，竟一次都没有来过，就化成了灰烬。当年冬天，又在大厅西侧建了一座延和阁，一共有七间，八丈高，全都用珠玉装饰，用绸缎在门窗上作帘子，都不像人工做的一样。每天早晨，都要烧名香和摆奇珍异宝，祈求王母娘娘降福。师铎之乱时，有人登上阁在垂帘之上看见了二十八个字，上面写的是："延和高阁上干云，小语犹疑太乙闻。烧尽降真无一事，开门迎得毕将军。"这几乎就是一首妖诗啊。

吕用之却公然说："我们和天上的神仙来往。"每次高骈都是有看到的。他们呼风唤雨时，高骈便向空中作揖，仙人们走远了，就跪地下拜。吕用之比比画画，没有任何羞耻之心。对他稍有异论，那人的死期就近了。观看的人尽管心中气愤不已却都不敢说。吕用之忽然说："后土夫人与我关系不错，派特使向我借兵马，李筌撰写的《太白阴经》。"于是高骈便即刻派人到下面的两个县，让百姓们编了几千领苇席，在上面画上兵士图，派吕用之到庙庭将它们烧了。又把《太白阴经》中的十道写在五彩笺上，供奉在神像旁。然后在后土夫人像傍塑出一个绿衣少年，称为韦郎。庙修好后，在西侧房栋上有人题了一首长句，说道："四海干戈尚未宁，谩劳淮海写仪刑。九天玄女犹无信，后土夫人岂有灵？一带好云侵鬓绿，两行嵬岫拂眉清。韦郎年少耽闲事，案上休夸《太白经》。"有好事者争相传诵。

这年，皇帝下诏令在广陵修建一座高骈生祠，还要在石头上刻上颂词。于是，州里的百姓被派往宣城采集碑石。碑石运到扬子院的当晚，吕用之就派人用五十头健牛偷偷拖去州府南头，然后穿城墙越过护城河，再转到了城内。天亮后，栅栏恢复原样。于是，吕用之让扬子县令申报州府，说碑石在一夜之间消失无踪了，随即悬赏购买。到晚些时才听说："原来那块碑石已经移到了街市之上。"高骈对此大吃一惊，命人在碑石旁竖了根大木柱，上面用金字写道："不因人力，自然而至。"马上命两个都府派兵仗队和鼓乐，把碑石迎进牒，云：“夜来里胥借耕牛牵碑，误损其足。”远近闻之，莫不绝倒。比至失守，师铎之众，竟至坏墉而进。

常与丞相郑公不叶，用之知之，忽曰：“适得上仙书，宰执之间，有阴图令公者。使一侠士来，夜当至。”骈惊悸不已，问计于用之。曰：“张先生少年时，尝学斯术于深井里聂夫人。近日不知更为之否？若有，但请此人当之，无不齑粉若。”骈立召守一语之。对曰：“老夫久不为此戏，手足生疏。然为令公，有何不可？”及期衣妇人衣，匿于别室。守一寝于骈卧内。至夜分，掷一铜铁于阶砌之上，铿然有声。遂出皮囊中彘血，洒于庭户檐宇间，如格斗之状。明日，骈泣谢守一日：“蒙先公再生之恩，真枯骨重肉矣。”乃躬辇金玉及通天犀带以酬其劳。

江阳县尉薛，失其名，亦用之党也。忽一日告骈曰：“夜来因巡警，至后土庙前，见无限阴兵。其中一人云：‘为我告高王，夫人使我将兵数百万于此界游奕，幸王无虑他寇之侵轶也。’言毕而没。”群妖闻之大喜悦，竞以金帛遗之。未久，奏薛六合县令。

用之又以木刻一大人足，长三尺五寸。时久雨初霁，夜印于后土庙殿后柏林中，及江阳县前，其迹如较力之状。明日，用之谓骈曰：“夜来有神人斗于夫人庙中。用之夜遣阴兵逐之，已过江矣。”不尔，广陵几为洪涛。骈骇然，遂以黄金二十斤，以饷用之。

碧筠亭。到了三桥最拥挤的地段，因被埋的石头阻拦了，便谎称：“人和牛都拽不动啊。”于是高骈提笔写下几个红色的篆字贴到碑石上，不一会儿那石头就动了。围观的百姓互相传说：“碑石动了。”有些识破的人对这种行径深感厌恶。第二天，扬子县一位农村老妇人，将一份状子呈到知府判官，说：“昨夜有官兵到我家借耕牛拖碑石，误伤了牛腿。”人们听后都笑弯了腰。等到城门失守，师铎的兵马从坏墙处蜂拥而入。

高骈与郑丞相不合，吕用之知道此事，对高骈道：“我刚刚收到神仙的书信，说宰相中有人将加害于你。他派来了一位侠士，就在今晚。”高骈听后是又惊又怕，向吕用之询求解决之道。吕用之说：“张守一少年时，曾向聂夫人学过一门道术，不知近来是不是更加精深了？如果是的话，请他出来一定让对方粉身碎骨。”高骈立即召来张守一。把自己的想法告诉了他，张守一说：“我好长时间没有练习了，有些生疏。但为了您，又有什么不可以的呢？”时辰将近时，他穿上女人衣服，隐藏在高骈爱妾房中。张守一则睡在高骈卧室。半夜，将一颗铜铁扔到石阶之上，发出铿锵之声。然后拿出狗血，洒在门窗和房檐，现场像是经过一番格斗厮杀的样子。第二天，高骈哭着对张守一道谢：“谢先生的再生之恩，我真是起死回生啊。”于是躬身献上黄金珠玉及通天犀带作为酬谢。

江阳县有个薛县尉，他的名字不记得了，也是吕用之的死党。忽然有一天。他对高骈说：“昨晚我去巡警，到后土夫人庙前，看到了很多阴兵，其中一个说：‘请替我们转告高骈，后土夫人派来了几百万兵将到这里，让他不用担心贼寇入侵。’说完，便消失不见。”那群妖人听后十分高兴，争相将金银布帛送给了薛县尉。不久后，高骈奏报朝廷封薛县尉为六合县县令。

吕用之用木头刻了一只巨人脚，三尺五寸多长。当时正是久雨初晴，晚上他在后土夫人庙大殿后柏林中，将巨人脚印一直印到江阳县衙门前，那脚印呈搏斗的形状。第二天，吕用之对高骈说：“昨晚有神仙来后土夫人庙相斗。我派阴兵把他们都赶跑，现在已经过江离去了。”不久，广陵差不多全被洪水淹没，高骈十分惊恐，于是拿来后骈有所爱马死，园人惧得罪，求救于用之。用之乃又见骈曰：“隋将陈杲仁，用之有事命至淮东。杲仁诉以无马，令公大乌，骈良马名。且望一借。”顷刻，厩吏报云：“大乌黑汗发。”骈徐应之曰：“吾已借大司徒矣。”俄而告毙。

初，萧胜纳财于用之，求知盐城监。骈以当任者有绩，与夺之间，颇有难色。用之曰：“用胜为盐城者，不为胜也。昨得上仙书云：‘有一宝剑在盐城井中，须用灵官取之。’以胜上仙左右人，欲遣去耳。”骈俯仰许之。胜至监数月，遂匣一铜匕首献于骈。用之稽首曰：“此北帝所佩者也。得之则百里之内，五兵不敢犯。”骈甚异之，遂饰以宝玉，常置座隅。

时广陵久雨，用之谓骈曰：“此地当有火灾，郭邑之间，悉合灰烬。近日遣金山下毒龙，以少雨濡之。自此虽无大段烧爇，亦未免小小惊动也。”于是用之每夜密遣人纵火，荒祠坏宇，无复存者。

骈当授道家秘法，用之、守一无增焉。因刻一青石，如手扳状，隐起龙蛇，近成文字：“玉皇授白云先生高骈。”潜使左右置安道院香几上。骈见之，不胜惊喜。用之曰：“玉皇以令公焚修功著，特有是命。计其鸾鹤，不久当降。某等此际谪限已满，便应得陪幢节，同归真境也。他日瑶池席上，亦是人间一故事。”言毕，欢笑不已。遂相与登延和阁，命酒殽，极欢而罢。后于道院庭中刻木为鹤，大如小驷，鞲辔中设机捩，人或逼之，奋然飞动。骈尝羽服跨之，仰视空阔，有飘然之思矣。自是严斋醮，飞炼金丹。费耗资财，动逾万计。日居月诸，竟无其验。（出《妖乱志》）

二十斤黄金赠给吕用之。

后来，高骈的一匹爱马死了，喂马人怕获罪，就向吕用之求助。吕用之拜见高骈说：“我命隋朝大将陈果仁到淮东办事，结果他说没有马，并说你有一匹大乌马，高骈那匹良马的名字。希望可以借给他一用。”不一会儿，管马厩的人前来报告说：“大乌马身上在冒黑汗。”快不行了。高骈缓缓点头道：“我已经把它借给大司徒了。”那马没一会儿就死了。

起初，萧胜向吕用之行贿，为了谋得盐城监司了职务。高骈认为当任者是个有政绩的，考量如何定夺时有几分为难。吕用之说：“萧胜当盐城监司，不算破格任用。昨天神仙的书信中说：‘盐城的井里有一把宝剑，但只有灵官才能把它取出来。’萧胜是神仙的人，该派他去。”高骈听他如此一说便点头答应了。萧胜到盐城后几个月，把一把铜匕首装在匣子里敬献给了高骈，吕用之点头说：“这把匕首是北帝佩带的啊。佩带的人在百里之内，五种兵器都不敢碰它。”高骈是又惊又兴奋，把宝玉镶嵌在剑上，常把它摆在座椅旁。

当时广陵久雨不停，吕用之对高骈说：“这里会有一场火灾，城中的一切将化为一片灰烬。这两天我就派金山下的毒龙，用小雨润润地。如此一来就算没有火灾，难免也会受到惊忧。”于是，吕用之每晚都派人悄悄去放火，那些荒毁的庙宇便成了牺牲的目标，竟是一座都没有幸免。

高骈应是接受道家秘法了，然而吕用之、张守一却没任何长进。他们便将一块大青石头，刻成用手扭过的样子，上面蜿蜒盘曲的文字隐约可见：“玉皇大帝授高骈为白云先生。”潜使左右置安道院香几上。高骈看了后，喜不自禁。吕用之说：“玉皇大帝感念你焚香修德功绩卓越，才有这样的安排。他的鸾凤和仙鹤，应该也快到了。我们在凡间的期限已满，该是陪着你的大驾，与你同归仙境啊。等有朝一日，我们在瑶池宴上相逢，这也是人间的一段佳话。”说完，狂笑不止。随即，几人相互搀扶着登上延和阁，命人摆上酒菜，直到酒足饭饱方罢休。接着，又在道院庭中用木头刻起仙鹤，大小和小马一般，鞍垫和缰绳上安好机关，逼近阁台，奋臂飞动。高骈试着穿上仙衣

董昌

董昌未僭前，有山阴县老人，伪上言于昌曰："今大王善政及人，愿万岁帝于越，以福兆庶。三十年前，已闻谣言，正合今日，故来献。其言曰：'欲识圣人姓，千里草青青。欲知圣人名，日从曰上生。'"昌得之大喜，因谓曰："天命早已归我，我所为大矣。"乃赠老人百缣，仍免其征赋。先遣道士朱思远立坛场，候上帝。忽一夕云，天符降于雨中，有碧纸朱文，其文又不可识。思远言："天命命与董氏。"又有王守真者，俗谓之王百艺，极机巧。初立生祠，雕刻形像。塑续官属，及设兵卫，状若鬼神，皆百艺所为也。妖伪之际，悉由百艺幻惑所致。昌每言："我得兔子上金床谶也。我卯生，来年岁在卯，二月二日亦卯，即卯年卯月卯日，仍当以卯时。万世之业，利在于此。"乾宁二年二月二日，率军俗数万人，僭衮冕仪卫，登子城门楼，赦境内，改伪号罗平国，年号天册，自称圣人。及令官属将校等皆呼"圣人万岁"，俯而言曰。云云。词毕，复欲舞蹈。昌乃连声止之："卿道得许多言语，压得朕头疼也。"缘土人所制天冠稍重，故有此言。时人闻，皆大笑之。（出《会稽录》）

跨上去，仰望天空，有几分飘然欲仙、心旷神怡的感觉。从此遵守斋戒更为严格了，虔心敬神，炼制金丹。妄想着自己有一日真的能飞升成仙。耗资巨大，动辄万计，日积月累，却也没有真的灵验。（出《妖乱志》）

董昌

在董昌还没有造反起事前，山阴县的一位老人装模作样地上书给董昌说："你今天实施的仁政让百姓们人人受惠，愿您能早日登大统，为民造福。我在三十年前就听到一首民谣了，现在想来与今日之事正好相符合，因此特地来敬献给你。那首民谣是这样唱的：'欲识圣人姓，千里草青青。欲知圣人名，日从曰上升。'"董昌听后心中大喜，对老人道："天命早就已经归我，普天之下我为大。"命人赠给老人一百双丝细绢，并将他的税赋免掉了。董昌先派道士朱思远设立坛场，用以迎候上帝。一天，空中忽然飘来乌云，有天符降落在雨中，篆纸上写了红字，那字却不能轻易认出。朱思远说："上面写的是'天命命于董氏'六个字。有一个叫王守真的，百姓称他王百艺，做事十分机智灵巧。他进到一座新庙宇，开始雕刻佛像，模仿官府画上殿堂楼阁。塑续上官属，设造出的士兵的样貌如鬼神一般，这全是王百艺弄的，妖伪者们经常在一处聚集，也是因王百艺妖言惑众搞的鬼。董昌每次说："兔子上金床。预示着我的命运。我生在卯年，明年是卯年，二月二日是卯月卯日，即卯年卯月卯日，还要在卯时。我千秋万代的宏图大业，只有在这个时间开始才最为有利。"唐昭宗乾宁二年二月二日，董昌率领士兵及好几万人百姓，给自己举行了隆重的加冕仪式后起事，登上内城门楼，在管辖境内大赦，建立罗平国，年号天册，自称圣人。并命所属官员、士兵、百姓等全都喊"圣人万岁"。有一次，董昌在殿上饮酒作乐，手下人俯首道，祝词说完了，要不要再来段舞蹈。董昌赶紧制止，说："你讲了那么长的话，我的头都压疼了。"因当地人给他造的皇冠太重，他才会说这样的话。在场的人们听到后都大笑。（出《会稽录》）

卷第二百九十一　神一

龙门山

禹凿龙关之山，亦谓之龙门。至一空岩，深数十里，幽暗不可复行。禹负火而进。有兽状如豕，衔夜明之珠，其光如烛。又有青色犬，行吠于前。禹计行十余里，迷于昼夜，既觉渐明，见向来豕犬，变为人形，皆著玄衣。又见一神人面蛇身，禹因与之语。神即示禹八卦之图，列于金板之上。又有八神，侍于此图之侧。禹问曰：“华胥生圣子，是汝耶？”答曰：“华胥是九江神女，以生余也。”乃探玉简以授禹。简长一尺二寸，以合十二时之数，使度量天地。禹即执持此简，以平定水土。授简披图，蛇身之神，则羲皇之身也。（出《拾遗录》）

太公望

文王以太公望为灌坛令，期年，风不鸣条。文王梦见有一妇人甚丽，当道而哭。问其故，妇人言曰：“我东海泰山神女，嫁为西海妇。欲东归，灌坛令当吾道。太公有德，吾不敢以暴风疾雨过也。”文王梦觉。明日召太公，三日三夕，果有疾风骤雨去者，皆西来也。文王乃拜太公为大司马。（出《博物志》）

龙门山

大禹所开凿的龙关山，也称龙门。大禹到达一个岩洞，有数十里深，光线昏暗，无法继续前行。大禹依靠火把前行。前方出现一头野兽，外貌如猪，嘴里含着夜明珠，其光芒如同蜡烛。还有一只青色狗，叫着走在前方。大禹估量已行进十多里，无法分辨白天黑夜，不久后视线逐渐明朗，看见一起来的猪形野兽与青色狗化成人形，都身着黑衣。又看见一位人面蛇身的神仙，大禹和他谈话。神仙便向大禹展示八卦图，陈列在金板上。又出现了八位神仙，立于八卦图两边。大禹问："华胥所生的圣子是你吗？"神仙答道："华胥是九江神女，她生了我。"接着神仙拿出玉简给大禹。玉简长一尺二寸，恰好匹配十二个时辰的数目，可以用来度量时间。于是大禹便握着这个玉简来平定天下。给予大禹玉简、向他展示八卦图的人面蛇身的神仙，就是伏羲氏。（出《拾遗录》）

太公望

周文王授予太公望做灌坛令，一年以来社会安定，和风轻拂，树枝不出声响。周文王梦见一位容貌绮丽的妇人，在道路中间哭泣。问她原因，妇人说："我是东海泰山神女，嫁到西海做他人妻子。想回到东海，灌坛令挡住我的路。顾及太公望有德行，我不敢疾风骤雨地过去。"周文王便梦醒了。第二天召见太公望，三天三夜后，果真有疾风骤雨过去的人，都是从西边来的。周文王便授予太公望大司马的职位。（出《博物志》）

四海神

武王伐纣，都洛邑。明年阴寒，雨雪十余日，深丈余。甲子平旦，五丈夫乘马车，从两骑，止王门外。师尚父使人持一器粥出曰："大夫在内，方对天子。未有出时，且进热粥，以知寒。"粥皆毕，师尚父曰："客可见矣。五车两骑，四海之神与河伯风伯雨师耳。南海之神曰祝融，东海之神曰勾芒，北海之神曰颛顼，西海之神曰蓐收，河伯风伯雨师，请使谒者各以其名召之。"武王乃于殿上，谒者于殿下门内，引祝融进。五神皆惊，相视而叹。祝融等皆拜。武王曰："天阴乃远来，何以教之？"皆曰："天伐殷立周，谨来授命。"顾敕风伯雨师，各使奉其职也。（出《太公金匮》）

延 娟

周昭王二十年，东瓯贡女，一曰延娟，二曰延娱。俱辩丽词巧，能歌笑，步尘无迹，日中无影。及王游江汉，与二女俱溺。故江汉之间，至今思之，乃立祠于江上。后十年，人每见二女拥王泛舟，戏于水际。至暮春上巳之日，褉集祠间。或以时鲜甘果，采兰杜包裹之，以沉于水中。或结五色彩以包之，或以金铁系其上，乃蛟龙不侵。故祠所号招祇之祠。（出《拾遗录》）

齐桓公

齐桓公游于泽，管仲御。公见怪焉，管仲曰："泽有委蛇，其大如毂，其长如辕，紫衣朱冠。见人则捧其首而立，见之者殆霸

四海神

周武王讨伐商纣王时，定都洛阳。来年天气寒冷，下了十多天的雪，地上积雪有一丈多深。第二天清晨，五位丈夫坐着马车，有两人骑马跟从，停在王宫外。国师周吕望派人拿出来一碗粥，说道："大夫正在里面与武王交谈。尚且没有出来的时间，暂且喝些热粥，用来抵御寒冷。"丈夫喝完粥后，国师说："可以约见客人了。五车两骑乃是四海之神、河伯、风伯、雨师。南海之神为祝融、东海之神为勾芒、北海之神为颛顼、西海之神为蓐收，河伯风伯雨师，吩咐传唤官。用各自的称呼召见即可。"于是周武王坐于殿上，传唤官在宫殿门里，带着祝融进去。其他神仙都很惊诧，互相看着十分惊叹。祝融等诸神都参拜周武王。武王说："天气寒冷，你们从远方而来，有什么指教？"诸神都说："苍天讨伐殷商，建立周朝，是来恭敬接受你的差使的。"周武王望着风伯雨师，你们各司其职即可。（出《太公金匮》）

延　娟

周昭王二十年，东瓯一族进献两名女子，一位称延娟，一位称延娱。她们都文辞绮丽，言语巧妙，会唱爱笑，行走间没有脚印，阳光下没有身影。等到昭王与两女同游长江汉水的时候，两女一同溺亡。所以长江汉水地区，至今都在思念她们，并且在江上修建祠堂。十年后，每次人们都能看见二位女子陪着昭王坐船游玩活在水边游戏。等到春末上巳节的日子，百姓们聚集在祠堂里进行祭礼。有的百姓带来应时新鲜的香甜果子，有的则摘来兰花与杜若包裹起来，将其沉进水里。也有人编结五色线包好，用金属线系在上面，如此蛟龙便不能侵害他们。因此称祠堂为"招祇之祠"。（出《拾遗记》）

齐桓公

齐桓公在泽国游玩，管仲为其赶车。齐桓公看见责备他，管仲说："泽国有巨蛇，它有车轮那么大，车辕那么长，身着紫色衣服，戴

乎？”公曰：“此寡人之所见也。”（出《庄子》）

又

桓公北征孤竹，来至卑耳之溪十里，见人长尺，而人形悉具，右袪衣，走马前，以问管仲，管仲曰：“臣闻登山之神有余儿者，长尺而人物具焉。霸王之君兴，而登山之神见，走前导也。袪衣，前有水也。右袪，示从右涉也。”至如言。（出《管仲子》）

晋文公

晋文公出，有大蛇如拱，当道。文公乃修德，使吏守蛇。守蛇吏梦天使杀蛇，谓曰：“蛇何故当圣君道？”觉而视之，蛇则臭矣。（出《博物志》）

郑缪公

郑缪公昼日处庙，有神人面鸟身，素服，面状方正，缪公大惧。神曰：“无惧，帝厚汝明德，使锡汝寿十年，使若国昌。”公问神名，曰：“予为勾芒也。”（出《墨子》）

晋平公

晋平公至浍上，见人乘白骖八驷以来。有狸身而狐尾，去其车而随公之车。公问师旷，师旷曰：“狸身而狐尾，其名曰首阳之神。饮酒于霍太山而归，其逢君于浍乎？君其有喜焉！”（出《古文琐语》）

红冠。看见人则昂着头颅，盯着他，看见它的人，霸业便危险了？”齐桓公说：“这条蛇正是我所看见的。”（出《庄子》）

又

齐桓公北征孤竹国时，来到卑耳溪十里的地方，见一位身长一尺高的人，然而人的形貌全都具备，右边身体赤裸，在马前走着，询问管仲他为何如此，管仲说：“臣听闻登山神有一位儿子，身长一尺且形貌俱备。今天遇见登山神，是霸业功成的征兆。他走在前面是在引导我们。右身赤裸是在告诉我们前方有水。右身未穿衣是告诉我们应该从右边涉水过去。”之后果真如管仲所说。（出《管仲子》）

晋文公

晋文公出外巡视时，看见一条如同两臂合围的大树一样粗的蟒蛇，挡住了道路。文公修建道路，行善积德，派遣管理看守蟒蛇。看守蟒蛇的管理梦见天使要杀它，对他说：“为什么蟒蛇挡住圣君的道路？”官吏梦醒后看蛇，蛇身已经发臭了。（出《博物志》）

郑缪公

白天郑缪公居住在庙里，有一位长着人类样貌、鸟类身体的神仙，身穿白衣，脸型方正，郑缪公很恐惧。神仙说：“别恐慌，因为你的贤明德行，上天十分厚待你，遣我赐予你十年寿命，使国家繁荣昌盛。”郑缪公询问神仙名讳，神仙说：“乃是东海之神勾芒。”（出《墨子》）

晋平公

晋平公走到田间大沟渠边，看见一人坐着八匹白马的马车而来。他猫身狐尾，抛弃自己的马车，跟着晋平公的马车。晋平公询问师旷他是什么，师旷说：“猫身狐尾，他名叫首阳之神。从霍太山喝酒归来，他与君上相逢于沟渠，君上将有喜事发生啊！”（出《古文琐语》）

齐景公

齐景公伐宋，过泰山，梦见二人怒。公恐，谓泰山之神。晏子以宋祖汤与伊尹为言其状，汤皙容，多髭须，伊尹黑而短，即所梦也。景公进军不听。军毂毁，公恐，乃散军不伐宋。（出《物异志》）

妒女庙

并州石艾、寿阳二界有妒女泉，有神庙。泉瀵水深沉，洁澈千丈。祭者投钱及羊骨，皎然皆见。俗传妒女者，介子推妹。与兄竞，去泉百里，寒食不许断火，至今犹然。女锦衣红鲜，装束盛服。及有人取山丹百合经过者，必雷风电雹以震之。（出《朝野佥载》）

伍子胥

伍子胥累谏吴王，赐属镂剑而死。临终，戒其子曰："悬吾首于南门，以观越兵来。以鮧鱼皮裹吾尸，投于江中，吾当朝暮乘潮，以观吴之败。"自是自海门山，潮头汹高数百尺，越钱塘渔浦，方渐低小。朝暮再来，其声震怒，雷奔电走百余里。时有见子胥乘素车白马在潮头之中，因立庙以祠焉。庐州城内淝河岸上亦有子胥庙。每朝暮潮时，淝河之水亦鼓怒而起，至其庙前。高一二尺，广十余丈，食顷乃定。俗云：与钱塘江水相应焉。（原缺出处。黄本作出《钱唐志》）

齐景公

齐景公攻打宋国，路过泰山，梦见二人在生气。齐景公很恐慌，觉得两人是泰山神。晏子认为两人是宋国商汤和殷国伊尹，向他描述两人的样子，商汤样貌白皙，脸上胡须较多，伊尹皮肤黑，个子矮，符合齐景公梦中所见的两人特征。齐景公没有听从晏子的话，继续进军。齐军中了敌军圈套，损失惨重，齐景公十分害怕，便遣散军队，不再攻打宋国。（出《物异志》）

妒女庙

并州石艾、寿阳两地的接壤处有一妒女泉及一座神庙。妒女泉是由很深的地下喷出的水所形成的，洁净澄澈，一落千丈。祭拜者投的钱币及羊骨都清晰可见。民间流传妒女是介子推的妹妹。妒女与兄长竞赛，距离妒女泉百里的地区，寒食节期间不能断绝用火，此习俗一直延续至今。女子穿着鲜艳的华服，装扮齐整。当在此处摘取山丹百合的人经过时，定会受到雷风闪电冰雹的震慑。（出《朝野佥载》）

伍子胥

伍子胥多次进谏吴王，惹怒吴王，赐他属镂剑，让他自绝。将死时，伍子胥劝诫儿子说："将我的头吊在南门，我想看着越兵进来。用鯸鱼皮包裹身体，抛入江里，我应当昼夜顺潮游走，见证吴国的消亡。"从那日起，自海山门往内，潮水浪峰汹涌，高达几百尺，翻越钱塘江渔场，海潮才逐渐低微。早晚皆是如此，海浪声震动怒号，如雷电般奔行一百多里。时下有人见伍子胥坐丧事的车马在潮头站着，于是修建寺庙供奉他。庐州城淝河岸边也有子胥庙。每当早晚潮水来时，淝河水也会鼓荡激起水浪，直到子胥庙前。浪高一二尺，宽十几丈，一顿饭的时间方可安定。大家都说：它是在呼应钱塘江的水啊！（原缺出处。黄本作出《钱塘志》）

屈 原

屈原以五月日投汨罗水，而楚人哀之，至此日，以竹筒贮米，投水以祭之。汉建武中，长沙区曲，白日忽见一士人，自云三闾大夫，谓曲曰："闻君当见祭，甚善。但常年所遗，恒为蛟龙所窃。今若有惠，可以楝叶塞其上，以彩丝缠之，此二物蛟龙所惮也。"曲依其言。今世人五月五日作粽，并带楝叶及五色丝，皆汨罗水之遗风。（出《续齐谐记》）

李 冰

李冰为蜀郡守，有蛟岁暴，漂垫相望。冰乃入水戮蛟，己为牛形，江神龙跃，冰不胜。及出，选卒之勇者数百，持强弓大箭，约曰："吾前者为牛，今江神必亦为牛矣。我以太白练自束以辨，汝当杀其无记者。"遂呼吼而人。须臾雷风大起，天地一色。稍定，有二牛斗于上。公练甚长白，武士乃齐射其神，遂毙。从此蜀人不复为水所病。至今大浪冲涛，欲及公之祠，皆涂涂而去。故春冬设有斗牛之戏，未必不由此也。祠南数千家，边江低圮，虽甚秋潦，亦不移适。有石牛，在庙庭下。唐大和五年，洪水惊溃。冰神为龙，复与龙斗于灌口，犹以白练为志，水遂漂下。左绵、梓、潼，皆浮川溢峡，伤数十郡，唯西蜀无害。（出《成都记》）

屈原

五月五日屈原跳汨罗江死去，楚国人都在悼念他，每到这天，楚国人用竹筒储存米，将竹筒抛进水里追悼他。东汉建武年，长沙有位叫区曲的人，突然白日见一位士人，自诩三闾大夫，对区曲说："听闻你来此处进行祭祀，是好事。然而往年投进江里的祭品都被蛟龙偷了。如今倘若想准备祭品，可以在祭品上填满楝树叶，用五彩线绑紧即可，因为这两件物品是蛟龙忌惮的东西。"区曲按照此法做了。如今世人五月五日做粽子的时候，也会用上楝树叶和五彩线，都是汨罗江遗留的风俗。（出《续齐谐记》）

李冰

李冰担任蜀郡郡守时，每年有蛟龙引发暴乱，人们经常漂在水中，相互眺望。李冰便决定下水屠杀蛟龙，他将自己化作牛的形态，蛟龙在江面上来回跳跃，李冰无法获胜。便从水里出来，挑选出几百名勇者，手拿强有力的弓箭，相互约好："我之前变作牛身，如今江神必然会变作牛。我束一条白绢供你们辨认，你们应当射杀没有标记的那个。"于是李冰吼叫着扎进水里。瞬间风雷大起，天地共色。天色刚刚平静，在江上看见有两头牛打斗。李冰头上的白练十分清晰，既长又白，武士们一起向江神射箭，成功射杀江神。从那以后蜀郡居民不再被水患祸及。如今当大浪涛涛的时候，快到李冰祠堂时，都会靡靡而去。因此春冬季开设斗牛竞赛，未尝不是源于此事。祠堂南面有几千户百姓，江边桥梁房屋都很低矮，尽管经常发洪水，也不愿意搬去适合的地方。在宗庙下有一头石牛。唐朝大和五年，洪水冲破堤岸。李冰变成龙，在河堤入口再次与蛟龙缠斗，仍旧用白绢作为记号，洪水于是冲刷而下。蜀郡左边的绵、梓、潼等州县的山川峡谷均被洪水溢满，数十个郡县都受到了破坏，唯有蜀郡不受水害侵扰。（出《成都记》）

土羊神

陇州汧源县，有土羊神庙。昔秦始皇开御道，见二白羊斗，遣使逐之，至此化为土堆。使者惊而回。秦始皇乃幸其所，见二人拜于路隅。始皇问之，答曰：“臣非人，乃土羊之神也。以君至此，故来相谒。”言讫而灭。始皇遂令立庙，至今祭享不绝。（出《陇州图经》）

梅 姑

秦时，丹阳县湖侧有梅姑庙。生时有道术，能著履行水上。后负道法，夫怒杀之，投尸于水。乃随波漂流，至今庙处。巫人常会殡敛，不须坟葬，即时有方头漆棺在祠堂下。晦望之日，时见水雾中，暧然有著履形。庙左右不得取鱼射猎，辄有迷径溺没之患。巫云：“姑既伤死，所以恶见残杀。”（出《法苑珠林》）

秦始皇

秦始皇作石桥，欲过海，观日所出处。传云：时有神能驱石下海。阳城十一山，今尽起立，嶷嶷东倾，如相随行状。又云：石去不速，神人辄鞭之，皆流血，石莫不悉赤，至今犹尔。秦皇于海中作石桥，或云：非人功所建，海神为之竖柱。始皇感其惠，乃通敬于神，求与相见。神云：“我形丑，约莫图我形，当与帝会。”始皇乃从石桥入三十里，与神相见。帝左右有巧者，潜以脚画。神怒曰：“帝负约，可速去。”始皇即转马。前脚犹立，后脚随崩，仅得登岸。（出《三齐要略》）

土羊神

陇州汧源县有一座土羊神庙。昔日秦始皇在这修建帝王车驾的通行路，遇到两只白羊在打斗，便派遣人驱逐白羊，办事官员到地方后发现白羊变作了土堆。十分惊诧地回去了。于是秦始皇便巡幸此地，遇到两个人在路边叩拜。秦始皇问其缘由，他们回答："我们不是人类，乃是土羊神。因为君上来这里，因此前来拜谒。"话说完便消失了。秦始皇即刻便下令建立寺庙，到如今都祭品不断，香火延绵。（出《陇州图经》）

梅 姑

秦代时期，丹阳县湖边有一座梅姑庙。梅姑活着的时候会道教法术，可以穿鞋走在水上。之后背弃道家法度，丈夫盛怒下杀害了她，把尸体抛进水里。于是尸体随海浪漂流，到达梅姑庙处。巫师常常在此地聚集，发现了她，便为她入殓出殡，没有进行坟葬，而是即刻将在放在祠堂下方的方头漆木棺椁里。每逢晦望日，经常看见水雾中，昏暗的光线下有鞋子走过的痕迹。因此在寺庙附近不可以打渔射猎，才能免于迷路溺水的隐患。巫师说："由于梅姑是被杀死的，因此憎恶看到杀戮的场景。"（出《法苑珠林》）

秦始皇

秦始皇修建石桥，想要跨海修建，观看太阳出现的地方。流传说：当时有一位能驱赶石头入海的仙人。阳城的十一座山到今天都仍然屹立着，巍峨地往东歪斜，像是相互追随的样子。又听说：石头下落的速度不快，仙人便鞭打它，石头便流血了，没有石头不发红的，至今仍然如此。秦始皇在海上建立石桥，有人说，非人力所能建造成功，是海神为其竖立的桥柱。秦始皇感念海神的恩泽，于是向海神传达敬慕之情，恳请与海神见面。海神说："我外貌丑鄙，约定不可画下我的模样，便于帝君相会。"秦始皇便在石桥上走了三十里路，同海神会面。皇帝左右技艺精巧的人，悄悄用脚画出海神样貌。神仙

观亭江神

秦时，有中宿县千里水观亭江神祠坛。经过有不恪者，必狂走入山，变为虎。中宿县民至洛，及路，见一行旅，寄其书曰："吾家在亭庙前，石间悬藤即是也。但扣藤，自有应者。"乃归如言，果有二人从水中出，取书而沦。寻还云："江伯欲见君。"此人不觉随去。便睹屋宇精丽，饮食鲜香，言语接对，无异世间也。（出《南越志》）

宛若

汉武帝起柏梁台以处神君。神君者，长陵女，嫁为人妻。生一男，数岁死。女悼痛之，岁中亦死。死而有灵，其姒宛若祠之，遂闻言。宛若为主，民人多往请福，说人家小事，颇有验。平原君亦事之，其后子孙尊显。以为神君力，益尊贵。武帝即位，太后迎于宫中祭之。闻其言，不见其人。至是神君求出，乃营柏梁台舍之。初霍去病微时，数自祷神。神君乃见其形，自修饰，欲与去病交接。去病不肯，责神君曰："吾以神君清洁，故斋戒祈福。今欲为淫，此非神明也。"自绝不复往，神君亦惭。及去病疾笃，上令祷神君。神君曰："霍将军精气少，命不长。吾尝欲以太一精补之，可得延年。霍将军不晓此意，乃见断绝。今不可救也。"去病竟卒。卫太子未败一年，神君乃去。东方朔娶宛若为小妻，生子三人，与朔俱死。（出《汉武故事》）

生气地说："皇帝违背了约定，请速速离开。"秦始皇当即扭转马头。前一刻石桥仍旧挺立，下一刻随即崩塌，秦始皇不过才刚刚上岸。（出《三齐要略》）

观亭江神

秦朝时期，中宿县千里水地区有一座中宿县千里水观亭江神祭场。路经此处无礼的人定会精神恍惚地跑进山中，化作一只老虎。中宿县一位居民前往洛阳，在路上时，遇见一位旅人，旅人托他传递书信并说："我家就在观亭江神祭场前，石缝间挂着藤蔓的那处便是我家。只需拉一拉藤蔓，自然有人回应。"于是那人归家时照做了，果真水中出现两个人，拿了书信便沉进水里了。过了一阵，返回说："江神想见你。"那人不禁随他们进去了。目光所及都是精致华美的房屋，鲜美芳香的美食，言行举止间，与世间没有差别。（出《南越志》）

宛若

汉武帝修建柏梁台来安置神君。神君是长陵县丞的女儿，出嫁做他人妇。生下一名男婴，几岁便去世了。女子伤心欲绝，同年也去世了。去世后时常显灵，她姐姐宛若为她修了一座祠堂，然后听闻宛若掌管祠堂。许多百姓都前往祈福，诉说家中琐事，颇为灵验。平原君听说后，也来这祈福，他的子孙果真地位尊崇。觉得是神君的帮助，对她愈加尊敬。汉武帝就位时，太后将神君接进宫中进行祭拜。可以听到她的声音，但不见人影。等到神君要求出宫时，便修建柏梁台，作为神君的居住地。最初霍去病还在穷困时期，数次前往向神君祈祷。神君便显现出其真身，精心整理仪态，想与霍去病结合，霍去病不愿意，指责神君："我以为神君洁净无尘，于是素食戒酒，祈求您保佑。如今却想同我荒淫，这并非神明所为。"自此断绝关系，不再前往祈福，神君也很羞愧。直至霍去病病情严重，皇上命人请神君为他祷告。神君说："霍去病将军缺乏精气，命不久矣。以前我想用

竹 王

汉武帝时，有竹王兴于豚水。有一女子浣于滨，有三节大竹，流入女子足间，推之不去。闻有声，持破之，得一男儿。及长，遂雄夷濮，氏竹为姓。所捐破竹，于野成林，王祠竹林是也。王尝从人止大石上，命作羹。从者曰："无水。"王以剑击石出水，今竹王水是也。后唐蒙开牂牁，斩竹王首。夷獠咸怨，以竹王非血气所生，求为立祠。帝封三子为侯。及死，配父庙，今竹王三郎祠其神也。（出《水经》）

刘 向

刘向于成帝之末，校书天禄阁，专精覃思。夜有老人著黑衣，植青藜之杖，扣阁而进。见向暗中独坐诵书，老人乃吹杖端，赫然火出，因以照向，具说开辟以前。向因受《五行洪范》之文，辞说繁广，向乃裂裳绅以记其言。至曙而去，向请问姓名。云："我太一之精，天帝闻金卯之子有博学者，下而教焉。"乃出怀中竹牒，有天文地图之书，"余略授子焉。"向子歆，从向授其术，向亦不悟此人也。（出《王子年拾遗记》）

太一精（交媾法）为他填补精气，便可延年益寿。霍将军不理解我的用意，于是与我断绝联系。如今已经无法挽救了。”不久后霍去病果真便死了。卫太子打败仗不足一年，神君就离开了。东方朔迎娶宛若为小老婆，产下三个男孩，之后两人也都离世了。（出《汉武故事》）

竹王

汉武帝时期，出现一位兴于豚水的竹王。看见一个女子在水边浆洗，上游有三节大竹子漂进女子脚间，用手无法推开竹子。听到竹子里有声音，便握着竹子将其破开，发现一个小男孩。等到男孩长成，便在夷濮地区称雄，把竹当作自己的姓。女子破开的三节竹子一夜间变成了竹林，便是竹王祠边的竹林。以前竹王带着仆从停在石头上，命仆从做饭。仆从说：“没有水。”竹王用剑敲击石头，石缝间流出水来，便是如今的竹王水。后来唐蒙攻打牂牁，斩下竹王首级。当地百姓怨念四起，都觉得竹王不是作乱之人，祈求为竹王建立祠堂。武帝册封竹王的第三子为侯。第三子离世后，特批他进入父亲的祠堂，现在的竹王三郎祠便是所在。（出《水经》）

刘向

汉成帝末期，刘向在天禄阁查对书籍，精心钻研。夜晚时，一位老人身着黑色衣服，倚着青藜杖，敲天禄阁的门后进入，见刘向在黑暗里诵读书籍，于是老人吹了几下青藜杖，忽然出现火光，便用那火光为刘向照明，详细诉说开天辟地前的故事。刘向听到《五行洪范》一文时，由于言辞繁多而广博，于是刘向撕扯衣裳。用衣裳记录他的言语。到天亮才离去，刘向请求询问其姓名。老人说：“我是太一神，天帝听闻刘氏后代有博学的人，让我下界来教授。”接着拿出怀里的竹简，都是描述天文地图的书籍，便说：“我将它赠予你。”刘向的儿子刘歆跟从刘向学习老人留下的学识，然而刘向仍旧不知道老人是谁。（出《王子年拾遗记》）

何比干

汝南何比干，通律法。元朔中，公孙弘辟为廷尉右平，狱无冤民，号曰何公。征和初，去官在家。天大阴雨，昼寝，梦有客车骑。觉而一老妪年八十余，头尽白，求寄避雨。雨方甚，而妪衣履不濡。比干异之，延入座。须臾雨止，妪辞去，出送至门。跪谓比干曰：“君先出自后稷，尧至晋有阴德，及公之身，当继公一人。今天赐策，以广公子孙。佩印绶者，当随简。”长九寸，凡百九十板。以授比干曰：“子孙佩印绶者，当随此算。”妪东行，忽不见。比干年五十八，有六男，后三岁，复生三男。徙平陵，八男去，一子留。常祭妪如东行，及终，遗令东首。自比干已下，与张氏俱授灵瑞，累世为名族。三辅旧语曰：“何氏策，张氏钧也。”（出《三辅决录》）

何比干

来自汝南县的何比干通晓律法。元朔期间，公孙洪招募他担任廷尉右平一职，牢狱里不存在受冤的人民，因此被称为何公。征和初年，辞去官职待在家中。一日天气阴沉，下起大雨，白日睡觉的时候，梦见客人坐着大马车而来。睡醒后发现一位年逾八十的老婆婆，头发全白，请求暂寄此处避雨。大雨十分急促，然而老婆婆的衣服和鞋子没有淋湿。何比干非常惊诧，迎接她进房间就座。不久后不下雨了，老婆婆辞别，他送她到家门口。老婆婆跪下，对何比干说："你的先人出自周朝后稷，在尧晋期间种下阴德，到你这一辈，应该寻找一人来承接阴德。今日赐予你策书，保佑子孙繁盛。以后发现挂着印信的人，便把竹简给他。"竹简长九寸，共计一百九十块。赠予比干后，说道："后代中挂着印信的人，竹简应当跟随他。"老婆婆往东走着，忽然消失了。何比干五十八岁的时候，有六个儿子，之后三年，又产下三个男孩。待迁居至平陵时，八个儿子离世，留下一个儿子。他经常祭拜东行消失的老婆婆，将死时，遗言让后人向东修建他的坟墓。从比干离世后，他与张氏都受到了上天的厚爱，家族世代均是豪门贵族。《三辅旧语》里说："何氏的策书，张氏的陶器（意为张氏和何氏人才辈出）。"（出《三辅决录》）

卷第二百九十二　神二

栾　侯

汉中有鬼神栾侯，常在承尘上，喜食鲜菜，能知吉凶。甘露中，大蝗起，所经处，禾稼辄尽。太守遣使告栾侯，祀以鲜菜。侯谓吏曰："蝗虫小事，辄当除之。"言讫，翕然飞出。吏仿佛其状类鸠，声如水鸟。吏还，具白太守。即果有众鸟亿万，来食蝗虫，须臾皆尽。（出《列异传》）

阳　起

河南阳起，字圣卿。少时疾疟，于社中得书一卷——《谴劾百鬼法》。为日南太守。母至厕上，见鬼，头长数尺。以告圣卿，圣卿曰："此肃霜之神。"劾之来出，变形如奴。送书京，朝发暮返。作使当千人之力。有与忿恚者，圣卿遣神夜往，趣其床头，持两手，张目正赤，吐舌柱地，其人怖几死。（出《幽明录》）

欧　明

庐陵邑子欧明者，从贾客道经彭泽湖。每过，辄以船中所有，多少投湖中。见大道之上，有数吏皆著黑衣，乘车马，云是清洪君使，要明过。明知是神，然不敢不往。吏车载明，须臾见有府舍，

栾侯

汉中县有位鬼神叫作栾侯，他时常出现在帐幕处，爱吃腌鱼和腌菜，可以预知事情吉凶。甘露时期，蝗灾四起，蝗虫飞过的地方，庄稼全都毁坏了。太守让使臣告知栾侯，愿意献上腌鱼腌菜为祭品。栾侯对官吏说："蝗灾微不足道，就应该清除它。"话说完，忽然飞出去了。官吏见他形似斑鸠，声音如同水鸟。官吏返回后，将所见都告知了太守。随即果真出现无数只鸟，捕食蝗虫，不久后蝗虫全部清除。（出《列异传》）

阳起

来自河南郡县的阳起，字圣卿。年少有疟疾，在土地神庙获得一卷书籍，名字叫《谴劾百鬼法》。其后阳起担任日南郡守。有一天，其母亲上厕所时看见了鬼，鬼头有几尺长。便将此事告知他。阳起说："此为肃霜之神。"说完便喊他出来，肃霜之神变身奴仆。跟着他去京都送书信，早上出发，晚上就到家了。肃霜之神发作时能挡住几千人的力量。有一位与阳起有隔阂的人，阳起遣他晚上前往此人床头，大张着他赤红的眼睛，吐着拖到地上的舌头，那人险些吓死。（出《幽明录》）

欧明

庐陵郡县有一位叫欧明的同乡男子，他时常跟从商贾们途经前往彭泽湖的路。每每经过，就会把船上所有的东西，或多或少投一些进湖里。有一天，大道上出现数名身穿黑色衣服、乘坐马车的使者，门下吏卒。吏曰："清洪君感君有礼，故要君。以重送君，皆勿取，独求如愿耳。"去，果以缯帛赠之，明不受，但求如愿。神大怪明知之，意甚惜之，不得已，呼如愿，使随明去。如愿者，清洪婢，常使取物。明将如愿归，所须辄得之，数年成富人。意渐骄盈，不复爱如愿。正月岁朝，鸡初一鸣，呼如愿。如愿不即起，明大怒，欲捶之。如愿乃走于粪上，有昨日故岁扫除聚薪，足以偃人。如愿乃于此逃，得去。明谓逃在积薪粪中，乃以杖捶粪使出。又无出者，乃知不能得。因曰："汝但使我富，不复捶汝。"今世人岁朝鸡鸣时，辄往捶粪，云："使人富。"（出《博异录》）

李高

王莽时，汉中太守五更往祭神庙，遗其书刀，遣小吏李高还取之。见刀在庙床上，有一人，著大冠绛袍，谓高曰："勿道我，吾当祐汝！"后仕至郡守，年六十余，忽道见庙神，言毕而此刀刺高心下，须臾而死。莽闻，甚恶之。（出《广古今五行记》）

黄原

汉时，泰山黄原，平旦开门，忽有一青犬，在门外伏，守备如家养。原绁犬，随邻里猎。日垂夕，见一鹿，便放犬。犬行甚迟，他们自称是清洪君使，邀请欧明与他们同行。欧明清楚使者们是神，却不敢不跟着他们走。欧明乘坐使者驾驶的马车，不久后发现一座府宅，有小吏立于门下。小吏说："清洪君感念于你的温文有礼，所以邀你前来。想以厚礼赠予你，但是你都不拿，只是求得到如愿。"话毕就离开了，清洪君使果真赠送许多丝绸给欧明，他不接受，只想求取如愿。清洪君对于他知晓自己十分诧异，心情甚为惋惜，无可奈何，便喊来如愿。如愿是清洪君的女仆，常常差遣她服侍。欧明便将如愿带回家里，所需要的东西都得到了，不过数年便成为富豪。由此便逐渐变得骄傲自满，不再喜爱如愿。正月初一的时候，公鸡早早打鸣，欧明叫如愿过来。如愿未立刻过来，欧明大怒，想打如愿。如愿逃至粪堆处，粪堆有昨天清扫的去年留下的柴堆，足够一个人卧躺进去。如愿便逃进这里，才能逃走。欧明以为如愿躲进堆积的柴草粪堆中，便使劲用棍子捶打粪堆。始终没有发现她，才明白她不在里面。于是说："只要你能让我富有，我不会再打你。"现在每逢正月初一，公鸡打鸣时，百姓们便边打粪堆，边说着："使我富有吧。"（出《博异录》）

李高

王莽当政时，五更天汉中太守前往神庙祭祀，途中遗失了刻字刀，于是让一位叫李高的小官员找回来。李高过去后，发现刻字刀在寺庙的床上，床上有一位头戴高冠、身穿紫色华服的人，对李高说："不要跟人提及我，我会祐护你。"之后便官至郡守，六十多岁的时候，不经意间说出神庙看见神仙的事情，话说完，那把刻字刀便刺穿了李高的心脏，不久后死亡。王莽听说此事后，对李高很憎恶。（出《广古今五行记》）

黄原

汉朝时期，泰山有一人，叫黄原，清晨开家门时，突然门外蹲着一只黑色小狗，于是便把它当看门狗养在家里。有一天，黄原将狗拴原绝力逐，终不及。行数里，至一穴，入百余步，忽有平衢，槐柳列植，垣墙回匝。原随犬入门，列房可有数十间，皆女子，姿容妍媚，衣裳鲜丽，或抚琴瑟，或执博棋。至北阁，有三间屋，二人侍值，若有所伺。见原，相视而笑云："此青犬所引致妙音婿也。"一人留，一人入阁。须臾有四婢出，称太真夫人白黄郎："有一女，年已弱笄，冥数应为君妇。"既暮，引原入内。有南向堂，堂前有池，池中有台，台四角有径尺穴，穴中有光，照映帷席。妙音容色婉妙，侍婢亦美。交礼既毕，晏寝如旧。经数日，原欲暂还报家。妙音曰："人神道异，本非久势。至明日，解佩分袂，临阶涕泗，后会无期，深加爱敬。若能相思，至三月旦，可修斋戒。"四婢送出门，半日至家。情念恍惚，每至其期，常见空中有軿车，仿佛若飞。（出《法苑珠林》）

贾逵

贾逵在豫郡亡，家迎丧去。去后，恒见形于项城。吏民以其恋慕彼境，因以立庙。庙前有柏树，有人窃来斫伐，始投斧刃，仍著于树中，所著处寻而更生。项城左右人，莫不振怖。（出《贾逵碑》）

李宪

龙舒陵亭有一大树，高数十丈，黄鸟十数巢其上。时久旱，长好，跟着邻居出门狩猎。日头逐渐下落，他们看见一头鹿，便释放黑狗追赶鹿。狗追得十分缓慢，黄原拼尽全力追鹿，最终还是赶不上。跑了好几里，来到一个洞穴前，往洞里走了一百多步，突然眼前出现一条平缓道路，两边槐树和柳树成行种植，四面城墙环绕。黄原跟着狗走进城门，道路两边有数十间房屋，里面均是女子，容貌美丽，衣着艳丽，有的女子在抚琴，有的女子在下围棋。到达北面阁楼后，出现三间房屋，看见两名女子站着，服侍在旁，好像在等谁。两人看见黄原，相互对视后，笑着说："这只黑色小狗将引来妙音夫婿。"一位女子进屋内，另一位女子进入阁楼内。不久后出来四位女婢，说道："太真夫人白黄郎的女儿年逾二十，冥冥之中她便是你的妻子。"天色将晚，带着黄原进入室内。南边有一正屋，屋前有一池塘，池塘有一处高台，高台四角有一尺宽的小穴，穴中有光亮流出，映照着帷帐处。妙音容颜绮丽，音色婉转，侍婢也是美人。交拜礼结束后，每夜都睡得很晚。几天后，黄原想暂且回家，向家人报告。妙音说："人和神仙道路不同，本来也并不久长。等到明日，解下配饰，划开衣袂，在台阶前涕泪俱下，便别再相见，对彼此的爱更加深厚。若是还想我，可以在三月的今日修行斋戒。"四位女婢将黄原送至门口，半天就回了家。黄原因情思精神不济，每次一到三月的那日，时常看见空中出现一辆有帷幕的车，飞一样驶向黄原。（出《法苑珠林》）

贾逵

贾逵于豫郡离世，家人去迎他归家乡。贾逵离开后，仍旧能在项城发现他的影子。官员和人民觉得它对此地有眷恋之情，于是建立了一座寺庙。庙里种了柏树。有贼人私底下去砍树，开始用斧头砍，砍柏树的树干，砍的地方不久便再生出来。项城附近没有不觉得震撼畏惧的百姓。（出《贾逵碑》）

李宪

龙舒陵亭有一棵大树，树高几十丈，上面有十几只黄鸟造窝。那老共相谓曰：“彼树常有黄气，或有神灵，可以祈雨。”因以酒脯往。亭中有寡妇李宪者，夜起室中，忽见一绣衣妇人曰：“我树神也，以汝性洁，佐汝为生。朝来父老皆欲祈雨，吾已求之于帝。”至明日日中，果大雨，遂为立祠。宪曰：“诸卿在此，吾居近水，当致少鲤鱼。”言讫，有鲤数十头，飞集堂下。坐者莫不惊悚。如此岁余。神曰：“将有大兵，今辞汝去。”留一玉环，曰：“持此可以避难。”后袁术、刘表相攻，龙舒之民皆流去，唯宪里不被兵。（出《搜神记》）

张璞

张璞，字公直，不知何许人也。为吴郡太守，征还，道由庐山。子女观于祠室，婢使指像人以戏曰：“以此配汝。”其夜璞妻梦庐君致聘曰：“鄙男不肖，感垂采择，用致微意。”妻觉怪之，婢言其情。于是妻惧，催璞速发。中流，舟不为行。阖船震恐。乃皆投物于水，船犹不行。或曰：“投女则船为进。”皆曰：“神意已可知也，以一女而灭一门，奈何？”璞曰：“吾不忍见之。”乃上飞庐卧，使妻沉女于水。妻因以璞亡兄孤女代之，置席水中，女坐其上，船乃得去。即璞见女之在也，怒曰：“吾何面目于当世也！”乃复投己女。及得度，遥见二女在下。有吏立于岸侧，曰：“吾庐君主簿也。庐君谢君，知鬼神非匹，又敬君之义，故悉还二女。”问女，言：“但见好屋吏卒，不觉在水中也。”（出《搜神记》）

时干旱了很久，长老们商议完说：“那树时常出现黄色云气，可能是有神明，可以求神降雨。”因此向它供奉美酒佳肴。龙舒陵亭有一位名叫李宪的寡妇，夜晚在房间醒来，忽然见华服妇人说：“我乃是树神，因为你性情高洁，因此想帮你改善生活。清晨赶来的长辈都想求树神降雨，我已向天帝提出降雨的请求。”等到第二日正午，果真有大雨，于是为其建立祠堂。祠堂建成之日，李宪说：“诸位在此，我居于近水处，所在之处却不存在鲤鱼。”话刚说完，出现几十条鲤鱼，飞着聚集在祠堂下。周围没有不觉得惊悚的人。这样的情况延续了一年。树神说：“此处将有大战，今日我便要告辞了。”留下玉环说道：“拿着此物便可躲过此劫。”之后袁术、刘表攻打彼此，龙舒陵的人民都流离失所，唯有李宪那里的人民不被战争祸及。（出《搜神记》）

张璞

张璞，字公直，不知来自何处。他之后任吴郡太守一职，远行回来，从庐山经过。子女们游览祠堂女婢指着神像戏谑张璞的女儿：“此人配你很合适。”当晚张璞妻子梦见庐君来下聘，说道：“我的儿子不成才，感念你垂怜，选择他做女婿，望收下我的微薄心意。”张璞妻子觉得很怪异，女婢说出情况。妻子听后便十分恐慌，催着张璞快点离开。船行驶至水中央，无法行驶。整条船上的人甚为惊慌恐惧。便将床上的东西扔进水里，船仍然无法行进。有的人说：“将女儿投入水里，船才能前进。”众人都说：“我们已经知道神明的旨意，因为一名女子，使家族遭受灭门之灾，你觉得呢？”张璞说：“我无法忍受见到家族的灭门之灾。”于是走上船上小楼躺下思考，让妻子将女儿沉进水里。妻子用张璞亡故的兄长的女儿替代自己的女儿，接着将席子放在水上，让女孩坐上面，船才开始行驶。随即张璞发现自己的女儿仍在船上，生气地说：“我还有什么脸面对世人！”于是便将自己的女儿也投进水里。等船抵达渡口，很远便看见两个女孩子在下面。岸边有一位官吏，他说：“我乃是庐君的主簿。庐君十分感激您，清楚这两位女孩子与鬼神不适合，且敬佩你的情义，

洛子渊

后魏孝昌时，有虎贲洛子渊者，自云洛阳人。孝昌中，戍于彭城。其同营人樊元宝，得假还京师，子渊附书一封。云："宅在灵台南，近洛水乡。但至彼，家人自出相看。"元宝如其言，至灵台南，见无人家。徙倚欲去，忽见一老翁，问云："从何而来？彷徨于此？"元宝具向道之。老翁云："是吾儿也。"取书，引元宝入。遂见馆阁崇宽，屋宇佳丽。既坐，命婢取酒，须臾，见婢抱一死小儿而过，元宝甚怪之。俄而酒至，酒色甚红，香美异常。兼设珍羞，海陆备有。饮讫告退。老翁送元宝出云："后会难期，以为凄恨。"别甚殷勤。老翁还入。元宝不复见其门巷，但见高崖对水，渌波东倾。一童子可年十四五，新溺死，鼻中血出，方知所饮酒是其血也。及还彭城，子渊已失矣。元宝与子渊同戍三年，不知是洛水之神。（出《洛阳伽蓝记》）

陈 虞

陈虞，字君度。妇庐江杜氏，常事鬼子母，罗女乐以娱神。后一夕复会，弦管无声，歌音凄忾。杜氏常梦鬼子母，遑遽涕泗云："凶人将来。婢先与外人通，以梯布垣，登之人。神被服将剥夺毕，加取影像焚锉而去也。"（出《异苑》）

所以将两位女孩子交还给你。”询问女孩子，她们说：“只是看到很多华美的屋舍及官吏，并未发觉自己身处水里。”（出《搜神记》）

洛子渊

后魏孝昌时期，有一位名叫洛子渊的武士，自诩是洛阳人。孝昌中期，他在彭城驻防营垒。一个营的樊元宝有了假期回去京师，洛子渊请他给家里寄一封信。说：“我家住灵台南部，离洛水较近。一旦到了那里，我的家里人便会出来探看。”樊元宝如洛子渊所说，到达灵台南部，没看见有人家。逗留一阵后打算离开，突然看见一位老人，老人问他：“你从哪里来？为什么在此彷徨不定？”樊元宝便将具体情况告诉他。老人说：“那是我儿子。”老人拿着洛子渊给自己的家书，带着樊元宝到家里。然后便看见一座高耸宽阔的建筑，房屋华美。入座后，老人命女婢取酒，不久便看见女婢怀抱一个死去的婴孩走过，樊元宝甚为诧异。不一会儿酒端来了，酒色十分鲜红，口感特别香甜。然后又摆上很多美食，海里的地上的美食都有。饮酒结束后，樊元宝便要辞行。老人将他送至家门口，对他说：“以后我们很难再见面，对此甚为哀伤。”送别走出很远，老人方转身回家。樊元宝便没法看见老人家的门庭。只能看到高崖对面的海水，海波清朗，向东漂流。看见一位年纪十四五的男童不久前溺亡，鼻间淌出血来，才明白方才饮的酒便是男童的血。等返回彭城，洛子渊早已不见人影了。樊元宝与洛子渊一同驻防三载，不清楚他是洛水之神。（出《洛阳伽蓝记》）

陈　虞

陈虞，字君度，妻子是庐江杜氏，她时常供奉鬼子母，张罗歌舞伎使神仙愉悦。后天夜晚，再次张罗歌舞伎，便发现歌伎嗓音凄楚悲凉。之后杜氏便时常梦到鬼子母，表情惊惶，痛哭流涕说道：“恶人马上要来了。我和别人说好，墙上搭好梯子，踩着梯子便能出去。神仙便褪完身上所有衣物，再拿来画像撕毁烧掉，便离开了。”（出《异苑》）

黄翻

汉灵帝光和元年，辽西太守黄翻上书："海边有流尸，露冠绛衣，体貌完全。翻感梦云：'我伯夷之弟，孤竹君子也。海水坏吾棺椁，求见掩藏。'民嗤视之，皆无病而死。"（出《博物志》）

阳雍

魏阳雍，河南洛阳人。兄弟六人，以佣卖为业。公少修孝敬，达于遐迩。父母殁，葬礼毕，长慕追思，不胜心目。乃卖田宅，北徙绝水浆处，大道峻坂下为居。晨夜辇水，将给行旅，兼补履屩，不受其直。如是累年不懈。天神化为书生，问曰："何故不种菜以给？"答曰："无种。"乃与之数升。公大喜，种之，其本化为白璧，余为钱。书生复曰："何不求妇？"答曰："年老，无肯者。"书生曰："求名家女，必得之。"有徐氏，右北平著姓，女有名行，多求不许。乃试求之，徐氏笑之，以为狂僻，然闻其好善，戏答媒曰："得白璧一双，钱百万者，与婚。"公即具送。徐氏大愕，遂以妻之。生十男，皆令德俊异，位至卿相。今右北平诸阳，其后也。（出《孝德传》）

钱祐

会稽余姚人钱祐，夜出屋后，为虎所取，十八日乃自还。说虎初取时，至一官府，见一人凭几坐，形貌壮伟，侍从四十人。谓

黄翻

汉灵帝光和元年，辽西太守黄翻上书："海边漂来一具尸体，沾湿冠冕，身穿绛色衣服，身体齐整，容貌无伤。此人给黄翻托梦说：'我是伯夷的弟弟，孤竹君的儿子。我的棺椁被海水毁坏，拜托你给我寻一处掩埋之地。'看见尸体而嗤笑的百姓，都没有患病便死去了。"（出《博物志》）

阳雍

魏朝有一位名叫阳雍的人，河南洛阳人士。家中有六个兄弟，靠出卖劳动力赚钱。他年少时孝顺高堂。家喻户晓。之后父母离世，办完葬礼后，时常思慕父母，追念往昔，内心感伤。便将家中田宅卖出去，向北迁居至断绝水源的地区，定居在道路旁的严峻山坡下。从早到晚去拉水，赠予路途的旅人，还帮人修鞋，不接受报酬。这样的行为保持了好些年。天神变身成书生，问阳雍："为何不种菜做供给呢？"阳雍回答说："无种子。"于是天神赠予他数升种子。阳雍非常高兴，播种到地里，种子的根化为白玉，其他部位变成钱币。书生又问："怎么不求娶妻子？"阳雍答道："我老了，没有人愿意嫁给我。"书生说："你去求娶大家的女儿，必能成功。"有一徐氏家族，是右北平县著名的家族，家中女儿品行清正，很多人家求娶都没有成功。于是阳雍尝试前去求娶，徐氏女儿讥笑他，觉得他狂妄邪僻，然而听闻他乐善好施，便玩笑着对媒人说："倘若他有一对白玉，百万钱币，便与他成婚。"阳雍随即送出白玉与钱币。徐氏大惊失色，于是做了阳雍的妻子。生下十个男孩，他们都德行高尚，容貌俊美，官至公卿将相。现在右北平县里许多姓阳之人，便是其后人。（出《孝德传》）

钱祐

会稽郡余饶县有个人，名叫钱祐，夜里走出房间后，被老虎带走，十八天后竟然自己回来了。对众人说老虎带走我后，将我带到一曰："吾欲使汝知数术之法。"留十五日，昼夜语诸要术。祐受法毕，使人送出，得还家。大知卜占，无幽不验，经年乃死。（出《异苑》）

徐郎

京口有徐郎者，家甚缢缕，常于江边拾流柴。忽见江中连船，盖川而来，径回入浦，对徐而泊，遣使往云："天女今当为徐郎妻。"徐入屋角，隐藏不出。母兄妹劝励强出，未至舫，先令于别室为徐郎浴。水芬香，非世常有。赠以缯绛之衣。徐唯恐惧，累膝床端，夜无酬接之礼。女怒遣之使出，以所赠衣物乞之而退。家大小怨惜煎骂，遂懊叹卒。（出《幽明录》）

丁氏妇

淮南全椒县，有丁新妇者，本丹阳丁氏女。年十六，适全椒谢家。其姑严酷，使役有程，不如限者，仍便笞捶，不可堪。九月七日自经死，遂有灵响，闻于民间。发言于巫祝曰："念人家妇女，作息不倦，使避九月七日勿用作。"见形，著缥衣，戴青盖，从一婢，至牛渚津求渡。有两男子共乘船捕鱼，仍呼求载。两男子笑，共调弄之，言："听我为妇。"言："当相渡也。"丁妪曰："谓汝是佳人，而无所知。汝是人，当使汝入泥死。是鬼，使汝入水。"便却入草中。须臾，有一老翁，乘船载苇，妪从索渡。翁曰："船上无装，岂可露渡？恐不中载耳。"妪言："无苦。"翁因出苇半许，安处著座官府里，看到一位靠坐在桌上的人，样子健壮魁伟，身边有四十位侍者。对我说："我要使你精通占卜之法。"便在此处停留了十五天，从早到晚阐述占卜的要点。钱祐学会占卜之法后，便被人送出去了，才终于回家。自此通晓占卜，没有一次不应验，多年后死去。（出《异苑》）

徐郎

京口有一位叫徐郎的人，家境贫寒，时常在江边拾取漂流的木柴。突然看见江里接连出现几条船，气势浩荡地驶来，直接掉头进入江口，船行至徐郎对面，船主差奴仆前来询问："今日天女想成为徐郎的妻子。"徐郎跑进房屋角落，藏着不敢出现。在母亲、兄长及姐姐的劝解激励下，强自走出房门，还没登船，便有人受命提前带徐郎去别的房间洗浴。洗浴水香气芬芳，不是世间常有的。还赠予他深红色的华服。徐郎心里只有害怕，在床头跪着，夜里未行酬接礼。天女大怒，让人将徐郎轰出门去，徐郎将赠予的衣服还给她便告辞了。家里人十分怨恨可惜，责备他，徐郎在一天天的懊恼叹息中死去了。（出《幽明录》）

丁氏妇

淮南全椒县有一位姓丁的新妇，原是丹阳丁氏的女儿。十六岁嫁与全椒县谢氏为妻。她的婆婆甚为严苛，每日每夜使唤她，一旦不称心意，就用棍条抽打她，难以忍受。九月七日上吊自杀，自此后丁氏便经常显灵，闻名于村里。巫师发表言论："考虑到家庭妇女一年不停劳作，可以让她们在九月七日不用劳作。"然后百姓便见到了丁氏的身影，她身穿青色服装，头顶荷叶，一位女婢随身伺候，到牛渚津请求渡河。发现有两位一同坐船打渔的男人，便喊着请求男人载她们过河。两名男子笑了，一起戏弄她说："你要是听话，当我的妻子，就渡你过去。"丁氏说："本以为你们是善良的人，现在却不确定了。倘若你们是人，便使你们进入泥淖死去。倘若是鬼，便把你船中，径渡之，至南岸。临去语翁曰：“吾是鬼神，非人也，自能得过。然宜使民间粗相闻知。翁之厚意，出苇相渡，深有惭感，当有以相谢者。翁速还去，必有所见，亦当有所得也。”翁曰：“愧燥湿不至，何敢蒙谢。”翁还西岸，见两少男子覆水中。进前数里，有鱼千数，跳跃水边。风吹置岸上，翁遂弃苇载鱼以归。于是丁妪遂还丹阳。江南人皆呼为丁姑。九月七日不用作事，咸以为息日也。今所在祠之。（出《搜神记》）

阿紫

世有紫姑神。古来相传是人妾，为大妇所嫉，每以秽事相次役。正月十五日，感激而死。故世人以其日作其形，夜于厕间或猪栏边迎之。祝曰：“子胥不在，是其婿名也。曹姑亦归去，即其大妇也。小姑可出戏。”捉者觉重，便是神来。奠设酒果，亦觉貌辉辉有色。即跳躞不住，占众事，卜行年蚕桑。又善射钓。好则大儛，恶便仰眠。平昌孟氏恒不信，躬试往捉。便自跃穿屋，永失所在。（出《异苑》）

们扔进水里。”听完两人怕得跑进草堆里。不久后，看见一位老人，驾着装有芦苇的船而来，丁氏请求渡河。老人说：“船里没有坐垫，如何能让你们在船板坐着，估计没法渡你们过河了。”丁氏：“不要紧。”老人便扔掉半数芦苇，将她们安顿在船里，直接往渡口驶去，到达南岸后快离开时，对老人说：“我是鬼神，并非人类，自己本可以渡河。然而想见识世间的鄙陋面目。您深厚的情意，扔掉芦苇带我们渡河，内心深深的感激与愧疚，应当报答您的渡河之情。老人你快回去，必能看见一些东西，也应该得到一些东西。”老人说：“船里燥热潮湿，我实在愧疚，怎么能承蒙谢意。”老人返回西岸，途中看到两名年轻男人浮在水面。又前进几里地，在水边发现几千条跳动的鱼儿。大风把鱼儿吹到了西岸上。老人便抛弃剩下的芦苇，满载鱼儿归家。接着丁氏返回了丹阳。江南百姓称呼她丁姑。九月七日不用劳作，将这天当作歇息日。如今在此处也修建成了一座祠堂。（出《搜神记》）

阿紫

世界上有一位紫姑神。以前便流传她做了别人的妾室，被正室记恨，每次都交代她做极为污秽的劳役。她便在正月十五日心情激愤死去。因此世人便在白天画出她的画像，夜晚带着画像在厕所里或猪栏边迎接她，向她祷告说：“子胥不在，子胥是她丈夫的名字。曹姑也回去了，曹姑是她丈夫的正妻。小姑（紫姑神）可出去玩了。”当拿着画像的手觉得有负重的时候，紫姑神便出现了。人们便开始祭奠，摆设美酒瓜果，并且画像看着也光辉耀眼。随即就不停跳跃舞动，众人开始卜算事情，卜算今年养蚕能否获利，桑树行情如何。又擅长用射击卜算的人射中便跳起舞来，没中便回去休息。平昌孟氏始终不信此事，亲自尝试去捉。自己便跳着穿进了墙壁里，永远消失在了那个地方。（出《异苑》）

卷第二百九十三　神三

度朔君

袁绍在冀州，有神出河东，号度朔君，百姓为立庙。庙有主簿大福。陈留蔡庸为清河太守，过谒庙。有子名道，亡已三十年。度朔君为庸设酒曰："贵子昔来，欲相见。"须臾子来。度朔君自云："父祖昔作兖州。"有人士母病往祷。主簿云："君逢天士留待。"闻西北有鼓声而君至。须臾，一客来。着皂单衣，头上五色毛，长数寸。去，复一人着白布单衣，高冠，冠似鱼头，谓君曰："吾昔临庐山，食白李，忆之未久，已三千岁。日月易得，使人怅然。"君谓士曰："先来南海君也。"士是书生，君明通五经，善《礼记》，与士论礼，士不如也。士乞救母病，君曰："卿所居东有故桥，人坏之。此桥所行，卿母犯之。能复桥，便差。"

曹公讨袁谭，使人从庙换千匹绢，君不与。曹公遣张郃毁庙。未至百里，君遣兵数万，方道而来。郃未达二里，云雾绕郃军，不知庙处。君语主簿："曹公气盛，宜避之。"后苏并邻家有神下，识君声，云："昔移入胡，阔绝三年。"乃遣人与曹公相闻："欲修故庙，地衰不中居，欲寄住。"公曰："甚善。"治城北楼以居之。数日，曹公猎，得物，大如麑，大足，色白如雪，毛软滑可爱，公以摩面，莫能名也。夜闻楼上哭云："小儿出行不还。"太祖拊掌曰："此物合衰也。"晨将数百犬绕楼下。犬得气，冲突内外。见有物大如驴，自投楼下，犬杀之，庙神乃绝。（出《搜神记》）

度朔君

袁绍在冀州时，河东出现一位神，自诩度朔君，黎民百姓为他修建了一座寺庙。寺庙里有一位主簿，还有很多祭神的福食。来自陈留郡的蔡庸时任清河太守，有一天，路过寺庙就进去祭拜。蔡庸的儿子叫蔡道，已离世三十年。度朔君为了蔡庸摆酒席，说道："你的儿子之前就来了，想见你。"不久后，蔡庸儿子蔡道便到了。度朔君自言自语道："以前其父亲及祖辈于兖州做官。"有个百姓由于母亲患病严重，前往寺庙祷告。主簿回道："度朔君在与上天派来的仙人见面，稍等片刻。"然后听闻西北方向传来一阵敲鼓的声响，度朔君到了。过了一阵，来了一位宾客。身着单薄的黑色衣服，头顶毛发五颜六色，长约几寸。客人离开后，又有一位客人上门，身穿单薄的白色布衣，头顶佩戴一顶形状神似鱼头的高大的帽子，对度朔君说道："我曾经去过庐山，在那里吃到白色的李子，追忆过去，仿佛未走过多长时间，却已然过了三千年。光阴荏苒，白驹过隙，让人不禁感伤。"度朔君对男子说："早先来的那人便是南海君。"男子是一名书生，度朔君对四书五经颇有见地，通晓《礼记》，与那名书生讨论礼仪道德，书生自叹不如。书生拜托度朔君治疗他母亲的重病。度朔君回道："你住的居所向东的地方，有一拱年代久远的桥梁，百姓毁坏了桥。每当有人从桥上通行，你母亲的病症便会加重。倘若你可以将桥梁修缮完好，你母亲的重病便差不多痊愈了。"当年曹操攻打袁绍儿子袁谭，差人从寺庙里面交换了几千匹丝织品，度朔君不同意。曹操便遣麾下将军张郃去摧毁寺庙。度朔君在距离寺庙一百里的地方，调度数万兵将，在大道路上并排行进而来。张郃的队伍还没进行二里地，云和雾之气便萦绕在张郃队伍的周围，看不清寺庙的位置。度朔君对主簿说："曹操军队声势浩大，应该避其锋芒。"苏生家和邻家都出现

蒋子文

蒋子文，广陵人也。嗜酒好色，挑挞无度。常自谓青骨，死当为神。汉末，为秣陵尉，逐贼至钟山下，贼击伤额，因解绶缚之，有顷遂死。及吴先主之初，其故吏见文于道，乘白马，执白羽，侍从如平生。见者惊走，文追之，谓曰："我当为此土地神，以福尔下民，尔可宣告百姓，为我立祠。不尔，将有大咎。"是岁夏，大疫，百姓辄相恐动，颇有窃祠之者矣。文又下巫祝："吾将大启祐孙氏，宜为吾立祠。不尔，将使虫入人耳为灾。"俄而有小虫如鹿虻，入耳皆死，医不能治。百姓愈恐，孙主未之信也。又下巫祝："若不祀我，将又以大火为灾。"是岁，火灾大发，一日数十处，火及公宫，孙主患之。议者以为鬼有所归，乃不为厉，宜有以抚之。于是使使者封子文为中都侯，次弟子绪为长水校尉，皆加印授，为庙堂，转号钟山为蒋山。今建康东北蒋山是也。自是灾厉止息，百姓遂大事之。

了下界的仙人，他听出了度朔君的嗓音，对他说："昔日我迁居到胡族之地，离开故居三年之久。"于是差人与曹操互通消息："倘若想要修缮以前的寺庙，地势衰弱，不适宜在其中居住，可暂时寄住在我这里。"度朔君说："可以。"便将度朔君安置在城北的楼阁居住。几天后，曹操出外打猎的时候，得到一只奇怪的猎物，体型大得像一只鹿，长有四只巨大的脚，通身洁白如同雪一般，体毛柔软光滑，憨态可掬，曹操用手抚摸它的面颊，油然生出一种难以言喻的体验。夜晚的时候，听闻楼阁上有人哭泣，回道："小孩子出了远门，还没有回来。"曹操抚摸着手掌说："这个动物该铲除它了。"来日清晨的时候，叫来几百只恶犬围住这座楼阁。恶犬闻到一阵气息，从楼里到楼外向那动物发起攻击。便看到一只庞大如驴的动物，自己跳到楼阁下方，恶犬们围攻着将它杀死，自此后寺庙的度朔君便不见踪影了。（出《搜神记》）

蒋子文

蒋子文，乃是广陵人士。此人嗜好喝酒，喜欢美色，放纵不羁，荒淫无度。时常自称有仙骨，离世后便可以做神仙。汉朝末期，蒋子文被授予秣陵尉，他带领官兵追击贼人走到钟山山脚处，蒋子文被贼人击伤了额头，于是他解开身上的丝带绑缚住伤口，顷刻之间，就离开人世。等到吴国先祖孙权建立政权初期，有一位蒋子文之前的部下在道路上看见了蒋子文，见到他时骑乘白色马匹，手拿白色羽扇，如同活着的时候一般身边有很多随从。看见他的部下害怕地逃走了，蒋子文赶上那位部下，并跟他说："我便是此处的土地神，可以保佑黎民，你需要告知此地的百姓，为我修葺一座祠堂。倘若不如此，此处将会有大劫难。"于是那一年的夏季，出现十分严重的瘟疫，人们便惊恐万分，骚乱不停，很多人私底下修建祠堂，向他祈祷。蒋子文再次传达祷文说："我将会极力启发孙权，保佑孙氏疆土，应该为我修建祠堂。如若不如此，将驱使虫子进入百姓耳朵，造成病乱。"不久后，便出现了与鹿虻很相似的小虫子，进入人的耳朵里，人便死了，医生无法治疗这种疾病。黎民们愈加恐慌，孙权不陈郡谢玉，为琅邪内史，在京城。其年虎暴，杀人甚众。有一人，以小船载年少妇，以大刀插着船，挟暮来至。逻将出语云：“此间顷来甚多草秽，君载细小，作此轻行，太为不易，可止逻宿也。”相问讯既毕，逻将适还去，其妇上岸，便为虎取去。其夫拔刀大唤，欲逐之。先奉事蒋侯，乃唤求助。如此当行十里，忽觉如有一黑衣人为之导，其人随之。当复二十里，见大树，既至一穴。虎子闻行声，谓其母至，皆走出，其人即其所杀之，便挟刀隐树住。良久，虎方至，便下妇着地，到牵入穴，其人以刀当腰斫断之。虎既死，其妇故活，向晓能语。问之，云：“虎初取，便负着背上，临至而后下之。四体无他，止为草木伤耳。”扶归还船。明夜，梦一人语之云：“蒋侯使助，汝知否？”至家杀猪祠焉。会稽鄮县东野，有女子，姓吴，字望子，年十六，姿容可爱。其乡里有鼓舞解神者，要之便往。缘塘行半路，忽见一贵人，端正非常。贵人乘船，手力十余整顿。令人问望子：“欲何之？”具以事对。贵人云：“我今正往彼，便可入船共去。”望子辞不敢，忽然不见。望子既拜神坐。见向船中贵人，俨然端坐，即蒋侯像也。问望子来何迟，因掷两橘与之。数数形见，遂隆情好。心有所欲，辄空中下之。尝思啖鲙，一双鲜鲤，随心而至。望子芳香，流闻数里，颇有神验，一邑共事奉。经三年，望子忽生外意，神便绝往来。

信赖祷文。于是蒋子文又下达祷文:“倘若不向我祈祷,将会再次制造大火,形成火灾。”那年,火灾四起,一天之内便有几十处地方出现火灾,大火甚至蔓延至吴国皇宫,孙权颇为忧患。召来众位大臣商议,都认为是鬼魂所致,只要给鬼魂一个归处,便不会如此肆意妄为,应当好好抚慰鬼魂。然后他便差人册封蒋子文为中都侯,册封其二弟为长水校尉,并且均有官爵,还为他修建庙堂,将钟山改名为蒋山。便是如今建康郡东北方向的蒋山。自此以后灾难便停息了,黎民们便大肆在庙堂祭拜他。

来自陈郡的谢玉担任琅琊县的内史一职,在京都居住。那年此处老虎产生暴乱,很多人被杀害。有一名百姓,撑着小船载着年纪尚轻的妻子,在船上扎了把大刀,傍晚时候,行船至此处。执行巡逻任务的将军说:“此处最近经常出现凶恶的老虎,你载着柔弱的妻子,如此莽撞行到此处,实在是不容易,可在巡逻官兵的住处借宿一晚。”两人互相问候结束后,巡逻将军带着众官兵离开,年轻妇人刚登上岸,就被老虎掳走。那个妇人的丈夫便抽出大刀大声呐喊,想赶上老虎,却没有赶上。于是先走进庙堂供奉中都侯,呼唤蒋子文向他求助。返程时走了十里地,突然察觉到一位为他引路的、身穿黑衣的人,丈夫便跟着他走。再次行出二十里后,见到一棵大树,走到树下,发现一个洞穴。老虎的小崽听到他们行走的声响,觉得是老虎妈妈回家了,都走出洞穴,就被洞穴外的人一一斩杀,然后丈夫藏着大刀,利用大树隐住身形。很长时间后,老虎才将掳来的妇人带回洞穴,把妇人扔至地面,反向叼着妇人往洞穴里带,那人拿出大刀拦腰砍死了老虎。老虎死亡后,妇人便得救了,天色将明的时候,妇人才可以言语。丈夫询问她被老虎掳走后的事情,她说:“刚被老虎掳走的时候,将我背在身上,快到洞穴的时候,将我放下。身体四肢没受什么伤,仅仅被草木刮伤。”丈夫将他搀扶着返回船里。第二天晚上,梦到一个人告诉他:“是中都侯暗中相助,你可知晓?”两人归家后,宰杀家猪,前往蒋子文祠堂进行供奉。会稽郡郡鄮县东边的荒野处,有一名吴姓女子,字望子,年龄十六,容貌可人,姿态可掬。住在同乡的人有一位诚心祈神还愿的人,邀请她到家中做客。顺着水流咸宁中，太常卿韩伯子某，会稽内史王蕴子某，光禄大夫刘耽子某，同游蒋山庙。庙有数妇人像，甚端正。某等醉，各指像以戏相配匹。即以其夕，三人同梦，蒋侯遣传教相闻曰："家子女并丑陋，而猥垂荣顾，辄刻某日，悉相奉迎。"某等以其梦指适异常，试往相问，而果各得此梦，符协如一。于是大惧，备三牲，诣庙谢罪乞哀。又俱梦蒋侯亲来降己曰："君等既已顾之，实贪会对，克期垂及，岂容方更中悔！"经少时，并亡。

刘赤父者，梦蒋侯召为主簿，期日促，乃往庙陈请。母老子弱，情事过切，乞蒙放恕。会稽魏过，多材艺，善事神，请举过自代，因叩头流血。庙祝曰："特愿相屈，魏过何人，而有斯举！"赤父固请，终不许，寻而赤父死焉。

的方向行至半道，突然看到一位贵人，长相端正，模样高贵。贵人乘坐船只，身旁有十几个随从，井然有序地站着。差人询问望子：“想做何事？”他便详细将事情告知对方。贵人说：“我的船恰好往那处行驶，你可以进入船舱同行。”望子无法推脱，刚准备登船，突然贵人消失了。望子颇为吃惊，便前往神庙（蒋子文庙）祭拜。就见到了之前船中遇到的贵人，严肃庄重，正襟危坐，竟是中都侯蒋子文的神像。询问望子为何迟到，于是掷出两颗橘子赠予他。屡次显露真心，于是产生深厚的感情。心里有想做的事情，便自神像里走出来，望子曾经想吃鱼，两只鲜美的鲤鱼便跟随内心所想出现在眼前。望子吃鱼时的香气，辗转传播至几里外的郡县，百姓便认为这个庙堂有神仙，求事应验，一个县的百姓都前来祭拜。三年后，突然望子生出异心，于是中都侯就和他断绝关系。

咸宁中年，太常卿韩伯的儿子同会稽郡内史王蕴的儿子、光禄大夫刘耽的儿子前往蒋山庙堂游玩。庙堂里有几位女子的画像，外形端正。等到三人喝醉的时候，各自指着画像中的女子进行调戏，戏弄她们与自己相配。到了那天夜晚，三人便做了同样的梦，蒋子文差使掌传教令的使者传达消息：“家中女儿样貌都很难看，然而你们丝毫不顾及自己尊贵的身份，仍旧垂怜我的女儿，可以尽快定下吉日，我将女儿悉数送往府上。”三人认为梦境颇为奇怪，尝试前往询问对方，果真他们都梦见了此事，且情节一致。因此三人非常害怕，准备了三只牲口，前往庙堂承认罪过，请求怜悯。然后便再次梦到蒋子文亲自降临，对他们说：“既然你们早已对我女儿十分顾念，事实上便是想同我女儿婚配，约定时间快到了，如何能容忍你们中途后悔！”不久后，三人便死了。

有一位名叫刘赤父的人，梦到蒋子文想招募他做主簿，约定期限即将到达，于是前往庙堂陈述理由请辞。母亲年迈，孩子羸弱，家庭情况过于急切，请求蒋子文可以放过他，宽恕他的推辞。会稽郡有一位名叫魏过的百姓，才华横溢，擅长供奉神仙，他便推举魏过取代自己担任主簿一职，因其愧疚磕头至头部出血。掌管寺庙香火的人问：“魏过究竟是谁，让你情愿如此委屈自己，有这样的举动？”刘孙恩作逆时，吴兴分乱，一男子匆急突入蒋庙。始入门，木像弯弓射之，即卒。行人及守庙者无不皆见也。

中书郎王长豫，有美名。父丞相导，至所珍爱。遇病转笃，导忧念特至，正在北床上坐，不食已积日。忽见一人，行状甚壮，着铠持刀。王问："君是何人？"答曰："仆是蒋侯也。公儿不佳，欲为请命，故来耳。勿复忧。"王欣喜动容，即求食，食遂至数斗，内外咸未达所以。食毕，忽复惨然，谓王曰："中书命尽，非可救者。"言终不见也。（出《搜神记》《幽明录》《志怪》等书。）

葛祚

葛祚，吴时衡阳太守。郡境有大槎横水，能为妖怪，百姓为立庙。行旅祷祀，槎乃沉没，不者槎浮，则船为之破坏。祚将去官，乃大具斤斧，将去民累。明日当至，其夜，闻江中讻讻有人声。往视，槎移去，沿流下数里，驻湾中。自此行者无复沉覆之患。衡阳人为祚立碑曰："正德祈禳，神木为移也。"（出《幽明录》）

虞道施

虞道施乘车出行，忽有一人着乌衣径来上车，云："令寄载十许里耳。"道施试视此人，头上有光，口皆赤，面悉是毛，异之。始赤父坚持推举他，始终不被允许，不久后他便去世了。

孙恩造反时，吴兴县战争纷乱，突然一名男子急匆匆闯入蒋王庙里。才刚进门，木雕的神像拉弓射击他，随即便死了。路过的百姓及守护庙堂的衙役都亲眼见到。

中书郎王长豫有美好的声誉，其父亲王导官至丞相，待他颇为珍爱，王长豫不幸得病，病情愈重，父亲担忧他，便特地前往看望，看儿子在北边的床榻上坐着，无法进食已经几天。突然房内出现一人，此人高大强壮，身着铠甲手拿大刀。王导问："你是何人？"回答："我是蒋子文。你的儿子身体不好，想为他解除苦难，为此事而来，无须再担忧病情。"王导欣喜若狂，为之动容，随即王长豫便请求进食，于是吃了好几斗饭，府里上下都不清楚原因。吃完饭，脸色忽然恢复成之前的灰败模样，蒋子文对王导说："王长豫命数已尽，没人能救他了。"话说完便消失了。（出《搜神记》《幽明录》《志怪》等书。）

葛祚

三国东吴时期，葛祚时任衡阳太守。郡县地域内，看见水上漂着一只巨大的木筏，如此便是妖怪在作乱，百姓就为它修建了一座庙宇。往来路人都去庙宇祷告祭拜，于是木筏便沉进水里了，如若不然让木筏继续漂在水上，经过的船帆就会被破坏。葛祚即将辞官，准备大刀阔斧，实行有效措施，为百姓免去忧愁。动手前天晚上，听到江中出现号啕的人声。引人过去察看，木筏自己动起来了，沿着江流漂了几里，停驻在一个河湾里。从那以后途经的船只没再出现覆没的忧患。衡阳黎民为葛祚立了一座石碑，石碑上写道："正德祈禳，神木为移也。"（出《幽明录》）

虞道施

虞道施乘坐马车出远门，突然出现一个人，身着黑色服装，直接走进车里，对虞道施说："让马车载着我走十几里地吧。"虞道施尝

时既不敢遣，行十里中，如言而去。临别，语道施曰：“我是驱除大将军，感汝相容。”赠银铎一双而灭。（出《异苑》）

顾邵

顾邵为豫章，崇学校，禁淫祀，风化大行，历毁诸庙。至庐山庙，一郡悉谏，不从。夜忽闻有排大门声，怪之，忽有一人，开阁径前，状若方相，自说是庐君。邵独对之，要进上床。鬼即入坐。邵善《左传》，鬼遂与邵谈《春秋》，弥夜不能相屈。邵叹其积辩，谓曰：“传载晋景公所梦大厉者，古今同有是物也？”鬼笑曰：“今大则有之，厉则不然。”灯火尽，邵不命取，乃随烧《左传》以续之。鬼频请退，邵辄留之。鬼本欲凌邵，邵神气湛然，不可得乘。鬼反和逊，求复庙，言旨恳至。邵笑而不答，鬼发怒而退。顾谓邵曰：“今夕不能仇君，三年之内，君必衰矣。当因此时相报。”邵曰：“何事匆匆，且复留谈论。”鬼乃隐而不见。视门阁，悉闭如故。如期，邵果笃疾，恒梦见此鬼来击之，并劝邵复庙。邵曰：“邪岂胜正？”终不听。后遂卒。（出《志怪》）

陈氏女

乌伤陈氏有女，著屐上大枫树颠，了无危惧。顾曰：“我应为神，今便长去。唯左苍右黄，当暂归耳。”家人悉出见之。拳手辞试审视此人，发现他头顶有光，嘴唇鲜红，脸上都是毛，颇为诧异。初时便没勇气让他离开，马车行驶十里地后，他如自己所说便离开了。即将离别时，他对虞道施说：“我乃驱除大将军，感谢你载我走了这段路。”言毕，赠予他一双银铎便消失了。（出《异苑》）

顾邵

顾邵处理豫章郡县事务的时候，推崇兴办学校，禁止不合礼制的祭祀，此类风俗教化广为推行，逐个摧毁所有寺庙。拆到庐山庙，整个郡县都劝谏顾邵，不听从意见。突然晚上听到大门被推开的声响，颇感诧异，突然出现一个人，打开房间直接走向他，神情似长相凶恶的鬼怪，自诩为庐山君。顾邵单独面对他，邀他上床。鬼怪竟如同人一样坐在床上。顾邵通晓《左传》，鬼怪便与顾邵谈论《春秋》，一夜都不能使他屈服。顾邵赞叹鬼怪的学富五车，能说会道。对他说：“相传晋景公梦到的厉鬼，古往今来有这样的东西吗？”鬼怪笑着说：“如今大鬼是有的，厉鬼却是没有的。”然后烛火烧尽，顾邵也没让人再取新蜡烛，接着便烧掉《左传》，延续灯火。鬼怪不断提出辞别，顾邵仍想留下他。原本鬼怪打算欺凌顾邵，他却神情淡然，无法得逞。鬼怪便转变态度，变得和睦谦逊，乞求顾邵修缮被摧毁的寺庙，言辞诚恳之至。顾邵只是微笑，不作回答，鬼怪生气地离开了。转头对顾邵说：“今日无法报仇，三年内你必将衰亡。那时便是我的复仇时刻。”顾邵说：“是何事让你这么急忙？留下来再谈论会儿《春秋》吧。”鬼怪便消失不见了。房门如往常一样紧闭着。三年期限到，顾邵果真身患疾病，一直梦到那只鬼攻击他，并劝诫顾邵修缮寺庙。顾邵说：“妖邪如何能制服正义？”自始至终不顺从他。之后就离世了。（出《志怪》）

陈氏女

乌伤陈氏有一位女子，穿鞋爬上大枫树顶，毫无忧虑恐惧的神情。四处观察后，说：“我应该是神，如今便永久告别此处。只有

诀，于是飘耸轻越，极睇乃没。人不了苍黄之意，每春辄以苍狗，秋黄犬，设祀树下也。（出《异苑》）

王表

临海罗阳县有神，自称王表。语言饮食，与人无异，然不见其形。又一婢，名纺绩。是月，遣中书郎李崇赍辅国将军罗阳王印绶迎表。表随崇俱出，所历山川，辄遣婢与其神相闻。表至，权于苍龙门外为立第舍。表说水旱小事，往往有验。（出《吴志》）

石人神

石人神，在丰城县南，其石状似人形。先在罗山下水中，流潦不没。后有人于水边浣衣，挂著左臂。天忽大雨，雷电霹雳，石人臂折，走入山畔。时人异之，共立为祠，每有灵验，号曰石人神。（出《豫章古今记》）

圣姑

吴兴郡界首，有洞庭山，山中圣姑祠庙在焉。《吴志》曰：姑姓李氏，有道术，能履水行，其夫怒而杀之。自死至今，向七百岁，而颜貌如生，俨然侧卧。远近祈祷者，心至则能到庙；心若不至，风回其船，无得达者。今每月一日沐浴，为除爪甲。每日妆饰之。其形质柔弱，只如寝者，盖得道欤？（出《纪闻》）

当左边是青色，右边是黄色的时候，我才能暂且归来。”家人都出来见她。她握拳与众人辞别，紧接着飘至高处，轻轻飞走了，人们极力注视，便看不到人影了。人们不理解左苍右黄的含义，因此每年春季便拿来黑狗，秋天拿来黄狗，在大枫树下进行祭拜礼。（出《异苑》）

王表

临海郡罗阳县有一位神仙，自称王表。言谈举止和饮食习惯与常人没有区别，然而无法看见他的容貌。他身边跟着一位女婢，名纺绩。某月，帝王差中书郎李崇，带着辅国将军罗阳王的印信去接待王表。王表跟着李崇一同游玩，每当经过风景秀丽的山水时，便差遣女婢将路途所见所闻通报给神仙知道。王表到达以后，在苍龙门外面，权且为他修建屋舍。王表预测水涝旱灾之类的事情，通常很准确。（出《吴志》）

石人神

石人神在丰城县以南，它的石块形状与人相似。之前石块在罗山山脚下的水流中，流动的水都没法掩盖他。之后有一位在水边洗涤衣物的人，将衣服挂在石人的左边胳膊上。突然天上降下大雨，雷电声霹雳作响，石人的胳膊被雷电毁坏，为了躲雨，它就自行走进山边。那时的百姓十分惊奇，便一起为他修立祠堂，每次百姓有所求，都十分灵验，便称之为“石人神”。（出《豫章古今记》）

圣姑

吴兴郡的交界地有一座洞庭山，山里存在着一座圣姑祠庙。《吴志》里说：圣姑的姓氏为李，会道家法术，在水上能如履平地，她丈夫一怒之下将其杀害。从她去世到现在，快七百年了，容颜样貌如同生前一般，严肃庄重地侧躺着。附近前来做祷告的百姓，只要足够真诚就能抵达祠庙；心如果不够真诚，船头就会因为风向掉转，

陈 敏

陈敏，孙皓之世为江夏太守。自建业述职，闻宫亭庙神灵，枉帆过之，乞在任安稳，当上银杖一枝。限既满，作杖，插竹为干，以银度之。寻征为散骑常侍，还到江口，后宫亭送杖讫，即进路。日晚，降神巫宣教曰："陈敏许我银杖，今以度银杖见与，使投水中，当送以还之。欺蔑之罪，不可容也。"乃置杖浮水上，从流而北，其疾如飞，径到敏船前，徘徊不去。敏惧，取之，遣小吏到庙逊谢。小吏既发，惊风卒至，涌浪滔天，敏舟倾。唯小吏四人独在。（出《神鬼传》）

费长房

费长房能使鬼神。后东海君见葛陂君，淫其夫人。于是长房敕系三年，而东海大旱。长房至东海，见其请雨，乃敕葛陂君出之，即大雨也。（出《列异传》）

胡母班

胡母班曾至太山之侧，忽于树间逢一绛衣驺，呼班云："太山府君召。"母班惊愕，逡巡未答。复有一驺出呼之，遂随行数十无论如何也无法到达祠庙。如今一个月有一天为她沐浴，并且为她修剪指甲。每日还要帮她精心打扮一番。圣姑体质柔弱，就像睡着了一样，大概是已经得道了吧。（出《纪闻》）

陈敏

陈敏，三国吴国晚期孙皓当政时，他担任江夏太守一职。有一回，陈敏前往建业陈述职守，得知宫亭庙有灵验的神明，特地乘船前往宫亭庙，祈祷在任期间风调雨顺，百姓安稳，倘若灵验，送上一只银杖。任期做满后，以竹竿作为银杖的手杆，在上面镀上银。不久后他被征召为散骑常侍，再次抵达宫亭庙所在的江口，将银杖送至宫亭庙，随即乘船回程。天色将晚，有位神巫在眼前降临，宣扬说："陈敏许诺赠予我银杖，现在竟赠我一只镀银的竹竿，我命令你将竹竿扔进水里，当作我送还给你的。无法忍受你对我欺瞒无视的过错。"话说完，便将镀银的竹杖放置在浮动的水面，往北顺着水流行进，疾奔的脚步如飞一般，竹杖笔直地抵达船前的陈敏面前，来回盘旋不曾离开。陈敏十分惧怕，将竹杖拿下，让小差役前往宫亭庙赔礼告罪。小差役启程后，猛烈的风从四处而来，波涛汹涌，陈敏的船被风浪掀翻。唯有被差遣赔礼告罪的小差役仍然活着。（出《神鬼传》）

费长房

费长房可以驱使鬼神。之后东海的神仙遇见了葛陂的神仙，侮辱了葛陂神仙的妻子。因此费长房敕令关押东海神仙三年，接着东海很久都没有下雨。费长房抵达东海，发现人民请神仙降雨，便敕令葛陂神仙前往，展现降雨能力，不久后便降下大雨。（出《列异传》）

胡母班

胡母班以前去泰山旁边的时候，突然树木的缝隙之间，相逢一位身穿深红色服装的养马驾车的小吏，喊住胡母班说："泰山府君步，驺请母班暂瞑。少顷，便见宫室，威仪甚严。母班乃人阁拜谒。主为设食，语母班曰："欲见君无他，欲附书与女婿耳。"母班问："女郎何在？"曰："女为河伯妇。"母班曰："辄当奉书，不知何缘得达。"答曰："今适河中流，便扣舟呼'青衣'，当自有取书者。"母班乃辞出。昔驺复令闭目。有顷，忽如故道。

遂西行。如神言而呼"青衣"。须臾，果有一女仆出，取书而没。少顷复出云："河伯欲暂见君。"婢亦请瞑目，遂拜谒河伯。河伯乃大设酒食，词旨殷勤。临别，谓母班曰："感君远为致书，无物相奉。"于是命左右："取吾青丝履来。"以贻母班。母班出，瞑然忽得还舟，遂于长安经年而还。

至太山侧，不敢潜过，遂扣树，自称姓名："从长安还，欲启消息。"须臾，昔驺出，引母班如向法而进，因致书焉。府君请曰："当别遣报。"母班语讫，如厕，忽见其父著械徒作，此辈数百人。母班进拜流涕，问："大人何因及此？"父云："吾死不幸，见谴三年，今已二年矣！困苦不可处。知汝今为明府所识，可为吾陈之，乞免此役，便欲得社公耳。"母班乃依教，叩头陈乞。府君曰："死生异路，不可相近，身无所惜。"母班苦请，方许之。于是辞出。

召见你。”胡母班惊恐失色，一时拿不定主意，没有应答。接着又出现一位小吏呼唤他，于是跟着他们走了几时，小吏让胡母班暂且将双目闭上。不久后，让他睁开双目时，就看到了一座宫殿，宫殿里的人仪容庄重，神情严肃。胡母班便进入大门参拜泰山府君。府君为他摆设美食，对胡母班说：“我想与你见面，没有其他意思，仅仅想请你为我传递书信给我的女婿。”胡母班询问其女儿在哪里，府君说：“女儿嫁与河伯做妇人。”胡母班说：“我应当为您传递书信，只是不清楚如何才能传递到。”府君回答：“现今你到河中央去，就敲击船身，叫婢仆，自然就有人来拿书信。”母班便辞别出门。刚刚养马驾车的小吏再次请他将双目闭上。不久后，突然像是返回了之前的大道上。

接着便向西走去，按照府君说的那样，喊婢仆。顷刻之间，果真出现一位女婢，拿着书信就走了。一会儿再次出现说：“河神突然要见你。”女婢又请他将双目闭上，便跟着女婢去拜见河神。河神便摆设宴席，奉上美酒美食招待他，言辞恳切，热情周到。即将告别时，对胡母班说：“感激你从远方来捎信给我，没有好物可以送你。”于是命令随从：“将我的青丝鞋拿来。”便将其送给胡母班。胡母班出门后，双目一闭一睁间，突然就返回到船里，接着在长安城居住一年后，才回到泰山。

抵达泰山之时，不敢暗自经过，于是敲打树木，自报家门：“从长安归来，想同府君通报消息。”不久后，昔日见到的小吏出现，如同之前一般，领着胡母班进去，由于当初为府君传递书信。府君仍旧款待了他，并说：“我会对你有其他的回报。”胡母班对府君陈述完消息后，前去如厕时，突然看见他父亲手上戴着手铐在服劳役，像父亲一样的人眼前有数百。胡母班痛哭流涕，奔向父亲，跪了下来，询问父亲是什么原因让他变成了这样。父亲说：“我去世后，就遇到不好的事情，被惩罚三年，如今已经两年！生活困苦无法自处。我知道你现在被府君所赏识，可否帮我说明此事，请求取消我剩下的劳役，我便可以成为土地公。”胡母班便依照父亲的指示，向府君磕头请罪，阐述他的请求。府君说：“活人和死人不是一条路啊，你不可以靠还家岁余，儿子死亡略尽。母班惶惧，复诣太山，扣树求见。昔驺遂迎之而见。母班乃自说："昔辞旷拙，及还家，儿死亡至尽，今恐祸故未已，辄来启白，幸蒙哀救。"府君拊掌大笑曰："昔语君'生死异路，不可相近'故也。"即敕外召母班父。须臾至庭中，问之："昔求还里社，当为门户作福，而孙息死亡至尽，何也？"答云："久别乡里，自忻得还，又遇酒食充足，实念诸孙，召而食之耳。"于是代之。父涕泣而出。母班遂还，后有儿皆无恙。（出《搜神记》）

张诚之

吴县张诚之，夜见一妇人立于宅东南角，举手招诚。诚就之，妇人曰："此地是君家蚕室，我即是地之神。明年正月半宜作白粥，泛膏于上，以祭我。当令君蚕桑百倍。"言绝失之。诚如言，为作膏粥，自此年年大得蚕。世人正月半作膏粥，由此故也。（出《续齐谐记》）

近，肉身没什么可惋惜的。”胡母班伤心地乞求府君，才同意了他的请求。于是胡母班便向他告辞。

归家一年有余，儿子都离世了。胡母班惊惶恐惧，再次到泰山去了，敲击树木请求与府君相见。昔日养马驾车的小吏接着胡母班去拜见府君。胡母班自己说道：“以前辞别时，我行事疏忽，行为不当，等归家后，儿子们都去世了，如今我忧虑灾祸的缘由尚未明朗，于是特地前来禀告此事，希望有幸得到您的搭救。”府君拍起手来，笑得痛快说：“当时我对你说‘生死不同路，不可以靠近对方’，这便是缘由。”然后命令外间侍从召来胡母班的父亲。不久后，父亲便走到庭院里，询问他：“昔日乞求返回做土地公，应该为家庭获取福祉，然而你的孙子全都离世，是什么原因？”父亲回道：“长时间与故乡分离，回家自是非常高兴，又正好看到充足的美食美酒，属实思念我的孙子，就叫他们来吃美食。他们便跟着我过来了。”听完后，府君找人取代了父亲的土地公一职。父亲流着眼泪跑出门去。胡母班便回到家里，后来的儿子身体都没有出现问题。（出《搜神记》）

张诚之

来自吴县的张诚之晚上遇见一位妇人在宅院的东南角落里站着，举起手叫来张诚之。妇人说：“这个地方是你家养蚕的房间。我便是大地之神。第二年正月十五的时候，适合做白粥，将肉撒在白粥上，用来祭奠我。我就能使你家的蚕丝与桑叶产量翻百倍。”话说完，妇人就消失了。果真如同妇人所说，为她制作撒着肉的白粥，从那以后每一年都能得到很多蚕丝与桑叶。百姓正月十五制作撒着肉的白粥便是这个缘故。（出《续齐谐记》）

卷第二百九十四　神四

王　祐

散骑侍郎王祐，疾困，与母辞诀。既而闻有通宾者曰：“某郡某里某人，尝为别驾。”祐亦雅闻其姓字。有顷，奄然来至，曰：“与卿士类，有自然之分，又州里，情便款然。今年国家有大事，出三将军，分布征发。吾等十余人，为赵公明府参佐。至此仓卒，见卿有高门大屋，故来投。与卿相得，大不可言。”祐知其鬼神，曰：“不幸笃疾，死在旦夕，遭卿以性命相托。”答曰：“人生有死，此必然之事。死者不系生时贵贱。吾今见领兵千人，须卿，得度簿相付。如此地难得，不宜辞之。”祐曰：“老母年高，兄弟无有，一旦死亡，前无供养。”遂歔欷不能自胜。其人怆然曰：“卿位为常伯，而家无余财。向闻与尊夫人辞诀，言辞哀苦，然则卿国士也，如何可令死。吾当相为。”因起去：“明日更来。”

其明日又来。祐曰：“卿许活吾，当卒恩不？”答曰：“大老子业已许卿，当复相欺耶！”见其从者数百人，皆长二尺许，乌衣军服，赤油为志。祐家击鼓祷祀。诸鬼闻鼓声，皆应节起舞，振袖飒飒有声。祐将为设酒食，辞曰：“不须。”因复起去，谓祐曰：“病在

王　祐

王祐就职散骑侍郎的时期，因为病情愈发严重，于是和母亲离别。然后他听闻有客人前来拜访，说：“是某个郡县某个乡里的某人，那人以前担任过别驾一职。”王祐以前也听过那人的名讳。不一会儿，忽然造访，说道：“那人与你属于同一类人，你们便自然而然有了情谊，又同为一个乡里的人。今年国家有重大事件，朝廷派出三将军在全国各地调遣人力或物资。我们十几个人在官府为赵公做幕僚。前往此地十分仓促，见你才华横溢，因此前来投靠。我同你彼此投合，情谊不可言说。”王祐清楚他是鬼神。说：“我很悲惨，身患重病，生命垂危，如今与你相遇，你将生命托付于我，实在不敢当。”那人答道：“人生死有命，此为无法避免的事情。人一旦死去，便与活着时的贵贱脱离联系。如今我推举你做千人的领兵，需要得到官府签署的文书，交付文书后即可就职。此事难能可贵，不建议你回绝。”王祐说：“我的老母亲年事已高，且我没有弟兄，一旦我离世，无人赡养我的老母亲。”说完叹息不已，情不自禁。那人悲伤地说：“你官至常伯，而且家中未存下什么钱财。之前听说你同母亲离别，言语之间哀痛凄苦，然而你身为国之栋梁，如何能使你就此离世。我自当帮你一把。”于是，他起身离开，说：“明天再来。”

第二天他果然又来了。王祐说：“倘若你可以允诺救活我，如何能忘怀你的救命之恩？”那人回答：“我们德高望重的人已然允诺于你，我怎么会欺骗你！”说完，见那人身后跟着几百位侍从，他们都身长二尺有余，身着黑色军服，身上统一带着用红油涂过的布帛，作为标志。王祐在家中打鼓祭祀。众多鬼神都听到了打鼓的声音，并且人体中如火，当以水解之。”因取一杯水，发被灌之。又曰：“为卿留赤笔十余枝，在荐下，可与人使著，出入辟恶灾。”因道曰：“王甲李乙，吾皆与之。”遂执枯手与辞。

时祐得安眠，夜中忽觉，忽呼左右，令开被：“神以水灌我，将大沾濡。”开被而信有水，在上被之下，下被之上，不浸，如露之在荷。量之得三升七合。于是疾三分愈二，数日大除。凡其所道当取者，皆死亡，唯王文英半年后乃亡。所道与赤笔人，皆经疾病及兵乱，皆亦无恙。初有妖书云：“上帝以三将军赵公明、锺士季，各督数万鬼下取人。”莫知所在。祐病差，见此书，与所道赵公明合焉。（出《搜神记》）

温峤

古今相传，夜以火照水底，悉见鬼神。温峤平苏峻之难，及于湓口，乃试照焉。果见官寺赫奕，人徒甚盛；又见群小儿，两两为偶，乘轺车，驾以黄羊，睢盱可恶。温即梦见神怒曰：“当令君知之。”乃得病也。（出《志怪》）

踩着鼓点节奏起身舞蹈，抖动衣袖，发出飒飒的声响。王祐还为其摆设美酒佳肴，他们回绝说："不需要。"于是便站起来辞别，临走前对王祐说："病魔在人的身体里就像火焰，应该用水去浇灭火焰。"接着便拿来一杯水，解开被子，将水浇在身上。接着说："我在席子下面为你留了十几支朱笔，可派人拿着它，进出可以避免险恶的灾难。"随后便说道："王甲、李乙，我都给过了。"接着那人便抓着王祐的手向他辞别。

一天王祐正在安睡，夜里突然惊醒，赶忙叫来周围的人，命令他们掀开被褥："鬼神拿水浇我，大半被褥都被浸湿了。"揭开被褥发现被褥上确实有水，水迹存在于上面与下面的被褥之间，没有浸湿被褥，就像是荷叶上的露珠一样。将水存起来，测量发现足有七升，能装满七个盒子。因此王祐的病情痊愈了三分之二，几日后病情就彻底消除。但是所有当时王祐所提及的拿笔之人都离世了，唯有王文英半年后才去世。凡是他说要赠朱笔的人，都经历过疾病与战乱，但是都安然无事。以前的妖书上说："上天让赵公明、钟士季等三位将军各自统领几万鬼神下界招集将士。"没人知道他在哪里。王祐病情好转后，看到那本妖书，发现那个人与书上写的赵公明样貌吻合。(出《搜神记》)

温峤

由古至今流传着一个故事，当天色将晚之时，燃起火光照向水底，就可以看见鬼神。温峤等人平定苏峻所带来的灾难，等抵达湓口，于是尝试燃起火光照向水底。果真看见管家修建的寺庙里光辉显赫，信徒颇多；然后看到一群儿童，两两结伴，坐着简易的小车，把车套在黄羊身上，黄羊睁眼仰视的模样，颇为凶恶。温峤随即梦到鬼神生气地说："应当让你知道我的厉害。"没几天温峤就患病了。(出《志怪》)

戴文谌

沛国戴文谌居阳城山，有神降，妻焉。谌疑是妖魅，神已知之，便去。遂见作一五色鸟，白鸠数十枚从，有云覆之，不遂见。（出《搜神记》）

黄石公

益州之西，云南之东，有神祠。克山石为室，下有人奉祠之。自称黄公。因言此神，张良所受黄石公之灵也。清净不烹杀。诸祈祷者，持一百钱，一双笔，一丸墨，石室中前请乞。先闻石室中有声，须臾，问来人何欲。既言，便具语吉凶，不见其形。至今如此。（出《搜神记》）

袁 双

丹阳县有袁双庙，真弟四子也。真为桓宣武诛，便失所在。灵在太元中，形见于丹阳，求立庙。未既就功，大有虎灾。被害之家，辄梦双至，催功甚急。百姓立祠堂，于是猛暴用息。今道俗常以二月晦，鼓舞祈祠。尔日，常风雨忽至。元嘉五年，设奠讫，村人丘都于庙后见一物，人面鼍身，葛巾，七孔端正，而有酒气。未知为双之神，为是物凭也。（出《异苑》）

戴文谌

来自沛国的戴文谌在阳城山居住，有神仙降临在这里，后来便成为了他的妻子。戴文谌疑心妻子是妖邪，神仙清楚他的想法后，就离开了。随即便看见妻子化作一只五彩的鸟儿飞向天空，有几十只白鸠跟在她身边，不一会儿，有云彩挡住它们，就再看不见它们了。（出《搜神记》）

黄石公

在益州西部，云南东部的地方，有一座祭神的祠堂。这座祠堂的庙室是由山上的岩石凿出来的，祠堂下有一位自诩黄公的人正在祭祀神仙。于是百姓们便把黄公当作祠堂的神仙，张良便是受到了黄石公的启发。自此后他一生心境洁净，拒绝杀生。众多前来祈祷的人，手里握着一百钱，一支笔，一锭墨，前往庙室前请求祈祷。之后会先听到庙室里有声响，不久后，会有人来问有什么愿望。说出自己的愿望后，便会详细诉说此事的祸福吉凶，但是看不见他的身形。到现在仍旧如此。（出《搜神记》）

袁双

丹阳县有一座袁双庙，袁双乃是道教真武帝弟弟的第四个儿子。真武帝被桓武诛杀后，便消失了踪迹。后来发现他的元灵在晋朝太元时期，然后肉体却出现在丹阳县，他乞求百姓为他修建庙宇。然而庙宇还未修建竣工，丹阳县便出现了严重的虎灾。袁双便来到受虎灾迫害的家里人的梦里，催着他们尽快将庙宇竣工。于是百姓便开始修缮庙宇，竣工后虎灾的暴虐便停息了。现在道教延续着一个风俗，时常在二月最后一天打鼓跳舞，向寺庙祈祷。那一天，风雨经常骤然来临。汉桓帝元嘉五年，百姓祭奠礼完成后，村庄里有一位叫丘都的村民，在庙宇的后面看见一个东西，他有着人的模样，扬子鳄的身躯，围着葛布制成的头巾，五官端正，并且身上能闻到酒气。不清楚此乃袁双幻型的百姓，此物便是证据。（出《异苑》）

商康

乌程卞山，本名土山。有项籍庙，自号卞王，因改为名。山足有一石柜，高数尺。陈郡殷康，尝往开之，风雨晦暝，乃止。（出《异苑》）

贾充

贾充伐吴时，尝屯项城，军中忽失充所在。充帐下都督周勒，时昼寝，梦见百余人，录充，引入一径。勒惊觉，闻失充，乃出寻索之。忽睹所梦之道，遂往求之。果见充行至一府舍，侍卫甚盛。府公南面坐，声色甚厉，谓充曰："将乱吾家事，必尔与荀勗。既惑吾子，又乱吾孙。间使任恺黜尔而不去，又使庾纯詈汝而不改。今吴寇当平，汝方表斩张华，汝之暗戆，皆此类也。若不悛慎，当旦夕加罪。"充因叩头流血。公曰："汝所以延日月而名器如此者，是卫府之勋耳。终当使孙嗣死于钟簴之间，大子毙于金酒之中，小子困于枯木之下。荀勗亦略同。然其先德小浓，故在汝后。数年之外，国嗣亦替。"言毕命去。充忽然还营，颜色憔悴，性理昏丧，经日乃复。其后孙谧死于钟下，贾后服鸩酒而死，贾午考竟用大杖。皆如所言。（出《晋书》）

王文度

晋王文度镇广陵，忽见二驺，持鹄头板来召之。王大惊，问

商康

乌程县境内有一座卞山，原本的名字是土山。卞山上有一座项羽庙，由于项羽自诩为卞王，因此土山更名为卞山。山脚下有一石柜，高约几尺。陈郡有一位姓康的富豪，以前尝试开启石柜，突然风雨交加，天色昏暗，自此后，就不再有开启石柜的想法了。（出《异苑》）

贾充

西晋官员贾充攻打吴国的时候，以前在项城驻扎，突然军营里找不到贾充在哪里。贾充营帐下有一位名叫周勒的都督，白日正在安睡，梦见一百多个人在追贾充，抓到他后，将他带进一条路里。周勒惊惶地从梦里醒来，听到贾充不见了，于是出外寻找搜索。突然见到梦里的那条路，于是顺着那条道寻找贾充。果真发现贾充进了一座官邸里，府里有众多侍从，府邸的主人在南边坐下，疾言厉色，对贾充说："将来要祸乱我家大事的，定是你与荀勖。不仅蛊惑我的儿子，并且迷惑我的孙子。在此期间我遣任恺罢黜你的官职，但你不愿意离开，又让庾纯责骂你的过错，你也不改过，现在正是平定孙吴入侵者的时候，你却上奏请求斩首张华，这些便都是你做的憨傻之事。倘若你不认识到错误并加以改正，罪行早晚会不断增加的。"于是贾充叩头直到头部流血。主人说："你之所以延续了生命，且拥有这样高的名声，是源于守卫府县的功勋。然而你的孙辈终将会亡于钟柱之间，大儿子死于毒酒之下，小儿子则被困于枯树下。荀勖的境遇也没有太大差异，然而他之前积累不少德行，因此他会在你之后死去。几年后，国家便会更替。"话说完，就令他离开了。贾充突然返回营中，神色憔悴，思绪纷乱，几天后才逐渐复原。之后他的孙子贾谧在钟下死去，贾充的女儿贾南风喝毒酒死去，贾午则是因棍棒刑讯致死，都和那人所说的话一致。（出《晋书》）

王文度

晋朝时期，王文度在广陵县镇守，突然看到两位养马的官吏，手驺："我作何官？"驺云："尊作平北将军徐兖二州刺史。"王曰："吾已作此官，何故复召耶？"鬼云："此人间耳，今所作是天上官也。"王大惧之，寻见迎官玄衣人及鹄衣小吏甚多。王寻病薨。（出《法苑珠林》）

徐长

吴兴徐长夙与鲍靓有神明之交，欲授以秘术。先请徐宜有约，誓以不仕，于是授录。以常见八大神在侧，能知来见往。才识日异，州乡翕然美谈。欲用为州主簿，徐心悦之。八神一朝不见七人，余一人倨傲不如常。徐问其故，答云："君违誓，不复相为。使身一人留卫录耳。"徐乃还录，遂退。（出《世说》）

陈绪

新城县民陈绪家，晋永和中，旦闻扣门，自通云："陈都尉。"便有车马声，不见形。径进，呼主人共语曰："我应来此，当权住君家，相为致福。"令绪施设床帐于斋中。或人诣之，斋持酒礼求愿，所言皆验。每进酒食，令人跪拜，授闱里，不得开视。复有一身，疑是狐狸之类，因跪，急把取。此物却还床后，大怒曰："何敢嫌试都尉？"此人心痛欲死，主人为扣头谢，良久意解。自后众不敢犯，而绪举家无恙，每事益利，此外无多损益也。（出《幽明录》）

里拿着鹄板前来征召他。王文度大吃一惊，询问养马官吏：“我将任什么官职？”官吏说：“您将任平北将军，兼任徐兖二州的刺史。”王文度说：“我已经是平北将军及二州刺史，是什么原因要再次征召我呢？”鬼魂回道：“那是人间的官职，如今所做的乃是天界的官员。”王文度颇为恐惧，不久后，看见许多身穿黑色衣服、带着鹄衣的小吏前来接他，紧接着王文度就病逝了。（出《法苑珠林》）

徐长

来自吴兴县的徐长，素来与鲍靓这个神明有交情，想要他传授自己神秘的法术。鲍靓首先使徐长约法三章，立誓生平不走仕途，接着才教授给他神秘法术的册籍。之后便可以时常看到八大神在他身边，并且能清楚他们的来路及去路。随之徐长的法术不断提升，与日俱增，同州县的人一致将其引为美谈。还想征用他做州主簿一职，徐长内心十分喜悦。有一日，八大神消失了七位，只剩一人神情倨傲不似平常的态度。徐长询问他缘由，神仙回答：“你违反了约定，我们便不再相助你。我之所以留下，只是要守着法术册籍而已。”于是徐长归还了法术册籍，留下的神仙便离开了。（出《世说》）

陈绪

晋朝永和时期，在新城县百姓陈绪的家中，清晨听到一阵叩门的声响，来人自报家门说：“我是陈都尉。”然后便听见车马走动的声音，但见不到人。陈都尉直接进入家中，叫来屋主人，和他说话：“我来到此地，暂时在你家里寄住，我们彼此相互帮助，求来福气。”陈都尉让陈绪在房间里布置帷帐。有的百姓前来造访，斋戒期间带着美酒及礼物前来求愿，那人所说的事情都应验了。每次有百姓进献美酒食物，都要人行跪拜礼，将酒食传进门内，不得开门察看。百姓怀疑陈都尉是一个有着狐狸之类的真身的妖怪，于是跪拜礼后，刚将饭菜送进去后，又匆匆去取。那个东西返回床后，十分生气地说：“怎么敢疑心探查我陈都尉？”突然那名百姓心脏十分疼痛，快要

白道猷

章安县西有赤城山，周三十里，一峰特高，可三百余丈。晋泰元中，有外国道人白道猷，居于此山。山神屡遣狼怪形异声往恐怖之，道猷自若。山神乃自诣之云："法师威德严重，今推此山相与，弟子更卜所托？"道猷曰："君是何神？居此几时？今若必去，当去何所？"答云："弟子夏王之子，居此千余年。寒石山是家舅所住，某且往寄憩，将来欲还会稽山庙。"临去，遗信赠三奁香。又躬来别，执手恨然，鸣鞞响角，凌空而逝。（出《述异记》）

高雅之

晋太元中，高衡为魏郡太守，戍石头。其孙雅之，在厩中，云："有神来降，自称白头公，拄杖光耀照屋。与雅之轻举宵行，暮至京口，晨已来还。"后雅之父子为桓玄所灭。（出《幽明录》）

罗根生

豫章有庐松村。郡人罗根生，来此村侧垦荒，种瓜果。园中有一神坛，瓜始引蔓，忽见坛上有一新板，墨书云："此是神地，可速出去。"根生祝曰："审是神教，愿更朱书赐报。"明早往看，向板死去，屋主陈绪急忙叩头，为那人求情，很长时间后，疼痛才逐渐缓和。自此以后，众位百姓都不敢冲撞他，并且陈绪一家子都安然无恙，每一件事情都十分得利，除此之外也没有什么好处和损失。（出《幽明录》）

白道猷

章安县的西边有一座赤城山，周围三十里，有一座山峰尤为高耸，高三百多丈。晋朝泰元时期，有一位名叫白道猷的国外道士，在这个山峰处居住。山神多次让狼变身成奇怪的样子，发出奇特的声音去那里恐吓他，白道猷镇静自如。于是山神亲自前往造访，说："您德高望重，如今我将此山赠予你，你会有负于我的托付吗？"白道猷说："您是什么神仙？在此处居住了多久，如果今日必定离去，会去什么地方？"山神答道："我是夏王的儿子，在此处居住了一千多年。寒石山是我家舅舅居住的场所，我可以暂时寄住在那里，未来则会返回会稽山庙。"临别时，遗留一封书信，赠予他三匣子香。接着山神弯身行礼，向白道猷辞行，握手的时候尤为叹息，敲击鞞鼓，奏响号角，然后飞到空中便消失了。（出《述异记》）

高雅之

晋朝太元时期，高衡担任魏郡太守一职，在石头城戍守。他的孙子高雅之在马厩中，说道："有神仙降临此地，自诩是白头公，扶着的那只手杖光耀夺目，光芒照亮整个房间。神仙与我轻轻拿着手杖，在夜间里出行，第二天夜色将晚，抵达京口，清晨便返回原地。"之后高雅之父子两人被桓玄杀害。（出《幽明录》）

罗根生

豫章郡有一个庐松村。郡里有一位名叫罗根生的百姓，来到这个村庄旁边开垦荒地，种植瓜果。果园中有一座神坛，当瓜开始延伸藤蔓的时候，突然看见神坛上有一块新板子，板子上用沾有墨水的

犹存，字悉以朱代墨。根生谢而去也。（出《述异记》）

沈纵

余姚人沈纵，家素贫。与父同入山，还未至家，见一人，左右导从四五百许，前车辐马鞭，夹道卤簿，如二千石。遥见纵父子，便唤住，就纵手中燃火。纵因问是何贵人，答曰：“是斗山王，在余杭南。”纵知是神，叩头云：“愿见祐助。”后入山，得一玉枕，从此如意。（出《幽明录》）

戴氏女

豫章有戴氏女，久疾不瘥。见一小石，形像偶人。女谓曰：“尔有人形，岂神？能差我宿疾者，吾将重汝。”其夜梦有人告之：“吾将祐汝。”自后疾渐差。遂为立祠山下。戴氏为巫，故名戴侯祠。（出《搜神记》）

孙盛

衡山白槎庙，古老相传，昔有神槎，皎然白色，祷之灵无不应。晋孙盛临郡，不信鬼神，乃伐之，斧下流血。其夜波流神槎向上，但闻鼓角之声，不知所止。开皇九年废，今尚有白槎村在。（出笔写道："此处是神仙的地界，应该赶快离去。"罗根生随即祝告神明说："神明的指示我已经清楚，希望可以将黑字更换为红字，给予回信。"第二日清晨，罗根生来查看果园里的板子，发现板子还在那里，板上字迹的颜色则用红色取代了黑色。罗根生表达感谢之情后，便离开了。（出《述异记》）

沈纵

来自余姚县的沈纵，家境素来贫寒。有一天，沈纵同父亲进山，归途中还未抵达家中，看见了一个人，此人左右两边的侍从及导从足有四五百人，前面的马车连接着马鞭，道路两边站着仪仗队，仪仗队的人像是领二千石薪水的官吏。从远处看见沈纵父子两人，接着那人叫住沈纵两人，接近沈纵，在他手上燃起火苗。沈纵便询问是哪里的贵人，那人回答："我是斗山王，居住地在余杭县南部。"沈纵清楚他是仙人，跪下向他磕头，说："我想要你的保护与助力。"而后沈纵进山时，获得一个玉枕，自此以后所有事情都顺心如意。（出《幽明录》）

戴氏女

豫章郡戴氏家族有一位女子，患病多年，无法治愈。有一天，她看到一块小石头，石头外形如同人形塑像。女子对它说："你具备人的形貌，岂非是神仙？只要你可以治好我拖延不愈的旧疾，我必定加倍酬谢你。"当天晚上，睡梦中有人告知她："我将会佑护你。"自那之后，病情逐渐痊愈。因此在山脚下为其修建祠堂。戴氏女子是那里的法师，故而将祠堂命名为戴侯祠。（出《搜神记》）

孙盛

衡山有一座白槎庙，从很早之前就流传，昔日有一条奇妙的木筏，木筏是明亮的白色，向他祝祷没有什么事情不应验。晋朝孙盛莅临这个郡县，不相信鬼神之说，于是找人砍伐它，没想到砍伐的斧

《湘中记》）

湛满

须江县江郎山，昔有江家在山下居，兄弟三人，神化于此，故有三石峰之异。有湛满者，亦居山下。其子仕洛，永嘉之乱，不得归。满乃使祝宗言于三石之灵，能致其子，靡爱斯牲。旬日中，湛子出洛水边，见三少年，使闭目伏车栏中间，去如疾风。俄顷，从空中堕，恍然不知所之。良久，乃觉是家园中。（出《十道记》）

竺昙遂

晋太元中，谢家沙门竺昙遂，年二十余，白皙端正，流落沙门。尝行经青溪庙前过，因入庙中看。暮归，梦一妇人来，语云："君当来作我庙中神，不复久。"昙遂问："妇人是谁？"妇人云："我是青溪姑。"如此一月许，便卒。临死，谓同学年少曰："我无福，亦无大罪，死乃当作青溪庙神。诸君行便，可见看之。"既死后，诸年少道人诣其庙。既至，便灵语相劳问，音声如其生时。临去云："久不闻呗声，甚思之。"其伴慧觐，便为作呗讫，犹唱赞。语云："歧路之诀，尚有凄怆。况此之乖，形神分散。窈冥之叹，情何可言。"既而歔欷不自胜，诸道人等皆为流涕。（出《续搜神记》）

子上留下了鲜血。当天晚上，神奇的木筏借着水流往上游漂去，只是听到打鼓吹号角的声响，不清楚木筏最终停在哪里。隋朝开皇九年，寺庙衰败，现在白槎村还尚在。（出《湘中记》）

湛满

须江县境内有一座江郎山，昔日在山脚下住着一家姓江的人家，江家兄弟三人都是在此地受到神灵的教化，故而出现了奇特的三石峰。有一位名叫湛满的居民也居于山脚下。湛满的儿子在洛阳城为官，时逢刘聪击败西晋守军，进洛阳大肆杀戮，因此无法归家。湛满便前往三石峰处进行祭祀祈福，希望祝福可以送达给儿子，倘若灵验，绝对不会吝啬献上牲口等祭品。不久后的一天，湛满的儿子在洛河边散步，看到三位青年男子，男子请他紧闭双眼，在车栏中趴好，车就如疾风一样开出去了。不一会儿，湛满的儿子便从上空坠落，意识模糊，不清楚自己在什么地方。很长时间后，才察觉是在家中的园子里。（出《十道记》）

竺昙遂

晋朝太元期间，谢氏家族在佛门之地有一位佛家弟子，名叫竺昙遂，年纪二十多，肤色光洁，五官端正，漂泊至佛门。有一天，他旅行途中经过青溪庙前，便走进寺庙中查看。晚上归家，梦到来了一位妇人，妇人对他说："你应来当我寺庙里的神，距离这天不远了。"竺昙遂问："你是谁？"妇人说："我是青溪姑。"那之后过了一个多月，竺昙遂就去世了。将死时，他对年轻的佛门弟子说："我此生没有太大福气，也没有出现过大过错，死去还能当青溪庙的神仙。你们若是方便的话，可去寺庙里看望。"竺昙遂去世后，众多年轻的佛门弟子造访竺昙遂所在的寺庙。抵达寺庙后，使用神灵的语言相互慰问，他的声音和活着的时候完全一致。告辞的时候，他说："很长时间没听诵经唱偈声，甚是想念。"他的伙伴有一位叫慧觐的佛门弟子，就为他诵唱了一段偈语，竺昙遂也跟着诵唱。诵唱内容是："在道路

武曾

侯官县常有阁下神。岁终，诸吏杀牛祀之。沛郡武曾作令，断之。经一年，曾迁作建威参军。当去，神夜来问曾："何以不还食？"声色极恶，甚相谴责。诸吏便于道中买牛，共谢之，此神乃去。（出《幽明录》）

晋孝武帝

晋孝武帝，殿北窗下见一人，著白帢，黄练单衣，自称华林园水池中神，名曰淋涔君。帝取所佩刀掷之，空过无碍。神忿曰："当令君知之。"少时而暴崩。（出《幽明录》）

蔺启之

蔺启之家在南乡，有樗蒲娄庙。启之有女名僧因，忽蹶而寤，云："樗蒲君遣婢迎僧坐斗帐中，仍陈盛筵。以金银为俎案，五色玉为杯碗。与僧共食，一宿而醒也。"（出《述异记》）

王猛

王猛者，北海人。少贫贱，曾至洛阳货畚。有一人，于市贵买上诀别，心情颇为悲怆。况且是这样背离的情况，肉身与灵魂都离散了。距离遥远，无法相见，心情便更为叹息，悲伤之情无法用言语表述。”唱完，无法承受悲泣之情，众位弟子都痛哭流涕。（出《续搜神记》）

武曾

以前侯官县有一位阁下神。年末的时候，众多官员烹杀牛祭祀那位阁下神。来自沛县的武曾在侯官县做尚书令，中止了祭祀礼。经过一年后，武曾被挑选出来做建威参加军队。离别当晚，阁下神前来质问他：“为何不为我供奉食物？”疾声厉色，重重地斥责他。诸位官吏听闻后，就在途中买牛，将它杀掉，一起为他祭祀，向神认错，阁下神便离开了。（出《幽明录》）

晋孝武帝

东晋孝武帝时期，宫殿北部的窗户下出现一个人，他顶着白色便帽，身穿黄色绢布材质的单衣，自诩是华林园水池里的神仙，名字是淋涔君。孝武帝拿下随身佩刀，向那人扔去，佩刀从空中划过，神仙却安然无恙。神仙愤怒地说：“自当让你清楚我的能力。”没几天，孝武帝就突然死亡了。（出《幽明录》）

蔺启之

蔺启之的家在南乡县，县里有一座樗蒲娄庙。蔺启之有一名叫僧因的女儿，一天傍晚，她昏厥后，忽然惊醒，说道：“樗蒲君差遣女婢坐在小帐里接待我，接着开设盛大的宴席。将金银当作盛肉食的几案，将五彩玉石当作杯子和碗。与我一同吃饭，在那住宿了一夜，我才梦醒。”（出《述异记》）

王猛

王猛是北海郡的百姓。小时候家境贫寒，以前去洛阳城售卖箕其畚，而云无直，家近在此，可随我取。猛随去，行不觉远，忽至深山中。此人语猛，且住树下，当先启道君来。须臾，猛进，见一公据胡床，头鬓悉白，侍从十许人。有一人引猛云："大司马公可进。"因拜，老公曰："王公何缘拜？"即十倍售畚价，遣人送猛出。既顾视，乃嵩山也。（出《中兴书》）

封驱之

始兴林水源里有石室，室前磐石上，行罗十瓮，中悉是饼银。采伐遇之，不得取，取之迷闷。晋大元初，民封驱之家仆密窃三饼归，发看，有大蛇螫之而死。《湘州记》曰："其夜，驱之梦神语曰：'君奴不谨，盗银三饼。即日显戮，以银相偿。'觉视，则奴死银在矣。"（出《水经》）

畚。有一天，他在集市上遇见一位想花大价钱购买箕畚的人，但是那人说没拿银子，他家离此地很近，可以跟着去家里取钱。王猛便跟着他去家里了。不知不觉走了很远，突然走到了深山里。那人告诉王猛，暂时在树下住着，我要向家里人告知你的到来。不久后，王猛跟着他走进去，便看到一个人靠在交床上，那人的头发都花白了，身边侍从十几人。走来一个人带着王猛进去，说："大司马公可以进去了。"进去后，王猛拜见那人，老者说："王公你为何参拜我呢？"随即便用高于原价十倍的价格购买了箕畚，然后差人送王猛出去。王猛探视周围，才发现这是嵩山。（出《中兴书》）

封驱之

始兴县的山林小溪的源流处有一座岩洞，岩洞前的磐石上，成行排列十只陶器，陶器里都是饼状的银块。如果山中砍伐的人遇见的话，不可以取走它，如果取了，人就会神志不清。东晋太元初期，百姓封驱之家中奴仆暗自偷回三块饼状银块，回家后打开查看，出现一条大蛇，用牙齿咬死了奴仆。《湘州记》书里写："偷回饼银的夜里，封驱之梦到神仙告诉他：'你的奴仆对我不恭敬，偷盗三块饼状银块。当日便被杀死了，我用银子补偿你所失去的奴仆。'封驱之梦醒后，查问奴仆，奴仆确实去世了，银块则留下了。"（出《水经》）

卷第二百九十五 神五

王僧虔

晋王僧虔秉政，使从事宗宝，统作长沙城。忽见一传教官语曰：“君何敢坏吾宫室？司命官相诛。”寻时宗宝乃坠马。其夜，僧虔梦见一贵人来通，宾从鲜盛，语僧虔曰：“吾是长沙王吴君。此所居之处，公何意苦我？若为我速料理，当位至三公。”僧虔于是立庙，自后祈祷无不应。（出《湘中记》）

陈 悝

隆安中，丹徒民陈悝于江边作鱼簄，潮去，于簄中得一女，长六尺，有容色，无衣裳，水去不能动，卧沙中。与语不应。有一人就奸之。悝夜梦云：“我江神也。昨失路，落君簄中，小人辱我。今当自尊神，杀之。”悝不敢归，得潮来，自逐水而去。奸者寻亦病死矣。（出《洽闻记》）

宫亭庙

南康宫亭庙，殊有神验。晋孝武世，有一沙门至庙。神像见之，泪出交流。因摽姓字，则是昔友也。自说：“我罪深，能见济脱不？”沙门即为斋戒诵经，语曰：“我欲见卿真形。”神云：“禀形

王僧虔

东晋时期，王僧虔主管国家政务，他遣从事宗宝镇守长沙城。突然出现一位掌传教令的郡吏告知他："你为什么敢摧毁我的房屋？司命神官必会诛杀你。"不久后宗宝便坠落马下。当天晚上，王僧虔梦到一位贵客前来造访，贵客的随从众多，衣冠鲜亮盛美，告诉王僧虔："我是长沙王吴君。此地是我的居住地。你为什么要使我痛苦？倘若你可以尽快料理好此事，便可位列三公。"王僧虔便为他修建庙宇，从那以后，没有不灵验的祝祷。（出《湘中记》）

陈 悝

东晋隆安期间，丹徒县有一位名叫陈悝的居民，在江边制作出一个捕鱼竹网，海潮退去后，竹网中发现一位女子，身长六尺，容貌甚好，身上没有衣裳，水流平息后，女子没有动静，在沙滩上趴着。跟她说话也没有回应。于是有一个人便侮辱了她。陈悝晚上梦到那女子，她说："我是江神。昨天迷失道路，掉进你的捕鱼竹网里，无耻小人侮辱我。如今我定要告知尊神，请他杀死小人。"陈悝不敢归还女子的身体，海潮来临时，女子的身体就跟着水流漂走了。侮辱女子的小人也因病去世。（出《洽闻记》）

宫亭庙

南康郡有一座宫亭庙，庙里住着神仙，祝祷颇为应验。东晋孝武帝执政时期，有一位佛门弟子抵达宫亭庙。寺庙的神仙雕像看见他后，眼泪不断从神像中流出。他们两人便互报名讳，发现是从前的好甚丑，不可出也。”沙门苦请，遂化为蛇，身长数丈，垂头梁上，一心听经，目中血出。至七日七夜，蛇死，庙亦歇绝。（出《幽明录》）

安世高

安侯世高者，安息国王子。与大长者共出家，学道舍卫城。值主不称，大长者子辄恚，世高恒呵戒之。周旋二十八年，云：“当至广州。”值乱，有一人逢高，唾手拔刀曰：“真得汝矣。”高大笑曰：“我宿命负对，故远来相偿。”遂杀之。有一少年云：“此远国异人，而能作吾国言，受害无难色，将是神人乎？”众皆骇笑。世高神识还生安息国，复为王作子，名高。安侯年二十，复辞王学道。十数年，语同学云：“当诣会稽毕对。”过庐山，访知识，遂过广州。见少年尚在，径投其家，与说昔事，大欣喜。便随至会稽。过嵇山庙，呼神共语。庙神蟒形，身长数丈，泪出。世高向之语，蟒便去。世高亦还船。有一少年上船，长跪前受咒愿，因遂不见。世高曰：“向少年即庙神，得离恶形矣。”云庙神即是宿长者子。后庙祝闻有臭气，见大蟒死，庙从此神歇。前至会稽，入市门，值有相打者，误中世高头，即卒。广州客遂瘗之于佛舍。（出《幽明录》）

友。神仙自述："我恶名昭著，可以帮助我摆脱这种境况吗？"佛门弟子随即为他做斋戒，诵读佛经，对神仙说："我想见你的真身。"神仙说："我的真身容貌丑陋，不能出现在你面前。"佛门弟子苦苦乞求，于是神仙化身成蛇，蛇身长几丈，在房梁上垂下头颅，专心致志地听着弟子诵读佛经，蛇的双目里便流出了鲜血。七天七夜后，蛇便死去了，宫亭庙也衰败了。（出《幽明录》）

安世高

有一位叫安世高的侯爵，他是安息国的王子。他与德高望重的长者共同出家做和尚，在舍卫城学习道行。正值寺中主持不称职，大长者的儿子就颇为恼恨，安世高便始终劝诫他。由此同他周旋了二十八年，之后称自己该前往广州。正逢国家动乱，有一位与安世高相逢的人，轻松地拔出刀鞘，说："果真得到了你的消息。"安世高放声大笑，说："上天注定我对你有所亏欠，所以自远方来偿还。"说完将安世高杀死。有一位少年说："此人是从远方国家来的神人，他能说我们国家的方言，面对死亡没有恐惧的神色，难道是神仙吗？"众人听完十分吃惊，笑了出来。安世高的神识重返安息国，复生为一位名叫高的王子。王子十二岁那年，再次向王告辞，去学习道行，又过了十几年，对同行的道友说："我该去会稽了结因果报应。"后来，途经庐山，造访知识博学的人，然后到达广州。发现当初那个少年尚存，直接去了他家，同他说昔日的事情，少年非常欣喜。于是就跟着他去往会稽山寺庙前。呼唤寺庙的神仙和他谈话。寺庙神仙变成蛇的样子，身长几丈，流下眼泪。安世高同他谈论几句，蟒蛇就离开了。安世高也返回船里。有一位少年登船，一直跪在他跟前，向他祈祷，接着少年就消失了。安世高说："方才那少年便是寺庙的神仙，它终于得以脱离蟒蛇的身体。"安世高还说寺庙的神仙便是昔日大长者的儿子。之后庙里掌管香火的人嗅到一阵臭味，看见蟒蛇已然死去，自那以后寺庙便衰败了。之前安世高抵达会稽县的时候，进门后，正值有相互殴打的人，误伤了安世高的头颅，当场死亡。广州的那位少年便

曲阿神

曲阿当大埭下有庙。晋孝武世，有一逸劫，官司十人追之。劫径至庙，跪请求救，许上一猪。因不觉忽在床下。追者至，觅不见。群吏悉见入门，又无出处。因请曰：“若得劫者，当上大牛。”少时劫形见，吏即缚将去。劫因云：“神灵已见过度，云何有牛猪之异？而乖前福。”言未绝口，觉神像面色有异。既出门，有大虎张口而来，径夺取劫，衔以去。（出《神鬼传》）

谢奂

青溪小姑庙，云是蒋侯第三妹。庙中有大榖扶疏，鸟常产育其上。太元中，谢庆弹杀数头，即觉体中栗然。至夜，梦一女子，衣裳楚楚，怒云：“此鸟是我所养，何故见侵？”经日谢卒。庆名奂，灵运父也。（出《异苑》）

李滔

吴郡桐庐有徐君庙，吴时所立。左右有为劫盗非法者，便如拘缚，终致讨执。东阳长山吏李滔，以义熙中，遭事在都。妇自出料理。过庙请乞恩，拔银钗为愿。未至富阳，有鱼跳落妇前。剖腹，还得所愿钗。夫事寻散。（出《异苑》）

将他埋祭于佛堂边。(瘗之于佛舍五字原作事佛精进。据明抄本改。出《幽明录》)

曲阿神

曲阿县里，一座大坝对面有一座寺庙。东晋孝武帝执政期间，有一位在逃的盗贼，县衙遣出十位官兵追击他。盗贼直接走进寺庙里，向神仙行跪拜礼，请他救命，并且许诺以一头猪作为谢礼。因此不自觉便突然躲进床底。接着追击盗贼的官兵进了寺庙，寻找没有看见他。众位官兵都看见他进入寺庙的门，寺庙也没有其他出路。因此向庙里神仙请愿："倘若可以抓到盗贼，自当送上一头大牛。"不久便看到了盗贼的身影，官兵随即捆了他要离开。因此盗贼说："神仙如此行为实在过分，牛与猪有何差异？使你背弃之前的祈愿？"言语尚未说完，便察觉神像面色有异样。等到出庙门，出现一只大老虎大张虎口跑来，直接强行带走盗贼，咬着盗贼便离开了。(出《神鬼传》)

谢　奂

青溪县有一座小姑庙，自称是蒋侯的第三个妹妹。寺庙中大树枝叶茂盛，时常有鸟儿在树上繁衍生息。东晋太元时期，谢庆用弹弓射杀了几只鸟后，然后他便感觉身体战栗。当天夜里，谢庆梦到一位女子，服装整洁华美，生气地对谢庆说："树上的鸟儿是我饲养的，是什么原因让你欺凌它们？"几日后谢庆便离世了。谢庆的名字是奂，乃是谢灵运的父亲。(出《异苑》)

李　滔

来自吴郡的桐庐县有一座徐君庙，是东吴时期修建的。县里周围出现一些拦路抢劫的违法者，便将自己如被拘禁时一样捆绑起来，直至被声讨捉拿。东阳郡长山县的官员李滔，因为于东晋义熙期间在京城遭遇不幸之事。妻子只能自己出外处理事务。路过许君庙，请求

树伯道

余杭县有仇王庙，由来多神异。隆安初，县人树伯道为吏，得假将归。于汝南湾觅载，见一朱舸，中有贵人，因求寄。须臾如睡，犹闻有声，若剧甚雨。俄而至家，以问船工，亦云仇王也。伯道拜谢而还。（出《异苑》）

侯褚

郯县西乡有杨郎庙。县有一人先事之，后就祭酒侯褚，求入大道。遇谯郡楼无陇诣褚，共至祠舍，烧神坐器服。无陇乞将一扇。经岁，无陇闻有乘马人呼楼无陇数四声，云："汝故不还杨明府扇耶？"言毕，回骑如去。陇遂得瘘病而死。（出《异苑》）

卢循

义熙四年，卢循在广州，阴规逆谋，潜遣人到南康庙祈请，既奠牲奏鼓。使者独见一人，武冠朱衣，中筵而坐曰："卢征虏若起事至此，当以水相送。"六年春，循遂率众直造长沙，遣徐道覆逾岭。至南康，装艋十二，艟楼十丈余。舟装始办，大雨一日一夜，水起四丈，道覆凌波而下，与循会巴陵。至都而循战败。不意神速其诛，洪潦之降，使之自送也。（出《述异记》）

神仙给予恩情，拔出发间的银钗作为还愿礼。妻子还未抵达富阳县，出现一条鱼跃到妻子眼前。剖开鱼的腹部，发现了那只请愿用的银钗。后来夫君的不幸之事便消逝了。（出《异苑》）

树伯道

余杭县里有一座仇王庙，自从寺庙建成后，灵异之事频繁发生。东晋隆安初期，县里百姓树伯道在县衙做吏卒，一次，他获准假期归家。在汝南湾处寻找渡他过河的船的时候，看到一条朱红色的大船，船里有贵人，于是请求贵人载他渡河。不久后，他好像睡着了，睡梦里仿佛听到下暴雨的声响。不一会儿，便到家了，树伯道问船夫贵人是谁，说那就是仇王。树伯道行礼表示感谢，便归家了。（出《异苑》）

侯褚

郯县西乡境内有一座杨郎庙。县里有一位百姓第一个来寺庙祭拜，之后就和祭酒的侯褚一起祈祷，请求可以得道。恰逢来自谯郡的楼无陇造访侯褚，他们一起前往杨郎庙中，给庙神烧器物和衣服。楼无陇求得一扇子。过了一年，楼无陇听到一位驾马的人叫了他四声，说：“你为什么不将杨府君的扇子还回来呢？”讲完话，便按照原路骑行返回。后来楼无陇便得了瘘病去世。（出《异苑》）

卢循

东晋义熙四年，在广州的卢循暗地里计划着谋反，悄悄让人前往南康庙，向庙神祷告请求，然后祭上牲畜，奏响鼓声。去祭拜的人单独接见了一个人，那人带着武将的帽子，朱红色的衣服，在筵席里坐下说道：“征虏将军卢循倘若起兵，到这里来，我应取水赠送他。”义熙六年，时值春季，卢循带领兵马直达长沙城，让徐道覆翻越山岭。到达南康，十二条大船上装满了军用物品，每一条船高十几丈。船装货完成后，准备出发，暴雨下了一天一夜，河水涨出四丈高，

陈臣

临川陈臣家大富。永初元年，臣在斋中坐，其宅内有一町筋竹，白日忽见一人长丈许，面如方相，从竹中出，径语陈臣："我在家多年，汝不知，今去，当令汝知之。"去一月许日，家大失火，奴婢顿死，一年中便大贫。（出《搜神记》）

张舒

长山张舒，以元嘉九年二月二十四日奄见一人，著朱衣平上帻，手捉青柄马鞭，云："汝可教，便随我去。"见素丝绳系长梯来下。舒上梯，仍造大城，绮堂洞室，地如黄金。有一人长大，不巾帻，独坐绛纱帐中，语舒曰："主者误取汝，赐汝秘术卜占，勿贪钱贿。"舒亦不觉受之。（出《异苑》）

萧惠明

宋萧惠明为吴兴太守，郡界有卞山，山下有项羽庙。相承云："羽多居郡厅事，前后太守不敢上厅。"惠明谓纲纪曰："孔季恭曾为此郡，未闻有灾。"遂命盛设筵榻。未几，惠明忽见一人，长丈余，张弓挟矢向之，既而不见。因发背，旬日殒。（出《异苑》）

徐道覆顺着水流前行，在巴陵与卢循会见。抵达京城后，卢循打了败仗。他没预料到这么快自己就被征伐，降下的洪水也葬送了自己的性命。（出《述异记》）

陈 臣

临川县陈臣家中颇为富贵。宋武帝永初元年，陈臣坐在书斋中，宅院里有一畹长势强劲的竹林，白天的时候，突然竹林里走出来一位身长一丈多的人，他面相犹如凶残的鬼怪，直接走向陈臣，对他说："我待在家许多年，你却不清楚此事，如今我要离开了，理当使你知晓。"那人离开一月又几日后，家中发生了一起大火灾，奴仆们随即都被火烧死，一年的光景，家中就变得颇为贫寒。（出《搜神记》）

张 舒

南北朝宋文帝元嘉九年，二月二十四那天，来自长山县的百姓张舒突然看到一个人，他身穿朱红色衣裳，戴着平顶头巾，手里拿着黑色手柄的马鞭，对张舒说："我可以培养你，想学就跟我走吧。"然后就看到从天上落下一张白丝绳编成的长梯，张舒爬上梯子，便到了一座大城池前，路过华美的房屋，走进一间隐秘的房间里，室内地面如同黄金一般闪耀。看到一位高大的人，没有围头巾，他只身在绛红色的纱帐里坐下，向张舒说："主事的人挑选你是错误之事，我就赏你卜算的秘法吧，回去将卜算作为生计，切记不要贪图财物。"张舒无意之间便学会了卜算之术。（出《异苑》）

萧惠明

南北朝宋国时期，萧惠明担任吴兴郡守一职，吴兴郡交界处有一座卞山，卞山山脚有一座项羽庙。这里流传着一个故事："项羽时常在府衙的堂屋里处理政务，先后几位太守都不敢走上厅堂。"萧惠明对纲纪说："孔季恭以前做过吴兴郡的郡守，尚未听闻发生过什么灾祸。"于是让人在大厅里铺设许多坐席。不久，突然萧惠明

柳 积

柳积，字德封。勤苦为学，夜燃木叶以代灯。中夕，闻窗外有呼声。积出见之，有五六人，各负一囊，倾于屋下，如榆荚。语曰："与君为书粮，勿忧业不成。"明旦视之，皆汉古钱，计得百二十千，乃终其业。宋明帝时，官至太子舍人。（出《独异志》）

赵文昭

宋文帝元嘉三年八月，吴郡赵文昭，字子业，为东宫侍讲。宅在清溪桥北，与吏部尚书王叔卿隔墙南北。尝秋夜，对月临溪，唱《乌栖》之词，音旨闲怨。忽有一女子，衣青罗之衣，绝美，云："王尚书小娘子，欲来访君。"文昭问其所以，答曰："小娘子闻君歌咏，有怨旷之心，著清凉之恨，故来愿荐枕席。"言讫而至，姿容绝世。文昭迷误恍惚，尽忘他志，乃揖而归。从容密室，命酒陈筵，递相歌送，然后就寝。至晓请去，女解金缨留别，文昭答琉璃盏。后数夜，文昭思之不已。偶游清溪神庙，忽见所与琉璃盏在神女之后，及顾其神与画侍女，并是同宿者。（出《八朝穷怪录》）

瞧见一位身长一丈多的人，他拉开弓箭，夹着箭矢，朝萧惠明射来，不一会儿，那人便消失了。萧惠明背上长了毒疮，十日便殒命了。（出《异苑》）

柳积

柳积字德封。学习刻苦勤奋，夜读时，点燃树叶取代烛火为他照亮。一天夜半，听闻窗外传来喊声，柳积出屋查看，看到了五六个人。各自背着一只袋子，将袋内的物品倾倒于房屋下，那些东西好像榆树果实。他们对柳积说："这些物品赠予你作为求学的费用，不要烦忧学业无成。"第二天再去查看，发现榆树果实都变成了古时货币，共计一百二十千钱币，最终学业有所成。宋明帝时期，他官至太子舍人。（出《独异志》）

赵文昭

宋文帝元嘉三年八月，来自吴郡的赵文昭字子业，为东宫讲学。其家宅在清溪桥北部，与吏部尚书王叔卿是南北朝向的邻里，仅有一墙之隔。曾经，秋天的一个夜晚，赵文昭看着月亮，站在小溪旁，吟唱《乌栖》，声音里透着孤寂哀怨。突然看见一位女子，身穿青色罗衣，容颜绝美，说："王叔卿尚书家的小娘子想要造访你。"赵文昭询问她原因，答道："小娘子听到你吟咏的歌声，发现你有空旷怨恨的情绪，心怀彻骨的恨意，故而自愿前来为你侍寝。"话说完，小娘子便来了，风华绝代。赵文昭被小娘子迷惑，神志不清，将其他想法尽数忘记，于是向小娘子作揖。并镇定地将她引回家里密室，命下人取来美酒，摆设筵席，两人接替着对歌，接着便上床睡觉了。天蒙蒙亮时，小娘子自请离开，她拆下金色冠带，留给他做临别礼，赵文昭拿出琉璃杯作为回礼。后来的那几夜，赵文昭甚为思念小娘子。又一次，赵文昭偶然游历清溪神庙，突然在神女像后面看见了当时送与小娘子的琉璃杯，上前认真查看神女像与画中侍女的神态，正是那晚一同睡觉的小娘子与女仆。（出《八朝穷怪录》）

河 伯

余杭县南有上湖，湖中央作塘。有一人乘马看戏，将三四人至岑村饮酒，小醉，暮还。时炎热，因下马入水中，枕石眠。马断走归，从人悉追马，至暮不返。眠觉，日已向晡，不见人马。见一妇来，年可十六七，云："女郎再拜。日既向暮，此间大可畏。君作何计？"问："女郎姓何？那得忽相闻？"复有一年少，年十三四，甚了了，乘新车，车后二十人至，呼上车。云："大人暂欲相见。"因回车而去。道中络绎把火，见城郭邑居。

既入城，进厅事，有信幡，题云"河伯"。俄见一人，年三十许，颜色如画，侍卫繁多。相对欣然，敕行酒炙，云："仆有小女，颇聪明，欲以给君箕帚。"此人知神，不敢拒逆。便敕备办，令就郎中婚。承白已办。进丝布单衣及袷、绢裙、纱衫裈、履屐，皆精好。又给十小吏，青衣数十人。妇年可十八九，姿容婉媚。便成礼。三日，经大会客，拜阁。四日云："礼既有限，当发遣去。"妇以金瓯、麝香囊与婿别，涕泣而分。又与钱十万、药方三卷，云："可以施功布德。"复云："十年当相迎。"此人归家，遂不肯别婚。辞亲，出家作道人。所得三卷方：一卷脉经，一卷汤方，一卷丸方。周行救疗，皆致神验。后母老兄丧，因还婚宦。（出《幽明录》）

河伯

余杭县的南部有一片上湖，在上湖的中央修建堤岸。有一位驾马观戏的人，带着三四人去岑村喝酒，喝得微醺，夜晚才归家。时值炎热的气候，于是他从马上下来，走进水里，把石头当作枕头，便睡下了。马儿将缰绳拉断，往家中走，侍从都跑去追随马儿，天色将晚都没有回来。那人觉醒后，时辰已然申时，侍从与马儿都不在。只见一位妇人向他走来，她十六七岁的年龄，他说："女郎你好，日暮低垂，这里使人恐慌。你来此做什么？"又问："女郎姓甚名谁？怎么会忽然知道我在这儿呢？"这时又有一个少年，年纪在十三四岁，生得聪明伶俐，乘坐一辆新车，车后跟着二十个人，叫他来车上。说："我家大人想与您相见。"于是他便上车跟着少年离开了。只见路上火把接连不断，一会儿便望见那城墙房屋。

进入城门后，走进议事的厅堂，只见有一面信旗，上面写着"河伯"。不久看到一位三十光景的人，容颜如画，身后跟着众多侍卫。河伯看到他来了，感到很高兴，就让侍从给他斟酒烤肉，说："我有个女儿，聪慧伶俐，我想把她嫁给您。"那人清楚河伯是神仙，所以不敢拒绝。河伯就命令部下去准备婚礼，让女儿与他结婚。承办的小吏汇报说已办妥。准备的丝绸单衣及交领、绸缎裙子、纱质短衫裤、鞋都很精美。又给了他十个小吏，几十个婢女。河伯的女儿年方十八九，姿色柔美。于是他们成了婚。婚后三天，举行了盛大的迎宾宴会，女婿拜门。成婚四天，河伯女儿说："既然你的聘礼有限，应当打发你离开了。"妇人拿出黄金酒器、麝香袋同夫君离别，痛哭流涕地分别。又赠予他十万银钱和三卷药方，说："这些东西可以用来为百姓做好事，布施恩德。"又说："再过十年，你再来接我吧。"那人返回家中后，就不肯再与别人结婚了。辞别家里人，出家成为道士。他获得的三卷药方：一卷是脉经，一卷是汤剂单方，一卷是丸药单方。他到处行走，救死扶伤，这些药方都取得了神奇的效果。之后母亲苍老，兄长去世，便归家成婚，做了官。（出《幽明录》）

邵敬伯

平原县西十里，旧有社林。南燕太上时，有邵敬伯者，家于长白山。有人寄敬伯一函书，言：“我吴江使也，令吾通问于齐伯。吾今须过长白，幸君为通之。”仍教敬伯，但至社林中，取树叶投之于水，当有人出。敬伯从之，果见人引入。伯惧水，其人令敬伯闭目，似入水中，豁然宫殿宏丽。见一翁，年可八九十，坐水精床，发函开书曰：“裕兴超灭。”侍卫者皆圆眼，具甲胄。敬伯辞出，以刀子赠敬伯曰：“好去，但持此刀，当无水厄矣。”敬伯出，还至社林中，而衣裘初无沾湿。果其年宋武帝灭燕。敬伯三年居两河间，夜中忽大水，举村俱没，唯敬伯坐一塌床，至晓著岸。敬伯下看之，床乃是一大鼋也。敬伯死，刀子亦失。世传社林下有河伯家。（出《酉阳杂俎》）

吴兴人

晋隆安中，吴兴有人，年可二十，自号圣公，姓谢，死已百年。忽诣陈氏宅，言是己旧宅，“可见还，不尔烧汝”。一夕大火，烧尽，因有鸟毛插地，绕宅周匝数重，百姓乃起庙。（出《酉阳杂俎》）

刘子卿

宋刘子卿，徐州人也，居庐山虎溪。少好学，笃志无倦。常慕幽闲，以为养性。恒爱花种树，其江南花木，溪庭无不植者。文帝

邵敬伯

平原县向西十里，从前有一片社庙丛林，晋代南燕太上时期，有一位名叫邵敬伯的百姓，家里居住在长白山。有一个人给邵敬伯寄了一封书函，说：“我乃吴江使者，他命我向齐伯相互问候。如今我想翻过长白山，盼着你能为我互通消息。”还告知邵敬伯，走到社庙丛林里，取下树叶扔进水里，自当有人出现。邵敬伯便遵照他说的来做，果真看见有人带他进去。邵敬伯怕水，那人就让他紧闭双眼，接着似乎进入了水里，双眼打开时，便看到了雄伟富丽的宫殿。看见一位老者，有八九十岁，在水晶床上坐着，邵敬伯送上书函，老者看完书函说：“刘裕兴起慕容超灭亡。”邵敬伯不知道这句话的意思，看向身后的侍从，都睁大双眼，身穿盔甲，邵敬伯辞别出门时，老者赠予他一把刀说：“好生离开，只需带着这刀，自当没有溺死的灾祸。”邵敬伯从那里出来，返回社庙丛林中，衣裳没有沾湿半点。那年果真宋武帝刘裕消灭了燕国的慕容超。三年里邵敬伯一直住在两河之间的村庄里，夜半时分，突然发起水灾，一个村庄全都被埋没，只有邵敬伯在床榻上坐着，安然无恙，天色破晓时，上了岸。邵敬伯往下面看，床榻是一只大鳖。等到邵敬伯去世，那刀也消失匿迹了。世人都说，社庙丛林的下方便是河伯家。（出《酉阳杂俎》）

吴兴人

晋朝隆安时期，有一位吴兴人，年龄二十，自诩圣公，姓氏为谢，已经死了百年。突然造访陈氏家宅说这是我以前的房屋，“可以归还我了，如果不还，就燃火烧了你”。一夜之间，燃起熊熊火焰，房屋燃尽，于是发现地上插着很多鸟的羽毛，围着家宅的四周绕了很多圈，百姓见此，就在那里修建了一座庙宇。（出《酉阳杂俎》）

刘子卿

南北朝宋国时期，有一位名叫刘子卿的徐州人士，住在庐山郡虎溪边。刘子卿小时候爱学习，专心致意，不知疲倦。时常艳羡悠闲元嘉三年春，临玩之际，忽见双蝶，五彩分明，来游花上，其大如燕，一日中，或三四往复。子卿亦讶其大。

九旬有三日，月朗风清。歌吟之际，忽闻扣扃，有女子语笑之音。子卿异之，谓左右曰："我居此溪五岁，人尚无能知，何有女子而诣我乎？此必有异。"乃出户，见二女，各十六七，衣服霞焕，容止甚都。谓子卿曰："君常怪花间之物，感君之爱，故来相诣，未度君子心若何。"子卿延之坐，谓二女曰："居止僻陋，无酒叙情，有惭于此。"一女曰："此来之意，岂求酒耶？况山月已斜，夜将垂晓，君子岂有意乎？"子卿曰："鄙夫唯有茅斋，愿申缱绻。"二女东向坐者笑谓西坐者曰："今宵让姊，余夜可知。"因起，送子卿之室。入谓子卿曰："郎闭户双栖，同衾并枕。来夜之欢，愿同今夕。"及晓，女乃请去。子卿曰："幸遂缱绻，复更来乎？一夕之欢，反生深恨。"女抚子卿背曰："且女妹之期，后即次我。"将出户，女曰："心存意在，特望不忧。"出户不知踪迹。

是夕二女又至，宴如前。姊谓妹曰："我且去矣。昨夜之欢，今留与汝。汝勿贪多误，少惑刘郎。"言讫大笑，乘风而去。于是同寝。卿问女曰："我知卿二人，非人间之有，愿知之。"女曰："但得佳妻，何劳执问？"乃抚子卿曰："郎但申情爱，莫问闲事。"临晓将去，谓卿曰："我姊实非人间之人，亦非山精物魅。若说于郎，郎必异传，故不欲取笑于人代。今者与郎契合，亦是因缘。慎迹藏清幽的日子，觉得能修身养性。总是喜欢种植花草树木，但凡是江南地区的花草树木，虎溪旁的院子里一应俱全。文帝元嘉三年春季，临到赏花时节，突然看到一对蝴蝶，身体是五彩的，颜色分明，它们飞到花朵间嬉戏，其身形大如燕子，一天里，可以来回三四趟。刘子卿也讶异蝴蝶身形之大。

四月过了三天，月光明朗，微风清爽。吟唱诗歌之时，突然听到一阵叩门声，门外有女子谈笑的声音。刘子卿颇为惊奇，对侍从说："我在虎溪住了五年，还没有人知道我，为何有女子前来造访我呢？此事必有怪异之处。"因此刘子卿走出家门，见到了二位女子，年纪十六七，衣裳焕丽，姿容美丽，举止优雅。对他说："你时常认为花间的蝴蝶颇为奇特，感怀你的怜悯之情，因此前来造访，不清楚你的心意如何。"刘子卿迎接她们进房里，对二人说："我所居住的地方偏远粗陋，也没有美酒诉说情事，实在愧疚。"一位女子说："我们到此地的意图，难不成是来喝酒吗？何况山间的月亮已然倾斜，即将天明，你是否有意？"刘子卿说："我只有一间茅草屋，但仍旧希望能和你们缱绻。"朝东坐的女子对朝西坐的女子笑着说："今夜良宵理应给姐姐。剩余夜晚的事情便不言而喻了。"于是起身，送刘子卿去卧室。姐姐进屋对刘子卿说："你关好门，同我双宿双栖，同床共寝。来日夜晚的欢愉，盼着能像今晚一样。"天色破晓，女子便请辞离去。刘子卿说："有幸同你春宵一度，可以再度同你缠绵吗？一晚欢愉，反倒让我生出浓浓的悔恨。"女子轻抚他的背部说："今晚是妹妹的时间，以后才能轮到我。"快要走出房门时，女子说："你内心留存情意是好事，只是盼你没有烦愁。"出房门后便不知所终。

当晚，二名女子又到达这里，他便像之前一般，宴请两人。姐姐对妹妹说："我暂时离开。昨日享受的欢愉，今晚属于你。你切勿贪恋欢爱，耽搁正事，不可过于诱惑刘子卿。"说完便放声大笑，趁势离开。于是两人便一同睡觉。刘子卿询问女子："我清楚你们两个人并非人间女子，希望你能告诉我你们的真实身份。"女子说："你平白获得这样的好妻子，何必执着追问呢？"于是抚摸着刘子卿说："你只要享受情爱欢愉即可，不要追问其他事情。"天色渐亮，临别心，无使人晓，即姐妹每旬更至，以慰郎心。”乃去。常十日一至，如是数年会寝。后子卿遇乱归乡，二女遂绝。

庐山有康王庙，去所居二十里余。子卿一日访之，见庙中泥塑二女神，并壁画二侍者，容貌依稀，有如前遇，疑此是之。（出《八朝穷怪录》）

时，对刘子卿说："我姐妹二人确实并非人间女子，也并非山中精怪或鬼怪。倘若将真相说与你听，你定会当怪异之事传播出去，因此不想招世人讥笑。如今我同郎君你结合，也是一份姻缘。望你将这份情谊埋在心中，无须使他人知晓，我们二人每十天便会来此，安慰郎君寂寞的心。"说完就离开了，固定每十日便来一回，如此这么同他共寝了几年。之后刘子卿遭遇战乱，返回家乡，两位女子便与他断了联系。

庐山有一座康王庙，与他所居的住所相距二十余里。有一日，刘子卿造访那座寺庙，看到庙里泥土塑成的二座女神像，墙上还绘制了两位侍女，她们的容貌有些熟悉，好像之前遇到过的，刘子卿猜想这便是那两位女子。（出《八朝穷怪录》）